CZ

Zakon Drzewa Pomarańczy

SAMANTHA SHANNON

Tłumaczenie: Maciej Pawlak

Kraków 2019

Zakon Drzewa Pomarańczy

SAMANTHA SHANNON

Tłumaczenie: Maciej Pawlak

Kraków 2019

The Priory of the Orange Tree

Redakcja – Joanna Mika
Korekta – Monika Kardasz / Manufaktura Tekstu
Projekt typograficzny i skład – Joanna Pelc
Adaptacja okładki – Paweł Szczepanik / BookOne.pl
Rysunek na okładce – Ivan Belikov / ivanbelikov.com
Rysunki wewnątrz książki – Emily Faccini

Wydanie I, tom I, Kraków 2019
ISBN: 9788381293341

433

Wydawnictwo SQN pragnie podziękować wszystkim, którzy wnieśli swój czas, energię i zaangażowanie w wydanie *Zakonu Drzewa Pomarańczy*:

PRODUKCJA: Kamil Misiek, Joanna Pelc, Joanna Mika, Dagmara Kolasa
DESIGN I GRAFIKA: Paweł Szczepanik, Marcin Karaś, Agnieszka Jednaka
PROMOCJA: Piotr Stokłosa, Łukasz Próchno, Gabriela Matlak, Aldona Liszka
SPRZEDAŻ: Tomasz Nowiński, Patrycja Talaga, Karolina Żak
E-COMMERCE: Tomasz Wójcik, Szymon Hagno, Łukasz Szreniawa, Marta Tabiś
ADMINISTRACJA I FINANSE: Klaudia Sater, Monika Płuska, Honorata Nicpoń, Ewa Bieś
ZARZĄD: Przemysław Romański, Łukasz Kuśnierz, Michał Rędziak
WSPARCIE: Natalia Patorska

www.wsqn.pl
www.sqnstore.pl
www.labotiga.pl

Nota odautorska

Fikcyjne krainy, o których przeczytacie w *Zakonie Drzewa Pomarańczy*, są owocem inspiracji wydarzeniami i legendami z wielu różnych stron świata. Żadna z nich nie ma reprezentować danego kraju czy kultury w określonym punkcie na osi czasu.

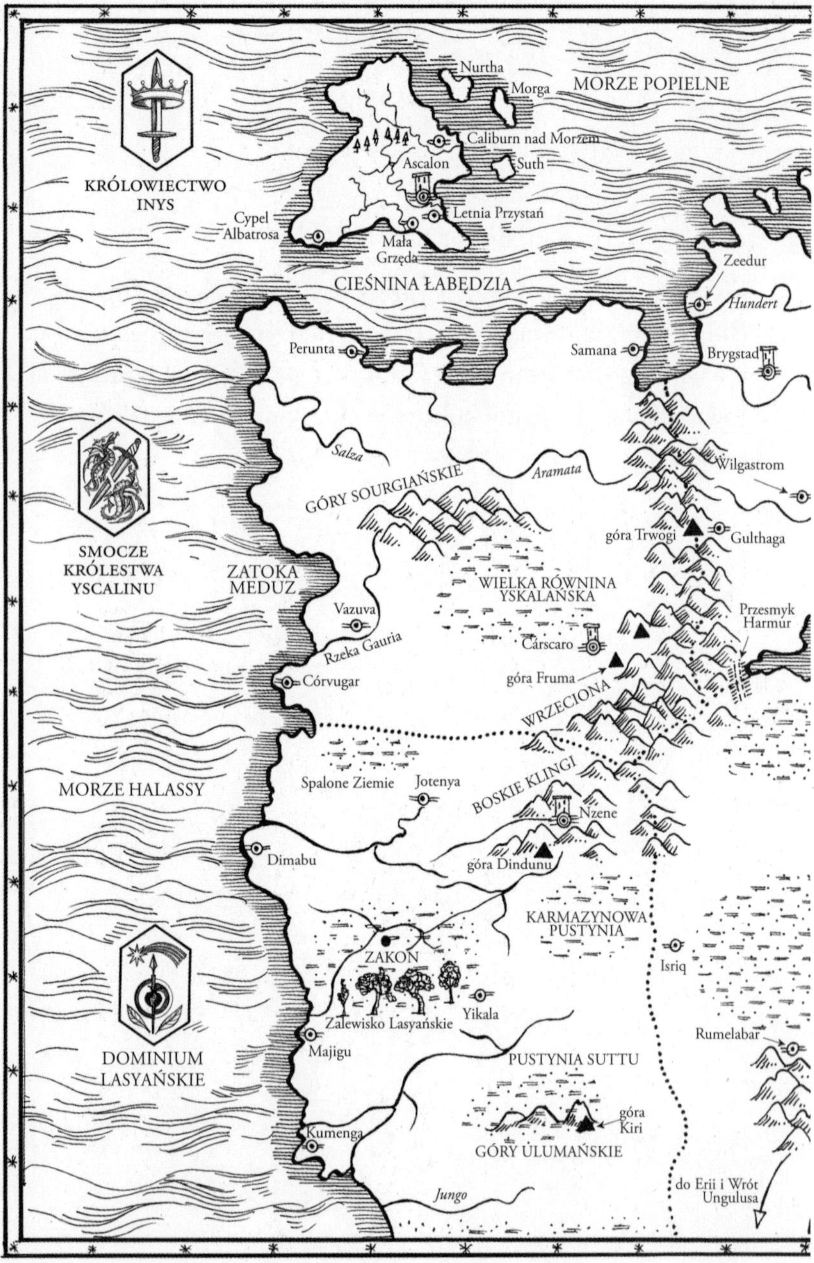
KRÓLOWIECTWO INYS
Nurtha
Morga
MORZE POPIELNE
Caliburn nad Morzem
Ascalon
Suth
Letnia Przystań
Cypel Albatrosa
Mała Grzęda
CIEŚNINA ŁABĘDZIA
Zeedur
Hundert
Perunta
Samana
Brygstad
Salza
Aramata
Wilgastrom
GÓRY SOURGIAŃSKIE
góra Trwogi
Gulthaga
SMOCZE KRÓLESTWA YSCALINU
ZATOKA MEDUZ
WIELKA RÓWNINA YSKALAŃSKA
Vazuva
Rzeka Gauria
Cárscaro
Przesmyk Harmur
Córvugar
góra Fruma
WRZECIONA
BOSKIE KLINGI
Spalone Ziemie
Jotenya
MORZE HALASSY
Nzene
Dimabu
góra Dindunu
KARMAZYNOWA PUSTYNIA
ZAKON
Isriq
Yikala
Zalewisko Lasyańskie
Majigu
DOMINIUM LASYAŃSKIE
Rumelabar
PUSTYNIA SUTTU
góra Kiri
Kumenga
GÓRY ULUMAŃSKIE
Jungo
do Erii i Wrót Ungulusa

Elding
KRÓLESTWO HRÓTH
Kantmarkt
Rozentun
WOLNE MIASTO MENTENDON
Spilda
CZELUŚĆ
ZATOKA EDIN
Ostendeur
Fratama
Draysta
PUSTYNIA DŹWIĘCZNEGO SNU
PUSTYNIA DARANIYI
Rauca
N
W
E
S
oaza Gaudayi
Zirin
MAŁE GÓRY
ERSYR
BIAŁE PUSTKOWIE
Apata
GÓRY SARRAS
MORZE CARMENTUMSKIE

IMPERIUM DWUNASTU JEZIOR
góra Whin
Daprang
GRZBIET WHINSHAN
Jezioro Mroźnego Świtu
Xothu
BEZSENNE MORZE
Miasto Tysiąca Kwiatów
Wielka Dolina Imperialna
Kawontay
Shim
Jezioro Długich Dni
PÓŁWYSEP SEPUL
Kanxang
GÓRY NHANGTO
Kenglim
GÓRY LAKRAŃSKIE
Jezioro Wieczornych Drzew
MORZE SŁONECZNEGO TAŃCA
Ginura
Jezioro Śpiącego Słońca
Przylądek Hisan
góra Teggo
Orisima
Zatoka Ginurska
Kapara
Jezioro Wielu Motyli
SEIIKI
Sidupi
Tikama
Brakwa
Jezioro Południowomorskie
Zatoka Isunka
Nanta
Tubapa
CZELUŚĆ
Basai
Apampi
Ampiki
BEZKRESNE MORZE
Lotka
SKRZYDŁO

I
Stare legendy

Potem ujrzałem anioła, zstępującego z nieba, który miał klucz od Czeluści i wielki łańcuch w ręce. I pochwycił Smoka, Węża starodawnego, którym jest diabeł i szatan, i związał go na tysiąc lat. I wtrącił go do Czeluści, i zamknął, i pieczęć nad nim położył, by już nie zwodził narodów, aż tysiąc lat się dopełni.

Ap 20,1–3 (za Biblią Tysiąclecia)

1
Wschód

Obcy wyłonił się z fal niczym morska zjawa. Był boso, a jego ciało znaczyły blizny powstałe w czasie długiej podróży. Szedł chwiejnym krokiem jak pijany, przedzierając się przez kłęby mgły, które czepiały się Seiiki jak pajęczyna.

Legendy mówiły, że morskie duchy muszą wieść życie w ciszy. Że ich języki zwiędły, tak jak ich skóra, i że ich kości nie okrywa nic poza wodorostami. Że czają się pośród cieni, czyhając na nieostrożne ofiary, które wciągają głęboko w serce Czeluści.

Tané nawet jako dziecko nie bała się tych opowieści. Dobyty sztylet dobrze leżał w dłoni, zakrzywiona klinga przywodziła na myśl złowróżbny uśmiech. Wpiła się wzrokiem w postać w mroku nocy.

I wzdrygnęła się, gdy owa postać zawołała do niej.

Blask księżyca przedarł się przez chmury i zobaczyła go całego. A on ją.

To nie był duch, tylko jakiś cudzoziemiec. Widziała go teraz i nie mogła oderwać oczu.

Był ogorzały od słońca, mokre włosy zlepiły się w strąki, z podbródka kapała woda. Przemytnicy musieli wrzucić go do morza, by resztę drogi do brzegu pokonał wpław. Zorientowała się, że nie zna ani słowa w jej języku, ale zrozumiała, że prosi o pomoc. Że przybył tu, by spotkać się z wojwładcą Seiiki.

Jej serce tłukło się w piersi jak bryła piorunu. Nie odważyła się powiedzieć słowa, bo gdyby pokazała mu, że zna jego język, związałaby się z nim niewidzialną nicią i zdradziła się przed nim. Przyznałaby, że jak ona stała się świadkiem jego zbrodni, tak on stał się świadkiem jej.

Powinna być teraz w odosobnieniu, bezpieczna za murami Domu Południa, gotowa, by – przeszedłszy rytuał oczyszczenia – przeżyć ten najważniejszy dzień w swoim życiu. Lecz teraz stała się zbrukana. Skalana i niegodna odkupienia. I wszystko dlatego, że chciała raz jeszcze zanurzyć się w morzu, nim nadejdzie Dzień Powołania. Krążyły pogłoski, że wielki Kwiriki sprzyja tym, którzy mają dość ikry, by się wymknąć za mury i w czasie odosobnienia szukać morskich fal. Ale zamiast przychylności wielki Kwiriki zesłał na nią ten koszmar.

Nadszedł czas zapłaty za długie i szczęśliwe życie.

Oddzieliła się od obcego sztyletem. A on, rozumiejąc, że stoi twarzą w twarz ze śmiercią, zaczął drżeć.

Gorączkowo ważyła w głowie możliwości, a każda wiązała się ze straszniejszymi konsekwencjami niż poprzednia. Jeśli doprowadzi tego cudzoziemca przed oblicze władz, spotka ją kara za złamanie zasad odosobnienia.

A wtedy Dzień Powołania nie nastąpi. Czcigodny gubernator Przylądka – tej prowincji Seiiki – nie dopuści do tego, by bogowie wniknęli do miejsca skalanego czerwoną zarazą. Mogą upłynąć całe tygodnie, nim miasto na powrót zostanie uznane za bezpieczne, a do tego czasu zapadnie decyzja, że przybycie obcego to zły omen i że to nie ona i jej rówieśnicy, a kolejne pokolenie akolitów zostanie wyniesione do rangi jeźdźców. Straci wszystko.

Wiedziała, że nie może na niego donieść. Ale nie może go też zostawić. Bo jeśli ma czerwoną zarazę, choroba zaraz rozprzestrzeni się na całą wyspę.

Mogła zrobić tylko jedno.

Owinęła mu twarz strzępem materiału, zakrywając usta, by nie zaraził jej oddechem. Spostrzegła, że drżą jej ręce. Gdy zawiązała węzeł, szturchnęła nieznajomego i zabrała go z czarnych piasków plaży do miasta. Szła tak blisko niego, jak się odważyła, przyciskając mu sztylet do pleców.

Przylądek Hisan to jeden z tych portów, które nigdy nie śpią. Prowadziła cudzoziemca pomiędzy straganami nocnego bazaru i kapliczkami wzniesionymi z wyrzuconego na brzeg drewna; nad ich głowami unosiły się zawieszone z okazji Dnia Powołania sznury błękitnych i białych lampionów. Nieznajomy co jakiś czas oglądał się na nią trwożliwie, zachowując milczenie. Jego twarz zasnuwał półmrok, ale wolała dmuchać na zimne i płazem sztyletu kazała mu pochylić głowę. Cały czas pilnowała, by nie zbliżył się zanadto do mijających go, skupionych na ulicy w niewielkich grupach przechodniów.

Nie widziała, jak inaczej miałaby odizolować go od mieszkańców Hisan, jak tylko umieściwszy go na Orisimie, sztucznej wyspie uczepionej przylądka, jakby się bała, że zsunie się w morskie odmęty. Stanowiła swoistą ciekawostkę nawet dla tubylców. Faktorię ustanowiono, by pomieścić w niej garstkę kupców i uczonych z Mentendonu. Pomijając Jezioran, którzy zamieszkiwali przeciwny skraj przylądka, tylko

Mentyjczykom zezwalano na handel na Seiiki po tym, jak wyspa została odcięta od reszty świata.

Tak, Orisima nada się w sam raz.

Oświetlonego pochodniami mostu do faktorii strzegli liczni strażnicy. Niewielu Seiikinesom pozwalano go przekroczyć, a ona nie była jedną z uprzywilejowanych. Inna droga wiodła przez bramę, którą otwierano tylko raz do roku, by rozładować statki handlowe z Mentendonu.

Tané wprowadziła obcego do kanału. Nie mogła wyprawić go na Orisimę sama, ale znała kogoś, kto mógł. Pewną kobietę, która będzie wiedziała, w którym kącie faktorii go ukryć.

Niclays Roos nie pamiętał już, kiedy ostatnio ktoś go odwiedził. Gdy rozległo się pukanie do drzwi, akurat napełniał kieliszek winem. Każdemu należy się odrobina przyjemności, a wino było jedną z niewielu, jakie mu jeszcze zostały; Niclays z lubością raczył się jego wonią, umyślnie wydłużając rozkoszny moment oczekiwania na pierwszy łyczek.

I oczywiście akurat teraz kogoś licho przyniosło. Westchnąwszy, dźwignął się z fotela i warknął, gdy kostka odezwała się bólem. Podagra znów dawała mu się we znaki.

Znowu pukanie.

– No przecież idę – bąknął pod nosem.

Sięgnął po laskę, dopiero teraz zwracając uwagę na deszcz bębniący o dach. Seiikinesi mówili o takich ulewach o tej porze roku, gdy powietrze przyginało do ziemi swym ciężarem, a owoce kołysały się na drzewach, że to „padają śliwy". Niclays przeciął wyłożoną matami podłogę, utykając i klnąc pod nosem. Dotarłszy do drzwi, uchylił je na pół cala.

Na dworze w ciemności stała kobieta. Rozpuszczone ciemne włosy sięgały jej do pasa, miała na sobie szaty ozdobione wzorem solnych kwiatów. Była o wiele zbyt mokra, by należało za to winić wyłącznie deszcz.

– Dobry wieczór, doktorze Roos – wyrzekła.

Niclays uniósł brew.

– Bardzo nie lubię, gdy odwiedza się mnie o tej porze. W zasadzie o każdej porze. – Powinien się skłonić, ale był zbyt poirytowany, by silić się na puste uprzejmostki. – Skąd znasz moje imię?

– Ktoś mi powiedział. – To wszystko, żadnego innego wyjaśnienia. – Jest tu ze mną jeden z twoich krajanów. Przenocuje dziś u ciebie, przyjdę po niego jutro o zmroku.

– Moich krajanów?

Gość nieznacznie przekrzywił głowę. Od ciemnego zarysu pobliskiego drzewa oderwała się w mroku ludzka sylwetka.

– Przemytnicy dowieźli go do Seiiki – wyjaśniła kobieta. – Jutro zabiorę go do czcigodnego gubernatora.

Gdy tajemnicza, również przemoczona do suchej nitki postać za jej plecami podeszła do światła, widok ściął Niclaysowi krew w żyłach.

Nigdy nie widział na Orisimie nikogo podobnego.

W faktorii mieszkało dwudziestu ludzi. Znał każdego z twarzy i imienia. A statki z Mentendonu przypłyną dopiero za kilka miesięcy.

Jednak ci dwoje dotarli tu niespostrzeżenie.

– Nie – odparł Niclays, wpatrując się w nieznajomą. – Na Świętego, kobieto, czy ty próbujesz wplątać mnie w jakieś brudne przemytnicze sprawki? – Sięgnął do klamki, ale dłoń mu się omsknęła. – Nie wolno mi ukrywać przestępcy. Gdyby ktoś się dowiedział…

– Jedna noc.

– Jedna noc, miesiąc, rok – cena jest ta sama, a mianowicie szafot. Żegnam.

Gdy próbował domknąć drzwi, kobieta wepchnęła łokieć między nie a futrynę.

– Jeśli się tego podejmiesz – powiedziała tak blisko jego twarzy, że Niclays czuł jej oddech na policzku – otrzymasz sowite wynagrodzenie w srebrze. Tyle, ile zdołasz unieść.

Niclays Roos zawahał się.

Srebro, kuszące... O raz za dużo dał się naciągnąć strażnikom na pijacką grę w karty i już był im dłużny o wiele więcej pieniędzy, niż zdołałby zarobić przez resztę życia. Jak dotąd zbywał wierzycieli obietnicami szlachetnych kamieni, które przypłyną na wyspę pierwszym statkiem z Mentendonu, choć wiedział, że dla takich jak on nie znajdzie się nawet najlichszy kamyk.

Młodsza część jego duszy nalegała, by przyjął propozycję, choćby tylko dla hecy. Zanim zdołała zainterweniować ta starsza, kobieta cofnęła się w mrok.

– Wrócę jutro pod osłoną nocy – wymówiła. – Pilnuj, by nikt go nie zobaczył.

– Poczekaj – syknął za nią wściekle. – Kim ty jesteś?

Ale kobieta rozpłynęła się w ciemności. Gdyby jego sąsiedzi zorientowali się, że udzielił schronienia intruzowi, natychmiast zostałby zawleczony przed oblicze rozeźlonego wojwładcy, który słynął z wielu rzeczy, lecz na pewno nie z miłosierdzia.

A jednak oto Niclays stał na własnym progu obok intruza, którego zobowiązał się gościć.

Zamknął za nim drzwi. Mężczyzna drżał pomimo panującego w przedpokoju gorąca. Jego oliwkowa skóra była spalona na policzkach, błękitne oczy wciąż łzawiły od morskiej soli. Niclays sięgnął po przywieziony z Mentendonu koc – jak podejrzewał, tylko po to, by zająć czymś ręce i się uspokoić – i podał mężczyźnie. Gość przyjął tkaninę bez słowa. Bał się. I dobrze, bo miał ku temu powody.

– Skąd przybywasz? – Gospodarz zdobył się na kurtuazję.

– Przepraszam, nie rozumiem – odszepnął przybysz. – Mówisz po seiikinesku?

Inysycki. Już dawno nie słyszał tego języka.

– To nie był seiikineski – odparł Niclays w języku gościa. – Tylko mentyjski. Założyłem, że stamtąd pochodzisz.

– Nie, panie. Jestem z Ascalonu – odparł wątłym głosem. – Czy wolno mi spytać o twoje imię? Wiele ci zawdzięczam.

Typowy Inysyta. Przede wszystkim uprzejmość, później cała reszta.

– Roos – wypluł Niclays. – Doktor Niclays Roos. Mistrz chirurg. Człowiek, którego życie rzuciłeś na szalę, przekraczając próg jego domu.

Młodzieniec wlepiał w niego wzrok.

– Doktor… – Przełknął ślinę. – Doktor Niclays Roos?

– Tak, młodzieńcze. Widzę, że morska woda nie wyżarła ci uszu.

Mężczyzna wziął rozedrgany oddech.

– Doktor Roos – wznowił. – To opatrzność postawiła cię na mej drodze, panie. Jak inaczej wytłumaczyć to, że ze wszystkich ludzi to właśnie do pana skierowała mnie Rycerka Przyjaźni…

– Do mnie…? – Niclays uniósł brew. – Czy my się znamy?

Wytężył pamięć, sięgając do czasów, które spędził w Inys, choć i tak był pewien, że widzi przybysza po raz pierwszy. Chyba że spotkał go już, ale gdy był pijany. A na Inys często bywał pijany.

– Nie, panie, ale przyjaciel zdradził mi twoje imię. – Otarł twarz rękawem. – Byłem pewien, że zginę na morzu, ale twój widok wrócił mi życie. Dzięki niech będą Świętemu.

– Święty nie ma tu żadnej mocy – wymamrotał doktor. – A ty, chłopcze, masz jakieś imię?

– Zwę się Sulyard, panie. Triam Sulyard, do usług. Byłem giermkiem na dworze jej wysokości Sabran Berethnet, królowej Inys.

Niclays zacisnął szczęki. To imię zbudziło uśpioną w jego trzewiach zimną furię.

– Giermkiem… – Usiadł. – Czy mam zrozumieć, że Sabran znudziła się tobą, tak jak nudzi się wszystkimi swymi poddanymi?

Sulyard zjeżył się na te słowa.

– Jeśli obrazisz moją królową, panie, to…

– To co? – Niclays zmroził go wzrokiem znad okularów. – Sulyard, mówisz? Durniard to dla ciebie lepsze imię. Czy ty zdajesz sobie sprawę, co tutaj robi się z obcymi? Czy Sabran przysłała cię tu na powolną i bolesną śmierć?

– Jej Wysokość nie wie, że tu jestem.

A to ciekawe. Niclays nalał przybyszowi wina.

– Masz – rzucił z pretensją. – Wypij. Najlepiej od razu do dna.

Sulyard opróżnił kielich.

– Posłuchaj mnie teraz, Sulyardzie, i skup się, bo sprawa jest poważna – podjął gospodarz. – Ilu ludzi cię widziało?

– Kazali mi płynąć do brzegu. Najpierw dotarłem do zatoki. Piasek był czarny. – Sulyardem wciąż wstrząsały dreszcze. – Natknąłem się na kobietę, która wprowadziła mnie do miasta na ostrzu sztyletu. Zostawiła mnie samego w stajni… a potem przyszła inna kobieta i kazała mi iść za sobą. Zabrała mnie nad morze, płynęliśmy, aż dotarliśmy do pomostu. Na jego końcu była brama.

– Otwarta?

– Tak.

A więc kobieta ma konszachty z którymś ze strażników. Musiała go poprosić, by nie zamykał bramy.

Sulyard potarł oczy. Czas spędzony na morzu odznaczył się na jego twarzy, ale Niclays widział teraz, że jego gość jest bardzo młody. Chyba nie przekroczył jeszcze dwudziestki.

– Doktorze Roos – zwrócił się do starca. – Przybyłem tutaj, by wykonać pewną bardzo ważną misję. Muszę porozmawiać z...

– Pozwól, że ci przerwę – wszedł mu w zdanie Niclays. – Nie interesuje mnie, dlaczego tu jesteś.

– Ależ...

– Niezależnie od powodu, przybyłeś tutaj bez uzyskania zgody władz, co jest skrajnym idiotyzmem. Jeśli główny oficer zdybie cię tutaj i zawlecze na przesłuchanie, chcę móc powiedzieć, zgodnie z prawdą, że nie mam bladego pojęcia, dlaczego wylądowałeś akurat na moim progu w środku nocy, myśląc najwyraźniej, że ktoś powita cię z honorami.

– Główny oficer? – Sulyard zamrugał.

– Seiikineski urzędas, pierwszy po bogach na tym pływającym wysypisku, a sam mający się najwyraźniej za pomazańca bożego. Czy wiesz chociaż, gdzie się znajdujesz?

– To Orisima, ostatnia zachodnia faktoria na Wschodzie. Jej istnienie dało mi nadzieję, że wojwładca zechce mnie wysłuchać.

– Zaręczam, że Nadama Pitosu pod żadnym pozorem nie udzieli posłuchania intruzowi. Gdy tylko cię zwęszy, każe cię stracić.

Sulyard milczał.

Niclays przez chwilę rozważał, czy nie powiedzieć gościowi, że jego wybawczyni najprawdopodobniej planuje donieść na niego władzom. Postanowił tego nie robić. Sulyard mógłby wpaść w popłoch i spróbować uciec, a przecież nie miał dokąd.

Byle do jutra. Jutro już go tu nie będzie.

W tym momencie do uszu Niclaysa dobiegły jakieś głosy. Kroki na drewnianych schodach wiodących do któregoś z pobliskich domów. Poczuł ucisk w żołądku.

– Schowaj się – powiedział i sięgnął po laskę.

Sulyard skrył się za parawanem, a Niclays otworzył drzwi, bezskutecznie próbując opanować drżenie rąk.

Wieki temu pierwszy wojwładca Seiiki podpisał Wielki Edykt i odizolował wyspę od reszty świata z wyłączeniem Jezioran i Mentyjczyków, chcąc bronić obywateli przed smoczą plagą. Ale nawet gdy plaga minęła, wyspa wciąż pozostawała odcięta. Na jego mocy nielegalni przybysze podlegali karze śmierci. Tak jak każdy, kto udzielał im schronienia.

Nie dostrzegł na ulicy strażników, ale ujrzał zbierających się sąsiadów. Niclays dołączył do nich.

– Co tu się dzieje, jak mi Galian miły? – rzucił do kucharza, który gapił się na jakiś punkt ponad ich głowami z gębą rozdziawioną tak szeroko, że mógłby łapać do niej motyle. – Harolcie, odradzam przybierania w przyszłości tego wyrazu twarzy. Ktoś weźmie cię za przygłupa.

– Pan patrzy, doktorze! – wydyszał kucharz. – O tam!

– Jeśli to jakiś żart, to…

Umilkł w pół słowa, gdy w końcu zobaczył.

Ponad bramę Orisimy wyjrzała olbrzymia głowa. Należała do stworzenia zrodzonego z klejnotów i morza. Para unosiła się z jego łusek z kamienia księżycowego, tak jasnych, że zdawały się lśnić wewnętrznym blaskiem. Każdy pokrywała skorupa podobnych do drogich kamieni kropelek. Każde jego oko było niczym płonąca gwiazda, każdy róg wydawał się ulepiony z rtęci, co lśniła w bladym świetle księżyca. Stwór poruszał się z gracją tańczącej na wietrze wstęgi, wzleciał ponad bramą i wzniósł się wysoko w niebo, lekko i cicho jak papierowy latawiec.

Smok. Gdy frunął nad Przylądkiem Hisan, jego pobratymcy wyłaniali się z wody, zostawiając za sobą ślad chłodnej mgły. Niclays nakrył dłonią rozkołatane w piersi serce.

– A co one tu robią? – wyszeptał.

2
Zachód

Oczywiście był zamaskowany. Oni zawsze nosili maski. Tylko głupiec włamałby się do Wieży Królowej, nie zadbawszy o pozostanie incognito, a przemykając do komnat władczyni, dowiódł, że głupcem nie jest.

Dalej, w głównej sypialni, spała Sabran. Z rozrzuconymi po poduszce włosami i ciemnymi rzęsami odznaczającymi się na tle bladej skóry królowa Inys była obrazem spokoju. Dziś towarzyszyła jej Roslain Crest.

Żadna z nich nie miała pojęcia, że w ich kierunku pełźnie z morderczą intencją bezszelestny cień.

Udając się na spoczynek, Sabran powierzyła klucz do łożnicy jednej z dam sypialnianych. Miała go teraz pod swoją pieczą Katryen Withy, która przebywała obecnie w Galerii Rogowej. Królowieckich komnat strzegli Rycerze Ciała, ale drzwi do samej sypialni nie zawsze były obstawione. W końcu istniał tylko jeden klucz, którym można by je otworzyć.

A więc nie było ryzyka, że ktoś wkradnie się do środka.

Przedostawszy się do komnaty – ostatniego bastionu oddzielającego królowieckie łoże od świata zewnętrznego – rzezimieszek obejrzał się przez ramię. Sir Gules Heath wrócił na stanowisko, nieświadomy zagrożenia, które pojawiło się pod jego nieobecność. Nie wiedział, że ukryta wśród krokwi Ead obserwuje zbira, który oparł teraz dłoń na drzwiach wiodących do królowieckiej łożnicy. Nie wydając najmniejszego dźwięku, intruz wyłowił klucz z wewnętrznej kieszeni płaszcza i wsunął go do zamka.

Po czym przekręcił.

Zastygł w bezruchu na długi czas. Pewnie czekał na odpowiedni moment.

Ten był znacznie ostrożniejszy od poprzednich. Gdy Heath rozkaszlał się, jak miał w zwyczaju, skrytobójca pchnął drzwi do wielkiej sypialni. Drugą ręką wydobył zza pasa sztylet. Taki sam jak wszystkie poprzednie.

Gdy zrobił krok naprzód, Ead poruszyła się również i zeskoczywszy z belki pod sufitem, bezszelestnie opadła na posadzkę.

Przemknęła przez marmurową podłogę kreśloną snopami światła. Gdy szubrawiec, unosząc sztylet, wkroczył do środka, Ead zatkała mu usta dłonią i wbiła swój własny między jego żebra.

Mężczyzna zaszamotał się, ale Ead trzymała mocno, pilnując, by krew nie splamiła jej ubrania. Gdy trup zwiotczał, opuściła go na posadzkę i uniosła mu obszyty jedwabiem wizard.

Skrywająca się pod nim twarz była zdecydowanie zbyt młoda, jeszcze chłopięca. Wodniste, nieruchome jak tafla leśnego stawu oczu gapiły się w sufit.

Nie rozpoznała go. Złożyła pocałunek na jego czole i zostawiła go na marmurowej posadzce.

Krzyk o pomoc rozbrzmiał w momencie, gdy na powrót skryła się wśród cieni.

Świt znalazł ją na ziemiach pałacowych. Pierwsze promienie słońca igrały na wysadzanej szmaragdami siateczce opinającej jej włosy.

Każdego ranka wykonywała tę samą serię czynności. Kto jest przewidywalny, ten jest bezpieczny. Najpierw udała się do mistrza pocztowego, który potwierdził, że nie przyszły do niej żadne listy. Później wspięła się po schodach i spojrzała z wysokości na miasto Ascalon. Wyobraziła sobie, jak pewnego dnia przechodzi przez bramę i idzie przed siebie, aż dociera do portu, w którym znajduje się statek, a ten zabiera ją do domu, do Lasyi. Czasem marzyła, że jest w stanie dostrzec mieszkających tam starych znajomych i wymienia z nimi ledwie dostrzegalne skinienie.

Poszła do Domu Biesiadnego, gdzie zasiadła do śniadania z Margret, a później, z wybiciem ósmej, rzuciła się w wir obowiązków. Najpierw musiała znaleźć nadworną praczkę. Ead natknęła się na nią w niszy obrośniętej bluszczem za pałacową kuchnią. Chłopiec stajenny zdawał się liczyć językiem piegi na jej szyi.

– Dzień dobry – przywitała się Ead.

Para odskoczyła od siebie, krztusząc się powietrzem. Chłopiec wybałuszył oczy i puścił się galopem, jakby był jednym z doglądanych przez siebie koni.

– Pani Duryan! – Praczka wygładziła spódnice i dygnęła, oblewając się rumieńcem. – Och, błagam cię, nie mów nikomu, inaczej będzie po mnie.

– Nie musisz dygać. Nie jestem z wysokiego rodu. – Ead rozciągnęła usta w uśmiechu. – Uznałam, że mądrze postąpię, przypominając ci, że musisz usługiwać Jej Wysokości skrupulatnie i z oddaniem. Ostatnimi czasy trochę się opuściłaś.

– Och, pani Duryan, przyznaję, że ostatnio błądzę myślami, ale tak się niepokoję... – Praczka wykręcała pokryte odciskami palce. – Służba plotkuje. Mówi się, że dwa dni temu młoda wiwerna porwała w Jeziorach dwa bydlęta. Wiwerna! Czy to nie przerażające, że budzą się ze snu sługi Bezimiennego?

– Otóż właśnie z tego powodu nie wolno ci „błądzić myślami". Te sługi pragną upadku miłościwie nam panującej, gdyż jej śmierć sprowadzi ich władcę na ten świat – pouczyła ją Ead. – Dlatego tak ważne jest, byś wypełniała swoje obowiązki. Każdego dnia musisz sprawdzać, czy nikt nie skropił jej pościeli trucizną, i utrzymywać jej łoże w świeżości i czystości.

– Oczywiście, ma się rozumieć. Obiecuję, że dołożę wszelkich starań.

– Och, nie mnie to obiecuj. Tylko Świętemu. – Ead kiwnęła głową w stronę Królowieckiego Sanktuarium. – Idź do niego natychmiast. Może od razu poproś o wybaczenie za swój... wybryk. Zabierz tam swojego kochanka, razem błagajcie o łaskę. No, raz-dwa!

Gdy praczka pobiegła we wskazanym kierunku, Ead się uśmiechnęła. Ależ łatwowierni ci Inysyci.

Lecz wkrótce uśmiech spełzł z jej warg. Bo fakt pozostawał faktem – wiwerna ośmieliła się ukraść pasterzom dwie sztuki bydła. Smocze stworzenia już od lat budziły się z długiego snu, ale mało kto widywał je w dziczy. Do niedawna, bo w ciągu ostatnich kilku miesięcy napotyka się je coraz częściej. To niedobrze, że bestie ośmielają się polować tak blisko ludzkich sadyb.

Trzymając się cienia, Ead ruszyła długą aleją w kierunku monarszych komnat. Okrążyła Królowiecką Bibliotekę, mijając po drodze jednego z białych pawi, które kręciły się po pałacowych placach i skwerach, po czym weszła do budynku klasztornego.

Pałac Ascalon – strzelisty gmach z bladego wapienia – był największą i najstarszą rezydencją władczyń Królowiectwa Inys wywodzących się z domu Berethnet. Zniszczenia, jakich doznał za czasów Żałoby Wieków, gdy Smocza Armia wypowiedziała wojnę rodzajowi ludzkiemu, dawno już naprawiono. Teraz w każdym oknie widniały witraże we wszystkich kolorach tęczy. Pałacowe tereny mieściły Sanktuarium Cnót, spowite zbawczym cieniem ogrody dające wytchnienie od słońca oraz bibliotekę ozdobioną marmurową wieżą zegarową. Sabran przenosiła się tutaj i urzędowała przez całe lato.

Na środku dziedzińca rosła jabłoń. Ead zatrzymała się na jej widok. Boleśnie zakłuło ją serce.

Minęło już pięć dni, odkąd zniknął z pałacu Loth wraz z lordem Kitstonem Glade'em. Nikt nie wiedział, dokąd poszli ani dlaczego opuścili dwór bez pozwolenia. Sabran nie kryła się ze swoim niepokojem, ale Ead zachowywała własne obawy dla siebie.

Przypomniała sobie zapach dymu z ogniska, który poczuła na swojej pierwszej Uczcie Przyjaźni, gdy poznała lorda Artelotha Becka. Każdej jesieni dworzanie gromadzili się, by obdarowywać się prezentami i radować zjednoczeniem w Cnotach. Wtedy zobaczyli się po raz pierwszy, lecz Loth wyznał jej później, że już dawno zwrócił uwagę na nową, tajemniczą damę dworu. Jego uszu dobiegły szeptane ukradkiem plotki o owej osiemnastolatce z Południa, która nie jest ani szlachcianką, ani wieśniaczką i która dopiero co przyjęła do serca Rycerskie Cnoty. Wielu dworzan oglądało przedstawienie jej królowej przez ambasadora Ersyru.

„Nie przynoszę drogocennych klejnotów ni złota, które uświetniłyby święto Nowego Roku, lecz damę, której przeznaczeniem jest stać się częścią twego Wysokiego Dworu – oznajmił Chassar. – Nie ma podarunku cenniejszego niż lojalność".

Sama królowa miała wówczas tylko dwadzieścia lat. Dwórka, w której żyłach nie płynęła szlachecka krew i której nie udekorowano żadnymi znamienitymi tytułami, była w istocie nietypowym upominkiem, lecz uprzejmość nie pozwoliła monarchini odrzucić daru.

Biesiadę nazywano Ucztą Przyjaźni, ale była to nazwa na wyrost. Tej nocy nikt nie poprosił Ead do tańca – nikt poza Lothem. Szeroki w barach, o głowę od niej wyższy, miał karnację barwy głębokiej czerni i właściwy mieszkańcom północy ciepły ton głosu. Nie było dworzanina, który nie znałby jego imienia. Był w końcu dziedzicem Złotobrzozy – miejsca narodzin Świętego – i bliskim przyjacielem królowej Sabran.

– Pani Duryan – rzekł do niej tej nocy, kłaniając się. – Gdyby zechciała pani uczynić mi zaszczyt i poświęcić mi ten taniec, ratując mnie przed kanclerzem Exchequeru, znanym też jako najnudniejszy człowiek na świecie, byłbym zobowiązany. W zamian podkradnę ze stołu dzban najprzedniejszego ascalońskiego wina i oddam pani połowę. Co pani na to?

Potrzebowała przyjaciela. I mocniejszego trunku. A więc, choć był lordem Artelothem Beckiem, a ponadto zupełnie obcym mężczyzną, zatańczyła z nim trzy pawany i spędziła resztę nocy przy jabłoni, racząc się winem i rozmową pod rozgwieżdżonym niebem. Ani się obejrzała, zakwitła między nimi przyjaźń.

A teraz go nie było, a wyjaśnienie nasuwało się jedno: Loth nigdy by nie opuścił pałacu, nie mówiąc o tym siostrze i nie pytając królowej o pozwolenie – zatem został uprowadzony.

Choć przecież ostrzegały go z Margret. Tłumaczyły, że jego przyjaźń z Sabran, którą zadzierzgnęli jeszcze w dzieciństwie, wkrótce uczyni go zagrożeniem dla jej perspektyw na zamążpójście. Że teraz, gdy już nieco podrośli, powinni rozluźnić łączące ich więzi.

Loth jednak nigdy nie słuchał głosu rozsądku.

Ead wróciła na ziemię. Opuszczając klasztor, zeszła z drogi grupce służących lady Igrain Crest, Księżnej Sprawiedliwości. Na ich szatach wyhaftowany był jej herb.

Ogród Zegara Słonecznego spijał poranne światło. Jego ścieżki wyłożone były słońcem, posadzone wokoło róże rumieniły się miękko pod nieruchomym spojrzeniem posągów pięciu wielkich władczyń z domu Berethnet, które stały nad wejściem do pobliskiej Wieży Dearna. W dni takie jak ten Sabran lubiła spacerować pod rękę z jedną ze swoich dam dworu, lecz dzisiaj ścieżki były puste. Wątpliwe, by wybrała się na przechadzkę, skoro nieopodal jej łoża znaleziono tej nocy trupa.

Ead zbliżała się do Wieży Królowej. Oplatający ją drzewobluszcz obsypany był purpurowym kwieciem. Wspięła się po licznych schodach i ruszyła w kierunku królowieckich apartamentów.

Dwunastu Rycerzy Ciała, zakutych w pozłacane pancerze i odzianych w letnie zielone płaszcze, pilnowało wejścia do komnaty królowej. Ich karwasze pokryte były kwiecistymi wzorami, a napierśnikom czynił zaszczyt umieszczony w kluczowym miejscu herb Berethnetów. Podnieśli raptownie wzrok na zbliżającą się Ead.

– Dzień dobry – przywitała się.

Zbudzona gwałtownie ostrożność rozpłynęła się, gdy ją rozpoznali. Przepuścili damę komnatową, a ona weszła do środka.

W komnacie Ead natknęła się na lady Katryen Withy, bratanicę Księcia Przyjaźni. Przeżywszy lat dwadzieścia i cztery, była najmłodszą i najważniejszą z trzech dam sypialnianych. Los obdarzył ją gładką, brązową skórą, pełnymi wargami i mocno kręconymi włosami barwy tak głębokiej czerwieni, że w odpowiednim oświetleniu aż przechodzącej w czerń.

– Pani Duryan – powitała ją. Jak wszyscy w pałacu nosiła się na modłę letnią, łącząc zieleń z żółcią. – Jej Wysokość wciąż jest w łożu. Czy znalazłaś praczkę?

– Tak, pani. – Ead dygnęła. – Wygląda na to, że... przytłoczyły ją obowiązki rodzinne.

– Nie ma ważniejszych obowiązków od tych względem Korony. – Katryen łypnęła na drzwi. – Tej nocy do pałacu wtargnął kolejny intruz. Bardziej od dotychczasowych rozgarnięty. Nie tylko wdarł się do wielkiej sypialni, ale i wykorzystał w tym celu zdobyty nie wiedzieć jakim sposobem klucz.

– Do samej łożnicy... – Ead miała nadzieję, że dobrze udaje zaskoczenie. – A więc ktoś w Wysokim Dworze dopuścił się zdrady.

Katryen potwierdziła skinieniem.

– Sądzimy, że dostał się na górę Sekretnymi Schodami. To by tłumaczyło, jak udało mu się ominąć Rycerzy Ciała i przedostać prosto do łożnicy. A zważywszy na to, że Sekretne Schody są zapieczętowane, odkąd... – westchnęła – odkąd sierżant odźwierny został oddalony za swoją niefrasobliwość, to od teraz wartownicy będą musieli pilnować, aby drzwi do wielkiej sypialni znajdowały się zawsze w zasięgu ich wzroku.

Ead skinęła głową.

– Jak mogłabym się dzisiaj przysłużyć Koronie?

– Mam dla ciebie specjalne zadanie. Jak wiesz, wkrótce przybędzie do pałacu mentyjski ambasador Oscarde utt

Zeedeur. Jego córka ostatnimi czasy nieumiejętnie dobiera szaty. – Katryen wydęła wargi. – Gdy pierwszy raz gościła na dworze, lady Truyde zawsze wyglądała nieskazitelnie, ale teraz... Wczoraj na modłach miała we włosach liść, a przedwczoraj zapomniała założyć gorset. – Zmierzyła Ead znaczącym spojrzeniem. – Ty wydajesz się wiedzieć, jak ubrać się stosownie do pozycji. Dopilnuj, by lady Truyde też to sobie przypomniała.

– Tak, pani.

– Ach, Ead, i ani słowa, jeśli chodzi o to nocne wtargnięcie. Jej Wysokość nie chce wprowadzać atmosfery naznaczonej niepokojem.

– Oczywiście.

Minąwszy strażników po raz drugi, Ead rzuciła okiem na ich pozbawione wyrazu, kamienne oblicza.

Wiedziała od dawna, że ktoś wpuszcza do pałacu skrytobójców. A teraz ten ktoś wyposażył jednego z nich w klucz do osobistej komnaty królowej Inys. Ów mężczyzna miał ją zabić we śnie.

Już Ead w tym głowa, by się dowiedzieć, kto jest za to odpowiedzialny.

Dom Berethnet, jak większość królewskich rodów, był swego czasu toczony plagą przedwczesnych śmierci. Glorian I wypił zatrute wino. Jillian III władała tylko rok, nim któryś z jej służących przebił jej serce sztyletem. Matka Sabran, Rosarian IV, umarła, przywdziawszy suknię skropioną jadem bazyliszka. Nikt nie wiedział, jakim cudem ubranie trafiło do królowieckiej garderoby, ale podejrzewano zdradę.

A teraz mordercy ostrzyli sobie zęby na ostatnią potomkinię rodu Berethnet. Z każdą kolejną próbą morderstwa byli o krok bliżej celu. Jeden zaalarmował strażników, gdy przypadkiem przewrócił popiersie. Kolejnego przyuważono, gdy próbował wślizgnąć się do Galerii Rogowej, a jeszcze kolejny miotał przekleństwa, stojąc przed drzwiami Wieży Królowej, aż dopadli go strażnicy. Nie znaleziono żadnych związków między poszczególnymi zamachowcami, ale Ead była pewna, że mieli tego samego mocodawcę. Kogoś, kto bardzo dobrze zna pałac. Kto mógł w ciągu jednego dnia niepostrzeżenie ukraść klucz, zrobić kopię, a potem odłożyć oryginał na miejsce. Kto wiedział, jak otworzyć drzwi prowadzące na Sekretne Schody, nieużywane od śmierci królowej Rosarian.

Gdyby Ead była jedną z dam sypialnianych, zaufanych powiernic władczyni, o wiele łatwiej byłoby jej bronić królowej przed zakusami kolejnych zbirów. Od przybycia na Inys szukała sposobności, by dołączyć do ich grona, ale powoli zaczynało do niej docierać, że to nigdy nie nastąpi. Nieutytułowana konwertytka nie była wymarzoną kandydatką na to stanowisko.

Ead znalazła Truyde w komnacie szkatułowej, gdzie spały damy dworu. Stało tam, jedno przy drugim, dwanaście łóżek. Tutaj ich kwatery były przestronniejsze niż w jakimkolwiek innym pałacu, ale wciąż ciasne dla dziewcząt przyzwyczajonych do przepychu szlacheckich rezydencji.

Najmłodsze damy dworu walczyły na poduszki, śmiejąc się głośno i perliście. Przestały natychmiast, gdy do pomieszczenia weszła Ead. Dziewczyna, której szukała, wciąż leżała w łóżku.

Lady Truyde, markiza Zeedeur, była poważną młodą kobietą o mlecznobiałej skórze upstrzonej piegami i oczach czarnych jak węgle. Wysłano ją na Inys w wieku piętnastu lat, to jest dwa lata temu, by przyswoiła sobie dworskie obyczaje, nim odziedziczy po ojcu władztwo nad księstwem Zeedeur. Była w jej oczach jakaś uważność, która przywiodła Ead na myśl młodą sowę. Truyde często można było znaleźć w czytelni, wiszącą na drabinach stojących przy regałach lub ostrożnie wertującą księgi o kruchych stronicach.

– Lady Truyde – zwróciła się do niej Ead, dygając.

– Co? – burknęła dziewczyna znudzonym głosem. Wciąż miała silny akcent.

– Lady Katryen poprosiła mnie, bym pomogła ci się ubrać – oznajmiła Ead. – Jeśli nie masz nic przeciwko, pani.

– Mam siedemnaście lat, pani Duryan, i potrafię ubrać się sama.

Usłyszała, jak pozostałe damy zasysają powietrze.

– Obawiam się, że lady Katryen ma inne zdanie na ten temat – odrzekła ze spokojem.

– Zatem lady Katryen się myli.

Znowu głośno zaczerpnęły powietrza. Aż dziwne, że jeszcze jakieś zostało w komnacie.

– Drogie panie – zwróciła się do dziewczyn – znajdźcie, proszę, służkę i poproście, by wypełniła balię wodą.

Damy oddaliły się, jednak bez dygnięć. Choć Ead zajmowała wyższą pozycję niż one, to przecież nie była szlachetnie urodzona. Truyde przez chwilę gapiła się przez okno, dopiero potem wstała. Usiadła na stołku obok pustej jeszcze balii.

– Zechciej mi wybaczyć, pani Duryan – wyrzekła. – Od rana mam zły humor. Ostatnio źle sypiam. – Złożyła dłonie na podołku. – Jeśli taka jest wola lady Katryen, możesz pomóc mi się ubrać.

Rzeczywiście wydawała się zmęczona. Ead podeszła do kominka, by ogrzać przy płomieniu lniane ręczniki. Gdy służka przyniosła wodę, Ead stanęła za Truyde i zebrała w dłonie jej obfite loki. Sięgały do bioder i miały kolor głębokiej czerwieni, niby tkanina zabarwiona marzanną. Ten kolor włosów był dość pospolity w leżącym po drugiej stronie Cieśniny Łabędziej Wolnym Państwie Mentendonie, ale niespotykany na Inys.

Truyde umyła twarz. Ead natarła jej włosy pomagralem, a potem wypłukała je i rozczesała. Przez cały ten czas dziewczyna nie odezwała się słowem.

– Czy dobrze się miewasz, pani?

– Całkiem dobrze. – Truyde przekręciła pierścień na palcu, odsłaniając zieloną pręgę pod spodem. – Tylko... irytują mnie pozostałe damy i ich plotki. Powiedz mi, pani Duryan, czy słyszałaś o Triamie Sulyardzie, który był niegdyś giermkiem sir Marke'a Birchena?

Ead delikatnie osuszyła jej włosy lnianym ręcznikiem.

– Coś słyszałam, ale niewiele – odparła. – Tylko tyle, że bez pozwolenia opuścił dwór minionej zimy. I że popadł w długi przez zamiłowanie do hazardu. A czemu pytasz, pani?

– Bo pozostałe dziewczyny stale o nim rozmawiają, wymyślają niestworzone historie. Miałam nadzieję, że uda mi się je uciszyć.

– Przykro mi, że cię rozczarowałam – odrzekła Ead.

Truyde podniosła wzrok i posłała jej spojrzenie spod kasztanowych rzęs.

– Byłaś kiedyś dwórką.

– To prawda. – Ead wykręciła tkaninę. – Przez cztery lata, odkąd ambasador uq-Ispad sprowadził mnie do pałacu.

– A potem cię awansowano. Może królowa Sabran kiedyś i mnie uczyni swą damą komnatową. – Truyde się zamyśliła. – Wtedy nie musiałabym już sypiać w tej klatce.

– Cały świat jest klatką w oczach młodej dziewczyny. – Dłoń Ead spoczęła na jej ramieniu. – Pójdę po suknię.

Truyde usiadła przy ogniu i przeczesała włosy palcami. Ead zostawiła ją, by zdążyły przeschnąć.

Na zewnątrz lady Oliva Marchyn, dwórmistrzyni, głosem przypominającym dźwięk krzywuły miotała oskarżenia.

– Pani Duryan – wyrzekła sztywno na widok Ead.

Wymówiła jej nazwisko, jakby kojarzyło jej się z zakaźną chorobą. Była w końcu kobietą z Południa, narodzoną poza kręgiem światła Cnót, a więc Inysyci traktowali ją z dozą zdrowej podejrzliwości.

– Lady Oliva – odpowiedziała spokojnie. – Lady Katryen przysłała mnie, bym pomogła lady Truyde. Czy mogę poprosić o jej suknię?

– Hm – mruknęła Oliva. – Proszę za mną – dodała i poprowadziła Ead korytarzem. Z jej koafiury uciekł kosmyk siwych włosów. – Ta dziewczyna mogłaby wreszcie coś zjeść. Uwiędnie niczym kwiat tknięty mrozem.

– Od dawna nie ma apetytu?

– Od Uczty Wczesnowiosennej. – Oliva rzuciła jej pogardliwe spojrzenie. – Spraw, żeby jakoś wyglądała. Jej ojciec wpadnie w złość, jeśli uzna, że ją tu głodzimy.

– A może jest chora?

– Potrafię zdiagnozować chorobę, moja droga.

Ead uśmiechnęła się nieznacznie.

– Kto wie, może choruje z miłości?

Oliva zacisnęła usta.

– Jest damą dworu. Nie będę tolerować plotkowania w komnacie szkatułowej.

– Wybacz, pani. To był żart.

– Jesteś, pani, dwórką królowej Sabran, a nie jej błaznem.

Wciągnąwszy powietrze nosem, Oliva wyjęła suknię z magla i podała ją Ead, która dygnęła i odeszła. Nienawidziła tej baby całą mocą swego jestestwa. Te cztery lata, które spędziła jako dwórka, były najgorszymi w jej życiu. Choć dokonała publicznej konwersji na religię Sześciu Cnót, wciąż kwestionowano jej lojalność względem rodu Berethnet.

Sięgnęła pamięcią do dni, które spędziła, leżąc obolała na twardym łóżku w komnacie szkatułowej i słuchając, jak pozostałe dziewczyny pokpiwają z jej południowego akcentu i zastanawiają się, jakich też heretyckich praktyk dopuszczała się w Ersyrze. Oliva nigdy nie upomniała ich choćby słowem. Ead wiedziała, że to kiedyś minie, ale te docinki i niewybredne żarty raniły jej dumę. Gdy zwolniło się miejsce w komnacie królowej, dwórmistrzyni z ulgą wepchnęła na nie Ead, byle się jej pozbyć. Ead robiła wszystko, o co ją poproszono – tańczyła ku uciesze władczyni, opróżniała jej balię po kąpieli i sprzątała królowieckie komnaty. Miała teraz własny pokój i wyższą pensję.

Truyde zdążyła już założyć szyft. Ead pomogła jej z gorsetem i letnią halką, a później przyoblekła ją w czarną jedwabną suknię z bufiastymi rękawkami i koronkowym partletem. Broszka z tarczą patrona młodej dwórki, Rycerza Odwagi, lśniła, przypięta na sercu. Wszystkie dzieci Cnót wybierały sobie patrona, osiągnąwszy wiek dwunastu lat.

Ead nosiła podobną – wiązkę pszenicy symbolizującą szczodrość. Otrzymała ją w chwili przejścia na inysycką religię.

– Pani – zagadnęła Truyde – damy dworu mówią, że jesteś heretyczką.

– Modlę się w Sanktuarium – odparła Ead. – W odróżnieniu od kilku z nich.

Truyde wpatrywała się w nią.

– Czy Ead Duryan to twoje prawdziwe imię? – spytała niespodziewanie. – Nie brzmi jak imię Ersyrki.

– Czy władasz ersyrskim, moja pani? – Ead ujęła w palce zwój złotych wstążek.

– Nie, ale czytałam o tym kraju.

– Czytanie – westchnęła lekko Ead. – Niebezpieczne zajęcie.

Truyde wpiła się w nią spojrzeniem.

– Kpisz ze mnie, pani.

– Ależ skąd. Księgi kryją w sobie wielką moc.

– A w każdej opowieści jest ziarno prawdy. To pięknie ustrojona wiedza o prawdziwym życiu.

– Mam więc nadzieję, że wykorzystasz całą tę zdobytą wiedzę w dobrym celu. – Ead musnęła palcami jej czerwone loki. – Skoro pytasz, odpowiem: nie, to nie jest moje prawdziwe imię.

– Tak myślałam. A jak brzmi to prawdziwe?

Ead zgarnęła na tył głowy dwa kosmyki i przewiązała je wstążką.

– Nikt tutaj nie wie, jak ono brzmi.

– Nawet Jej Wysokość? – Truyde uniosła brwi.

– Nawet ona. – Ead obróciła dziewczynę twarzą do siebie. – Dwórmistrzyni martwi się o twoje zdrowie. Czy na pewno nic ci nie jest? – Truyde uciekła wzrokiem. Ead delikatnie położyła jej dłoń na ramieniu. – Ty znasz mój sekret. Obowiązuje nas przysięga milczenia. Jesteś w ciąży, czyż nie?

Truyde zamarła.

– Ależ skąd.

– Więc o co chodzi?

– To nie twoja sprawa. Mam delikatny żołądek, to wszystko. Odkąd…

– Odkąd odszedł Sulyard.

Truyde miała taką minę, jakby Ead uderzyła ją w twarz.

– Opuścił pałac wiosną – ciągnęła. – Lady Oliva twierdzi, że od tamtego czasu nie masz apetytu.

Truyde odskoczyła od niej, a jej nozdrza zapłonęły czerwienią.

– Zapędziłaś się w swoich przypuszczeniach, pani Duryan, i to bardzo. Jestem Truyde utt Zeedeur, krew z krwi rodu Vattenów, markiza Zeedeur. Ja miałabym się zniżyć do tego, by parzyć się z jakimś nędznym giermkiem… – urwała i odwróciła się plecami. – Zejdź mi z oczu albo powiem lady Olivie, że rozsiewasz kłamstwa o wysoko urodzonej.

Ead posłała jej przelotny uśmiech i się wycofała. Zbyt wiele lat spędziła na dworze, by dawać się karcić dziecku.

Oliva zauważyła ją w korytarzu i odprowadziła wzrokiem do drzwi. Wyszedłszy na słońce, Ead napełniła płuca wonią świeżo skoszonej trawy.

Jedna rzecz nie ulegała wątpliwości: Truyde utt Zeedeur spotykała się w tajemnicy z Triamem Sulyardem. Ead stawiała sobie za punkt honoru znać sekrety i sekreciki dworzan. Wkrótce pozna również i ten.

3
Wschód

Świt wylał się na Seiiki niczym żółtko z jaja czapli. Blade światło wypełniło pokój Tané. Okiennice otworzyły się po raz pierwszy od ośmiu dni.

Dziewczyna wpatrywała się w sufit podkrążonymi oczami. Nie spała całą noc, dręczona na przemian falami gorąca i chłodu.

Już nigdy nie obudzi się w tym pokoju. Nadszedł Dzień Powołania. Czekała na niego od dziecka – i zaryzykowała jak ostatnia głupia, łamiąc regułę odosobnienia. Prosząc Susę, by ukryła cudzoziemca na Orisimie, wystawiła na szwank życie swoje i przyjaciółki.

Jej żołądek zdawał się fikać kozły. Podniosła z ziemi ubrania i kosmetyczkę, minęła wciąż pogrążoną we śnie Ishari i wyślizgnęła się z pokoju.

Dom Południa stał na pagórku stanowiącym przedmurze Szczęki Niedźwiedzia, łańcucha górskiego górującego nad Przylądkiem Hisan. Podobnie jak w pozostałych trzech Domach Nauki szkoliło się w nim kandydatów do Wysokiej

Straży Morskiej. Tané mieszkała tu, odkąd skończyła trzy lata.

Wychodząc na zewnątrz, czuła się tak, jakby właziła do pieca, spiekota oblepiła jej ciało potem.

Seiiki pachniała. Powietrze przenikał podsycony przez deszcz zapach drzew, Tané miała wrażenie, że każdy liść wydziela inną woń. Kiedy indziej ta woń ukoiłaby jej nerwy, lecz nie dziś.

Gorące źródła parowały w porannym chłodzie. Tané zrzuciła szatę nocną i weszła do najbliższego stawu. Wyszorowała ciało otrębami. W cieniu śliw założyła mundur i zaczesała włosy na bok, by nie zasłaniały niebieskiego smoka na tunice. Gdy weszła do domu, w środku trwała już krzątanina.

Spożyła skromne śniadanie – pół miski potrawki i łyk herbaty. Kilkoro uczniów, których minęła, życzyło jej powodzenia.

Gdy wybiła godzina, wyszła z budynku jako pierwsza.

Na zewnątrz czekali słudzy z końmi. Skłonili się jednocześnie. Gdy Tané dosiadała wierzchowca, dogoniła ją skołowana Ishari i prędko wsiadła na swojego.

Tané przyglądała jej się, czując, że w gardle rośnie jej gula. Dzieliła z przyjaciółką pokój od sześciu lat, a po ceremonii mogą się już nigdy nie zobaczyć.

Zbliżyły się do bramy, która oddzielała Domy Nauki od reszty przylądka, a następnie pokonały most i przecięły spływający z gór strumień. Dołączyły do grupy uczniów, którzy pochodzili ze wszystkich stron dystryktu, a teraz tkwili zebrani tutaj, czekając na ostatni sprawdzian. Tané pochwyciła spojrzenie Turosy, swojego rywala, który posłał jej pogardliwy uśmieszek. Wpatrywała się w niego, aż popędził konia i ruszył galopem w kierunku miasta. Za nim, jak cienie, podążyli jego znajomkowie.

Tané ostatni raz obejrzała się przez ramię, by nasycić oczy widokiem soczyście zielonych wzgórz i sylwetek modrzewi rysujących się na tle bladobłękitnego nieba. A potem utkwiła wzrok w horyzoncie.

Procesja wlokła się naprzód. Wielu obywateli wstało wcześnie rano, by popatrzeć na zmierzających do świątyni kandydatów. Obrzucali ich solnym kwieciem, tłoczyli się na ścieżkach i wyciągali szyje, chcąc przyjrzeć się tym, którzy być może za chwilę zostaną uznani za boskich wybrańców. Tané usiłowała skoncentrować się na cieple końskiego grzbietu, które wnikało w jej uda, na miarowym stukaniu kopyt – na czymkolwiek, byle tylko przestać myśleć o cudzoziemcu.

Susa zgodziła się ukryć Inysytę na Orisimie. Oczywiście, że się zgodziła. Zrobiłaby wszystko dla Tané, a Tané dla niej.

Jak to czasem bywało, Susa była niegdyś blisko z jednym z wartowników pilnujących faktorii. Sprawa była już zakończona, ale mężczyzna chciał, by dziewczyna na powrót obdarzyła go względami. Otworzywszy bramę, Susa planowała popłynąć wraz z obcokrajowcem na wyspę i dostarczyć go do chirurga, nęcąc starca pustą obietnicą srebra, jeśli zgodzi się na współpracę. Mężczyzna najwyraźniej tonął w hazardowych długach.

Jeśli intruz rzeczywiście zapadł na czerwoną zarazę, utknie na Orisimie na dobre. Gdy ceremonia dobiegnie końca, Susa anonimowo doniesie na niego do gubernatora Hisan. Jeśli strażnicy znajdą mężczyznę w domu doktora, ten zostanie wychłostany do żywego mięsa, ale Tané nie sądziła, by go zabili – ryzykowaliby wtedy zerwanie sojuszu z Mentendonem. Jeśli tortury rozwiążą mu język, może intruz opowie władzom o dwóch kobietach, które pomogły mu tej nocy, gdy przybył na wyspę, ale nie będzie miał wiele czasu, by próbować się wybronić z zarzutów. A to dlatego, że na skutek obaw przed epidemią czerwonej zarazy, natychmiast zostanie zgładzony.

Ta myśl kazała Tané spojrzeć na własne dłonie. To właśnie tam choroba uwidacznia się w pierwszej kolejności. Nie dotknęła go co prawda, ale już samo przebywanie w jego obecności narażało ją na ryzyko. To było czyste szaleństwo. Jeśli Susa się zaraziła, Tané nigdy sobie tego nie wybaczy.

Przyjaciółka zaryzykowała wszystko, byle dopilnować, że dzisiejszy dzień przebiegnie tak, jak Tané sobie wymarzyła. Nie zadawała żadnych pytań, nawet nie uniosła brwi – po prostu zaoferowała pomoc.

Wrota Wielkiej Świątyni rozwarły się po raz pierwszy od dekady. Strzegły ich dwie kolosalne statuy smoków z rozwartymi w wiecznym ryku paszczami. Przeszło między nimi czterdzieści koni. Poprzedni, wzniesiony z drewna gmach świątyni spłonął w czasie Żałoby Wieków. Ten zbudowano z kamienia. Z jego dachu zwisały setki latarni z błękitnego szkła, zalewając okolicę zimnym blaskiem. Wyglądały jak spławiki unoszące się na ciemnej tafli nieruchomego morza.

Tané zeskoczyła z konia i u boku Ishari ruszyła w kierunku bramy zbudowanej z drewna wyrzuconego przez fale. Turosa zrównał się z nimi.

– Niechaj wielki Kwiriki uśmiechnie się dzisiaj do ciebie, Tané – powiedział z wyczuwalnym sarkazmem. – Byłoby szkoda, gdyby uczennica twojej rangi została wysłana na Skrzydło.

– To godne życie – odparła Tané, przekazując konia stajennemu.

– Na pewno będziesz to sobie powtarzać, gdy już zaczniesz je wieść.

– Kto wie, może ty również, czcigodny Turoso.

Nim rywal ruszył naprzód, by dołączyć do swoich przyjaciół z Domu Północy, Tané dostrzegła, jak drgnął mu kącik ust.

– Mógłby zwracać się do ciebie z większym szacunkiem – mruknęła Ishari. – Dumu mówi, że w walce przewyższasz Turosę pod każdym względem.

Tané milczała. Przeszedł ją dreszcz. Była najlepsza w swoim domu, ale Turosa przodował w swoim.

Na świątynnym dziedzińcu stała fontanna wyobrażająca Kwirikiego – pierwszego smoka, który zgodził się nosić ludzkiego jeźdźca. Z jego ust lała się słona woda. Tané umyła ręce i zwilżyła usta jedną kroplą.

Wydawała się czysta.

– Tané – powiedziała Ishari. – Mam nadzieję, że wszystko pójdzie tak, jak tego chcesz.

– Ja życzę ci tego samego. Ty opuściłaś dom jako ostatnia.

– Późno wstałam. – Ishari dokonywała ablucji samotnie. – Zeszłej nocy wydawało mi się, że ktoś odsunął zasłony w naszym pokoju. Trochę się zdenerwowałam... Długo nie mogłam potem zasnąć. Nie wychodziłaś czasem na dwór?

– Nie. Zapewne to był ktoś z naszych nauczycieli.

– Tak, być może.

Z zewnętrznego placu przeszły na wewnętrzny, gdzie dachy powleczone były złotym blaskiem słońca.

Na szczycie schodów stał mężczyzna z obfitym wąsem, trzymający pod pachą hełm. Twarz miał ogorzałą i przeoraną bruzdami, ramiona okryte pancernymi rękawami i szerokimi bransoletami, a prócz płaszcza barwy ciemnego błękitu założył lekki napierśnik. Na to narzucił zakończoną kołnierzem opończę z czarnego aksamitu i brokatowego jedwabiu. Ubiór świadczył o tym, że mężczyzna jest żołnierzem, znamionował też wysoką pozycję.

Tané na chwilę zapomniała o swoim przerażeniu. Znów była dzieckiem, które śni o smokach.

Stał przed nią seiikineski generał Wysokiej Straży Morskiej, głowa rodziny Miduchi, dynastii smoczych jeźdźców – zjednoczonej nie przez krew, lecz przez wspólny cel. Tané miała zamiar stać się członkinią tej rodziny.

Dotarłszy do schodów, uczniowie utworzyli dwuszereg, klęknęli i przycisnęli czoła do ziemi. Tané słyszała oddech Ishari. Nikt nie wstawał, nikt nawet nie drgnął.

O kamień zaszurały łuski. Każdy mięsień w ciele dziewczyny stężał.

Uniosła wzrok.

Było ich osiem. Spędziła lata na modłach przed statuami smoków, ucząc się o nich i z daleka je obserwując, ale nigdy jeszcze nie widziała ich z tak niewielkiej odległości.

Były zatrważająco wielkie. Większość pochodziła z Seiiki, poznała to po ich srebrnej skórze i smukłych sylwetkach. Niesłychanie długie ciała dźwigały majestatyczne głowy; każdy miał muskularne nogi zakończone stopami o trzech pazurach. Długie wąsy falowały wzdłuż ciał niczym wstęgi latawców. Większość była dość młoda, miały najwyżej po czterysta lat, ale wśród nich odnalazła wzrokiem i takie, które nosiły blizny jeszcze z czasów Żałoby Wieków. Wszystkie były pokryte łuskami i poznaczone czerwonymi śladami po przyssawkach gigamątwy.

Dwa posiadały czwarty palec – te wykluły się w Imperium Dwunastu Jezior. Jeden z nich, samiec, miał skrzydła. Większość była ich pozbawiona i latała dzięki specjalnemu organowi znajdującemu się na głowie, który naukowcy zwali koroną. Nieliczne wykształcały skrzydła, ukończywszy przynajmniej dwa tysiące lat.

Gdyby Tané wyprostowała się na pełną wysokość, nie sięgnęłaby nawet do pyska skrzydlatego smoka, zdecydowanie największego spośród wszystkich. Choć jego skrzydła wydawały się wiotkie jak pajęczyna, były zdolne jednym machnięciem wywołać tajfun. Tané przyjrzała się uważnie torbie na gardle stworzenia. Podobnie jak małże, smoki wytwarzały perły, a właściwie jedną jedyną perłę podczas całego życia, która zostawała z nimi już na zawsze.

Smoczyca obok samca, również Jezioranka, prawie dorównywała mu rozmiarami. Jej łuski były blade, miały barwę przychmurzonej zieleni mlecznego jadeitu, a złocistobrązowa grzywa przywodziła na myśl rzeczne ziele.

– Witajcie – rzekł generał. – Jego głos brzmiał jak wzywający do walki dźwięk wojennego rogu. – Powstańcie – rozkazał, a przybyli usłuchali. – Znaleźliście się tutaj, by wybrać jedną z dwóch ścieżek życia. Jedna z nich wiedzie w szeregi Wysokiej Straży Morskiej i oznacza, że odtąd będziecie bronić Seiiki przed zarazą i inwazją. Druga oznacza oddanie się nauce i modlitwie na Skrzydle. Dwanaścioro spośród tych, którzy przywdzieją mundur straży, otrzyma szansę zostania jeźdźcami smoków.

Tylko dwanaścioro. Zwykle było ich więcej.

– Trzeba wam wiedzieć – podjął generał – że od dwustu lat nie wykluł się żaden młody smok, a kilka z nich poległo w starciu z Flotą Tygrysiego Oka, która w dalszym ciągu handluje smoczym mięsem pod rządami tak zwanej Złotej Cesarzowej.

Skinięcie głów.

– Ale spotkał nas wielki honor. Nasze szeregi zasilili dwaj wielcy wojownicy z Imperium Dwunastu Jezior. Ufam, że zacieśni to więzy przyjaźni łączące nas z naszymi sojusznikami z Północy.

Generał wskazał głową dwa jeziorańskie smoki. Pewnie nie były tak obyte z morzem, jak ich towarzysze z Seiiki, wolały bowiem osiedlać się w rzekach i innych zbiornikach wodnych – lecz smoki z obydwu krajów walczyły ramię w ramię podczas Żałoby Wieków i miały wspólnych przodków.

Tané wyczuła na sobie spojrzenie Turosy. Jeśli zostanie jeźdźcem, będzie do utraty tchu wychwalał swojego smoka i głosił wszem wobec, że żaden inny nigdy mu nie dorówna.

– Teraz dowiecie się, która ścieżka jest wam przeznaczona. – Generał wydobył z opończy zwój i go rozwinął. – Zaczynajmy.

Tané ze wszystkich sił próbowała wziąć się w garść.

Pierwsza wyczytana uczennica została powołana do straży. Generał wręczył jej tunikę koloru letniego nieba. Gdy ją przyjęła, czarny seiikineski smok buchnął dymem. Dziewczyna o mało się nie przewróciła. Stworzenie parsknęło.

Dumusę z domu Zachodu również powołano do morskiej straży. W żyłach tej dziewczyny, wnuczki dwojga jeźdźców, płynęła krew zarówno południowców, jak i mieszkańców Seiiki. Tané obserwowała, jak Dumusa przyjmuje swój nowy mundur, kłania się generałowi i staje po jego prawej stronie.

Kolejny kandydat był pierwszym powołanym w szeregi uczonych. Jego jedwabna szata miała głęboką barwę czerwonej morwy. Drżały mu ramiona, gdy się skłaniał. Tané wyczuła napięcie pośród niewywołanych jeszcze uczniów, nagłe niczym gwałtowny poryw morskiego prądu.

Oczywiście Turosa trafił do straży. Miała wrażenie, że upłynęły wieki, nim usłyszała swoje imię:

– Czcigodna Tané z Domu Południa.

Zrobiła krok naprzód.

Smoki obserwowały ją. Mówiło się, że są w stanie odczytać tajemnice drzemiące w głębi ludzkich dusz, gdyż ludzie zrobieni są z wody, a one są władcami wód.

Co, jeśli wiedzą, czego się dopuściła?

Skupiła się na ułożeniu stóp na posadzce. Gdy stanęła przed morskim generałem, ten przyglądał jej się dłuższą chwilę. Tané wydawało się, że trwa to wieczność. Utrzymanie wyprostowanej pozycji pochłonęło wszystkie jej siły.

Wreszcie sięgnął po błękitny mundur. Tané wypuściła powietrze z płuc. Łzy ulgi zakłuły ją w oczy.

– W dowód uznania za twoje poświęcenie i wyniki w nauce zostajesz wyniesiona do chwalebnej rangi strażniczki. Przysięgnij wiernie podążać drogą smoka aż do ostatniego tchu, który dobędzie się z twoich ust. – Pochylił się w jej kierunku. – Twoi nauczyciele mają o tobie jak najlepsze zdanie. To zaszczyt mieć cię w swoich szeregach.

Skłoniła się nisko.

– To ja czuję się zaszczycona, wielki lordzie.

Generał obdarzył ją uśmiechem.

Tané dołączyła do czterech uczniów po jego prawej stronie, przepełniona ulgą i radością. Krew szumiała jej w uszach z siłą wodospadu.

Gdy następny kandydat wyszedł z dwuszeregu, Turosa szepnął jej do ucha:

– A więc ty i ja spotkamy się w czasie próby wody. – Jego oddech pachniał mlekiem. – Nie mogę się doczekać.

– To będzie dla mnie zaszczyt stanąć do walki z tak wprawnym wojownikiem, czcigodny Turoso – odpowiedziała ze spokojem.

– Przejrzałem cię, ty wiejska klucho. Wiem, co jest w twoim sercu. To samo, co w moim: ambicja. – Umilkł na moment, gdy kolejny uczeń dołączał do ich grupy. – Tylko że ja jestem, kim jestem, a ty nie.

Tané wwierciła się w niego spojrzeniem.

– Za kogokolwiek byś mnie nie uważał, stoisz teraz na równi ze mną, czcigodny Turoso.

Jego śmiech podniósł Tané włoski na karku.

– Czcigodna Ishari z Domu Południa! – zawołał generał.

Ishari wspięła się po schodach. Gdy stanęła przed oficerem, ten podał jej zwinięty w rulon czerwony jedwab.

– W dowód uznania za twoje poświęcenie i wyniki w nauce zostajesz wyniesiona do chwalebnej rangi uczonej. Przysięgnij wiernie podążać ścieżką wiedzy aż do ostatniego tchu, który dobędzie się z twoich ust.

Choć wzdrygnęła się, słysząc te słowa, przyjęła mundur i się skłoniła.

– Dziękuję, wielki lordzie – wymamrotała.

Tané odprowadzała przyjaciółkę wzrokiem, gdy ta skierowała się na lewo.

Wiedziała, że Ishari musi być zrozpaczona. A jednak Tané była zdania, że przyjaciółka może świetnie sobie poradzić na Skrzydle. Ostatecznie wróci na Seiiki jako mistrzyni.

– O, jaka szkoda – parsknął Turosa. – To nie ta twoja przyjacióieczka?

Tané miała ripostę na końcu języka, ale się powstrzymała.

W dalszej kolejności dołączyła do nich prymuska z Domu Wschodu. Onren była niska i przysadzista, a jej brązową od słońca twarz pokrywały liczne piegi. Gęste włosy opadały jej do ramion, wysuszone od słonej wody i łamliwe na końcach. Muszlokrew barwiła jej wargi na ciemny kolor.

– Tané – zwróciła się do niej, stając obok. – Gratulacje.

– I nawzajem, Onren.

Były jedynymi uczennicami, które każdego dnia o świcie wybierały się popływać – tak zresztą zaprzyjaźniły się ze sobą. Tané nie miała wątpliwości, że Onren również słyszała plotki i także wymknęła się z pokoju, by zażyć kąpieli przed ceremonią. Czy to nie ironia losu, że ze wszystkich zatoczek, którymi podziurawiona była linia brzegowa przylądka, akurat Tané musiała wybrać tę, do której przybył cudzoziemiec?

Onren spojrzała na jej niebieski mundur. Podobnie jak Tané wychowała się w ubogiej rodzinie.

– Są wspaniałe – wyszeptała, wskazując smoki ruchem głowy. – Zakładam, że marzysz o tym, by zostać jedną z dwanaściorga?

– Nie jesteś trochę za niska, by dosiadać smoka, Onren? – Turosa przeciągał sylaby. – Ktoś będzie cię musiał podsadzić do siodła.

Onren obejrzała się na niego przez ramię.

– Pan mówi do mnie? Chyba nie mieliśmy przyjemności? – Gdy Turosa otworzył usta, by odpowiedzieć, dodała: – Nie, nic nie mów. Po gębie widzę, żeś głupi jak stołowa noga, na co mi w życiu kolejny głupiec?

Tané ukryła uśmiech za kosmykiem włosów. Turosa choć raz się zamknął.

Gdy ostatni kandydat przyjął swój mundur, obie grupy zwróciły się ku generałowi. Tylko Ishari, ze łzami płynącymi po policzkach, nie odwracała wzroku od uniformu w swoich rękach.

– Dzisiaj skończyło się wasze dzieciństwo. Oto wkroczyliście w dorosłość. Przed każdym z was rozpościera się jego własna droga. – Generał łypnął w prawo. – Czworo morskich strażników spełniło z nawiązką pokładane w nich nadzieje. Turosa z Domu Północy, Onren z Domu Wschodu, Tané z Domu Południa i Dumusa z Domu Zachodu. Zwróćcie się ku naszym starszym, by poznali wasze twarze i imiona.

Wykonali polecenie. Tané wraz z innymi zrobiła krok naprzód, uklękła i przyłożyła czoło do posadzki.

– Powstańcie – rzekł jeden ze smoków głosem, od którego zadrżała ziemia. Był tak głęboki i niski, że z początku Tané nie zrozumiała, co smok powiedział.

Cztery młode strażniczki stanęły na baczność. Największy z seiikineskich smoków pochylił głowę, a jego oczy znalazły się na wysokości ich oczu. Spomiędzy jego zębów wystrzelił długi jęzor.

Gad odbił się z impetem od podłoża i nagle wzbił w powietrze. Uczniowie padli na ziemię, na nogach utrzymał się tylko morski generał, który wybuchł głośnym śmiechem.

Mlecznozielony smok znad jezior zaprezentował zęby w uśmiechu. Tané zdała sobie sprawę, że znajduje się we władaniu jego oczu, przypominających rozszalałe wiry.

Pozostałe smoki uniosły się w powietrze, pofrunęły wysoko ponad dachami miasta. Woda stała się ciałem. Gdy krople boskiego deszczu spłynęły z ich łusek i opadły na ziemię, mocząc znajdujących się w dole ludzi, seiikineski samiec wziął głęboki wdech i wydał z siebie potężny podmuch.

Odpowiedziały mu wszystkie dzwony w mieście.

Niclays obudził się z suchością w ustach i potwornym bólem głowy, zresztą nie pierwszy i pewnie nie ostatni raz. Zamrugał oczami i potarł powiekę kłykciem.

Dzwony.

To właśnie one go obudziły. Mieszkał na tej wyspie od lat, ale jeszcze nigdy nie słyszał dzwonów. Wymacał swoją laskę i wstał, wspierając się na niej drżącym z wysiłku ramieniem.

To musi być alarm. Idą po Sulyarda, idą, by ich obu aresztować.

Niclays obrócił się w lewo i w prawo, jakby czegoś rozpaczliwie szukał. Jedyną szansą na ocalenie skóry było udawanie, że mężczyzna włamał się do jego domu i skrył w nim bez jego wiedzy.

Łypnął przez zasłonę. Sulyard smacznie spał, zwrócony do ściany. Cóż, przynajmniej umrze spokojną śmiercią.

Słońce świeciło jakby jaśniej niż zwykle. Nieopodal domu, w którym mieszkał Niclays, jego asystent Muste siedział pod śliwą wraz ze swoją seiikineską towarzyszką Panayą.

– Muste! – zawołał chirurg. – Co to za raban?

Muste pomachał mu tylko. Przeklinając siarczyście, Niclays wcisnął stopy w sandały i kuśtykając, ruszył w kierunku Mustego i Panayi, próbując nie zważać na dojmujące wrażenie, że oto kroczy ku własnej zgubie.

– Dzień dobry, czcigodna Panayo – przywitał się po seiikinesku, skłaniając się.

– Doktorze Roos. – W kącikach jej oczu pojawiły się drobne zmarszczki. Dziewczyna miała na sobie przewiewną szatę w deseń błękitnych kwiatów na tle białych, rękawy i kołnierz obszyte były srebrem. – Czyżby hałas wyrwał cię ze snu?

– Owszem. Pozwolisz, że spytam, czemu jakiś maniak łomocze w dzwony?

– Dzwonią na Dzień Powołania – poinformowała go. – Najstarsi uczniowie Domów Nauki ukończyli studia i zostali przydzieleni do kast uczonych oraz morskich strażników.

A więc nie miało to związku z intruzem. Niclays wyjął z kieszeni chusteczkę i otarł pot z czoła.

– Dobrze się czujesz, Roos? – zatroskał się Muste, przysłoniwszy oczy otwartą dłonią.

– Wiesz, że nie znoszę lata. – Niclays wcisnął chusteczkę z powrotem do kieszeni kamizeli. – Dzień Powołania ma miejsce raz do roku, prawda? – rzucił do Panayi. – A dzwony słyszę po raz pierwszy.

Dzwony tak, ale wcześniej słyszał już bębny. Upajający dźwięk radości i zabawy.

– Ach! – zawołała Panaya, a jej uśmiech stał się jeszcze szerszy. – Ale dzisiaj jest wyjątkowy Dzień Powołania.

– Doprawdy?

– Jak możesz tego nie wiedzieć, Roos? – zachichotał Muste. – Jesteś tu dłużej ode mnie.

– Roos ma prawo tego nie wiedzieć – rzekła z wyczuciem Panaya. – Widzisz, Niclaysie, po Żałobie Wieków uzgodniono, że co pięćdziesiąt lat pewnej liczbie seiikineskich smoków przydzieleni zostaną jeźdźcy, abyśmy zawsze byli przygotowani raz jeszcze stanąć do wspólnej walki. Ci, którzy dzisiejszego ranka zostali wybrani do Wysokiej Straży Morskiej, otrzymali tę szansę i teraz czekają ich próby wody. Wyłonią one tych, którym rzeczywiście będzie dane dosiąść smoków.

– Rozumiem – powiedział Niclays, na tyle zainteresowany słowami Panayi, by na moment zapomnieć o trwodze, którą budził przebywający w jego domu Sulyard. – A potem odlecieć na swoich podniebnych wierzchowcach, by walczyć z piratami i przemytnikami, jak mniemam?

– To nie są żadne wierzchowce, Niclaysie! Smoki to nie konie.

– Błagam o wybaczenie, czcigodna pani. Źle dobrałem słowa.

Panaya skinęła wyrozumiale. Jej dłoń powędrowała do wisiorka na szyi, przedstawiającego smoka.

Ten przedmiot zostałby zniszczony wśród ludów wyznających religię Cnót, gdzie nie istniał już podział na starożytne smoki Wschodu i ich młodszych braci, ziejących ogniem wyrmów, którzy niegdyś siali postrach na całym świecie. Obydwa te gatunki uznawane były za złe. Bramę wychodzącą na wschód zamknięto dawno temu, a niezrozumienie wzajemnych zwyczajów i wierzeń kwitło jak trujący bluszcz.

Niclays wierzył w to, zanim przybył na Orisimę. W przeddzień opuszczenia Mentendonu był skłonny sądzić, że oto zostaje wygnany do krainy zamieszkałej przez ludzi zniewolonych przez stworzenia tak nikczemne, jak sam Bezimienny.

Jakże się wówczas bał. Wszystkie mentyjskie dzieci poznawały opowieść o Bezimiennym, gdy tylko nauczyły się pierwszych słów. Nawet ukochana matka Niclaysa lubowała się w straszeniu go, roztaczając przed nim straszliwe wizje ojca i wszechkróla wszystkich ziejących ogniem potworów – tego, który wyłonił się z Góry Trwogi, by siać zniszczenie i śmierć, lecz został śmiertelnie zraniony przez sir Galiana Berethneta, zanim zdołał podporządkować sobie ludzkość. Tysiąc lat później duch Bezimiennego żył dalej w opowieściach i koszmarnych snach.

Rozmyślania Niclaysa przerwał odgłos kopyt na moście wiodącym do Orisimy.

Zbrojni.

Poczuł ucisk w żołądku. Jadą po niego. Teraz, gdy wybiła w końcu jego godzina, ku własnemu zaskoczeniu odkrył, że zamiast czuć obezwładniające przerażenie, ogarnęły go otępienie i spokój. Jeśli to dzisiaj, trudno. Co to za różnica, umrzeć z ręki straży lub zbirów wynajętych przez ludzi, którym jest krewny furę pieniędzy.

O Święty – zaczął się modlić – spraw, bym ze strachu nie zlał się w portki przy ludziach.

Żołnierze nosili zielone tuniki i płaszcze. Prowadził ich – któż by inny – sam główny oficer, przystojny i życzliwy służbista, który nikomu na Orisimie nie zdradził swego prawdziwego imienia. Był o dobrą stopę wyższy od Niclaysa i zawsze miał na sobie pełną zbroję.

Strażnik zsiadł z konia i zamaszystym krokiem ruszył w stronę domu doktora. Otaczali go podwładni, a jedna z jego urękawiczonych dłoni spoczywała na rękojeści miecza.

– Roos! – Załomotał do drzwi. – Roos, otwórz te drzwi albo je wyważę!

– Nie ma potrzeby nic wyważać, czcigodny główny oficerze – zawołał z ogrodu Muste. – Doktor Roos jest tutaj.

Urzędnik obrócił się na pięcie. Błysnął ciemnymi oczami i ruszył w ich kierunku.

– Roos.

Niclays najchętniej poudawałby sam przed sobą, że nikt nigdy nie wymówił jego nazwiska z taką pogardą, wówczas jednak minąłby się z prawdą.

– Uprzejmie proszę, by nie wahał się pan mówić mi po prostu Niclays, wielmożny panie – rzekł, nasycając słowa udawaną wesołością. – Znamy się nie od dziś, w końcu...

– Milczeć – warknął oficer, a Niclays kłapnął ustami. – Moi ludzie odkryli, że brama na moście została zeszłej nocy otwarta, a w okolicy widziano piracki okręt. Jeśli ktoś z was udziela schronienia intruzom lub ukrywa przemycony towar, niech przemówi od razu i liczy na zmiłowanie smoka.

Panaya i Muste milczeli. Tymczasem Niclays stoczył krótką i szaleńczą bitwę z samym sobą. Sulyard nie miał gdzie się schować. Czy nie lepiej od razu się przyznać?

Zanim podjął decyzję, główny oficer rozkazał podwładnym:

– Przeszukać budynki.

Niclays wstrzymał dech.

Żył na Seiiki pewien ptak, którego głos przypominał początkową fazę płaczu dziecka. Dla Niclaysa ów nieznośny dźwięk – swoiste piskliwe skamlenie, które nigdy nie przeradzało się w krzyk z prawdziwego zdarzenia – był symbolem jego życia na Orisimie, przypominającego oczekiwanie na cios, który nigdy nie spadał. Gdy strażnicy przetrząsali jego dom, ten przeklęty ptak postanowił się odezwać i Niclays nie słyszał już nic innego.

Ale ludzie oficera wrócili z niczym.

– Dom jest pusty – orzekli.

Tylko dzięki nadzwyczajnemu wysiłkowi woli nie osunął się na kolana. Główny oficer długo wwiercał się w niego wzrokiem. Jego twarz zastygła na podobieństwo maski. Wreszcie odwrócił się i pomaszerował w kierunku sąsiednich domów.

A ptak śpiewał dalej: „Hy-hy-hy”.

4
Zachód

Gdzieś w ascalońskim pałacu czarne wskazówki zegara z mlecznego szkła pełzły niespiesznie w kierunku południa.

Sala tronowa była wypełniona ludźmi, którzy zgromadzili się z okazji wizyty znamienitych gości z Wolnego Państwa Mentendonu, jak zawsze gdy na Inys przyjeżdżali zagraniczni ambasadorzy. Okna otwarto na pełną szerokość, by wpuścić pachnące wiciokrzewem powietrze. Nie pomogło to w walce ze skwarem; pot perlił się na czołach zebranych, którzy usiłowali schłodzić się wachlarzami z piór. Miało się wrażenie, że w pomieszczeniu kotłują się trzepoczące skrzydłami ptaki.

Ead stała wśród pozostałych komnatanek z Margret Beck po prawej stronie. Dwórki spoglądały na nie zza dzielącego je dywanu. Truyde utt Zeedeur poprawiła wysadzany klejnotami diadem. Ead nigdy nie rozumiała, dlaczego mieszkańcy Zachodu nawet w taką pogodę nie potrafią zrzucić z siebie kilku zbędnych warstw odzieży.

Pomruk rozmów niósł się w przepastnej komnacie. Z wysokości swego marmurowego tronu spoglądała na poddanych królowa Sabran IX.

Władczyni Inys była bliźniaczo podobna do własnej matki, a ona do swojej i tak dalej, jak linia żeńska Berethnetów długa. Podobieństwo było wręcz oszałamiające. Tak jak jej przodkinie, Sabran miała czarne włosy i zielone oczy, które zdawały się pokrywać siatką pęknięć, gdy padło na nie światło słońca. Mówiło się, że dopóki linia rodu istnieje, Bezimienny nie zbudzi się ze snu.

Sabran omiotła tłum obojętnym spojrzeniem, na nikim nie osadzając wzroku na dłużej. Miała lat dwadzieścia i osiem, ale w jej spojrzeniu dało się dostrzec wiedzę kobiety o wiele starszej.

Dziś była wcieleniem bogactwa Królowiectwa Inys. Miała na sobie czarną satynową suknię skrojoną pod dyktat mody mentyjskiej, odsłaniającą na wysokości bioder blady gors, lśniący od srebra i drobnych pereł. Potwierdzeniem płynącej w jej żyłach królewskiej krwi była diamentowa korona.

Trąby ogłosiły nadejście mentyjskiej delegacji. Sabran szepnęła coś do lady Arbelli Glenn, wicehrabiny Suth, a ona uśmiechnęła się i nakryła jej dłonie własną, pokrytą plamami wątrobowymi.

Pierwsi weszli do komnaty chorąży ze sztandarem Srebrnego Łabędzia Mentendonu na czarnym tle i z klingą Prawdziwego Miecza między skrzydłami. Po nich – słudzy i strażnicy, tłumacze i oficjele. Wreszcie do środka wkroczył żwawo lord Oscarde, książę Zeedeur, a wraz z nim Ambasador Rezydent Mentendonu. Zeedeur był krępy, a jego broda i włosy czerwone, tak jak końcówka nosa. W odróżnieniu od córki miał szare oczy Vattenów.

– Wysokości. – Skłonił się zamaszyście. – To wielki honor gościć ponownie na twoim dworze.

– Witaj, Wasza Książęca Mość – odpowiedziała Sabran niskim, znamionującym autorytet głosem. Wyciągnęła rękę do dostojnego gościa, ten zaś wspiął się po stopniach, by ucałować jej pierścień koronny. – Nie posiadamy się z radości, mogąc znów gościć cię na Inys. Mamy nadzieję, że podróż przebiegła bez zakłóceń.

Ead wciąż nie mogła się przyzwyczaić do tego „my", choć wiedziała, że Sabran mówi nie tylko w swoim imieniu, lecz także w imieniu Świętego, swojego przodka.

– Niestety, Wasza Wysokość – odrzekł Zeedeur, przybierając ponury wyraz twarzy. – Na Wzgórzach zaatakowała nas w pełni wyrośnięta wiwerna. Moi łucznicy zgładzili ją, ale gdyby była uważniejsza, doszłoby do masakry.

Rozległy się szepty. Twarze skrzywiły się w grymasie zdumienia.

– Znowu wiwerna – mruknęła Margret do Ead. – To już druga w ciągu dwóch dni.

– Twoje słowa głęboko nas przejęły, ambasadorze – powiedziała Sabran. – Nasi najlepsi błędni rycerze będą ci towarzyszyć podczas powrotu do Gniazda. Podróż będzie bezpieczniejsza.

– Dziękuję, Wasza Wysokość.

– A teraz z pewnością pragniesz zobaczyć się z córką. – Sabran strzeliła wzrokiem do dwórki z Mentendonu. – Podejdź, dziecko.

Truyde weszła na dywan i dygnęła. Gdy się wyprostowała, ojciec ją objął.

– Córko. – Ujął jej ręce, uśmiechając się szeroko. – Promieniejesz. W dodatku urosłaś. Powiedz mi, jak cię tu traktują?

– O wiele lepiej, niż na to zasługuję, ojcze – odpowiedziała Truyde.

– Dlaczego tak twierdzisz?

– Ten dwór jest taki wspaniały – odparła, wskazując wznoszącą się wysoko nad głowami wielką kopułę. – Czasami czuję się taka mała i pospolita, jakby nawet ten sufit był wspanialszy, niż ja będę kiedykolwiek.

Komnatę wypełniły śmiechy.

– Udała mi się, co? – mruknęła do Ead Linora.

Ead po prostu zamknęła oczy. Co za ludzie.

– Twoja córka cieszy się sympatią na dworze – zwróciła się Sabran do Zeedeura. – Będzie godną towarzyszką mężczyzny, którego wybierze jej serce.

Truyde spuściła wzrok, mimowolnie się uśmiechając. Stojący obok niej Zeedeur zachichotał.

– Ach, Wasza Wysokość. Obawiam się, że Truyde jest jeszcze zanadto krnąbrna, by myśleć o zamążpójściu, choć osobiście marzę o wnukach. Dziękuję ci, królowo, że troszczysz się o moją córkę.

– Nie musisz mi dziękować, ambasadorze. – Sabran zacisnęła palce na podłokietnikach tronu. – Zawsze z największą przyjemnością gościmy na Inys naszych przyjaciół z Imperium Cnót. Ale ciekawi nas powód, któremu zawdzięczamy tę wizytę.

– Mój lord Zeedeur chce złożyć Waszej Wysokości propozycję. – Tym razem odezwał się Ambasador Rezydent Mentendonu. – Propozycję, która, jak mniemam, bardzo zainteresuje wielką władczynię Inys.

– W rzeczy samej. – Zeedeur chrząknął. – Jego Królewska Wysokość Aubrecht II, wysoki książę Wolnego Państwa Mentendonu, podziwia Waszą Wysokość od dawna. Wiele słyszał o jej odwadze, urodzie i niezachwianej wierze w Sześć Cnót. Teraz, gdy złożono w grobie ciało jego zmarłego wujecznego dziadka, pragnie zacieśnić więzy przyjaźni z Inys.

– A na jakimż kowadle Jego Królewska Wysokość planuje wykuć ten sojusz? – spytała Sabran.

– Przez małżeństwo, Wasza Wysokość.

Wszystkie głowy zwróciły się ku tronowi.

Władza monarchiń z rodu Berethnetów zawsze była najsłabsza przed spłodzeniem potomkini. Berethnetom rodziły się córki, każda królowa wydawała na świat jedną dziewczynkę. Poddani uważali to za dowód ich świętości.

Po każdej królowej Inys spodziewano się zamążpójścia i urodzenia dziecka, gdy tylko będzie to możliwe, aby nie umarła, nie dochowawszy się potomkini. Taka sytuacja była niepożądana w większości krajów, gdyż oznaczała zwykle początek wojny domowej, lecz zgodnie z wierzeniami Inysytów wymarcie rodu było równoznaczne ze zbudzeniem się ze snu Bezimiennego, który pragnął zagłady świata.

Mimo to jak dotąd Sabran odrzuciła wszystkie oferty małżeństwa.

Królowa rozparła się na tronie, przyglądając się Zeedeurowi. Jej twarz jak zwykle nie zdradzała emocji.

– Mój drogi Oscarde – wyrzekła po pauzie. – Choć twoja propozycja bardzo nam pochlebia, pamiętamy przecież, że jesteś już żonaty.

Dwór wybuchł śmiechem. Zeedeur wydawał się podenerwowany, ale również wyszczerzył zęby w uśmiechu.

– Ależ, wielka władczyni! – wydusił, chichocząc. – To mój król stara się o twoją rękę.

– Kontynuuj, proszę – zezwoliła Sabran z cieniem uśmiechu na spokojnym obliczu.

Już zapomniano o wiwernie. Zeedeur, wyraźnie ośmielony, zrobił jeszcze krok naprzód.

– Pani – rzekł – jak doskonale wiesz, twoja przodkini, królowa Sabran VII, wyszła za dalekiego co prawda, lecz jednak członka mojej rodziny, Haynricka Vattena, który pełnił w Mentendonie funkcję królewskiego stewarda, gdy nasze państwo znajdowało się we władaniu cudzoziemców. Jednakże odkąd Lievelynowie wyparli Vattenów, naszych krajów nie łączy żaden oficjalny sojusz, pomijając wyznawaną przez nas wszystkich religię.

Sabran słuchała jego przemowy z beznamiętnym wyrazem twarzy, który nie znamionował jednakże znudzenia ani pogardy.

– Książę Aubrecht zdaje sobie sprawę, że jego zmarły wujeczny dziadek został przez Waszą Wysokość odrzucony... i również przez, hmmm, królową matkę... – Zeedeur odkaszlnął w pięść – a jednak mój władca wierzy, że tym razem proponowany sojusz stanowić będzie inną formę partnerstwa. Wierzy też, że ów nowy alians, który połączy Inys z Mentendonem, przyniesie obu stronom wiele korzyści. Jesteśmy wszak jedynym państwem, które utrzymuje stosunki handlowe ze Wschodem, a skoro Yscalin popadł w grzech, mój władca uważa, że jest sprawą najwyższej wagi, byśmy zawarli sojusz, który zjednoczy nas w wierze.

Po tych słowach przez komnatę przetoczyły się szepty. Jeszcze nie tak dawno temu leżące na południu królestwo Yscalinu stanowiło część unii państw wyznających religię Cnót. Ale potem zaczęto tam czcić Bezimiennego.

– Wysoki książę pragnie sprezentować ci, królowo, dowód swojego afektu. – Zeedeur zrobił pauzę. – Czy zechcesz go przyjąć? Wiele słyszał o twojej miłości do pereł z Morza Słonecznego Tańca.

Pstryknął palcami. Mentyjski sługa zbliżył się do tronu, niosąc aksamitną poduszkę. Klęknął. Na niej leżała otwarta ostryga, a w jej środku znajdowała się opalizująca czarna perła o zielonkawym połysku, wielka jak dojrzała wiśnia. Klejnot lśnił w promieniach słońca niczym polerowana stal.

– To najpiękniejsza spośród wszystkich tańczących pereł w jego kolekcji, znaleziona nieopodal Seiiki – wyjaśnił Zeedeur. – Jest warta więcej niż statek, który przewiózł ją nad Czeluścią.

Sabran pochyliła się na tronie. Sługa uniósł poduszkę wyżej, by mogła się lepiej przyjrzeć.

– To prawda, że mamy słabość do tańczących pereł i niedobór tychże – przyznała królowa. – Z chęcią przyjęlibyśmy tak znakomity podarek. Lecz nie będzie to oznaczać zgody na małżeństwo.

– Ma się rozumieć, Wasza Wysokość. To tylko prezent od współwiercy, nic więcej.

– Doskonale.

Sabran przeniosła wzrok na lady Roslain Crest, pierwszą damę komnatową. Kobieta miała na sobie suknię ze szmaragdowego jedwabiu i partlet z białej koronki. Na jej broszy widniały dwa kielichy, jak u każdego, kto wybrał sobie na patrona Rycerza Sprawiedliwości, lecz te jej były pozłacane, co oznaczało, że wywodzi się z tego samego rodu co Rycerz. Roslain wykonała ledwie dostrzegalny gest i jedna z jej podwładnych pospieszyła po poduszkę.

– Przyjmujemy prezent wysokiego księcia – ogłosiła Sabran. – Lecz twój pan, ambasadorze, powinien wiedzieć, że potępiamy heretyckie praktyki Seiiki. Nie chcemy żadnych układów ze Wschodem.

– Oczywiście – odparł Zeedeur. – Mimo to mój pan wierzy, że rodowód tej perły nie przyćmi jej piękna.

– Może twój pan ma rację. – Sabran rozparła się na tronie. – Doszły nas słuchy, że Jego Królewska Wysokość szkolił się na świętarza, zanim zasiadł na tronie Mentendonu. Opowiedz nam o innych jego… zaletach.

Chichoty.

– Książę Aubrecht jest bardzo mądry i dobry – wygłosił Zeedeur. – Obdarzony nieomylnym zmysłem politycznym. Liczy lat trzydzieści i cztery, a jego włosy mają barwę subtelniejszej czerwieni niż moje. Pięknie gra na flecie i tańczy z nieopisanym wigorem.

– Ciekawe z kim.

– Ze swoimi szlachetnymi siostrami, Wasza Wysokość. Ma trzy: księżniczki Ermunę, Bedonę i Betriese. Nie mogą się doczekać, aż cię poznają, królowo.

– Czy często się modli?

– Trzy razy dziennie. Ze wszystkich Rycerzy najgorliwiej czci Rycerza Hojności, który jest jego patronem.

– Czy twój książę ma choć jedną wadę, Oscarde?

– Ach, Wasza Wysokość, wszyscy śmiertelnicy mają jakieś wady… z wyjątkiem ciebie, ma się rozumieć. Jedyną wadą mego pana jest to, że nie zważając na własne zdrowie, zamartwia się o los swych ludzi.

Sabran ponownie spoważniała.

– W tym względzie – wyrzekła – już tworzymy jedność. – Szepty rozprzestrzeniły się po komnacie niczym pożar lasu. – Twoje słowa zrobiły na nas wielkie wrażenie. Rozważymy propozycję twego pana. – Dał się słyszeć nieśmiały aplauz. – Nasza Rada Cnót poczyni przygotowania w tej sprawie. Lecz zanim to nastąpi, uczyńcie nam ten zaszczyt, panowie, i przyjmijcie zaproszenie na ucztę.

Zeedeur zgiął się w kolejnym zamaszystym ukłonie.

– To dla nas honor, Wysokości.

Przez dwór przeszła fala ukłonów i dygnięć. Sabran zeszła po schodach, w ślad za nią ruszyły damy sypialniane, a za nimi pozostałe.

Ead wiedziała, że Sabran nigdy nie wyjdzie za Czerwonego Księcia. Zeedeur nie był wcale pierwszym delegatem, którego wodziła za nos. Przyjmowała podarki i jak należy reagowała na pochlebstwa, ale nigdy nie uginała się przed absztyfikantami.

Gdy dworzanie zaczęli się rozpraszać, Ead wyszła innymi drzwiami wraz z resztą dam. Lady Linora Payling, blondynka o różanych policzkach, była jedną z czternaściorga dzieci hrabiego i hrabiny Payling Hill. W czasie wolnym oddawała się plotkom. Rozmowa z nią stanowiła dla Ead istną udrękę.

Natomiast lady Margret Beck była jej drogą przyjaciółką od wielu lat. Dołączyła do Wysokiego Dworu trzy lata temu i zaskarbiła sobie przyjaźń Ead tak prędko, jak zrobił to jej brat Loth, który był od niej sześć lat starszy. Ead wkrótce odkryła, że ona i Margret mają podobne poczucie humoru, że rozumieją się bez słów i podzielają zdanie o niektórych dworzanach.

– Musimy dzisiaj szybko uwinąć się z robotą – powiedziała Margret. – Sabran spodziewa się nas na uczcie.

Margret, ze swoją hebanową skórą i wyraźnie zarysowaną twarzą, była bardzo podobna do brata. Od zaginięcia Lotha minął już tydzień, a jej powieki wciąż były opuchnięte od płaczu.

– Oświadczyny – powiedziała Linora, gdy znalazły się poza zasięgiem słuchu pozostałych i ruszyły pustym korytarzem. – I pomyśleć, że o rękę królowej stara się sam książę Aubrecht! Sądziłam, że jest zbyt pobożny, by myśleć o ożenku.

– Żaden książę nie jest dość pobożny, by starać się o rękę królowej Inys – wyprowadziła ją z błędu Ead. – To raczej ona jest zbyt pobożna, by wyjść za mąż.

– Ale królowiectwu potrzebna jest księżniczka.

– Linoro – upomniała ją Margret – zachowuj się.

– Kiedy to prawda.

– Królowa Sabran nie przekroczyła jeszcze trzydziestki. Ma jeszcze czas na zamążpójście.

Ead nie miała wątpliwości, że nie wiedzą o zakradających się do królowieckiej sypialni skrytobójcach. Gdyby tak było, Linora ważyłaby słowa. Choć przecież nigdy nie ważyła i nigdy nie była poważna. Ludzka tragedia była dla niej tylko okazją do plotkowania.

– Słyszałam, że wysoki książę jest bogaty ponad wyobrażenie – kontynuowała niezrażona. Margret westchnęła. – I moglibyśmy skorzystać na tym, że mają placówki handlowe na Wschodzie. Wyobraźcie sobie tylko: wszystkie te perły z Morza Słonecznego Tańca, najprzedniejsze srebro, przyprawy i klejnoty…

– Królowa Sabran pogardza Wschodem i my wszyscy też powinniśmy – przypomniała Ead. – Oni czczą wyrmy.

– Przecież Inys wcale nie musi handlować bezpośrednio ze Wschodem. Może kupować towary od Mentyjczyków.

Trochę to naciągane. To, że towar znajduje się w mentyjskim składzie handlowym, nie zmywa z niego śladu rąk seiikineskich rzemieślników, które składają się do modlitwy na chwałę Bezimiennego.

– Martwię się, z kim się sprzymierzy Sabran, przyjmując oświadczyny – powiedziała Margret. – Wysoki książę był przez jakiś czas narzeczonym donmaty Marosy. Kobiety, która jest teraz koronowaną księżną kraju smoków.

– Ależ te zaręczyny to zamierzchła historia – żachnęła się Linora i odrzuciła włosy z czoła. – A poza tym wątpię, by książę w ogóle ją lubił. Na pewno dostrzegł zło drzemiące w jej sercu.

Gdy stanęły u drzwi komnaty królowej, Ead zwróciła się do towarzyszek:

– Szanowne panie, chętnie wykonam dziś wasze obowiązki. Wy dwie powinnyście się udać na ucztę.

Margret skrzywiła się.

– Bez ciebie?

– Nikt nie zauważy nieobecności jednej komnatanki. – Ead posłała jej uśmiech. – Idźcie obie i bawcie się dobrze.

– Niech cię błogosławi Rycerz Hojności, Ead. – Linora już była w połowie korytarza. – Jesteś przekochana!

Gdy Margret ruszyła w ślad za nią, Ead ujęła ją za łokieć.

– Czy wiadomo coś o Locie? – szepnęła.

– Jak dotąd nic. – Margret dotknęła jej ramienia. – Ale coś jest na rzeczy. Nocny Jastrząb posłał po mnie. Spotkam się z nim dziś wieczorem.

Lord Seyton Combe. Sam szpiegmistrz. Niemal wszyscy nazywali go Nocnym Jastrzębiem, bo spadał na swoje ofiary pod osłoną mroku. Malkontenci, złaknieni władzy lordowie, ludzie, którzy zbyt często dworowali sobie z królowej – nie było trudności, której nie sprostałby mistrz szpiegów.

– Myślisz, że on coś wie? – spytała przyciszonym głosem Ead.

– Niebawem się przekonamy. – Margret ścisnęła jej ramię, po czym podążyła za Linorą.

Gdy Margret Beck cierpiała, cierpiała w samotności. Nie chciała nikogo obarczać własnym nieszczęściem. Nawet najbliższych przyjaciół.

Ead nigdy nie usiłowała znaleźć się w ich gronie. Gdy przybyła na Inys, postanowiła trzymać się na uboczu, by tym lepiej chronić swój sekret. Ale ponieważ została wychowana wśród ludzi, którzy trzymali się blisko, i była przyzwyczajona do ścisłych relacji z otoczeniem, wkrótce zaczęła jej doskwierać samotność i mimowolnie szukała towarzystwa oraz sposobności do rozmowy. Jondu, którą miała za siostrę, choć zrodziła się z innej matki, była u jej boku niemal od urodzenia. Jej nagła utrata pozostawiła w Ead wyrwę, którą rozpaczliwie pragnęła zapełnić. Gdy więc rodzeństwo Becków zaoferowało jej przyjaźń, sama zburzyła mury, które wzniosła wokół siebie. Nigdy nie żałowała tej decyzji.

Kiedyś znowu zobaczy Jondu. Pewnego dnia, gdy upomni się o nią ojczyzna. Wiedziała, że utraci wtedy Lotha i Margret, lecz niezmącone milczenie Zakonu zdawało się sugerować, że ten dzień nastąpi nieprędko.

Wielka sypialnia ascalońskiego pałacu była wysoko sklepioną komnatą o bladych ścianach i marmurowej podłodze, w której sercu stało wielkie łoże z baldachimem. Podgłówki i narzutę wykonano z przetykanego złotą nicią jedwabiu barwy kości słoniowej. Pościel uszyto z najwyższej jakości mentyjskiego lnu, zaś baldachim tworzyły dwie kotary, jedna lekka, druga ciężka. Sabran korzystała z nich w zależności od tego, ile światła potrzebowała.

W nogach łoża czekał wiklinowy kosz, a w kredensie nie było nocnika. Wyglądało na to, że królowiecka praczka wzięła się w końcu do pracy.

Dwór był tak zajęty przygotowaniami do wizyty mentyjskiego ambasadora, że zmianę pościeli odłożono na później. Otworzywszy drzwi balkonowe, by wpuścić nieco powietrza do dusznego pomieszczenia, Ead zdjęła z łoża narzutę i kołdrę, po czym obszukała materac i poduszki pod kątem ukrytych ostrzy i zaszytych buteleczek z trucizną.

Pracowała szybko nawet bez pomocy Margret i Linory. Skoro dwórki bawią się na biesiadzie, komnata szkatułowa musi być pusta. To doskonała okazja, by zbadać, co łączy Truyde utt Zeedeur i Triama Sulyarda, zaginionego giermka. Opłacało się wiedzieć takie rzeczy o dworzanach i służbie, a także koronowanych głowach. Tylko mając absolutną wiedzę, mogła chronić królową.

Truyde była szlachcianką, dziedziczką wielkiej fortuny. Nie miała powodu, by interesować się nieutytułowanym giermkiem. A jednak gdy Ead insynuowała, że coś łączy ją z Sulyardem, wyglądała na przestraszoną, niczym dębomyszka przyłapana na kradzieży żołędzi.

Ead dobrze znała zapach tajemnicy. Nosiła go jak perfumy.

Gdy już się upewniła, że w sypialni jest bezpiecznie, zostawiła komnatę, by dalej się wietrzyła, po czym poszła do komnaty szkatułowej. Oliva Marchyn na pewno też była w Domu Biesiadnym, ale miała na swoich usługach szpiega. Ead zakradła się schodami i przestąpiła próg.

– Kto tam? – zaskrzeczał głos. – Kto idzie?

Zamarła w bezruchu. Nikt inny by jej nie usłyszał, ale szpieg miał dobry słuch.

– Kim jesteś, intruzie?

– Przeklęte ptaszysko – szepnęła Ead.

Strużka potu spłynęła jej wzdłuż kręgosłupa. Zadarła spódnice i wyrwała nóż z pochwy na łydce.

Szpieg siedział na grzędzie przed drzwiami. Gdy Ead się zbliżyła, przekrzywił głowę.

– Intruz! – powtórzył groźnym tonem. – Niegodziwa niewiasto, won z mojego pałacu!

– Posłuchaj mnie uważnie, sirrah. – Ead pokazała mu nóż. Zauważył go i zmierzwił pióra. – Może ci się wydawać, że masz tu jakąś władzę, lecz prędzej czy później Jej Wysokość najdzie ochota na rosół z gołębia.

Właściwie to szpieg był pięknym ptakiem. Tęczowym mimikiem. Jego pióra przechodziły z błękitu w zieleń, a potem w ognistopomarańczową barwę krokosza barwierskiego. Jego głowa była krzykliwie różowa. Szkoda by było poświęcić go na zupę.

– Myto – powiedział, stukając szponem o talerz.

Gdy Ead była dwórką, ten ptak umożliwił jej odbycie wielu potajemnych spotkań. Schowała nóż, zacisnęła usta i sięgnęła do jedwabnej sakwy przy gorsecie.

– Masz. – Położyła na talerzu trzy nadziewane cukierki. – Jak będziesz się zachowywać, dostaniesz resztę.

Był zbyt zajęty pochłanianiem smakołyków, by zaszczycić ją odpowiedzią.

Komnata szkatułowa nigdy nie była zamknięta. Kto by przypuszczał, że młode damy mogą mieć coś do ukrycia? Ead weszła do środka. Zasunięte zasłony, wygaszone palenisko, zasłane łóżka.

Istniało tylko jedno miejsce, któremu zmyślna dwórka mogłaby powierzyć swoje sekretne skarby.

Ead uniosła dywan i nożem podważyła luźną deskę. Pod nią leżało w kurzu pudełko z polerowanego dębu. Położyła je sobie na kolanach.

Wewnątrz znajdowała się cała kolekcja przedmiotów, którą Oliva chętnie by skonfiskowała. Gruba księga pokryta alchemicznymi symbolami złota. Pióro i kałamarz. Skrawki papeterii. Wyrzeźbiony z drewna wisior. I pliczek listów związanych wstążką.

Ead wyjęła jeden. Wnioskując po nieco rozmazanej dacie w rogu, napisano go zeszłego lata.

Złamała szyfr w kilka chwil. Był tylko odrobinkę bardziej wyrafinowany od tych, z których korzystali inni dworzanie. Ead nauczono je łamać, gdy była jeszcze dzieckiem.

„To dla ciebie – napisał ktoś niechlujnie, może w pośpiechu. – Kupiłem to na Cyplu Albatrosa. Załóż czasem i pomyśl o mnie. Wkrótce napiszę znowu".

Podniosła kolejny list, napisany na grubym papierze ponad rok temu. „Wybacz, moja pani, jeśli jestem zbyt śmiały, ale nie mogę przestać o tobie myśleć".

Kolejny. „Miłości moja. Spotkajmy się pod wieżą zegarową po modlitwie".

Te wiadomości stanowiły dowód na to, że Truyde i Sulyard mieli romans oraz że skonsumowali związek. Zwyczajowy blask księżyca na wodzie. Lecz niektóre zwroty przykuły uwagę Ead.

„Nasze przedsięwzięcie sprawi, że świat zadrży w posadach. To zadanie jest naszym świętym powołaniem". Dwoje młodych ludzi raczej nie nazywało płomiennej miłości zadaniem (chyba że, ma się rozumieć, nie byli tak wprawni w uprawianiu miłości, jak w poezji). „Musimy poczynić plany, moja ukochana".

Ead pominęła słodzenie i zagadki i odszukała list datowany na wczesną wiosnę, gdy zaginął Sulyard. Pismo było rozmazane.

„Wybacz, że musiałem odejść. Rozmawiałem w Grzędzie z pewnym marynarzem, który złożył mi ofertę nie do odrzucenia. Wiem, że planowaliśmy uciec razem i, kto wie, może znienawidzisz mnie na resztę życia, ale w ten sposób będzie lepiej, najdroższa. Ty możesz pomóc sprawie tam, gdzie jesteś – na dworze. Gdy wyślę wieści o powodzeniu misji, przekonaj królową Sabran, by spojrzała na nasze przedsięwzięcie łaskawym okiem. Uświadom ją o zagrożeniu. Spal ten list. Niech nikt się nie dowie, co robimy, aż to zrobimy. Truyde, pewnego dnia będą opowiadać o nas legendy".

Grzęda. Największy port na Inys, główna brama prowadząca na kontynent. A więc Sulyard uciekł przez morze.

Pod deską było coś jeszcze. Cienka książka oprawna w skórę. Ead przesunęła palcem po wytłoczonych literach składających się na tytuł zapisany w jakimś wschodnim języku.

Truyde na pewno nie znalazła tej książki w żadnej inysyckiej bibliotece. Poszukiwanie wiedzy o Wschodzie uznawano przecież z herezję. Gdyby ktoś ją odkrył, nie skończyłoby się na reprymendzie słownej.

– Ktoś idzie – skrzeknął mimik.

Na dole zamknęły się drzwi. Ead ukryła książkę i listy za pazuchą, po czym wsunęła pudełko z powrotem do skrytki. Jej uszu dobiegło echo kroków. Włożyła deskę na miejsce. Wychodząc, wysypała na talerz resztę cukierków.

– Ani słowa – szepnęła – albo cały dwór będzie pisał tymi twoimi ślicznymi piórami.

Mimik zachichotał bez wesołości, jakoś złowróżbnie, a Ead wyskoczyła przez okno.

Leżeli ramię przy ramieniu pod rosnącą na dziedzińcu jabłonią, jak często robili to latem. Między nimi stał zwędzony z pałacowej kuchni dzban wina, a obok miska z serem w przyprawach i świeżym chlebem. Ead opowiadała o jakimś figlu, który spłatały lady Olivie Marchyn dwórki, a on śmiał się tak bardzo, że aż rozbolał go brzuch. Gdy snuła opowieść, zmieniała się w błazna i poetkę.

Słońce obsypało jej nos konstelacją piegów. Czarne włosy splotły się ze źdźbłami traw. Gdy dłonią osłonił oczy od słońca, zobaczył górującą nad nimi wieżę zegarową, witrażowe okna klasztoru i jabłka zwisające z konarów nad ich głowami.

– Mój lordzie.

Wspomnienie rozsypało się w pył. Loth podniósł wzrok i spojrzał na mężczyznę bez zębów.

Główna izba tawerny wypełniona była wieśniakami. Gdzieś tam bard grał na lutni balladę wychwalającą urodę królowej Sabran. Jeszcze parę dni temu z nią polował. Teraz znajdował się wiele lig dalej, słuchając pieśni o niej, jakby była postacią z legend. Wiedział tylko tyle, że sam najprawdopodobniej zmierza ku niechybnej śmierci, która dosięgnie go na yscalińskiej ziemi. I że Książęta Ducha nienawidzą go do tego stopnia, by skazać go na taki los.

Kruche to życie – pomyślał.

Oberżysta postawił przed nim dechę z zamówieniem. Stały na niej dwie miski z gęstą zupą, obok których leżały ciosane chyba siekierą kawały sera i okrągły bochen jęczmiennego chleba.

– Panowie życzą sobie coś jeszcze?

– Nie – powiedział Loth. – Dziękujemy.

Gospodarz skłonił się nisko. Loth nie sądził, by często gościł w swoim przybytku czcigodnych synów Pomniejszych Hrabiów.

Na ławie po przeciwnej stronie siedział lord Kitston Glade, jego drogi przyjaciel, który właśnie wgryzł się z zapałem w pajdę chleba.

– Och, na litość… – oburzył się, plując okruchami. – Twardy jak modlitewnik. Nie wiem, czy ośmielę się spróbować sera.

Loth upił łyk miodu, żałując, że nie jest choć trochę zimniejszy.

– Jeśli jedzenie w twojej prowincji jest tak parszywe – powiedział – powinieneś porozmawiać o tym ze swoim lordem ojcem.

Kit prychnął z rozbawieniem.

– Pewnie. Podobnie nudny temat z pewnością przypadnie mu do gustu. Podobnie jak ten chleb. W końcu jest tak czerstwy jak jego żarty.

– Powinieneś być wdzięczny za ten posiłek. Wątpię, by na statku uraczono nas równie wykwintną ucztą.

– Wiem, wiem. Jestem rozpuszczonym książątkiem o miękkich dłoniach, które sypia na łabędzim puchu, kocha zbyt wiele dwórek i opycha się słodyczami. Pałac mnie zepsuł. To samo powiedział mi ojciec, gdy zostałem poetą. – Kit dźgnął ostrożnie kawałek sera. – A właśnie, powinienem coś napisać, skoro już tu jestem. Może jakiś pasterski poemat. Bo czyż moi poddani nie są czarujący?

– Czarujący, rzeczywiście – odparł Loth.

Dziś nie miał ochoty silić się na niefrasobliwość. Kit sięgnął przez stół i złapał go za ramię.

– Nie odpływaj mi tu, Artelocie – wyrzekł, a Loth warknął coś w odpowiedzi. – Czy woźnica zdradził ci imię naszego kapitana?

– Harman, zdaje się.

– A nie Harlowe? – Loth wzruszył ramionami. – Słyszałeś przecież chyba o kapitanie Gianie Harlowie, tym słynnym piracie! Każdy w Ascalonie…

– Ja nie jestem „każdy w Ascalonie". – Loth pomasował nasadę nosa. – Oświeć mnie, proszę, jakiż to niegodziwiec zawiezie nas do Yscalinu.

– Niegodziwiec legendarny – odszepnął Kit. – Harlowe przybył na Inys z daleka jeszcze jako mały chłopiec. Zaciągnął się do marynarki w wieku dziewięciu lat, a nim skończył osiemnaście, został kapitanem. Ale połknął haczyk piractwa, jak wielu obiecujących młodych oficerów. – Kit wypełnił oba kufle miodem. – Ten człowiek opłynął wszystkie morza świata, morza, których nie nazwał żaden kartograf. Mówią, że nim dobił trzydziestki, plądrując statki, dorobił się fortuny, która mogłaby mierzyć się z zawartością skarbców Książąt Ducha.

Loth łyknął miodu. Miał wrażenie, że zanim wyruszą, przyda mu się opróżnić jeszcze jeden kufel.

– Zastanawiam się więc, mój Kicie, czemu ten osławiony zbir wiezie nas do Yscalinu.

– Może jest jedynym kapitanem, który nie lęka się podobnego rejsu. Podobno nie zna strachu. Cieszył się kiedyś łaskami samej królowej Rosarian.

Matki Sabran. Loth podniósł wzrok, nareszcie zainteresowany rozmową.

– Doprawdy?

– Owszem. Mówią, że był w niej zakochany.

– Mam nadzieję, że nie próbujesz sugerować, że królowa Rosarian była niewierna księciu Wilstanowi?

– Artelocie, mój zgryźliwy przyjacielu z Północy, nigdy nie powiedziałem, że odwzajemniła jego uczucie – odparł koncyliacyjnie Kit. – Ale lubiła go na tyle, by obdarować go największym okrętem wojennym w całej swojej flocie, któremu nadał imię „Wieczysta Róża". Teraz bezkarnie trudni się korsarstwem.

– Ach, korsarz. – Loth wydusił z siebie niemrawy chichot. – Profesja, którą pragnie się parać cały świat i przyległości.

– W ciągu dwóch minionych lat jego załoga zdobyła kilka yscalińskich jednostek. Wątpię, by powitali nas z uśmiechem na ustach.

– W Yscalinie chyba rzadko się uśmiechają.

Siedzieli chwilę w ciszy. Kit jadł, a Loth wyglądał przez okno.

To wydarzyło się w środku nocy. Lokaje ze skrzydlatymi księgami lorda Seytona Combe'a na piersi wdarli się do jego komnaty i kazali mu iść. Zanim się zorientował, co się dzieje, został wrzucony do karocy wraz z Kitem, także porwanym z kwatery pod osłoną mroku. W ramach wyjaśnienia pokazano im list.

Lordzie Artelocie Becku,
ty i lord Kitston jesteście teraz inysyckimi tymczasowymi ambasadorami Inys w Smoczym Królestwie Yscalinu. Yscalińczycy zostali poinformowani o waszym przybyciu.

Wypytajcie o ostatniego ambasadora, Księcia Umiarkowania. Bacznie obserwujcie dwór Vetaldy. I najważniejsze – odkryjcie, co oni planują i czy zamierzają najechać Inys.

Za królową i kraj.

List wyrwano mu z ręki, ledwie zdążył przeczytać. Prawdopodobnie został spalony.

Loth nie mógł zrozumieć jednego: dlaczego? Dlaczego akurat on ze wszystkich ludzi na Inys został wysłany do Yscalinu? Rozumiał, że Korona musi się dowiedzieć, co się dzieje w Cárscaro, ale przecież Loth nie był szpiegiem.

Po piętach deptała mu rozpacz, ale nie mógł pozwolić się dogonić. Na szczęście nie musiał mierzyć się z tym samotnie.

– Kit – odezwał się – wybacz mi. Zostałeś zmuszony, by towarzyszyć mi na wygnaniu, a ja byłem kiepskim towarzyszem podróży.

– Ani się waż mnie przepraszać. Zawsze chciałem przeżyć jakąś przygodę. – Kit obiema rękami wygładził swe płowe loki. – Ale skoro już wypowiedziałeś całe dwa zdania z rzędu, to może pomówimy o naszym… nietypowym położeniu.

– Nie. Nie teraz, Kit. Co się stało, to się nie odstanie.

– Nie wolno ci sądzić, że to królowa Sabran cię wypędziła – rzekł Kit z naciskiem. – Mówię ci, to wszystko zostało zaaranżowane bez jej wiedzy. Combe pewnie powie jej, że opuściłeś dwór z własnej woli, a ona wówczas zwątpi w swojego szpiegmistrza. Musisz powiedzieć jej prawdę – nalegał. – Napisz do niej. Wyjaw jej, co zrobili, a wtedy…

– Combe czyta wszystkie listy, zanim dotrą do królowej.

– A gdybyś użył szyfru?

– Żaden szyfr nie uchroni treści listu przed Nocnym Jastrzębiem. Sabran nie bez powodu uczyniła go mistrzem szpiegów.

– Więc napisz do swojej rodziny. Poproś o pomoc.

– Nie dostaną się na audiencję u Sabran inaczej jak tylko przez Combe'a. A nawet jeśliby im się to udało, dla nas będzie już za późno. Do tego czasu będziemy w Cárscaro.

– Ale powinni się przecież dowiedzieć, gdzie jesteś. – Kit potrząsnął głową. – O Święty, zaczynam myśleć, że ty tak naprawdę chciałeś opuścić Inys.

– Jeśli Książęta Ducha uważają, że jestem najlepszą osobą do wypełnienia tej misji, to pewnie tak jest w istocie.

– Loth, błagam cię. Doskonale wiesz, dlaczego wyprawili cię do Yscalinu. Przecież wszyscy cię ostrzegali.

Loth czekał, marszcząc brwi. Kit westchnął, opróżnił kufel i pochylił się do niego.

– Królowa Sabran jest jeszcze niezamężna – wymamrotał, a Loth stężał. – Jeśli Książeta zamyślili sobie dla niej jakąś dobrą partię, to twoja ciągła obecność u jej boku... no cóż, komplikuje sprawy.

– Wiesz przecież, że Sab i ja nigdy, ale to nigdy...

– To, co ja wiem, jest mniej ważne od tego, co widzi świat – przerwał mu Kit. – Pozwól, że na potrzeby dyskusji posłużę się małą alegorią. Sztuka. Sztuka to nie jest jeden wielki akt twórczy, lecz wiele małych. Gdy czytasz jeden z moich wierszy, nie widzisz tygodni ostrożnej pracy, która była konieczna, by go napisać. Myślenie, zastanawianie się, wykreślanie pojedynczych słów i całych wersów, palenie całych stronic w przypływie frustracji... o tym wszystkim nie wie nikt poza mną. Ostatecznie widzisz więc tylko to, co ja chcę, byś zobaczył. Z polityką jest tak samo.

Loth skrzywił się.

– Aby upewnić się co do potomkini, Książęta muszą odmalować pewien obraz inysyckiego dworu i panującej na nim królowej – ciągnął Kit. – Jeśli uwierzyli, że twoja bliskość z Sabran psuje im ten obraz, bo zniechęca potencjalnych zagranicznych konkurentów, to staje się jasne, dlaczego akurat ciebie wybrali do tej misji dyplomatycznej. Nie chcieli cię na swoim płótnie, więc cię... zamalowali.

Znowu zapadła cisza. Loth złożył swoje upierścienione dłonie i oparł na nich czoło.

Ależ ze mnie głupiec – pomyślał.

– Jeśli moje domysły są słuszne, to nie jest jeszcze tak źle, bo istnieje szansa, że wpuszczą nas z powrotem, gdy tylko Sabran wyjdzie za mąż – kontynuował Kit. – Proponuję zrobić, co następuje: poczekajmy kilka tygodni, jeśli będzie to możliwe, znajdźmy biednego starego księcia Wilstana, a potem czym prędzej wróćmy na Inys. Combe nas nie powstrzyma. Nie, gdy będzie już miał, czego chce.

– Zapominasz, że jeśli wrócimy, nikt nie zagwarantuje Combe'owi, że nie pobiegniemy prosto do Sabran na skargę. Na pewno o tym pomyślał. I na pewno zadbał, byśmy już nigdy nie zobaczyli z bliska pałacowych wrót.

– A więc najpierw napiszemy do niego. Złożymy mu propozycję. Nasze milczenie w zamian za zostawienie nas w spokoju.

– Ja miałbym milczeć o tej sprawie? – wycedził Loth. – Sab musi się dowiedzieć, że jej Rada prowadzi jakieś machinacje za jej plecami. Combe doskonale wie, że wszystko jej powiem. Wierz mi, Kit, chciał nas wysiudać do Cárscaro na dobre. Mamy być jego oczami na najniebezpieczniejszym dworze Zachodu.

– Do diabła z Combe'em! Znajdziemy sposób, by wrócić do domu – zapalił się Kit. – Czy Święty nie obiecał nam właśnie tego?

Loth dopił resztkę miodu.

– Bywasz bardzo mądry, przyjacielu – westchnął i dodał: – Nie mogę myśleć o tym, jak musi czuć się teraz Margret. Kto wie, czy to nie ona odziedziczy Złotobrzozy.

– Meg nie musi zaprzątać tym sobie swojej genialnej główki. Złotobrzoza nie potrzebuje dziedziczki, bo ani się obejrzysz, wrócimy na Inys. Ta misja może i sprawia wrażenie beznadziejnej – powiedział przyjaciel, na powrót przyjmując kpiarski, ton – ale nigdy nie wiadomo. Może wrócimy do domu jako królowie świata.

– Nigdy bym nie pomyślał, że znajdziesz w sobie więcej wiary niż ja. – Loth zaczerpnął powietrza przez nos. – Obudźmy woźnicę. Komu w drogę, temu czas.

5
Wschód

Świeżo upieczonym strażnikom morskim pozwolono spędzić ostatnie godziny na Przylądku Hisan wedle ich woli. Większość poszła się pożegnać z przyjaciółmi. Gdy upłynęła ósma godzina nocy, udali się palankinem do stolicy.

Uczeni już popłynęli na Skrzydło. Ishari nie wyszła na pokład, by z innymi patrzeć na niknącą w oddali Seiiki.

Zbliżyły się do siebie przez tych kilka lat. Tané opiekowała się nią, gdy ta zapadła na gorączkę, która o mało jej nie zabiła. Tané była dla niej jak siostra, gdy przyszedł czas jej pierwszego krwawienia. To ona pokazała jej, jak zrobić czopy z papieru. A teraz może już nigdy jej nie zobaczyć. Gdyby tylko Ishari więcej się uczyła, gdyby włożyła więcej starań w trening – obie mogłyby zostać strażniczkami.

A tak Tané zmuszona była szukać oparcia w innej przyjaciółce. Patrzyła w ziemię, przepychając się pośród rozentuzjazmowanych Hisańczyków, pośród tancerzy i bębniarzy, którzy celebrowali na ulicach Dzień Powołania. Dzieci biegały wokoło i śmiały się, trzymając mocno sznurki szybujących po niebie latawców.

Ulicami płynęła ciżba. Ludzie ocierali spocone twarze cienkim lnem. Uniknąwszy kontaktu z gromadką rzemieślników sprzedających świecidełka, Tané nabrała do płuc powietrza przesyconego intensywną wonią kadzidła zmieszanego z zapachem deszczu, potu oraz świeżo złowionych ryb. Słuchała blacharzy i przekupniów zachwalających towar oraz okrzyków poruszonego tłumu, przypatrującego się śpiewającemu jazgotliwie małemu żółtemu ptaszkowi.

Może po raz ostatni widzi Hisan, jedyne miasto, które mogła nazwać domem.

Przyjście tutaj zawsze wiązało się z ryzykiem. W mieście nie było bezpiecznie, bo na uczniów czyhały tam liczne pokusy, które groziły zdeprawowaniem. Było tu pełno zamtuzów i tawern, grano w karty i organizowano walki kogutów, wszędzie kręcili się werbownicy, usiłujący pchnąć młodych na ścieżkę piractwa. Tané często zastanawiała się, czy czasem Domów Nauki nie zbudowano tak blisko miasta w ramach sprawdzianu woli.

Gdy dotarła do oberży, wreszcie mogła odetchnąć. Nie było tu żadnych strażników.

– Przepraszam… – zawołała przez kratkę.

Do drzwi podeszła drobna dziewczynka. Gdy ujrzała Tané w błękitnej tunice straży, natychmiast uklękła i wsunęła czoło między dłonie.

– Szukam czcigodnej Susy – powiedziała uprzejmie Tané. – Czy mogłabyś ją tu poprosić?

Dziewczyna zniknęła w głębi pomieszczenia.

Jeszcze nikt nigdy nie skłonił się tak przed Tané. Urodziła się w zubożałej wiosce Ampiki na południowym brzegu

Seiiki, jej rodzina trudniła się rybactwem. Pewnej mroźnej zimy w pobliskim lesie doszło do zaprószenia ognia i prawie cała wioska poszła z dymem.

Tané nie pamiętała swoich rodziców. Nie podzieliła ich losu tylko dlatego, że tego dnia pobiegła za frunącym w stronę morza motylem. Znajdy i sieroty kończyły zwykle w służbie rolnej, ale kapłanka uznała, że motyl stanowił dowód boskiej interwencji, i postanowiła, że Tané będzie się szkolić na smoczego jeźdźca.

Susa podbiegła do drzwi ubrana w bogato haftowaną szatę z białego jedwabiu. Rozpuszczone włosy spływały jej na ramiona.

– Tané! – Otworzyła drzwi. – Musimy pomówić.

Uwadze Tané nie uszła jej uniesiona brew. Wślizgnęły się w alejkę z boku budynku, gdzie Susa rozpostarła nad nimi parasol.

– On zniknął.

Tané zwilżyła usta.

– Cudzoziemiec?

– Tak. – Susa wydawała się zdenerwowana. Bo była zdenerwowana. – Podsłuchałam, jak ktoś plotkował na targu. Podobno dostrzeżono na morzu piracki okręt. Straż przetrząsnęła miasto w poszukiwaniu przemyconego ładunku, ale nic nie znalazła.

– Szukali na Orisimie – uświadomiła sobie Tané, a Susa potwierdziła skinieniem. – Czy znaleźli cudzoziemca?

– Nie. Choć przecież tam nie ma gdzie się schować. – Susa obejrzała się przez ramię na ulicę. Światło latarni przelotnie zamigotało w jej oczach. – Musiał wykorzystać moment nieuwagi.

– Nikt nie przekroczyłby mostu niezauważony. On musi wciąż tam być.

– Jeśli tak, to chyba jest duchem, skoro udało mu się tak dobrze ukryć. – Susa mocniej ścisnęła rączkę parasola. – Myślisz, że powinnyśmy powiadomić o nim czcigodnego gubernatora?

Tané od ceremonii zadawała sobie to samo pytanie.

– Obiecałam Roosowi – podjęła Susa, nie czekając na odpowiedź – że po niego przyjdziemy, ale… może będzie bezpieczniejszy na Orisimie i łatwiej mu będzie wślizgnąć się na któryś statek wracający do Mentendonu. Może wezmą go za legalnego osadnika. Nie był starszy od nas, Tané, i prawdopodobnie nie przybył tu z własnej woli. Nie chcę skazywać go na śmierć.

– A więc nie róbmy tego. Niech sam zdecyduje, co dalej robić.

– A co z czerwoną zarazą?

– Nie miał objawów – odrzekła cicho Tané. – No i w końcu jest na Orisimie, a choć to okrutne, powiedzmy sobie jasno: jeśli nawet wybuchnie epidemia, nie rozprzestrzeni się stamtąd na resztę przylądka. Kontaktując się z nim, ryzykujemy zbyt wiele. Zapewniłyśmy mu schronienie. Od teraz sam będzie kowalem swojego losu.

– Ale czy nie wygada o nas, jeśli jednak go złapią? – szepnęła Susa.

– A kto mu uwierzy?

Susa wzięła głęboki wdech, poczuła, jak rozluźniają się jej spięte mięśnie ramion. Zmierzyła Tané wzrokiem.

– Wygląda na to, że warto było zaryzykować. – Uśmiech przyjaciółki zapalił wesołe ogniki w oczach Susy. – Czy Dzień Powołania przebiegł, jak chciałaś?

W Tané od kilku godzin wzbierała potrzeba podzielenia się swoim szczęściem.

– Nawet lepiej. Smoki są takie piękne. Widziałaś je?

– Nie, spałam – przyznała Susa z ociąganiem, choć Tané była pewna, że przez całą noc nie zmrużyła oka. – Ilu będzie jeźdźców w tym roku?

– Dwanaścioro. Czcigodny Imperator wysłał do nas dwóch swoich wojowników, by zasilili nasze szeregi.

– Nigdy jeszcze nie widziałam smoka znad Jezior. Czy różnią się od naszych?

– Są nieco bardziej krępe i mają po jednym palcu więcej. To wielki honor latać wraz z nimi. – Tané przysunęła się bliżej do Susy. – Muszę zostać jeźdźcem, Suso. Czuję się winna, pragnąc tak wiele, choć tyle już otrzymałam, ale…

– Marzysz o tym od dziecka. Jesteś ambitna, Tané. Nigdy nikogo za to nie przepraszaj. – Susa zrobiła pauzę. – Boisz się?

– Oczywiście.

– To dobrze. Strach zagrzeje cię do walki. Nie daj się pokonać takiemu wstręciuchowi jak Turosa, kimkolwiek jest jego matka. – Tané zgromiła ją wzrokiem, ale zaraz się uśmiechnęła. – A teraz już lepiej wracaj. I pamiętaj, choćbyś odfrunęła na drugi koniec świata, zawsze będę twoją przyjaciółką.

– A ja twoją.

Niespodziewanie uchyliły się drzwi do gospody. Obydwie aż podskoczyły.

– Susa! – zawołała dziewczynka. – Masz wrócić do środka.

Przyjaciółka rzuciła okiem na budynek.

– Muszę lecieć. – Obejrzała się na Tané, zawahała się. – Pozwolą mi do ciebie napisać?

– Nie będą mieli wyjścia. – Tané nigdy nie słyszała, by zwykły człowiek utrzymywał przyjaźń ze strażnikiem morskim, ale modliła się, by ich sytuacja okazała się wyjątkiem. – Proszę cię, Susa, uważaj na siebie.

– Zawsze. – Jej uśmiech drgnął. – Nie natęsknisz się za mną. Gdy będziesz latać w przestworzach, wszyscy będą wydawać ci się mali jak mrówki.

– Gdziekolwiek mnie rzuci – wyrzekła Tané – duchem zawsze będę z tobą.

Susa zaryzykowała wszystko dla nie swojego marzenia. Taka przyjaźń trafia się najwyżej raz w życiu. Zwykle nie trafia się nigdy.

Przestrzeń między nimi wypełniały wspomnienia, a ich twarze były mokre nie tylko od deszczu. Może Tané wróci na Hisan, by strzec wschodniego wybrzeża, może Susa kiedyś ją odwiedzi. Po raz pierwszy ułożone życie Tané zmąciła niepewność. Ich ścieżki właśnie się rozchodzą i jeśli nie złączy ich Kwiriki, mogą już nigdy się nie przeciąć.

– Gdyby coś się stało, gdyby twoje imię padło w związku ze sprawą cudzoziemca, jak najszybciej odszukaj mnie w Ginurze – powiedziała cicho Tané. – Znajdź mnie, Suso. A ja cię ochronię.

Na Orisimie, w zagraconej izbie, która niegodna była miana warsztatu, zamigotała latarnia, gdy Niclays Roos przyjrzał się pod światło zawartości szklanej fiolki. Napis na zaplamionej etykiecie głosił: HEMATYT. Tylko tyle mógł zrobić, by przestać myśleć o Sulyardzie. Najpewniejszym sposobem na ukojenie zszarganych nerwów było rzucenie się w wir pracy.

Nie żeby ta posunęła się naprzód. Powoli kończyły mu się odczynniki, a jego alchemiczne przyrządy były chyba starsze od węgla, ale chciał spróbować raz jeszcze, nim wyśle list z prośbą o dostawę. Gubernator Przylądka Hisan był

Roosowi życzliwy, lecz jego szczodrość hamował wojwładca, który zdawał się wiedzieć o wszystkim, co działo się na Seiiki.

Postać wojwładcy była otoczona mityczną aurą. Jego ród doszedł do władzy kosztem cesarskiego domu Noziken, który został unicestwiony w czasach Żałoby Wieków. Niclays wiedział o nim tylko tyle, że rezyduje w zamku w Ginurze. Co roku wicekrólowa Orisimy udawała się tam w swoim zamkniętym palankinie, by zapłacić trybut, obdarzyć suwerena podarkami z Mentendonu i otrzymać za nie coś w zamian.

Niclays był jedyną osobą w faktorii, która nigdy nie została zaproszona do wzięcia udziału w podróży. Jego krajanie, Mentyjczycy, traktowali go życzliwie, ale w odróżnieniu od nich Roos trafił na Orisimę, bo został wygnany. Fakt, że nikt z jego rodaków nie wiedział za co, nie pomagał zadzierzgnąć więzów przyjaźni.

Czasem chciał się zdemaskować tylko po to, by zobaczyć ich miny. Powiedzieć im, że to on jest tym alchemikiem, który przekonał młodą królową Inys, że potrafi wydestylować eliksir życia, zdejmując z niej obowiązek zamążpójścia i spłodzenia potomkini. Że to on był tym darmozjadem, który za pieniądze Berethnetów latami prowadził niemające wiele wspólnego z nauką eksperymenty i rozwiązłe życie degenerata.

Jakże wielkie przerażenie odmalowałoby się na ich twarzach. Jakie oburzenie wywołałaby w nich wieść o bezbożnościach, których się dopuścił. Nie mieliby pojęcia, że nawet wówczas, gdy dziesięć lat temu dotarł na Inys, targany bólem i gniewem, w jakiejś ukrytej komnacie swego serca wciąż pozostał wierny świętym regułom alchemii. Destylacja, sublimacja – to jedyne bóstwa, którym Roos będzie oddawał cześć. Nie mieliby pojęcia również o tym, że podczas gdy wypruwał sobie żyły przy tyglu, pewny, że odkryje sposób na powstrzymanie procesu starzenia, próbował też stopić klingę żalu, która tkwiła wbita pod jego żebrem. Klingę, która w końcu oderwała go od tygla i pchnęła ku zapomnieniu i ukojeniu, gwarantowanym przez wino.

Nie udało mu się osiągnąć żadnego z tych dwóch celów. I za to Sabran Berethnet go ukarała.

Ale nie ścięła mu głowy. Leovart powiedział mu, że powinien być wdzięczny za tę tak zwaną życzliwość ze strony „Jej Niegodziwości". Nie, Sabran nie odebrała mu życia, ale odebrała wszystko inne. Teraz tkwił uwięziony na krańcu świata, otoczony ludźmi, którzy nim pogardzali.

Niech sobie szepczą, niech plotkują. Jeśli jego eksperyment się powiedzie, będą walić drzwiami i oknami, błagać go o bodaj kroplę eliksiru. Z językiem wciśniętym między zęby dodał hematytu do tygla.

Równie dobrze mógłby to być proch strzelniczy. Zanim się zorientował, mieszanina zaczęła wrzeć. Wykipiała na stół i buchnęła pod sufit chmurą cuchnącą jak morowa zaraza.

Niclays rozpaczliwie starał się coś dostrzec w tyglu. W końcu przekonał się, że pozostał w nim tylko smoliście czarny osad. Z westchnieniem wytarł szkła okularów z sadzy. Efekt eksperymentu przypominał bardziej zawartość nocnika niż eliksir życia.

A więc hematyt nie stanowił rozwiązania. Choć właściwie zawartość fiolki wcale nie musiała być hematytem. Panaya na prośbę Roosa przyniosła odczynnik od jakiegoś kupca, a kupcy nie słynęli z uczciwości.

Niech to Bezimienny zeżre. Roos już dawno zrezygnowałby z eliksiru, gdyby nie to, że nie miał jak powrócić na Zachód, jak tylko z nim w charakterze karty przetargowej.

Ale, rzecz jasna, nie zamierzał dać go Sabran Berethnet. Uważał, że najlepiej by zrobiła, gdyby sama powiesiła się na ascalońskiej wieży zegarowej. Wolał rozgłosić pośród władców, że go ma – już oni zrobią, co w ich mocy, by sprowadzić go do Mentendonu i obsypać bogactwem. Zaś Roos osobiście dopilnuje, by Sabran dowiedziała się o tym, że opracował działającą recepturę eliksiru życia, a gdy przyjdzie do niego z płaczem, błagając na kolanach o bodaj kropelkę, on z rozkoszą jej odmówi.

Tylko że droga do tego tryumfalnego dnia ciągle się wydłużała miast skracać. Potrzebował bajecznie drogich substancji, których poszukiwali jeziorańscy władcy, chcąc wydłużyć własne życie – złota, aurypigmentu i rzadkich roślin. Choć większość monarchów otruła się, usiłując zyskać wieczne życie, istniała szansa, że ich dokonania zainspirują Roosa do odkrycia właściwej kombinacji składników.

Czas ponownie napisać do Leovarta i poprosić go, by pięknie skomponowanym listem przypochlebił się wojwładcy. Tylko książę może go przekonać, by oddał nieco swojego złota komuś, kto chce stopić je w alchemicznym tyglu.

Niclays dopił wystudzoną herbatę, żałując, że nie jest kapkę mocniejsza. Wicekrólowa Orisimy zakazała mu chodzić do gospody i poleciła ograniczyć spożycie alkoholu do dwóch kubków wina tygodniowo. Miesiącami drżały mu ręce.

Tak jak drżały teraz, lecz nie przez palącą potrzebę udania się do krainy zapomnienia. Nigdzie nie mógł znaleźć Triama Sulyarda.

Dźwięk dzwonów znów poniósł się nad miastem. Morscy strażnicy ruszyli już pewnie w drogę do stolicy. Uczniowie przydzieleni do uczonych musieli dopłynąć do Skrzydła, wysklepionej wysoko nad powierzchnię morza wysepki na

Morzu Słonecznego Tańca, gdzie zgromadzono całą wiedzę ludzkości o smokach. Niclays napisał do gubernatora Hisan kilkakrotnie, prosząc o udzielenie pozwolenia na podróż na Skrzydło, ale za każdym razem mu odmawiano. Nie przyjmowano osób z zewnątrz.

Smoki mogły być brakującym elementem, którego poszukiwał. Żyły tysiące lat. Coś w ich organizmach musiało umożliwiać im odradzanie zużywającego się ciała.

Nie były już tym, czym były kiedyś. We wschodnich legendach smoki miały magiczne zdolności, jak na przykład zmiennokształtność i tkanie snów. Ostatni raz zaprezentowały te umiejętności w latach, które nastąpiły po zakończeniu Żałoby Wieków. Tej nocy niebo przecięła kometa i podczas gdy wyrmy na całym świecie zapadły w kamienny sen, wschodnie smoki urosły w siłę, jakiej nie znały od stuleci.

Teraz ich moc znowu stopniała. A jednak wciąż żyły. Wciąż nie kajały się przed majestatem śmierci.

Sęk w tym, że sama teoria do niczego się Niclaysowi nie przyda. Wręcz przeciwnie, uświadomienie sobie tego doprowadziło jego pracę do ściany. Wyspiarze uważali smoki za święte. To z kolei oznaczało, że handlowanie jakimikolwiek substancjami pozyskanymi z ich ciała było zakazane, a za złamanie tego zakazu groziła szczególnie powolna i nadzwyczaj bolesna śmierć. Tylko piraci się na to poważali.

Zaciskając zęby przez migrenę, Niclays wykuśtykał ze swojej pracowni. Gdy poczuł pod stopami maty, którymi wyłożony był salon, szczęka opadła mu do samej ziemi.

Triam Sulyard siedział przy palenisku. Przemoczony do suchej nitki.

– Na mosznę Świętego! – Alchemik zachłysnął się powietrzem. – Sulyard!

Chłopiec wyglądał na rannego.

– Nie powinieneś tak mówić, doktorze…

– Zawrzyj gębę – warknął Niclays, czując, że serce zaraz wyskoczy mu z piersi. – Cholera, ależ z ciebie mały szczęściarz. Jeśli znalazłeś sposób, by stąd uciec, mów od razu.

– Próbowałem – przyznał Sulyard. – Udało mi się przemknąć między strażnikami i wymknąć się z domu, ale przy bramie było ich zbyt wielu. Wszedłem więc do wody i ukryłem się pod mostem, czekając, aż pójdzie sobie ten wschodni rycerz.

– Główny oficer to nie rycerz, głupku jeden – warknął Niclays, dając upust frustracji. – Niech Święty ma mnie w opiece, dlaczego, dlaczego tu wróciłeś? Czym sobie na to zasłużyłem? Dlaczego chcesz odebrać mi tę resztkę życia, która mi została? – Milczał chwilę. – Właściwie to nie odpowiadaj.

Sulyard, zgodnie z życzeniem, milczał. Niclays minął go i zaczął rozpalać w kominku.

– Doktorze Roos – odezwał się chłopak po chwili wahania. – Dlaczego tylu strażników pilnuje Orisimy?

– Bo obcy nie mogą postawić nogi na Seiiki pod groźbą śmierci. Z kolei Seiikinesi nie mogą jej opuścić. – Niclays powiesił dzbanek nad paleniskiem. – Pozwalają nam tu mieszkać, by móc z nami handlować i czerpać z mentyjskiej wiedzy oraz byśmy mogli dać wojwładcy choć mętne wrażenie drugiej strony Czeluści. Sami jednak nie możemy wydostać się z Orisimy, byśmy czasem nie szerzyli herezji wśród seiikineskiej ludności.

– Herezji? Czyli Sześciu Cnót?

– Właśnie. Podejrzewają też, nie bez powodu, że cudzoziemcy mogą sprowadzić na wyspę smoczą chorobę – czerwoną zarazę, jak ją nazywają. Gdybyś zadał sobie nieco trudu i dowiedział się czegoś o Seiiki, zanim tu przybyłeś…

– Przecież posłuchaliby nas, gdybyśmy poprosili o pomoc – powiedział Sulyard z niezachwianym przekonaniem. – Gdy się ukrywałem, przyszło mi na myśl, by po prostu pozwolić się znaleźć. Wówczas zabraliby mnie do stolicy – mówił, zupełnie jakby nie widział pogłębiającego się na twarzy Niclaysa wyrazu trwogi. – Ja po prostu muszę rozmówić się z wojwładcą, doktorze Roos. Gdybyś tylko zechciał posłuchać, co...

– Jak już mówiłem – przerwał mu gospodarz cierpkim głosem. – Kompletnie mnie nie obchodzi twoja misja, Sulyardzie.

– Ależ... doktorze, Imperium Cnót jest w niebezpieczeństwie. Cały świat jest w niebezpieczeństwie – naciskał Sulyard. – Królowa Sabran potrzebuje naszej pomocy.

– Ona też jest w niebezpieczeństwie? – Próbował ukryć nadzieję w swoim głosie. – Czy grozi jej, dajmy na to, śmierć?

– Tak, doktorze. I ja wiem, jak ją przed nią uchronić.

– Najbogatsza kobieta na Zachodzie, czczona przez trzy sprzymierzone kraje, potrzebuje pomocy giermka? Fascynujące. – Niclays wyrzucił powietrze z płuc. – Dobrze, Sulyardzie. Wysłucham cię. Oświeć mnie: jak chcesz ocalić królową Sabran od tej bliżej nieokreślonej zguby?

– Poprzez zadzierzgnięcie porozumienia ze Wschodem. – Oblicze Sulyarda było maską determinacji. – Wojwładca Seiiki musi wysłać swoje smoki na pomoc Jej Wysokości. Chcę go przekonać, by to właśnie zrobił. Musi wspomóc Imperium Cnót w szczytnym celu, jakim jest zabicie smoczych bestii, nim wszystkie zbudzą się ze snu. Zanim...

– Poczekaj – wszedł mu w zdanie Niclays. – Czy ty masz zamiar doprowadzić do tego, by Inys i Seiiki... zawiązały sojusz?

– Nie tylko Inys i Seiiki, doktorze. Imperium Cnót i Wschód.

Niclays pozwolił, by sens słów Sulyarda skrystalizował się w jego głowie. Drgnął mu kącik ust. A gdy nie dopatrzył się na śmiertelnie poważnej twarzy giermka śladu żartu, odrzucił głowę w tył i ryknął śmiechem.

– A to dobre! Po prostu boskie – zarżał. Chłopiec gapił się na niego. – Och, Sulyardzie, dziękuję ci. Dziękuję za tę krótką chwilę śmiechu. Zaprawdę rozświetliła mroki mej smutnej egzystencji niczym promień słońca.

– To nie jest żart, doktorze Roos. – Sulyard poskramiał oburzenie.

– Ależ jest, jest. Sądzisz bowiem, że sam jeden unieważnisz Wielki Edykt, prawo obowiązujące od pięciu stuleci, grzeczną sugestią, że może już starczy. Naprawdę jesteś jeszcze młody, chłopcze. – Niclays raz jeszcze zachichotał. – I któż, że zapytam, ma pomóc ci dokonać tego chwalebnego czynu?

Sulyard wyglądał na obrażonego.

– Przecież widzę, że kpisz ze mnie, panie. Ale nie wolno ci kpić z mojej pani. Po tysiąckroć oddałbym za nią życie, lecz nie wolno mi wyjawić jej imienia. Jest ona światłem mego życia, oddechem w mej piersi, słońcem na…

– Dobra, rozumiem, już dosyć. A czy nie chciała przybyć na Seiiki wraz z tobą?

– Planowaliśmy przypłynąć razem, lecz gdy zimą odwiedziłem matkę na Grzędzie, przypadkiem spotkałem pewną morską podróżniczkę. Zaoferowała mi przejazd statkiem na Seiiki. – Raptem zgarbił się, jakby przytłoczył go jakiś ciężar. – Wysłałem mojej umiłowanej list… mam nadzieję, że zrozumie. Że mi wybaczy.

Minęło już nieco czasu, odkąd Niclays raczył się dworskimi plotkami. To, że niemal ślinił się na myśl o tajemnicach drobnej i zamożniejszej szlachty, wiele mówiło o tym, jak straszliwa nuda dręczyła go na Orisimie. Nalał dwa kubki wierzbowej herbaty i siadł na macie, prostując przed sobą chorą nogę.

– Ta lady to twoja narzeczona, jak mniemam?

– Towarzyszka życia. – Uśmiech przemknął po wargach Sulyarda. – Złożyliśmy razem przysięgę.

– Zakładam, że Sabran pobłogosławiła wasz związek?

Sulyard oblał się rumieńcem.

– My… my nie prosiliśmy Jej Wysokości o zgodę. Nikt o tym nie wie.

Był więc odważniejszy, niż można było sądzić na pierwszy rzut oka. Sabran wymierzała surowe kary zakochanym, którzy pobierali się w tajemnicy. Tym się różniła od królowej matki, która uwielbiała dobre historie miłosne.

– Twoja dama musi być bardzo nisko urodzona, skoro musiałeś poślubić ją w sekrecie – rzucił niefrasobliwie Niclays.

– Skądże! Dama mego serca jest z wysokiego rodu. Jest słodka jak najprzedniejszy miód i piękna niczym jesienny…

– Dość, niech mnie Święty strzeże. I bez tego boli mnie głowa. – Jak Sabran wytrzymała z nim tyle czasu i nie wyrwała mu języka?, pomyślał. – Ile ty właściwie masz lat, Sulyardzie?

– Osiemnaście.

– Jesteś już więc mężczyzną. Dostatecznie dojrzałym, by wiedzieć, że nie za wszystkimi marzeniami warto gonić, a już zwłaszcza nie za tymi, które zrodziły się w wygodnym łożu miłości. Gdyby znalazł cię główny oficer, zabrałby cię do gubernatora przylądka Hisan. Nie do wojwładcy. – Niclays upił herbaty. – Powiedz mi jeszcze jedno, chłopcze. Skoro, jak mówisz, Sabran jest w niebezpieczeństwie tak wielkim, że aż potrzebuje pomocy Seiiki, w co akurat śmiem powątpiewać, to czemu po prostu jej o tym nie powiesz?

Sulyard zawahał się.

– Jej Wysokość nie ufa Wschodowi – wydusił wreszcie. – Na własną szkodę, bo tylko Wschód może nam pomóc. Nawet gdyby uświadomić jej zagrożenie, z którym niechybnie będzie musiała się niebawem zmierzyć, duma nie pozwoli jej zwrócić się o pomoc do wschodnich państw. Truyde powiedziała, że gdybym tylko zdołał przekonać wojwładcę w jej imieniu, to może dotarłoby do Jej Wysokości, że...

– Truyde.

Kubek drgnął w palcach Niclaysa.

– Truyde – szepnął. – Chyba... chyba nie Truyde utt Zeedeur, córka lorda Oscarde'a?

Sulyarda zmroziło.

– Doktorze Roos – wydukał, gdy już przestał się jąkać – jej tożsamość musi pozostać tajemnicą.

Zanim zdołał się powstrzymać, Roos znowu buchnął śmiechem. Ta farsa coraz bardziej zakrawała na istne szaleństwo.

– Rety, rety! – zawołał. – Któż by nie chciał związać się przysięgą z takim „towarzyszem życia" jak ty, mój panie Sulyardzie! Najpierw bierzesz ślub z markizą Zeedeur, w dodatku bez pozwolenia, narażając ją na zszarganie reputacji. Potem ją opuszczasz, a następnie zdradzasz jej imię człowiekowi, który dobrze znał jej dziadka. – Otarł łzy rękawem. Sulyard wyglądał, jakby miał zaraz zemdleć. – Ach, jakże godzien jesteś miłości swojej lubej. Cóż jeszcze zaraz mi wyznasz? Że zostawiłeś ją w Inys brzemienną?

– Nie, nie... – Sulyard podpełzł do niego. – Zaklinam cię, doktorze Roos, nie wyjawiaj nikomu tego, co ci powiedziałem. Zaprawdę nie jestem godzien jej miłości, ale... kocham ją. Tak bardzo, że ta miłość rani moją duszę.

Zniesmaczony Niclays odepchnął go kopniakiem.

A moją duszę rani to – pomyślał zjadliwie – że Truyde obdarzyła uczuciem takie nic jak ty!

– O, zapewniam cię, że nikomu o niej nie powiem – wycedził, a z oczu Sulyarda polały się nowe łzy. – Ona jest dziedziczką księstwa Zeedeur, krwią z krwi Vattenów. Módlmy się, by pewnego dnia poślubiła kogoś obdarzonego kręgosłupem. – Opadł na matę. – Poza tym gdybym miał napisać do księcia Leovarta z informacją, że lady Truyde potajemnie popełniła mezalians, nawet najszybszy statek będzie pokonywał Czeluść tygodniami. A do tego czasu ona zapomni, że w ogóle istniejesz.

Między jednym szlochem a drugim Sulyard zdołał wydusić:

– Książę Leovart nie żyje.

Wysoki książę Mentendonu. Jedyna osoba, która próbowała pomóc Niclaysowi, odkąd ugrzązł na Orisimie.

– To tłumaczy, czemu nie odpisuje… – Niclays uniósł kubek do ust. – Kiedy to się stało?

– Niespełna rok temu, doktorze Roos. Wiwerna spaliła do gołej ziemi jego domek myśliwski.

Niclays poczuł ukłucie żalu po Leovarcie. Wicekrólowa Orisimy z pewnością wiedziała, że nie żyje. Najwyraźniej postanowiła nie powiadamiać o tym Niclaysa.

– Rozumiem. Kto włada teraz Mentendonem?

– Książę Aubrecht.

Aubrecht. Niclays zapamiętał go jako powściągliwego młodzieńca, który nie troszczył się o nic poza swoim modlitewnikiem. Choć wszedł już w wiek męski, gdy gorączka zabrała jego wuja Edvarta, postanowiono, że to Leovart – rodzony wuj Edvarta – pierwszy obejmie tron, by pokazać wrażliwemu Aubrechtowi, jak rządzić państwem. Oczywiście gdy już Leovart zasiadł na tronie, znalazł milion powodów, by nie oddawać go młodzieńcowi.

A teraz Aubrecht wreszcie objął należny mu urząd. Jeśli miał władać Mentendonem, będzie mu potrzebna żelazna wola i żelazne nerwy.

Niclays odepchnął od siebie tęsknotę za domem, zanim na dobre go pochłonęła. Giermek wpatrywał się w niego czerwony jak rak.

– Sulyardzie – zwrócił się do niego chirurg. – Wróć do domu. Gdy do portu zawinie mentyjski statek, wsiądź na niego. Wróć do Truyde i razem ucieknijcie na Mleczną Lagunę... czy gdzie tam uciekają kochankowie. – Sulyard już otwierał usta, ale Niclays nie pozwolił sobie przerwać. – Zaufaj mi. Nic tu nie zdziałasz. Tylko zginiesz na próżno.

– Ale moja misja...

– Nie wszystkim dane jest urzeczywistnić wielkie przedsięwzięcia.

Sulyard umilkł. Niclays zdjął okulary i przetarł szkła rękawem.

– Nie darzę twojej królowej miłością. Tak naprawdę gardzę nią tak bardzo, jak to tylko możliwe – powiedział, a chłopak aż się wzdrygnął na te słowa. – Jednak wątpię, by Sabran chciała, aby oddał za nią życie osiemnastoletni giermek. – Drżenie przedarło się do jego głosu. – Chcę, Triamie, byś stąd odszedł. I chcę, byś przekazał ode mnie Truyde, by przestała zajmować się sprawami, które i na nią mogą sprowadzić śmierć.

Sulyard wbił wzrok w matę.

– Wybacz mi, doktorze, lecz nie mogę – odparł. – Muszę tu zostać.

– Czego ty tu szukasz, chłopie? – Niclays obrzucił go zmęczonym spojrzeniem.

– Mówiłem już, sposobu na to, by porozmawiać z wojwładcą... Ale nie mam zamiaru cię już narażać, panie.

– Dopóki przebywasz w moim domu, jestem narażony do tego stopnia, że nieustannie wisi nade mną rychły i bolesny zgon.

Na to Sulyard nie miał odpowiedzi. Siedział z zaciśniętymi zębami. Niclays wydął wargi.

– Jesteś, jak tuszę, człowiekiem pobożnym, mój Sulyardzie – odezwał się. – Sugeruję, byś zaczął się modlić. Modlić o to, by strażnicy trzymali się z dala od mojego domu, dopóki nie przypłynie na Seiiki mentyjski statek, i byś do tego czasu przejrzał na oczy. Jeśli przeżyjemy tych kilka kolejnych dni, kto wie, może sam znowu zacznę się modlić.

6
Zachód

Gdy królowej Inys zdarzało się unikać Domu Biesiadnego – czyli dosyć często – jadła w swojej prywatnej komnacie. Dzisiejszej nocy Ead i Linora zostały zaproszone, by wraz z nią przełamać się chlebem, który to obyczaj dotyczył zwykle tylko trzech przybocznych.

Margret cierpiała na jedną ze swoich migren. „Czachozgniot", jak je nazywała. Zwykle nie pozwalała im stanąć na drodze wykonywaniu obowiązków, lecz teraz zamartwiała się losem Lotha.

Pomimo letniej spiekoty w królowieckiej komnacie płonął ogień. Jak dotąd nikt nie przyszedł po Ead.

Czasem czuła, że ludzie naokoło wyczuwają zapach wszystkich jej sekretów. Jakby wiedzieli, że nie przybyła na dwór po to, by zmieniać królowej pościel.

Zupełnie jakby wiedzieli o Zakonie.

– Ros, a co myślisz o jego oczach?

Sabran wlepiała wzrok w trzymaną w palcach miniaturę. Obejrzały ją już wszystkie damy, teraz ponownie studiowała ją Roslain Crest.

Pierwsza komnatanka, prawowita dziedziczka Księstwa Sprawiedliwości, urodziła się zaledwie sześć dni przed Sabran. Miała włosy gęste i ciemne jak syrop z melasy. Blada, kobaltowooka, zawsze modnie ubrana, spędziła u boku królowej prawie całe życie. Jej matka była pierwszą damą komnatową królowej Rosarian.

– Są przyjemne, Wasza Wysokość – orzekła Roslain. – Życzliwe.

– Wydaje mi się, że są osadzone ciut zbyt blisko siebie – zastanawiała się na głos Sabran. – Przywodzą mi na myśl ślepia susła.

Linora zachichotała subtelnie, jak miała w zwyczaju.

– Lepiej suseł niż jakaś głośniejsza bestia – zauważyła Roslain, zwracając się do królowej. – Lepiej, by znał swoje miejsce, gdy już cię poślubi. To nie on jest potomkiem Świętego.

Sabran poklepała ją po dłoni.

– Jak to się dzieje, że zawsze jesteś taka mądra?

– Z kim przestajesz, takim się stajesz, Wasza Wysokość.

– Podobno twoja babka wolałaby, byś więcej czasu spędzała z nią. – Sabran podniosła wzrok. – Lady Igrain uważa, że Mentendon będzie próbował wyssać Inys do cna. I że Lievelyn nie powinien handlować z Seiiki. Powiedziała mi też, że nie omieszka wspomnieć o tym na najbliższym zebraniu Rady Cnót.

– Moja babka troszczy się o ciebie, królowo. To sprawia, że robi z igły widły. – Roslain spoczęła obok monarchini. – Wiem, że wolałaby wodza Askrdalu. To człowiek bogaty i pobożny. O wiele bezpieczniejszy kandydat. Potrafię też zrozumieć, że nie jest pewna Lievelyna.

– Ale? – pociągnęła ją za język Sabran.

Roslain przesłała jej subtelny uśmieszek.

– Sądzę, że wypadałoby dać szansę temu nowemu Czerwonemu Księciu.

– Zgadzam się. – Katryen leżała na drewnianej ławie z podłokietnikami i oparciem, wertując tomik poezji. – W chwilach takich jak ta możesz skonsultować się z Radą Cnót, a zadaniem twoich dam jest dodać ci odwagi.

Siedząca obok Ead Linora opróżniała łapczywie kielich, wypełniając ciszę miarowym dźwiękiem przełykania.

– Pani Duryan – odezwała się znienacka Sabran – a co ty myślisz o aparycji księcia Aubrechta?

Spojrzenia wszystkich spoczęły na Ead. Powoli odłożyła swój nóż.

– Pytasz mnie o zdanie, Wasza Wysokość?

– Chyba że jest tu jakaś inna pani Duryan.

Nikt się nie roześmiał. W niezmąconej ciszy Roslain podała jej miniaturę.

Ead przyjrzała się Czerwonemu Księciu. Wysokie kości policzkowe. Przylizane włosy barwy miedzi. Wyraźnie zarysowane brwi osłaniające ciemne oczy, kontrastujące ostro z bladością cery. Zacięte usta nadawały mu poważny wygląd, ale twarz miał wcale przyjemną.

Ale miniatury mogły kłamać i często właśnie to robiły. Malarz mógł chcieć przypochlebić się modelowi.

– Jest dość przystojny – skonkludowała.

– To dopiero pochwała. – Sabran łyknęła z kielicha. – Jesteś surowszym sędzią od pozostałych dam, pani Duryan. Czy ersyrscy mężczyźni są przystojniejsi od księcia?

– Są inni, Wasza Wysokość. – Ead zamilkła, a potem dodała: – Nie tak susłowaci.

Królowa osadziła na niej nieruchomy wzrok. Przez moment Ead bała się, że przesadziła. Utwierdził ją w tej obawie wyraz zdumienia na twarzy Katryen.

– Język masz tak prędki, jak lekkie stopy. Czyli bardzo. – Królowa Inys rozparła się na krześle. – Nie rozmawiałyśmy za wiele, odkąd przybyłaś na dwór. Od tamtej chwili minął szmat czasu. Ile to już? Sześć lat.

– Osiem, Wysokości.

Roslain rzuciła jej ostrzegawcze spojrzenie. Nie poprawia się potomkini Świętego.

– Rzeczywiście, osiem. Powiedz mi, czy ambasador uq-Ispad pisuje czasem do ciebie?

– Nieczęsto, pani. Jego ekscelencja jest gorliwym czcicielem Śpiewaka Świtu.

– Lecz ty, ma się rozumieć, już nie jesteś – powiedziała Sabran, a Ead przekrzywiła głowę. – Lady Arbella mówiła mi, że często modlisz się w Sanktuarium.

Ead nie miała pojęcia, jak Arbella Glenn donosi jej o tym wszystkim. Kobieta prawie nigdy nie odzywała się słowem.

– Sześć Cnót to piękna religia, Wasza Wysokość – odparła Ead. – Jakże można nie pokładać w niej wiary, skoro prawdziwa potomkini Świętego chodzi pośród nas?

Oczywiście było to kłamstwo. Jej prawdziwa wiara – wiara w Matkę – płonęła tak jasno jak zawsze.

– Muszą w Ersyrze snuć opowieści o moich przodkach – odpowiedziała Sabran. – Zwłaszcza o Dziewicy.

– Tak, pani. Zapamiętano ją na Południu jako najbardziej praworządną i bezinteresowną ze wszystkich kobiet swoich czasów.

Cleolind Onjenyu została również zapamiętana na Południu jako największa wojowniczka swoich czasów, lecz Inysyci nigdy by w to nie uwierzyli. Sądzili, że to ona potrzebowała ratunku.

Zdaniem Ead Cleolind nie była Dziewicą.

Była Matką.

– Lady Oliva powiedziała mi, że pani Duryan to urodzona gawędziara – wyrzekła Roslain, mrożąc ją spojrzeniem. – Opowiesz nam historię o Świętym i Dziewicy? Tę wersję, której nauczono cię na Południu?

Ead wyczuła, że Roslain wciąga ją w pułapkę. Inysytom rzadko podobały się historie opowiedziane z innej perspektywy niż ich własna, a już na pewno nie przypadłaby im do gustu ta najświętsza. Roslain spodziewała się, że Ead wpadnie w jej sidła.

– Milady – zaczęła Ead – nie można opowiedzieć jej lepiej, niż robi to świętarz. Usłyszymy ją jutro, gdy…

– Usłyszymy ją teraz – poinformowała ją Sabran. – Kolejne wyrmy sieją popłoch na kontynencie, twoja opowieść poprawi nastrój moim damom.

W kominku płakała brzoza. Patrząc na Sabran, Ead odczuła osobliwe napięcie, jakby były połączone niewidzialnym włóknem. Wreszcie wstała z miejsca i zajęła krzesło przy ogniu. Miejsce zarezerwowane dla opowiadaczy.

– Jak sobie życzysz, Wasza Wysokość. – Wygładziła fałdy spódnic. – Od czego mam zacząć?

– Od narodzin Bezimiennego – powiedziała Sabran. – Od chwili, gdy wielki demon wyłonił się z Góry Trwogi.

Katryen ujęła królową za rękę. Ead nabrała tchu, chcąc uciszyć zgiełk w swej głowie. Jeśli opowie prawdziwą wersję tej historii, skończy na stosie. Będzie więc musiała opowiedzieć tę, której słucha codziennie w Sanktuarium. Okaleczoną wersję. Zaledwie połowę tej prawdziwej.

– W głębinach tego świata istnieje Ogniste Łono – zaczęła. – Ponad tysiąc lat temu tkwiąca w jego wnętrzu magma zebrała się i utworzyła kształt, bestię o niesamowitych rozmiarach – tak jak tworzy się miecz w kuźni. Mlekiem był mu ogień, który płonął we wnętrzu Łona, a jego pragnienie nie znało zaspokojenia. Pił, aż nawet jego serce zmieniło się w piec.

Katryen zadrżała.

– Wkrótce ten potwór, wyrm, rozrósł się i Łono nie mogło go już pomieścić. Pragnął zrobić użytek ze skrzydeł, którymi go obdarzyło. Wyrwawszy się z okow Łona, przedarł się na powierzchnię przez górę w Mentendonie, którą zwą Górą Trwogi, i przyniósł ze sobą powódź ognia. Czerwone błyskawice rozjaśniały niebo nad wierzchołkiem góry. Ciemność zapadła nad miastem Gulthaga, a wszyscy, którzy w nim mieszkali, zadławili się trującym dymem.

– Wyrm pragnął podbijać wszystko w zasięgu wzroku – podjęła Ead po pauzie. – Poleciał na południe do Lasyi, gdzie władał potężnym królestwem dom Onjenyu, i wylądował nieopodal ich tronu w Yikali. – Zwilżyła gardło łykiem ale. – Ta bezimienna kreatura przyniosła ze sobą straszną plagę: zarazę, chorobę nieznaną dotąd ludzkości. Krew zarażonych zaczynała płonąć, doprowadzając ich do szaleństwa. Chcąc dać odpór bestii, lud Yikali podsuwał jej owce i woły, lecz głodu Bezimiennego nie dało się zaspokoić. Łaknął słodszego mięsa: mięsa człowieka. Tak więc każdego dnia ludzie ciągnęli losy i jeden spośród nich wybierany zostawał na ofiarę.

W komnacie panowała cisza jak makiem zasiał.

– W Lasyi rządził wówczas Selinu, wysoki władca z domu Onjenyu. Pewnego dnia na ofiarę wybrana została jego córka, księżniczka Cleolind. – Ead wymówiła to imię miękko, z nabożną czcią. – Choć jej ojciec oferował poddanym klejnoty i złoto, choć błagał, by wybrano kogoś innego, oni się nie ugięli. Lecz Cleolind z godnością zaakceptowała swój los, wiedziała bowiem, że wybór dokonał się sprawiedliwie.

– Tego samego poranka – ciągnęła Ead – z wyspy Inysca do Yscali wyruszył pewien rycerz. Podówczas na trzech wyspach toczono wojny, władało nimi wielu wszechkrólów, a lud drżał w cieniu wiedźmy... lecz mieszkali tam też dobrzy ludzie, którzy wyznawali Cnoty. Owym rycerzem – Ead zawiesiła głos – był sir Galian Berethnet.

Kłamca.

Tak zwano go w wielu częściach Lasyi, ale Sabran nie miała o tym pojęcia.

– Sir Galian usłyszał o tragedii, która stała się udziałem Lasyi – podjęła Ead – postanowił więc pójść na służbę do Selinu. Dźwigał u pasa nadzwyczaj piękny miecz, który zwał się Ascalon. Gdy zbliżał się do przedmieść Yikali, ujrzał damę szlochającą w cieniu drzew. Spytał, czego się tak lęka. „Cny rycerzu – odrzekła mu Cleolind – masz dobre serce, lecz przez wzgląd na samego siebie pozwól mi samotnie oddawać się modłom, gdyż oto nadciąga wyrm, by odebrać mi życie".

Ead mdliło od jej własnych słów. Gdyby nie sytuacja, nigdy nie opisałaby Matki jak jakiejś omdlewającej panienki.

– Rycerz – brnęła dalej w kłamstwa – był poruszony jej łzami. „Piękna pani – powiedział – prędzej zanurzę swój miecz we własnym sercu, niż ujrzę, jak twa krew zrasza ziemię. Jeśli twój lud odda dusze Cnotom, ty zaś mnie swoją rękę, wypędzę bestię z tych ziem". Taka była jego przysięga.

Ead przerwała, by nabrać tchu. Nagle poczuła w ustach jakiś nieoczekiwany smak.

Smak prawdy.

– Cleolind kazała rycerzowi się oddalić, oburzona postawionymi przez niego warunkami – usłyszała własne słowa – lecz sir Galian nie dał się odprawić. Chcąc zagarnąć całą chwałę dla siebie, postanowił...

– Nie – weszła jej w słowo Sabran. – Cleolind zgodziła się na jego warunki i była mu wdzięczna za propozycję.

– Taką wersję opowieści poznałam na Południu. – Ead uniosła brwi, lecz jej serce ominęło jedno uderzenie. – Lady Roslain prosiła mnie, bym...

– A teraz twoja królowa wydaje ci inne polecenie. Dokończ opowieść tak, jak robi to świętarz w Sanktuarium.

– Tak, pani.

Sabran łaskawym skinieniem dała znak, by zaczęła mówić.

– Sir Galian, zwarłszy się w boju z Bezimiennym – kontynuowała Ead – odniósł dotkliwe rany. Ale mimo to, wykazując się odwagą większą niż ktokolwiek z żyjących, odnalazł w sobie siłę, by wrazić swój miecz w cielsko potwora. Bezimienny umknął z pola bitwy, krwawiący i słaby, i wpełzł z powrotem do Ognistego Łona, gdzie spoczywa po dziś dzień.

Czuła na sobie wzrok Sabran, jakby ktoś piętnował ją gorącym żelazem.

– Sir Galian – podjęła po pauzie – wrócił wraz z księżniczką na wyspy Inysca, zbierając po drodze Prześwięty Zastęp, świtę swych rycerzy. Na jego skroniach spoczęła korona Inys, bowiem królestwo weszło w nową erę z nowym imieniem, a mocą pierwszego dekretu król Galian uczynił Cnoty Rycerskie prawdziwą i jedyną religią Inys. Wzniósł miasto Ascalon, nazwane tak od miecza, którego klinga przeszyła Bezimiennego, i wówczas pojął za żonę królową Cleolind. W ciągu roku urodziła ona córkę. A król Galian, Święty, przyrzekł swemu ludowi, że dopóki Inys włada monarchia z jego krwi, Bezimienny nie powróci.

Piękna opowiastka. Powtarzana w Inys w kółko. Ale niekompletna.

Inysyci nie wiedzieli bowiem, że to nie Galián, lecz Cleolind przepędziła Bezimiennego.

Nie wiedzieli nic o drzewach pomarańczy.

– Pięćset lat później – podjęła Ead, nieco ciszej – znowu poszerzyła się szczelina przecinająca Górę Trwogi, a z niej wydostały się kolejne wyrmy. Najpierw pojawiło się pięć wielkich zachodnic, największych i najokrutniejszych ze wszystkich smoczych stworów, na których czele leciał Fýredel, najlojalniejszy sługa Bezimiennego. Następnie ze szczeliny wyleciały wiwerny, każda płonąca żywym ogniem, który dobył się z nozdrzy wielkich zachodnic. Owe błoniastoskrzydłe stwory zamieszkały w górach i w jaskiniach, z ptactwem płodząc kokatryksy, z wężami bazyliszki i amfipterusy, z wołami ofiotaury, a z wilkami jakulusy. Tak oto zrodziła się Smocza Armia. Fýredel pragnął uczynić to, co nie udało się Bezimiennemu: podbić świat ludzi. Przez ponad rok kazał swym zastępom szturmować szańce, które wzniósł przeciw nim człowiek. Wiele wspaniałych królestw uległo zagładzie w tym czasie, który zwiemy Żałobą Wieków. A jednak władane przez Gloriana III królestwo Inys wciąż stało, gdy nad światem przemknęła kometa, a wszystkie wyrmy zapadły w głęboki sen, co położyło kres trwodze i zatamowało rozlew krwi. Bezimienny po dziś dzień śpi w swym grobowcu w głębinach świata, spętany świętą krwią Berethnetów.

Cisza.

Ead złączyła dłonie i spojrzała prosto na Sabran. Nie mogła nic wyczytać z kamiennej maski jej twarzy.

– Lady Oliva miała rację – odezwała się w końcu królowa. – Masz język opowiadaczki. Lecz podejrzewam, że usłyszałaś zbyt wiele opowieści, a za mało prawdy. Sugeruję, byś baczniej słuchała kazań w Sanktuarium. – Odstawiła kielich. – Morzy mnie sen. Życzę paniom dobrej nocy.

Ead wstała, Linora również. Dygnęły i wyszły.

– Jej Wysokość nie była zadowolona – ofuknęła Ead Linora, gdy znalazły się poza zasięgiem słuchu. – Zaczęłaś pięknie, ale po co powiedziałaś, że Dziewica odrzuciła Świętego? Żaden kapłan nigdy by nie powiedział czegoś takiego. Co za pomysł!

– Jeśli zawiodłam Jej Wysokość, przykro mi.

– Teraz może już nigdy nie zaprosić nas na kolację – złościła się Linora. – Powinnaś była przynajmniej przeprosić. I może częściej modlić się do Rycerki Uprzejmości.

Na szczęście po tych słowach Linora już się nie odezwała. Rozeszły się pod drzwiami komnaty Ead. Wszedłszy do ciasnego pomieszczenia, dama dworu zapaliła kilka świec.

Rozwiązała rękawy i zaczęła zdejmować gors sukni. Gdy już się z niego wyswobodziła, odrzuciła halkę i krynolinę, a potem, nareszcie, gorset.

Noc jeszcze młoda – pomyślała, siadając przy biurku. W szufladzie znajdowała się księga, którą pożyczyła od Truyde utt Zeedeur. Nie znała wschodnich języków, ale znalazła na okładce znak mentyjskiej drukarni. Musiała zostać opublikowana przed Żałobą Wieków, gdy jeszcze wschodnie teksty nie były zakazane w Imperium Cnót. A więc w sercu Truyde kwitło plugawe kwiecie herezji, fascynowały ją krainy, gdzie wyrmy nurzały się w bałwochwalstwie.

Na końcu księgi dostrzegła na wklejce imię zapisane obłym pismem.

„Niclays".

Zaplatając włosy, Ead sięgnęła myślami w przeszłość. To popularne imię w Mentendonie, ale pamiętała, że gdy znalazła się na dworze, przebywał tam niejaki Niclays Roos. Zajmował się, i to ze znacznymi sukcesami, anatomią na Uniwersytecie Brygstadzkim, krążyły plotki, że para się alchemią. Zapamiętała go jako brzuchatego i jowialnego człowieka, który tym się różnił od pozostałych, że był na tyle miły, by nie traktować Ead jak powietrze. Opuścił dwór w wyniku jakichś kłopotów, ale dokładny powód był pilnie strzeżoną tajemnicą.

W panującej w pomieszczeniu ciszy wsłuchała się uważnie we własne ciało. Ostatnim razem skrytobójca prawie wyprzedził ją w wyścigu do wielkiej sypialni. Zaklęcie ochronne nie zaalarmowało jej, aż było niemal za późno na interwencję.

Jej siden osłabł. Magiczne czujki, które rozstawiła, czerpiąc z jego mocy, od lat ratowały Sabran życie, lecz teraz gasł, niczym płomień dopalającej się świecy. Siden, dar pomarańczowego drzewa – magią ognia, drewna i ziemi. Ignoranci z Inys nazwaliby to pewnie czarnoksięstwem. Ich pojęcie o magii zrodziło się ze strachu przed tym, czego nie rozumieją.

To Margret wytłumaczyła jej kiedyś, dlaczego Inys tak boi się czarów. Na wyspach istniała pewna legenda, wciąż opowiadana dzieciom na północy, o postaci zwanej Leśną Panią. Jej prawdziwe imię przepadło w pomroce dziejów, lecz strach przed jej urokami i złośliwością rozplenił się w Inysytach i kolejne pokolenia wyspiarzy wysysały go z mlekiem matek. Nawet Margret, zwykle zrównoważona, na wszelki wypadek wolała o niej nie mówić.

Ead uniosła rękę. Zebrała moc i wypuściła z koniuszków palców złoty poblask. W Lasyi, gdy znalazła się blisko drzewa pomarańczy, siden błyszczał w jej żyłach jak roztopione szkło.

Ale Przeorysza wysłała ją tutaj, by strzegła Sabran. Jeśli lata spędzone w znacznej odległości od drzewa na dobre wygaszą jej moc, nie będzie komu bronić królowej. Wówczas jedynym sposobem na uchronienie jej przed śmiercią będzie spanie u jej boku, a to robiły tylko damy sypialniane. Ead wiele brakowało do tego, by stać się faworytą królowej.

Dzisiaj, gdy podczas kolacji snuła opowieść o Matce, straciła panowanie nad sobą. Przez lata nauczyła się grać w tę grę, opowiadać inysyckie kłamstwa i odmawiać ich modlitwy, ale mimo to nie mogła się zmusić, by przedstawić okaleczoną wersję legendy. I choć ta chwila buntu mogła przekreślić jej szanse na awansowanie w dworskiej hierarchii, nie żałowała.

Trzymając księgę i listy pod pachą, Ead weszła na krzesło i odsunęła luźny panel sufitu. Ukryła przedmioty w alkowie, obok swojego długiego łuku. Kiedy była dwórką, zakopała go gdzieś na terenie pałacu, w którym akurat mieszkała, ale miała pewność, że nawet Nocny Jastrząb go tu nie znajdzie.

Gdy była już gotowa, by udać się na spoczynek, usiadła przy biurku i napisała list do Chassara. Szyfrem powiadomiła go, że miał miejsce kolejny zamach na Sabran i że ją obroniła.

Chassar obiecał, że będzie odpisywał na jej listy, lecz dotąd nie zrobił tego ani razu. Ani razu, odkąd przybyła na dwór przed ośmioma laty.

Złożyła arkusz papieru. Mistrz pocztowy przeczyta go na polecenie Jastrzębia, ale nie znajdzie w nim nic poza uprzejmostkami. Tylko Chassar odcyfruje właściwą treść.

Ktoś zapukał do drzwi.

– Pani Duryan?

Ead narzuciła koszulę nocną i odsunęła skobel. Na korytarzu stała kobieta z broszą w kształcie skrzydlatej księgi. Służąca Seytona Combe'a.

– Tak?

– Dobry wieczór, pani Duryan. Wysłano mnie, bym poinformowała panią, że pierwszy sekretarz pragnie zobaczyć się z panią jutro o dziewiątej trzydzieści – powiedziała dziewczyna. – Osobiście zaprowadzę panią do Alabastrowej Wieży.

– Tylko ze mną?

– Lady Katryen i lady Margret zostały przesłuchane dzisiaj.

Palce Ead zacisnęły się mocniej na klamce.

– A więc to będzie przesłuchanie.

– Tak sądzę.

Drugą ręką Ead owinęła się szczelniej koszulą.

– Dobrze. Czy to wszystko?

– Tak. Dobranoc, pani.

– Dobranoc.

Gdy służąca odeszła, ciemność na powrót zawładnęła korytarzem. Ead zamknęła drzwi i oparła o nie czoło.

Nie zaśnie tej nocy.

„Wieczysta Róża" kołysała się na wodzie. To ten okręt miał przewieźć ich przez morze do Yscalinu.

– Cóż za wspaniała jednostka – zachwycał się Kit, gdy szli w kierunku statku. – Tak wspaniała, że gdybym sam był okrętem, tobym się jej oświadczył.

Loth musiał się zgodzić. „Róża" nosiła wojenne blizny, ale prezentowała się okazale, nie wspominając już o tym, że była olbrzymia. Nawet towarzysząc Sabran podczas inspekcji jej floty, nie widział jednostki tak potężnej, jak ten okuty żelaznym pancerzem okręt wojenny, który mieścił sto osiem armat, miał zatknięty na dziobie imponujący taran oraz pysznił się osiemnastoma żaglami przyozdobionymi znakiem Prawdziwego Miecza, symbolem Cnót. Bandera świadczyła o tym, że to jednostka inysycka, a czyny jej załogi, choćby i wątpliwe moralnie, są aprobowane przez monarchinię.

Z wysokości dziobu spoglądał wypolerowany pieczołowicie galion przedstawiający Rosarian IV. Jej włosy były czarne, skóra biała, oczy zielone jak morskie szkło, a ciało kończyło się pozłacanym ogonem.

Loth ciepło wspominał królową Rosarian. Królowa matka, bo pod tym mianem ją teraz pamiętano, często się przyglądała, jak bawił się z Sabran i Roslain w sadach. Nie była tak zasadnicza jak Sabran, śmiech nigdy na długo nie opuszczał jej ust, cechowała ją swoista figlarność, której zawsze brakowało jej córce.

– Prawdziwa piękność, co by nie mówić – skomentował Gautfred Plume, kwatermistrz, krasnolud z Lasyi. – Ale nawet nie w połowie tak piękna, jak kobieta, która podarowała „Różę" kapitanowi.

– Ach... – Kit skłonił się pięknie galionowi, zamiatając pokład kapeluszem. – Niechaj po kres czasu spoczywa w ramionach Świętego.

Plume zakląskał, przekrzywił głowę.

– Królowa Rosarian miała duszę morskiej nimfy. Powinna była spocząć w głębinach.

– Och, na Świętego, jakże pięknie powiedziane. A czy morski lud naprawdę istnieje? Widziałeś go kiedyś w czasie rejsu przez Czeluść?

– Nie. Tylko dalie, gigamątwy i wieloryby, ale syren i trytonów nie, ani skrawka płetwiastego ogona.

Kit wyraźnie posmutniał.

Mewy krążyły pod zasnutym chmurami niebem. Port w Grzędzie był jak zwykle przygotowany na najgorsze. Deski pomostu skrzypiały pod ciężarem żołnierzy uzbrojonych w muszkiety. Na plaży stały rzędy katapult i armat strzelających kulami łańcuchowymi, przetkane rzędami tarcz przeciwoblężniczych. Strażnice były obsadzone łucznikami, gotowymi zapalić światła ostrzegawcze na dźwięk smoczych skrzydeł lub gdy dostrzegą na morzu wrogi okręt.

Ponad tym wszystkim wznosiło się miasto nazwane Gniazdem, bo zbudowano je na dwóch wielkich płytach skalnych, które wysuwały się z klifu w połowie pionowej ściany, połączone z plażą oraz jego wierzchołkiem krętymi schodami – najpewniej dziełem jakiegoś pijanego budowniczego. Budynki tuliły się do siebie jak ptaki na gałęzi. Kita bawiło to architektoniczne ryzykanctwo („Na Świętego, ależ musieli popić, nim wzięli się do roboty!"), ale Loth nie podzielał jego entuzjazmu. Gniazdo wyglądało, jakby pierwszy lepszy podmuch mógł strącić je ze skały do morza.

Mimo to chłonął widok, starając się zapamiętać każdy detal. Kto wie, czy nie patrzy ostatni raz na Inys, jedyny kraj, który znał.

Znaleźli Giana Harlowe'a w jego kabinie, piszącego w skupieniu list. Loth nie tak wyobrażał sobie ulubieńca królowej matki. Mężczyzna był gładko ogolony i miał wykrochmalone mankiety, a zacięte w gniewnym grymasie usta zdradzały jakąś podskórną ostrość, niby sztylet ukryty w jedwabnym rękawie.

Gdy weszli do kajuty, kapitan podniósł wzrok. Jego spaloną słońcem twarz znaczyły dzioby po ospie.

– A więc to są nasi… – grzywa grafitowych włosów zalśniła we wpadających przez okna promieniach słońca – goście.

Choć akcent miał na wskroś inysycki, Loth pamiętał, że Kit wspominał o zamorskim pochodzeniu Harlowe'a. Plotki głosiły, że był w prostej linii potomkiem ludu zamieszkującego Carmentum, niegdyś opływającą w dostatek południową republikę, która upadła i już się nie podniosła w czasach Żałoby Wieków, a której niedobitki rozpierzchły się po świecie.

– Ta jest – odparł Plume znużonym głosem. – Lord Arteloth Beck i lord Kitston Glade.

– Kit – skorygował natychmiast Glade.

Harlowe odłożył pióro.

– Panowie – wyrzekł chłodno. – Witam na pokładzie „Wieczystej Róży".

– Dziękujemy, że tak szybko znalazł pan dla nas kabiny, kapitanie Harlowe – powiedział Loth. – Mamy do wykonania niezwykle ważną misję.

– I niezwykle tajną, o ile słyszałem. Ktoś mógłby się zastanawiać, czemu nie może się jej podjąć nikt inny jak tylko dziedzic Złotobrzozy. – Harlowe wpił się spojrzeniem w Lotha. – Jutro o świcie wyruszamy do yscalińskiego portu Perunty. Moi ludzie nie są przyzwyczajeni do podróży z wysoko urodzonymi, więc chyba byłoby najlepiej, gdyby panowie spędzili rejs w swoich kabinach.

– Tak – przystał Kit. – To dobry pomysł.

– Tylko takie miewam – odparł kapitan. – Byliście już kiedyś w Yscalinie? – Gdy obaj pokręcili głowami, zadał kolejne pytanie: – Który z was obraził pierwszego sekretarza?

Loth nie zobaczył, lecz poczuł, jak Kit wskazuje go kciukiem.

– Lord Arteloth. – Harlowe zarechotał chrapliwie. – Kto by pomyślał, taki poważany w towarzystwie. Najwyraźniej rozsierdziłeś Jego Książęcą Mość do tego stopnia, że ma nadzieję nigdy już nie zobaczyć cię żywego. – Kapitan odchylił się na oparcie krzesła. – Z pewnością już wiecie, że dom Vetalda otwarcie zadeklarował wierność smokom.

Loth zadrżał. Wieści o tym, że państwo na przestrzeni kilku lat może odejść od wiary w Świętego i sprzymierzyć się z jego wrogiem, wstrząsnęły całym Imperium Cnót.

– I wszyscy zgodzili się ot tak? – spytał.

– Pan każe, sługa musi, nawet jeśli przez to cierpi. Dowiedzieliśmy się od dokerów, że plaga rozprzestrzeniła się na cały Yscalin. – Harlowe znów ujął pióro. – A skoro o tym mowa, moi załoganci nie odeskortują was na brzeg. Do Perunty dostaniecie się łodzią.

– Kiedy? – Kit przełknął ślinę.

– Spotka się z wami wysłannik, który zabierze was do Cárscaro. Tamtejszy dwór z pewnością jest wolny od tej zarazy, skoro szlachta ma ten luksus, że może zabarykadować się w swojej fortecy, gdy źle się dzieje w świecie jej poddanych. Ale na wszelki wypadek lepiej nikogo nie dotykajcie. Szczep, który rozplenił się najszerzej, przenosi się przez dotyk.

– Skąd to wszystko wiesz? – zaciekawił się Loth. – Ze smoczą plagą nie zetknięto się od wieków.

– Interesuje mnie przetrwanie, lordzie Artelocie. Polecam również się nim zainteresować. – Kapitan wstał. – Panie Plume, proszę przygotować okręt. Upewnijmy się, że nasi lordowie dotrą na brzeg w jednym kawałku, nawet jeśli umrą, gdy tylko ich noga postanie na lądzie.

7
Zachód

Alabastrowa Wieża była jedną z najwyższych iglic w ascalońskim pałacu. Na szczycie krętych schodów znajdowała się komnata Rady Cnót, okrągła i przestrzenna, z oknami pozbawionymi okiennic, zasłanianymi jedynie zwiewnymi kotarami.

Ead wprowadzono do środka szerokimi drzwiami, gdy zegar na wieży wybił dokładnie dziewiątą trzydzieści. Miała na sobie jedną ze swych najlepszych sukien, skromną krezę oraz swój jedyny diadem.

Ze ściany gromił ją wzrokiem Święty uwieczniony na portrecie. Sir Galian Berethnet, w prostej linii przodek Sabran. W uniesionej ręce dzierżył Ascalon, Prawdziwy Miecz, od którego pochodziła nazwa stolicy.

Ead uważała, że wygląda jak skończony głupiec.

Rada Cnót składała się z trzech ciał. Najpotężniejszym byli Książęta Ducha. Każdy z nich należał do jednego z rodów, których przedstawiciele tworzyli Prześwięty Zastęp – złożoną z sześciu rycerzy świtę Galiana Berethneta – i każdy był strażnikiem jednej z Rycerskich Cnót. Kolejne ciało stanowili Pomniejsi Hrabiowie – głowy rodów szlacheckich władających sześcioma państwami Inys. Ostatnim ciałem byli Rycerze Kawalerowie, którzy nie mieli szlacheckiego rodowodu.

Dzisiaj za wielkim, dominującym w komnacie stołem siedziało tylko czworo członków Rady.

Lady Odźwierna zastukała kosturem.

– Pani Ead Duryan – ogłosiła. – Komnatanka Jej Wysokości.

Królowa Inys siedziała na końcu stołu. Usta miała pomalowane na kolor krwistej czerwieni.

– Pani Duryan – powiedziała.

– Wasza Wysokość. – Ead dygnęła głęboko. – Wysoka Rado.

– Usiądź, proszę.

Zajmując miejsce, Ead napotkała wzrokiem spojrzenie siedzącego przy drzwiach sir Thariana Lintleya, kapitana Rycerzy Ciała, który posłał jej uśmiech dodający otuchy. Jak większość pałacowych strażników Lintley był wysoki, krzepki i nie narzekał na brak adoratorek. Sęk w tym, że był zakochany w Margret, odkąd tylko pojawiła się w pałacu, a Ead wiedziała, że ona odwzajemnia to uczucie. Dzieliła ich jednak zbyt wielka różnica rangi, by mogli być razem.

– Pani Duryan – zwrócił się do Ead lord Seyton Combe, unosząc brwi. Książę Uprzejmości siedział po lewicy królowej. – Czy dobrze się czujesz?

– Słucham, milordzie?

– Masz, pani, podkrążone oczy.

– Czuję się świetnie, Wasza Książęca Mość. Może tylko zmęczona po wizycie mentyjskiego ambasadora.

Combe wpatrywał się w nią znad krawędzi pucharu. Choć dobiegał sześćdziesiątki, w jego oczach wciąż tlił się ogień.

Z woskową cerą i ustami niemalże pozbawionymi warg pierwszy sekretarz mógł budzić grozę. Na dworze mówiło się, że jeśli rano zawiąże się spisek przeciwko Sabran, już wieczorem wszyscy spiskowcy będą łamani kołem. Wielka szkoda, że mocodawca skrytobójców wciąż wymykał mu się z rąk.

– Rozumiem. Była to niespodziewana wizyta, lecz nad wyraz miła – powiedział Combe, na którego usta powrócił łagodny uśmiech. Każdy wyraz jego twarzy był łagodny. Niczym rozwodnione wino. – Przesłuchaliśmy już wielu dworzan. Uznaliśmy, że damy dworu lepiej zostawić na koniec. Były przecież bardzo zajęte w czasie wizyty ambasadora.

Ead wytrzymała jego spojrzenie. Combe może i mówił zagadkami, ale nie znał jej tajemnic.

Lady Igrain Crest, Księżna Sprawiedliwości, siedziała naprzeciwko królowej. Miała przemożny wpływ na Sabran za jej młodych lat, zwłaszcza po przedwczesnej śmierci królowej matki, i podobno to ona zrobiła z młodej księżniczki wzór cnót.

– Pani Duryan przybyła – powiedziała, uśmiechając się do Ead – a więc możemy zaczynać.

Crest była tak samo drobnokoścista i miała te same lazurowe oczy co jej wnuczka Roslain – choć jej włosy, nieco wystrzępione na skroniach, już dawno przybrały srebrną barwę.

– Istotnie – powiedziała lady Nelda Stillwater. Księżna Odwagi miała pełne kształty i skórę barwy głębokiego brązu, a jej głowę wieńczyła burza ciemnych loków. Na szyi lśnił rubinowy naszyjnik. – Pani Duryan, na progu wielkiej sypialni znaleziono minionej nocy martwego człowieka. Trzymał w dłoni yscaliński sztylet.

Dokładnie lewak, czyli sztylet do parowania. W pojedynkach wykorzystywano je w charakterze tarczy, która służyła do obrony, lecz także do zadawania śmierci, jeśli zaszła taka potrzeba.

– Wygląda na to, że ów człowiek próbował zabić Jej Wysokość – powiedziała Stillwater – lecz nim zdołał tego dokonać, zginął.

– Straszne – wymamrotał Książę Hojności. Lord Ritshard Eller, liczący sobie lat przynajmniej dziewięćdziesiąt, nawet latem chodził okutany w futra. Ead zdążyła zaobserwować, że był również świętoszkowatym głupcem.

Przypomniała sobie, by panować nad wyrazem twarzy.

– Kolejny skrytobójca?

– Tak – potwierdziła Stillwater, marszcząc brwi. – Jak bez wątpienia słyszałaś, to już któryś w tym roku. Z dziewięciu niedoszłych morderców, którzy przedostali się do pałacu, pięciu zabito, zanim zatrzymali ich strażnicy.

– To bardzo dziwna sprawa – zamyślił się Combe – ale wszystko wskazuje na to, że ktoś w Wysokim Dworze zabił tego człowieka.

– Postąpił szlachetnie – skomentowała Ead.

Crest prychnęła.

– Niekoniecznie, moja droga. Ten obrońca, kimkolwiek jest, sam jest również mordercą, a więc należy go zdemaskować. – W jej głosie pobrzmiewała frustracja. – Podobnie jak skrytobójcy, ta osoba również wniknęła niepostrzeżenie do królewieckich apartamentów, jakimś sposobem unikając konfrontacji z Rycerzami Ciała. Później popełniła morderstwo i zostawiła zwłoki, by znalazła je Jej Wysokość. Czy ten ktoś zamierza wystraszyć naszą władczynię na śmierć?

– Wydaje mi się, że raczej zamierza nie dopuścić do tego, by ktoś zadźgał ją na śmierć, Wasza Książęca Mość.

Sabran uniosła brew.

– Rycerzowi Sprawiedliwości niemiły jest wszelki rozlew krwi, pani Duryan – powiedziała Crest. – Gdyby ów ktoś, kto zabija zabójców, przyszedł do nas, moglibyśmy mu wybaczyć, lecz jego odmowa ujawnienia się zdaje się sugerować nie mniej mordercze zamiary. Dowiemy się, kim jest ten człowiek.

– Żywimy nadzieję, że świadkowie pomogą nam go zdemaskować. Ten incydent wydarzył się zeszłej nocy w okolicach północy – przypomniał Combe. – Powiedz, czy widziałaś wówczas coś podejrzanego?

– Nic takiego nie przychodzi mi do głowy, panie.

Sabran nie odrywała od niej wzroku. Jej przenikliwe spojrzenie sprawiło, że Ead zrobiło się ciepło.

– Pani Duryan – podjął Combe. – Zawsze była pani lojalną służebnicą Korony. Szczerze wątpię, by ambasador uq-Ispad powierzył Jej Wysokości osobę, która nie mogłaby się poszczycić nieskazitelnym charakterem. Mimo to czuję się w obowiązku przestrzec cię, pani: zatajenie prawdy równałoby się zdradzie stanu. Pytam więc po raz wtóry: czy wiesz cokolwiek o tym skrytobójcy? Czy słyszałaś, by ktoś wyrażał się niepochlebnie o Jej Wysokości bądź deklarował poparcie dla Smoczego Królestwa Yscalinu?

– Nie, Wasza Książęca Mość – odpowiedziała Ead. – Lecz jeśli usłyszę jakieś szepty, niezwłocznie poinformuję o tym Radę.

Combe i Sabran wymienili spojrzenia.

– A zatem dobrego dnia, pani Duryan – rzekła królowa. – Możesz wrócić do obowiązków.

Ead dygnęła i opuściła komnatę. Lintley zamknął za nią drzwi.

Za nimi nie było strażników, czekali na nią na parterze. Ead zadbała o to, by było słychać jej kroki, gdy szła w kierunku schodów, ale zaraz się zatrzymała.

Miała niezwykle wyostrzony słuch. Kolejna korzyść z krążącej w jej żyłach magii.

– ...wydaje się mówić prawdę – rzekła Crest za drzwiami – ale słyszałam, że Ersyrczycy parają się zakazaną sztuką.

– Och, bzdura – przerwał Combe. – Nie wierzysz chyba w te plotki o alchemii i czarodziejstwie.

– Jako Księżna Sprawiedliwości muszę rozważyć każdą ewentualność, Seytonie. Wszyscy wiemy, że skrytobójcy mają związek z Yscalinem, a nikt nie pragnie śmierci Jej Wysokości bardziej niż Yscalińczycy. Lecz musimy pojmać również tego tajemniczego protektora, który z tak wielką sprawnością eliminuje naszych niedoszłych zamachowców. Bardzo chciałabym porozmawiać z nim o tym, gdzie nauczył się swojego... rzemiosła.

– Pani Duryan zawsze była skrupulatną i pilną dwórką, a później damą dworu – powiedziała Sabran. – Jeśli nic na nią nie macie, proponuję ruszyć dalej z dochodzeniem.

– Wedle rozkazu, Wysokości.

Ead wypuściła wreszcie powietrze z płuc.

Jej sekret był bezpieczny. Nikt nie widział, jak minionej nocy przekradła się do królowieckich apartamentów. Umiejętność bezszelestnego poruszania się była jedną z wielu jej zdolności, bowiem cień nigdy nie opuszcza płomienia.

Z dołu dobiegł ją jakiś głos. Zgrzyt pancerza na schodach. Patrol Rycerzy Ciała.

Musiała usunąć się z widoku, jeśli chciała podsłuchiwać dalej. Płynnie zeszła po schodach na kolejne piętro i przemknęła na balkon.

– ...w odpowiednim wieku, inteligentny i miły dla oka, a w dodatku jest monarchą jednego z państw Imperium. – To był Combe. – Jak doskonale wiesz, Wasza Wysokość, pięć ostatnich monarchiń z rodu Berethnetów wzięło za mężów inysyckich władców, a ostatnie małżeństwo z obcokrajowcem miało miejsce dwieście lat temu.

– Wydajesz się zmartwiony, książę – odparła Sabran. – Czy tak nisko oceniasz inysyckich mężczyzn, że dziwi cię, iż gustowały w nich moje poprzedniczki?

Śmiechy.

– Jako rodowity Inysyta muszę zaprzeczyć – rzucił nonszalancko Combe – ale czasy się zmieniły. W obecnej sytuacji małżeństwo z obcokrajowcem byłoby wysoce ryzykowne. Teraz, gdy nasz najstarszy sojusznik zdradził prawdziwą religię, musimy pokazać światu, że pozostałe trzy państwa, które wciąż są wierne Świętemu, trzymają się razem na przekór wszystkiemu oraz że nikt nie podziela fałszywego przekonania Yscalinu, że Bezimienny szykuje się do powrotu.

– Ta nagła zmiana frontu rodzi realne niebezpieczeństwo – zauważyła Crest. – Wschód czci wyrmy. Mieszkańcy tamtejszych krain mogą nabrać ochoty, by sprzymierzyć się ze smoczym państwem.

– Myślę, że błędnie oceniasz to zagrożenie, Igrain – włączyła się Stillwater. – O ile wiem, mieszkańcy Wschodu wciąż boją się smoczej zarazy.

– Yscalin też się kiedyś bał.

– Tak czy inaczej – wciął się Combe – nie możemy pokazać najmniejszej oznaki słabości. Królowo, wychodząc za Lievelyna dasz wszem wobec do zrozumienia, że nawet najsilniejszy cios nie przebije Puklerza Imperium.

– Czerwony Książę pielęgnuje stosunki handlowe z czcicielami wyrmów – powiedziała Sabran. – Tolerowanie takiego stanu rzeczy byłoby cokolwiek nierozważne. Zwłaszcza teraz. Czy zgadzasz się ze mną, Igrain?

Ead musiała się uśmiechnąć. Królowa już dopatrzyła się skazy u swojego absztyfikanta.

– Choć spłodzenie potomkini jest sprawą najwyższej wagi i świętym obowiązkiem królowej Berethnet, zgadzam się z tobą, Wasza Wysokość. Słuszna uwaga – wyrzekła Crest matczynym tonem. – Lievelyn nie jest godny, by spłodzić dziecko potomkini Świętego. Jego stosunki z Seiiki kładą się cieniem na całym Imperium. Jeśli, nawet wyłącznie bezpośrednio, damy sygnał, że akceptujemy tę herezję, rozochocimy tym popleczników Bezimiennego. Lievelyn, o czym nie wolno nam zapomnieć, był też narzeczonym donmaty Marosy, obecnej dziedziczki smoczego władztwa. Kto wie, czy w jego sercu nie tli się jeszcze afekt do byłej ukochanej.

Rycerz Ciała przeszedł obok wejścia na balkon. Ead przywarła do ściany.

– Zaręczyny zostały zerwane w momencie, gdy Yscalin wyrzekł się prawdziwej wiary – parsknął ze złością Combe. – Co się zaś tyczy handlu ze Wschodem, dom Lievelyn nie układałby się z heretykami, gdyby nie był do tego zmuszony. Vattenowie może i zatknęli sztandar Cnót w Mentendonie, ale też uczynili z Wolnego Państwa żebraka Imperium. Gdybyśmy zaoferowali Mentendonowi korzystne warunki sojuszu i gdyby znalazła się dla jego władcy jakaś dobra partia, może wówczas Lievelynowie zerwaliby stosunki handlowe z Yscalinem.

– Mój drogi Seytonie, Mentyjczyków nie napędza konieczność, lecz chciwość – powiedziała Crest. – Oni czerpią przyjemność z tego, że mają monopol na handel ze Wschodem. A poza tym nie możemy wspierać ich bez końca. Nie, nie ma sensu zaprzątać sobie głowy Lievelynami. O wiele lepszą partią dla Jej Wysokości, z którą małżeństwo doradzam królowej od dawna, jest wysoki wódz Askrdalu. Musimy utrzymywać dobre stosunki z Hróth.

– On ma siedemdziesiąt lat – zaniepokoiła się Stillwater.

– A czy Glorian Sercowa Tarcza nie poślubił Gumy Vetaldy, która miała lat siedemdziesiąt i cztery? – zaripostował Eller.

– Zrobił to, w rzeczy samej. I spłodził z nią zdrowe dziecię. – Crest wydawała się ucieszona. – Askrdal wniesie do władztwa doświadczenie i wiedzę, których próżno szukać u Lievelyna, księcia kraju tak młodego.

Po chwili ciszy odezwała się Sabran:

– Czy nie ma innych kandydatów?

Kolejna długa pauza.

– Rozprzestrzeniła się plotka o twoich bliskich stosunkach z lordem Artelothem, Wasza Wysokość – rzekł Eller drżącym głosem. – Niektórzy twierdzą nawet, że mogło dojść do sekretnego małżeństwa…

– Niech Wasza Książęca Mość oszczędzi mi bezpodstawnych plotek. I samej rozmowy o lordzie Artelocie, który opuścił dwór bez podania przyczyny, nikogo o tym nie informując. Nie chcę o nim słyszeć.

Kolejna przedłużająca się chwila nerwowej ciszy.

– Wasza Wysokość – przerwał ją Combe – moi ludzie donieśli mi, że lord Arteloth wsiadł na okręt płynący do Yscalinu. I że towarzyszył mu lord Kitston Glade. Najwyraźniej dowiedział się o moim zamiarze wysłania na kontynent szpiega z zadaniem odnalezienia twojego lorda ojca… ale uznał się za najlepszą osobę do wykonania misji, która tak blisko dotyczy Waszej Wysokości.

Yscalin!

Przez jedną okropną chwilę Ead nie mogła ruszyć palcem ani dobyć tchu.

Loth…

– Może tak jest lepiej. – Głos Combe'a płynął w nieruchomej ciszy. – Może nieobecność lorda Artelotha uciszy niedorzeczne plotki o romansie, a poza tym już najwyższy czas, byśmy dowiedzieli się, co w trawie… to jest w Yscalinie piszczy. I czy twój ojciec, królowo, książę Wilstan, żyje.

Combe kłamał. Loth miałby przypadkiem natknąć się na tajny projekt wysłania szpiega do Yscalinu i postanowić popłynąć za niego? Absurd. Loth nigdy nie wykazałby się podobną brawurą, to raz, a dwa – Nocny Jastrząb nigdy nie pozwoliłby na to, by ktoś odkrył jego zamiary.

A więc on to wszystko zaaranżował.

– Coś tu jest nie tak – rzekła wreszcie Sabran. – Ten pośpiech jest niepodobny do Lotha. Znajduję również dalece nieprawdopodobnym to, że nikt z was nie odgadł jego intencji. Czyż nie jesteście moimi doradcami? Czy nie macie oczu w każdym zakątku dworu?

Ciszę, która nastała, można było kroić nożem.

– Lordzie Seytonie, dwa lata temu poprosiłam cię, byś wysłał kogoś po mojego ojca – podjęła królowa nieco łagodniej. – Powiedziałeś mi wówczas, że ryzyko jest zbyt wielkie.

– Bo obawiałem się, że takie jest, Wasza Wysokość. Teraz myślę, że jeśli chcemy poznać prawdę, musimy się poważyć na to ryzyko.

– Nikt nie będzie ryzykował życiem Artelotha. – W jej głosie dało się wyczuć napięcie. – Wyślesz za nim swoich ludzi. By sprowadzić go z powrotem na Inys. Musisz go powstrzymać, lordzie Seytonie.

– Wybacz mi, królowo, lecz na pewno jest już na smoczym terytorium. Nie sposób teraz wysłać kogokolwiek za lordem Artelothem, nie demaskując się przed Vetaldami, że trafił tam z nieoficjalną misją, co zresztą już podejrzewają. Wystawimy go tylko na jeszcze większe zagrożenie.

Ead przełknęła gulę rosnącą jej w gardle. Combe nie tylko wyprawił Lotha z królestwa, ale na dodatek posłał go do kraju, gdzie Sabran nie ma już żadnych wpływów. Poczuła się całkowicie bezradna. Yscalin był nieprzewidywalnym wrogiem, zdolnym w ułamku sekundy zniszczyć kruchy pokój.

– Wasza Wysokość – powiedziała Stillwater. – Rozumiem, że te wieści sprawiły ci ból, lecz musimy podjąć ostateczną decyzję w sprawie zamążpójścia…

– Jej Wysokość zdecydowała już, że nie chce Lievelyna – przerwała jej Crest. – Askrdal to jedyny…

– Muszę nalegać, byśmy podjęli ten temat raz jeszcze. Lievelyn to pod każdym względem najlepszy kandydat, nie zgadzam się, by lekką ręką odrzucić tak znakomitą kandydaturę. – Stillwater przemawiała szorstko. – To delikatna kwestia, Wasza Wysokość. Wybacz śmiałość, lecz musisz postarać się o potomkinię, i to szybko, by utwierdzić swoich poddanych w przekonaniu, że władza Berethnetów jest niezagrożona, oraz by zabezpieczyć tron dla przyszłych pokoleń. Ta potrzeba nie byłaby w połowie tak pilna, gdyby nie to, że ktoś nastaje na twoje życie. Gdybyś tylko miała córkę…

– Dziękuję za całą tę troskę, księżno – przerwała jej grzecznie Sabran – ale nie otrząsnęłam się jeszcze z widoku trupa przy moim łożu, trudno mi więc myśleć o użyciu tegoż łoża do spłodzenia dziecka. – Jej krzesło zaszurało o podłogę, a w ślad za nim poszły cztery kolejne. – Przepytajcie lady Linorę sami.

– Wasza Wysokość… – zaczął znowu Combe.

– Udam się teraz na śniadanie. Życzę państwu miłego dnia.

Ead wróciła do środka i pomknęła po schodach, nim otworzyły się drzwi komnaty Rady Cnót. Znalazłszy się na parterze, ruszyła żwawo ścieżką, a rytm jej kroków wyznaczało dzikie kołatanie serca.

Margret będzie zdruzgotana, gdy dowie się o Locie. Jej brat był zbyt naiwny i zbyt życzliwy, by szpiegować na dworze Vetaldów.

Jego dni zdawały się policzone.

W Wieży Królowej dworzanie uwijali się przy swoich obowiązkach. Stajenni i pokojówki przemykali między komnatami. Pałacową kuchnię wypełniał zapach rosnącego chleba. Schowawszy rozgoryczenie za maską obojętności, Ead przecisnęła się pośród interesantów tłumnie zgromadzonych w sali tronowej w oczekiwaniu na pojawienie się władczyni.

Ead wyczuła aktywność swoich magicznych czujek, gdy zbliżyła się do sypialni królowej. Rozstawiła je po całym pałacu jak pułapki. Przez cały pierwszy rok spędzony na dworze była kłębkiem nerwów, czujki budziły ją co rusz, gdy tylko ktoś przeszedł obok nich, ale z czasem nauczyła się klasyfikować wydawane przez nie sygnały i rozpoznawać, czy i o jakim informują zagrożeniu. Nauczyła się reagować tylko wtedy, gdy ktoś przebywał nie tam, gdzie być powinien. I gdy do pałacu zakradał się intruz.

W wielkiej sypialni Margret zmieniała pościel, a Roslain Crest układała przy łożu gładkie kawałki miękkiego materiału. Sabran musiała być blisko krwawienia, które jak co miesiąc przypominało jej, że nie nosi w brzuchu potomkini.

Ead poszła pomóc Margret. Musiała powiedzieć jej o Locie, ale zaczeka, aż będą same.

– Pani Duryan – rozległ się w ciszy głos Roslain.

Ead wyprostowała się.

– Milady?

– Lady Katryen jest dziś chora. – Pierwsza Dama zaczepiła jedną z prostokątnych chust na jedwabnym gorsecie. – Zatem honor próbowania posiłków królowej przypadnie dziś tobie.

Margret skrzywiła się.

– Oczywiście – odparła ze spokojem Ead.

To była kara za opowiedzenie nieprawomyślnej wersji opowieści. Damy sypialniane były nagradzane za ryzyko, jakie podejmowały, próbując jedzenia królowej, ale było to zajęcie niewdzięczne i niebezpieczne.

Lecz dla Ead stanowiło okazję.

Po drodze do ogrodu zimowego nadarzyła się kolejna. Truyde utt Zeedeur szła korytarzem kilka kroków za dwoma innymi dwórkami. Gdy Ead ją minęła, dotknęła jej ramienia i wzięła ją na bok, a potem wydyszała jej do ucha:

– Spotkajmy się jutro wieczorem po modłach albo pokażę wasze listy królowej.

Gdy pozostałe dwórki obróciły się, szukając koleżanki wzrokiem, Truyde uśmiechnęła się tylko, jakby Ead opowiedziała jej dowcip. Szczwana lisica.

– Gdzie? – spytała, wciąż uśmiechnięta.

– Przy Schodach Królowej.

Rozeszły się.

W ogrodzie zimowym zaległa cisza. Trzy jego ściany wyrastały z murów królowieckiej wieży, umożliwiając sycenie oczu rozciągającym się z wysoka widokiem Ascalonu i przecinającej go rzeki. Z ulic rosły w niebo kolumny z kamienia i dymu. Dwieście tysięcy dusz zwało to miasto domem.

Ead rzadko zapuszczała się w jego uliczki. Nie godziło się, by porządne damy sprzeczały się z przekupniami i stąpały po zalegających na bruku nieczystościach.

Słońce rzuciło na posadzkę czyjś cień. Ujrzała sylwetkę królowej siedzącej przy stole, samej, jeśli nie liczyć Rycerzy Ciała w drzwiach. Skrzyżowali broń, blokując Ead przejście.

– Pani – powiedział jeden z nich – dziś nie musisz próbować posiłku Jej Wysokości.

Zanim zdążyła wyjaśnić, z wewnątrz dobiegł głos Sabran:

– Kto tam?

– Pani Ead Duryan, Wasza Wysokość. Dama dworu.

Cisza. A potem:

– Wpuścić.

Rycerze rozstąpili się natychmiast. Ead podeszła do królowej. Obcasy jej butów nie wydawały dźwięku w zetknięciu z posadzką.

– Dzień dobry, Wasza Wysokość. – Dygnęła.

Sabran zdążyła już wrócić wzrokiem do zdobionego złotem modlitewnika.

– Spodziewałam się Kate.

– Lady Katryen zdjęła choroba.

– Zeszłej nocy spała u mego boku. Gdyby była chora, wiedziałabym o tym.

– Lady Roslain mówi, że źle się czuje. Jeśli Wasza Wysokość pozwoli, dziś ja będę pełnić funkcję próbowaczki.

Nie uzyskawszy odpowiedzi, Ead zajęła miejsce. Siedząc tak blisko Sabran, czuła woń jej kulek zapachowych wypełnionych korzeniem irysa i goździkami. Inysyci wierzyli, że takie perfumy odpędzają chorobę.

Siedziały chwilę w ciszy. Pierś Sabran unosiła się i opadała miarowo, ale zaciśnięte szczęki zdradzały złość.

– Wasza Wysokość – powiedziała wreszcie Ead. – Może poważam się na zbyt wielką śmiałość, lecz nie wydajesz się być dzisiaj w dobrym humorze.

– Tak, to rzeczywiście zbyt wielka śmiałość. Jesteś tu, by próbować mojego jedzenia, nie, by komentować mój nastrój.

– Wybacz, pani.

– Byłam chyba zbyt wyrozumiała. – Sabran z impetem zamknęła księgę. – Najwyraźniej nie zgłębiłaś nauk Rycerki Uprzejmości, pani Duryan. Może wcale nie nawróciłaś się na prawdziwą religię. Może zanosisz puste modły do mojego przodka, wcale nie wyrzekłszy się swojej fałszywej wiary.

Ead była tu zaledwie od minuty, a już tonęła w lotnych piaskach.

– Pani – wyrzekła ostrożnie. – Królowa Cleolind, twoja przodkini, była koronowaną księżniczką Lasyi.

– Nie musisz mi o tym przypominać. Masz mnie za głupią?

– Nie chciałam cię obrazić, Wasza Wysokość – zapewniła ją Ead. Sabran obróciła w palcach modlitewnik. – Królowa Cleolind była osobą szlachetną i dobroduszną. To nie jej wina, że nie wiedziała o Sześciu Cnotach, gdy się urodziła. Może jestem naiwna, lecz wierzę, iż zamiast karać tych, którzy żyją w niewiedzy, powinniśmy litować się nad nimi i wieść ich w stronę światła.

– Istotnie – rzuciła suchym tonem królowa. – W stronę światła bijącego od płonącego stosu.

– Jeśli Wasza Wysokość pragnie mojej śmierci na stosie, mogę tylko nad tym ubolewać. Słyszałam, że my, Ersyrczycy, kiepsko się palimy. Jesteśmy jak piach, zbyt obyci ze słonecznym blaskiem, by zająć się ogniem.

Królowa świdrowała ją spojrzeniem. Jej wzrok zsunął się na broszę na sukni Ead.

– Wzięłaś na patrona Rycerza Hojności.

Ead dotknęła klejnotu.

– Tak – potwierdziła. – Jako jedna z twych dam oddałam ci, królowo, swoją lojalność. Kto daje, ten jest hojny.

– Hojności… Tak samo jak Lievelyn. – Sabran powiedziała to jakby do siebie. – Możesz jeszcze okazać się bardziej hojna od innych moich dam. Najpierw Ros uparła się, by zajść w ciążę, i wymawiała się od obowiązków zmęczeniem, potem Arbella nie mogła się ze mną przespacerować, a teraz Kate udaje chorą. Codziennie przypominają mi, że cnota hojności jest im obca.

Ead wiedziała, że Sabran jest zła, ale i tak musiała się powstrzymać, by nie chlusnąć winem w tę jej naburmuszoną twarzyczkę. Damy sypialniane poświęcały się codziennie, by na okrągło usługiwać królowej. Sprawdzały jej jedzenie i przymierzały jej suknie, ryzykując własnym życiem. Katryen, jedna z najatrakcyjniejszych kobiet na dworze, była prawie skazana na samotność. A Arbella miała siedemdziesiąt lat, służyła zarówno Sabran, jak i jej matce, i wciąż nie myślała o emeryturze.

Przed udzieleniem odpowiedzi Ead uchroniło przybycie dwórek, które przyniosły posiłek. Będąca wśród nich Truyde utt Zeedeur nawet nie spojrzała na Ead.

Skomplikowany system inysyckich zwyczajów i obyczajów od lat przyprawiał ją o zawrót głowy, ale najbardziej absurdalnym ze wszystkich była procedura podawania królowieckiego posiłku. Najpierw królowej nalewano wybranego przez nią wina, a potem stawiano przed nią nie jedno, nie dwa, lecz osiemnaście różnych dań. Cienkie niczym wafle plastry brązowego mięsa. Pszeniczna kaszka na mleku z porzeczkami. Naleśniki z czarnym miodem, masłem jabłkowym lub przepiórczymi jajkami. Solone ryby ze Zwinnej Rzeki. Dzikie truskawki na łożu ze śniegowej śmietany.

Jak zwykle Sabran wybrała tylko kromkę złotego pieczywa. Wskazała je skinieniem.

Cisza. Truyde wyglądała przez okno. Któraś z pozostałych dwórek z wyrazem paniki na twarzy szturchnęła ją łokciem. Przywołana do porządku Truyde podniosła naczynie ze złotym pieczywem i położyła je na talerzu królowej, skłaniając się z szacunkiem. Inna dziewczyna umieściła obok niego kostkę słodkiego masła.

Teraz nadszedł czas próbowania. Z malującym się na ustach chytrym uśmieszkiem Truyde podała Ead nóż o kościanej rączce.

Ead najpierw skosztowała wina. Potem posmakowała słodkiego masła. Obie potrawy nie zostały zatrute. Następnie odkroiła kawałek bułki i dotknęła go koniuszkiem języka. Kropla wdowicy wywołałaby szczypanie podniebienia, od wężaka schły usta, a każdy kęs potrawy z dodatkiem wiecznopyłu – najrzadszej trucizny – zostawiałby w ustach mdły posmak.

Ale Ead nie wyczuła nic z tego. Podsunęła naczynia królowej i oddała nóż Truyde, która wytarła go raz i owinęła lnem.

– Zostawcie nas – rzekła Sabran.

Nastąpiła wymiana spojrzeń. Królowa zwykle domagała się rozrywki, przeważnie plotek przynoszonych przez dwórki na deser. Dziewczyny dygnęły i wyszły. Ead wstała jako ostatnia.

– Ty zostań.

Usiadła.

Słońce świeciło teraz jaśniej, wypełniało ogród zimowy blaskiem. Promienie tańczyły w dzbanie z różanym winem.

– Lady Truyde wydaje się ostatnimi czasy rozkojarzona. – Sabran rzuciła okiem na drzwi zamknięte za dwórkami. – Może też jest chora, tak jak Kate. Zimą nietrudno o przeziębienie.

– To bez wątpienia tylko katar sienny, królowo. Choć wydaje mi się, że w przypadku lady Truyde doszła do głosu raczej tęsknota za domem. Albo… choruje z miłości, jak niejedna młoda dama.

– Nie jesteś jeszcze chyba w odpowiednim wieku, by mówić o takich sprawach. Ile masz lat?

– Dwadzieścia i sześć, Wysokości.

– Jesteś niewiele młodsza ode mnie. Czy sama chorujesz z miłości, jak niejedna młoda dama?

Te słowa mogłyby zabrzmieć łubuzersko, gdyby spłynęły z innych warg, ale oczy królowej były zimne jak klejnoty zdobiące jej szyję.

– Obawiam się, że Inysyta nie pokochałby kogoś, kto wyrósł w innej wierze – odparła po chwili Ead.

Pytanie było błahe tylko z pozoru. Zaloty stanowiły na Inys sprawę jak najzupełniej oficjalną i obostrzoną licznymi regułami, których złamanie niosło ze sobą niekiedy drastyczne konsekwencje.

– Nonsens – żachnęła się królowa. Słońce zagrało w jej włosach. – Wiem, że jesteś blisko z lordem Artelothem. Powiedział mi, że wymieniacie się prezentami na każdej Uczcie Przyjaźni.

– To prawda, Wasza Wysokość – przyznała Ead. – Jesteśmy blisko. Odchodzę od zmysłów, odkąd opuścił miasto.

– Wróci. – Sabran obrzuciła ją taksującym spojrzeniem. – Czy zalecał się do ciebie?

– Nie – odpowiedziała Ead zgodnie z prawdą. – Uważam lorda Artelotha za drogiego przyjaciela, nie chcę od niego nic więcej. A nawet gdybym chciała, oznaczałoby to mezalians dla przyszłego hrabiego Złotobrzozy.

– W rzeczy samej. Ambasador uq-Ispad powiedział mi, że wywodzisz się z gminu. – Sabran łyknęła wina. – A więc mówisz, że nie jesteś zakochana w Locie?

Kobieta, której tak łatwo przychodzi obrażanie podwładnych, musi być łasa na komplementy.

– Nie, pani. Nie przybyłam tu, by szukać przyjaciół. Przybyłam tu, by służyć najjaśniejszej królowej Inys. To dla mnie więcej niż dosyć.

Sabran nie uśmiechnęła się, ale rysy jej twarzy zmiękły.

– Czy zechcesz wybrać się ze mną jutro na przechadzkę po królowieckich ogrodach? – zapytała. – To znaczy, jeśli lady Arbella wciąż będzie niedysponowana.

– Jeśli tylko sprawi to przyjemność Waszej Wysokości – odpowiedziała Ead.

W kajucie mieściły się dwie koje i nic poza tym. Ponury Mentyjczyk przyniósł im na kolację soloną wołowinę, dwie rybki wielkości kciuka i chleb przypominający zwinięty warkocz, tak twardy, że o mało nie połamali zębów. Kitowi udało się przełknąć połowę wołowiny, zanim pobiegł na pokład.

Loth poddał się w połowie kromki. Kolacja pozostawiała sporo do życzenia, jeśli człowiek przyzwyczaił się do wystawnych dworskich uczt, ale parszywe jedzenie było teraz najmniejszym z jego problemów. Combe wysłał go na śmierć, w dodatku bez powodu.

Wiedział od dawna, że Nocny Jastrząb potrafi sprawić, że ludzie znikają. Ci stanowiący zagrożenie dla domu Berethnet, plugawiący swoją rangę na dworze niegodnym zachowaniem lub sięgający po władzę większą, niż im się należała.

Loth wiedział, że dworzanie plotkują o nim i Sabran, zanim jeszcze powiedziały mu o tym Margret i Ead. Ludzie mówili, że Loth uwiódł królową, że poślubił ją w sekrecie. A teraz, gdy Książęta Ducha rozglądali się za dobrą partią dla Sabran, plotki, choć pozbawione podstaw, okazały się dla nich przeszkodą. Loth był problemem, który Combe musiał rozwiązać.

Na pewno znajdzie się jakiś sposób, by wysłać wiadomość do Sabran. Jednak w pierwszej kolejności Loth powinien się skupić na czekającym go zadaniu. Musi nauczyć się szpiegostwa w Cárscaro.

Pocierając grzbiet nosa, starał się przypomnieć sobie wszystko, co wie o lordzie Wilstanie Fynchu.

Sabran nigdy nie była blisko z ojcem. Fynch był schludny i brodaty, miał żołnierskie usposobienie i w oczach Lotha uosabiał ideały swojego przodka, Rycerza Umiarkowania. Książę małżonek rzadko okazywał emocje, ale troszczył się o swoją rodzinę i sprawił, że Loth i Roslain, którzy byli najbliżsi jego córce, czuli się jej częścią.

Ich stosunki zmieniły się po koronacji. Ojciec i córka regularnie czytali razem w Bibliotece Królowej, Fynch często służył jej radą w sprawach królowiectwa. Śmierć Rosarian pozostawiła w ich sercach wyrwę i to właśnie za jej sprawą zaczęli się wreszcie ze sobą zaprzyjaźniać – ale dla Fyncha to było za mało. Rosarian była gwiazdą, w oparciu o którą wytyczał kurs okrętu swego życia, bez niej czuł się zagubiony w otchłani pustego nagle dworu. Poprosił Sabran, by wyznaczyła mu funkcję ambasadora Inys w Yscalinie, i cieszył się, że może ją pełnić. Pisywał do niej regularnie, a ona zawsze z niecierpliwością czekała na list z Cárscaro, gdzie ród Vetaldów władał radosnym dworem niefrasobliwych poddanych. Loth podejrzewał, że Fynchowi łatwiej było przeżyć żałobę z dala od domu, który na każdym kroku przypominał mu o Rosarian.

Jego ostatni list różnił się od poprzednich. W oszczędnych słowach informował Sabran, że Vetaldowie są zamieszani w zabójstwo Rosarian. Po tym liście słuch o Księciu

Umiarkowania zaginął. Niebawem dwa gołębie skalne przyniosły do Inys wiadomość z Yscalinu, który swym bogiem i władcą uczynił Bezimiennego.

Loth miał zamiar się dowiedzieć, co wydarzyło się w stolicy. Co spowodowało wyłamanie się Yscalinu z Imperium Cnót i jaki los spotkał Fyncha. Jeśli Yscalin zamierza wypowiedzieć wojnę domowi Berethnet, czego od dawna obawiała się Sabran, każda informacja będzie na wagę złota.

Otarł pot z czoła. Kit musiał gotować się na pokładzie jak królik w kotle. Właściwie to dawno już powinien wrócić.

Loth westchnął ciężko i dźwignął się na nogi. W drzwiach nie było zamka, ale założył, że piraci nie połakomią się na jego kufer z ubraniami i niedojedzoną kromkę chleba. Combe musiał wysłać swoich ludzi, by go spakowali, podczas gdy niemający o niczym pojęcia Loth towarzyszył Sabran i Roslain przy posiłku.

Okazało się, że na pokładzie jest chłodniej. Bryza igrała z falami. Załoganci biegali w tę i we w tę, śpiewając marynarską pieśń. Była zanadto przesączona żargonem i śpiewali zbyt szybko, by Loth mógł zrozumieć słowa. Pomimo ostrzeżenia Harlowe'a nikt nie zwrócił na niego uwagi, gdy wszedł po schodach na tylny pokład.

Cieśnina Łabędzia oddzielała Królowiectwo Inys od wielkiego kontynentu, na którym mieściły się ziemie zwane Zachodem i Południem. Nawet w pełni lata hulały po nich lodowate wiatry znad Morza Popielnego.

Znalazł Kita przewieszonego przez nadburcie, ocierającego wymiociny z policzka.

– Dobry wieczór, sirrah. – Klepnął go w plecy. – Czyżbyś przesadził z grogiem?

Kit był blady jak pogrzebowa lilia.

– Artelocie – odrzekł grobowym tonem. – Wydaje mi się, żem niezdrów.

– Potrzebujesz ale.

– Nie ośmielę się ich o nie poprosić. Wyją tak przez cały czas, odkąd wyszedłem na pokład.

– Śpiewają szanty – skorygował jakiś gardłowy głos.

Loth aż podskoczył. Kobieta w czarnym kapeluszu o szerokim rondzie opierała się o nadburcie dwa kroki dalej.

– Pieśni śpiewane podczas pracy. – Rzuciła Kitowi bukłak z winem. – Pomagają majtkom zabić czas.

Kit odkręcił korek.

– Majtkom, pani?

– Tym, co szorują pokład i inne takie.

Wnosząc z wyglądu i akcentu, korsarka pochodziła z Yscalinu. Ciemnooliwkowa skóra, opalona i upstrzona piegami. Włosy jak jęczmienne wino. Jasnobursztynowe oczy, podkreślone cienką czarną kreską, a lewe przecięte blizną. Nieznajoma świetnie się prezentowała jak na piratkę, jej buty lśniły, a na kamizelce nie sposób było dopatrzeć się najmniejszej plamki. U jej boku wisiał rapier.

– Na waszym miejscu wróciłabym do kabiny przed zmrokiem – dodała. – Większość załogantów nie przepada za paniczykami. Plume trzyma ich na smyczy, ale gdy śpi, śpią też ich dobre maniery.

– Chyba nie zostaliśmy sobie przedstawieni, pani – włączył się Kit, a uśmiech nieznajomej stał się jeszcze szerszy.

– A skąd pomysł, że chcę, byś mi się przedstawiał, milordzie?

– No cóż, ty odezwałaś się do nas jako pierwsza.

– Może z nudów?

– A może okażemy się interesujący? – Skłonił się nieznajomej w swój ekstrawagancki sposób. – Jam jest lord Kitston

Glade, nadworny poeta. Przyszły Hrabia Miodowego Ruczaju, ku nieopisanej zgryzocie mego ojca. Miło mi cię poznać, pani.

– Lord Arteloth Beck. – Loth przekrzywił głowę. – Dziedzic hrabiego i hrabiny Złotobrzozy.

Kobieta uniosła brwi.

– Estina Melaugo. Dziedziczka swych własnych siwych włosów. Bosman na „Wieczystej Róży".

Wyraz twarzy Kita zdradził Lothowi, że słyszał o tej kobiecie. Postanowił go o to nie pytać.

– A więc – podjęła Melaugo – płyniecie do Cárscaro.

– Czy to stamtąd pani pochodzi? – spytał uprzejmie Loth.

– Nie. Z Vazuvy.

Loth patrzył, jak kobieta pociąga sążnisty łyk ze szklanej butelki.

– Pani – wyrzekł. – Zastanawiam się, czy nie mogłabyś nam opowiedzieć, czego możemy się spodziewać na dworze króla Sigosa. Wiemy bardzo niewiele o tym, co działo się w Yscalinie przez dwa ostatnie lata.

– Wiem tyle, co i ty, milordzie. Uciekłam z Yscalinu tego dnia, gdy dom Vetalda złożył hołd Bezimiennemu. I nie ja jedna.

– Czy wielu spośród tych, którzy uciekli, zostało piratami? – wtrącił Kit.

– Korsarzami, jeśli łaska. – Melaugo wskazała banderę ruchem głowy. – I nie, większość wygnańców schroniła się w Mentendonie i Ersyrze, gdzie próbują, najlepiej, jak potrafią, zacząć wszystko od nowa. Ale nie wszystkim udało się uciec.

– Czy to możliwe, aby nie wszyscy Yscalińczycy kłaniali się Bezimiennemu? – indagował Loth. – Czy możliwe, że po prostu lękają się króla, uwięzieni w rządzonym przez niego kraju?

– Możliwe. Teraz nikt nie wyjeżdża z Yscalinu i mało kto do niego wjeżdża. Cárscaro wciąż przyjmuje zagranicznych ambasadorów, czego wasza obecność jest dowodem, ale o ile wiem, resztę kraju mogła wytrzebić zaraza. – Wiatr zsunął jej na oczy niepokorny lok. – Jeśli wydostaniecie się kiedyś ze stolicy, musicie mi opowiedzieć, jak teraz wygląda Cárscaro. Słyszałam, że zanim wszystkie ptaki zerwały się do lotu, wybuchł wielki pożar. Nieopodal stolicy rozciągały się rozległe pola lawendy, podobno całe spłonęły.

Jej słowa podsyciły tylko niepokój Lotha.

– Przyznam, że zżera mnie ciekawość – kontynuowała Melaugo – dlaczego wasza królowa chce was wrzucić w to kłębowisko węży. Sądziłam, lordzie Artelocie, że jesteś jej ulubieńcem.

– To nie królowa wysłała nas na tę misję – odparł Kit – lecz upiorny Seyton Combe. – Westchnął. – Wiesz, nigdy nie przepadał za moją poezją. A tylko pusta skorupa człowieka może nienawidzić poezji.

– Ach, Nocny Jastrząb – zachichotała Melaugo. – Godny kompan waszej królowej.

Loth zamarł.

– Co chcesz przez to powiedzieć?

– Niech Święty ma mnie w opiece. – Na twarzy Kita odmalowała się fascynacja. – Mało, że piratka, to jeszcze heretyczka. Czy sugerujesz, pani, że królowa Sabran to jakaś czarownica?

– Mówiłam już, że nie jestem piratką. I ciszej, z łaski swojej. – Melaugo zerknęła przez ramię. – Chcę, byśmy się dobrze zrozumieli, panowie. Nie mam nic do królowej Sabran, ale pochodzę z tej części Yscalinu, gdzie ludzie wciąż pokładają wiarę w przesądy. No i nie możecie zaprzeczyć, że jest w Berethnetach coś bardzo dziwnego. Każda królowa ma tylko jedno dziecko. Zawsze są to dziewczynki. Wszystkie łudząco do siebie podobne... Nie wiem. Ktoś mógłby powiedzieć, że to czary, a...

– Cień!

Melaugo odwróciła się. Krzyk dobiegł z bocianiego gniazda.

– Kolejna wiwerna – wydyszała pod nosem. – Panowie wybaczą.

Dała susa na linową drabinkę i natychmiast wspięła się na maszt. Kit rzucił się do burty.

– Wiwerna? Nigdy nie widziałem wiwerny.

– I nie chcesz zobaczyć, wierz mi – zapewnił Loth. Zaświerzbiały go ramiona. – Kit, to nie miejsce dla nas. Chodź, wracamy pod pokład, zanim...

– Czekaj. – Kit osłonił oczy od słońca. Wiatr zmierzwił mu włosy. – Loth, czy ty to widzisz?

Przyjaciel powiódł wzrokiem za jego spojrzeniem, ku horyzontowi. Czerwone słońce unosiło się nisko nad falami, prawie go oślepiając.

Melaugo wisiała na drabince z lunetą przy oku.

– O, na Matkę... – Opuściła ją i znowu podniosła. – Plume, to jest... Nie wierzę...

– Co?! – zawołał kwatermistrz. – Estina?

– To... wielka zachodnica! – odkrzyknęła zachrypłym głosem. – Niech skonam, to wielka zachodnica.

Słowa te spadły na pokład niczym iskra w serce ogniska, a w płomieniu, który ogarnął świadków, spłonął porządek i narodził się chaos. Loth poczuł, że nogi ma jak z ołowiu.

– Harpuny w dłoń! Przygotować kule łańcuchowe! – zawołała Mentyjka. – Uważajcie na żar! Nie atakować, chyba że zaatakuje pierwsza!

Widok wielkiej zachodnicy zmroził Lotha aż do szpiku kości. Nie czuł rąk ani twarzy.

To było niemożliwe, a jednak miał go przed oczami – oto przed nim unosił się wyrm. Potworny, czworonożny wyrm, od pyska do końca ogona długi na ponad dwieście stóp.

Nie był to jakiś świeżo wykluty wypłosz, szukający po pastwiskach zbłąkanych owiec, lecz przedstawiciel gatunku, którego nie widziano od stuleci, od ostatnich godzin Żałoby Wieków. Wielkie zachodnice, największe i najbardziej bezwzględne spośród wszystkich smoków, wzbudzały powszechną trwogę niczym okrutni oficerowie Smoczej Armii.

Jeden z nich właśnie się zbudził.

Potwór sunął gładko ponad okrętem, a Loth nawet z tej odległości czuł buchający mu w trzewiach żar, dosięgnął go bowiem fetor dymu i siarki.

Pysk jak sidła na niedźwiedzie, gorejące węgle ślepi wryły się w jego pamięci. Opowiadano mu o nich, odkąd był dzieckiem, oglądał też budzące grozę ilustracje w rozlicznych bestiariuszach. Lecz nawet w najokropniejszych koszmarach, jakie rodził w ciemności nocy jego znękany przestrachem umysł, nie zdołał ujrzeć w pełnej krasie monstrum, na widok którego sam rdzeń jego jestestwa obrócił się w lodowy sopel.

– Nie atakować! – zawołał ponownie Mentyjczyk. – Spokojnie!

Loth przywarł plecami do grotmasztu.

Nie mógł zaprzeczyć temu, co mówiły jego własne oczy. Kreatury może i nie pokrywały czerwone łuski Bezimiennego, ale była ona stworzona na jego podobieństwo.

Załoga zakotłowała się niczym zwierzęta uciekające przed powodzią, lecz wyrm, zdawało się, umyślił sobie jakiś inny cel, bo najwyraźniej nie miał zamiaru atakować okrętu. Przemknął nad cieśniną i poleciał dalej. Loth widział ogień pulsujący w monstrualnym brzuszysku i wypełniający potężną gardziel. Zakończony ogromnym grotem ogon porastały kolce.

Wokół stóp stojącego nieopodal dygoczącego majtka rosła ciemnozłota kałuża.

Harlowe wypadł ze swojej kabiny. Powiódł wzrokiem za niknącym w oddali wyrmem.

– Lepiej zacznijcie się modlić o zbawienie, milordowie – rzucił cichym głosem. – Fýredel, prawe skrzydło Bezimiennego, zbudził się ze snu.

8
Wschód

Sulyard chrapał. Co ta dziewczyna w nim widzi, na litość Świętego? Nie, żeby Niclays był w stanie zmrużyć oko, choćby nawet chłopak się wreszcie uciszył, bowiem huczący nad Orisimą tajfun ani myślał umilknąć.

Huknął grom, gdzieś zarżał wystraszony wierzchowiec. Sulyard, który upił się jednym kubkiem wina, spał jak dziecko.

Niclays leżał na posłaniu, sam lekko wstawiony. Spędził wieczór, grając w karty i wymieniając się opowieściami ze swoim gościem. Chłopak opowiedział mu ponurą historię Nigdykrólowej, a Niclays zrewanżował się nieco radośniejszą opowiastką o Karbunkule i Skaldzie.

Wciąż nie polubił Sulyarda, ale był Truyde dłużny opiekę nad jej sekretnym miłośnikiem. I Jannartowi też.

Jan…

Żal zacisnął szczęki na jego sercu. Chirurg zamknął oczy i powrócił myślami do tamtego jesiennego poranka, gdy po raz pierwszy spotkali się w różanym ogrodzie pałacu Brygstad, w czasach, gdy dwór dopiero co ukoronowanego Edvarta II był źródłem rozmaitych okazji i sposobności dla młodego wówczas Niclaysa.

Jannart, markiz Zeedeur, dopiero co przekroczył dwudziestkę. Był oszałamiającym młodzieńcem, wysokim, obdarzonym wspaniałymi czerwonymi puklami, które spływały mu po plecach aż do pasa. Niclays był w tamtym czasie jednym z niewielu Mentyjczyków mogących się poszczycić grzywą kasztanowych włosów, których szlachetna barwa przechodziła raczej w złoto niż miedź.

Tego dnia to właśnie ona przyciągnęła do niego Jannarta. Określił ten kolor jako „różanozłoty". Spytał Niclaysa, czy nie zechciałby pozować mu do portretu, bo pragnął uwiecznić tę wspaniałą barwę dla przyszłych pokoleń, zaś Niclays, jak każdy młody i próżny dworak, skwapliwie wyraził zgodę.

Czerwone włosy i ogród różany. Tak to się zaczęło.

Spędzili razem kilka miesięcy w otoczeniu sztalug i farb, a towarzyszyła im pieśń i śmiech. Zżyli się tak mocno, że o rozłące nie było mowy nawet po ukończeniu portretu.

Niclays nigdy wcześniej się nie zakochał. Co prawda znajomość zaczęła się z inicjatywy Jannarta, którego młody uczony zaintrygował do tego stopnia, że zaproponował mu obraz, lecz wkrótce i Niclays zapragnął namalować jego, by nie przepadł w pomroce dziejów czarny cień jego rzęs i blask jego włosów w słońcu, niewymuszona elegancja jego rąk przebierających palcami po klawiszach klawesynu. Wpijał się wzrokiem w jego jedwabiste wargi i to miejsce, gdzie łuk szyi spotykał się z żuchwą. Wsłuchiwał się w rytm jego serca, bijącego jak krystaliczne źródło życia. Niclays wyobraził sobie w najdrobniejszych szczegółach widok jego oczu dotkniętych pierwszymi promieniami słońca, gdy sen przydawał wagi jego powiekom. Pyszna barwa ciemnego bursztynu, niczym miód czarnych pszczół.

Żył, by słyszeć jego głos, głęboki i soczysty. Och, mógłby śpiewać ballady o tym tonie, o tym, jak wznosił się, natchniony pasją, gdy rozmowa zahaczała o tematy sztuki lub historii. Te rozpalały płomień w sercu Jannarta, ludzie lgnęli wówczas do niego jak przemarznięci wędrowcy lgną do ogniska. Samymi słowami potrafił upiększnić najzwyklejszą rzecz i podnieść z popiołów dawno wymarłe cywilizacje. Jannart był dla Niclaysa promieniem słońca, który oświetlał wszystkie fasety tego świata.

Młody uczony wiedział, że nie wolno mu pielęgnować nadziei. W końcu Jannart był markizem, dziedzicem księstwa, najdroższym przyjacielem księcia Edvarta, podczas gdy Niclays był tylko nic nie znaczącym nowobogackim z Rozentunu.

A jednak Jannart go ujrzał. Ujrzał i nie odwrócił wzroku.

Fale wzburzonego tajfunem morza rozbijały się o furtkę. Obolały Niclays obrócił się na bok.

– Jan – wymówił bezgłośnie. – Kiedyśmy się tak zestarzeli?

Mentyjski transport miał dotrzeć lada dzień, a kiedy statek zawróci w drogę powrotną, Sulyard znajdzie się na jego pokładzie. Jeszcze kilka dni i Niclays uwolni się od tego żywego ciernia w swoim boku, który przypominał o Truyde i Jannarcie oraz o opuszczonym przez Świętego inysyckim dworze. Wówczas wróci do swoich mikstur, zaszyje się w swojej celi na krańcu świata, wygnany i zapomniany przez wszystkich.

Wreszcie przysnął, tuląc poduszkę do piersi. Gdy po jakimś czasie poruszył się i obudził, za oknem wciąż królował mrok, lecz włoski na jego karku stanęły dęba.

Usiadł i wpił się wzrokiem w ciemność.

– Sulyard?

Nie odpowiedział. Ale coś poruszyło się w mroku.

– Sulyardzie, to ty?

Gdy blask błyskawicy wyrzezał z ciemności ludzki kształt, Niclays wwiercił się wzrokiem w zarysowaną światłem twarz.

– Czcigodny główny oficer – zaskrzeczał, lecz silne ręce już wywlokły go z łóżka.

Dwaj strażnicy już prowadzili go do drzwi. W duszącym uścisku przerażenia zdołał jakoś porwać z podłogi swoją laskę i machnął nią z całej siły. Rozległ się trzask, gdy trafił któregoś w policzek. Miał tylko chwilę na nacieszenie się własną celnością, bowiem zaraz sam ciężko oberwał żelazną pałką.

Nigdy jeszcze nie bolało go tyle miejsc naraz. Jego dolna warga pękła jak dojrzały owoc, wszystkie zęby zadrżały. Żołądek skręcił się, gdy w ustach rozlał mu się smak żelaza.

Strażnik ponownie zamachnął się pałką i zadał druzgocący cios w kolano. Błagając o litość, Niclays uniósł ręce i wypuścił laskę, która złamała się pod skórzanym buciorem. Ciosy spadły na niego ze wszystkich stron, jego plecy i twarz krzyczały bólem. Padł na maty, jęcząc wątle, przepraszając, obiecując posłuszeństwo. Wokoło strażnicy obracali jego dom w perzynę.

Z pracowni dobiegł go odgłos tłuczonego szkła. Jego alchemiczny aparat, urządzenie warte więcej pieniędzy niż zarobił w całym życiu.

– Błagam. – Krew płynęła mu po policzku. – Czcigodni, błagam was, nie rozumiecie. Moja praca…

Nie słuchali go. Wyciągnęli go na deszcz. Nie miał na sobie nic oprócz nocnej koszuli. Kostka odezwała się wściekłym bólem, gdy próbował na niej stanąć, obwisł więc w ich ramionach, a oni wlekli go za sobą jak wór prosa. Tych kilkoro Mentyjczyków, którzy pracowali w nocy, wychyliło głowy ze swych domów.

– Doktorze Roos! – zawołał ktoś. – Co się dzieje?

Niclays haustami łapał powietrze.

– Kto tam? – Zagłuszył go grom. – Muste! – krzyknął zduszonym głosem. – Muste, pomóż mi, ty ryży głąbie!

Jakaś ręka zatkała mu skrwawione usta. Słyszał dobiegający z ciemności krzyk Sulyarda.

– Niclays!

Podniósł wzrok, spodziewając się zobaczyć Mustego, ale to Panaya biegła w kierunku strażników. Jakimś sposobem znalazła się między nimi i stanęła przed Niclaysem niczym Rycerz Odwagi.

– Skoro aresztujecie doktora Roosa – powiedziała – to zakładam, że macie nakaz czcigodnego gubernatora Hisan?

Niclays mógłby ją ucałować. Główny oficer stał nieopodal, patrząc, jak jego podwładni przetrząsają dom.

– Wracaj do środka – rzucił do Panayi, nawet się nie odwracając.

– Doktor Roos jest uznanym uczonym i zasługuje na szacunek – nie ustępowała kobieta. – Jeśli wyrządzicie mu krzywdę, dowie się o tym wysoki książę Mentendonu.

– Czerwony Książę nie ma tu żadnej władzy.

Panaya stawiła mu czoła. Niclays zastanawiał się, jak to możliwe, że niska kobieta w nocnej koszuli patrzy z góry na wysokiego draba w zbroi.

– Mieszkający tutaj Mentyjczycy znajdują się pod protekcją czcigodnego wojwładcy – wyrzekła powoli i wyraźnie. – Co powie, gdy dowie się, że przelaliście krew na Orisimie?

Słysząc to, oficer zbliżył się do Panayi.

– Może uzna, że wykazaliśmy się zbytnią pobłażliwością – wycedził głosem nabrzmiałym pogardą. – Bo ten zdrajca ukrywał w swoim domu intruza.

Panaya zamilkła z twarzą zastygłą w masce niedowierzania.

– Panayo – szepnął Niclays – ja wszystko wytłumaczę.

– Niclaysie – wydyszała. – Och, Niclaysie, pogwałciłeś Wielki Edykt.

Jego kostka pulsowała zapowiedzią bólu.

– Dokąd oni mnie zabierają?

Panaya zerknęła nerwowo na głównego oficera, który wydawał wrzaskliwe polecenia swoim strażnikom.

– Przed oblicze czcigodnego gubernatora Przylądka Hisan. Podejrzewają, że zapadłeś na czerwoną zarazę – wymamrotała po mentyjsku. Raptem stężała jak napięta struna. – Czy go dotknąłeś?

Rozedrgany Niclays zastanawiał się chwilę.

– Nie – odpowiedział. – A na pewno nie inaczej niż przez materiał.

– Musisz im to powiedzieć. Przyrzeknij na swojego Świętego. Jeśli nabiorą podejrzeń, że próbujesz ich oszukać, zrobią wszystko, by wydusić z ciebie prawdę.

– Będą mnie torturować? – Pot perlił mu się na czole. – Nie, niemożliwe. Powiedz, że nie będą.

– Dość! – warknął oficer. – Zabrać tego zdrajcę!

Strażnicy posłusznie powlekli Niclaysa naprzód, jakby nieśli mięso do poćwiartowania.

– Żądam prawnika! – krzyknął. – Niech was cholera, musi być na tej zapomnianej przez Świętego wyspie choć jeden porządny prawnik! – Gdy nie doczekał się odpowiedzi, ponownie zwrócił się do Panayi: – Każ Mustemu naprawić mój aparat. Niech kontynuuje pracę! – Patrzyła na niego bezsilnym wzrokiem. – I ocal moje książki! Na miłość Świętego, ocal moje książki, Panayo!

9
Zachód

Mieszkańcy Ersyru chyba nieczęsto wybierają się na spacery? Panujące tam gorąco musi być nie do zniesienia.

Szły niespiesznie ścieżką przez zaciszne ogrody, zarezerwowane dla władczyń Inys, ich dam sypialnianych oraz członków Rady. Ead nigdy wcześniej tu nie była.

Lady Arbella Glenn wciąż nie podnosiła się z łóżka. Dwór huczał od plotek. Jeśli umrze, trzeba będzie powołać nową sypialniankę. Pozostałe przyboczne robiły, co tylko mogły, by popisać się przed królową.

To pewnie dlatego Linora była tak rozzłoszczona, gdy Ead – oczywiście jej zdaniem – spartoliła opowieść. Nie chciała, by niełaska, w którą popadnie, splamiła i ją.

– Nie zimą. Latem nosimy luźne jedwabie, by ochronić się przed spiekotą – odparła Ead. – Gdy mieszkałam w rezydencji Jego Ekscelencji w Rumelabarze, często czytałam przy basenie na dziedzińcu. Ścieżki tonęły w cieniu słodkocytrynowych drzew, a powietrze chłodziły fontanny. Błogość i idylla.

Tak naprawdę była tam tylko raz. Bo dzieciństwo spędziła w Zakonie.

– Rozumiem. – Sabran uniosła zdobiony wachlarz. – I modliłaś się do Śpiewaka Świtu.

– Tak, pani. W Domu Ciszy.

Znalazły się w sadzie, gdzie kwitły śliwy. Za nimi w stosownym odstępie szli Rycerze Ciała.

Przez ostatnie kilka godzin Ead odkryła, że choć Sabran z powodzeniem utrzymuje wizerunek wszechwiedzącej monarchini, tak naprawdę ma dość małe pojęcie o świecie. Tkwiła zamknięta pośród kamiennych ścian, czerpiąc wiedzę o nim z atlasów, globusów i listów od swych ambasadorów oraz innych władców. Płynnie mówiła po yscalińsku i hróthańsku, a jej guwernerzy dobrze wyuczyli ją historii Imperium Cnót, ale poza tym wiedziała bardzo niewiele. Ead wyczuła, że królowa stara się nie wypytywać jej za bardzo o południowe krainy.

Ersyr nie był wierny religii Cnót. Podobnie jak jego sąsiad, Dominium Lasyi, choć przecież odegrało ono ważną rolę w legendzie o powstaniu Inys.

Ead oficjalnie przeszła na Sześć Cnót niedługo po przybyciu na dwór. Pewnego wiosennego wieczora stanęła w Sanktuarium i przyrzekła wiekuistą wierność domowi Berethnet, po czym otrzymała ostrogi i pas czcicielki Galiana. W zamian obiecano jej miejsce w Halgalancie, na niebiańskim dworze. Wyznała arcyświętarzowi, że przed przybyciem na Inys czciła Śpiewaka Świtu, najszerzej wyznawane bóstwo w Ersyrze. Nikt nigdy nie podał tego w wątpliwość.

Tymczasem Ead nigdy nie oddawała mu czci. Choć w jej żyłach płynęła ersyrska krew, nie urodziła się w tym kraju i nieczęsto stawiała stopę na ersyrskiej ziemi. Jej prawdziwe wyznanie było tajemnicą pilnie strzeżoną przez Zakon.

– Jego Ekscelencja powiedział mi, że twoja matka nie pochodziła z Ersyru.

– To prawda. Urodziła się w Lasyi.

– Jak miała na imię?

– Zāla.

– Moje kondolencje.

– Dziękuję, królowo. To było dawno temu.

Pomimo dzielących je różnic, obie wiedziały, jak to jest stracić matkę.

Gdy zegar na wieży wybił jedenastą, Sabran stanęła u drzwi królowieckiej ptaszarni. Odsunęła skobel, a na jej nadgarstek wskoczył drobny zielony ptaszek.

– Te ptaki pochodzą z gór Uluma – poinformowała damę dworu. Słońce zamigotało w szmaragdach, którymi wysadzany był jej naszyjnik. – Często spędzają tu zimy.

– Czy byłaś kiedyś w Lasyi, Wasza Wysokość? – spytała Ead.

– Nie. Nie mogłabym opuścić Imperium.

Ead poczuła znajome ukłucie irytacji. Typowa inysycka hipokryzja – używać Lasyi jako kamienia węgielnego legendy o własnym pochodzeniu, a jednocześnie przyczepiać jej mieszkańcom łatkę heretyków.

– Oczywiście – odpowiedziała.

Sabran obrzuciła ją spojrzeniem. Zdjęła z pasa małą sakwę i wysypała na dłoń kilka ziarenek.

– Na Inys te ptaki nazywają się miłosójki. – Ptaszek na jej ręce zakwilił radośnie. – Łączą się w pary na całe życie i nawet po śmierci partnera latami pamiętają jego śpiew. To dlatego miłosójka jest świętym ptakiem Rycerki Przyjaźni. Ucieleśnia pragnienie, by wszystkie dusze na świecie łączyły jej więzy.

– Dobrze je znam – powiedziała Ead. Ptak dziobał ziarenka. – Na Południu nazywamy je mimikami brzoskwiniodziobymi.

– Brzoskwiniodziobymi?

– Brzoskwinia to słodki owoc o pomarańczowej barwie, w którego środku znajduje się pestka. Rośnie w Ersyrze i w niektórych miejscach na Wschodzie.

Sabran patrzyła na karmionego ptaszka.

– Nie mówmy o Wschodzie – powiedziała i przystawiła go do gałęzi, a on zeskoczył z jej ręki.

Słońce prażyło niemiłosiernie, lecz władczyni nie przejawiała chęci schronienia się pod dachem. Kontynuowały spacer wzdłuż szpaleru drzew wiśniowych.

– Czujesz dym? – spytała po chwili Sabran. – Tak pachnie, gdy gdzieś w mieście płonie stos. Tego ranka spalono na placu Maryan dwóch pieśniarzy zguby. Uważasz, że dobrze się stało?

Inysyci dzielili heretyków na dwie grupy. Rozproszona garstka tubylców wciąż wyznawała pierwotną religię Inys, swoisty kult natury obecny na tych ziemiach przed założeniem domu Berethnet, gdy rycerstwo wciąż było młode, a kraj nawiedzała jeszcze Leśna Pani. Jej wyznawcy mogli się wyrzec starej wiary lub trafić do lochów.

Ale byli też ci, którzy wieszczyli powrót Bezimiennego. Przez ostatnie dwa lata owi pieśniarze zguby, jak się nazywali, przeniknęli na Inys z Yscalinu i krzewili swoją wiarę po miastach, dopóki ich nie złapano. Tych palić na stosie nakazał sam Książę Sprawiedliwości.

– To okrutna śmierć – powiedziała Ead.

– Ci ludzie chcą ujrzeć Inys w płomieniach. Chcą, byśmy przyjęli do serc Bezimiennego. Lady Igrain mówi, że powinniśmy robić naszym wrogom to, co oni chcieliby zrobić nam.

– A czy tak mówił Święty, Wasza Wysokość? – spytała ze spokojem Ead. – Nie jestem tak biegła w znajomości Sześciu Cnót jak ty, królowo.

– Rycerz Odwagi nakazuje nam bronić wiary.

– A jednak przyjęłaś podarunek księcia Aubrechta z Mentendonu, który handluje ze Wschodem. Dał ci nawet wschodnią perłę. Ktoś mógłby powiedzieć, że funduje krzewienie herezji.

Te słowa opuściły jej usta, zanim zdołała je powstrzymać. Sabran zmroziła ją wzrokiem.

– Nie jestem świętarzem odpowiedzialnym za objaśnianie ci niuansów Sześciu Cnót – zaperzyła się. – Jeśli czujesz potrzebę porozmawiania o nich, sugeruję, byś poszukała innego interlokutora. Może znajdziesz go w Wieży Dearna, wśród innych, którzy kwestionują mój osąd. On, o czym chyba nie muszę ci przypominać, wynika z nauk Świętego. – Odwróciła się. – Żegnam.

Odeszła, a wraz z nią Rycerze Ciała, zostawiając Ead samą wśród drzew.

Gdy królowa znalazła się poza zasięgiem jej wzroku, Ead przecięła trawnik i usiadła na murku fontanny, przeklinając się w myślach.

Spryskała twarz wodą i wypiła kilka łyków ze złączonych dłoni, wytrzymując kamienne spojrzenie usytuowanego w środku budowli posągu Carneliany I, Kwiatu Ascalonu, czwartej królowej z domu Berethnet. Wkrótce minie tysiąc i sześć lat, odkąd dynastia zawładnęła Inys.

Ead zamknęła oczy i pozwoliła strużkom wody ściekać po szyi i karku. Spędziła na dworze Sabran IX osiem lat. Przez cały ten czas nie powiedziała nic, czym mogłaby ją zdenerwować. A teraz była jak żmija, która nie potrafi trzymać języka za zębami. Jakaś siła pchała ją do tego, by zezłościć królową Inys.

Musi dać odpór tej sile albo Ascalon połknie ją w całości.

Tego dnia wypełniała swoje obowiązki automatycznie i bez zaangażowania, czując się tak, jakby jej umysł tonął we mgle. Gorąco dodatkowo utrudniało jej wykonywanie zadań. Nawet Linora pracowała wolniej, a jej złote włosy były wilgotne od potu. Roslain Crest wachlowała się zawzięcie, coraz bardziej poirytowana.

Po kolacji Ead dołączyła do pozostałych kobiet w Sanktuarium Cnót, gdzie spotykały się na wieczornych modłach. Królowa matka rozkazała wprawić w otwory okienne błękitne witraże, zależało jej bowiem na wrażeniu, że świątynia wzniesiona została pod wodą.

Była w niej jedna statua, po prawej stronie ołtarza. Przedstawiała Galiana Berethneta, zastygłego w dostojnej pozie z dłońmi złożonymi na rękojeści Ascalona.

Kobietę, którą Inysyci znali jako królową Cleolind, Damę, upamiętniała tylko kamienna plinta po lewej stronie.

W inysyckich annałach nie ostała się ani wzmianka o jej wyglądzie. Wszystkie jej wizerunki, jeśli w ogóle jakieś istniały, zostały zniszczone po jej śmierci i odtąd żaden rzeźbiarz nie poważył się stworzyć jej podobizny. Wielu wierzyło, że to dlatego, iż król Galian nie potrafił spojrzeć na ukochaną kobietę, którą stracił, gdy wydawała na świat jego dziecko.

Nawet Zakon miał dostęp jedynie do strzępów informacji o Matce. Tak wiele źródeł zaginęło lub zostało zniszczonych.

Ead modliła się wraz z resztą zebranych.

Matko, błagam cię, prowadź mnie w krainie Kłamcy. Matko, zaklinam cię, pozwól mi się zachowywać godnie w obecności tej kobiety, która nazywa się twoją potomkinią, a którą przyrzekłam chronić. Matko, proszę cię, obdarz mnie odwagą, bym okazała się godna mego płaszcza.

Sabran wstała i dotknęła tablicy przodkini. Gdy wraz ze swoimi damami opuszczała Sanktuarium, Ead dojrzała w grupie Truyde. Patrzyła twardo na wprost, ale nieco zbyt mocno zaciskała ręce.

Gdy zapadła noc i Ead zrobiła już, co miała do zrobienia w Wieży Królowej, zeszła do poterny, którędy wnoszono do pałacu przywiezione z miasta towary, i zaczekała w niszy, nieopodal studni.

Wkrótce do środka weszła Truyde utt Zeedeur, okryta płaszczem i z kapturem na głowie.

– Nie wolno mi opuszczać komnaty szkatułowej po zapadnięciu zmroku, jeśli nie towarzyszy mi przyzwoitka. – Skryła w mroku kaptura czerwony lok. – Jeśli lady Oliva zorientuje się, że mnie nie ma…

– A jednak spotykałaś się wielokrotnie ze swoim kochankiem, milady. I wydaje mi się, że przyzwoitka wam wówczas nie towarzyszyła.

Spod kaptura patrzyły na Ead ciemne oczy.

– Czego chcesz?

– Chcę wiedzieć, co planowaliście z Sulyardem. W listach wspominacie o jakimś zadaniu.

– To nie twoja rzecz.

– Pozwól więc, że zaprezentuję ci moją hipotezę. Widziałam dosyć, by wiedzieć, że bardzo interesujesz się Wschodem. Myślę, że ty i Sulyard chcieliście razem przekroczyć Czeluść w jakimś niecnym celu, ale on zdecydował się wyruszyć w podróż bez ciebie. Mam rację?

– Tak. Skoro już musiałaś się wmieszać, równie dobrze możesz poznać prawdę. – Truyde wydawała się niemal znudzona. – Triam wyruszył do Mlecznej Laguny. Chcemy żyć razem w miejscu, gdzie ani królowa, ani mój ojciec nie mogliby przeciwstawić się naszemu małżeństwu.

– Nie próbuj mnie zwieść, pani. Na dworze pozujesz na niewiniątko, ale ja wiem, że masz też drugą twarz.

Drzwi do poterny otworzyły się. Obie kobiety wcisnęły się głębiej w niszę, gdy obok nich przeszła strażniczka z pochodnią, gwiżdżąc pod nosem. Ruszyła w stronę schodów, nie dostrzegłszy intruzów.

– Muszę wracać do komnaty szkatułowej – wyszeptała Truyde. – Musiałam znaleźć aż szesnaście cukierków dla tego okropnego ptaszyska. A i tak, jeśli nie będzie mnie zbyt długo, zacznie skrzeczeć.

– Lepiej więc szybko mi powiedz, co knujecie z Sulyardem.

– A jeśli nie powiem? – Truyde prychnęła bezgłośnie. – Co wtedy zrobisz, pani Duryan?

– Być może powiem pierwszemu sekretarzowi, że podejrzewam, iż konspirujesz przeciwko Jej Wysokości. Pamiętaj, dziecko, że mam twoje listy. Czy może – dodała po chwili – mam skłonić cię do mówienia innymi środkami?

Truyde zmrużyła oczy.

– Cóż za brak manier – wyrzekła miękko. – Kim ty jesteś? Czemu tak cię interesują sekrety inysyckiego dworu? – Przez jej twarz przemknęła obawa. – Jesteś jedną z agentek Combe'a, czy nie tak? Słyszałam, że czasem posługuje się nisko urodzonymi.

– Musisz wiedzieć tylko jedno: dbam o bezpieczeństwo Jej Wysokości.

– Jesteś komnatanką, nie Rycerzem Ciała. Nie masz jakiejś pościeli do zmiany?

Ead podeszła bliżej. Była o pół głowy wyższa od Truyde, której palce oplotły rękojeść sztyletu wiszącego przy pasie.

– Może i nie jestem rycerką – wyrzekła – lecz gdy przybyłam na ten dwór, złożyłam przysięgę, że będę bronić królowej Sabran przed wrogami.

– Złożyłam tę samą przysięgę – odparła z przekonaniem Truyde. – Nie jestem jej wrogiem, nie są nimi też ludy Wschodu. Nienawidzą Bezimiennego, tak jak my. Szlachetne stworzenia, które czczą, w niczym nie przypominają wyrmów. – Wyprostowała się. – Budzą się smocze bestie. Wkrótce powstaną Bezimienny i jego sługi, a ich gniew będzie straszny. A gdy już zwrócą się przeciw nam, będziemy potrzebować pomocy.

Ead zmroziło.

– Wy chcecie zawiązać sojusz ze Wschodem – wymruczała. – Chcecie, by ich wyrmy… pomogły nam w walce z obudzonymi potworami. – Truyde świdrowała ją jasnym spojrzeniem, aż Ead odwróciła wzrok. – Powariowaliście. Postradaliście rozum. Gdy królowa dowie się, że chcecie się układać z wyrmami…

– To nie wyrmy! To smoki, łagodne i piękne stworzenia. Widziałam ryciny, czytałam o nich książki.

– Pisane na Wschodzie.

– Tak. Ich smoki stanowią jedność z powietrzem i wodą, nie z ogniem. Wschód stał się nam obcy tak dawno temu, że już zapomnieliśmy, jak wielka to różnica. – Ead tylko patrzyła w zdumieniu. Truyde postanowiła zmienić taktykę. – Wysłuchaj mnie, jak cudzoziemka cudzoziemkę w obcym kraju. Co, jeśli tutejsi się mylą i to nie kolejne pokolenia Berethnetów chronią Inys przed gniewem Bezimiennego?

– O czym ty bzdurzysz, dziecko?

– Ty też wiesz, że coś się zmieniło. Smocze stwory się budzą, Yscalin wyparł się Cnót. To dopiero początek. – Obniżyła głos. – Bezimienny wróci. I sądzę, że już niebawem.

Ead zatkało.

„Co, jeśli tutejsi się mylą i to nie kolejne pokolenia Berethnetów chronią Inys przed gniewem Bezimiennego?"

Jak ta młoda kobieta wychowana w religii Cnót wpadła na tę heretycką myśl?

Oczywiście, może mieć rację. Przeorysza powiedziała Ead to samo, nim ta wyruszyła na Inys, by mieć pieczę nad królową Sabran.

„Dom Berethnet może chronić nas przed Bezimiennym albo nie. Nie ma dowodów na to, że tak jest, albo że tak nie jest. Tak jak nie sposób udowodnić, że kolejne królowe z tego rodu rzeczywiście są potomkiniami Matki. Jeśli są, ich krew jest święta i należy jej bronić. – Widziała Przeoryszę jasno i klarownie, jakby pożegnały się wczoraj. – Na tym polega problem z opowieściami, dziecko. Nie da się określić, ile zawierają prawdy".

Dlatego właśnie Ead została wysłana na Inys. By bronić królowej Sabran na wypadek, gdyby mit okazał się prawdą, a jej krew miała zapobiec powrotowi nieprzyjaciela.

– A ty chcesz przygotować nas wszystkich na... jego powtórne nadejście – wykrztusiła Ead, udając rozbawienie.

Truyde zadarła głowę.

– Owszem. Smoki Wschodu żyją pośród ludzi. Nie służą Bezimiennemu. Gdy powróci, będziemy potrzebować smoków, by go pokonać. Musimy walczyć ramię w ramię, by nie dopuścić do drugiej Żałoby Wieków. Triam i ja nie pozwolimy na zagładę ludzkości. Może i jesteśmy młodzi, może i nikt się z nami nie liczy, lecz potęga naszych przekonań wstrząśnie posadami świata.

Prawda czy nie, Truyde była pijana od własnych urojeń.

– Skąd ta pewność, że Bezimienny nadejdzie? – indagowała Ead. – Czyż nie jesteś dzieckiem Cnót, które zrodziło się w wierze, że królowa Sabran jest łańcuchem pętającym Bezimiennego?

Truyde wyprostowała się.

– Kocham królową Sabran. Ale nie jestem żółtodziobem, który bez dowodów wierzy we wszystko, co mu się powie. Wiara Inysytów jest ślepa, my, Mentyjczycy, cenimy twarde dowody.

– Rozumiem więc, że masz twardy dowód na rychły powrót Bezimiennego? Czy to wszystko tylko zgadywanki?

– Nie zgadywanki. Hipoteza.

– Nieważne, dziewczyno. To, co mówisz, jest herezją.

– Nie opowiadaj mi o herezjach – sparowała Truyde. – Czy nie czciłaś kiedyś Śpiewaka Świtu?

– Nie o mojej wierze teraz rozmawiamy. – Ead zrobiła pauzę. – A więc to dlatego Sulyard zniknął. Wyprawił się na Wschód z szaleńczą misją zawiązania przymierza w imieniu królowej, która nic o tym nie wie. – Opadła na murek studni. – Twój kochanek zginie.

– Nie. Seiiki nas wysłucha…

– Nie jest oficjalnym ambasadorem Inys. Dlaczego ktoś miałby go wysłuchać?

– Triam ich przekona. Nikt nie mówi z serca tak jak on. A gdy już wschodni władcy pojmą skalę zagrożenia, sami zgłoszą się do królowej Sabran. Wówczas zrozumie, że nie ma innego wyjścia, jak tylko zawiązać sojusz.

To dziecko było zaślepione ogniem, który płonął w jego duszy. Sulyard zostanie stracony, gdy tylko postawi stopę na wschodnich ziemiach, a Sabran prędzej obetnie sobie nos, niż sprzymierzy się z tymi, którzy miłują wyrmy, nawet jeśli jakimś cudem ktoś zdołałby ją przekonać, że Bezimienny zbudzi się ze snu pomimo tego, że ona żyje.

– Północ jest słaba – argumentowała Truyde – a Południe zbyt dumne, by paktować z Imperium. – Rumieniec wystąpił jej na policzki. – Ośmielasz się mnie osądzać za to, że próbuję szukać pomocy gdzie indziej?

Ead spojrzała jej w oczy.

– Możesz się uważać za jedyną osobę, która pragnie ocalić świat – powiedziała – ale nie masz pojęcia, na jakim stoisz gruncie. Żadne z was tego nie wie. – Gdy Truyde zmarszczyła brew, Ead dodała: – Sulyard poprosił cię o pomoc. A co ty zrobiłaś, by mu pomóc? I jak chcesz to zrobić, gdy ty jesteś tutaj, a on tam? Jakie plany poczyniłaś? – Truyde milczała. – Bo jeśli zrobiłaś cokolwiek, by pomóc mu w wykonaniu tej misji, to dopuściłaś się zdrady stanu.

– Nie powiem nic więcej. – Truyde odsunęła się od niej. – Idź, naskarż lady Olivie, jeśli chcesz. Ale najpierw będziesz musiała wytłumaczyć się z tego, co robiłaś sama w komnacie szkatułowej.

Gdy ruszyła do drzwi, Ead zacisnęła palce na jej nadgarstku.

– Zapisałaś imię w swojej książce – powiedziała. – Niclays. Sądzę, że chodzi o Niclaysa Roosa, anatoma. – Truyde pokręciła głową, ale Ead zobaczyła w jej oczach, że trafiła w dziesiątkę. – Co Roos ma z tym wspólnego?

Zanim Truyde zdołała odpowiedzieć, zerwał się wiatr.

Zafalowały wszystkie gałęzie na wszystkich drzewach. Umilkły wszystkie ptaki w ptaszarni. Ead puściła rękę dziewczyny i wyszła z wnęki.

Po mieście niósł się huk armat. Dobiegła ją palba z muszkietów, brzmiąca z oddali jak odgłos pękających w ogniu kasztanów. Za jej plecami Truyde wciąż stała przy studni.

– Co się dzieje? – zdziwiła się.

Ead dyszała, słysząc w uszach szum krwi. Minęły lata, odkąd ogarnęło ją to uczucie. Po raz pierwszy od dawna jej siden buchnął płomieniem.

Coś się zbliżało. Jeśli zaszło tak daleko, musiało znaleźć sposób na przedarcie się przez fortyfikacje przy wybrzeżu. Albo je zniszczyło.

Płomień. Niczym światło słoneczne przebijające się przez chmury. Tak gorący, że musiała zasłonić oczy i usta. A potem zza murów obronnych wyłonił się wyrm. Spalił łuczników i muszkieterów, rozbił szyk katapult w drobny mak. Truyde, wybałuszając oczy, osunęła się na ziemię.

Ead rozpoznała stwora po samych rozmiarach. Wielka zachodnica. Był to istny potwór, monstrum od chrap po czubek ogona, z którego sterczały mordercze kolce. Poznaczone bliznami podbrzusze miało barwę rdzawego brązu, lecz grzbiet był czarny jak smoła. Mrowie strzał odbijało się ze stukotem od twardej łuski.

Łuki i muszkiety na nic się tu nie zdadzą. To nie pierwszy lepszy wyrm, nie jakaś tam przypadkowa wielka zachodnica. Nikt z żyjących nie widział dotąd tej kreatury, ale Ead znała jej imię.

Fýredel.

Ten, który zwał się prawym skrzydłem Bezimiennego. Fýredel, który spłodził, a potem poprowadził Smoczą Armię do ataku na ludzkość w czasie Żałoby Wieków.

Zbudził się.

Bestia kołowała nad pałacem, topiąc w cieniu trawniki i sady. Ead ogarnęła fala mdłości, czuła, jak piecze ją skóra, gdy zapach kreatury podpalił siden w jej krwi.

Łuk zostawiła w komnacie, był poza jej zasięgiem. Lata przyzwyczajeń stępiły jej czujność.

Fýredel wylądował na Wieży Dearna, oplótł ją wężowym ogonem, szponiaste łapy znalazły oparcie na dachu. Zerwane dachówki spadły, rozpędzając stłoczonych w dole strażników.

Łeb bestii ukoronowany był dwoma potężnymi rogami. W ciemności, niczym dwie wypełnione magmą skalne szczeliny, świeciły ślepia.

– KRÓLOWO SABRAN.

Jego słowa odbiły się echem od kopuły nieba. Chyba słyszała je połowa Ascalonu.

– NASIENIE SERCOWEJ TARCZY. – Kolejne kamienie odpadły z wieży. Strzały wciąż nie mogły przebić pancerza. – POKAŻ SIĘ I STAW CZOŁA STAREMU WROGOWI LUB PATRZ, JAK PŁONIE TWOJE MIASTO.

Sabran nie przyjmie wyzwania. Ktoś ją powstrzyma. Rada Cnót wyśle kogoś, by pertraktował z potworem.

Fýredel zaprezentował zęby z lśniącego metalu. Alabastrowa Wieża była zbyt wysoka, by Ead mogła dostrzec jej najwyższy balkon, lecz jej wyostrzony słuch wyłapał odpowiedź:

– Tu jestem, potworze.

Zamarła.

Głupia. Przeklęta idiotka. Pokazując się, Sabran wydała na siebie wyrok śmierci.

Ze wszystkich budynków dobiegał krzyk. Dworzanie i służący wyglądali przez okna, by ujrzeć zło, które zstąpiło ku nim z nieba. Inni biegli na łeb na szyję w kierunku pałacowych wrót. Ead pognała schodami.

– A więc zbudziłeś się, Fýredelu – wyrzekła pogardliwie Sabran. – Czego tu szukasz?

– Przybyłem cię ostrzec, królowo Inys. Zbliża się czas, gdy będziesz musiała zdecydować, po której opowiesz się stronie. – Fýredel wydał z siebie syk, od którego całe ciało Ead pokryło się gęsią skórką. – Moi pobratymcy rozprostowują skrzydła w swoich jaskiniach. Mój brat Orsul już wzleciał w niebo, a nasza siostra Valeysa wkrótce pójdzie w jego ślady. Do końca roku wszyscy nasi sprzymierzeńcy zbudzą się ze snu. I wówczas odrodzi się Smocza Armia.

– Nie lękam się twych pogróżek – wypaliła Sabran. – Nie boję się ciebie, jaszczurze. Twoje słowa ważą tyle co dym.

Ich słowa grzmiały w umyśle Ead jak kanonada piorunów. Opary wydobywające się z cielska Fýredela działały na jej zmysły niczym osełka.

– Mój pan budzi się w Czeluści – rzekł wyrm, strzelając językiem. – Tysiąclecie ma się ku końcowi. Twój dom był niegdyś naszym śmiertelnym wrogiem, Sabran Berethnet. W dniach, które zwiecie Żałobą Wieków.

– Mój przodek zademonstrował ci wówczas odwagę Inys, tym razem zrobię to ja – zaripostowała Sabran. – Mówisz o tysiącu lat, wyrmie. Jaki fałsz tym razem głosi twój rozwidlony język?

Jej głos dźwięczał jak stal.

– Wkrótce się przekonasz. – Wyrm wyciągnął szyję, jego głowa minęła sąsiednią wieżę. – Oferuję ci szansę, byś przysięgła wierność mojemu panu i obwołała się ścierwokrólową. – W jego oczach szalał ogień. – Pójdź ze mną teraz. Oddaj mu się. Wybierz właściwą stronę, tak jak zrobił to Yscalin. Sprzeciw się, a spłoniesz.

Ead spojrzała na wieżę zegarową. Nie miała przy sobie swojego łuku, ale miała coś innego.

– Twoje kłamstwa nie zapuszczą korzeni w żadnym inysyckim sercu. Ja nie jestem królem Sigosem. Moi ludzie wiedzą, że twój pan nie powstanie, dopóki trwać będzie linia krwi

Świętego. Jeśli myślisz, że kiedykolwiek nazwę ten kraj Smoczym Królowiectwem Inys, srodze się rozczarujesz, wyrmie.

– Mówisz, że twoja krew jest tarczą chroniącą te ziemie – odparł Fýredel. – A jednak wyszłaś mi na spotkanie. – Zęby w jego paszczy zapłonęły czerwienią. – Czy nie lękasz się mych płomieni?

– Święty mnie obroni.

Nawet najbardziej upojeni wiarą głupcy nie wierzyli, że sam sir Galian Berethnet wyciągnie rękę ze swego niebiańskiego dworu, by osłonić ich przed ogniem kłębiącym się w wyrmowym brzuchu.

– Przemawiasz do mnie, który znam słabość ciała. Zmiażdżyłem Sabran Ambitną pierwszego dnia Żałoby. Twój Święty – Fýredel buchnął dymem spomiędzy zębów – nie zdołał jej ochronić. Pokłoń mi się, a ja oszczędzę ci takiego końca. Jeśli odmówisz, zaraz do niej dołączysz.

Jeśli Sabran udzieliła odpowiedzi, Ead nie słyszała jej słów. Wiatr szumiał jej w uszach, gdy pędziła przez Ogród Słonecznego Zegara. Łucznicy co rusz zasypywali Fýredela salwami strzał, ale żadna nie wyrządziła mu krzywdy.

Sabran pewnie będzie prowokować Fýredela, aż ten zamieni ją w kupkę popiołu. Ta idiotka naprawdę myśli, że Święty stanie w jej obronie.

Ead przebiegła obok Alabastrowej Wieży, z której wciąż sypały się kamienie i dachówki. Strażnik obok niej dostał w głowę i zwalił się na ziemię u jej stóp. Przeklinając ciężar swojej sukni, dziewczyna dotarła do biblioteki, z impetem otworzyła drzwi i puściła się między regałami aż do wejścia do wieży zegarowej.

Zrzuciła płaszcz, odpięła pas, po czym pomknęła po schodach, pnąc się coraz wyżej i wyżej.

Wyjrzała na zewnątrz. Fýredel wciąż spierał się z Sabran. Zatrzymała się w dzwonnicy, gdzie przez łukowe okna wdzierał się wicher. Nie spodziewała się ujrzeć tego, co miało zaraz nastąpić.

Królowa Inys stała na najwyższym balkonie Alabastrowej Wieży, która pięła się w niebo po południowo-wschodniej stronie Wieży Dearna, na której siedział składający się do ataku Fýredel. Wyrm na jednym budynku, królowa w drugim. Ściskała w dłoni ceremonialne ostrze, które reprezentowało Ascalona, Prawdziwy Miecz.

Zupełnie bezużyteczne.

– Opuść moje miasto, nie wyrządzając nikomu krzywdy! – zawołała. – Inaczej, przyrzekam na Świętego, którego krew płynie w moich żyłach, spotka cię zguba. – Fýredel znowu obnażył kły, ale Sabran ośmieliła się postąpić jeszcze krok naprzód. – Zanim opuszczę ten świat, ujrzę zagładę wyrmów, na zawsze zapieczętowanych w otchłani Góry Trwogi.

Fýredel cofnął się i rozpostarł skrzydła. Stojąc twarzą w twarz z tym potworem, królowa Inys wydawała się mała jak dziecko.

A mimo to nie okazywała strachu.

W oczach wyrma pełgała żądza krwi. Z jasnych ogników ślepi biło to samo gorąco, które żarzyło się w jego brzuchu. Ead wiedziała, że Sabran ma kilka sekund na decyzję, co dalej robić.

Tarcza powietrza. Takie magiczne osłony zużywały mnóstwo mocy sidenu, a zostało jej tak niewiele. Jeśli jednak uderzy tą resztką, może zdoła osłonić Sabran i ocalić jej życie.

Wyciągnęła dłonie w kierunku Alabastrowej Wieży, wyrzuciła z siebie moc i splotła z niej osłonę wokół królowej Inys.

Gdy Fýredel splunął ogniem, w tym samym momencie Ead zerwała łańcuchy swojej uśpionej od dawna mocy. Płomień zderzył się z pradawnym kamieniem. Sabran zniknęła wśród światła i dymu. Ead miała mętną świadomość, że w tej chwili do dzwonnicy weszła Truyde, ale nie zdążyła już ukryć się z tym, co robi.

Jej zmysły zamknęły się wokół Sabran. Poczuła, że coś napiera na magiczny splot, którym osłaniała królową. Ogień szarpał go bez litości, próbując go przerwać. Ból targnął jej ciałem, gdy zaklęcie ochronne drenowało jej siden do ostatniej kropli. Pot przesączył się przez gorset. Ramię drżało z wysiłku, gdy ze wszystkich sił próbowała utrzymać dłonie w górze.

Gdy Fýredel zamknął szczęki, zapadła cisza. Czarne wapory bijące w niebo z nadpalonej wieży z wolna się rozwiewały. Ead czekała w napięciu, aż za zasłoną dymu zamajaczył zarys postaci.

Sabran Berethnet była nietknięta.

– Tym razem to ja wystosuję ostrzeżenie. Ostrzeżenie od mojego przodka – powiedziała, dysząc. – Jeśli wypowiecie wojnę Imperium Cnót, ta święta krew ugasi wasz ogień. A ten nie powróci już nigdy.

Fýredel nie słuchał jej, nie tym razem. Wpatrywał się w poczerniały kamień i nieskazitelną przestrzeń wokół Sabran.

Idealne koło.

Poruszył chrapami. Jego źrenice zwęziły się do dwóch cienkich kreseczek. Widział już wcześniej tarczę powietrza. Ead tkwiła w miejscu niczym posąg, gdy wyrm zaczął szukać jej swym dociekliwym spojrzeniem. Sabran stała nieruchomo. Gdy potwór skierował wzrok na dzwonnicę, zaczął węszyć, a Ead wiedziała już, że zwietrzył jej zapach. Wyłoniła się z cieni zalegających pod tarczą zegara.

Fýredel obnażył zęby. Wszystkie kolce na jego grzbiecie podniosły się, a z jego języka spłynął przeciągły syk. Patrząc mu w oczy, Ead dobyła noża i wskazała wyrma zimną klingą.

– Tu jestem – szepnęła. – Tu jestem, potworze.

Wielka zachodnica ryknęła wściekle. Odepchnąwszy się tylnymi nogami, rzuciła się na Wieżę Dearna, porywając ze sobą dach i kawał wschodniego muru. Ead skryła się za filarem dokładnie w chwili, gdy w wieżę grzmotnęła kula ognia.

Rytm skrzydeł cichł z wolna. Ead biegiem wróciła do balustrady. Sabran wciąż stała w bladym kamiennym kole, miecz wysunął się z jej palców. Nie patrzyła na wieżę zegarową, nie widziała wpatrującej się w nią Ead. Gdy Combe do niej dobiegł, zemdlała, a wówczas wziął ją w ramiona i zaniósł z powrotem do wnętrza wieży.

– Co ty zrobiłaś? – zachrypiał ktoś za plecami Ead. Truyde. – Widziałam cię. Co to było?

Ead osunęła się na podłogę, zwiesiła głowę. Jej ciałem wstrząsały torsje.

We krwi nie ostała się jej ani kropla magicznej esencji. Miała wrażenie, że kości ma puste w środku, skóra piekła ją tak, jakby ktoś smagał ją batogiem. Potrzebowała drzewa, musiała posmakować jego owoców. Drzewo pomarańczy ocali ją…

– Jesteś czarownicą. – Truyde cofnęła się o dwa kroki. Jej twarz miała barwę popiołu. – Czarownica. Praktykujesz czarnoksięstwo. Widziałam…

– Nic nie widziałaś.

– To był aëromancja – wyszeptała Truyde. – Teraz znam twój sekret, a on cuchnie stokroć bardziej od mojego. Zobaczymy, jak będziesz szukać Triama, płonąc na stosie.

Okręciła się na pięcie i ruszyła w stronę schodów. A Ead rzuciła nożem.

Nawet w tym stanie trafiła bez pudła. Truyde zachłysnęła się powietrzem. Nóż przyszpilił jej płaszcz do futryny i zanim zdołała się wyrwać, Ead doskoczyła do niej w dwóch susach.

– Moim obowiązkiem jest zabijać sługi Bezimiennego. Zabiję też każdego, kto zagraża domowi Berethnet – syknęła. – Jeśli zamierzasz oskarżyć mnie o czary przed Radą Cnót, lepiej znajdź jakiś sposób, by je udowodnić… i lepiej się pospiesz, zanim zrobię lalki dla ciebie i twojego chłopca, a potem przebije im serca. Co, myślisz, że nie dosięgnę Triama i nie zabiję go tylko dlatego, że jest na Wschodzie?

Truyde dyszała przez zaciśnięte zęby.

– Jeśli tkniesz go choć palcem – wyszeptała – ujrzę, jak płoniesz na placu Maryan.

– Mnie nie ima się ogień.

Wyrwała nóż z drewna. Truyde skuliła się przy ścianie. Oddychała z mozołem, jedną dłoń przyciskając do gardła.

Ead zwróciła się w stronę drzwi. Jej oddech był szybki i gorący, szumiało jej w uszach.

Zrobiła jeszcze jeden krok, nim upadła na podłogę.

10
Wschód

Ginura była dokładnie taka, jak Tané ją sobie wyobrażała. Od dziecka marzyła o stolicy, wyobrażając ją sobie na tysiąc różnych sposobów. Zainspirowana opowieściami swoich nauczycieli wyśniła sobie to miasto jako barwną mozaikę zamków, herbaciarni i leniwie sunących kanałami łodzi wycieczkowych.

Wyobraźnia jej nie zawiodła. Kaplice były tu znacznie większe niż te na Przylądku Hisan, ulice lśniły w promieniach słońca jak piasek, a wiatr niósł ze sobą płatki kwiatów. A jednak im więcej ludzi, tym więcej hałasu i ruchu. Powietrze było ciężkie od zapachu dymu. Ulicami ciągnęły wozy z różnymi towarami, posłańcy biegali lub jeździli między budynkami, bezpańskie psy trącały nosami wyrzucone na ulice resztki jedzenia, tu i ówdzie ciżbie wymyślał zataczający się na nogach pijak.

A cóż to była za ciżba! Tané sądziła, że Hisan jest tłoczny, ale ulicami Ginury przelewały się stutysięczne tłumy, a ona po raz pierwszy uświadomiła sobie, jak mało wie o świecie.

Palankiny niosły świeżo upieczonych strażników głębiej w trzewia miasta. Sezonowe drzewa, obsypane maślanożółtymi letnimi liśćmi, okazały się tak barwne, jak jej opowiadano, a uliczni artyści grali tak, że Susie serce pękłoby ze szczęścia. Zauważyła dwie małpy śnieżne przykucnięte na dachu. Rzemieślnicy śpiewali o jedwabiu, blaszanych zabawkach i morskich gronach z wybrzeży Północy.

Palankiny niesiono mostami rozpiętymi nad przepływającymi przez miasto drogami wodnymi. Mieszkańcy odwracali się do nich plecami, jakby nie czuli się godni patrzeć na morskich strażników. Byli wśród nich ryboludzie, jak nazywali ich lekceważąco plebejusze na Hisan – dworzanie ubiorem przypominający ryby, które wyszły z morza na dwóch nogach. O niektórych mówiło się, że zeskrobują łuski z tęczowych ryb i wplatają je sobie we włosy.

Widok ginurskiego zamku zaparł Tané dech w piersi. Dachy miały barwę pojaśniałego od słońca koralu, ściany – wapiennej muszli mątwy. Zaprojektowano go tak, by przypominał Pałac Nieprzeliczonych Pereł, w którym co roku zapadały w sen seiikineskie smoki, a o którym mówiło się, że spina mostem ocean i niebiańską krainę. Dawno temu, gdy smoki były jeszcze w pełni swej mocy, nie musiały zapadać w sen na cały sezon.

Procesja zatrzymała się u wrót Ginurskiej Akademii Sztuki Wojennej, gdzie morscy strażnicy po raz ostatni mieli zostać podzieleni na grupy. Był to najstarszy i najbardziej prestiżowy instytut tego rodzaju, gdzie rekruci mieszkali i kontynuowali naukę wojennego rzemiosła. To tutaj Tané udowodni, że jest godna przyjęcia przez klan Miduchi. To tutaj wykaże się umiejętnościami, które szlifowała od dziecka.

Grom przetoczył się po niebie. Gdy wyszła z palankinu, ugięły się pod nią nogi. Za długo siedziała na podkurczonych.

Turosa zaśmiał się, ale służka w porę złapała Tané, nie pozwalając jej upaść.

– Bez obaw, czcigodna pani, trzymam mocno.

– Dziękuję – powiedziała Tané. Upewniwszy się, że pewnie stoi na nogach, skryła się pod parasolem.

Pierwsze krople deszczu przemoczyły jej buty, gdy zmierzała wraz z resztą do bramy, chłonąc wzrokiem przytłaczające piękno srebrnych liści i drewna wyblakłego od morskiej wody. Ściany pokryte były płaskorzeźbami wielkich wojowników z seiikineskiej historii. Tłoczyli się pod dachem, jakby również chcieli uniknąć deszczu. Tané dostrzegła wśród nich arcyczcigodną księżniczkę Dumai i Pierwszego Wojwładcę. Bohaterów swojego dzieciństwa.

W głównej sali, gdzie zdjęli buty, czekała na nich kobieta o ufryzowanych włosach.

– Witamy w Ginurze – powiedziała chłodno. – Macie cały poranek na to, by się odświeżyć i odpocząć w kwaterach. W południe zaczniecie pierwsze próby wody, podczas których będą was obserwowali czcigodny morski generał oraz ci, którzy, kto wie, może staną się kiedyś waszą rodziną.

Klan Miduchi. Tané drżała z ekscytacji.

Kobieta poprowadziła ich w głąb akademii, mijali wraz z nią rozległe dziedzińce i zakryte korytarze. Każdemu morskiemu strażnikowi wskazany został mały pokój. Kwatera Tané znajdowała się na piętrze, nieopodal pokoi trzech innych prymusów. Z okna rozciągał się widok na plac, gdzie taflę sadzawki z rybami burzyły krople deszczu.

Ubranie podróżne Tané cuchnęło. Minęły trzy dni, odkąd ostatnio zatrzymali się w przydrożnej karczmie.

Za wiatrościaną znalazła cyprysową łaźnię. Woda pachniała wonnymi olejkami, pływały w niej płatki kwiatów. Gdy

Tané się zanurzyła, jej włosy poczęły miękko unosić się na przejrzystej powierzchni, a ona wróciła myślami do Hisan. I do Susy.

Nic jej nie będzie. Niczym kot, Susa zawsze spadała na cztery łapy. Gdy były młode, a Tané wciąż często odwiedzała miasto, jej przyjaciółka kradła smażone korzenie lotosu i solone śliwki i uciekała prędko jak spłoszony lis, gdy komuś udało się ją przyuważyć. Wówczas chowały się byle gdzie i opychały łupem do nieprzytomności, serdecznie się śmiejąc. Susa zdradziła się ze strachem tylko raz. Tego dnia, gdy poznała Tané.

To była długa i surowa zima. Pewnego wieczoru Tané rzuciła wyzwanie gradowi i udała się wraz z jedną ze swoich nauczycielek do miasta, by kupić drwa na opał. Gdy nauczycielka spierała się z kupcem, Tané odeszła kawałek, by ogrzać ręce przy misie z rozżarzonymi węglami.

To wtedy usłyszała śmiech i łamiący się głos wołający pomocy. W pobliskiej alei znalazła dziecko kopane w śniegu przez uliczników. Z krzykiem dobyła miecza. Miała tylko jedenaście lat, ale już umiała się nim posługiwać.

Ulicznicy miasta Hisan to zaprawieni w bojach wojownicy. Jeden z nich przystawił dziewczynie nóż do policzka. Celował w oko. Zostawił na jej twarzy bliznę w kształcie haczyka na ryby.

Pobili Susę – głodującą sierotę – bo zjadła kawałek mięsa z ofiary złożonej w kapliczce. Gdy Tané przepędziła łobuzów, zaczęła błagać nauczycielkę o pomoc. Ale dziesięcioletnia już wówczas Susa była za duża, by zacząć edukację w Domu Nauki. Na szczęście niedługo potem zaadoptował ją karczmarz, zwalisty mężczyzna o gołębim sercu. Odtąd Tané i Susa były przyjaciółkami. Żartowały czasem, że skoro Susa nie zna swojej matki, to kto wie – może nawet są siostrami?

„Morskie siostry – nazwała je kiedyś. – Jesteśmy jak dwie perły utoczone w tej samej ostrydze".

Tané wynurzyła się z kąpieli.

Jakaż wielka zmiana zaszła w niej tamtej śnieżnej nocy. Gdyby ulicznicy obskoczyli Susę teraz, Ead uznałaby pewnie, że kandydatowi do morskiej straży nie wypada marnować czasu na miejską łobuzerię. Może uznałaby wręcz, że dziewczyna zasługuje na lanie za okradanie bogów. Wiedziała, jak wielkie ma szczęście, że trafiła jej się szansa na miejsce wśród smoczych jeźdźców. Równocześnie pojęła, że gdy tylko dostąpiła tego zaszczytu, jej serce stwardniało niczym kadłub statku obrastający pąklami.

Ale ukryta gdzieś w jej wnętrzu młodziutka Tané miała się dobrze. I to właśnie ona przyszła z pomocą mężczyźnie na plaży.

Jeśli przez zmęczenie spartoli pierwszy sprawdzian, drugiej szansy nie dostanie. Osuszyła ciało lnem i przyoblekła się w niepodszytą szatę spoczywającą dotąd na łóżku, a potem położyła się i zasnęła.

Gdy wstała, wiatr nie przepędził jeszcze mgły, która ostała się po porannym deszczu, ale przez chmury przebijały się już promienie słońca. Było jej teraz chłodniej i mogła jasno myśleć.

Wkrótce zjawiła się grupka służących. Od dziecka nikt jej nie ubierał, ale wiedziała, że nie warto się kłócić.

Pierwszy sprawdzian miał się odbyć na centralnym dziedzińcu. Smoki już tu były, przyglądały im się z dachów. Tané próbowała na nie nie patrzeć.

– Witajcie na waszej pierwszej próbie wody. Ostatnie dni spędziliście w drodze, ale żołnierze Wysokiej Straży Morskiej rzadko mają czas na odpoczynek – powiedział generał. – Dzisiaj pokażecie, jak walczycie halabardą. Zaczniemy od dwóch uczennic, którym nauczyciele wystawili najwyższe noty. Czcigodna Onren z Domu Wschodu, czcigodna Tané z Domu Południa: zobaczmy, kto wyjdzie zwycięsko z pojedynku.

Tané wstała. Czuła ucisk w gardle. Gdy dotarła do pierwszych schodów, mężczyzna wręczył jej halabardę – lekką broń z drzewcem z białego orzecha, zakończoną zakrzywionym stalowym ostrzem. Wyjęła ją z lakierowanej pochwy i powiodła palcem aż po czubek.

W Domu Południa ostrza były z drewna. Przynajmniej teraz będzie mogła powalczyć prawdziwą, metalową bronią. Gdy Onren przyjęła halabardę, ruszyły w swoją stronę.

Przyjaciółka wyszczerzyła się do niej. Tané panowała nad nieruchomą maską własnej twarzy, choć czuła, jak potnieją jej dłonie. Jej serce szamotało się w piersi niczym uwięziony w klatce motyl. „Woda w tobie jest zimna – powiedział jej kiedyś nauczyciel. – Gdy bierzesz broń do ręki, stajesz się duchem bez oblicza. Niczego nie zdradzasz przeciwnikowi".

Skłoniły się sobie. W jej głowie zaległa cisza, podobna do tej, która zapada nad światem w godzinie zmierzchu.

– Zaczynajcie – padł rozkaz morskiego generała.

Onren natychmiast skróciła dystans. Tané złożyła się do ciosu oburącz. Zadzwoniły ostrza. Onren wydała z siebie krótki głośny okrzyk.

Tané milczała.

Onren przerwała zwarcie i odskoczyła w tył, stanęła na szeroko rozstawionych nogach, celując ostrzem halabardy w serce przyjaciółki. Tané czekała, aż przeciwniczka wykona kolejny ruch. Zapewne nie bez powodu obwołano Onren prymuską w Domu Wschodu.

Ta, jakby słysząc jej myśli, zaczęła skomplikowanym ruchem okręcać halabardę wokół ciała. Broń przechodziła płynnie z jednej ręki do drugiej, wirując nad głową i wokół bioder w brawurowym pokazie sprawności. Tané zacisnęła palce na drzewcu. Obserwowała.

Onren faworyzowała jedną stronę ciała. Unikała obciążania lewego kolana. Tané przypomniała sobie, że gdy dziewczyna była mała, kopnął ją koń.

Ośmielona, pobiegła naprzód, unosząc własną halabardę. Onren wyszła jej na spotkanie. Tym razem zderzyły się mocniej. Ostrza szczęknęły raz, dwa, trzy razy. Onren zaprawiała każdy atak krótkim okrzykiem. Tané parowała je w ciszy.

Cztery, pięć, sześć. Tané szarpnęła bronią w górę i w dół, używając drzewca nie rzadziej od ostrza.

Siedem, osiem, dziewięć.

Gdy przeciwniczka wyprowadziła szerokie cięcie od dołu, Tané złapała halabardę jak balansujący na linie akrobata, unosząc raz drzewce, raz ostrze, odbijając kolejne ciosy i zmuszając Onren do rozluźnienia gardy. Dziewczyna otrząsnęła się w porę, by odbić jej uderzenie, lecz gdy ponownie pchnęła bronią, Tané poczuła pęd powietrza zdecydowanie zbyt blisko ciała. Jedna jej ręka powędrowała do ucha, szukając krwi, ale niczego nie wymacała.

Rozkojarzyła się na moment, co nie umknęło uwadze Onren. Przeciwniczka spadła na nią niczym grad stali i drewna, wkładając w każdy cios pokaźną siłę. Walczyły o honor i o chwałę, walczyły o spełnienie marzeń, które były treścią ich serc od najwcześniejszych lat. Tané zacisnęła zęby, zatańczyła sprężyście na nogach, zrobiła unik. Pot plamił jej tunikę, włosy lepiły się do czoła. Jeden ze smoków odetchnął głośniej.

Gdy przypomniała sobie o widowni, jej determinacja wzrosła. Aby wygrać tę walkę, będzie musiała przyjąć cios.

Pozwoliła Onren uderzyć się w ramię drzewcem, tak mocno, by pozostawiło po sobie siniec. Ból zapuścił korzenie głęboko w jej ciele. Onren chwyciła halabardę jak włócznię do łowienia ryb. Tané odskoczyła do tyłu, dając jej pole manewru, a potem – gdy Onren złożyła się do ostatecznego ciosu – zrobiła przewrót i mocno się zamachnęła, celując w jej słabsze kolano. Drewno mocno prasnęło o kość.

Onren poślizgnęła się i zassała powietrze. Zgięła kolano i uklękła na posadzce. Zanim zdołała wstać, ostrze Tané oparło się o jej krtań.

– Powstań – rzucił morski generał, wyraźnie zadowolony. – Dobra walka. Czcigodna Tané z Domu Południa, zwyciężyłaś.

Na widowni rozległ się aplauz. Tané podała halabardę służącemu i wyciągnęła rękę do Onren.

– Mocno dostałaś?

Onren skorzystała z pomocy i wstała.

– Chyba rozwaliłaś mi rzepkę – wydyszała.

Owionęła ich chmura słonego powietrza. Zielona smoczyca znad jezior uśmiechała się do Tané z dachu, pokazując wszystkie zęby. Po raz pierwszy Tané odwzajemniła uśmiech.

Nagle uprzytomniła sobie, że Onren wciąż do niej mówi.

– Przepraszam cię – powiedziała, oszołomiona szczęściem. – Co mówiłaś?

– Że to niesamowite, jak zajadła wojowniczka może się kryć za łagodną twarzą. – Ukłoniły się sobie, a potem Onren skinęła w stronę ław, gdzie wciąż rozbrzmiewały oklaski i wiwaty. – Popatrz tylko na Turosę.

Tané podążyła śladem jej spojrzenia. Turosa nigdy nie wyglądał na równie wściekłego – ani na tak zdeterminowanego.

11
Zachód

Proszę – powiedziała Estina Melaugo, wykonując zamaszysty gest ramieniem w kierunku brzegu. – Nasyćcie oczęta Jaszczurzym Bagnem Yscalinu.

– Nie, dziękuję. – Kit łyknął z butelki, którą się dzielili. – Wolałbym umrzeć nagle i niespodziewanie.

Loth patrzył przez lunetę. Nawet teraz, a minął już cały dzień od spotkania z wielką zachodnicą, drżały mu dłonie.

Fýredel. Prawe skrzydło Bezimiennego. Dowódca Smoczej Armii. Jeśli on się zbudził, bez wątpienia zaraz zbudzą się inne zachodnice. To z nich reszta wyrmów czerpała swoją moc. Gdy umierała zachodnica, ogień dopalał się w jej wiwernach i ich potomstwie.

Sam Bezimienny nie był w stanie powrócić, dopóki trwał dom Berethnet, ale jego słudzy mogli utopić świat we krwi i bez niego. Dowiodła tego Żałoba Wieków.

Musiał istnieć jakiś powód, dla którego potwory znowu podniosły łeb. Zapadły w sen pod koniec Żałoby, tej samej nocy, gdy na niebie rozbłysła kometa. Uczeni od wieków prześcigali się w spekulacjach, dlaczego i kiedy dojdzie do przebudzenia, ale nikt nie wiedział na pewno. Z czasem wszyscy nabrali przekonania, że wyrmy nie zbudzą się nigdy. Że stały się żywymi skamielinami.

Loth na powrót bez reszty skupił się na tym, co widział przez szkła lunety. Księżyc przypominał przymknięte oko, dryfowali po wodzie czarnej jak jego myśli. Nie widział nic poza skupiskiem światełek – Peruntą. Miastem, które mogła toczyć smocza plaga.

Początkowo źródłem zarazy było ciało Bezimiennego, którego oddech, jak powiadano, sam w sobie stanowił śmiercionośną truciznę. Inny, o wiele groźniejszy szczep choroby, przybył wraz z wielkimi zachodnicami. One i ich wiwerny rozniosły ją po świecie, tak jak szczury rozniosły niegdyś dżumę. Od końca Żałoby Wieków choroba istniała tylko w kilku rozsianych po świecie obszarach, ale Loth znał objawy, bo czytał o nich w księgach.

Zaczynało się od czerwonych plam na dłoniach. Potem przychodziła łuskowata wysypka, która z wolna zagarniała coraz większą powierzchnię ciała. Chorzy skarżyli się na bóle stawów, gorączkę i wizje. Jeśli mieli nieszczęście przeżyć ten etap, pojawiała się ukropnica. Chorzy stwarzali wówczas największe zagrożenie, bo jeśli nie byli związani, biegali wokoło jak szaleni, krzycząc, jakby ktoś oblewał ich ukropem. Każdy, kto miał kontakt z ich skórą, również zapadał na zarazę. Chorzy zwykle umierali w ciągu kilku dni, choć zdarzali się i tacy, którzy przeżywali tydzień i więcej.

Na plagę nie było lekarstwa i nie można było się przed nią zabezpieczyć.

Loth złożył lunetę i podał ją Melaugo.

– Zatem czas na nas – rzekł krótko.

– Nie porzucaj nadziei, lordzie Artelocie. – Estina patrzyła na niego, ale miał wrażenie, że skupia wzrok na czymś za jego plecami. – Wątpię, by plaga przedostała się do pałacu. To ci z nas, których wy zwiecie plebejuszami, cierpią w takich sytuacjach najbardziej.

Plume i Harlowe szli w kierunku dziobu. Ten drugi miał w ręce glinianą rurkę.

– Panowie – przywitał się kapitan. – Miło nam było was gościć, ale, jak to mówią, nic nie trwa wiecznie.

Kit jakby wreszcie pojął skalę grożącego im niebezpieczeństwa. Albo był już nieźle podpity, albo stracił zmysły, w każdym razie złożył ręce jak do modlitwy i wpił rozgorączkowany wzrok w kapitana Harlowe'a.

– Miej pan litość. Pozwól nam dołączyć do twojej załogi. Nie musisz nic mówić lordowi Seytonowi. Nasze rodziny są bogate.

– Co? – syknął Loth. – Kit…

– Niech mówi. – Harlowe machnął fajką. – Proszę dalej, lordzie Kitstonie.

– Są na Wzgórzach ziemie, dobre i żyzne ziemie – zapalił się Kit. – Ocal nas, a będą twoje.

– Żyję na morzu – odparł Harlowe. – Na co mi kawałek lądu? Potrzebuję tylko jednego: dobrych marynarzy.

– Pod twoim przywództwem na pewno w mig staniemy się wytrawnymi marynarzami, prawdziwymi wilkami morskimi. Wiesz, kapitanie, ja pochodzę z rodu kartografów. – Co za wierutne kłamstwo. – A Arteloth żeglował po jeziorze Elsand.

Harlowe przewiercał ich spojrzeniem swych ciemnych oczu.

– Nie – wyrzekł stanowczo Loth. – Kapitanie, lord Kitston obawia się stojącego przed nami zadania, ale niestety, obowiązek każe nam stawić się w Yscalinie. Musimy doprowadzić do tego, by sprawiedliwości stało się zadość.

Kit był blady jak obrane ze skórki jabłko. Złapał przyjaciela za kamizelkę i odciągnął na bok.

– Artelocie – wyszeptał. – Próbuję ocalić nam skórę. Albowiem to – wskazał widoczne z oddali światła – nie ma nic a nic wspólnego ze sprawiedliwością. Nocny Jastrząb wysyła nas na śmierć, a wszystko przez jakieś idiotyczne plotki.

– Combe może i wygnał mnie z Inys, realizując jakiś swój zamysł, lecz teraz, gdy już znaleźliśmy się na granicy Yscalinu, chcę się dowiedzieć, co się stało z księciem Wilstanem. – Loth położył dłoń na ramieniu przyjaciela. – Kit, jeśli chcesz zawrócić, zrozumiem i nie będzie między nami zwady. To nie twoja kara.

Kit posłał mu spojrzenie przesycone rozpaczą.

– Och, Locie, przyjacielu – powiedział, już spokojniej. – Nie jesteś Świętym.

– Może nie jest, ale jaja ma – skomentowała Melaugo.

– Nie mam czasu na te pobożne bzdury – wciął się Harlowe – ale zgadzam się z Estiną co do tych jaj, lordzie Artelocie. Potrzeba mi ludzi, w których piersi bije takie serce jak w twojej. Jeśli czujesz się na siłach, by wyruszyć na pełne morze, tylko powiedz, a włączę cię do swojej załogi.

Kit zamrugał, nie dowierzając.

– Że co, proszę?

Harlowe nie odrywał wzroku od Lotha. Gdy ten przemilczał propozycję, Kit westchnął.

– Tak też myślałem. – Do oczu Harlowe'a napłynął chłód. – Wypieprzać obaj z mojego okrętu.

Piraci zaczęli drwić i szydzić pod nosem. Melaugo, zacisnąwszy usta, kiwnęła palcem na obu szlachciców. Gdy Kit ruszył za nią, Loth ucapił go za ramię.

– Wykorzystaj tę okazję i zostań – wymamrotał. – Nie jesteś zagrożeniem dla Combe'a, inaczej niż ja. Wciąż możesz powrócić na Inys.

Kit pokręcił głową, blado się uśmiechając.

– Daj spokój, Artelocie – powiedział. – Tę odrobinę pobożności, którą noszę w sercu, zawdzięczam tobie. I choć Rycerka Przyjaźni nie jest moją patronką, to wiem, że zabrania nam porzucać przyjaciół.

Loth chciał się kłócić, lecz odkrył, że zamiast tego odwzajemnia uśmiech. Razem ruszyli za Melaugo.

Z pokładu „Wieczystej Róży" zeszli linową drabinką do szalupy. Ich wypolerowane buty ślizgały się na grubych plecionych sznurach. Gdy siedli na ławeczce, obok której czekały już ich kufry, Melaugo dołączyła do nich.

– Podaj mi wiosła, lordzie Artelocie. – Gdy Loth to zrobił, zagwizdała. – Do zobaczenia niebawem, kapitanie. Nie odpływaj beze mnie.

– Nigdy, Estino. – Harlowe przechylił się przez burtę. – Bywajcie, milordowie.

– Trzymajcie przy sobie te kulki zapachowe – dodał Plume. – Lepiej, byście niczego nie złapali.

Załoga ryknęła śmiechem, a Melaugo odepchnęła się wiosłem od burty.

– Nie słuchajcie ich. Gdyby znaleźli się na waszym miejscu, mieliby pełne gacie. – Spojrzała przez ramię. – Co sprawiło, że byłeś gotów zostać piratem, lordzie Kitstonie? To życie nie wygląda tak jak w pieśniach bardów. Jest w nim nieco więcej gówna i szkorbutu.

– Wydaje mi się, że przebłysk geniuszu. – Kit zamarkował urażony wyraz twarzy. – Moją patronką jest Rycerka

Uprzejmości. Każe poetom upiększać świat. Ale jak mam go upiększać, skoro go nie znam?

– Odpowiem na to pytanie po kilku głębszych.

Gdy zbliżali się do brzegu, Loth wyjął chusteczkę i przycisnął ją do nosa. Na zgniły fetor Perunty składał się zapach octu, ryb i dymu. Kit jakoś utrzymywał uśmiech, ale oczy zaczynały mu łzawić.

– Ach, ożywcza bryza – bąknął.

Melaugo nie roześmiała się.

– Lepiej pójdźcie za radą Plume'a i pilnujcie tych swoich perfum – powiedziała. – Warto je mieć, choćby tylko dla dodania odwagi.

– Czy nie możemy zrobić nic, by jakoś uchronić się przed chorobą? – spytał Loth.

– Możecie spróbować przestać oddychać. Ludzie mówią, że plaga jest wszędzie i nikt nie wie, jak się rozprzestrzenia. Niektórzy korzystają z woali i masek.

– To wszystko?

– Ach, napotkacie na swojej drodze kupców sprzedających najróżniejsze specyfiki mające chronić przed zarazą: lusterka odbijające zaraźliwe wapory, niezliczone eliksiry, maści i tym podobne. Równie dobrze moglibyście od razu połknąć swoje złoto. Najlepsze, co możecie zrobić, to skracać męki zarażonych. – Opłynęła wystającą z wody skałę. – Nie sądzę, byście napatrzyli się w życiu na śmierć, co?

– O, wypraszam sobie – prychnął Kit. – Widziałem na własne oczy, jak moja stara ciotunia dokonuje żywota w swym łożu.

– Tak, cóż, spodziewam się, że na spotkanie ze Świętym założyła czerwoną suknię. Że była czyściutka jak wylizane przez matkę kocię i roztaczała woń rozmarynu? – Gdy Kit zrobił minę, Melaugo dorzuciła: – Nie znasz śmierci, milordzie. Widziałeś tylko maskę, którą jej nakładamy.

Odtąd siedzieli w ciszy. Gdy zrobiło się na tyle płytko, że można było stanąć w wodzie, Melaugo przestała wiosłować.

– Bliżej nie podpłynę. – Wskazała miasto ruchem głowy. – Idźcie do tawerny Pod Czarnym Gronem. Ktoś powinien was stamtąd odebrać. – Pchnęła Kita czubkiem buta. – No, poszli mi stąd. Co ja, niańka?

Loth wstał.

– Dziękujemy ci, pani Melaugo. Nigdy nie zapomnimy przysługi, którą nam wyświadczyłaś.

– Lepiej zapomnijcie. Muszę dbać o reputację.

Wydostali się z łodzi i unieśli kufry nad głowę. Gdy znaleźli się na plaży, przemoczeni od stóp do głów, Melaugo zawróciła łódź i ruszyła w kierunku „Wieczystej Róży", śpiewając po yscalińsku drżącym głosem.

Harlowe mógł wziąć ich obu. Mogliby zobaczyć miejsca, które nie miały nazw, oceany, których nie opasywały szlaki handlowe. Loth mógł nawet pewnego dnia stanąć u steru własnego okrętu – ale on nie był z tych, i nigdy nie będzie.

– Nie jest to nasze najlepsze wejście. – Dysząc, Kit rzucił kufer na ziemię. – Jak znajdziemy tę tawernę, masz pomysł?

– Po prostu… zdamy się na instynkt – rzekł Loth niepewnie. – Plebejusze jakoś sobie radzą.

– Arteloth, my jesteśmy dworzanami. Nie mamy żadnych użytecznych instynktów.

Loth nie znalazł na to riposty.

Wlekli się przez miasto noga za nogą. Ich skrzynie były ciężkie, nie mieli mapy ani kompasu.

O Peruncie mówiono niegdyś, że to najpiękniejszy port Zachodu, Loth nie spodziewał się więc błotnistych ulic pokrytych rybimi szkieletami, pomyjami i popiołem. Martwymi ptakami oblezionymi przez larwy. Przelewających się latryn. Na jednym nieoświetlonym placu stało zrujnowane sanktuarium. Do Sabran dotarły wieści, że król Sigoso stracił świętarzy, którzy nie chcieli wyrzec się Świętego, ale nie chciała im wierzyć.

Przechodząc nad strumykiem ciemnej cieczy, Loth wstrzymał oddech. Nie ośmielił się oddalić zanadto od Kita. Twarze przepychających się obok nich ludzi skrywały woale i szmaty.

Pierwszy dom oznaczony jako siedlisko zarazy ujrzeli na następnej ulicy. Okna zabito deskami, na dębowych drzwiach wymalowano szkarłatne skrzydła. Powyżej wyrysowano kredą napis.

– „Żałujcie nas, domowników, gdyż zostaliśmy przeklęci" – przeczytał Kit.

Loth spojrzał na niego podejrzliwie.

– Rozumiesz po yscalińsku?

– Wiem, jesteś zdziwiony – odparł Kit z powagą. – W końcu taki ze mnie mistrz inysyckiego, wirtuoz słowa i zaklinacz rymów, że to wręcz niemożliwe, by znalazło się w mojej czaszce miejsce na inne jeszcze języki, ale…

– Kit.

– Melaugo powiedziała mi, co będzie znaczyć taki napis.

Trudno było się zorientować w ciemności. W Peruncie nie płonęło zbyt wiele świec, ale na szerszych ulicach dymiły koksowniki. Idąc z tak wielką pewnością siebie, na jaką udało im się zdobyć, Loth i Kit trafili wreszcie do tawerny, gdzie mieli spotkać się z człowiekiem, który miał za zadanie odeskortować ich do Cárscaro. Na szyldzie widniały soczyste czarne winogrona, z których z pewnością robiono smakowite wino. Którego z pewnością nie uświadczą w takiej mordowni.

Przed drzwiami czekał powóz. Loth był pewien, że zbudowano go z żelaza, i zadrżał, zanim jeszcze zaczął się zastanawiać nad tym, jakie zwierzę zdołałoby go uciągnąć. A potem go zobaczył.

Wielki wilczy łeb obrócił się w jego stronę, a wraz z nim masywna paszcza napakowana zębami, z której ciekła struga śliny.

Stwór był większy od niedźwiedzia. Jego gruba szyja przechodziła w wężowe ciało, które poruszało się na muskularnych nogach lub fruwało dzięki parze błoniastych skrzydeł. U jego boku stał drugi potwór, porośnięty szarym futrem. Oczy obu kreatur były identyczne. Niczym rozżarzone węgle Ognistego Łona.

Jakulusy.

Pomioty wiwerny i wilka.

– Nie ruszaj się – szepnął Kit. – Wyczytałem w bestiariuszu, że reagują na nagły ruch.

Jeden z jakulusów zawarczał. Loth chciał uczynić znak miecza, ale nie odważył się ruszyć.

Ile smoczych potworów zbudziło się w Yscalinie?

Na koźle siedział woźnica, Yscalińczyk o natartych oliwą włosach.

– Lord Arteloth i lord Kitston, jak mniemam – powiedział.

Kit wydał z siebie nieartykułowany dźwięk. Woźnica pociągnął za dźwignię i z boku pojazdu rozłożyły się prowadzące do drzwi schodki.

– Zostawcie skrzynie – nakazał. – Do środka.

Wykonali polecenie.

Wewnątrz czekała na nich kobieta odziana w ciężką karmazynową suknię. Skrywała twarz za czarną koronką. Na rękach miała długie aksamitne rękawiczki zakończone falbanami na łokciach. Przy jej boku wisiał sznur filigranowych kulek zapachowych.

– Lordzie Artelocie. Lordzie Kitstonie – powiedziała cicho. Loth dostrzegł zza koronki tylko ciemne oczy. – Witamy w Peruncie. Jestem Priessa Yelarigas, pierwsza dama sypialniana Jej Promienistości donmaty Marosy ze Smoczego Królestwa Yscalinu.

Nie była chora. Nikt dotknięty plagą nie potrafiłby wypowiadać się tak gładko.

– Dziękujemy, że zechciałaś wyjść nam na spotkanie, milady. – Loth usiłował zapanować nad głosem. Kit wcisnął się na ławeczkę obok niego. – To zaszczyt gościć na dworze króla Sigosa.

– Król poczytuje sobie za zaszczyt gościć tak znakomitych lordów.

Za oknem chlasnął bicz, powozem szarpnęło, po czym potoczył się naprzód.

– Muszę wyznać, że jestem zaskoczony, iż Jej Promienistość wysłała po nas tak znamienitą postać jak ty, milady – powiedział Loth. – Miasto roi się od zarażonych.

– Jeśli Bezimienny rzuci mnie na pożarcie pladze, poddam się jej z radością – odparła spokojnie.

Loth zacisnął szczęki. Pomyśleć, że ci ludzie byli kiedyś lojalnymi sojusznikami Sabran i gorliwymi wyznawcami Cnót.

– Z pewnością jesteście przyzwyczajeni do podróży konnych, panowie – kontynuowała lady Priessa – ale podróż przez Yscalin zajęłaby tym sposobem wiele dni. Jakulusy są bardziej chyże i nigdy się nie męczą.

Złożyła dłonie na kolanach. Na urękawiczonych palcach nosiła złote pierścienie.

– Powinniście odpocząć – powiedziała. – Powóz jest dość wygodny, ale czeka nas długa droga.

Loth zmusił się do uśmiechu.

– Wolałbym podziwiać widoki.

– Jak chcesz, milordzie.

Właściwie było zbyt ciemno, by dojrzeć cokolwiek za oknem, ale Loth wolał nie spać, gdy w pobliżu znajdował się sprzymierzeniec wyrmów.

To były smocze ziemie. Loth zapomni o wygodach, w które opływa szlachta, i nauczy się poruszać po tej obcej i niebezpiecznej krainie, odnajdzie w sobie szpiega. Zahartuje się w ogniu tej misji. Podczas gdy Kit drzemał, on siedział nieruchomo z oczami otwartymi szeroko jedynie siłą woli. I składał przysięgę Świętemu.

Podąży drogą, którą mu wytyczono. Odnajdzie księcia Wilstana. Zwróci królowej ojca. I odnajdzie sposób, by powrócić do domu.

Później nie potrafił stwierdzić, czy Priessa Yelarigas spała, czy przyglądała mu się całą noc.

Miała dym we włosach. Czuła go.

– Gdzie ją znalazłaś, na wszystkie Cnoty?

– W dzwonnicy. Dziwne, czyż nie?

Kroki.

– Święty, to przecież pani Duryan. Powiadom Jej Wysokość. Natychmiast. I sprowadź lekarza.

Jej język był jak bryła rozżarzonego węgla. Gdy ten ktoś ją puścił, zapadła w wypełniony majakami sen.

Znów była dzieckiem. Kryła się przed słońcem w cieniu konarów. Nad jej głową wisiały owoce, ale zbyt wysoko, by mogła ich dosięgnąć. Jondu wołała:

– Chodź, Eadaz. Chodź, zobacz.

Wtedy Przeorysza podniosła do jej ust puchar, mówiąc, że to krew Matki. Zawartość smakowała jak promienie słońca i śmiech, i modlitwa. Płonęła tym samym ogniem w nadchodzących dniach, płonęła, aż w tym ogniu spłonęła jej niewiedza. Tego dnia narodziła się ponownie.

Gdy się zbudziła, ujrzała przy swoim łóżku znajomą postać, wypełniającą misę wodą.

– Meg.

Margret obróciła się w jej stronę tak szybko, że niemal wypuściła dzban z rąk.

– Ead! – Roześmiała się, dając upust uldze. Pochyliła się, by ucałować jej skroń. – Och, Świętemu niech będą dzięki. Całymi dniami nie wracałaś do zmysłów. Lekarze mówili, że masz febrę, potem, że gorączkę, potem dżumę…

– Co z Sabran? – wycharczała Ead. – Czy nic jej nie jest?

– Najpierw musimy ocenić, czy tobie nic nie jest. – Margret dotknęła jej policzków i szyi. – Czy coś cię boli? Mam posłać po lekarza?

– Daj spokój z lekarzem. Czuję się dobrze. – Ead zwilżyła wargi. – Masz coś do picia?

– Oczywiście.

Margret napełniła kielich i przysunęła do jej ust. Ead przełknęła łyk ale.

– Znaleźli cię w dzwonnicy – oznajmiła Margret. – Coś ty tam robiła?

Ead naprędce wymyśliła wiarygodne kłamstwo.

– Źle skręciłam w bibliotece. Trafiłam na otwarte drzwi na dzwonnicę, więc pomyślałam, że ją sobie obejrzę. Wtedy nadleciała bestia. To chyba… przez te opary miałam gorączkę. – Zanim Margret doszukała się luk w tej historii, Ead zmieniła temat: – A teraz powiedz mi, co z Sabran.

– Jest cała i zdrowa. Całe Inys już wie, że sam Fýredel nie mógł wyrządzić jej krzywdy swoim ognistym oddechem.

– Gdzie teraz jest wyrm?

Margret odstawiła puchar na szafkę nocną i zamoczyła szmatkę w misie.

– Gdzieś przepadł. – Skrzywiła się. – Nikt nie zginął, ale potwór podpalił kilka magazynów. Kapitan Lintley powiedział, że miasto ogarnęła panika, więc Sabran rozesłała heroldów, by zapewnili lud, że ich królowa wciąż ich broni, ale nikt nie może uwierzyć, że wielka zachodnica rzeczywiście się przebudziła.

– To się musiało wydarzyć – odpowiedziała Ead. – Od jakiegoś czasu budziły się mniejsze stwory.

– Prawda, lecz nigdy tak wielkie jak zachodnica. Całe szczęście, że większość miasta nie wie, że to był sam Fýredel, prawe skrzydło Bezimiennego. Wszystkie przedstawiające go arrasy i gobeliny zostały ukryte. – Margret wykręciła szmatkę. – Jego i jego piekielny ród.

– Powiedział, że Orsul już się przebudził. – Ead wzięła łyk ale. – I że niebawem przebudzi się Valeysa.

– Przynajmniej pozostałe nie żyją od lat. No i, oczywiście, sam Bezimienny nie może powrócić, dopóki trwa dom Berethnet.

Ead spróbowała się podnieść, ale jej ramiona zadrżały z wysiłku i opadła z powrotem na poduszki. Margret podeszła na chwilę do drzwi, by zamienić dwa słowa ze służącym.

– Meg – powiedziała Ead, gdy przyjaciółka muskała szmatką jej czoło. – Wiem, co przydarzyło się Lothowi.

Margret zamarła.

– Napisał do ciebie?

– Nie. – Ead łypnęła na drzwi. – Podsłuchałam Sabran, gdy rozmawiała z Książętami Ducha. Combe twierdzi, że Loth udał się do Cárscaro w charakterze szpiega, by się dowiedzieć, co tam się dzieje, i poszukać Wilstana Fyncha. Utrzymuje, że Loth pojechał tam z własnej woli... Ale myślę, że obie wiemy, jaka jest prawda.

Margret powoli odchyliła się na oparcie krzesła. Jej dłoń powędrowała do serca.

– Święty, błagam, ocal mego brata – westchnęła. – On nie jest materiałem na szpiega. Combe po prostu skazał go na śmierć.

Zapadła cisza. Słychać było tylko dobiegający zza okna ptasi śpiew.

– Mówiłam mu, Ead – podjęła Margret. – Mówiłam mu, że przyjaźń z królową różni się od przyjaźni ze zwykłymi ludźmi. Że musi uważać. Ale Loth nigdy mnie nie słuchał. – Spojrzała na Ead, jej usta skrzywiły się w smutnym uśmiechu. – Mój brat uważa, że wszyscy są tak dobrzy jak on.

Ead chciała jakoś dodać jej otuchy, ale nie znalazła słów. Niebezpieczeństwa, które groziło Lothowi, nie dało się zmiękczyć życzliwym słowem.

– Wiem. Sama próbowałam go ostrzec. – Złapała przyjaciółkę za rękę. – Ale kto wie, może jeszcze odnajdzie drogę do domu.

– Wiesz przecież, że w Cárscaro nie przetrwa długo.

– Mogłabyś poprosić Combe'a, by sprowadził go z powrotem do kraju. W końcu jesteś lady Margret Beck.

– A Combe jest Księciem Uprzejmości. Dysponuje bogactwem i wpływami, o których nie mogę nawet marzyć.

– A gdybyś poszła prosto do Sabran? Widać przecież gołym okiem, że sama coś podejrzewa.

– Nie mogę oskarżyć Combe'a ani nikogo innego bez dowodów. Słowo przeciwko słowu. Nawet królowa nic tu nie wskóra.

Ead wiedziała, że Margret ma rację. Wzmocniła uścisk, a z ust przyjaciółki dobyło się drżące westchnienie.

Ktoś zapukał do drzwi. Margret podniosła się i zamieniła z przybyszem kilka słów. Siden Ead milczał, a jej zmysły wciąż były przytępione, nie słyszała więc, o czym mówią.

Przyjaciółka wróciła z miską wypełnioną jakąś gęstą cieczą.

– Winna polewka z kaszą – wyjaśniła. – Tallys zrobiła ją specjalnie dla ciebie. Miła dziewczyna.

Gorący kleik, tak słodki, że nieomal przyprawiający o mdłości, był w Inys lekarstwem na wszystko. Ead, zbyt słaba, by sama złapać za ucha naczynia, pozwoliła Margret karmić się łyżką.

Znowu rozległo się pukanie, ale gdy tym razem Margret otworzyła drzwi, dygnęła.

– Zostaw nas na moment, Meg.

Ead poznała ten głos. Przyjaciółka łypnęła na nią, a potem wyszła.

Do pokoju wkroczyła królowa Inys. Jej strój do jazdy konnej miał ciemnozieloną barwę ostrokrzewu.

– Wasza Wysokość, proszę dać znać, jeśli będziesz potrzebowała pomocy – dobiegł z zewnątrz męski głos.

– Nie sądzę, by obłożnie chora kobieta była w stanie zagrozić mojej osobie, sir Gulesie, ale dziękuję za troskę.

Drzwi się zamknęły. Ead usiadła, jak umiała najzgrabniej, nagle boleśnie świadoma swojego przepoconego ubrania i nieświeżego zapachu z ust.

– Ead – powiedziała Sabran, mierząc ją wzrokiem. Rumieniec musnął jej policzek. – Widzę, że wreszcie się obudziłaś. Zbyt długo brakowało cię w moich komnatach.

– Wybacz, Wasza Wysokość.

– Brakowało mi twej hojności. Zamierzałam zajrzeć do ciebie wcześniej, ale lekarze obawiali się, że możesz mnie zarazić. – Kolor jej tęczówek złagodniał w promieniach słońca. – Byłaś w dzwonnicy tego dnia, gdy przybył wyrm. Chciałabym wiedzieć, co tam robiłaś.

– Pani?

– Znalazł cię bibliotekarz. Lady Oliva Marchyn powiedziała mi, że niektórzy dworzanie i służący się tam spotykają. Mam na myśli schadzki, pani Duryan.

– Nie mam kochanka, Wysokości.

– Nie będę tolerować rozwiązłości w tym pałacu. Przyznaj się, a może Rycerka Uprzejmości okaże ci łaskę.

Ead wyczuła, że królowa nie kupi historyjki o zabłądzeniu w pałacu.

– Wspięłam się na dzwonnicę… by spróbować odwrócić uwagę bestii od Waszej Wysokości. – Żałowała, że nie ma siły, by powiedzieć to z większym zdecydowaniem. – Ale okazuje się, że niepotrzebnie się o ciebie bałam.

Była to prawda, choć odarta z dość istotnych szczegółów.

– Nie sądzę, by ambasador uq-Ispad sprowadził na mój dwór osobę rozwiązłą – skonkludowała Sabran – ale lepiej by było, żebym już nigdy nie usłyszała o żadnych wizytach w dzwonnicy.

– Oczywiście, Wasza Wysokość.

Królowa podeszła do otwartego okna. Oparłszy dłoń o parapet, powiodła wzrokiem po pałacowych ziemiach.

– Wysokości – odezwała się Ead. – Czy wolno mi spytać, dlaczego stanęłaś twarzą w twarz z wyrmem? – Poczuła na twarzy przyjemny, łagodny podmuch. – Gdyby Fýredel cię zabił, wszystko byłoby stracone.

Sabran milczała jakiś czas.

– Groził moim poddanym – odpowiedziała, ledwo rozchylając wargi. – Wyszłam do niego bez zastanowienia. – Wróciła wzrokiem do Ead. – Dotarły do mnie inne informacje na twój temat. Lady Truyde utt Zeedeur rozpowiada wśród dworzan, jakobyś była czarownicą.

Niech demony porwą tę rudą idiotkę. Choć Ead musiała przyznać, że prawie zaimponowała jej, ignorując jej pogróżki.

– Pani, nie mam bladego pojęcia o czarnoksięstwie – odparła, nasycając słowa pogardą. „Czarnoksięstwo" nie było ulubionym słowem Przeoryszy.

– Niewątpliwie – przyznała Sabran – ale lady Truyde twierdzi, że to ty obroniłaś mnie przed Fýredelem. Mówi, że widziała cię w dzwonnicy, jak rzucasz na mnie zaklęcie. – Tym razem Ead milczała. Nie było jak się bronić przed takim oskarżeniem. – Oczywiście lady Truyde mówi nieprawdę.

Ead nie odważyła się zabrać głosu.

– To Święty odpędził wyrma. Osłonił mnie przed płomieniem swą niebiańską tarczą. Sugerować, że to jakaś tania magiczna sztuczka, to prawie zdrada stanu – ogłosiła Sabran wypranym z emocji tonem. – Kusi mnie, by wysłać ją do Wieży Dearna.

Ead poczuła ulgę tak wielką, że prawie parsknęła śmiechem, który niebezpiecznie wezbrał w jej gardle.

– Jest młoda, Wasza Wysokość – stwierdziła, czując, jak spływa na nią spokój. – A młodość jest głupia.

– Młoda, ale i dostatecznie dorosła, by miotać fałszywymi oskarżeniami – zauważyła Sabran. – Czy nie pragniesz zemsty?

– Litość lepiej mi smakuje. Pomaga zasnąć w nocy.

Królowa przeszyła ją spojrzeniem zimnym jak skała.

– Sugerujesz, że powinnam częściej okazywać łaskę?

Ead była zbyt zmordowana, by bać się tego spojrzenia.

– Nie. Twierdzę, że lady Truyde nie miała zamiaru obrazić Waszej Wysokości. Chodzi raczej o to, że żywi urazę względem mnie. Wyniosłaś mnie, pani, do pozycji, która marzy się jej.

Sabran uniosła głowę.

– Wrócisz do swoich obowiązków za trzy dni. Dopilnuję, by zajął się tobą mój osobisty lekarz – oznajmiła. Ead posłała jej pytające spojrzenie. – Jesteś mi potrzebna zdrowa i silna – podjęła królowa, wstając do wyjścia. – Gdy ogłoszę nowiny, będę potrzebowała wszystkich moich dam.

– Nowiny, pani?

Sabran odwróciła się do niej plecami, ale Ead widziała, że mięśnie ramion ma napięte.

– Nowiny o moich zaręczynach z Aubrechtem Lievelynem, wysokim księciem Wolnego Państwa Mentendonu.

12
Wschód

Próby wody ciągnęły się jak długi sen. Większość obywateli skryła się w domach, gdy sztorm chłostał deszczem zachodni brzeg Seiiki, ale morscy strażnicy musieli umieć sprostać najtrudniejszym warunkom.

– Deszcz to woda i my też jesteśmy wodą! – przekrzykiwał grom morski generał, maszerując wzdłuż szeregu. Włosy lepiły mu się do czaszki, krople deszczu kapały z nosa. – Jeśli zmoże was ta mżawka, nie macie co liczyć na miejsce na smoczym grzbiecie. Dowiedziecie w ten sposób, że morska straż nie jest miejscem dla was. – I dodał głośniej: – Czy pokona was woda?

– Nie, czcigodny morski generale! – krzyknęli wszyscy.

Tané była przemoczona do suchej nitki. Tyle dobrego, że deszcz był letni, nie lodowaty.

Strzelanie z łuku i broni palnej okazało się prostsze, niż myślała. Nawet w tej ulewie nie zawiodło jej bystre oko i pewna ręka. Z łukiem najlepiej radziła sobie Dumusa – przeszłaby próbę nawet z zamkniętymi oczami – ale drugie miejsce zajęła Tané, której nikt, nawet Dumusa, nie zdołał pokonać w strzelaniu z pistoletu, choć niewiele brakowało jednemu strażnikowi z domu Zachodu. Był nim Kanperu, najstarszy i najwyższy spośród nich, ze szczęką, na której można by wykuć miecz, i z długimi ramionami, którymi mógłby trzykrotnie objąć stuletni dąb.

Później przyszła kolej na strzelanie z łuku z końskiego grzbietu. Każdy uczeń musiał trafić sześć szklanych celów zawieszonych na belce. W siodle Dumusa nie strzelała już tak dobrze. Trafiła tylko pięć. Nieprzepadająca za końmi Onren, która przez całą próbę zaciskała zęby, straciła kontrolę nad wierzchowcem i spudłowała trzy razy. Ale Tané trafiała wszystkie cele, dopóki jej koń się nie potknął i nie skrewiła ostatniego strzału, pozwalając Turosie ukraść jej pierwsze miejsce.

Ten oczywiście przyczepił się do niej, gdy wracali z końmi do stajni.

– Miałaś pecha, chłopko – rzucił do niej, gdy zsunęła się z siodła. – Chyba jednak pewne rzeczy po prostu ma się we krwi. Może pewnego dnia czcigodny generał uświadomi sobie, że człowiek nie zostaje smoczym jeźdźcem, ale się nim rodzi.

Tané zacisnęła szczęki, podając wodze stajennemu. Wierzchowiec był ciemny od deszczu i potu.

– Nie przejmuj się nim, Tané – powiedziała Dumusa, zsiadając z własnego konia. Jej mokre włosy skręciły się w ciasne loki. – W nas wszystkich płynie ta sama woda.

Turosa wydął wargi, ale nic już nie powiedział i odjechał. Nigdy nie spierał się z innymi potomkami jeźdźców.

Gdy zniknął, Tané skłoniła się Dumusie.

– Masz wielki talent, czcigodna Dumuso – wyrzekła. – Mam nadzieję dorównać ci kiedyś w zdolnościach łuczniczych.

Dziewczyna skłoniła się w odpowiedzi.

– A ja tobie w strzelaniu z broni palnej, czcigodna Tané.

Razem opuściły stajnię. Tané rozmawiała już wcześniej z Dumusą, lecz teraz, gdy były same, nie bardzo wiedziała, o czym ma z nią mówić. Często zastanawiała się, jak to jest dorastać w wielkiej posiadłości w Ginurze, razem z dziadkami, którzy nosili sławne nazwisko Miduchi.

Gdy dotarły do sali treningowej, usiadły obok siebie. Tané zaczęła czyścić strzały z błota. Kanperu, ten wysoki i cichy chłopak, był już na miejscu. Polerował swój pistolet ze srebrną rękojeścią.

Gdy wszyscy troje siedzieli pochyleni nad robotą, do sali weszła Onren.

– Nigdy jeszcze tak źle nie strzelałam – ogłosiła, zbierając w dłonie przemoczone włosy. – Muszę znaleźć jakąś kapliczkę i przebłagać wielkiego Kwirikiego, by potopił wszystkie konie. Wchodzą mi w drogę, odkąd pamiętam.

– Spokojnie. – Dumusa nie odrywała wzroku od łuku. – Masz mnóstwo czasu, by wykazać się zdolnościami przed rodem Miduchi.

– Łatwo ci mówić. Ich krew płynie w twoich żyłach. Wszyscy zostajecie w końcu jeźdźcami.

– Zawsze istnieje możliwość, że będę pierwszą, która nim nie zostanie.

– Możliwość tak – przystała Onren – ale wszyscy wiemy, że niewielka.

Miała opuchnięte kolano po walce. Jeśli chciała zostać jeźdźcem, czekało ją mnóstwo pracy.

Kanperu odłożył pistolet na wieszak na ścianie. Wychodząc, posłał Onren dziwne spojrzenie.

– Słyszałam, że czcigodny Kanperu odwiedza pewną tawernę przy rynku owocowym – mruknęła Dumusa do Onren, gdy znalazł się poza zasięgiem słuchu. – Podobno spędza tam każdy wieczór.

– I co z tego?

– Pomyślałam, że też mogłybyśmy pójść. Kiedy już zostaniemy jeźdźcami, będziemy spędzać ze sobą masę czasu. Dobrze by więc było, gdybyśmy się lepiej poznały i zaprzyjaźniły. Zgadzacie się ze mną?

Onren uśmiechnęła się przebiegle.

– Dumu – rzekła – czy ty próbujesz mnie rozkojarzyć, żebym cię czasem nie pokonała w kolejnej próbie?

– Dobrze wiesz, że jesteś ode mnie lepsza we wszystkim z wyjątkiem łucznictwa. – Dumusa raz jeszcze powiodła wzrokiem po gryfie łuku. – Tané, idziesz?

Tané dopiero po chwili uprzytomniła sobie, że obie patrzą na nią, oczekując odpowiedzi.

Mówiły poważnie. Chciały iść do tawerny w samym środku prób.

– Dziękuję, ale nie – odrzekła z namysłem. Muszę zostać i poćwiczyć przed następnym sprawdzianem. – Zrobiła pauzę. – Czy ty też nie powinnaś przygotować się na jutro, Onren?

Dziewczyna skwitowała pytanie prychnięciem.

– Przygotowywałam się całe życie. A wczorajsze przygotowania wcale mi nie pomogły. Nie, dziś potrzeba mi w garści nie łuku, lecz kufla. I może czegoś jeszcze… – Rzuciła okiem na Dumusę i choć obie zacisnęły usta, zaraz wybuchnęły śmiechem.

Postradały zmysły. Przecież w trakcie testów nie mogą pozwolić sobie na rozkojarzenie.

– No to bawcie się dobrze – rzuciła Tané, wstając. – Dobrej nocy.

– Dobranoc, Tané – odpowiedziała Onren. Uśmiech zszedł jej z ust, zmarszczyła brwi. – Wyśpij się, dobra?

– Jasne.

Tané przecięła pomieszczenie i odwiesiła łuk. Turosa, który zabierał się z przyjaciółmi do treningu walki wręcz, pochwycił jej spojrzenie i uderzył zaciśniętą pięścią w otwartą dłoń.

W korytarzu czuć było wilgotną bryzę, gorącą jak para unosząca się znad kotła zupy. Wypolerowana na błysk podłoga chrzęściła pod stopami, gdy Tané biegła przez szkołę.

Zmyła z siebie pot i ćwiczyła sama w pokoju walkę mieczem. Gdy niemal straciła czucie w prawej ręce, w jej sercu zbudził się niepokój. Niby dlaczego koń, którego dosiadała, potknął się w czasie próby? Co, jeśli to sprawka Turosy?

Nie mogąc usiedzieć w kwaterze, wróciła do stajni, gdzie znalazła podkuwacza. Chłopak zapewnił, że z jej koniem wszystko w porządku. Pewnie grunt był rozmiękły od deszczu.

Susa przestrzegała, by nie pozwoliła Turosie wejść sobie na głowę, ale jej głos zdawał się dochodzić z bardzo daleka.

Tané spędziła resztę wieczoru w sali treningowej, obijając manekiny ćwiczebnym mieczem i rzucając nożami do celu. Pozwoliła sobie wrócić do pokoju dopiero wtedy, gdy trafiła bez pudła we wszystkie tarcze. Zapaliła lampę oliwną i zaczęła pisać swój pierwszy list do Susy.

Próby okazały się tak trudne, jak się obawiałam. Dzisiaj mój koń się poślizgnął, co odbiło się nieco na moim wyniku końcowym. Choć czuję, że włożyłam w trening całe serce i duszę, inni dają sobie radę tak samo dobrze jak ja, nie wypruwając sobie żył do tego stopnia, że ze zmęczenia nie mogą spać w nocy. Piją, palą i śmieją się, ale ja nie mogę, bo muszę szlifować umiejętności przed jutrzejszą próbą. Po czternastu latach przygotowań woda, która płynie w moich żyłach, wciąż jest mętna. Boję się, Suso. Bo te czternaście lat nic tutaj nie znaczą. Oceniają nas za dzisiaj, nie za wczoraj.

Dała list służącemu, by wysłał go na Hisan, a potem wyciągnęła się na łóżku i wsłuchała w rytm własnego oddechu.

Za oknem zahuczała sowa. Po krótkiej chwili Tané wstała i wyszła z pokoju.

Zdąży jeszcze trochę poćwiczyć.

Gubernator Przylądka Hisan okazał się szczupłym, schludnym mężczyzną o szpakowatych włosach, mieszkającym we wspaniałej posiadłości w środku miasta. W odróżnieniu od głównego oficera potrafił się uśmiechać i miał przyjazną twarz. Jeśli wierzyć plotkom, z pobłażaniem traktował drobnych przestępców.

Wielka szkoda, że Niclaysa, który złamał najważniejsze prawo Seiiki, nijak nie dało się uznać za drobnego przestępcę.

– A więc mówisz, doktorze – powiedział gubernator – że tego obcokrajowca przyprowadziła do ciebie nieznana ci bliżej kobieta?

– Tak – potwierdził Niclays. Czuł taką suchość w gardle, że ledwie formułował słowa. – Tak właśnie było, czcigodny gubernatorze. Dosłownie kilka chwil przed ich przybyciem delektowałem się przednim seiikineskim winem.

Trzymali go w celi już kilka dni. Nie wiedział, ile dokładnie, bo stracił rachubę w ciemności. Gdy żołnierze wreszcie wywlekli go z celi, prawie zemdlał ze strachu, myśląc, że wloką go prosto na szafot. Zamiast tego zaprowadzili go do lekarza, który obejrzał jego ręce i zajrzał w oczy. Następnie otrzymał od żołnierzy świeże ubranie, a potem odeskortowali go do najpotężniejszego urzędnika w tej części Seiiki.

– Ty zaś przyjąłeś tego człowieka do swojego domu – powiedział gubernator. – Czyżbyś wziął go za legalnego mieszkańca Orisimy?

Niclays chrząknął.

– Ja… – mruknął. – Nie. Znam wszystkich na Orisimie. Ale ta kobieta mi groziła – dodał, przybierając znękany wyraz twarzy. – Ona… przystawiła mi sztylet do gardła, a… a potem powiedziała, że jak go nie przyjmę, to mnie zabije.

Panaya poradziła mu, by był szczery, ale każda dobra opowieść potrzebuje do smaku szczypty dramatyzmu.

Bacznie obserwowała go para żołnierzy. Ich głowy i karki okrywały żelazne hełmy związane pod brodą zielonymi sznurkami. Jednocześnie odsunęli kotarę, wpuszczając do pomieszczenia jeszcze dwóch żołnierzy, którzy trzymali kogoś za ręce wykręcone na plecy.

– Czy to ta kobieta? – spytał gubernator.

Miała skołtunione włosy i oko podbite tak mocno, że nie mogła go otworzyć. Potężny siniec i spuchnięta dolna warga mówiły, że walczyła. Ktoś z krztyną honoru zaprzeczyłby.

– Tak – przyznał Niclays.

Spiorunowała go nienawistnym spojrzeniem.

– Tak, powiadasz – powtórzył gubernator. – To członkini pewnego hisańskiego teatru. Arcyczcigodny wojwładca od czasu do czasu pozwala niektórym seiikineskim artystom zapewnić mieszkańcom Orisimy nieco rozrywki. – Uniósł brwi. – Czy ktoś taki kiedyś cię odwiedził?

Niclays zmusił się do uśmiechu.

– Zwykle preferuję własne towarzystwo.

– I dobrze – wypluła kobieta. – Będziesz mógł sam się wyruchać, ty przekupny kłamco.

Jeden z żołnierzy uderzył ją w twarz.

– Milczeć – syknął.

Niclays się wzdrygnął. Kobieta zwaliła się na podłogę, schowała głowę w ramionach i przycisnęła dłoń do policzka.

– Dziękuję za zidentyfikowanie dla nas sprawczyni. – Gubernator podsunął Niclaysowi lakierowane pudełko z przyrządami do pisania. – Odmawia współpracy. Nie chce zdradzić, jak ten cudzoziemiec dostał się na wyspę. A czy ty wiesz?

Niclays przełknął ślinę. Miał wrażenie, że ma konsystencję melasy.

Niech demony porwą szczerość. Nie mógł zdradzić Truyde, nieważne, że była wiele mil stąd.

– Nie wiem – odrzekł. – Nie chciał mi powiedzieć.

Gubernator spojrzał na niego znad okularów. Pod jego małymi, ciemnymi oczami wisiały sine torby.

– Doktorze Roos – wymówił, rozrabiając tusz z wodą. – Szanuję wszystkich uczonych, więc będę z tobą szczery. Jeśli nie dowiem się od ciebie nic więcej, oddam ją na męki.

Wciąż skulona na posadzce kobieta zaczęła drżeć.

– Nie mamy w zwyczaju stosować takich metod. Uciekamy się do nich tylko w ostateczności. Mamy dość dowodów, by dowieść, że ta kobieta jest zamieszana w spisek, który może zagrażać całej wyspie. Jeśli bowiem sprowadziła na Orisimę cudzoziemca, to musi wiedzieć, jak trafił na Seiiki. A więc albo działa w porozumieniu z przemytnikami, co karane jest śmiercią... albo kogoś chroni. Kogoś, kogo jeszcze nie schwytaliśmy. – Gubernator wyjął z pudełka pędzelek. – Jeśli tylko została wykorzystana, arcyczcigodny wojwładca może okaże jej łaskę. Czy jesteś pewien, doktorze, że nie wiesz nic więcej o misji Sulyarda na Seiiki? Albo o tym, kto pomógł mu przedostać się na Orisimę?

Niclays podążył wzrokiem do kobiety na podłodze. Zza zasłony włosów wpatrywało się w niego jedno ciemne oko.

– Jestem pewien.

Gdy to powiedział, odniósł wrażenie, jakby uderzenie pałki wydusiło mu powietrze z płuc.

– Zabrać ją do lochu – polecił gubernator. Gdy żołnierze poderwali kobietę z ziemi, zaczęła dyszeć w panice. Wtedy Niclays po raz pierwszy zauważył, jaka jest młoda. Nie starsza od Truyde.

Jannart wstydziłby się za niego. On sam się za siebie wstydził. Utkwił wzrok w posadzce.

– Dziękuję, doktorze Roos – rzekł gubernator. – Podejrzewałem, że tak właśnie jest, ale potrzebowałem twojego potwierdzenia.

Gdy kroki ucichły w głębi korytarza, gubernator spędził chwilę pochylony nad listem. Niclays nie miał odwagi nic powiedzieć.

– Świetnie mówisz po seiikinesku, doktorze. Rozumiem, że uczyłeś anatomii na Orisimie? – rzekł wreszcie urzędnik, zaskakując Niclaysa do tego stopnia, że aż podskoczył na krześle. – Jak znajdowałeś uczniów?

Było tak, jakby kobieta nie istniała.

– Uczyłem się od nich tyle samo, co oni ode mnie – odrzekł Niclays zgodnie z prawdą, a gubernator się uśmiechnął. Niclays postanowił wykorzystać nadarzającą się okazję. – Choć ostatnimi czasy brakuje mi składników... potrzebnych do innej pracy, którą trudzę się w wolnym czasie. Chodzi o odczynniki, które obiecał mi dostarczać arcyczcigodny wysoki książę Mentendonu. Obawiam się też, że czcigodny główny oficer zniszczył moją alchemiczną aparaturę.

– Czcigodny główny oficer bywa... nadgorliwy. – Gubernator odłożył pędzel. – Nie możesz wrócić na Orisimę, dopóki sprawa nie zostanie rozwiązana. Nie może się wydać, że intruz przedostał się przez mury, a my musimy przeczesać faktorię, by się upewnić, że nikomu nie grozi czerwona zaraza. Obawiam się, że dopóki nie zakończymy śledztwa, zmuszony jestem obłożyć cię aresztem domowym w Ginurze.

Niclays obrzucił go spojrzeniem.

To niemożliwe, by ślepej kurze trafiło się tak smakowite ziarno. Nie dość, że nie oddadzą go katu, to na dodatek zwrócą wolność.

– W Ginurze – powtórzył jak echo.

– Tylko na kilka tygodni. Najlepiej będzie, jeśli wydobędziemy cię z tego zamieszania.

Niclays czuł podskórnie, że sprawa ma charakter dyplomatyczny. Udzielił schronienia intruzowi. Obywatela Seiiki by za to stracono, ale śmierć Mentyjczyka zachwiałaby delikatnym aliansem z domem Lievelyn.

– Tak. – Starał się wyglądać na skruszonego. – Tak, czcigodny gubernatorze. Rozumiem, oczywiście.

– Zanim wrócisz do domu, sprawa, mam nadzieję, już nieco przyschnie. By okazać wdzięczność za twoją współpracę, doktorze, osobiście dopilnuję, byś otrzymał swoje składniki. Ale musisz zachować w tajemnicy wszystko, co się wydarzyło. – Przeszył Niclaysa przenikliwym spojrzeniem. – Czy takie warunki naszej umowy ci odpowiadają, doktorze Roos?

– Jak najbardziej. Dziękuję bardzo, gubernatorze. – Niclays zawahał się. – A co z Sulyardem?

– Intruz przebywa teraz w lochu. Czekaliśmy na jakieś symptomy czerwonej zarazy. Jeśli nie wyjawi, kto pomógł mu dostać się na wyspę, nim również zajmie się kat.

Niclays zwilżył wargi.

– Może mógłbym pomóc – zaproponował, zastanawiając się, dlaczego na własne życzenie wplątuje się głębiej w całą sprawę miast jak najszybciej dać nogę do Ginury. – Może, jako współwiernemu w Cnotach, uda mi się skłonić chłopaka do przyznania się do winy. Jeśli pozwolisz, czcigodny gubernatorze, odwiedzę go, wychodząc.

Urzędnik rozważył propozycję.

– Jeśli to tylko możliwe, wolę unikać rozlewu krwi. Może jutro – zgodził się. – Lecz teraz muszę powiadomić o tej niefortunnej sytuacji naszego arcyczcigodnego wojwładcę. – Na powrót poświęcił całą uwagę listowi. – Dobranoc, doktorze Roos. Śpij dobrze.

13
Wschód

Następna próba sprawdzała biegłość w posługiwaniu się nożami. Tak jak w przypadku pozostałych, jej przebieg nadzorowali morski generał i grupa obcych odzianych w niebieskie szaty – innych członków klanu Miduchi, którzy sami przeszli próby pięćdziesiąt lat temu. Ludzie, których spuścizna może stać się udziałem również Tané, jeśli tylko nie zawiedzie jej dzisiaj ciało i duch.

Miała wrażenie, jakby jej własne oczy były rozdymającymi się rybami z dna oceanu, które wpłynęły zbłąkane do pustych oczodołów. Podnosząc kolejne noże, czuła, że jej palce są śliskie i niezdarne. I tak poradziła sobie lepiej niż większość uczniów, nie licząc Turosy, któremu nadzwyczajna biegłość w tej sztuce przyniosła zasłużoną sławę w Domu Północy.

Onren weszła do sali zaraz po tym, jak Turosa zdobył najwyższą ocenę. Miała rozpuszczone i rozkudłane włosy. Morski generał uniósł brwi, lecz ona tylko skłoniła się i podeszła do ułożonych równo noży.

Za nią pojawił się Kanperu. Brwi generała powędrowały na czoło. Onren wzięła ostrze, przyjęła pozycję i cisnęła nim przez salę w kierunku manekina.

Wszystkie noże dosięgły celów.

– Doskonały wynik – pochwalił ją oficer. – Ale radzę popracować nad punktualnością, czcigodna Onren.

– Tak jest, czcigodny morski generale.

Tej nocy strażników morskich zbudzili służący i zaprowadzili ich, wciąż zaspanych i w nocnych koszulach, do rzędu palankinów. Wsiadłszy do swojego, Tané zaczęła nerwowo obgryzać paznokcie.

Gdy z nich wyszli, ich oczom ukazało się wielkie leśne jezioro, do którego wpadało kilka strumyków i rzeczek. Krople deszczu uderzały z pluskiem o taflę.

– Członek Wysokiej Straży Morskiej zawsze odpowiada na wezwanie Seiiki, choćby i w środku nocy. Musi pływać jak ryba, gdyż w każdej chwili los może rozdzielić go z jego okrętem lub smokiem – wygłosił morski generał. – W tym jeziorze zatopiono osiem tańczących pereł. Kto wyłowi jedną z nich, na tego spojrzę łaskawszym okiem, gdy przyjdzie decydować o podniesieniu rangi.

Turosa już zrzucał z siebie ubranie. Tané powoli zdjęła nocną koszulę i zanurzyła się w wodzie po pas.

Dwudziestu sześciu strażników i tylko osiem pereł. Niełatwo będzie odnaleźć którąś w ciemności.

Zamknęła oczy i pozwoliła myślom wyparować. Na znak generała dała nura do jeziora.

Stopiła się z materią wody, czystej i słodkiej, ziębiącej skórę. Włosy zafalowały wokół jej twarzy niby targane prądem wodorosty, gdy okręciła się, szukając w mroku srebrnozielonego błysku.

Onren weszła do wody, prawie nie wzburzając tafli. Zanurkowała głęboko, złapała odnaleziony prędko skarb i pomknęła ku powierzchni, wznosząc się zgrabnym łukiem. Pływała jak smoczyca.

Tané była zdeterminowana, by znaleźć kolejną perłę. Zagłębiła się w mroczną toń. Uznała, że nurt rzeczki zepchnie perły ku zachodniej części jeziora. Obracając się, zeszła aż na dno, a potem popłynęła naprzód, poruszając samymi nogami, przeczesując dłońmi muł i szlam.

Czuła ucisk w piersi, gdy musnęła palcem drobną połyskliwą kulkę. Wynurzyła się nad powierzchnię jednocześnie z Turosą, który odrzucił mokre włosy z czoła i przyjrzał się bacznie znalezisku.

– Tańczące perły. Noszone przez boskich wybrańców – powiedział. – Niegdyś były symbolem dziedzictwa, historii. – Jego uśmiech kojarzył się z nożem wyrwanym z pochwy. – Teraz nosi je tyle biedaków, że równie dobrze mogłyby być zwykłymi przydrożnymi kamieniami.

Tané spojrzała mu w oczy i powiedziała:

– Świetnie pływasz, czcigodny Turoso.

Wyśmiał ją.

– Och, prosta dziewczynko. Zrobię z ciebie idiotkę na oczach całego klanu Miduchi. Po tobie nie pozwolą już żadnej chłopce zagubionej wśród lepszych od siebie skalać swego rodu. – Przepłynął obok niej. – Gotuj się na upadek.

Ruszył do brzegu. Tané popłynęła za nim, zachowując dystans.

Krążyła plotka, że w czasie ostatniej próby walczą ze sobą prymusi. Z Onren już się zmierzyła. Jej przeciwnikiem będzie więc albo Turosa, albo Dumusa.

I wiedziała, że Turosa zrobi wszystko, by nie tylko ją pokonać, ale i upokorzyć.

Niclays spędził niespokojną noc w posiadłości gubernatora Hisan. Łóżko było o wiele wygodniejsze niż to, w którym sypiał na Orisimie, ale deszcz łomotał w dach, znowu nie pozwalając mu zmrużyć oka. Do tego było nieznośnie wilgotno, jak zawsze latem na Seiiki.

Nad ranem dźwignął się z przepoconej pościeli, podszedł do okna i rozsunął okiennice. Wiatr był ciepły i gęsty jak olej, ale przynajmniej dało się popatrzeć na gwiazdy. I pomyśleć.

Uczeni nie wierzyli w duchy. Szarlatani głosili, że duchy zmarłych żyją w żywiole zwanym eterem. Brednie. A jednak Niclays słyszał, jak pewien głos przemawia do niego szeptem, i wiedział, że należy on do Jannarta. Który mówi mu, że to, co zrobił tamtej kobiecie, to zbrodnia.

Duchy były głosami zmarłych, które nie przebrzmiały w świecie materialnym. Echami dusz, które przeminęły zbyt szybko.

Jannart skłamałby, żeby ocalić tamtą kobietę. No ale Jannart był też o wiele lepszym kłamcą. Przez większość życia odgrywał przedstawienie. Tyle lat okłamywania Truyde. I Oscarde'a.

I oczywiście Aleidine.

Niclays zadrżał. Chłód spłynął mu do żołądka, gdy przypomniał sobie wyraz jej oczu w czasie wgrobozłożenia Jannarta. Wiedziała od zawsze. Wiedziała i nie powiedziała ani słowa.

To nie jej wina, że moje serce należy do ciebie – rzekł mu kiedyś Jannart, i była to prawda. Jak wiele związków między szlachcicami, ten także został zaaranżowany przez ich rody. Zaręczyny przypieczętowano, gdy Jannart skończył dwadzieścia lat, rok przed tym, jak poznał go Niclays.

Nie potrafił się zmusić do udziału w ślubie. Supeł, który splątał się na niciach ich losu, przysparzał mu cierpień. Czy gdyby przybył na dwór szybciej, to byliby razem?

Prychnął pod nosem. Zupełnie jakby markiza Zeedeur pozwoliła na ślub swego syna z gołodupcem z Rozentunu, o którym nie słyszał nikt na dworze. Aleidine również wywodziła się z gminu, ale gdy oddawała rękę Jannartowi, na każdym jej palcu skrzyły się drogie pierścienie. Niclays, świeżo upieczony absolwent uniwersytetu, wpędziłby tylko rodzinę w długi.

Aleidine pewnie już przekroczyła sześćdziesiątkę. Jej kasztanowe włosy muszą być przetkane siwizną, usta otoczone zmarszczkami. Oscarde miał co najmniej czterdzieści lat. Święty, jak ten czas leci!

Bryza wcale nie przyniosła mu ulgi. Pokonany, zasunął okiennice i wrócił do łóżka.

Gorąco nadało jego skórze fakturę łyka. Usiłował zmusić się do snu, ale jego umysł nie chciał ucichnąć. Nadwyrężona kostka wciąż dawała o sobie znać.

Niebawem wstało słońce, ale burza nie zamierzała odejść. Niclays patrzył, jak deszcz rosi przyległe do posiadłości ziemie. Służący przynieśli mu na śniadanie fasolowy twaróg, rybę z rusztu i jęczmienną herbatę.

W południe inny służący poinformował go, że gubernator przychylił się do jego prośby. Miał odwiedzić Triama Sulyarda w lochu i wydobyć z niego więcej informacji. Służący przyniósł mu także nową laskę z mocniejszego, lżejszego drewna. Niclays poprosił go o trochę wody i dostał pełen bukłak.

O zmierzchu zadaszony palankin zawiózł go pod gmach więzienia. Skryty bezpiecznie w środku, Roos zerknął przez żaluzje.

Jego stopa nie postała w mieście od siedmiu lat. Słyszał muzykę i gwar, widział światła przywodzące na myśl mrowie spadających gwiazd, pragnął chodzić tutejszymi ulicami – ale Hisan stanowiło dla niego tajemnicę. Jego świat był klatką utworzoną z wysokich murów, które zaciskały się wokół niego niczym pięść.

Światło latarni odkryło przed nim tętniącą życiem miejską dzielnicę. Na Orisimie wszystko przypominało mu o Mentendonie i o tym, jak daleko znalazł się od domu. Żadne zachodnie miasto nie pachniało cedrowym drewnem ani kadzidłem. W żadnym nie handlowano sepią ani opalizującymi spławikami wędkarskimi.

No i oczywiście żadne zachodnie miasto nie płaciło trybutu smokom. Miasto roiło się od oznak ich obecności. Na każdym rogu kupcy zachwalali amulety, obiecując szczęście i pomoc, które spłyną na ich użytkowników za pośrednictwem władców morza i deszczu. Niemal na każdej ulicy stała kapliczka zbudowana z drewna przyniesionego przez fale oraz kamienna misa ze słoną wodą.

Palankin zatrzymano przed lochem. Ktoś otworzył drzwi, Niclays wyszedł na zewnątrz i machnięciem odpędził natrętnego komara. Para strażników więziennych pospiesznie wprowadziła go do środka.

Pierwszą rzeczą, jaką poczuł, był wdzierający się do nosa odór gówna i szczyn. Natychmiast zakrył nozdrza i usta rękawem. Gdy minęli szafot, poczuł, że słania się na nogach. Na ławie ustawiono urżnięte głowy z nabrzmiałymi językami, przywodzącymi na myśl wylewające się z martwych ust różowe robactwo.

Sulyarda zamknięto w celi pod ziemią. Leżał na plecach, owinięty w lędźwiach brudną szmatą. Strażnicy byli na tyle dobrzy, by zostawić Niclaysowi latarnię, nim sobie poszli.

Gdy zniknęli w ciemnym korytarzu, Niclays pochylił się i złapał za drewnianą kratę.

– Sulyardzie. – Zastukał laską o posadzkę. – Wyglądasz kwitnąco.

Nic. Niclays przełożył laskę przez kratę i szturchnął chłopaka. Ten poruszył się.

– Truyde – wybąkał więzień.

– Wybacz, że sprawię ci zawód. To ja, Roos.

Pauza.

– Doktor Roos. – Sulyard obrócił głowę. – Myślałem, że to sen.

– Lepiej by było, gdybyś śnił.

Sulyard był w złym stanie. Jego twarz napuchła jak ciasto w piecu, a na czole wypisano mu słowo INTRUZ. Poziome rany i spływająca z nich zaschnięta krew tworzyły na jego plecach i udach nieregularny deseń.

Zza morza książę nie mógł ochronić Sulyarda. Niclays kiedyś zdumiałby się na widok tego okrucieństwa, ale nacje Imperium Cnót korzystały z jeszcze gorszych metod, by wydusić prawdę z przesłuchiwanych.

– Sulyardzie – zwrócił się do chłopaka doktor – powiedz mi, co im powiedziałeś.

– Tylko prawdę – wykaszlał chłopak. – Że przybyłem prosić wojwładcę o pomoc.

– Nie o tym mówię. Chodzi mi o to, jak dotarłeś na Orisimę. – Niclays wcisnął twarz w kraty. – Ta inna kobieta, pierwsza, którą widziałeś na plaży... Czy im o niej powiedziałeś?

– Nie.

Niclays powstrzymał się ostatkiem sił, by nie obić go laską przez kraty. Zamiast tego podał mu bukłak.

– Pij. Pierwsza kobieta zabrała cię do dzielnicy teatralnej zamiast wydać cię władzom. Trafiłeś na Orisimę, bo ona dopuściła się przestępstwa. Musisz być w stanie ją opisać: jej twarz, ubranie, cokolwiek! Ratuj się, Sulyardzie.

Umazana krwią ręka sięgnęła po bukłak.

– Miała długie ciemne włosy i bliznę na lewym policzku. Podobną do haczyka na ryby. – Sulyard pił. – Myślę... że mogła być w moim wieku, albo młodsza. Nosiła sandały i płaszcz z szarego materiału narzucony na czarną tunikę.

– Powiedz o tym śledczym – nalegał Sulyard. – W zamian za swoje życie. Pomóż im ją znaleźć, a może okażą ci łaskę.

– Błagałem, by mnie wysłuchali. – Sulyard wymamrotał to głosem człowieka w malignie. – Powiedziałem, że przybyłem tu w imieniu Jej Wysokości, że jestem jej ambasadorem, że mój statek zatonął. Ale nikt mnie nie słuchał.

– Bo nawet gdybyś był prawdziwym ambasadorem, a dodajmy gwoli ścisłości, że bynajmniej nie jesteś, nie powitaliby cię tu z honorami. – Niclays obejrzał się przez ramię. Strażnicy wkrótce po niego przyjdą. – Posłuchaj mnie bardzo uważnie, Sulyardzie. Gubernator Hisan wysyła mnie do stolicy na czas śledztwa. Ja przekażę twoją wiadomość wojwładcy.

W oczach Sulyarda pojawiły się nowe łzy.

– Zrobiłbyś to dla mnie, doktorze?

– Jeśli powiesz mi więcej o tym twoim zadaniu. Wyjaw mi, dlaczego uważasz, że Sabran potrzebuje zawiązać sojusz z Seiiki.

Nie miał pojęcia, czy uda mu się dotrzymać słowa, ale musiał znać dokładny powód, dla którego ten chłopak tu trafił. Co chciał osiągnąć do spółki z Truyde.

– Dziękuję. – Sulyard sięgnął przez kraty i złapał Niclaysa za rękę. – Dziękuję, doktorze Roos. Ani chybi sama Rycerka Przyjaźni postawiła cię na mojej drodze.

– Na pewno – warknął Niclays.

Czekał. Sulyard ścisnął jego dłoń i ściszył głos do szeptu.

– Truyde i ja – zaczął – my… wierzymy, że niebawem obudzi się Bezimienny. Że jego powtórne przyjście nie ma żadnego związku z domem Berethnet. O jego rychłym nadejściu świadczą budzące się ze snu wyrmy. Odpowiadają na jego zew.

Gdy mówił, jego usta drżały. Wyrażenie opinii, że to nie dom Berethnet chroni świat przed Bezimiennym, było w Imperium Cnót równoznaczne ze zdradą stanu.

– Skąd ten wniosek? – dociekał skołowany Niclays. – Który pieśniarz zguby tak cię przestraszył, chłopcze?

– Nie pieśniarz. Czytałem księgi. Twoje księgi, doktorze.

– Moje?

– Tak. Alchemiczne księgi, które po sobie zostawiłeś. Truyde i ja chcieliśmy znaleźć cię na Orisimie. Rycerka Przyjaźni zaprowadziła mnie prosto do ciebie. Czy nie widzisz, że w tej świętej misji same niebiosa nade mną czuwają?

– Nie, nie sądzę, ty skretyniały gówniarzu.

– Ależ…

– Ty naprawdę myślałeś, że władcy Wschodu odniosą się do tej szalonej propozycji lepiej niż Sabran? – Niclays zaśmiał się szyderczo. – Uznałeś, że przebędziesz Czeluść, ryzykując życiem… bo przekartkowaliście we dwójkę kilka alchemicznych ksiąg? Ksiąg, których zrozumienie nawet alchemikom zajmuje lata, jeśli wręcz nie dziesięciolecia? Jeśli w ogóle życia im starczy, żeby je pojąć.

Niemal litował się nad głupotą tego pijanego miłością niedorostka, który ubzdurał sobie, że będzie niczym lord Wulf Glenn albo inny sir Anton Dale, romantyczni bohaterowie z inysyckiej historii, i uhonoruje swoją damę, rzucając się na główkę we wszelkie możliwe niebezpieczeństwa.

– Błagam, doktorze, wysłuchaj mnie. Truyde naprawdę rozumie te księgi. Wierzy, że świat jest w stanie naturalnej równowagi. Podziela tym samym pogląd przedwiecznych alchemików – ględził dalej Sulyard. – Głęboko wierzy w efekty twojej ciężkiej pracy, doktorze. Jest przekonana, że znalazła sposób, by odnieść je do naszego świata. Naszej historii.

Stan naturalnej równowagi. Chłopak mówił o słowach wykutych w zaginionej Tablicy z Rumelabaru, które fascynowały alchemików od stuleci.

Co jest na dole, musi równoważyć to, co jest w górze,
W tym się zawiera dokładność wszechświata.
Ogień bije z ziemi, światło spada z nieba.
Każde w nadmiarze jest zgubą drugiego,
W tym się zawiera zagłada wszechświata.

– Sulyardzie – wycedził Niclays przez zęby. – Nikt nie rozumie tej cholernej tablicy. To głupota, zgaduj-zgadula.

– Sam nie byłem z początku przekonany. Truyde mi tłumaczyła, ale nie chciałem słuchać. Lecz w końcu dostrzegłem jej pasję… – Sulyard mocniej zacisnął palce. – Ona mi wszystko wyjaśniła. Że gdy wyrmy utraciły swój płomień i zapadły w długi sen, wschodnie smoki urosły w siłę. A teraz znowu ją tracą i budzą się ze snu smocze stwory. Czy nie widzisz, doktorze? To jest cykl.

Niclays raz jeszcze spojrzał w szczerą twarz chłopaka. Ta misja nie była pomysłem Sulyarda. Tylko Truyde. Zrodziła się w jej sercu i jej umyśle. Jakże podobna do dziadka stała się jego wnuczka. Obsesja, która go zabiła, żyła w jej krwi.

– Oboje jesteście głupcami – wychrypiał Niclays.

– Nie.

– Tak! – Głos mu się załamał. – Skoro wiecie, że smoki opadają z sił, dlaczego staracie się o ich pomoc?

– Bo wciąż są silniejsze od nas, doktorze. Z nimi u boku mamy większe szanse niż sami. Jeśli mamy żywić nadzieję na zwycięstwo…

– Sulyardzie – przerwał mu Niclays, już nieco ciszej – przestań. Wojwładca nie będzie tego słuchał. I Sabran też nie.

– Chciałem spróbować. Rycerz Odwagi uczy nas przecież, byśmy mówili głośno, gdy inni boją się odezwać. – Sulyard pokręcił głową, czując łzy cisnące mu się pod powieki. – Doktorze, czy popełniliśmy błąd, żywiąc nadzieję?

Raptem Niclaysa dopadło zmęczenie. Ten chłopak zginie na próżno z dala od domu. On sam mógł zrobić dla niego tylko jedno. Skłamać.

– Właściwie to prawda, że handlują z Mentendonem. Kto wie, może jednak posłuchają. – Poklepał brudną, skrwawioną rękę, która wczepiła się palcami w jego rękaw. – Wybacz starcowi jego cynizm, drogi chłopcze. Widzę twoją pasję. Nie wątpię w twą szczerość. Poproszę wojwładcę o audiencję, przedłożę mu twoje racje.

Sulyard przeniósł ciężar ciała na łokieć.

– Doktorze… – Jego głos nabrał ciężaru. – Czy oni cię zabiją?

– Zaryzykuję. Seiikinesi szanują mnie za moją wiedzę z dziedziny anatomii, no i jestem przecież legalnym osadnikiem. Pozwól mi spróbować. Podejrzewam, że najgorsze, czego mogę się obawiać, to ich śmiech.

Łzy wypełniły nabiegłe krwią oczy chłopaka.

– Nie wiem, jak ci dziękować.

– A ja owszem. – Niclays złapał go za ramię. – Przynajmniej spróbuj ujść z życiem. Gdy po ciebie przyjdą, opowiedz im o tej kobiecie na plaży. Obiecaj mi, że im powiesz.

Sulyard pokiwał głową.

– Obiecuję. – Złożył pocałunek na dłoni Niclaysa. – Niech Święty ma cię w opiece, doktorze Roos. Przy jego Wielkim Stole jest przygotowane miejsce dla ciebie obok Rycerza Odwagi.

– Niech je grzeje dla kogo innego – wymamrotał Niclays. Nie potrafił wyobrazić sobie większej udręki niż ucztowanie po kres czasu z bandą martwych samochwał.

A co się tyczy opieki Świętego, to gdyby chciał uratować tego młodego nieszczęśnika, nie mógłby kontynuować swojej pracy.

Usłyszał kroki strażników i odsunął się od kraty, a Sulyard przyłożył policzek do posadzki.

– Dziękuję, doktorze Roos. Dziękuję, że dałeś mi nadzieję.

– Powodzenia, Triamie Głupcze – odrzekł Niclays pod nosem i pozwolił wyprowadzić się z powrotem na deszcz.

Przy bramie więziennej stał drugi palankin. O wiele mniej zdobny niż ten, który zabrał go do gubernatora. Dźwigało go czterech mężczyzn. Jeden uśmiechnął się do Niclaysa.

– Doktorze Roos – powiedział – mamy rozkaz zanieść cię do posiadłości czcigodnego gubernatora Hisan, byś mógł poinformować go o tym, czego się dowiedziałeś od więźnia. Potem zaniesiemy cię do Ginury.

Niclays pokiwał głową, czując przemożne zmęczenie. Powie gubernatorowi tylko to, że przybysz zdecydował się pomóc zidentyfikować drugą osobę, która udzieliła mu pomocy. I na tym zakończy się jego zamieszanie w tę sprawę.

Gramoląc się do palankinu, Niclays zastanawiał się, czy ujrzy jeszcze kiedyś Triama Sulyarda. Przez wzgląd na Truyde miał nadzieję, że tak.

Przez wzgląd na siebie, że nie.

14
Zachód

Niedługo po tym, jak heroldowie obwieścili całej Inys, że królowa zaręczyła się z Aubrechtem Lievelynem, świeżo upieczony oblubieniec zapowiedział, że niebawem przybędzie na wyspę wraz ze swoją świtą liczącą około ośmiuset osób. Kolejne dni upłynęły w gorączkowym chaosie przygotowań, jakiego Ead jeszcze nie zaznała.

Jedzenie spływało do pałacu wypełnionymi po brzegi barkami z Leas i ze Wzgórz. Rodzina Glade'ów wysłała koronie skrzynie wina ze swoich winnic. Nadzwyczajni komnatanie, których zastępy mobilizowano do pomocy, gdy wymagała tego okazja – specjalne rocznice, Święte Uczty – zostali przywołani na dwór i również zaprzęgnięci do katorżniczej pracy. Dla królowej i jej dam szyto nowe suknie. Każdy kąt pałacu przetarto i wypucowano do ostatniego kandelabru. Po raz pierwszy wyglądało na to, że królowa Sabran odniosła się do absztyfikanta poważnie. Pałac płonął w ogniu powszechnej ekscytacji.

Ead robiła co w jej mocy, by nadążyć za dzikim tempem przygotowań. Choć gorączka pozbawiała ją sił, królowiecki lekarz orzekł, że jest zdolna do pracy. Kolejny dowód na to, że inysyccy lekarze to konowały.

Przynajmniej Truyde utt Zeedeur przestała jej bruździć. Uszu Ead nie dobiegły kolejne plotki o tym, jakoby parała się czarną magią.

Na razie była więc bezpieczna.

Zwykle na dworze przebywało około tysiąca osób, lecz gdy Ead przemierzała jego korytarze z koszami kwiatów i belami srebrnego brokatu, miała wrażenie, że liczba nagle się potroiła. Codziennie wypatrywała złotych chorągwi Ersyru i mężczyzny, który przybędzie wraz z nimi, przebranego za ambasadora króla Jantara i królowej Saiymy. Chassara uq-Ispada, człowieka, który sprowadził ją na Inys.

Najpierw jednak przyjechali goście z innych części królowiectwa. Wśród tych najbardziej rozpoznawalnych znaleźli się Pomniejsi Hrabiowie z rodzinami. Wszedłszy któregoś dnia do gmachu klasztornego, Ead wyłuskała wzrokiem z tłumu po drugiej stronie wirydarza lorda Ranulfa Heatha Młodszego, kuzyna zmarłej królowej Rosarian. Mężczyzna był pogrążony w rozmowie z lady Igrain Crest. Zgodnie ze swym zwyczajem przystanęła i zaczęła podsłuchiwać.

– A jak się miewa twój towarzysz, milordzie? – pytała uprzejmie Crest.

– Jest srodze rozczarowany, że nie mógł przyjechać razem ze mną, lecz wkrótce do nas dołączy – odpowiedział Heath. Jego skóra była brązowa i pokryta piegami, a broda przetkana pasmami siwizny. – Jakie to szczęście, że Jej Wysokość także zazna wkrótce radości z posiadania towarzysza życia.

– Możemy tylko pielęgnować nadzieję, milordzie. Książę Uprzejmości uważa, że ten alians pomoże załatać Puklerz Imperium, ale czy jego intuicje znajdą pokrycie w faktach, o tym przekonamy się w przyszłości.

– Mam nadzieję, że znajdą – zachichotał Heath – zważywszy na jego... szczególną rolę.

– Och, są rzeczy, które umykają nawet Seytonowi – odparła Crest, ozdabiając twarz nieczęstym uśmiechem. – Na przykład to, jak rzedną mu włosy. Nawet sokół nie widzi czubka własnej głowy. – Heath zdusił śmiech. – Oczywiście wszyscy modlimy się o rychłe przyjście na świat córki Jej Wysokości.

– Święte słowa, lecz królowa jest jeszcze młoda, podobnie zresztą jak Lievelyn. Dajmy im nieco czasu, by mogli się najpierw poznać.

Ead nie mogła się nie zgodzić z tymi słowami. Niewielu Inysytów przejmowało się tym, czy Sabran i Lievelyn poznaliby się, mijając się na ogrodowej ścieżce. Rzeczą pierwszej wagi było dla nich ich jak najrychlejsze małżeństwo oraz jego owocna konsumpcja.

– W rzeczy samej, najważniejsze, byśmy jak najszybciej doczekali się potomkini – powiedziała Crest, jakby odczytawszy myśli Ead. – Jej Wysokość jest świadoma spoczywających na niej obowiązków.

– No cóż, nikt nie poinstruował jej w tym względzie lepiej od ciebie, pani.

– Pochlebca. Jej Wysokość jest moją dumą i radością. Niestety... – Crest zawiesiła głos – ostatnimi czasy słucha nie tylko moich rad. Nasza królowa postanowiła kroczyć własną drogą.

– Każdy z nas musi nią kroczyć, Wasza Książęca Mość.

Rozeszli się. Ead nie miała ani chwili, by się wycofać, nim księżna minęła róg, i niemal na nią wpadła.

– Ach, pani Duryan. – Crest nie dała się wybić z rytmu. – Witaj, moja droga.

Ead dygnęła.

– Wasza Książęca Mość.

Crest skinęła głową i poszła w swoją stronę. Ead ruszyła w przeciwnym kierunku.

Crest mogła sobie żartować na temat Combe'a, ale prawda była taka, że nic nie umykało Nocnemu Jastrzębiowi. Ead uznała za wyjątkowo dziwne, że jeszcze się nie zorientował, kto jest mocodawcą nastających na życie Sabran zbirów.

Zwolniła kroku, gdy nasunęła jej się pewna przeoczona dotąd możliwość. Po raz pierwszy zaczęła poważnie zastanawiać się nad tym, czy to aby nie sam Combe jest owym mocodawcą. Z pewnością miałby środki niezbędne do zorganizowania zamachu. By niepostrzeżenie wprowadzić na dwór obcych ludzi, tak jak niepostrzeżenie usuwał z niego znajomych. Wszak nie kto inny, a właśnie Combe wziął na siebie powinność przesłuchiwania tych asasynów, którzy przeżyli spotkanie z Ead. I pozbywania się ich.

Tylko dlaczego niby Combe miałby chcieć śmierci Sabran? Był przecież potomkiem członka Przeświętego Zastępu, jego moc była ściśle związana z domem Berethnet… Chyba że wierzył, iż może zyskać jeszcze więcej na upadku królowej Inys. Gdyby Sabran zmarła bezpotomnie, ludzie zaczęliby się bać powrotu Bezimiennego. Wówczas zapanowałby chaos, w którym Nocny Jastrząb mógłby wznieść się do lotu.

A jednak wszyscy skrytobójcy zawiedli. Ead nie wyczuwała w tym ręki Combe'a. Nie była też wcale przekonana, czy Combe zaryzykowałby destabilizację Inys dla własnych celów.

Szpiegmistrz nie działał w ten sposób. Niczego nie pozostawiał przypadkowi.

Dopiero gdy była w połowie ścieżki wiodącej przez Ogród Zegara Słonecznego, dotarło do niej, co się święci.

Skrytobójcy zawalali misję specjalnie.

Doznała kiedyś osobliwego wrażenia, że ich ataki robią wrażenie zainscenizowanych. Że każdy zbir robi coś, co nie może skończyć się inaczej niż porażką. Zwlekał z wykonaniem ostatniego etapu misji.

A w tym już czuło się rękę Combe'a. Może nigdy nie chciał zabić Sabran, a tylko nią manipulował. Przypominał jej, że jest śmiertelna, a także o tym, jak ważne jest, by spłodziła potomkinię. Wzbudzał w niej strach, który miał pchnąć ją do szybszego zaakceptowania oświadczyn Lievelyna. Ten kawałek pasował do układanki. Do intencji Combe'a, by ukształtować dwór pod własne dyktando.

Tyle że Combe nie spodziewał się, iż w którymś momencie na scenie pojawi się Ead, która zacznie eliminować jego skrytobójców, nim ci zdążą zbliżyć się do królowej na tyle, by naprawdę ją przerazić. To pewnie dlatego dał temu ostatniemu klucz do Tajemnych Schodów. By zwiększyć jego szansę na dostanie się do wielkiej sypialni.

Ead pozwoliła sobie na uśmieszek. Nic dziwnego, że Combe chciał znaleźć tego anonimowego obrońcę. Jeśli jej tok rozumowania był poprawny, nieświadomie krzyżowała mu plany.

Oczywiście wszystko to tylko spekulacje. Nie miała żadnego dowodu na prawdziwość tej intrygi, tak jak nie miała dowodu, że to Combe wygnał Lotha z Inys. Ale czuła w kościach, że jest na właściwym tropie.

Małżeństwo z Lievelynem zostało już przypieczętowane. Combe był tym usatysfakcjonowany. Jeśli ataki ustaną, będzie to znaczyło, że Ead ma rację, a Sabran jest bezpieczna do momentu, aż znowu nie narazi się Nocnemu Jastrzębiowi. Który wówczas wzbije się wysoko w niebo, a tron Inys utonie w cieniu jego rozpostartych skrzydeł.

Ead mu je podetnie. Musi tylko poczekać na właściwy moment. I znaleźć obciążające szpiegmistrza dowody.

Goście szczelnie wypełniali salę tronową. Rodziny Książąt Ducha. Błędni rycerze, tępiący drobnych przestępców i zabijający śpiące wyrmy. Świętarze w szatach o długich rękawach. Baronowie i baroneci. Burmistrze i sędziowie pokoju.

Niebawem do środka zaczęli się wlewać pierwsi wyczekani goście z Królestwa Hróth. Król Raunus z domu Hraustr wysłał zastęp wysoko urodzonych reprezentantów, by byli świadkami zawarcia ślubu. Sabran powitała ich z niekłamaną serdecznością i wkrótce w pałacu rozbrzmiały gromkie północne pieśni i tubalny śmiech.

Nie tak dawno temu zaproszono by również gości z Yscalinu. Ead dobrze pamiętała ostatnie odwiedziny reprezentantki rodu Vetaldów, donmaty Marosy, która zjawiła się na obchodach tysięcznej rocznicy objęcia władzy na Inys przez Berethnetów. Teraz nieobecność Marosy przypominała wszystkim o niepewnej przyszłości.

W sali tronowej stawiła się większość członków Rady Cnót. Arbella Glenn, która, ku rozpaczy kilku co bardziej ambitnych dam, czuła się już nieco lepiej, stała teraz po prawicy zasiadającej na tronie królowej.

Arbella, o wiecznie wilgotnych oczach i poskręcanych od szycia palcach, robiła wrażenie wątłej, nawet będąc w pełni sił, ale Ead była pewna, że lekarz odradzał jej uczestnictwo w ceremonii. Choć na jej ustach rysował się dumny, matczyny uśmiech, ilekroć spojrzała na swoją królową, Ead dostrzegła w niej swoisty smutek.

W komnacie wrzało jak w ulu. Sabran czekała, aż oblubieniec stanie przed jej tronem w otoczeniu sześciorga Książąt Ducha, olśniewających w swoich płaszczach i szatach z pysznymi kołnierzami. Sama królowa miała na sobie prostą suknię z karmazynowego aksamitu i satyny, które pięknie kontrastowały z czernią jej włosów. Żadnej krezy, żadnej biżuterii. Ead przyglądała się królowej z miejsca, gdzie stała wśród pozostałych dam sypialnianych.

Najpiękniejsza była właśnie taka. Inysyci uważali chyba, że piękno królowej zawiera się w szmatkach i błyskotkach, ale tylko skrywały jej urodę.

Sabran pochwyciła spojrzenie Ead. Dziewczyna odwróciła wzrok.

– Gdzie są twoi rodzice? – spytała Margret stojącej po jej prawej stronie.

– Wysłali wiadomość, że tata jest niedysponowany, ale moim zdaniem chodzi o to, że mama nie chce patrzeć na Combe'a – powiedziała Margret zza wachlarza z pawich piór. – Napisał do niej list, w którym przekonywał, że Loth sam wybrał się do Cárscaro. Ona podejrzewa, że to nieprawda.

Lady Annes Beck była sypialnianką królowej Rosarian.

– Na pewno orientuje się w rozlicznych machinacjach, które odbywają się na tym dworze.

– Lepiej niż większość. Widzę, że pani Miodowego Ruczaju również nie skorzystała z zaproszenia. – Margret pokręciła głową. – Biedny Kit.

Hrabia Glade stał z pozostałymi członkami Rady Cnót i nie wydawał się przejmować nieobecnością syna. Przypominał go w każdym szczególe, nie licząc ust, które nigdy się nie uśmiechały.

Trąby oznajmiły przybycie wysokiego księcia. Nawet okazałe gobeliny zdobiące ściany sali tronowej wydawały się drżeć z emocji. Ead rzuciła okiem na Combe'a, który uśmiechał się jak kot z myszą przyszpiloną pazurami do ziemi.

Jego widok sprawił, że z odrazy ścisnęło ją w dołku. Nawet jeśli to nie on był architektem tej intrygi ze skrytobójcami, to przecież wysłał Lotha na śmiertelnie niebezpieczną misję, by nie plątał mu się pod nogami w czasie tego zaaranżowanego ślubu. Przeklęty drań.

Chorąży i trębacze wmaszerowali do komnaty. Zebrani zaczęli wyciągać szyje, by dojrzeć człowieka, który wkrótce miał zostać księciem małżonkiem ich królowej. Linora Payling wspięła się na palce, wachlując się, jakby miała zaraz zemdleć. Nawet Ead pozwoliła sobie ulec impulsowi ciekawości.

Sabran wyprostowała się. Fanfary potężniały i osiągnęły apogeum, gdy wysoki książę Wolnego Państwa Mentendonu pojawił się w bramie.

Aubrecht Lievelyn miał silne ramiona i szerokie bary, jakich można było się spodziewać po zaprawionym w bojach rycerzu. Ead widziała teraz, że gładko ogolony i wyższy od Sabran wojownik nie ma w sobie nic z susła. Jego falujące włosy lśniły niczym polerowana miedź, gdy przechodził między snopami światła. Miał płaszcz przewieszony przez ramię, a na dublet koloru kości słoniowej narzucił czarną kamizelkę.

– Och, ależ on jest przystojny – rozmarzyła się Linora.

Lievelyn klęknął przed swoją oblubienicą i pochylił głowę.

– Wasza Wysokość.

Twarz Sabran pozostała niewzruszona.

– Wasza Królewska Wysokość – poprawiła go i wyciągnęła do niego rękę. – Witamy w Królowiectwie Inys.

Lievelyn ucałował jej koronny pierścień.

– Wysokości – zaczął. – Przybyłem niedawno, lecz już zdążyłem pokochać twoje miasto. Wiedz, że przyjmując moje oświadczyny, uczyniłaś mnie najszczęśliwszym człowiekiem na świecie. To najwyższy honor móc znaleźć się w twojej obecności.

Mówił cicho i swobodnie. Ead była zaskoczona tym spokojem. Zwykle absztyfikanci obsypywali monarchinie komplementami, ale Lievelyn spoglądał na królową Inys, która była przecież postacią znamienitą, prawdziwym galionem okrętu religii Sześciu Cnót, której sam był współwiercą.

Sabran uniosła brwi i zabrała rękę.

– Oto Książęta Ducha, potomkowie Przeświętego Zastępu – powiedziała.

Skłonili się Lievelynowi, a on odwzajemnił uprzejmość.

– Jesteśmy szczęśliwi, mogąc cię gościć, Wasza Królewska Wysokość – rzekł ciepło Combe. – Nie mogliśmy się doczekać tego spotkania.

– Powstań, proszę – zwróciła się do księcia Sabran.

Lievelyn usłuchał. W krótkiej chwili ciszy przyszli towarzysze życia badali się wzrokiem.

– O ile się nie mylę, Wasza Królewska Wysokość odwiedził już kiedyś Ascalon – przerwała milczenie monarchini.

– Nie mylisz się, Wysokości. Przybyłem tu na ślub twoich rodziców. Miałem wówczas tylko dwa lata, ale moja matka często opowiadała, jak pięknie wyglądała tego dnia królowa Rosarian, wspominała również, że ludzie modlili się, by jak najszybciej wydała na świat córkę tak pełną gracji i niezłomną, jak ona sama. Dowiodłaś, królowo, że jesteś godną następczynią swej szlachetnej matki. Gdy usłyszałem, że Wasza Wysokość stawiła czoło prawemu skrzydłu Bezimiennego, wiedziałem już, że opowieści o tobie nie są przesadzone.

Sabran nie uśmiechała się, ale jej oczy lśniły.

– Spodziewaliśmy się poznać twoje szlachetne siostry.

– Wkrótce to nastąpi, Wasza Wysokość. Księżniczka Betriese zachorowała, a pozostałe za nic nie chciały odstąpić od jej łoża.

– Przykro nam to słyszeć. – Sabran znowu wyciągnęła rękę, tym razem do ambasadora. – Witaj z powrotem, Oscarde.

– Wysokości. – Ambasador pochylił się, by ucałować pierścień. – Jeśli wolno, pozwól, że przedstawię swoją matkę, lady Aleidine Teldan utt Kantmarkt, Księżną Wdowę Zeedeur.

Księżna dygnęła.

– Wasza Wysokość. – Miała gęste miedziane włosy, oliwkową cerę i opadające powieki, w których kąciku czas wyrzezał kurze łapki. – To dla mnie zaszczyt.

– Witaj w Ascalonie, pani. I ty również – dodała Sabran do kogoś za plecami księżnej – Ekscelencjo.

Gdy Lievelyn odstąpił na bok, Ead zaparło dech w piersi. Ambasador, który wkroczył właśnie do komnaty tronowej, nosił złote nakrycie głowy i płaszcz z błyszczącej satyny, intensywnie niebieski, barwą przywodzący na myśl kwiat ostróżki. Za nim stali członkowie ersyrskich i lasyańskich delegacji.

– Wysokości. – Chassar uq-Ispad skłonił się z uśmiechem. Zebrani obrócili się, by ogarnąć wzrokiem zwalistego mężczyznę o owiniętej tkaniną głowie i gęstej czarnej brodzie. – Ileż to czasu minęło.

Był tutaj.

Po tych wszystkich latach w końcu wrócił.

– Zbyt wiele – odparła Sabran. – Już się obawialiśmy, że Jego Arcywysokość nie przysłał do nas nikogo.

– Mój władca nigdy nie ośmieliłby się obrazić Waszej Wysokości. Król Jantar kazał przekazać ci najszczersze gratulacje z okazji zaręczyn, podobnie jak wysoka władczyni Kagudo, której delegacja dołączyła do nas w Gnieździe.

Kagudo władała Dominium Lasyi i była głową najstarszego królewskiego domu w znanym świecie. Była też w prostej linii następczynią Selinu Wiernoprzysiężnej, a więc krewną samej Matki. Ead nigdy jej nie poznała, ale Selinu często pisywała do Przeoryszy.

– Na szczęście – podjął Chassar – książę Aubrecht dobijał akurat do brzegu, gdy schodziliśmy na ląd, więc mogłem się nacieszyć jego towarzystwem do końca podróży.

– My mamy nadzieję cieszyć się jego towarzystwem do końca życia.

Niektóre damy dworu zachichotały na te słowa, skrywając uśmiechy za wachlarzami. Lievelyn znów rozciągnął usta w uśmiechu.

Nadal wymieniano uprzejmostki. Sabran nie odwracała spojrzenia od oblubieńca, a on wpatrywał się w nią nieprzerwanie. Chassar zerknął na Ead i ledwie dostrzegalnie kiwnął głową, po czym odwrócił wzrok.

Gdy audiencja dobiegła końca, Sabran zaprosiła gości na turniej rycerski. Uczestnicy potyczek walczyli na oczach tysięcy obywateli miasta, którzy wpadli w szał na widok swojej królowej i wznieśli dziki wiwat na chwałę tej, która przepędziła wielką zachodnicę. Była w ich oczach drugim Glorianem Sercową Tarczą.

– Niech żyje Sabran Wspaniała! – wrzeszczeli. – Niech żyje dom Berethnet! – Krzyki wzmogły się jeszcze, gdy Lievelyn zajął miejsce obok niej na królowieckiej trybunie.

– Chroń nas, Wasza Wysokość!

– Wysokości, twoja odwaga spływa na nas!

Ead znalazła sobie miejsce w cieniu, obok innych dam dworu. Patrzyła na tłum, czekając, aż wychynie z niego zamachowiec z kuszą lub pistoletem. Jej siden był niemal doszczętnie wyczerpany, ale miała dość noży, by wybić mały oddział asasynów.

Chassar siedział po drugiej stronie ogrodzonej trybuny władczyni. Na pewno czekał na koniec przyjęcia, by porozmawiać z Ead.

– Święty, myślałam, że to zapoznanie nigdy się nie skończy. – Margret przyjęła od pazia szklankę wina truskawkowego. Dwaj błędni rycerze opuścili przyłbice. – Coś mi się widzi, że Sabran wprost przepada za Czerwonym Księciem. Próbuje się z tym kryć, ale wydaje mi się, że już ją oczarował.

– I sam też jest oczarowany – odpowiedziała rozkojarzona Ead.

Combe siedział nieopodal monarchini w wydzielonej części trybun. Przypatrywała mu się natarczywie, próbując się zorientować, czy spogląda na Sabran jak na swoją królową czy może jak na pionka na szachownicy.

Margret podążyła za jej spojrzeniem.

– Wiem – wyrzekła dyskretnie. – Morderstwo uszło mu na sucho. – Łyknęła wina. – Nienawidzę jego i wszystkich sługusów, którzy pomagają mu w niegodziwościach.

– Sabran musi się o nich dowiedzieć – mruknęła Ead. – Czy ona nie mogłaby znaleźć jakiegoś sposobu, by się go pozbyć?

– Boli mnie, że to mówię, ale Inys potrzebuje jego szpiegów. No i jeśli Sab wyrzuci go z dworu bez bardzo dobrego powodu, reszta szlachty może zacząć powątpiewać we własną pozycję na dworze. Sabran nie może pozwolić, by malkontenci nadwątlali jedność korony w czasach, gdy grozi nam niebezpieczeństwo ze strony Yscalinu. – Margret skrzywiła się, gdy poszły w drzazgi lance potykających się rycerzy. Trybuny zawyły ochoczo. – Przecież szlachta buntowała się już w przeszłości.

Ead pokiwała głową.

– Rebelia na Janowcowym Wzgórzu.

– Właśnie. Dobrze, że wprowadzono później prawo, które zmniejsza ryzyko powtórki z rozrywki. Kiedyś ludzie Combe'a nosili własną liberię, jakby w pierwszej kolejności odpowiadali nie przed Sabran, ale przed nim. Teraz mogą już tylko nosić jego odznakę. – Zacisnęła usta. – Drażni mnie, że symbolem jego cnoty jest księga. Księgi są dla niego o wiele za dobre.

Dwaj rycerze zawrócili konie i ustawili się przodem do siebie. Igrain Crest, która przed chwilą rozmawiała z jakimś baronem, podeszła do trybuny królowej i usiadła za Sabran i Lievelynem. Pochyliła się i wyszeptała coś władczyni do ucha. Sabran nagrodziła ją uśmiechem.

– Podobno Igrain jest przeciwna temu małżeństwu – podjęła Margret. – Ale cieszy ją, że w końcu doczeka się następczyni. – Uniosła brew. – Gdy Sab była dzieckiem, w rzeczywistości to Igrain pełniła funkcję Obrończyni Królestwa, choć nigdy nie obdarzono jej oficjalnym tytułem. Była jej drugą matką. A jednak, jeśli wierzyć plotkom, wolałaby wydać Sabran za kogoś, kto jedną nogą jest już na trupim szlaku.

– Kto wie, jej życzenie może się jeszcze spełnić – powiedziała Ead.

Margret spojrzała na nią.

– Uważasz, że Sab się rozmyśli?

– Dopóki nie ma obrączki na palcu, jest to więcej niż prawdopodobne.

– Dwór zaraził cię cynizmem, Ead Duryan. A może właśnie rodzi się na naszych oczach miłość jeszcze bardziej płomienna od tej łączącej Rosarian I i sir Antona Dale'a? – Margret wzięła ją pod rękę. – Zmieńmy temat. Pewnie się cieszysz, znów widząc po tylu latach ambasadora uq-Ispada.

– Żebyś wiedziała. – Ead błysnęła uśmiechem.

Turniej trwał jeszcze kilka godzin. Ead siedziała w cieniu wraz z Margret, nie spuszczając wzroku z trybun. Wreszcie lord Lemand Fynch, pełniący obowiązki Księcia Umiarkowania, został ogłoszony zwycięzcą. Wręczywszy kuzynowi nagrodę, pierścień, Sabran schroniła się przed skwarem w pałacu.

O piątej Ead siedziała wygodnie w komnacie królowej, gdzie Sabran grała na wirginale. Gdy Roslain i Katryen szeptały sobie do ucha, a biedna Arbella biedziła się nad haftem, Ead udawała, że pochłania ją treść modlitewnika.

Od czasu wizyty przy jej łóżku królowa zwracała na nią baczniejszą uwagę niż wcześniej. Już kilka razy została zaproszona do gry w karty oraz by wysłuchać najświeższych plotek, relacjonowanych z podziwu godnym poświęceniem przez damy sypialniane. Ead zauważyła, że czasem mówiły dobrze o pewnych ludziach i radziły Sabran, by odniosła się do nich z większą przychylnością. Jeśli nie zostały przekupione, Ead była królową Ersyru.

– Ead.

Podniosła wzrok.

– Tak, Wysokości?

– Podejdź tu do mnie. – Sabran poklepała taboret.

Gdy Ead usiadła, królowa przysunęła się do niej konspiracyjnie.

– Wygląda na to – powiedziała – że Czerwony Książę jest nieco mniej podobny do susła, niż nam się wydawało. Co o nim myślisz?

Ead czuła na sobie spojrzenie Roslain.

– Robi wrażenie bardzo uprzejmego i rycerskiego. Gdyby rzeczywiście był susłem – dorzuciła niefrasobliwie – z pewnością inne susły obrałyby go królem.

Sabran prychnęła z rozbawieniem. Rzadkość. Niczym żyła złota na co dzień skryta w szarej skale.

– Istotnie. Ale dopiero czas pokaże, czy sprawdzi się jako książę małżonek. – Przebiegła palcami po wirginale. – Oczywiście jeszcze nie wyszłam za mąż. Zaręczyny zawsze można zerwać.

– Powinnaś zrobić, jak uważasz, królowo. Zawsze znajdą się tacy, którzy będą chcieli ci mówić, co masz robić i jak się zachowywać, ale to ty nosisz koronę – powiedziała Ead. – Niech Jego Królewska Wysokość udowodni, że jest godzien miejsca u twego boku. Jeśli rzeczywiście jest najlepszym ze wszystkich kandydatów, niech zasłuży na ten honor.

Sabran wpatrywała się w nią uważnie.

– Piękne słowa padają z twoich ust – skomentowała. – Ciekawa jestem, czy szczere.

– Tak, pani, mówię szczerze. Każdy dwór pada ofiarą fałszu i nieuczciwości, które często stroi się w piórka kurtuazji. Ale ja chciałabym wierzyć, że mówię prosto z serca.

– Wszystkie mówimy z serca, gdy zwracamy się do Jej Wysokości – warknęła Roslain, gniewnie błyskając oczami. – Czy sugerujesz, że uprzejmość jest niczym więcej niż tylko podstępem, pani Duryan? Bo Rycerka Uprzejmości by…

– Ros – przerwała jej Sabran. – Nie mówiłam do ciebie.

Roslain zamilkła, wyraźnie oszołomiona.

Nerwową ciszę przerwało pojawienie się Rycerza Ciała.

– Wysokości. – Skłonił się. – Jego Ekscelencja Ambasador uq-Ispad pragnie zapytać, czy nie mógłby pożyczyć na krótką chwilę pani Duryan. Czeka na Tarasie Tkacza Pokoju.

Sabran przerzuciła opadające kaskadą włosy na drugie ramię.

– Myślę, że mogę ją wypożyczyć – przystała na prośbę. – Idź, Ead, ale nie spóźnij się na modły.

– Tak, pani. – Ead wstała natychmiast. – Dziękuję.

Opuszczając komnatę, unikała spojrzeń pozostałych kobiet. Tylko głupiec robiłby sobie wroga z Roslain Crest.

Opuściła Wieżę Królowej i wspięła się na wychodzącą na południe część pałacowych fortyfikacji, gdzie Taras Tkacza Pokoju wznosił się nad nurtem Gibkiej Rzeki. Serce trzepotało jej w piersi jak skrzydełka ćmy pszczelej. Po raz pierwszy od ośmiu lat porozmawia z kimś z Zakonu. I to nie z byle kim, ale z samym Chassarem.

Wieczorne słońce, niczym wytrawny alchemik, zmieniło wody rzeki w płynne złoto. Ead przeszła przez most i zatrzymała się na wyłożonej kaflami podłodze tarasu. Chassar czekał na nią przy balustradzie. Na dźwięk jej kroków obrócił się i uśmiechnął, a ona podbiegła do niego jak córka do ojca.

– Chassar.

Zatopiła twarz w jego piersi. Otoczył ją ramionami.

– Eadaz. – Złożył pocałunek na środku jej czoła. – Światło mych oczu, przybyłem.

– Tak długo nie słyszałam tego imienia – powiedziała z silnym akcentem w języku selinyjskim. – Na miłość Matki, Chassarze, myślałam już, że porzuciłeś mnie na dobre.

– Nigdy. Wiesz przecież, że zostawiając cię tutaj, czułem, jakby wydzierano mi z boku żebro. – Poszli razem w kierunku altany utworzonej przez splecione krzewy róży i wiciokrzewu. – Usiądź tu ze mną.

Chassar musiał zarezerwować taras na swój prywatny użytek. Ead zajęła miejsce przy stole, na którym stał półmisek z górą ersyrskich owoców. Nalał jej szklankę rumelabarskiego wina.

– Przywiozłem to dla ciebie zza morza – powiedział. – Pomyślałem, że z przyjemnością wspomnisz Południe.

– Po ośmiu latach łatwo mogłabym zapomnieć, że w ogóle istnieje coś takiego jak Południe. – Rzuciła mu twarde spojrzenie. – Nie pisałeś. Nie odpisałeś na ani jeden z moich listów.

Jego uśmiech znikł w jednej chwili.

– Wybacz mi tę długą ciszę, Eadaz. – Westchnął. – Napisałbym, ale Przeorysza zadecydowała, że lepiej będzie, jak zostawimy cię w spokoju, byś mogła uczyć się inysyckich obyczajów.

Ead chciała się rozzłościć, ale nie umiała ofuknąć człowieka, który sadzał ją sobie na kolanach, gdy była mała, i uczył ją czytać. Ulga, która ogarnęła ją na jego widok, przeważyła nad latami udręki.

– Otrzymałaś zadanie, miałaś bronić Sabran – powiedział Chassar – i uhonorowałaś Matkę, pilnując, by królowej nie spotkało nic złego. Na pewno nie było ci łatwo. – Milczał chwilę. – Te zbiry, które ją nachodzą… pisałaś w listach, że nosili yscalińskie ostrza.

– Tak. A dokładniej lewaki z Cárscaro.

– Lewaki, powiadasz – powtórzył Chassar. – Nietypowa broń, gdy planuje się morderstwo.

– To samo pomyślałam. Służą do obrony.

Chassar mruknął coś pod nosem i pogładził brodę, jak zawsze gdy się nad czymś zastanawiał.

– Może nie ma tu żadnego drugiego dna i sprawa jest taka, jaką się wydaje: król Sigoso wynajmuje Inysytów, by zabili za niego królową, której nienawidzi… lub może te ostrza to zgniłe ryby, które mają zamaskować zapach prawdziwego prowodyra tych zamachów.

– Myślę, że to drugie. Zamieszany jest w to ktoś na dworze – powiedziała Ead. – Sztylety mógł kupić na rynku cieni. I ktoś wpuścił zbirów do Wieży Królowej.

– Czy jest ktoś w Wysokim Dworze, kto mógłby chcieć śmierci Sabran?

– Nikt. Wszyscy myślą, że ona trzyma Bezimiennego w szachu. – Ead zakręciła szklanką. – Zawsze mówiłeś, że powinnam ufać instynktowi.

– Zawsze.

– A więc mówię ci teraz, że coś mi nie pasuje w tych zamachach na Sabran. I nie chodzi tylko o wybór broni. Spośród wszystkich ataków jedynie ten ostatni wydawał się... na poważnie. Pozostali skrytobójcy zawsze coś skrewili, jakby chcieli zostać złapani.

– Najprawdopodobniej są po prostu nieudolni. Zdesperowani głupcy kupieni za marne grosze.

– Możliwe. Albo specjalnie odnoszą porażki. Chassarze, czy pamiętasz lorda Artelotha?

– Ależ oczywiście. Zdziwiłem się, nie widząc go u boku Sabran.

– Bo go tu nie ma. Combe wygnał go do Yscalinu za to, że zanadto zbliżył się do królowej. Chciał w ten sposób oczyścić drogę Lievelynowi.

Chassar uniósł brwi.

– Plotki – mruknął. – Słyszałem je nawet w Rumelabarze.

Ead kiwnęła głową.

– Combe wysłał Lotha na śmierć. A teraz obawiam się, że Nocny Jastrząb znów przestawia figury na szachownicy. Sądzę, że chciał wzbudzić w Sabran strach o własne życie, by pchnąć ją w ramiona Lievelyna.

– By jak najszybciej spłodzili potomkinię. – Chassar obracał tę myśl w głowie. – Wybacz, że to mówię, ale jeśli to prawda, to tym lepiej. Sabran jest bezpieczna. Combe zagonił ją tam, gdzie chce.

– A jeśli w przyszłości przestanie być bezpieczna?

– Nie sądzę, by Combe ośmielił się posunąć dalej. Bez Sabran Nocny Jastrząb jest nikim.

– A ja nie sądzę, by on tak uważał. Jestem zdania, że Sabran powinna się dowiedzieć o jego machinacjach.

Chassar zamarł, słysząc te słowa.

– Nie wolno ci jej o tym powiedzieć, Eadaz. Nie bez dowodów. Combe to potężny człowiek. Znajdzie sposób, by cię skrzywdzić.

– Nie powiem. Mogę tylko dalej pilnować królowej. – Pochwyciła jego spojrzenie. – Chassarze, moje osłony zaczynają zawodzić.

– Wiem – odparł nieledwie szeptem. – Gdy usłyszeliśmy o pojawieniu się Fýredela i o tym, że Sabran przepędziła go z Ascalonu, od razu domyśliliśmy się prawdy. Wiedzieliśmy też, że taki wysiłek wypali do cna twój siden. Zbyt długo przebywałaś tak daleko od drzewa. Jesteś korzeniem, ukochana. Musisz pić, inaczej uschniesz.

– Może to nie takie ważne. Jest szansa, że wreszcie uda mi się zostać damą sypialnianą. Wówczas będę mogła bronić jej własnym ostrzem.

– Nie, Eadaz.

Chassar nakrył jej dłonie swoimi. Kwiat pomarańczy wycięty ze słonecznego kamienia był wprawiony w srebrny pierścień na jego palcu wskazującym. Symbol tego, czemu oboje byli wierni.

– Dziecko – szepnął. – Przeorysza nie żyje. Była już stara, wiesz o tym dobrze. Odeszła w pokoju.

Zabolało ją to, choć przecież spodziewali się takiego obrotu spraw. Przeorysza była sędziwa, odkąd Ead pamiętała, skórę miała pomarszczoną jak kora drzewa oliwnego.

– Kiedy?

– Trzy miesiące temu.

– Niech jej płomień wzniesie się i opromieni drzewo – powiedziała Ead. – Kto objął po niej schedę?

– Czerwone Panny wybrały Mitę Yedanyę, mungunę. Pamiętasz ją?

– Tak, oczywiście. – Ead pamiętała tylko tyle, że Mita była cichą i poważną kobietą. Słowo munguna oznaczało spadkobierczynię Zakonu, choć Czerwone Damy czasem wybierały kogoś innego, jeśli uznały pretendentkę za niegodną tej pozycji. – Życzę jej pomyślności w nowej roli. Czy wybrała już własną mungunę?

– Większość sióstr uważa, że będzie nią Nairuj, ale Mita nie podjęła jeszcze decyzji.

Chassar przysunął się bliżej. W wątłym świetle wieczora Ead zauważyła zmarszczki wokół jego ust i oczu. Znacznie się postarzał od czasu, gdy widziała go po raz ostatni.

– Coś się zmieniło, Eadaz. Ty też na pewno to czujesz. Wyrmy budzą się ze snu. Wielka zachodnica przyleciała na Inys. Przeorysza obawia się, że to wszystko zwiastuje przebudzenie samego Bezimiennego.

Ead potrzebowała chwili, by dotarły do niej słowa Chassara.

– Nie ona jedna – powiedziała. – Dama dworu, Truyde utt Zeedeur, wysłała posłańca na Seiiki.

– Młoda dziedziczka Księstwa Zeedeur. – Chassar zmarszczył brwi. – Dlaczego miałaby chcieć się układać ze Wschodem?

– Dziewczyna ubzdurała sobie, że przywoła wschodnie wyrmy, by broniły nas przed Bezimiennym. Jest przekonana, że on powróci, niezależnie od tego, czy dom Berethnet przetrwa, czy upadnie.

Chassar wypuścił powietrze przez zęby.

– Skąd ten wniosek?

– Przebudzenia smoczych potworów. I jej własne rojenia, jak sądzę. – Ead wypełniła szklanki winem. – Fýredel powiedział Sabran coś zastanawiającego. O mającym wkrótce upłynąć tysiącleciu. Wyjawił też, że jego pan, który śpi w Czeluści, niebawem zacznie się budzić.

Ocean, otchłań dzieląca dwie strony świata. Czarna woda, której nie przenika światło słońca. Krypta ciemności, której od wieków lękają się najtwardsze wilki morskie.

– Złowróżbna przepowiednia. – Chassar zapatrzył się w horyzont. – Fýredel musi wierzyć, tak jak lady Truyde i Przeorysza, w rychły powrót Bezimiennego.

– Matka zwyciężyła go ponad tysiąc lat temu – powiedziała Ead. – Tak było, czyż nie? Jeśli to o tym okresie mówił wyrm, to Bezimienny powinien był się przebudzić już dawno.

Chassar upił wina. Bruzdy na jego czole znamionowały zamyślenie.

– Zastanawiam się, czy ta pogróżka ma coś wspólnego z zagubionymi latami Matki.

Wszystkie siostry wiedziały o zagubionych latach. Niedługo po pokonaniu Bezimiennego i założeniu Zakonu Matka odeszła, by zająć się jakąś ważną sprawą, a potem zginęła. Jej ciało zostało odesłane do Zakonu. Nikt nie wiedział przez kogo.

Niewielka frakcja sióstr wierzyła, że Matka dołączyła do swojego oblubieńca, Galiana Berethneta, i spłodziła z nim dziecko, dając początek domowi Berethnet. To przekonanie, niezbyt popularne w Zakonie, było mitem założycielskim religii Cnót – oraz powodem, dla którego Ead wylądowała na Inys.

– Czy to możliwe? – spytała.

– No cóż, większość sióstr wierzy, że Matka odeszła, by obronić Zakon przed jakimś nieznanym zagrożeniem. – Chassar zacisnął usta. – Napiszę do Przeoryszy i powiem jej, co powiedział Fýredel. Może jej uda się rozwikłać tę zagadkę.

Siedzieli w ciszy. Zmierzch gęstniał, a w oknach pałacu budziły się z wolna rozedrgane płomyki świec.

– Zaraz będę musiała iść – wymamrotała Ead. – By modlić się do Kłamcy.

– Zjedz coś przedtem. – Chassar podsunął jej półmisek z owocami. – Wydajesz się zmęczona.

– Trudno żebym nie była zmordowana, odpędziwszy sama wielką zachodnicę.

Wybrała z półmiska kilka wiśni i słodkich jak miód daktyli. Smaki życia, którego nigdy nie zapomniała.

– Ukochana – wyrzekł Chassar – wybacz mi, lecz zanim pójdziesz, muszę ci coś jeszcze powiedzieć. Chodzi o Jondu.

Ead natychmiast zwróciła ku niemu głowę.

– Jondu. – Jej mentorka i najdroższa przyjaciółka. Coś skręciło się w jej brzuchu. – Chassarze, o co chodzi?

– Minionego roku Przeorysza zdecydowała, że należy wznowić poszukiwania Ascalona. Zaczęły budzić się smocze stwory, więc uznała, że powinniśmy zrobić co w naszej mocy, by odnaleźć miecz, którym Matka pokonała Bezimiennego. Jondu zaczęła poszukiwania od Inys.

– Inys – powtórzyła Ead jak echo, czując ucisk w gardle. – Na pewno przyszłaby mnie zobaczyć.

– Zakazano jej zbliżać się do dworu. Aby nie odciągała cię od twojego zadania.

Ead zamknęła oczy. Jondu była uparta, ale nigdy nie zlekceważyłaby bezpośredniego rozkazu Przeoryszy.

– Ostatni raz kontaktowała się z nami z Perunty. Prawdopodobnie wracała do domu.

– Kiedy to się stało?

– Pod koniec zimy. Nie znalazła Ascalona, ale napisała do nas, że wiezie do Zakonu z Inys coś bardzo ważnego i że prosi o natychmiastowe wsparcie. Wysłaliśmy do niej siostry, ale ślad po niej zaginął. Obawiam się najgorszego.

Ead wstała nagle i podeszła do balustrady. Raptem słodycz owoców, miast upajać smakiem, zdała jej się mdląca.

Pamiętała, jak Jondu uczyła ją, jak ujarzmić surowy ogień płonący w jej żyłach. Jak trzymać miecz i nałożyć cięciwę na łuk. Jak jednym cięciem otworzyć wiwernę od paszczy do ogona. Jondu, jej najdroższa przyjaciółka – która, wraz z Chassarem, uczyniła Ead tym, kim jest.

– Może wciąż żyje – wychrypiała.

– Szukają jej siostry. Nie poddamy się. Ale ktoś musi zająć jej miejsce wśród Czerwonych Dam. To wiadomość, którą przynoszę od Mity Yedanyi, naszej nowej Przeoryszy. Każe ci wrócić, Eadaz. Okryć się płaszczem krwi. W nadchodzących dniach będziesz nam potrzebna.

Dreszcz, zimny i gorący zarazem, przebiegł ją od głowy do podstawy kręgosłupa.

Nie pragnęła niczego innego, jak tylko zostać Czerwoną Damą, przyboczną wojowniczką. Marzyła o tym każda dziewczyna urodzona w Zakonie.

A jednak…

– Czyli nowej Przeoryszy nie obchodzi, co się stanie z Sabran?

Chassar dołączył do niej przy balustradzie.

– Nowa Przeorysza odnosi się do Berethnetów z większą dozą sceptycyzmu niż poprzednia – przyznał Chassar – ale nie zostawi Sabran bez ochrony. Przyprowadziłem ze sobą na Inys jedną z twoich młodszych sióstr, mam zamiar przedstawić ją królowej jako zastępstwo za ciebie. Powiem jej, że umiera ktoś z twoich bliskich, że musisz zaraz wracać do Ersyru.

– To będzie wyglądało podejrzanie.

– Nie mamy wyjścia. – Spojrzał jej w oczy. – Jesteś Eadaz du Zāla uq-Nāra, służebnicą Cleolind. Nie powinnaś zostawać dłużej na tym dworze bluźnierców.

Jej imię. Och, jak wiele czasu upłynęło… Gdy trawiła te słowa, spostrzegła, że jego twarz wykrzywia grymas obawy.

– Eadaz – podjął – nie mów mi, że chcesz tu zostać. Czy związałaś się z Sabran?

– Jasne, że nie – odparła beznamiętnie. – To rozpieszczona arogantka… ale kimkolwiek by była, zawsze istnieje szansa, choćby niewielka, że rzeczywiście jest prawdziwą potomkinią Matki. Mało tego: jeśli umrze, ten kraj, dysponujący największą i najsilniejszą flotą na Zachodzie, rozpadnie się jak domek z kart. A to nie będzie dla nas korzystne. Ona potrzebuje ochrony.

– I będzie ją miała. Siostra, którą tu ze sobą przyprowadziłem, jest bardzo kompetentna. A przed tobą rozpościera się teraz inna droga. – Położył dłoń na jej plecach. – Czas wracać do domu.

Znowu będzie mogła znaleźć się blisko drzewa pomarańczy. Mówić swoim własnym językiem i modlić się do prawdziwej Matki, nie musząc się gotować w skwarze placu Maryan.

Ale ostatnie osiem lat życia spędziła, ucząc się o Inysytach, poznając ich zwyczaje, religię, zawiłości stosunków panujących na dworze. Nie mogła ot tak zmarnować tej wiedzy.

– Chassarze – powiedziała. – Chciałabym opuścić to miejsce wraz z tobą, ale Sabran akurat zaczyna mi ufać. Jeśli teraz odejdę, spędzone tu lata pójdą na marne. Może uda ci się przekonać Przeoryszę, żeby dała mi nieco więcej czasu?

– Ile czasu?

– Dopóki nie zostanie zabezpieczona sukcesja. – Ead zwróciła się do niego. – Pozwól mi jej strzec, dopóki nie urodzi córki. Potem wrócę do domu.

Zastanawiał się nad tym chwilę. Zaciśnięte w wąską kreskę usta zniknęły w gąszczu czarnej brody.

– Spróbuję – odrzekł wreszcie. – Spróbuję, ukochana. Ale jeśli Przeorysza odmówi, będziesz musiała jej usłuchać.

Ead pocałowała go w policzek.

– Jesteś dla mnie za dobry.

– Nie da się być dla ciebie za dobrym. – Ujął jej ramiona. – Ale pilnuj się, Eadaz. Nie rozkojarzaj się. To Matka jest twoją boginią, nie ta inysycka królowa.

Ogarnęła wzrokiem wieże miasta.

– Niechaj Matka prowadzi nas wszystkimi ścieżkami, którymi kroczymy.

15
Zachód

Cárscaro.
Stolica Smoczego Królestwa Yscalinu.
Miasto rozsiadło się wysoko w górach piętrzących się nad rozległą równiną, której południowo-wschodnią granicę wyznaczały Wrzeciona, okryty śnieżnymi czapami łańcuch górski oddzielający Yscalin od Ersyru.

Loth patrzył przez okno powozu, który zbliżał się z wolna do górskiej ścieżki. Całe życie słyszał opowieści o Cárscaro, ale nie sądził, że kiedyś zobaczy je na własne oczy.

Yscalin stał się istotnym elementem Puklerza Imperium, gdy król Isalarico IV poślubił królową Glorian II. W imię miłości porzucił starych bogów swojej ojczyzny, którą złożył wówczas u stóp Świętego. W tamtych dniach Cárscaro słynęło ze swoich masek, muzyki i czerwonych grusz, które rosły na ulicach.

Te czasy już minęły. Odkąd Yscalin wyrzekł się Świętego i zwrócił ku Bezimiennemu, starał się robić wszystko, by zdyskredytować Imperium.

Gdy słońce wyjrzało znad horyzontu, nad Wielką Równiną Yscalińską pojawiły się jasne pasma chmur. Dawno temu rosła tu lawenda, kwiat przy kwiecie, a gdy zrywał się wiatr, pachniało w całej stolicy.

Loth żałował, że nie mógł tego zobaczyć. Teraz aż po widnokrąg rozciągała się tu spalona pustynia.

– Ile dusz żyje w Cárscaro? – spytał lady Priessy, chyba tylko po to, by odciągnąć swoją uwagę od tego zwęglonego pustkowia.

– Około pięćdziesięciu tysięcy. Nasza stolica nie jest zbyt wielka. Gdy dotrzemy na miejsce, zostaną wam wskazane kwatery w galerii ambasadorskiej. Jej Promienistość przyjmie was, gdy tylko będzie mogła. Przedstawicie się wówczas i wyjawicie powód swojej wizyty w Yscalinie.

– Czy spotkamy się też z królem Sigosem?

– Król jest niedysponowany.

– Przykro mi to słyszeć.

Loth przyłożył czoło do okna i spojrzał na górskie miasto. Wkrótce dowie się, co za szaleństwo ogarnęło ten nieszczęsny kraj.

Jego uwagę przykuł jakiś ruch. Sięgnął do klamki, chcąc lepiej się przyjrzeć owemu kształtowi na niebie, ale powstrzymała go urękawiczona dłoń.

– Co to było? – spytał, wytrącony z równowagi.

– Kokatryks. – Lady Priessa złożyła dłonie na kolanach. – Mądrze postąpisz, lordzie Artelocie, nie oddalając się zbytnio od pałacu. W górach żyje wiele smoczych stworzeń.

Kokatryksy. Pomioty ptaków i wiwern.

– Czy atakują mieszkańców miasta?

– Gdy są głodne, atakują wszystko, co się rusza, z wyjątkiem zarażonych. Karmimy je.

– Czym?

Nie odpowiedziała.

Powóz zaczął się wspinać na górską ścieżkę. Siedzący naprzeciwko Lotha Kit obudził się i przetarł oczy. Natychmiast przywołał uśmiech na usta, ale Loth wiedział, że przyjaciel się boi.

Zapadła noc, nim w oddali zamajaczyła Brama Niundy. Była wprost gigantyczna, tak jak bóstwo, które użyczyło jej swego imienia, wykuta z zielonego i czarnego granitu, oświetlona pochodniami. Stanowiła jedyne wejście do Cárscaro. Gdy się zbliżyli, Loth zaczął rozróżniać kształty pod nadprożem.

– Co tam jest?

Kit zrozumiał to pierwszy.

– Na twoim miejscu odwróciłbym wzrok, Artelocie. – Opadł na ławeczkę. – Chyba że chcesz, by ten widok nawiedzał cię w snach do końca życia.

Ale było za późno. Już zobaczył mężczyzn i kobiety przykutych łańcuchami do bramy. Niektórzy wyglądali na martwych lub półżywych, jeszcze inni, krwawiąc z ran na nadgarstkach i kostkach, próbowali wyswobodzić się z kajdan.

– Tym właśnie je karmimy, lordzie Artelocie – powiedziała Priessa. – Przestępcami i zdrajcami.

Przez krótką chwilę Loth myślał, że zwróci ostatni posiłek wprost na podłogę powozu.

– Rozumiem. – Ślina napłynęła mu do ust. – Dobrze.

Wysiłkiem woli powstrzymał się od nakreślenia w powietrzu znaku miecza. Wiedział, że robiąc to, podpisze na siebie wyrok.

Podjechali bliżej, a wrota otworzyły się, by ich przyjąć. Strzegło ich co najmniej sześć wiwern. Były nieco mniejsze niż wielkie zachodnice i miały tylko po dwie nogi, ale ich ślepia płonęły tym samym ogniem. Loth odwrócił wzrok, czekając, aż powóz je minie.

Był w samym sercu koszmaru. Ryciny z bestiariuszy i wszystkie stare opowieści zbudziły się do życia w Yscalinie.

Ze środka miasta strzelała w niebo iglica z wulkanicznej skały i szkła. To musiał być Pałac Zbawienia, siedziba rodu Vetaldów. Góra, na której zbudowano Cárscaro, była jedną z najniższych we Wrzecionach, ale wysoka na tyle, by jej wierzchołek niknął w wiszącej ponad równiną mgle.

Pałac budził przestrach, ale dopiero rzeka lawy wprawiła Lotha w przerażenie. Przepływała przez miasto, rozwidlając się na sześć odnóg, a potem łączyła się w jeden szeroki nurt i spływała kaskadą na niższe stoki, gdzie zastygała w formie wulkanicznego szkła.

Wodospady magmy pojawiły się w Cárscaro dziesięć lat temu. Yscalińczycy potrzebowali nieco czasu, by zbudować kanały, którymi rzeki płomieni mogłyby się przedostać przez miasto. W Ascalonie słyszało się szepty, że Święty przekreślił nimi stolicę, by przestrzec Yscalińczyków przed pokusą zwrócenia się ku Bezimiennemu i obrania go bogiem ich państwa.

Ulice wiły się wokół budynków niby szczurze ogony. Loth widział teraz biegnące między nimi wysokie kamienne mosty. Stragany z czerwonymi markizami otaczali ludzie w ciężkich szatach, wielu skrywało twarze za woalami. Zawieszone we drzwiach talizmany i amulety oraz noszone przez niektórych obywateli maski o długich dziobach i szklanych oczach mówiły, że miejscowi próbują dać odpór zarazie, ale mimo to powóz co jakiś czas mijał domostwa pokryte czerwonymi napisami.

Zatrzymali się u wrót Pałacu Zbawienia, gdzie czekał już szereg służących. Potężne drzwi okalał kamienny łuk płaskorzeźb przedstawiających smocze stwory. Wyglądał jak wejście do samego Ognistego Łona.

Loth wyszedł z powozu i sztywnym gestem podał rękę lady Priessie, która jednak odmówiła pomocy. Głupio zrobił. Melaugo radziła mu przecież, by zachowywał dystans.

Jakulusy powarkiwały, gdy cała grupa mijała je i ruszyła w kierunku pałacowej bramy. Loth zwolnił nieco i zrównał się z Kitem. Służący wprowadzili ich do westybulu o wysokim suficie, na środku którego pysznił się wielki żyrandol. Loth mógłby przysiąc, że zatknięte na nim świece płoną na czerwono.

Lady Priessa zniknęła w bocznych drzwiach, a obaj przybysze wymienili zaskoczone spojrzenia.

Po dwóch stronach wielkich schodów stały mosiężniki. Któryś służący odpalił od jednego pochodnię. Puścił Lotha i Kita przodem przez opuszczone korytarze i przejścia ukryte za gobelinami oraz sztucznymi ścianami, kazał im iść ciasnymi klatkami schodowymi, gdzie wzmogły się męczące Lotha mdłości. Mijali olejne obrazy poprzednich władców z domu Vetalda, aż wreszcie weszli do galerii o sklepionym żebrowo suficie. Służący wskazali jedne drzwi, potem kolejne. Następnie wręczyli każdemu klucz.

– Czy moglibyśmy dostać coś do… – zaczął Kit, ale mężczyzna już zniknął za gobelinem. – Jedzenia.

– Zjemy jutro – powiedział Loth. Jego słowa odbijały się echem w korytarzu. – Jak myślisz, jest tu ktoś poza nami?

– Nie znam się na ambasadorskich sprawach, ale przypuszczam, że muszą tu gdzieś być jacyś Mentyjczycy. – Kit pomasował się po burczącym brzuchu. – Ci we wszystkim maczają palce.

To prawda. Mówiło się, że nie ma takiego miejsca na świecie, gdzie nie pojedzie Mentyjczyk.

– Spotkajmy się w południe – rzekł Loth. – Musimy ustalić dalszy tok działania.

Kit poklepał go po plecach i wszedł do jednej z przygotowanych komnat. Loth wsunął klucz w zamek u drzwi drugiej.

Jego oczy chwilę przyzwyczajały się do panującej w sypialni ciemności. Yscalińczycy może i przysięgli wierność Bezimiennemu, ale bynajmniej nie szczędzili wydatków, by godnie ugościć ambasadorów. W zachodniej ścianie widniało dziewięć okien różnej wielkości. Po bliższej inspekcji okazało się, że część z nich to w rzeczywistości drzwi prowadzące na zadaszony balkon.

Północną część komnaty zdominowało wielkie łoże z baldachimem, przy którym stał żelazny kandelabr. Świece utoczono z wosku o perłowym połysku. Teraz Loth widział wyraźnie, że płomienie są w istocie czerwone. Prawdziwie czerwone. Dostrzegł pod ścianą swój kufer. Odsunął kotarę zakrywającą południowy skraj pomieszczenia i znalazł za nią kamienną wannę wypełnioną po brzegi parującą wodą.

Przez te wielkie okna miał wrażenie, że cały Yscalin na niego patrzy. Zaciągnął zasłony i zgasił większość świec. Z knotów uniosły się pod sufit smużki czarnego dymu.

Zanurzył się w wodzie i jakiś czas leżał nieruchomo. Gdy odpoczął, wziął kostkę mydła oliwkowego i zaczął myć włosy, chcąc pozbyć się z nich popiołu.

Wilstan Fynch mógł spać w tej właśnie komnacie, gdy badał okoliczności śmierci królowej Rosarian, kobiety, którą kochał. Mógł być tutaj, gdy płonęły pola lawendy i gdy wypuszczono z Cárscaro ptaki z wiadomościami, że Yscalin zostawił po sobie wyrwę w Puklerzu Imperium.

Loth opłukał włosy. Jeśli ów człowiek w stolicy ośmielił się zorganizować zamach na Rosarian, kto wie, czy nie będzie próbował zagrozić też Sabran. Usunąć ją, zanim urodzi dziecko. I tym sposobem wskrzesić Bezimiennego.

Z drżeniem podniósł się z wanny i sięgnął po złożony równo lniany ręcznik. Ogolił się swoim nożem, zostawiając tylko część zarostu na podbródku i nieco nad górną wargą. Odpłynął myślami, a te skupiły się wokół Ead.

Był pewien, że Sabran jest z nią bezpieczna. Od kiedy zobaczył ją pierwszy raz w Domu Biesiadnym – tę tajemniczą kobietę o kasztanowej skórze i bystrych oczach, zastygłą w niemalże monarszej postawie – wyczuł jej wewnętrzne ciepło. Nie żar wyrmowego płomienia, ale coś miękkiego i złotego, jak pierwsze promienie letniego słońca.

Margret od roku mówiła mu, że powinien ją poślubić. Była piękna, potrafiła go rozśmieszyć, mogli rozmawiać godzinami. Ale Loth nie słuchał siostry, i to nie tylko dlatego, że przyszły hrabia Złotobrzozy nie mógł poślubić nisko urodzonej, o czym Margret doskonale wiedziała, lecz przede wszystkim z tego powodu, że Loth kochał Ead tak, jak kochał Margret – jak siostrę właśnie.

Nie doświadczył jeszcze wszechogarniającej miłości, jaką żywi się do towarzyszki życia. Już od kilku lat był mężczyzną dostatecznie dojrzałym, by się ożenić – przekroczył w końcu trzydziestkę – i sam nie mógł się doczekać, aż uhonoruje w ten sposób Rycerkę Przyjaźni, dopełniając świętego sakramentu małżeństwa.

Napadła go myśl, że w obecnej sytuacji może już nigdy nie mieć okazji.

Na łożu leżała koszula nocna, ale on włożył swoją własną, całą pogniecioną po podróży, a potem wyszedł na balkon.

Powietrze mile schłodziło rozgrzane po kąpieli ciało. Loth oparł się o balustradę i ogarnął wzrokiem miasto. Cárscaro rozciągało się aż do krawędzi stromego urwiska, górującego nad równiną. Poblask bijący od rzek magmy powlekał ulice czerwonym światłem. Na oczach Lotha jakiś kształt zapikował i pociągnął haust magmy wprost z rzeki.

O północy Loth wszedł ostrożnie do łoża i podciągnął kołdrę pod samą szyję.

Śniło mu się, że ktoś skropił pościel trucizną.

Niedługo przed południem Kit znalazł go siedzącego przy stole w cieniu balkonu, wpatrzonego w panoramę równiny.

– Czołem, sirrah – przywitał się Loth.

– Ach, mój sirrah, jakiż piękny dzień wstał w krainie śmierci i zła. – Kit położył przed sobą deskę z jedzeniem. – Ci ludzie może i kłaniają się Bezimiennemu, ale nigdy nie spałem w wygodniejszym łożu.

Kit czasem nie potrafił zachować powagi, a Loth nie potrafił nie śmiać się z jego żartów, nawet tutaj.

– Skąd masz jedzenie?

– Pierwszym miejscem, jakie odnajduję w gościnie, jest kuchnia. Machałem służącemu rękami przed nosem tak długo, aż zrozumiał, że umieram z głodu. Masz. – Postawił przed nim posiłek. – Później przyniosą nam coś bardziej treściwego.

Na desce piętrzyły się owoce i prażone orzechy, obok stał dzban deserowego wina i dwie czarki.

– Nie powinieneś chodzić po pałacu sam – przestrzegł go Loth.

– Ja się zgadzam, ale mój żołądek nie chciał na ciebie poczekać – odparł Kit, ale gdy spojrzał na przyjaciela, uszło z niego powietrze. – No dobrze, wiem.

Słońce było jak otwarta rana; niebo malowało się tysiącami odcieni różu. Blada mgła okryła całunem przestwór równiny.

Loth nigdy jeszcze nie widział niczego podobnego. Byli co prawda osłonięci od słonecznego żaru, ale na ich czołach i tak perlił się pot.

Musiało tu być pięknie – pomyślał Loth – gdy wciąż rosła lawenda. Próbował wyobrazić sobie, że przemierza latem otwarte korytarze, po których hula pachnący kwiatami wiatr.

Czy to strach, czy może jakiś demon zła opętał króla Sigosa, że zniszczył tak piękne miejsce?

– No – powiedział Kit, żując garść migdałów – to jak będziemy rozmawiać z donmatą?

– Przede wszystkim uprzejmie. Ona uważa, że ta nasza tymczasowa ambasadura w istocie jest permanentna. Wątpię, by uznała za podejrzane, jeśli spytamy o los poprzedniego ambasadora.

– Ale jeśli zrobili coś Fynchowi, skłamie.

– Więc poprosimy o dowód na to, że on żyje.

– Nie żąda się dowodów od księżnej. Jej słowo jest prawem. – Kit zabrał się do obierania malinowej pomarańczy. – Jesteśmy teraz szpiegami, Loth. Lepiej przestań postępować, jak każe ci twoja ufna natura.

– Co więc proponujesz?

– Musimy zlać się w jedno z resztą dworu, zachowywać się jak grzeczni mali ambasadorczykowie, a w międzyczasie wywiedzieć się, co i jak. Mogą tu być jacyś inni zagraniczni dyplomaci. Ktoś na pewno wie coś, co nam się przyda. – Opromienił Lotha uśmiechem. – No a jak już wszystko inne zawiedzie, będę czarować donmatę Marosę, póki nie otworzy przede mną serca.

Loth pokręcił głową.

– Niegodziwcze.

Nagle zadrżała ziemia. Kit złapał swoją czarkę, by wino się nie rozlało.

– Co to było, u licha?

– Trzęsienie ziemi – odparł niewzruszony Loth. – Tata mówił mi kiedyś, że zdarzają się w okolicy wulkanicznych gór.

Loth zakładał, że Yscalińczycy nie wznieśliby tu miasta tylko po to, by zburzyło je trzęsienie ziemi. Nie chcąc o tym myśleć, łyknął solidnie wina. Wciąż kołatały mu się po głowie myśli o niegdysiejszym pięknie Cárscaro, które przeminęło. Nucąc pod nosem, Kit wyciągnął pióro i mały nożyk.

– Wzięło cię na składanie rymów? – zagadnął Loth.

– Wena chyba dopiero nadejdzie. Doświadczenie podpowiada mi, że śmiertelne przerażenie i kreatywność rzadko idą w parze. – Kit zaczął ostrzyć pióro. – Nie, mam zamiar napisać list. Do pewnej damy.

Loth zacmokał z dezaprobatą.

– Nigdy nie pojmę, dlaczego nie wyznałeś jeszcze Kate, co do niej czujesz.

– Bo choć osobiście jestem niezwykle czarujący, na papierze zwę się sir Antor Dale. – Kit posłał mu rozbawione spojrzenie. – Jak myślisz, wysyłają listy ptakami czy może bazyliszkami?

– Pewnie kokatryksami. Takimi ni to ptakami, ni to bazyliszkami. – Loth patrzył, jak Kit wyjmuje z sakiewki kałamarz. – Wiesz przecież, że Combe spali wszystkie listy, jakie wyślemy do Inys.

– Och, ani myślę próbować. Jeśli lady Katryen nigdy go nie przeczyta, trudno – powiedział niefrasobliwie – lecz gdy serce wypełnia się po brzegi miłością, to w końcu się przelewa, a moje niezmiennie przelewa się na papier.

Dobiegło ich pukanie do drzwi. Loth spojrzał na Kita, zanim ruszył otworzyć, gotów zrobić użytek z baselardu.

W progu stał sługa w czarnym dublecie i bryczesach.

– Lordzie Artelocie. – Miał przy sobie kulki zapachowe. – Przybyłem, by cię powiadomić, iż Jej Promienistość donmata Marosa udzieli ci audiencji w odpowiednim czasie. Tymczasem ty i lord Kitston musicie się udać do pałacowego lekarza, który sprawdzi, czy nie wnieśliście w te progi zarazy.

– Teraz?

– Tak, milordzie.

Badanie przeprowadzone przez lekarza o smoczych sympatiach było ostatnią rzeczą, na jaką Loth miał ochotę, lecz wiedział, że nie ma wyboru.

– A więc prowadź.

16
Wschód

Pozostałe próby wody zleciały Tané jak z bicza strzelił. Uczniowie pływali nocą pod prąd wartkiej rzeki, pojedynkowali się, walcząc z siatkami, przeszli także sprawdzian z komunikacji niewerbalnej. Czasem między dni próby wkradł się jeden zbawienny dzień przerwy, czasem nawet kilka. Ani się obejrzała, wielkimi krokami zaczął się zbliżać ostatni egzamin.

Północ, nie po raz pierwszy zresztą, zastała ją w sali treningowej. Tané pokrywała swoją klingę świeżą warstwą olejku goździkowego. Jego woń czepiała się palców. Bolały ją ramiona, a kark miała sztywny jak pień.

Jutro za sprawą tego miecza zdobędzie wszystko, czego pragnęła, albo zaprzepaści cały swój trud. W gładkiej metalowej powierzchni odbijały się jej przekrwione oczy.

Z dachu szkoły kapały krople deszczu. Wracając do swojej kwatery, usłyszała zduszony śmiech.

Drzwi niewielkiego balkonu były otwarte. Tané rzuciła okiem przez balustradę. Na dziedzińcu poniżej siedzieli w cieniu drzew Onren i Kanperu. Grali w jakąś grę planszową.

– Tané.

Aż podskoczyła. Dumusa wyglądała przez drzwi balkonowe swojego pokoju, trzymając w palcach fajkę. Miała na sobie szatę z krótkim rękawem. Podeszła do stojącej przy balustradzie Tané i podążyła za jej wzrokiem.

– Nie wolno ci im zazdrościć – powiedziała po chwili ciszy.

– Ależ ja wcale…

– Nie frasuj się, Tané. Sama czasem im zazdroszczę. Tego, o ile im łatwiej. Zwłaszcza Onren.

Tané skryła twarz we włosach.

– Świetnie jej idzie przy tak niewielkim… – Słowa ugrzęzły w jej gardle. – Wysiłku.

– Radzi sobie, bo wierzy w swoje umiejętności. Wydaje mi się, że się boisz, że przestaniesz sobie radzić, gdy tylko poluzujesz uścisk. Przyszłam na świat w rodzinie jeźdźców. To wielkie błogosławieństwo i zawsze chciałam udowodnić, że na nie zasługuję. Gdy miałam szesnaście lat, porzuciłam wszystko poza nauką. Przestałam wychodzić do miasta, malować, widywać się z Ishari. Całymi dniami ćwiczyłam, aż zostałam prymuską. Zapomniałam, jak to jest, gdy ma się umiejętności, bo pozwoliłam posiąść się umiejętnościom. Posiąść się bez reszty.

Dreszcz przebiegł Tané po plecach.

– Lecz… – Zawahała się. – Nie wyglądasz na spiętą.

Dumusa wypuściła chmurę dymu.

– Uprzytomniłam sobie, że jeśli dostąpię tego szczęścia i zostanę jeźdźcem, to będę musiała odpowiedzieć na wołanie Seiiki natychmiast. Bez tych kilku dni na przygotowania. Pamiętaj, Tané, nie trzeba ostrzyć miecza codziennie, by zachował ostrość.

– Wiem.

Dumusa omiotła ją spojrzeniem.

– To przestań ostrzyć. I prześpij się.

Ostatnia próba miała się odbyć na dziedzińcu. Tané zjadła śniadanie wcześnie rano i znalazła sobie miejsce na ławie.

Onren usiadła obok niej w chwili, gdy słońce wyjrzało znad horyzontu. Razem słuchały echa odległych grzmotów.

– Czujesz się gotowa? – zagaiła przyjaciółka.

Tané pokiwała głową. A potem nią pokręciła.

– Ja tak samo. – Utkwiła wzrok w strugach deszczu. – Zostaniesz jeźdźcem, Tané. Sędziowie klanu Miduchi wystawią nam ocenę zbiorczą za wszystkie próby. Poradziłaś sobie znacznie lepiej niż tylko dobrze.

– Przede mną próba najważniejsza ze wszystkich – mruknęła Tané. – Będziemy używać mieczy częściej niż innych rodzajów broni. Jeśli nie zdołamy zwyciężyć w walce w szkole…

– Każdy wie, jak sprawnie władasz mieczem. Będzie dobrze.

Tané splotła dłonie i ścisnęła je kolanami.

Z budynku zaczęli wychodzić kolejni uczniowie. Gdy pojawił się morski generał, wszyscy siedzieli już na ławach. Służący szedł krok za dowódcą, trzymając parasol nad jego głową.

– Jako ostatnią sprawdzimy waszą umiejętność walki mieczem – wygłosił. – Zaczniemy od czcigodnej Tané z Domu Południa.

Wstała.

– Czcigodna Tané – podjął generał – dziś zmierzysz się z czcigodnym Turosą z Domu Północy.

Wywołany natychmiast wstał.

– Walczycie do pierwszej krwi.

Przeciwnicy udali się na dwa przeciwległe skraje placu, by wziąć miecze. Następnie odwrócili się twarzami do siebie i skrzyżowali spojrzenia. Podeszli do siebie, nie odwracając wzroku i trzymając w rękach obnażone ostrza.

Już ona mu pokaże, do czego jest zdolna wiejska klucha.

Ich ukłony były krótkie i sztywne. Tané złapała rękojeść oburącz. Nie widziała nic poza Turosą, kroplami deszczu kapiącymi z jego włosów i jego zaczerwienionymi nozdrzami.

Morski generał dał znak, a Tané i Turosa rzucili się na siebie. Zadzwoniły miecze. Chłopak znalazł się tak blisko, że czuła jego oddech i zapach potu, który wsiąknął w jego tunikę.

– Gdy będę dowodził jeźdźcami – wysyczał – upewnię się, że już nigdy nie dosiądzie ich żaden wieśniak. – Zgrzyt metalu o metal. – Wkrótce wrócisz na to zadupie, z którego cię wyciągnęli.

Tané wykonała pchnięcie. Zatrzymał jej ostrze dwa cale od swojego brzucha.

– Przypomnij mi – podjął, tak by tylko ona słyszała – czy oni w ogóle nadają wam imiona w tych wiochach ulepionych z gówna?

Jeśli miał nadzieję ją sprowokować, obrażając rodzinę, której nigdy nie znała, to jeszcze sobie poczeka.

Zamachnął się, Tané sparowała i wtedy pojedynek zaczął się na poważnie.

To już nie był taniec z drewnianymi mieczami ani lekcja będąca okazją do szlifowania umiejętności. Ostateczna walka z jej największym rywalem okazała się szybka i bezlitosna jak rwanie zęba.

Jej świat zawęził się do przeciwnika i miecza w jego dłoni, stał się nawałnicą deszczu i stali. Turosa wybił się wysoko. Tané cięła szeroko, parując zdradliwe cięcie od dołu, a on gwałtownie przykucnął. Nim zdołała dobyć tchu, wystrzelił w jej kierunku; blask jego miecza przywodził na myśl błyszczącą rybę sunącą żwawo w górskim potoku. Odbiła wszystkie uderzenia, nie licząc tego, które Turosa zamarkował tylko po to, by drugą ręką strzelić ją w twarz. A potem poprawić kopniakiem w brzuch.

Powinna była od razu rozszyfrować tę zmyłkę. Jej zmęczenie przypieczętuje zwycięstwo Turosy. Przez kropelki deszczu osiadłe na rzęsach rzuciła okiem na morskiego generała, który przyglądał im się bez śladu emocji.

– Rozumiesz już, chłopko z pola? – szydził Turosa. – Lepiej nie wstawaj. Twoje miejsce jest w ziemi. Obyś nie wylądowała pod nią.

Niczym więzień czekający na egzekucję, Tané pochyliła głowę. Turosa przyglądał się jej, jakby chciał zdecydować, gdzie zadać cios, który zaboli najbardziej. Wraz z następnym krokiem znalazł się w jej zasięgu.

Wówczas poderwała głowę i wyprowadziła kopnięcie przy samej ziemi, zmuszając go do odskoczenia w tył. Sama, wykorzystując impet, zerwała się płynnie na nogi i zawirowała jak tornado. Turosa odbił pierwszy cios, ale zobaczyła w jego oczach, że drugiego się nie spodziewał. Nogi poplątały mu się na mokrych kamieniach, a gdy Tané pchnęła mieczem, nie zdążył się zasłonić.

Jej ostrze musnęło jego twarz miękko jak źdźbło trawy.

A uderzenie serca później jego klinga rozcięła jej ramię. Syknęła, gdy odskoczył z obnażonymi, mokrymi od śliny zębami.

Inni strażnicy wyciągali szyje, by lepiej widzieć. Tané spoglądała na przeciwnika, dysząc ciężko.

Jeśli nie przebiła skóry i nie dobyła krwi, przegrała walkę.

Powoli, powolutku rubinowe kropelki wysączyły się z kreski, którą wyrysowała mu na twarzy klinga. Drżąc, przemoczony Turosa dotknął żuchwy jednym palcem. Krew rozmazała się czerwienią jasną jak kwiat pigwy.

Pierwsza krew.

– Czcigodna Tané z Domu Południa – wygłosił morski generał z uśmiechem. – Zwycięstwo należy do ciebie.

Te słowa były dla jej uszu jak muzyka.

Gdy skłoniła się Turosie, krew cieknąca z jej ramienia była jak roztopiona miedź. Wyraz jego twarzy powiedział jej, że jego brodzące w płyciźnie pogardy serce dało nura w przepastną czeluść nienawiści. Nabrał się na jej sztuczkę – sztuczkę, która nie powinna była nikogo zmylić – bo jej nie docenił. Gdy podniósł wzrok, Tané wiedziała, że już nigdy nie nazwie jej wiejską kluchą. Bo przyznałby w ten sposób, że byle chłopka jest w stanie pokonać go w walce.

Jedynym sposobem na zachowanie twarzy było uznanie jej za równą sobie.

Pod deszczowym niebem potomek jeźdźców skłonił się jej. Tak nisko, jak jeszcze nigdy.

17
Zachód

Lekarz orzekł, że Loth i Kit nie są zarażeni, więc już po kilku dniach od przybycia na dwór stanęli przed obliczem donmaty Marosy. Większość tego czasu spędzili we własnych komnatach, pod czujnym okiem pilnujących korytarza strażników, którzy dbali, by ambasadorzy nie kręcili się po pałacu. Loth wciąż drżał, ilekroć przypominał sobie pałacowego lekarza, który przystawił mu pijawki tam, gdzie nigdy nie powinno się ich przystawiać.

Wreszcie wszedł wraz z Kitem do olbrzymiej komnaty tronowej Pałacu Zbawienia. Wszędzie tłoczyli się dworzanie i szlachta, ale nigdzie nie widział księcia Wilstana.

Donmata Marosa, koronowana księżna Smoczego Królestwa Yscalinu, zasiadała na tronie z wulkanicznego szkła, nad którym sklepiał się pyszny szkarłatny baldachim. Jej twarz skrywała rogata maska z żelaza, podobizna wielkiej zachodnicy. Musiała być bardzo ciężka.

– Święty… – szepnął Kit tak cicho, że tylko Loth usłyszał. – Ona nosi wizerunek Fýredela.

Od tronu oddzielał ambasadorów szereg strażników w złotych zbrojach. Na baldachimie widniał herb domu Vetalda: dwie czarne wiwerny i przełamany miecz.

Nie byle jaki miecz, lecz Ascalon. Symbol Cnót.

Dwórki zdjęły woale, które zwieszały się z drobnych, ale pięknie zdobionych diademów. Lady Priessa Yelarigas stała po prawicy monarchini. Teraz, gdy twarz miała odkrytą, Loth widział jej blade, pokryte piegami policzki, głęboko osadzone oczy i dumnie zadarty podbródek.

Pomruk rozmów przycichł, gdy stanęli u stóp schodów prowadzących do tronu.

– Promienistości! – zawołał herold. – Oto nasi dwaj goście z Inys. Lord Arteloth Beck, syn hrabiego i hrabiny Złotobrzozy, oraz lord Kitston Glade, syn hrabiego i hrabiny Miodowego Ruczaju. Ambasadorowie królowiectwa Inys.

W sali tronowej zapadła cisza, a potem rozległy się syki. Loth ukląkł na jedno kolano i pochylił głowę.

– Wasza Promienistość – powiedział – dziękujemy, że zechciałaś ugościć nas w swym domu.

Syki ucichły gwałtownie, gdy donmata uniosła rękę.

– Lordzie Artelocie, lordzie Kitstonie – powiedziała. Żelazny hełm sprawił, że jej głos odbijał się dziwnym echem. – Mój ukochany ojciec i ja witamy was w Smoczym Królestwie Yscalinu. Przyjmijcie moje najszczersze przeprosiny za to, że audiencja tak się opóźniła. Miałam pilne sprawy, którymi niezwłocznie musiałam się zająć.

– To całkowicie zrozumiałe, Promienistości – rzekł Loth. – Twoje święte prawo, księżno, wyznaczyć dogodny czas naszego spotkania. – Odchrząknął. – Lord Kitston ma nasze listy uwierzytelniające. Czy zechcesz się z nimi zapoznać?

– Oczywiście.

Lady Priessa skinęła na służącego, który wziął dokumenty od Kita.

– Mojego ojca i mnie uradowała wiadomość otrzymana od Księcia Uprzejmości, który zadeklarował, że Inys pragnie wzmocnić stosunki dyplomatyczne z Yscalinem – podjęła donmata. – Nie chcielibyśmy, by królowa Sabran zerwała naszą wieloletnią przyjaźń przez… różnice religijne.

„Różnice religijne"!

– A skoro już mowa o Sabran – ciągnęła donmata – mam wrażenie, że wieki upłynęły od naszej ostatniej rozmowy. Powiedzcie, proszę, czy zaszła już w ciążę?

Pod okiem Lotha drgnął mięsień. Wstrętem napawała go myśl, że księżna Yscalinu deklaruje przyjaźń z Sabran, siedząc pod znakiem splugawionego Miecza.

– Jej Wysokość nie wyszła jeszcze za mąż, pani – odparł Kit.

– Ale wkrótce wyjdzie. – Obie jej dłonie spoczęły na podłokietnikach tronu. Gdy żaden z ambasadorów nie udzielił odpowiedzi, podjęła: – Chyba nie dotarły do was jeszcze dobre wieści, panowie. Sabran przyrzeczona została Aubrechtowi Lievelynowi, wysokiemu księciu Wolnego Państwa Mentendonu. Mojemu niegdysiejszemu oblubieńcowi.

Loth mógł się tylko na nią gapić.

Oczywiście zdawał sobie sprawę, że Sabran w końcu wybierze sobie towarzysza życia – królowa nie miała wyboru – ale zawsze przypuszczał, że będzie to ktoś z Hróth, bardziej skonsolidowanego z dwóch pozostałych państw tworzących Imperium Cnót. Zamiast tego wybrała Aubrechta Lievelyna, wnuka brata zmarłego księcia Leovarta, który również starał się o rękę Sabran pomimo znacznej różnicy wieku.

– Przykro mi – mówiła dalej księżna – że nie zostałam zaproszona na ceremonię. – Rozparła się na tronie. – Czy coś cię trapi, lordzie Artelocie? Nie krępuj się i wyjaw, co myślisz. Czyżby Czerwony Książę nie był godny łoża twojej miłośnicy?

– Serce królowej Sabran to jej prywatna sprawa – wypluł Loth. – Nie będziemy o tym rozmawiać w takim miejscu.

Śmiech wymiótł doskonałą ciszę z sali tronowej, a Loth poczuł, że wspina mu się po kręgosłupie zimny dreszcz. Donmata również dołączyła do wesołego chóru. Jej złowieszczy chichot brzmiał pod żelazną maską metaliczną nutą.

– Jej serce może i tak. Lecz nie jej łoże. Czyż nie mówi się, że gdy linia krwi Berethnetów zostanie przerwana, powróci do nas Bezimienny? Jeśli wciąż chce trzymać go w łańcuchach, chyba powinna rozewrzeć… podwoje swego dworu przed księciem Aubrechtem?

Kolejna salwa śmiechu.

– Modlę się, by ród Berethnetów trwał po kres czasu – powiedział Loth, zanim pojął, co właściwie mówi. – Gdyż tylko on stoi między nami a chaosem.

W jednej chwili strażnicy dobyli rapierów i śmiech zamarł.

– Ostrożnie, milordzie – wyrzekła donmata. – Niech twoich ust nie opuści słowo, które można by uznać za obrazę Bezimiennego. – Skinęła dłonią na strażników. Rapiery wróciły do pochew. – A wiesz, słyszałam, że to ty miałeś zostać księciem małżonkiem Sabran. Czyżby progi jej dworu okazały się dla ciebie zbyt wysokie? – Zanim zdołał zaprotestować, klasnęła w dłonie. – Zresztą nieważne. Możemy zaradzić twej samotności tu, w Yscalinie. Minstrele! Zagrajcie trzydzieści obrotów! Lady Priessa zatańczy z lordem Artelothem.

Lady Priessa natychmiast zeszła po schodach i przecięła marmurową podłogę. Loth zebrał się w sobie i ruszył w jej kierunku.

Tańca trzydziestu obrotów uczono kiedyś na wielu dworach. W Inys został zakazany przez Jillian V, która uznała go za lubieżny, lecz późniejsze królowe były nieco bardziej pobłażliwe dla dworaków, którzy i tak uczyli się go w kuluarach.

Lady Priessa dygnęła, gdy zespół zagrał pierwsze skoczne nuty. Loth skłonił się partnerce, po czym oboje zwrócili się twarzą do donmaty i ujęli za ręce.

Z początku nie mógł się wyzbyć sztywności w nogach, ale lady Priessa tańczyła lekko i zgrabnie. Okrążył ją na palcach, nie dotykając ziemi obcasami.

Powtórzyła jego kroki. Podrygiwali i podskakiwali z boku na bok, twarzami do siebie, a potem muzykanci zwiększyli tempo i Loth, ujàwszy partnerkę jedną ręką za biodro, a drugą podtrzymując za plecy, uniósł ją, a potem znowu, w koło, aż pot zrosił mu czoło i kark.

Słyszał, jak lady Priessa z trudem łapie powietrze. Czarny lok spadł jej na czoło, gdy wirowali wokół siebie, zwalniając z każdym krokiem, aż wreszcie, trzymając się za ręce, stanęli nieruchomo przed donmatą Marosą, gdy wybrzmiały ostatnie nuty.

Coś zaszeleściło między ich dłońmi. Loth schował owo coś w zaciśniętej pięści, nie odważywszy się spojrzeć na partnerkę. Donmata i jej dworzanie nagrodzili występ aplauzem.

– Jesteś zmęczony, milordzie – dobiegł go głos spod maski. – Czyżby lady Priessa była dla ciebie za ciężka?

– Wydaje mi się, że to yscalińskie suknie ważą więcej od samych dam, Promienistości – wykrztusił Loth.

– Och, ależ nie, ambasadorze. Zaręczam, że to damy. I panowie. My wszyscy. Gdyż naszym sercom ciąży tęsknota za Bezimiennym. – Donmata wstała. – Życzę wam długiej i spokojnej nocy, panowie. – Przekrzywiła głowę. – Chyba że jest coś, o co chcecie mnie zapytać?

Loth miał bolesną świadomość skrywanego w ręce listu, ale nie mógł przegapić szansy.

– Jest jedna rzecz, księżno. – Odchrząknął. – Na twoim dworze przebywa obecnie jeszcze jeden ambasador tymczasowy, który służył tu królowej Sabran przez wiele lat. Wilstan Fynch, Książę Umiarkowania. Zastanawiałem się, w której części pałacu powinniśmy go szukać, chcielibyśmy z nim porozmawiać.

Nikt się nie poruszył. Cisza jak makiem zasiał.

– Ambasador Fynch – rzekła po chwili donmata. – Cóż, lordzie Artelocie, jeśli o niego chodzi, zarówno ty, jak i ja tkwimy w mroku. Jego Książęca Mość kilka tygodni temu udał się do Córvugaru.

– Do Córvugaru – powtórzył Loth. Do portu na dalekim południu Yscalinu. – Po cóż miałby się tam udawać?

– Powiedział, że pilnie wzywają go obowiązki, ale nie chciał zdradzić jakie. Jestem zdumiona, że nie napisał w tej sprawie do Sabran.

– Ja również jestem zdumiony, Wasza Promienistość. Tak zdumiony, że aż trudno mi w to uwierzyć.

Gdy wybrzmiały jego słowa, zapadła cisza. Implikacja była oczywista.

– Mam nadzieję, lordzie Artelocie, że nie posądzasz mnie o kłamstwo – wyrzekła donmata.

Dworzanie zacieśnili krąg wokół ambasadorów. Niczym ogary, które zwietrzyły zapach krwi. Kit złapał Lotha za ramię, a on zamknął oczy.

Jeśli mieli odkryć prawdę, musieli przeżyć wizytę na tym dworze, a żeby tego dokonać, będą musieli grać według tutejszych zasad.

– Nie, Wasza Promienistość – powiedział Loth. – Oczywiście, że nie. Błagam o wybaczenie.

Nic już nie mówiąc, donmata Marosa spłynęła po schodach i wraz ze swoimi damami opuściła komnatę. Dworzanie zaczęli szeptać. Loth, zacisnąwszy szczęki, obrócił się plecami do szeregu strażników i również wyszedł.

– Mogła wyrwać ci za to język – wymamrotał przyjaciel, depcząc mu po piętach. – Na Świętego, człowieku, co cię ugryzło, żeby zarzucać księżnej kłamstwo w jej własnej sali tronowej?

– Nie mogę tego zdzierżyć, Kit. Bluźnierstwo. Kłamstwo. Nieskrywana pogarda dla Inys.

– Nie możesz im pokazać, że ich prowokacje odniosły skutek. Twoją patronką jest Rycerka Przyjaźni. Przynajmniej stwarzaj pozory tej cnoty. – Kit złapał go za ramię. – Artelocie, posłuchaj mnie. Nie przysłużymy się Inys martwi.

Twarz miał mokrą od potu. Loth zorientował się po pulsującej na szyi żyle, że Kit ma przyspieszony puls. Nigdy nie widział go jeszcze w tym stanie.

– A twoim jest Rycerka Uprzejmości. – Loth westchnął. – Miejmy nadzieję, że pomoże mi zamaskować moje intencje.

– Nie będzie to łatwe, nawet z jej pomocą.

Kit podszedł do okna.

– Całe życie ukrywałem przed światem gniew na ojca – wyrzekł cicho. – Nauczyłem się uśmiechać, gdy kpił z moich wierszy. Gdy nazywał mnie hedonistą i darmozjadem. Gdy przeklinał los i moją biedną matkę za brak godniejszych potomków. – Nabrał powietrza do płuc. – Ty pomogłeś mi to znieść, Locie. Dopóki miałem kogoś, przy kim mogłem być sobą, znosiłem bycie kimś innym przy nim.

– Wiem – wybąkał Loth. – I obiecuję ci, że odtąd tylko ty będziesz znał moją prawdziwą twarz.

– Dobrze. – Kit odwrócił się do niego i obdarzył uśmiechem. – Miej wiarę, tak jak zawsze masz, że to przetrwamy. Królowa Sabran wychodzi za mąż. Nasze wygnanie nie potrwa długo. – Klepnął Lotha w ramię. – A teraz pozwól, że znajdę nam coś do zjedzenia.

Rozdzielili się. Loth odważył się przeczytać wiadomość, którą wcisnęła mu w rękę Priessa, dopiero wtedy, gdy wszedł do swojej komnaty i zamknął drzwi na cztery spusty.

Sanktuarium, godzina trzecia.
Drzwi od strony biblioteki. Przyjdź sam.

Sanktuarium Króla. Teraz, gdy dom Vetalda odrzucił Sześć Cnót, stoi pewnie puste i zbiera kurz.

To pachnie pułapką. Może Wilstan otrzymał podobną wiadomość, zanim zaginął?

Loth przeczesał włosy dłońmi. Rycerz Odwagi był po jego stronie. Wysłucha tego, co ma do powiedzenia lady Priessa.

Kit wrócił około jedenastej z jagnięciną w winie, kawałkiem sera i kilkoma kromkami chleba oraz oliwą. Usiedli na balkonie i wzięli się za jedzenie. W dole migotały pochodnie Cárscaro.

– Zapłaciłbym każde pieniądze temu, kto zechciałby spróbować tego jedzenia przede mną – powiedział Loth, skubiąc podejrzliwie ser.

– Moim zdaniem smakuje wybornie – odparł Kit, mocząc chleb w oliwie. Otarł usta. – Słuchaj, musimy założyć, że książę Wilstan nie pojechał do Córvugaru, żeby zażyć kąpieli słonecznej. Nie wiem, kto przy zdrowych zmysłach by się tam wybrał. Nie ma tam nic poza grobami i krukami.

– Myślisz, że Jego Książęca Wysokość nie żyje?

– Tego się obawiam.

– Musimy to potwierdzić ponad wszelką wątpliwość. – Loth rzucił okiem w kierunku drzwi i dodał ciszej: – Gdy tańczyliśmy, Lady Priessa przekazała mi wiadomość. Chce spotkać się ze mną dziś w nocy. Może ma mi coś do powiedzenia.

– A może ma sztylet, który chce przedstawić twoim plecom. – Kit uniósł brew. – Zaraz, chyba nie rozważasz spotkania z nią?

– Jeśli po drodze z kuchni nie wpadłeś na jakiś bardziej obiecujący trop, to owszem, rozważam. I zanim spytasz: podkreśliła, że mam przyjść sam.

Kit skrzywił się i łyknął wina.

– Rycerz Odwagi najwyraźniej użyczył ci swego miecza, przyjacielu.

Gdzieś ponad górami wrzasnęła wiwerna. Lotha zmroziło, jakby to sama śmierć położyła mu na ramieniu kościstą dłoń.

– Czyli Sabran wychodzi za Aubrechta Lievelyna – zmienił temat Kit. – Byłego oblubieńca naszej wyrmogłowej donmaty.

– Na to wygląda. – Loth wlepił wzrok w bezgwiezdny firmament. – Lievelyn to chyba niezły kandydat. Słyszałem, że jest człowiekiem dobrym i cnotliwym. Sab znajdzie w nim godnego towarzysza.

– Niewątpliwie. Tyle że będzie musiała go poślubić, nie mając u boku swojego najdroższego przyjaciela.

Loth machinalnie kiwnął głową, zatopiony we wspomnieniach. On i Sabran obiecali sobie, że gdy będą brali ślub, odprowadzą się nawzajem do ołtarza. Wiedział, że nie będzie mógł spełnić przyrzeczenia, i ta świadomość była niczym nóż przekręcony w świeżej ranie.

Kit spostrzegł wyraz malujący się na twarzy przyjaciela. Z jego ust dobyło się teatralne westchnienie.

– Biada nam obu – powiedział. – Przyrzekłem sobie solennie, że gdy królowa Sabran wyjdzie za mąż, poproszę do tańca Kate Withy i wyznam jej, że to ja jestem tym mężczyzną, który od trzech lat wysyła jej miłosne wiersze. A teraz nigdy się nie dowiem, czy rzeczywiście starczy mi odwagi.

Loth pozwolił Kitowi oderwać swoją uwagę od trapiących go pilnych spraw. Kończąc posiłek, pomyślał, jakie ma wielkie szczęście, że przyjaciel towarzyszy mu w tej straceńczej misji. Gdyby nie to, już dawno straciłby rozum.

O północy pałac milkł, gdy dworzanie i służba udawali się na spoczynek. Kit zgodził się wrócić do swojej komnaty, ale dopiero wtedy, gdy wymógł na Locie, że zapuka do niego, wracając ze spotkania.

Gdzieś w Cárscaro co godzinę ktoś bił w dzwony. Przed trzecią nad ranem Loth wstał i wsunął baselard do pochwy przy pasie. Wziął z kandelabru jedną czerwoną świecę i wyszedł z komnaty.

Biblioteka Isalarica znajdowała się w sercu Pałacu Zbawienia. Idąc w kierunku wejścia, Loth prawie przegapił korytarz po lewej. Podszedł do drzwi na jego końcu, znalazł w zamku klucz i zanurzył się w ciemności panującej w świątyni.

Trzymana w dłoni świeca rzuciła mętne światło na sklepiony krzyżowo sufit. Na podłodze zalegały modlitewniki i fragmenty porozbijanych posągów. Wśród nich Loth znalazł portret królowej Rosarian. Jej twarz pocięto z taką zajadłością, że dziura przechodziła na wylot. Wszystkie dowody na to, że Yscalin był kiedyś częścią Imperium Cnót, upchnięto tutaj i o nich zapomniano.

Przy witrażu wprawionym w przeciwległą ścianę Sanktuarium stała samotna postać. Trzymała świecę z płomieniem w normalnym kolorze. Gdy Loth zbliżył się na tyle, by móc jej dotknąć, odezwał się:

– Lady Priessa.

– Nie, lordzie Artelocie. – Postać odrzuciła kaptur. – Patrzysz na księżną Zachodu.

W czystym płomieniu świecy widział dokładnie rysy jej twarzy. Brązowa skóra, ciemne i ciężkie brwi. Orli nos. Włosy jak czarny aksamit, sięgające za łokcie. Oczy tak bursztynowe, że budzące skojarzenie z dwoma topazami. Przenikliwe spojrzenie Vetaldów.

– Donmata – sapnął Loth.

Patrzyła mu prosto w oczy.

Jedyna dziedziczka króla Sigosa i zmarłej królowej Sahar. Wcześniej tylko raz widział Marosę Vetaldę. Było to tego dnia, gdy przybyła do Inys na obchody tysięcznej rocznicy budowy Ascalonu. Wówczas wciąż jeszcze była narzeczoną Aubrechta Lievelyna.

– Nie rozumiem. – Zacisnął palce na świecy. – Dlaczego ubrałaś się jak dwórka?

– Priessa to jedyna osoba, której ufam. Pożyczyła mi swoje ubranie, bym mogła opuścić pałac, nie wzbudzając podejrzeń.

– Czy to ty odebrałaś nas z Perunty?

– Nie. To rzeczywiście była Priessa. – Gdy Loth zaczął mówić, księżna przyłożyła palec do ust. – Posłuchaj mnie uważnie, lordzie Artelocie. Yscalin nie tylko wyznaje Bezimiennego, ale również znalazł się pod rządami smoków. Prawdziwym królem Yscalinu jest teraz Fýredel, a jego szpiedzy kryją się tu pod każdym kamieniem. To dlatego dzisiaj w sali tronowej musiałam się zachowywać w taki sposób. To wszystko przedstawienie.

– Ale…

– Szukasz Księcia Umiarkowania. Fynch nie żyje. Od kilku miesięcy. Wysłałam go na misję w imieniu Imperium Cnót, ale… nigdy nie wrócił.

– Imperium… – Loth wwiercał się w nią wzrokiem. – Co chciałaś mi powiedzieć, pani?

– Potrzebuję twojej pomocy, lordzie Artelocie. Chcę, byś zrobił dla mnie to, czego nie udało się dokonać Wilstanowi Fynchowi.

Lato miało się ku końcowi. Wiatr niósł ze sobą nuty jesiennego chłodu, a dni robiły się coraz krótsze. W królowieckiej Bibliotece Margret pokazywała Ead miejsce, gdzie w wolucie zalęgły się biedrożuki. Był to znak, że zbliża się czas na podróż w dół rzeki.

Dzień później Sabran zarządziła przenosiny do Wrzosowej Twierdzy, jednego z najstarszych królowieckich pałaców Inys, wzniesionego za panowania królowej Maryan II. Budowla znajdowała się na przedmieściach Ascalonu i graniczyła z pradawnymi terenami łowieckimi, lasem Chesten. Dwór zwykle udawał się tam jesienią, ale ponieważ Sabran pragnęła poślubić Lievelyna w tamtejszym sanktuarium, postanowiła przyspieszyć podróż.

Przenosinom dworu zawsze towarzyszył niesłychany rozgardiasz. Ead pojechała z Margret i Linorą w jednym z wielu powozów, które potoczyły się tego dnia drogą w głąb Inys. Kufry z ich rzeczami jechały osobno.

Sabran podróżowała z Lievelynem w karocy o pozłacanych kołach. Gdy procesja sunęła Milą Berethnetów – rozległą arterią komunikacyjną dzielącą stolicę na pół – zebrani tłumnie obywatele wznosili wiwaty i pozdrawiali swoją królową oraz przyszłego księcia małżonka radosnymi okrzykami.

Wrzosowa Twierdza była wygodniejsza od pałacu Ascalon. Jej okna zrobiono z leśnego szkła, na podłogach ułożono deseń szachownicy z kamieni koloru miodu, a ściany pokryto czarną cegłą, która trzymała ciepło najlepiej na świecie. Ead bardzo lubiła tu mieszkać.

Dwa dni po przenosinach znalazła się na tańcach w opromienionej niezliczonymi świecami sali tronowej. Dzisiaj królowa życzyła swoim komnatankom i damom dworu dobrej zabawy, sama zaś udała się do swoich apartamentów, by pograć w karty z damami sypialnianymi.

Dworzanie tańczyli w rytm brzdąkającej łagodnie wioli. Ead sączyła grzane wino. To dziwne, ale niemal żałowała, że siedzi tutaj zamiast spędzać czas z władczynią. Tutejsza komnata królowej była bardzo przytulna ze swoimi regałami z książkami i wielkim kominkiem oraz wirginałem, na którym grywała Sabran. Z każdym dniem słyszało się w muzyce królowej coraz więcej smutnych nut, śmiała się coraz rzadziej i coraz ciszej.

Ead powiodła wzrokiem do Combe'a siedzącego w przeciwnym kącie pomieszczenia. Nocny Jastrząb przyglądał się jej.

Odwróciła wzrok, jakby tego nie zauważyła. Wówczas wstał i podszedł, niby smuga cienia przecinająca plamę światła.

– Pani Duryan – powiedział. Nosił liberię i kołnierz z wisiorkiem w kształcie księgi manier. – Dobry wieczór.

Ead dygnęła i przybrała maskę obojętności. Mogła kryć się ze swoją pogardą wobec tego człowieka, ale nie wyciśnie z niej uprzejmych uśmiechów.

– Dobry wieczór, Wasza Książęca Mość.

Długa cisza. Combe przyglądał się jej, mrużąc swe osobliwe szare oczy.

– Mam wrażenie – powiedział w końcu – że nie przepadasz za mną, pani Duryan.

– Nie myślę o tobie na tyle często, panie, by mieć jakieś zdanie na twój temat.

Kącik jego ust powędrował w górę.

– Celnie.

Nie miała zamiaru go przepraszać.

Paź podsunął im tacę z winem, ale Combe podziękował gestem.

– Nie pijesz wina, książę? – spytała grzecznie, choć najchętniej rozciągnęłaby go na jednym z jego własnych kół tortur.

– Nigdy. Moje uszy i oczy muszą zawsze być otwarte, na wypadek gdyby pojawiło się jakieś zagrożenie dla korony. Alkohol skutecznie zamyka jedno i drugie. – Combe ściszył głos. – Niezależnie od twojej opinii na mój temat chciałem cię zapewnić, że masz we mnie przyjaciela na tym dworze. Inni mogą sobie plotkować o tobie, ale ja widzę, że Jej Wysokość ceni twoje zdanie. Tak jak ceni moje.

– Dziękuję, to bardzo miłe.

– To przede wszystkim prawda. – Skłonił się uprzejmie. – Pani wybaczy.

Odszedł, a tłum rozstąpił się przed nim, robiąc mu przejście. Ead zastanawiała się, o co mogło mu chodzić. Combe niczego nie robił bez przyczyny. Czyżby próbował zrobić z niej swoją informatorkę? Może chciał, by szpiegowała dla niego u Chassara i dzieliła się z nim swoją wiedzą o Ersyrze?

Po moim trupie, ptaszku.

Aubrecht Lievelyn zajmował jedno z honorowych miejsc. Podczas gdy Sabran kryła się w swoich apartamentach, jej narzeczony bawił się z jej poddanymi, pochlebiając Inysytom swoim entuzjazmem. Teraz gawędził ze swoimi siostrami, które dopiero co przybyły flagowym okrętem Zeedeur.

Bliźniaczki, księżniczki Bedona i Betriese, miały po dwadzieścia lat. Wydawały się całymi dniami śmiać z sekretów znanych tylko tym spośród braci i sióstr, którzy dzielili jedno łono.

Najstarsza z sióstr i pierwsza w kolejce do tronu, księżniczka Ermuna, była łudząco podobna do brata – wysoka i olśniewająca, obdarzona taką samą bladą cerą. Gęste czerwone włosy sięgały jej aż do bioder. W gustownych rozcięciach rękawów, ściągniętych na każdej ręce sześcioma brokatowymi mankietami, widać było podszewki ze złotego jedwabiu. Każdy z mankietów symbolizował jedną cnotę. Inysyckie dwórki już związywały własne suknie wstążkami, by się do niej upodobnić.

– Pani Duryan.

Ead odwróciła się i dygnęła nisko.

– Wasza Książęca Mość.

Stała przed nią Aleidine Teldan utt Kantmarkt, Księżna Wdowa Zeedeur i babka Truyde. Miała kolczyki z rubinami wielkimi jak monety.

– Nie mogłam się doczekać spotkania z tobą – wyznała dźwięcznym, łagodnym głosem. – Ambasador uq-Ispad powiedział mi, że jesteś jego dumą i radością, istnym wzorem cnót.

– Jego Ekscelencja mi pochlebia.

– Królowa Sabran również bardzo cię chwali. Cieszę się, widząc, że konwertytce dobrze się tu żyje. – Łypnęła na honorowe miejsca przy stole. – My w Mentendonie jesteśmy nieco bardziej otwarci. Mam nadzieję, że dzięki tobie Inysyci okażą nieco więcej zrozumienia sceptykom i apostatom.

Ead łyknęła wina.

– Czy wolno mi spytać, jak poznałaś Jego Ekscelencję, Wasza Książęca Mość? – spytała, przekierowując rozmowę na bezpieczniejszy temat.

– Spotkaliśmy się w Brygstad wiele lat temu. Był przyjacielem mojego towarzysza, zmarłego księcia Zeedeur. Jego Ekscelencja pojawił się na wgrobozłożeniu Jannarta.

– Moje kondolencje.

– Dziękuję. Książę był życzliwym człowiekiem i czułym ojcem dla Oscarde'a. Truyde ma to po nim. – Gdy odnalazła wzrokiem swoją wnuczkę pogrążoną w rozmowie z Chassarem, jej rysy wykrzywił smutek. – Wybacz mi, pani Duryan…

– Usiądź ze mną, księżno. – Ead zaprowadziła ją do pobliskiej ławy. – Dziecko, przynieś milady trochę więcej wina – rzuciła do pazia, który natychmiast pobiegł wykonać polecenie.

– Och, dziękuję. – Ead usiadła przy księżnej wdowie, poklepała ją po dłoni. – Nic mi nie jest. – Księżna przyjęła wino od chłopca. – Jak już mówiłam, Truyde… Truyde jest w każdym względzie podobna do Jannarta. Odziedziczyła jego miłość do ksiąg i słów. Miał w swojej bibliotece tyle map i manuskryptów, że po jego śmierci nie wiedziałam, gdzie je pomieścić. Oczywiście większość zapisał Niclaysowi.

Znowu to imię.

– Czy masz na myśli doktora Niclaysa Roosa?

– Tak. Był bliskim przyjacielem Jannarta. – Zrobiła pauzę. – I moim, nawet jeśli nie zdawał sobie z tego sprawy.

– Spotykałam go tutaj w czasie mojego pierwszego roku na dworze. Wiadomość o jego odejściu przyjęłam ze smutkiem.

– Odszedł, ale nie z własnej woli. – Księżna wdowa pochyliła się do niej. Ead poczuła zapach rozmarynu. – Nie każdemu tutaj mogę to powiedzieć… ale ambasador uq-Ispad jest moim starym przyjacielem i wygląda na to, że darzy cię zaufaniem. – Otworzyła wachlarz i skryła za nim twarz. – Niclays został wygnany, bo nie udało mu się sporządzić dla Sabran eliksiru życia.

Ead perfekcyjnie panowała nad twarzą.

– Jej Wysokość poprosiła go o to?

– O, jak najbardziej. Przybył na Inys w dzień jej osiemnastych urodzin, niedługo po śmierci Jannarta, i zaoferował swoje usługi alchemika.

– W zamian za protekcję, jak mniemam?

– W rzeczy samej.

Wielu władców poszukiwało wody życia. Zarabianie na strachu przed śmiercią to pewnie lukratywny interes. I od dawna słyszy się głosy, że królowa Sabran boi się rodzić. Roos żerował na młodej królowej, omotał ją swoją naukową wiedzą, obiecując gruszki na wierzbie. Szarlatan, ot co.

– Niclays nie był oszustem – powiedziała księżna wdowa, jakby czytała w jej myślach. – On naprawdę wierzył, że może dać jej ten eliksir. Poszukiwał odpowiedniej formuły od dziesięcioleci. – W jej tonie pobrzmiewał smutek. – Jej Wysokość pozwoliła mu zamieszkać w luksusowych komnatach, wyposażyła mu też laboratorium. Ale, o ile słyszałam, Niclays zatracił się w winie i hazardzie. I płacił za obie te rzeczy z królewskiej pensji. – Zamilkła, pozwalając paziowi dolać sobie wina. – Po dwóch latach Sabran doszła do wniosku, że Niclays ją oszukał. Wypędziła go więc z dworu i wymogła na sojuszniczych państwach, by nie udzielały Niclaysowi schronienia. Zmarły wysoki książę Leovart postanowił więc wysłać go na Orisimę.

Faktoria handlowa.

– Zakładam, że Jej Wysokość wciąż żywi urazę do doktora Roosa?

– Owszem. Niclays jest na Orisimie od siedmiu lat.

– Siedmiu? – Uniosła brwi.

Jeśli pamięć Ead nie myliła, Orisima była maleńką wyspą (choć „wyspa" to może za dużo powiedziane), która uczepiła się seiikineskiego portu na Przylądku Hisan. Siedem lat w takim miejscu każdego doprowadziłoby do pomieszania zmysłów.

– Tak – powiedziała księżna, widząc wyraz jej twarzy. – Błagałam księcia Aubrechta, by sprowadził go do domu, ale on zrobi to tylko wtedy, gdy amnestii udzieli mu królowa Sabran.

– Czy… czy twoim zdaniem, księżno, doktor Roos nie zasłużył sobie na wygnanie? – indagowała Ead.

Księżna szukała słów. W końcu odpowiedziała:

– Uważam, że już dość wycierpiał. Niclays nie jest złym człowiekiem. Gdyby tak głęboko nie przeżył śmierci Jannarta, myślę, że nie zachowywałby się w taki sposób. Czuł, że musi się zatracić, inaczej nie przeżyje pożegnania z nim.

Ead pomyślała o imieniu, na które natknęła się w heretyckiej księdze Truyde. Niclays. Czy dziewczyna zamierzała wykorzystać go do swoich celów?

– A więc twoja wnuczka również zna doktora Roosa, czyż nie? – spytała.

– Och, oczywiście. Gdy była mała, Niclays był dla niej jak rodzony wuj. – Księżna wdowa uciekła wzrokiem, zamyśliła się. – Podobno masz pewien wpływ na Jej Wysokość. Skoro dopuściła cię do siebie, musi mieć cię w poważaniu.

Teraz Ead pojęła, dlaczego ta kobieta wyłuskała z tłumu akurat ją.

– Teldan z Kantmarktu rozumie, czym jest handel. – Księżna ściszyła głos. Jej spojrzenie wyrażało nadzieję. – Jeśli wstawisz się za Niclaysem, pani Duryan, uczynię cię bardzo bogatą kobietą.

Więc tak to się odbywa – pomyślała Ead. Roslain i Katryen musiały odbyć setki podobnych rozmów, wysłuchać zaprawionych drobnymi pochlebstwami nieliczonych próśb o to, by szepnąć Sabran na ucho dobre słówko. Ead nie rozumiała tylko, dlaczego ktoś miałby prosić o to akurat ją.

– Nie jestem jedną z sypialnianek, księżno. Nie sądzę, bym miała jakiś wpływ na królową.

– Myślę, że jesteś zbyt skromna. – Księżna uśmiechnęła się półgębkiem. – Widziałam, jak dziś rano Sabran przechadzała się z tobą po ogrodach.

Ead łyknęła wina. Grała na czas.

– Nie mogę ci pomóc, księżno. Lepiej poproś lady Roslain i lady Katryen. – Wstała i dygnęła. – Wybacz. Wzywają mnie obowiązki.

Z tymi słowami ruszyła do drzwi, nie dając księżnej szansy na protest.

Królowiecka sypialnia we Wrzosowej Twierdzy była znacznie mniejsza od swojej odpowiedniczki w Ascalonie. Sufit zwieszał się nisko, a łoże ciasno otaczały ściany wyłożone rzeźbionymi panelami z ciemnego dębu i karmazynowymi kotarami. Ead stawiła się w pokoju nieco za wcześnie, ale zastała już siedzącą na sofie Margret.

– Ead – powiedziała przyjaciółka. Mówiła przez nos, jak większość dworzan, których rozbierało przeziębienie. – Zepsułaś niespodziankę. Miałam nadzieję, że zdążę zmienić pościel, zanim przyjdziesz.

– Żebym mogła nie niepokojona toczyć błahe rozmowy ze szlachcicami, których prawie nie znam?

– Żebyś mogła potańczyć. Kiedyś kochałaś tańczyć.

– Kiedyś, gdy nie zbierało mi się na wymioty na widok Nocnego Jastrzębia.

Margret cmoknęła z dezaprobatą i wstała. W ręku trzymała list.

– Czy to wiadomość z domu?

– Tak. Mama mówi, że tata od kilku tygodni chce się ze mną zobaczyć. Najwyraźniej ma mi do powiedzenia coś ważnego, ale przecież nie mogę teraz do niego pojechać.

– Dlaczego nie? Sabran by cię puściła.

– Wiem, ale mama nalega, bym została na dworze. Mówi, że tata zwykle już nie wie, o czym mówi, a moim obowiązkiem jest być przy królowej. Choć tak naprawdę wydaje mi się, że obecnie żyje już tylko moim życiem, bo jej własne przesypało jej się przez palce. – Westchnąwszy, schowała list za gorsetem. – Wiesz… byłam na tyle głupia, że myślałam, że mistrz pocztowy będzie miał coś od Lotha.

– Kto wie, może pisał. – Ead pomogła jej podnieść barchan. – Sęk w tym, że Combe przechwytuje wszystkie listy.

– Więc może powinnam napisać list, w którym obsmaruję go na wszelkie możliwe sposoby – wycedziła.

Ead parsknęła śmiechem.

– Zapłaciłabym dobry pieniądz, żeby zobaczyć wyraz jego twarzy. A skoro o pieniądzach mowa – dodała nieco ciszej. – Właśnie zaoferowano mi korzyść majątkową w zamian za wybłaganie czegoś u królowej.

Margret uniosła brwi.

– Kto?

– Księżna Wdowa Zeedeur. Chce, bym wstawiła się za Niclaysem Roosem.

– Nic dobrego ci z tego nie przyjdzie. Loth powiedział mi, że Sabran z pasją nienawidzi tego człowieka. – Margret spojrzała na drzwi. – Uważaj, Ead. Sab przymyka oko na wybryki Ros i Kate, ale nie jest głupia. Wie, kiedy ktoś jej kadzi.

– Nie mam zamiaru bawić się w te gierki. – Ead dotknęła jej łokcia. – Meg, myślę, że Lothowi nic nie będzie. On przeczuwa, że świat jest bardziej niebezpieczny, niż mu się zdaje.

Margret prychnęła.

– Przeceniasz go, moja droga. Loth z miejsca zaufa każdemu, kto się do niego uśmiechnie.

– Wiem. – Ead położyła dłonie na jej ramionach i zaprowadziła do drzwi. – A teraz idź, wypij trochę grzanego wina i zabaw się nieco. Kapitan Lintley na pewno z przyjemnością nacieszy oczy twoim widokiem.

– Kapitan Lintley?

– Tak jest, nasz rycerz bez zmazy ni skazy, kapitan Lintley.

Margret wydawała się jakby weselsza, gdy wychodziła z komnaty.

Linory nie było. Na pewno rzuciła się w wir zabawy. Ead sama zabezpieczyła sypialnię. W odróżnieniu od tej w Ascalonie łożnica we Wrzosowej Twierdzy miała dwa wyjścia: duże drzwi dla królowej, małe dla małżonka.

Ataki ustały w momencie ogłoszenia zaślubin, ale Ead wiedziała, że to tylko kwestia czasu, nim znowu ktoś nastanie na życie monarchini. Sprawdziła materac, zajrzała za kotary, przeszukała wszystkie ściany, gobeliny i podłogę. Nie znalazła żadnego sekretnego przejścia, a była całkiem pewna, że niczego nie przeoczyła. Jednak gryzła ją uporczywa wątpliwość. Dobrze, że Chassar obłożył obydwa wejścia nowymi czujkami, silniejszymi od tych Ead. Ambasador niedawno posilił się owocem pomarańczowego drzewa.

Ead spulchniła poduszki i rozwiesiła ubrania w szafie. Gdy wkładała żarzące się węgle do metalowego termoforu, do pomieszczenia weszła Sabran. Ead wyprostowała się i dygnęła.

– Wysokości.

Sabran zmierzyła ją spojrzeniem półprzymkniętych oczu. Na koszulę nocną narzuciła pozbawiony rękawów szlafrok, który przewiązała w talii niebieską szarfą. Ead nigdy nie widziała jej w negliżu.

– Wybacz, Wasza Wysokość – powiedziała. – Sądziłam, że udasz się na spoczynek dopiero za jakiś czas.

– Źle ostatnio sypiam. Doktor Bourn poradził mi kłaść się o dziesiątej, by umysł zdążył się wyciszyć. Czy coś w tym guście. Ead, czy znasz może jakieś lekarstwo na bezsenność?

– Czy zażywasz obecnie jakiś lek, pani?

– Senną wodę. Czasem winną polewkę, jeśli noc jest chłodna.

Senną wodą Inysyci nazywali wywar z kozłka lekarskiego. Choć miał kilka leczniczych właściwości, najwyraźniej nie działał zbyt dobrze.

– Polecam lawendę, ziemne jabłka i korzeń pomagralu ugotowane w mleku na wolnym ogniu – powiedziała Ead. – Z jedną łyżeczką wody różanej.

– Wody różanej?

– Tak, królowo. W Ersyrze mawiamy, że zapach róż przynosi dobre sny.

Sabran powoli rozwiązała szarfę.

– Spróbuję. Nic innego nie działa. Gdy przyjdzie Kate, powiedz jej, co ma mi przynieść.

Ead podeszła do niej i przyjęła szarfę, lekko skinąwszy głową. Teraz widziała wyraźnie, że oczy Sabran są podkrążone.

– Czy może coś cię trapi, Wasza Wysokość? – spytała, zdejmując szlafrok z jej ramion. – Może jakiś kłopot spędza ci sen z powiek?

Spytała z uprzejmości, nie spodziewając się odpowiedzi. Zdziwiła się więc, gdy Sabran jej udzieliła.

– Wyrm. – Królowa zawiesiła spojrzenie w płonącym w kominku ogniu. – Powiedział, że tysiąc lat prawie już minęło. A przecież tysiąc lat temu mój przodek pokonał Bezimiennego.

Zmarszczyła brwi. Stojąc przed Ead w koszuli nocnej, wydawała się jej tak bezbronna, jak zapewne w oczach asasynów nastających na jej życie.

– Wyrmy przemawiają mową kłamstw, Wysokości. Nie bez kozery mają rozdwojone języki. – Powiesiła ubranie na krześle. – Fýredel wciąż nie wrócił do pełni sił po wieloletnim letargu, jego płomień nie rozbłysnął jeszcze w pełni. Obawia się połączenia rodów Berethnet i Lievelyn. Mówi zagadkami, by zasiać zwątpienie w twoim umyśle.

– Udało mu się. – Sabran opadła na łóżko. – Wygląda na to, że muszę wyjść za mąż. Dla Inys.

Ead nie przyszła na myśl żadna dopuszczalna odpowiedź.

– Czy nie chcesz mieć męża, pani? – spytała wreszcie.

– To bez znaczenia, czego chcę.

Sabran miała władzę nad wszystkim, tylko nie nad tym. Aby spłodzić prawowitą potomkinię, musiała wyjść za mąż.

Powinny tu być Roslain i Katryen. One złagodziłyby jej obawy, czesząc ją przed snem. Zawsze wiedziały, co powiedzieć i jak ją pocieszyć, jednocześnie nie podkopując jej postanowienia, by wyjść za księcia Aubrechta.

– Czy często śnisz, Ead?

Pytanie przyszło znikąd, ale Ead nie dała się zaskoczyć.

– Śnię o swoim dzieciństwie – odparła. – I o rzeczach, które widziałam za dnia, ale wplecionych w nierzeczywiste arrasy.

– Marzę o czymś takim – mruknęła Sabran. – Zwykle śnią mi się… koszmary. Nie mówię o tym swoim sypialniankom, bo się obawiam, że mogłyby zacząć się mnie bać… ale powiem tobie, Ead Duryan, jeśli zechcesz mnie wysłuchać. Ty jesteś ulepiona z twardszej gliny.

– Słucham cię, Wysokości.

Przycupnęła na dywanie przy kominku i podciągnęła nogi pod brodę. Sabran siedziała obok z wyprostowanymi sztywno plecami.

– Śni mi się altana w środku lasu – zaczęła. – Słońce pstrzy trawę plamkami cienia. Chyba wchodzi się do niej bramą splecioną z purpurowych kwiatów. To chyba kwiaty sabra.

Takie kwiaty rosły na obrzeżach znanego świata. Mówiło się, że ich nektar błyszczy w nocy jak gwiazdy. Tak daleko na północy były tylko legendą.

– Wszystko w altanie jest piękne i miłe dla ucha. Ptaki śpiewają urzekające pieśni, wieje ciepły wiatr… a jednak ścieżka do altany spływa krwią.

Ead chciała dodać jej otuchy skinieniem głowy, ale jakieś dawne wspomnienie zbudziło się w zakamarkach jej umysłu.

– Na końcu ścieżki znajduję wielki kamień. Sięgam do niego ręką, która wygląda, jakby należała do kogoś obcego. Kamień pęka na pół, a wewnątrz… – Głos jej zadrżał. – Wewnątrz…

Komnatance nie wolno było dotknąć nikogo z królewskiego rodu. A jednak, widząc tę ściągniętą boleśnie twarz, Ead ścisnęła palce królowej obiema dłońmi.

– Pani – wyrzekła. – Jestem przy tobie.

Sabran podniosła wzrok. Minęła chwila. Powoli nakryła ich splecione dłonie drugą ręką.

– Ze szczeliny leje się krew, która plami czerwienią moje ramiona i brzuch. Przechodzę przez skałę i znajduję się w kamiennym kręgu, jak te daleko na północy. A wokół mnie rozrzucone są kości. Małe kości. – Zamknęła oczy, usta jej drgnęły. – Słyszę okropny śmiech i uświadamiam sobie, że to ja się tak śmieję. A potem się budzę.

Ead wpatrywała się intensywnie w królową. Sabran się nie myliła – Roslain i Katryen byłyby przerażone.

– To tylko zły sen, Wysokości. – Ead ścisnęła mocniej jej dłoń. – Nie rzeczywistość.

– Na Inys jest legenda o wiedźmie – powiedziała Sabran, zbyt pogrążona w myślach, by usłyszeć słowa komnatanki. – Wykradała dzieci z łóżek i zabierała do lasu. Słyszałaś o niej?

– Leśna Pani – wyrzekła po chwili Ead.

– Zapewne lord Arteloth ci o niej opowiedział. Tak jak opowiedział mnie.

– To była lady Margret.

Sabran machinalnie skinęła głową.

– Rodzice opowiadają ją dzieciom na północy. Przestrzegają je, by trzymały się z dala od dziwokniei, po których chodziła. Żyła na długo przed narodzinami mojego przodka, ale moi poddani wciąż się jej boją. – Szyja i dekolt królowej pokryły się gęsią skórką. – Moja matka opowiadała mi historie o morzu, nie o lądzie. Sama nigdy nie wierzyłam w Leśną Panią, ale teraz boję się, że wiedźma rzeczywiście istniała. Lub że wciąż żyje i pęta mnie swoimi czarami.

Ead milczała.

– To tylko jeden z moich snów – podjęła Sabran. – Innej nocy śniłam o dziecięcej kołysce. Ten koszmar nawiedza mnie od mojego pierwszego krwawienia. Leżę, umierając, podczas gdy moja córka próbuje ze mnie wyjść. Czuję, jak rozdziera moje ciało, tak jak nóż rozdziera jedwab. A między moimi nogami Bezimienny czeka, by ją pożreć.

Ead po raz pierwszy, odkąd osiem lat temu trafiła na dwór, zobaczyła łzy w oczach królowej.

– Krew płynie i płynie, gorąca niczym roztopione żelazo w kowalskiej formie. Lepi się do moich ud, skleja je ze sobą, a ja wiem, że miażdżę własne dziecko, lecz zdaję sobie sprawę, że jeśli pozwolę mu żyć… wpadnie w paszczę bestii. – Sabran zacisnęła powieki. Gdy je rozwarła, oczy miała suche. – Ten jest najgorszy.

Ciężar korony odcisnął się boleśnie na jej barkach.

– Sny sięgają głęboko w przeszłość – wyrzekła cicho Ead. – Lord Arteloth opowiedział ci o Leśnej Pani, a jego opowieść teraz nawiedza cię w snach. Śniący umysł często wędruje do dziwnych, przedziwnych miejsc.

– Mogłabym się z tobą zgodzić… gdyby te sny nie przyśniły mi się na długo przed tym, jak Arteloth opowiedział mi o czarownicy.

Loth zdradził kiedyś Ead, że Sabran nie może zasnąć bez zapalonej świecy. Teraz wiedziała dlaczego.

– Widzisz więc – powiedziała królowa. – Nie śpię, gdyż obawiam się nie tylko rzeczywistych potworów, lecz również tych, które tworzy mój umysł. Tych, które żyją we mnie.

Ead mocniej ścisnęła jej dłoń.

– Jesteś królową Inys – powiedziała. – Od urodzenia wiedziałaś, że pewnego dnia korona spocznie na twoich skroniach. – Sabran wpatrzyła się w jej twarz. – Boisz się o swoich ludzi, ale nie wolno ci zdradzić się z tym przed dworem. W dzień dźwigasz pancerz tak ciężki, że z nadejściem nocy opuszczają cię siły. W nocy jesteś tylko człowiekiem, a strach to ludzka rzecz.

Sabran chłonęła jej słowa. Jej źrenice były tak wielkie, że niemal pożarły tęczówki.

– W ciemności jesteśmy nadzy – mówiła dalej Ead. – Przeobrażamy się w swoją najprawdziwszą postać. To w nocy przychodzi do nas największy strach, bo wówczas nie możemy się przed nim bronić. – A on zrobi wszystko, by wsączyć się w nasze serce. Czasem mu się to udaje. Ale strach ma wielkie oczy, królowo. Sam tchórzy przed promieniami słońca.

Królowa zastanawiała się nad tym. Spuściła wzrok na ich splecione dłonie. Zaczęła kciukiem kreślić kółka na skórze Ead.

– Kolejne piękne słowa – odpowiedziała. – Bardzo lubię ich słuchać, Ead Duryan.

Ead spojrzała jej w oczy. Wyobraziła sobie dwa szlachetne kamienie, które spadają na ziemię i pękają od środka. Takie właśnie były oczy Sabran Berethnet.

Odgłos kroków tuż pod drzwiami. Ead wstała i złączyła ręce z przodu w momencie, gdy do środka weszła Katryen. Sypialnianka otaczała ramieniem lady Arbellę Glenn, która miała na sobie koszulę nocną. Sabran wyciągnęła rękę do swojej najstarszej przybocznej.

– Bello – powiedziała. – Chodź do mnie. Chcę omówić z tobą przygotowania do ślubu.

Arbella uśmiechnęła się i podbiegła do królowej, która natychmiast ujęła jej dłoń. Z wilgotnymi oczami i błogością malującą się na twarzy Arbella matczynym gestem odgarnęła jej kosmyk włosów za ucho.

– Bello – mruknęła Sabran – nie płacz, nigdy nie płacz. Nie mogę tego znieść.

Ead wymknęła się z komnaty.

Gdy Sabran i Arbella już się położyły, Ead poleciła Katryen przygotować miksturę, a szatmistrzyni, choć wydawała się sceptyczna, wykonała polecenie. Gdy próbowaczka skosztowała napoju, podano go królowej i zapieczętowano jej komnatę na noc.

Kalyba.

Pod tym imieniem znał Leśną Panią lud Lasyi. Inysyci nie wiedzieli, że wiedźma żyje, choć jest bardzo daleko. A wejścia do jej siedziby strzegą kwiaty sabra.

Sabran nigdy nie widziała Altany Wieczności. Jeśli o niej śniła, coś było na rzeczy.

Godziny mijały. Ead tkwiła nieruchomo, wypatrując ruchu między cieniem a snopem księżycowego światła.

Siden umożliwiał jej skrycie się w ciemności. Nawet najlepszy skrytobójca nie posiadał tego daru. Ktokolwiek podejdzie do którychś z dwojga drzwi, Ead go wykryje.

W okolicach pierwszej pojawiła się Roslain Crest, niosąc świecę. Ona również pełniła tej nocy wartę.

– Pani Duryan – powiedziała.

– Lady Roslain.

Chwilę stały w ciszy.

– Nie myśl, że nie wiem, co próbujesz zrobić – zaatakowała niespodziewanie Roslain. – Wiem doskonale. I lady Katryen również.

– Nie wiedziałam, że czymś panie obraziłam. Moje…

– Za głupią mnie masz? Widzę przecież, jak próbujesz zbliżyć się do królowej. Jak usiłujesz ją do siebie przekonać. – Jej oczy były w ciemności niczym dwa szafiry. – Lady Truyde wyjawiła nam, że jesteś czarownicą. Nie sądzę, by miotała takimi oskarżeniami bezpodstawnie.

– Przyjęłam ostrogi i pas. Odrzuciłam fałszywą wiarę Śpiewaka Świtu. Rycerka Przyjaźni poucza, byśmy przyjmowali do siebie innowierców. Może powinnaś uważniej jej słuchać, milady.

– Jestem krwią z krwi Rycerza Sprawiedliwości. Grzeczniej, pani Duryan.

Cisza aż dzwoniła w uszach.

– Jeśli naprawdę ci na niej zależy, to nie dbam o twoją pozycję – podjęła po chwili spokojniej. – W odróżnieniu od wielu Inysytów nie mam nic przeciwko konwertytom. Wszyscy jesteśmy równi w oczach Świętego. Lecz jeśli nie szukasz niczego poza darami i bogactwem, osobiście dopilnuję, by oderwano cię od jej boku.

– Nie szukam darów ani bogactw. Chcę tylko służyć Świętemu, jak umiem najlepiej – zapewniła Ead. – I czyż nie zgadzamy się co do tego, że już ani jeden przyjaciel nie powinien zostać oderwany od jej boku?

Roslain uciekła wzrokiem.

– Wiem, że Loth miał do ciebie słabość – powiedziała, na ile Ead mogła to stwierdzić, z pewnym wysiłkiem. – Zatem i ja powinnam myśleć o tobie jak najlepiej – dodała z jeszcze większą trudnością. – Wybacz mi te pochopne konkluzje. Niełatwo patrzeć na tę chmarę pająków, które otaczają ją i tylko knują, jak wspiąć się wyżej…

Przerwał jej wrzask dobiegający z sypialni. Ead obróciła się twarzą do drzwi. Serce zaszamotało jej się w piersi.

Czujki nic nie wykryły. Nikt nie wszedł do komnaty.

Roslain gapiła się na nią, wytrzeszczając oczy. Ead wyjęła klucz z jej zamarłych palców i pobiegła po schodach.

– Szybko, Ead, otwórz! – krzyknęła Roslain. – Kapitanie Lintley! Sir Gulesie!

Ead obróciła klucz w zamku i wpadła do środka. Ogień w kominku prawie już dogasał.

– Ead. – Kształt poruszył się w łożu. – Ead, Ros, proszę, musicie obudzić Arbellę. – To była Sabran. Włosy wysunęły jej się z zaplecionego na noc warkocza. – Obudziłam się i sięgnęłam do jej ręki… była zimna… – Zaszlochała. – Och, Święty, powiedzcie, że ona nie…

Kapitan Lintley i sir Gules Heath pojawili się w drzwiach z mieczami w dłoniach.

– Na Świętego, lady Roslain, czy nic jej nie jest? – warknął Heath.

Podczas gdy Roslain biegła do królowej, Ead podeszła do łoża od drugiej strony, gdzie pod przykryciem leżała mała postać. Jeszcze zanim poszukała dłonią pulsu na jej szyi, wiedziała. Gdy od niej odstąpiła, w pomieszczeniu zaległa bolesna cisza.

– Przykro mi, Wasza Wysokość – powiedziała.

Mężczyźni pochylili głowy. Roslain rozpłakała się, zakryła usta dłonią.

– Nie zobaczyła, jak biorę ślub – wymamrotała Sabran. Łza spłynęła po jej policzku. – A obiecałam, że zobaczy.

18
Wschód

Słowo „obrzydliwie" dokładnie oddawało to, jak przebiegła Niclaysowi podróż do stolicy. Całymi dniami kisił się w telepiącym się dusznym palankinie, w którym nie mógł robić nic więcej, jak tylko spać i wyglądać przez drewniane żaluzje na monotonny krajobraz.

Ginura leżała na północ od Szczęki Niedźwiedzia, łańcucha górskiego strzegącego Przylądka Hisan. Droga przylegała do linii wzgórz, a potem rozwidlała się na trzy kolejne.

Od momentu przybycia na Seiiki Niclays marzył, by zwiedzić Ginurę. Był wówczas wdzięczny losowi, że ten rzucił go w miejsce, którego na Zachodzie prawie nikt nie widział.

Pamiętał, jak posłano po niego, by stawił się w pałacu Brygstad, gdzie Leovart poinformował go, że Sabran wygnała go z Imperium Cnót. Myślał, że jej wściekłość nieco opadła, gdy Seyton Combe zakończył ciągnące się w nieskończoność w Wieży Dearna przesłuchanie Niclaysa w sprawie defraudacji pieniędzy Berethnetów. Jakże był naiwny, myśląc, że został wygnany tylko tymczasowo.

Dopiero po trzech latach zrozumiał, że ten mały domek na krańcu świata będzie jego domem do końca życia. To wtedy przestał marzyć o odkryciu formuły eliksiru życia, a zaczął o rodzinnych stronach. Teraz czuł, jak znowu budzi się w nim ciekawość świata.

Pierwszej nocy zatrzymali się w karczmie wciśniętej między wzgórza, gdzie Niclays wykąpał się w gorącym źródle. Spoglądał na dalekie światła Przylądka Hisan i rozżarzony węgielek Orisimy. Po raz pierwszy od siedmiu lat czuł, że znowu oddycha pełną piersią.

Ale uczucie okazało się ulotne. Następnego ranka mężczyźni niosący palankin zaczęli utyskiwać na Mentyjczyka o sowiej twarzy, którego targali na północ. Książęcego szpiega, który pluje na smoki i musi zionąć czerwoną zarazą. W odpowiedzi padły pewne niewybredne słowa i od tego momentu palankin trząsł się jak maselnica. Potem niosący zaczęli śpiewać o pewnym bezczelnym człowieku, którego nikt nie lubił i którego porzucono przy drodze, by zjadły go górskie koty.

– Tak, tak, boki zrywać – warknął Niclays po seiikinesku. – A czy ja mam zaśpiewać o czterech nikczemnikach, którzy spadli z urwiska do rzeki i słuch po nich zaginął?

Pogróżka wzbudziła tylko kolejną salwę śmiechu. Później nastąpiła sekwencja niefortunnych zdarzeń: od palankinu oderwał się uchwyt („Wielki Kwiriki, utop człowieka-sowę w swych odmętach!") i musieli czekać na stolarza. Gdy znowu ruszyli w drogę, niosący w końcu pozwolili mu się przespać.

Otworzył oczy, gdy dobiegły go głosy. Tragarze śpiewali kołysankę z czasów Żałoby Wieków.

Cichaj, dziecię, wiatr się zrywa.
Słyszysz? Ptasi umilkł śpiew.

Nie płacz, bo nas znajdą straszne
Ogniozieje, czas na sen.

Podobne pieśni śpiewały swoim dzieciom mentyjskie matki. Niclays wytężył pamięć i przypomniał sobie, jak matka sadzała go sobie na kolanach i nuciła mu kołysanki, podczas gdy ojciec upijał się aż do napadów wściekłości, podczas których oboje bali się jego pasa. Na szczęście miał tyle przyzwoitości, by kiedyś po pijaku spaść z urwiska.

Przez jakiś czas panował spokój. Aż do chwili, gdy Helchen Roos przekonała samą siebie, że należy zrobić wszystko, by jej syn został świętarzem i zadośćuczynił za grzechy ojca. Modliła się o to codziennie, lecz mimo to Niclays wyrósł w jej oczach na utracjusza, który spędzał czas, rozcinając trupy lub babrząc się w miksturach jak jakiś czarnoksiężnik, cały czas pijąc na umór. (Musiał przyznać, że miała nieco racji). Dla niej nauka była największym grzechem, przeciwieństwem wszystkiego, co dobre i święte.

Mimo to oczywiście napisała do niego natychmiast, gdy tylko dowiedziała się o przyjaźni syna z markizem Zeedeur i księciem Edvartem, domagając się zaproszenia na dwór, jakby wieloletnie znęcanie się nad nim za byle przewinienie było czymś naturalnym. Niclays wraz z Jannartem prześcigali się w coraz to bardziej kreatywnych sposobach na niszczenie listów od niej.

Ta myśl sprawiła, że uśmiechnął się pierwszy raz od wielu dni, a potem cykanie leśnych owadów ukołysało go do snu.

Po dwóch kolejnych dniach mordęgi, gdy już myślał, że umrze z gorąca i nudy lub że zwariuje od ciągłego siedzenia w tym ruchomym pudle, palankin wreszcie się zatrzymał. Walenie w dach wyrwało Niclaysa z drzemki.

– Wyjść.

Drzwi rozsunęły się i do środka wlało się słoneczne światło. Niclays podniósł się niemrawo i przerzucił nogę przez krawędź palankinu, a ta zagłębiła się po kostkę w kałuży.

– Och, jak mi Galian miły…

Jeden z tragarzy rzucił za nim jego laskę. Następnie mężczyźni podnieśli palankin i obrócili go, by wrócić, skąd przyszli.

– Chwila moment – zawołał za nimi Niclays. – Powiedziałem: stać! Niech was cholera. Dokąd ja mam teraz iść?

Odpowiedział mu śmiech. Niclays zaklął raz jeszcze, podniósł laskę i powlókł się w kierunku zachodniej bramy miejskiej. Gdy do niej dotarł, skraj jego szaty był utytłany błotem, a po twarzy ściekał mu pot. Spodziewał się wartowników, ale nie widział nikogo w zbroi i z bronią. Słońce paliło łysinę na czubku jego głowy, gdy wkraczał do przedwiecznej stolicy Seiiki.

Zamek Ginura był prawdziwym architektonicznym gigantem. Białe ściany kompleksu przysadzistych budynków wznosiły się na pokaźnym wzgórzu w środku miasta. Przyjaciel powiedział kiedyś Niclaysowi, że ścieżki w zamkowych ogrodach zrobione są z muszli, a w wypełnionej morską wodą fosie błyskają ryby o ciałach czystych jak kryształ.

Przeszedł przez rojny bazar, który, jak przypuszczał, stanowił część Podmorskiego Miasta, najbardziej oddalonej od centrum dzielnicy, gdzie na brukowanych ulicach falowały poruszane wiatrem markizy i parasole, trzepotały wachlarze i sfruwały z głów kapelusze. Tak blisko dworu mieszczanie nosili ubrania w chłodniejszych barwach niż na Hisan – dominowały zielenie, błękity i różne odcienie srebra – a włosy mieli nawoskowane i ufryzowane w ostentacyjnie wymyślne fryzury ozdobione morskim szkłem, solnym kwieciem i muszlami kauri. Noszone przez nich połyskliwe szaty robiły wrażenie śliskich i odbijały promienie słońca. Niclays pamiętał jak przez mgłę, że szczytem mody w Ginurze było ubierać się tak, jakby żyło się na morzu. Niektórzy dworacy nawet rzęsy mieli naoliwione.

Z szyj zwieszały się oprawione fragmenty rozgałęzionego koralowca lub drobne stalowe płytki uformowane w deseń rybich łusek. Wargi i policzki migotały od drobinek miażdżonej perły. Większości obywatelom zabroniono noszenia tańczących pereł, gdyż był to ornament zarezerwowany dla członków rodziny królewskiej oraz boskich wybrańców, ale Niclays słyszał, że te zniekształcone i pozbawione środka były często sprzedawane bogaczom właśnie pod postacią mączki.

W cieniu rozłożystego klonu dwie kobiety odbijały piórpiłkę. Promienie słońca pstrzyły świetlistymi plamkami wodę płynącą kanałami, po których sunęły smukłe cedrowe łodzie wiozących towary kupców i rybaków.

Wierzyć się nie chce – pomyślał Niclays – że pięćset lat temu, w czasach Żałoby Wieków, to miasto spłonęło do gołej ziemi.

Zatrzymał się nagle, gdy jego pełne podziwu zdumienie przyćmiła niepewność. Tragarze – niechaj spłoną w Ognistym Łonie – zabrali ze sobą list dla pani gubernator i resztę rzeczy Niclaysa. To oznaczało, że jeśli w tym stanie wparuje do zamku, chcąc się wytłumaczyć, z pewnością zostanie uznany za osobę przypadkową. Jeszcze tego brakuje, żeby strażnicy wzięli go za jakiegoś rzezimieszka i opłazowali.

Ale nie miał innego wyjścia. Ludzie zaczynali zwracać na niego uwagę. Nerwowe spojrzenia kłuły go ze wszystkich stron.

– Doktor Roos? – zwrócił się do niego ktoś po mentyjsku.

Rozpromienił się, gdy zobaczył, kto to. Dobrze znał tego krępego jegomościa w okularach z żółwiej skorupy, który właśnie torował sobie drogę przez tłum. Smoliście czarne niegdyś włosy, przycięte przy czaszce, naznaczyła na skroniach siwizna.

– Doktor Moyaka! – zawołał uradowany Niclays. – Och, Eizaru, jakże miło cię widzieć!

Wreszcie jakiś uśmiech losu. Eizaru był utalentowanym chirurgiem, którego Niclays przez rok uczył fachu na Orisimie. On i jego córka Purumé pierwsi zapisali się na lekcje anatomii, a Niclays nigdy jeszcze nie widział, by ktoś tak palił się do nauki. W zamian nauczyli go wielu rzeczy o seiikineskiej medycynie. Spotkanie z nimi było łyżką miodu w beczce dziegciu jego wygnania na Orisimę.

Eizaru wyłonił się z ciżby, skłonił Niclaysowi, a potem padli sobie w ramiona. Zobaczywszy, że obcy nie jest tu sam, gapie zajęli się swoimi sprawami.

– Przyjacielu mój – rzekł serdecznie Eizaru, wciąż po mentyjsku. – Akurat myślałem o tobie! Co ty robisz w Ginurze?

– Nagromadzenie nieszczęśliwych okoliczności na pewien czas szczęśliwie uwolniło mnie od Orisimy – odpowiedział po seiikinesku. – Czcigodny gubernator Przylądka Hisan postanowił wysłać mnie tutaj i obłożyć aresztem domowym.

– Ktokolwiek cię tu dostarczył, nie powinien był zostawiać cię na ulicy. Czy przyjechałeś palankinem?

– Niestety tak.

– Ach. Tragarze to zwykle łachudry pierwszej wody. – Eizaru skrzywił się. – Zapraszam do mnie, zanim ktoś zacznie się zastanawiać, co tu robisz. Powiadomię o wszystkim panią gubernator Ginury.

– Dziękuję ci.

Niclays ruszył za Eizaru przez most na o wiele szerszą ulicę, prowadzącą prosto do głównej bramy ginurskiego zamku. W plamach cienia grali na ulicy minstrele i bardowie, kupcy zachwalali świeże małże i morskie grona.

Niclays w życiu by nie pomyślał, że ujrzy kiedyś na własne oczy słynne sezonowe drzewa Ginury. Ich konary formowały nad ulicą naturalny dach, przystroiwszy się na letnią porę w jaskrawożółte liście.

Eizaru mieszkał w skromnym mieszkaniu nieopodal targu jedwabnego, którego granicę wyznaczał jeden z wielu kanałów toczących swe wody przez Ginurę. Był wdowcem od dziesięciu lat, ale córka została z nim, by razem mogli spełniać się w medycynie. Deszczowe kwiaty bujnie okalały frontową ścianę, a ogród pachniał bylicą i miętą o purpurowych liściach oraz innymi ziołami.

To właśnie Purumé otworzyła im drzwi. Między jej nogami uciekł na wolność kurtyzowany kot.

– Niclays! – Dziewczyna obdarzyła go promiennym uśmiechem, a potem skłoniła się uprzejmie. Nosiła takie same okulary jak ojciec, ale słońce spaliło jej skórę na ciemniejszy odcień brązu, a jej związane paskiem materiału włosy były całkowicie i absolutnie czarne. – Wejdź, proszę. Co za miła niespodzianka.

Niclays odwzajemnił ukłon.

– Wybacz to najście, droga Purumé. Dla mnie to też dosyć niespodziewane.

– Na Orisimie ugościłeś nas po królewsku. Zawsze jesteś tu mile widziany, Niclaysie. – Omiotła wzrokiem jego brudne po podróży ubranie i zachichotała. – Będziesz tylko musiał się przebrać.

– Zgadzam się w całej rozciągłości.

Gdy znaleźli się w środku, Eizaru posłał dwóch służących do studni.

– Odsapnij chwilę – powiedział Niclaysowi. – Kto wie, czy nie dostałeś udaru od tego słońca i duchoty palankinu. Natychmiast udam się do Zamku Białej Rzeki i rozmówię się z czcigodną gubernator. A potem wrzucimy coś na ruszt.

Niclays westchnął z ulgą.

– Byłoby wspaniale.

Słudzy wrócili z wodą i wypełnili wannę po zrąb. Niclays zrzucił ubranie i zmył z siebie pot oraz błoto. Zimna woda była dokładnie tym, czego potrzebował. Prędzej da się obedrzeć ze skóry, niż wsiądzie jeszcze kiedyś do palankinu. Mogą zawlec mnie z powrotem na Orisimę za fraki, nic mnie to nie obchodzi – pomyślał.

Odświeżywszy się, włożył letnią szatę, którą służący zostawili w pokoju gościnnym. Na balkonie czekał już na niego kubek parującej herbaty. Usiadł w cieniu i zaczął ją sączyć, oglądając mijające się na kanałach łodzie. Po latach niewoli Orisima nigdy nie wydawała się jeszcze tak daleko.

– Czcigodny doktorze Roos.

Otrząsnął się z błogiego rozmarzenia. Na balkonie pojawiła się służka.

– Wrócił czcigodny doktor Moyaka – powiedziała. – Prosi, byś dołączył do niego w salonie.

– Dziękuję.

Eizaru czekał na niego.

– Niclaysie. – W jego uśmiechu zagrała przebiegła nuta. – Rozmawiałem z gubernator. Przystała na moją prośbę, byś na czas pobytu w mieście zamieszkał u mnie i Purumé.

– Och, Eizaru... – Może to przez skwar i wyczerpanie, ale dobre wieści prawie wycisnęły Niclaysowi łzy z oczu. – Czy na pewno nie sprawię wam kłopotu?

– Ależ skąd. – Eizaru gestem zaprosił go do drugiego pokoju. – Chodź, musisz umierać z głodu.

Służący robili, co mogli, by nie pozwolić gorącu wedrzeć się do mieszkania. Wszystkie drzwi były otwarte, zamknięte okiennice nie wpuszczały światła do środka, a na stole stały misy z lodem. Niclays kucnął przy stole wraz z gospodarzami, po czym przystąpili do posiłku złożonego z marmurkowej wołowiny i peklowanych na słono warzyw, słodkich ryb i morskiej sałaty oraz opiekanych wodorostów z kawiorem, które jedli z kubeczków. Rozmawiali o tym, co porabiali od ostatniego spotkania.

Minęło sporo czasu, odkąd Niclays zaznał rozkoszy rozmowy z ludźmi podobnymi do siebie. Eizaru wciąż leczył, oferując pacjentom zarówno seiikineskie, jak i mentyjskie medykamenty. Tymczasem Purumé prowadziła badania nad ziołową miksturą wprowadzającą pacjenta w głęboki sen i umożliwiającą bezbolesne operowanie.

– Nazywam ją kwieciśnicą – powiedziała – bo ostatnim składnikiem był kwiat rosnący w Górach Południowych.

– Wędrowała całymi dniami, by odnaleźć ten kwiat wiosną – dodał Eizaru, dumny jak paw.

– To brzmi całkiem nowatorsko – przyznał oszołomiony Niclays. – Można by użyć tej mikstury, by badać wnętrza żywych organizmów. W Mentendonie możemy tylko rozcinać zwłoki. – Jego serce zabiło szybciej. – Purumé, musisz opublikować wyniki swoich badań. Pomyśl, jak to zmieni naszą wiedzę o anatomii.

– Chętnie bym to zrobiła – odrzekła ze słabym uśmiechem – ale jest jeden problem. Ognista chmura.

– Ognista chmura?

– Zakazana substancja. Alchemicy robią ją z żółci ognioziejów – wytłumaczył Eizaru. – Żółć szmuglują na Wschód piraci południowych mórz. Przetwarza się ją w jakiś sposób, a potem umieszcza w ceramicznej kuli ze szczyptą prochu strzelniczego. Zapala się knot, a kula eksploduje dymem czarnym i gęstym jak smoła. Jeśli dym dostanie się do dróg oddechowych smoka, ten zasypia na wiele dni. Piraci rozbierają go wtedy i sprzedają na sztuki.

– Niecny proceder – zeźliła się Purumé.

Niclays potrząsnął głową.

– Ale co to ma wspólnego z kwieciśnicą?

– Jeśli władze uznają, że moja mikstura może być wykorzystana do polowania na smoki, wstrzymają badania. Może nawet odbiorą nam prawo do wykonywania zawodu.

Niclaysa zatkało.

– Wszystko to bardzo smutne – wyrzekł z ciężarem Eizaru. – Powiedz, Niclaysie, czy tłumaczy się na mentyjski seiikineskie artykuły i opracowania medyczne? Może Purumé będzie mogła opublikować swoje wyniki w Mentendonie?

– Wątpię – westchnął. – Chyba że podczas mojego wygnania coś się zmieniło. W pewnych kręgach krążą różne materiały, ale korona ich nie aprobuje. Imperium Cnót nie akceptuje ani dziedzin nauki, ani dokonań naukowych heretyków.

Purumé potrząsnęła głową. Gdy Niclays sięgał po kolejną porcję krewetek, w drzwiach stanął mokry od potu młody człowiek.

– Doktorze Roos. – Skłonił się, ciężko oddychając. – Przychodzę od czcigodnej gubernator Ginury.

Niclays zebrał się w sobie. Pewnie zmieniła zdanie i nie pozwoli mu tu zostać.

– Kazała cię poinformować, że spodziewa się ciebie na audiencji w terminie wyznaczonym przez arcyczcigodnego wojwładcę.

Niclays uniósł brew.

– Arcyczcigodny wojwładca chce się ze mną zobaczyć? Pewny jesteś, chłopcze?

– Tak, doktorze.

Posłaniec skłonił się i wyszedł.

– A więc przyjmą cię na dworze. – Eizaru skrywał rozbawienie. – Przygotuj się. Mówią, że dwór jest jak rafa morskiego kwiecia. Piękna, ale czegokolwiek dotkniesz, kłuje.

– Nie mogę się doczekać – rzekł Niclays, ale brwi wciąż miał zmarszczone. – Ciekawe, dlaczego chce mnie widzieć.

– Arcyczcigodny wojwładca lubi rozmawiać z mentyjskimi osadnikami. Czasem prosi o jakąś pieśń czy opowieść z twojego kraju. A może ciekawi go twoja praca? W każdym razie nie obawiaj się tej wizyty, Niclaysie. Naprawdę nie masz się czym przejmować.

– No i do samej audiencji jesteś wolny jak ptak – zauważyła Purumé z błyskiem w oku. – Skoro już opuściłeś Orisimę, oprowadzimy cię po mieście. Możemy pójść do teatru, porozmawiać o medycynie, popatrzeć na latające smoki… co tylko zechcesz.

Niclays czuł, że tym razem się rozpłacze.

– Zaprawdę, przyjaciele moi – wyrzekł. – To wszystko, czego w tej chwili pragnę.

19
Zachód

Loth szedł za donmatą Marosą labiryntem korytarzy. Światło pochodni raziło go w oczy, gdy stąpał pospiesznie wśród spotniałych ścian.

Kilka długich dni po ich pierwszej nieoficjalnej rozmowie spotkali się w zaciemnionym solarze. Teraz przedzierali się przez sieć tuneli za murami, gdzie sprytny system miedzianych rur doprowadzał wodę z gorących źródeł do pałacowych komnat.

Na końcu przejścia natknęli się na wznoszącą się spiralnie klatkę schodową. Donmata bez słowa zaczęła się wspinać.

– Dokąd mnie prowadzisz? – spytał sztywno Loth.

– Do człowieka, który uknuł plan zamordowania królowej Rosarian.

Czuł, jak poci się jego dłoń zaciśnięta na pochodni.

– Nawiasem mówiąc, wybacz, że kazałam ci tańczyć z Priessą. To był jedyny sposób, by przekazać ci wiadomość.

– Nie mogła dać mi jej w powozie? – wymamrotał.

– Nie. Obszukano ją, zanim opuściła pałac, a woźnica był szpiegiem, który miał się upewnić, że Priessa nie ucieknie. Nikomu nie wolno na długo opuszczać Cárscaro.

Donmata odczepiła od pasa klucz. Gdy Loth wszedł do pomieszczenia, nieomal zakrztusił się kurzem i zapachem. W komnacie panował mrok, rozświetlany tylko jego pochodnią. Meble cuchnęły chorobą i rozkładem, a w powietrzu unosił się gryzący swąd octu.

Marosa zdjęła woal i rzuciła go na oparcie krzesła. Loth poszedł za nią do łoża z baldachimem, ledwie oddychając ze strachu, i mocniej zaciskając palce na trzonku pochodni.

Na łożu leżała postać z zawiązanymi oczami. Loth dojrzał w półmroku woskową skórę, węglowoczarne usta i kasztanowe włosy sięgające kołnierza czerwonej koszuli nocnej. Z miejsca, gdzie na wychudłych nadgarstkach zapięto kajdany, spływały po linii żył czerwone strużki.

– Kto to jest? – sapnął Loth. – Czy to zabójca?

Donmata skrzyżowała ramiona na piersi. Jej żuchwa była prostą linią, w oczach nie dało się dostrzec śladu emocji.

– Lordzie Artelocie – powiedziała – przedstawiam ci mojego lorda ojca, Sigosa III z domu Vetalda, Ścierwokróla Smoczego Królestwa Yscalinu. Albo to, co z niego zostało.

Loth obrzucił go niedowierzającym spojrzeniem.

Zanim Yscalin zdradził Imperium, Loth widywał króla Sigosa tylko na portretach przedstawiających go jako krzepkiego i przystojnego mężczyznę, spoglądającego na świat chłodnymi, bursztynowymi oczami Vetaldów. Sabran zapraszała go na dwór kilkukrotnie, lecz on zawsze wysyłał delegatów, samemu nie kwapiąc się do odwiedzin.

– Ścierwokról jest marionetką na sznurkach wyrma. Fýredel chce obdarzyć tym tytułem każdego władcę na świecie. – Kobieta obeszła łóżko. – Ojciec zapadł na rzadki przypadek smoczej choroby. Pozwala ona Fýredelowi… łączyć się z nim w jakiś sposób. Widzieć i słyszeć to, co dzieje się w pałacu.

– To znaczy, że w tej właśnie chwili…

– Spokojnie, milordzie. Dosypałam środek uspokajający do jego wieczornego napitku. Nie mogę robić tego zbyt często, bo Fýredel nabierze podejrzeń, ale w tym stanie nie może widzieć oczami ojca. Przynajmniej przez jakiś czas.

Sigoso drgnął na dźwięk jej głosu.

– Nie wiedziałem, że wyrmy są zdolne do czegoś takiego. – Loth przełknął ślinę. – Do kontrolowania czyjegoś ciała.

– Gdy wielkie zachodnice umierają, wypala się ogień w wiwernach, które im służą, oraz w tych, które same spłodziły. Może to podobny rodzaj połączenia.

– Długo jest w tym stanie?

– Dwa lata.

A więc zachorował, gdy Yscalin zdradził Imperium.

– Jak doszło do tego, że król zmienił się w… to?

– Najpierw musisz poznać prawdę – powściągnęła jego ciekawość donmata. – Mój ojciec pamięta dość, by ci ją zdradzić.

– Marosssa – zasyczał Sigoso.

Loth wzdrygnął się, słysząc ten głos. Brzmiał, jakby w gardle króla zamieszkały grzechotniki.

– Gdzie jesteś, córko? – spytał Sigoso nieledwie szeptem. – Czy mam sam cię znaleźć?

Donmata z kamienną twarzą zwróciła się ku niemu i zaczęła odwiązywać szarfę z oczu. Choć miała na sobie sięgające łokci aksamitne rękawiczki, Loth wstrzymał oddech, gdy zbliżyła się do ojca, bojąc się, że Sigoso przegryzie materiał lub spróbuje ją złapać skutymi rękami. Gdy córka zdjęła mu opaskę, Sigoso obnażył zęby. Jego tęczówki były teraz całkowicie szare. Jak zimne popioły.

– Mam nadzieję, że dobrze spałeś, ojcze – powiedziała donmata po inysycku.

– Śniłem o wieży zegarowej i kobiecie, w której sercu płonął ogień. I śniłem, że była mi wrogiem. – Król Sigoso wlepiał spojrzenie w Lotha, poruszając ramionami, na ile pozwalały mu łańcuchy. – A to kto?

– Lord Arteloth Beck ze Złotobrzozy. To nasz nowy ambasador Inys. – Donmata zmusiła usta do uśmiechu. – Zastanawiałam się, czy nie chciałbyś mu powiedzieć, kto odpowiada za śmierć królowej Rosarian.

Sigoso odetchnął, jakby powietrze schodziło z kowalskiego miecha. Wodził wzrokiem od córki do gościa, niczym myśliwy wybierający zwierzynę do odstrzelenia.

– To ja zabiłem Rosarian.

Sposób, w jaki wymówił to imię, w jaki obtaczał je na języku niby cukierek, przejął Lotha dreszczem.

– A dlaczego? – spytała donmata.

– Ta rozwiązła suka odrzuciła moje oświadczyny. Oświadczyny króla – wypluł Sigoso, aż naprężyły się ścięgna w jego szyi. – Wolała kurwić się z piratami i zniewieściałymi paniczykami zamiast zjednoczyć krew z domem Vetalda. – Ślina ściekła mu na brodę. – Córko, ja gorę.

Rzuciwszy Lothowi spojrzenie, donmata podeszła do stolika nocnego, gdzie obok miski z wodą leżała szmatka, i położyła mu na czole kompres.

– Kazałem uszyć dla niej suknię – mówił dalej Sigoso. – Suknię tak piękną, że taka próżna dziwka jak Rosarian nie mogła się jej oprzeć. Skropiłem ją jadem bazyliszka zakupionym u kupieckiego księcia i wysłałem do Inys, by ukryto ją wśród jej ubrań.

Loth trząsł się.

– Kto to zrobił? – wyszeptał. – Kto podrzucił jej suknię?

– Nie odpowie nikomu poza mną – mruknęła donmata. – Ojcze, kto podrzucił suknię?

– Przyjaciel, którego mam w pałacu.

– W pałacu… – powtórzył Loth. – Na Świętego, kto?

Donmata powtórzyła pytanie. Sigoso zachichotał, ale śmiech przeszedł w kaszel.

– Podczaszy.

Loth świdrował go wzrokiem. Funkcję podczaszego zniesiono wieki temu.

Suknia musiała zostać podrzucona do garderoby. Szatmistrzynią w czasie rządów Rosarian była lady Arbella Glenn, a ona nigdy nie skrzywdziłaby swojej królowej.

– Mam nadzieję – odezwał się znowu Sigoso – że ostał się do pogrzebania choć strzęp tej dziwki. Jad bazyliszka jest taki silny. – Zacharczał śmiechem. – Nie opierają mu się nawet kości.

– Wybacz memu ojcu. – Donmata spoglądała obojętnie na ścierwokróla. – Powiedziałabym, że nie jest sobą, ale prawda jest taka, że jest, jaki był zawsze.

Obrzydzony do mdłości Loth cofnął się o krok.

– Rycerz Odwagi odwraca się od ciebie, Sigoso Vetaldo – powiedział drżącym głosem. – Decyzja o tym, kogo obdarzyć względami, należała tylko do Rosarian. Niech pochłonie cię płomień Ognistego Łona.

Sigoso się uśmiechnął.

– Już tam jestem – odrzekł. – Trafiłem do raju.

Loth nie wytrzymał. Dobył baselarda.

Ścierwokról łysnął szarymi oczami. Czerwone ogniki zapaliły się w nich jak rozżarzone w ciemności węgle.

– Fýredel. – Donmata porwała kielich ze stolika. – Ojcze, wypij. To uśmierzy ból.

Przyłożyła mu naczynie do ust. Nie odejmując wzroku od Lotha, Sigoso wypił do dna. Loth, przytłoczony tym, co usłyszał, pozwolił donmacie zająć się ojcem.

Jego matka, lady Annes Beck, była z królową matką w momencie jej śmierci. Teraz rozumiał, dlaczego ani ona, ani Sabran nie były w stanie wydusić słowa na temat tamtej pięknej sukni. Dlaczego lady Arbella, która kochała Rosarian jak rodzone dziecko, nigdy już nie powiedziała słowa o tamtych dniach, gdy królowa matka żegnała się z życiem.

Loth siadł ciężko na stopniach. Gdy otrząsnął się z zamyślenia, wyczuł stojącą za plecami donmatę.

– Dlaczego chciałaś, bym usłyszał to od niego? – zapytał. – Czy nie mogłaś powiedzieć mi sama?

– Byś nie tylko usłyszał, ale i ujrzał prawdę. I byś powtórzył ją Sabran. Żebyś mi uwierzył i nie opuszczał Yscalinu przekonany, że owa prawda została w Cárscaro nieodkryta.

Donmata usiadła obok niego, zrównując się z nim twarzą. Na podołku złożyła jedwabne zawiniątko.

– Słyszy nas? – zmartwił się Loth.

– Nie. Zasnął. – W jej głosie brzmiało zmęczenie. – Mam nadzieję, że Fýredel się nie zorientuje, że go uśpiłam. Może myśleć, że ojciec umiera. Uważam zresztą, że tak właśnie jest. – Uniosła głowę. – Mam pewność, że wyrm chce, bym zajęła miejsce króla. Bym i ja stała się marionetką w jego szponach.

– Czy wyrmowi nie przeszkadza, że trzymasz króla w łańcuchach w ciemnym pokoju?

– Fýredel rozumie, że mój ojciec w tym stanie nie jest... reprezentacyjny – odrzekła sucho. – Mimo to muszę go zabierać na powierzchnię na każdy rozkaz wyrma. A więc nasz pan i władca zagląda do pałacu, gdy tylko zechce. Wydaje rozkazy radzie królewskiej. Upewnia się co do tego, że nie kiełkuje mu pod nosem rebelia. I pilnuje, byśmy nie szukali pomocy poza granicami kraju.

– Gdybyś zabiła ojca, Fýredel dowiedziałby się o tym – uświadomił sobie Loth. – I by cię ukarał.

– Gdy ostatnim razem mu się sprzeciwiłam, powiesił jedną z moich dam na Bramie Niundy. – Jej twarz stężała. – Musiałam patrzeć, jak jego kokatryksy rozdzierają ją na strzępy.

Przez jakiś czas milczeli, nieruchomi jak posągi.

– Królowa Rosarian zmarła czternaście lat temu – stwierdził Loth. – A więc... Sigoso zabił ją, jeszcze zanim stał się marionetką wyrma.

– Nie całe zło tego świata pochodzi od wyrmów.

Donmata przeszyła go wzrokiem.

– Nie pamiętam zbyt dobrze ojca z czasów swojego dzieciństwa – powiedziała pod nosem. – Tylko jego zimne spojrzenie. Gdy miałam szesnaście lat, matka przyszła do mojej sypialni w środku nocy. Ich małżeństwo nigdy nie było łatwe, lecz wtedy wydawała się poważnie wystraszona. I zła. Powiedziała, że wyjeżdżamy do jej brata, króla Jantara, do Rauki. Przebrałyśmy się za służące i przekradłyśmy się przez cały pałac. Oczywiście zatrzymali nas strażnicy. Uwięzili nas w naszych komnatach i zabronili nam rozmawiać. Nigdy jeszcze tak nie płakałam. Mama przekupiła strażnika, by przekazał mi list. Napisała, że muszę być silna. – Dotknęła wysadzanego szmaragdami wisiorka na szyi. – Tydzień później ojciec przyszedł, by poinformować mnie o jej śmierci. Powiedział dworowi, że targnęła się na własne życie, bo wstydziła się tego, że próbowała opuścić swego króla… ale ja znam prawdę. Nigdy nie zostawiłaby mnie z nim samego.

– Przykro mi – powiedział Loth.

– Nie tak bardzo jak mnie. – Wstręt wykrzywił jej twarz. – Yscalin nie zasłużył sobie na to, co go spotkało. Ale mój ojciec zasłużył sobie w całej rozciągłości. Zasłużył, by jego imię było tak samo zgniłe, jak zgniłe jest jego serce.

Sahar Taumargam i Rosarian Berethnet, oboje zabici przez tego samego króla. I to pod nosem Inys, które uważało go za sprzymierzeńca i współwiercę.

– Chciałam wyjawić Sabran prawdę. Chciałam zwrócić się do niej o pomoc, o przysłanie wojsk… ale to miejsce to loch. Rada jest całkowicie uległa wobec Fýredela, boi się go rozzłościć. Jej członkowie mają w mieście rodziny, które zostaną zabite, jeśli sprzeciwią się wyrmowi.

Loth otarł rękawem pot z czoła.

– Sabran była moją przyjaciółką. Książę Aubrecht był moim narzeczonym – przypomniała mu donmata. – Wiem, że muszą teraz bardzo źle o mnie myśleć.

Lotha naszło poczucie winy.

– Wybacz nam – mruknął. – Nie powinniśmy od razu zakładać, że…

– Skąd mogliście wiedzieć, że Fýredel się obudził. I że Yscalin znalazł się w cieniu jego skrzydeł. – Donmata wypuściła powietrze przez nos. – Dwa lata temu we Wrzecionach zatrzęsła się ziemia – podjęła. – Fýredel zbudził się w komnacie pod górą Frumą, gdzie zasnął po Żałobie Wieków. Znalazł Yscalin na progu swego domu. Nic tylko brać. Najpierw spłonęły pola lawendy. Czarny dym zasnuł wieczorne niebo. – Pokręciła głową. – Wszystko stało się tak szybko. Wiwerny otoczyły

Cárscaro, zanim strażnicy zdążyli obsadzić stare fortyfikacje. Fýredel pojawił się po raz pierwszy od stuleci. Powiedział, że spali nas wszystkich, jeśli ojciec nie wyjdzie i nie złoży mu hołdu.

– I złożył?

– Najpierw wysłał sobowtóra, ale Fýredel się zorientował. Spalił tego człowieka żywcem, zmuszając ojca, by pojawił się osobiście. Wtedy wyrm zabrał go w góry. W Cárscaro wybuchła panika. Ludzie myśleli, że zaczęła się druga Żałoba Wieków, co w pewnym sensie nastąpiło. – Jej oczy zasnuła czarna rozpacz. – Cárscaro zawładnął chaos. Tysiące próbowały ratować się ucieczką, ale jedyna droga na zewnątrz wiodła przez Bramę Niundy, której strzegły wiwerny. – Zacisnęła usta. – Ojciec wrócił o świcie. Ludzie zobaczyli, że ich król jest cały i zdrów. Nie wiedzieli, co mają myśleć. Powiedział im, że będą pierwszymi, którzy ujrzą narodziny smoczego świata… jeśli się podporządkują. Wróciwszy do pałacu, ojciec nakazał Radzie oddać Yscalin we władanie Bezimiennego. Wysłali wiadomości do wszystkich krajów. Członkowie rady byli zbyt wielkimi tchórzami, by mu się przeciwstawić. Nawet gdy rozkazał zburzyć nasze fortyfikacje, spalić ptaszarnię wraz ze wszystkimi ptakami. Próbowałam zorganizować przeciwuderzenie, ale bezskutecznie. Nie mogłam zrobić nic więcej, nie narażając życia.

– Ale pozostała część kraju nie znała prawdy – powiedział Loth.

– Tej nocy Cárscaro stało się fortecą. Nie można było wysłać żadnej wiadomości za bramę. – Oparła głowę o ścianę. – Wyrmy są bezbronne, gdy się budzą. Fýredel przez rok siedział pod Frumą, zbierając siły. Patrzyłam, jak wykorzystuje mojego ojca, by zmienić ten kraj w swój przyczółek. Widziałam, jak plugawi Sześć Cnót. Obserwowałam, jak wśród mojego ludu rozprzestrzenia się zaraza. A mój dom staje się moim więzieniem.

Wówczas Arteloth Beck zrobił dokładnie to, co odradzał mu Gian Harlowe.

Wziął Marosę Vetaldę za rękę.

Nosiła aksamitne rękawiczki. Loth wiedział, że ryzykuje, ale zrobił to mimo wszystko.

– Jesteś ucieleśnieniem odwagi – rzekł – a twoi współwiercy cię zawiedli.

Donmata spojrzała na ich złączone dłonie. Drgnęła jej brew. Loth zastanawiał się, kiedy ostatnim razem ktoś jej dotykał.

– Powiedz, jak mogę ci pomóc.

Powoli nakryła jego dłoń swoją.

– Możesz wrócić do tej sypialni – odparła, podnosząc na niego wzrok – i dotknąć mojego ojca gołą dłonią.

Potrzebował chwili, by zrozumieć.

– Chcesz bym... się zaraził?

– Wszystko wyjaśnię – zapewniła. – Ale jeśli to zrobisz, w zamian dam ci szansę na opuszczenie Cárscaro.

– Mówiłaś, że to forteca.

– Moja matka odkryła sposób na wydostanie się stąd. – Położyła dłoń na zawiniątku na swoich kolanach. – Chcę, byś przebył Wrzeciona i dostarczył to do Chassara uq-Ispada, ersyrskiego ambasadora. Do rąk własnych.

Chassar uq-Ispad. Człowiek, który wychował Ead i który osiem lat temu sprowadził ją na dwór. Kobieta rozwinęła pakunek. Znajdowała się w nim żelazna szkatuła pokryta nieznanymi Lothowi symbolami.

– Wiosną schwytano w Peruncie kobietę próbującą znaleźć statek, który dostarczyłby ją do Lasyi. Kaci torturowali ją przez wiele dni, ale nie powiedziała ani słowa. Gdy mój ojciec spojrzał na czerwony płaszcz, który przy sobie miała, Fýredel wpadł we wściekłość. Rozkazał, by umierała w cierpieniach.

Loth nie wiedział, czy zdoła wysłuchać tej opowieści do końca.

– Skontaktowałam się z nią tamtej nocy. – Donmata przesunęła palcami po szkatule. – Z początku myślałam, że wyrwano jej język, ale gdy podałam jej wina, wyjawiła mi, że nazywa się Jondu. I że jeśli cenię życie ludzkie, dostarczę pewien przedmiot Chassarowi uq-Ispadowi. – Zrobiła pauzę. – Zabiłam ją własnymi rękami. Powiedziałam Fýredelowi, że zmarła od ran. Lepsze to niż brama. Szkatuła, którą odebrano Jondu, była zamknięta. Nikt nie mógł jej otworzyć, a z czasem przestano próbować. Nietrudno było ją ukraść. Jestem pewna, że znajduje się w niej coś, co jest nam niezbędne do zwycięstwa. I że ambasador uq-Ispad będzie wiedział więcej.

Przebiegła palcami po wzorach na wieku.

– Najprawdopodobniej jest w Rumelabarze. By dotrzeć do Ersyru, unikając przekraczania strzeżonych granic, należy pokonać Wrzeciona. Najbezpieczniejszym sposobem na dokonanie tego bez doznania krzywdy ze strony obudzonych potworów jest zarażenie się smoczą chorobą. Bo smocze stwory nie zaatakują cię, gdy wyczują, że jesteś nosicielem. Jondu klęła się, że ambasador zna lekarstwo na plagę. Jeśli dotrzesz do niego na czas, może przeżyjesz, by o tym opowiedzieć.

Loth zrozumiał.

– I z tą właśnie misją wysłałaś księcia Wilstana. A on nie zdążył.

– Postąpiłam z nim tak samo jak z tobą. Pokazałam mu ojca, by usłyszał z jego ust, jak zginęła Rosarian. A potem dałam mu szkatułę. Lecz Fynch od dawna wyglądał okazji, by uciec z pałacu i powiadomić córkę o tym, co zaszło w Yscalinie. Zapewnił mnie, że się zaraził. Gdy uprzytomniłam sobie, że kłamał, natychmiast pospieszyłam w ślad za nim. Porzucił szkatułę w sekretnym tunelu prowadzącym w góry. Najwyraźniej nigdy nie zamierzał spełnić mojej prośby… ale nie mogę go winić za to, że usiłował wrócić do Sabran.

– Gdzie jest teraz? – spytał cicho Loth.

– Znalazłam go niedaleko wylotu z tunelu. Amfipterus.

Loth oparł czoło na złożonych dłoniach. Amfipterusy były groźnymi smoczymi potworami bez członków, za to wyposażonymi w potężne szczęki, którymi łapały ofiary i trzęsły nimi, dopóki te nie opadły z sił.

– Odzyskałabym jego zwłoki, ale sama zostałam zaatakowana, gdy podeszłam zbyt blisko. Odmówiłam stosowne modły.

– Dziękuję.

– Choć przeczą temu pozory, jestem wierna Świętemu. A on nas teraz potrzebuje, lordzie Artelocie. – Dłoń donmaty spoczęła na jego przedramieniu. – Czy zrobisz, o co proszę?

Przełknął ślinę.

– Co z lordem Kitstonem?

– Może tu zostać, a ja będę mieć nad nim pieczę. Może też pójść z tobą, ale również będzie musiał się zarazić.

Nawet Rycerka Przyjaźni nie mogła oczekiwać od Kita takiego poświęcenia. Już i tak zrobił zbyt wiele.

– Czy Fýredel będzie patrzył moimi oczami? – spytał Loth.

– Nie. Zachorujesz na powszechną odmianę choroby – powiedziała. – Już to sprawdziłam.

Postanowił nie pytać jak.

– Z pewnością są w pałacu inni współwiercy wciąż lojalni wobec Świętego – rzekł. – Czemu nie posłać któregoś z twoich poddanych?

– Ufam tylko Priessie, a gdy ona zniknie z dworu, natychmiast podniesie się alarm. Poszłabym sama, ale nie mogę zostawić poddanych bez jedynego Vetaldy, który ostał się przy zdrowych zmysłach. Nawet jeśli nie zdołam zrobić nic, by ich ocalić, muszę zostać, by wszelkimi możliwymi sposobami podminowywać władzę Fýredela.

Jakże się pomylił w ocenie donmaty Marosy. Była prawdziwą wyznawczynią Cnót, uwięzioną w pustej skorupie swojego niegdysiejszego domu.

– Dla mnie już za późno, milordzie – wyrzekła – ale dla Cnót jeszcze nie. To, co wydarzyło się w Yscalinie, nie musi wydarzyć się nigdzie indziej.

Loth oderwał wzrok od ognistego spojrzenia jej opalowych oczu i spojrzał na broszę wpiętą we własny dublet. Dwie złączone dłonie. Splot palców wyobrażony również na pierścieniach sercosplotu.

Loth wiedział, co by zrobiła Rycerka Przyjaźni, gdyby tu była.

– Jeśli zgodzisz się mi pomóc – w jego myśli wdarł się głos donmaty – zabiorę cię do ścierwokróla, byś mógł złożyć na nim ręce. A potem pokażę ci drogę ucieczki z Yscalinu. – Wstała. – Jeśli zaś odmówisz, radzę ci przygotować się na długi pobyt w Cárscaro, lordzie Artelocie Becku.

20
Wschód

Podczas gdy reszta strażników morskich świętowała zakończenie prób w sali bankietowej, Tané leżała wykończona w swojej kwaterze. Nie wstała z łóżka od pojedynku z Turosą. Chirurg oczyścił i zszył jej ranę, ale poruszanie się bardzo ją męczyło, a nieustanny pulsujący ból sprawił, że zrobiła się drażliwa.

Następnego dnia miała dowiedzieć się, czy została jeźdźcem.

Obgryzała paznokieć małego palca, aż poczuła smak krwi. Choćby tylko po to, by zrobić z rękami coś mniej bolesnego, znalazła swój egzemplarz *Wspomnień z czasów Wielkiej Rozpaczy*. Księgę sprezentował jej jeden z nauczycieli na piętnaste urodziny. Minęło już nieco czasu, odkąd otworzyła ją po raz ostatni, ale wiedziała, że ilustracje pomogą jej oderwać myśli od bólu.

Dochodziła dwunasta i za oknem rozbrzmiewała już pieśń drzewnych świerszczy, a ona wciąż nie mogła się oderwać od lektury.

Jeden obrazek przedstawiał seiikineską kobietę dotkniętą czerwoną chorobą. Jej dłonie i oczy były karmazynowe. Na kolejnej stronie wyobrażono ognioziejów. Ich nietoperzowe skrzydła przeraziły niegdyś piętnastoletnią Tané. Choć od tamtej chwili minęło wiele czasu, wciąż czuła dreszcze, gdy na nie patrzyła. Następna rycina przedstawiała mieszkańców Przylądka Hisan stojących na brzegu morza, obserwujących wielką bitwę. Zwarte w boju smoki zwijały się i kłębiły wśród fal, kłapały paszczami na demony zalewające Seiiki ognistym deszczem.

Na ostatniej grafice uwieczniono kometę, która rozbłysła na niebie ostatniej nocy Wielkiego Smutku – Latarnię Kwirikiego – płaczącą meteorami, które z sykiem wpadały do morza. Skrzydlate demony przed nią uciekały, a seiikineskie smoki wyłaniały się z fal, całe pokryte drobnymi jak monety łuskami w nieprzeliczonych odcieniach srebra i błękitu.

Z zamyślenia wyrwało Tané pukanie do drzwi. Z ociąganiem dźwignęła się na nogi, krzywiąc się z bólu. Otworzywszy, stanęła oko w oko z Onren ubraną w ciemnozieloną szatę i z solnymi kwiatami wplecionymi we włosy. Przyjaciółka trzymała tacę.

– Przyniosłam ci kolację.

– Zapraszam.

Tané wpuściła ją do środka i wróciła do łóżka. Dopalające się świece rzucały długie cienie na ściany izby. Onren odstawiła tacę i Tané dopiero wówczas dostrzegła, że czeka ją mała uczta. Na stoliku pyszniły się cieniutkie dzwonka leszcza, kulki twarogu z fasolą obtoczone w kawiorze i aromatyczna polewka z peklowanych na słono glonów, a obok stał dzban grzańca i kubek.

– Czcigodny morski generał pozwolił nam spróbować swojego słynnego wina, które dojrzewa w morzu – powiedziała Onren, uśmiechając się przelotnie. – Zostawiłabym ci trochę, ale ledwo wylądowało na stole, dzban zaraz wysechł. To tutaj jest troszkę mniej wyśmienite – napełniła kubek – ale pomoże na ból.

– Dziękuję – powiedziała Tané. – To miło, że o mnie pomyślałaś, ale nigdy specjalnie nie przepadałam za winem. Masz, jest twoje.

– Tané, próby już się skończyły. Możesz się w końcu wyluzować. Choć... chyba znajdę dla tego wina dobre zastosowanie. – Onren uklękła na matach. – Brakowało cię dzisiaj w sali bankietowej.

– Byłam zmęczona.

– Sądziłam, że to właśnie powiesz. Nie chcę cię obrazić, ale wyglądasz, jakbyś nie spała od lat. Nikt jednak nie zaprzeczy, że odpoczynek ci się należy. – Chwyciła kubek. – Sprawiłaś się w walce z Turosą. Może ten gnojek wreszcie zrozumie, że nie wyrasta ponad poziom wieśniaków tak bardzo, jak mu się zdawało.

– Nie jesteśmy już wieśniaczkami. – Tané przyjrzała jej się uważniej. – Wydajesz się zaniepokojona.

– Chyba straciłam dzisiaj szansę na zostanie jeźdźcem. Kanperu walczy tak dobrze, jak się... – Upiła wina. – No.

A więc walczyła z Kanperu. Tané zaraz po pojedynku z Turosą wylądowała u lekarza i nie widziała kolejnych starć.

– Zebrałaś świetne noty we wszystkich pozostałych próbach – przypomniała jej Tané. – Czcigodny morski generał oceni nas sprawiedliwie.

– Skąd wiesz?

– Jest jeźdźcem.

– Turosa też jutro zostanie jeźdźcem, a ostatnie lata spędził, dokuczając tym z nas, którzy pochodzą z chłopa. Słyszałam, że raz pobił służącego za to, że ten nie pokłonił mu się dostatecznie nisko. Nas wyrzuciliby za takie zachowanie z Domów

Nauki… ale nawet tutaj nie jest bez znaczenia, jaka krew płynie w twoich żyłach.

– Skąd możesz wiedzieć, czy to będzie brane pod uwagę przy jego ocenie?

– Założę się, o co chcesz, że jego pochodzenie wpłynie na ocenę komisji.

Zapadła cisza. Tané skubała twaróg.

– Raz, gdy miałam szesnaście lat, zebrałam ochrzan, bo poszłam do miasta grać w karty – podjęła Onren. – Ponieważ było to zachowanie niegodne kandydatki do straży, zawieszono mnie w prawach uczennicy. Usłyszałam, że muszę ponownie zasłużyć na miejsce w Domu Wschodu. Przez resztę sezonu szorowałam wygódki. Turosa kilka dni po tym, jak zamordował służącego, trzymał już w dłoni miecz.

– Nasi nauczyciele pewnie mieli swoje powody. Oni rozumieją, czym jest sprawiedliwość.

– Powodem było to, że Turosa jest wnukiem jeźdźca, a ja nie. I to będzie powodem jutro, gdy to jego, a nie mnie uczynią jeźdźcem smoków.

– Nie to będzie powodem.

Słowa wymknęły się z ust Tané, zanim zdołała je powstrzymać, śliskie jak piskorz, którego nie sposób utrzymać w rękach.

Onren uniosła brwi. Cisza wisiała między nimi jak dzwon, w który nikt nie chciał zabić. Tané zmagała się z myślami.

– Powiedz, co ci ciąży na sercu. – Onren odważyła się na drobny uśmieszek. – W końcu jesteśmy przyjaciółkami.

Było za późno, by cofnąć, co zostało powiedziane. Próby, obcy, jej wyczerpanie i poczucie winy – wszystko to kotłowało się w jej sercu, aż wreszcie wykipiało.

– Mówisz, jakbyś uważała, że jeśli nie zostaniesz jutro mianowana jeźdźcem, to nie dlatego, że sama coś zawaliłaś

– usłyszała własne słowa. – Odkąd tu przyjechaliśmy, wypruwałam sobie żyły w dzień i noc. Tymczasem ty nie okazałaś temu miejscu należnego szacunku. Noce spędzałaś w tawernach, choć powinnaś była ćwiczyć, a potem zachodziłaś w głowę, dlaczego nie poradziłaś sobie z przeciwnikiem. Może to z tego powodu nie zostaniesz jeźdźcem.

Onren już się nie uśmiechała.

– A więc – zaczęła grzecznie – uważasz, że nie zasługuję na to, by nim zostać, bo... chodziłam po tawernach. – Umilkła na uderzenie serca. – A może dlatego, że chodziłam po tawernach, a mimo to wciąż osiągnęłam lepszy wynik w próbie noży?

Tané zesztywniała.

– Miałaś tamtego ranka przekrwione oczy – przypomniała Onren. – Wciąż masz. Ćwiczyłaś całą noc.

– Oczywiście, że tak.

– I gardzisz mną, bo ja się w tym czasie bawiłam. – Onren pokręciła głową. – Tané, we wszystkich sferach życia potrzebny jest balans. To nie jest brak szacunku. Ta pozycja to życiowa szansa, nie wolno jej roztrwonić.

– Ja to wiem – odparła Tané szorstko. – A ty?

Onren uśmiechnęła się blado, ale Tané nie umknęła uraza w jej spojrzeniu.

– No cóż – powiedziała, wstając – w takim razie lepiej już pójdę. Nie chciałabym pociągnąć cię na dno wraz ze sobą.

Gniew zgasł w sercu Tané tak szybko, jak się zapalił. Siedziała nieruchomo z dłońmi przyciśniętymi do posłania, próbując przełknąć wstyd. Wreszcie wstała i skłoniła się.

– Przyjmij moje przeprosiny, czcigodna Onren – wymamrotała. – Nie powinnam była tego mówić. Nie znajduję na to dla siebie usprawiedliwienia.

– Wybaczam ci – powiedziała Onren po pauzie. – Naprawdę. – Wyrzuciła powietrze z płuc. – Martwiłam się o ciebie. – Tané wciąż nie podnosiła wzroku. – Zawsze ciężko pracowałaś, ale w czasie prób miałam wrażenie, że katujesz się z rozmysłem. Czemu?

Gdy mówiła w ten sposób, Tané miała wrażenie, że znów ma przy sobie Susę. Przyjazną twarz i otwarty umysł. Przez krótką chwilę bardzo chciała opowiedzieć wszystko Onren. Może by zrozumiała.

– Nie – wyrzekła wreszcie. – Po prostu się bałam. I byłam przemęczona. – Opadła miękko na posłanie. – Jutro już będzie lepiej. Gdy tylko poznam swoje przeznaczenie.

Onren roześmiała się.

– Och, Tané. Brzmisz, jakby alternatywą był loch.

Tané wzdrygnęła się, ale ułożyła usta w życzliwy uśmiech.

– Zostawię cię teraz. Obie musimy odpocząć. – Onren opróżniła kubek. – Dobranoc, Tané.

– Dobranoc.

Gdy tylko Onren poszła, Tané zgasiła świece i wpełzła pod kołdrę. Wycieńczenie i ból w końcu ją pokonały, zapadła w pozbawiony marzeń sen.

Gdy się obudziła, pokój wypełniało złote światło. Przez chwilę nie rozumiała, dlaczego jest tak jasno. Wydawało jej się, że od stuleci panowała ciemność. Otworzyła okno. Choć padał kapuśniaczek, dachy Ginury opromieniało słońce.

Światłodeszcz. Dobry omen.

Niedługo przyjdą służący z jej nowym mundurem. Srebrny smok na opończy będzie oznaczał, że pozostanie morską strażniczką i będzie służyć w marynarce jako dowódczyni.

A złoty, że została wybrana przez bogów.

Przecięła pokój i po raz ostatni zapaliła kadzidło w kapliczce. Poprosiła o wybaczenie za nieuprzejmość, z jaką potraktowała Onren, a potem, po raz nie wiedzieć który, za to, co zrobiła przed ceremonią. Gdyby tylko wielki Kwiriki jej odpuścił, dziękowałaby mu przez resztę życia.

Służący przyszli, gdy popołudnie przerodziło się w wieczór. Tané czekała z zaciśniętymi powiekami, wreszcie obróciła się i na nich spojrzała.

Tunikę uszyto z szafirowobłękitnej mory. A na opończy widniał wyszyty złotą nicią znak smoka.

Nowi służący ścięli jej włosy na żołnierską modłę. Blizna na policzku uwydatniła się i wciąż bolało ją ramię, ale jej oczy lśniły jak świeża sepia.

Gdy słońce skryło się za horyzontem, wyszła z palankinu i stanęła na bladym piasku ginurskiej zatoki. Powołanie zawsze odbywało się o zmierzchu, bowiem stare życie jeźdźców, tak jak dzień, dobiegało końca. Tané miała na sobie nowe skórzane buty o grubych podeszwach, które lepiej siedziały w strzemionach.

Nocna tęcza rozlała się wszystkimi odcieniami czerwieni na tle przymglonej purpury nieboskłonu. Ludzie zbierali się na klifach i patrzyli na ten osobliwy znak dany przez Kwirikiego, równocześnie przyglądając się dwunastu nowym smoczym jeźdźcom, którzy szli teraz w kierunku morza.

Był wśród nich Turosa. I wszyscy inni krewni jeźdźców smoków. Tané zrównała się z Onren, która posłała jej uśmiech. Ją też uznano godną miejsca w rodzie Miduchi.

Gdy ostatnim razem Tané była na plaży, z ciemności niczym klątwa wyłonił się obcy. A jednak teraz pływy jej serca, które od urodzenia niosły ją ku temu dniu, były dziwnie spokojne i nieruchome.

Seiikineskie smoki czekały w morzu, wznosząc z gracją swe giętkie szyje. Słońce i tęcza rzucały światło na fale, które omywały smukłe ciała podniebnych bestii. Wyglądało na to, że dwaj jeziorańscy wojownicy nieco się spóźnią.

Kanperu, gdy go wywołano, ukłonił się morskiemu generałowi, który zawiesił mu na szyi sznur tańczących pereł. Potem wręczył mu hełm i wyściełane siodło, a następnie maskę, by chroniła jego twarz przed żywiołami, oraz miecz obmyty w słonej wodzie i pochwę wyłożoną masą perłową, obydwa przedmioty wykonane przez najznamienitszych mieczników na Seiiki.

Kanperu zapiął hełm pod brodą i wziął siodło, a potem ruszył do wody. Gdy ta sięgnęła mu do pasa, zatrzymał się i wyciągnął rękę wnętrzem dłoni do góry.

Błękitnoszara smoczyca wyciągnęła szyję i przyjrzała mu się oczami wielkimi jak księżyce w pełni. Gdy pochyliła głowę niżej, Kanperu wczepił palce w jej grzywę i dosiadł jej, uważając na kolce. Kiedy siodło i jeździec byli już na miejscu, smoczyca wydała z siebie przeciągły krzyk i dała nura do wody, ochlapując zebranych od stóp do głów.

Następna do brzegu podeszła Onren z ustami rozciągniętymi w uśmiechu. Rękę trzymała wyciągniętą tylko przez chwilę, nim największy ze smoków – pochodzący z Seiiki olbrzym o czarnej grzywie i łuskach jak kute srebro – zbliżył się do niej płynnym ruchem. Onren stężała, lecz gdy jej palce zetknęły się z jego grzywą, rozluźniła się i wspięła na grzbiet gładko jak po drabinie.

– Czcigodna Miduchi Tané! – zawołał morski generał. – Wystąp.

Onren założyła maskę. Smok pochylił głowę i odpłynął.

Tané skłoniła się morskiemu generałowi i pozwoliła mu zapiąć sobie na karku naszyjnik z pereł – znak, że została wybrana przez bogów. Przyjęła hełm, siodło i wreszcie miecz w pochwie. Już czuła się tak, jakby był przedłużeniem jej ramienia. Przymocowała go do szarfy i weszła do morza.

Gdy letnia słona woda obmyła jej łydki, zaczęła oddychać zrywami. Wyciągnęła rękę. Pochyliła głowę. Zamknęła oczy. Ręka tkwiła nieruchomo w powietrzu, choć całe jej ciało uległo drżeniu.

Opuszki Tané musnęła zimna łuska. Dziewczyna nie miała odwagi spojrzeć, ale wiedziała, że musi. Gdy rozwarła powieki, ujrzała przed sobą twarz jeziorańskiego smoka, z której patrzyło na nią dwoje oczu jasnych jak fajerwerki.

21
Zachód

Loth ostatni raz wyszedł ze swojego pokoju w Pałacu Zbawienia pod osłoną nocy.

Smocza plaga szalała w jego trzewiach i członkach. Wystarczyło jedno dotknięcie czoła ścierwokróla i dreszcz, który go wówczas przeszedł, obwieścił mu, że choroba rozgościła się w jego ciele na dobre. Wówczas w jego myślach odwróciła się klepsydra. Jak wiele czasu minie, nim drobinki jego jestestwa zaczną przesypywać mu się przez palce i zacznie tracić zmysły?

Przerzucił przez ramię skórzaną sakwę wypełnioną zapasami na długą drogę przez góry. Baselard i miecz miał przy bokach, skryte pod zimowym płaszczem.

Kit szedł za nim krętymi schodami.

– Naprawdę mam nadzieję, że wiesz, co robisz, Artelocie.

– Szczerze mówiąc, jest wprost przeciwnie.

– To już lepiej było zostać piratem.

– Niewątpliwie.

Zstępowali głęboko w trzewia Cárscaro. Donmata Marosa powiedziała Lothowi, jak uzyskać dostęp do ukrytych, zwężających się schodów w Królewskim Sanktuarium. Loth otarł z czoła zimny pot. Zaklinał Kita, by ten pozwolił mu wyruszyć samemu, ale przyjaciel nie chciał o tym słyszeć.

Minęły stulecia, nim poczuli pod stopami płaskie podłoże. Loth podniósł żagiew.

Marosa czekała na nich przy schodach, jej twarz skrywał cień kaptura. Światło pochodni zakreśliło w mroku wielką szczelinę w ścianie za plecami donmaty.

– Co to za miejsce? – spytał Loth.

– Zapomniane tajne przejście ewakuacyjne. Używano go w trakcie oblężeń. Chyba. To właśnie tędy miałyśmy uciekać z mamą.

– Czemu nie wykorzystałaś go, by wysłać wiadomość poza Yscalin?

– Próbowałam. – Zrzuciła kaptur z głowy. – Lordzie Kitstonie, czy jesteś zarażony?

Kit pokiwał głową.

– Tak, Promienistości. Wydaje mi się, że jestem chory w dostatecznym stopniu.

– Dobrze. – Przeniosła wzrok z powrotem na Lotha. – Posłałam tędy jedną z moich dam. Było to, jeszcze zanim się dowiedziałam, ile smoczych stworów mieszka w górach.

Loth i Kitston nie musieli pytać, jak skończyła przyboczna donmaty.

Marosa sięgnęła za plecy i podała im dwa identyczne kije podróżne, każdy zakończony hakiem.

– Lodowe kostury. Pomogą wam na śliskim gruncie.

Przyjęli je, a potem Loth wziął do ręki podaną przez kobietę ciężką sakwę ze szkatułą.

– Nie porzucaj zadania, które ci wyznaczyłam, lordzie Artelocie. – Oczy Marosy błyszczały w świetle pochodni jak dwa brylanty. – Ufam, że wykonasz je dla mnie. I dla Imperium.

Z tymi słowami cofnęła się o krok.

– Wyślemy pomoc. – Loth przemawiał cicho. – Utrzymaj ojca przy życiu tak długo, jak tylko zdołasz, a jeśli umrze, ukryj się przed Fýredelem. Gdy zadanie zostanie wykonane, powiemy władcom Imperium Cnót, co się tu wydarzyło. Nie umrzesz tu w samotności.

Kobieta wreszcie uśmiechnęła się nieznacznie. Jakby dopiero teraz jej wargi przypomniały sobie, jak się to robi.

– Masz dobre serce, lordzie Artelocie – powiedziała. – Jeśli wrócisz na Inys, pozdrów ode mnie Sabran i Aubrechta.

– Zrobię to. – Skłonił się. – Do zobaczenia, Wasza Promienistość.

– Do zobaczenia, milordzie.

Ich spojrzenia splotły się na kilka uderzeń serca. Loth raz jeszcze skinął głową i przeszedł przez szczelinę.

– Niech Rycerz Odwagi przyniesie ci otuchę w tych złych czasach – powiedział Kit do Marosy.

– I tobie, lordzie Kitstonie.

Odgłos jej kroków odbijał się cichnącym echem pośród kamiennych ścian. Loth nagle pożałował, że nie mogli zabrać jej ze sobą. Marosa Vetalda, donmata Yscalinu, przykuta do swojego umierającego królestwa.

W przejściu było ciemno choć oko wykol, ale ruch powietrza prowadził Lotha niczym ręka przewodnika. Potykał się na nierównym podłożu, o mało nie wypalając sobie oka pochodnią. Otaczało go połyskliwe wulkaniczne szkło, a korytarz przesycała woń pumeksu. W szkle odbijał się płomień pochodni, rozsyłając wokoło tysiące refleksów.

Szli, zdawałoby się, godzinami, czasem skręcając, ale przeważnie sunąc prosto przed siebie. Ich kostury wystukiwały nieregularny rytm.

Loth spiął się, gdy usłyszał za plecami kasłanie Kita.

– Cicho sza – rzucił przez ramię. – Wolę nie budzić tego, na co możemy się tu natknąć.

– Jak mam nie kaszleć, gdy zbiera mi się na kaszel? A poza tym nie ma się tu na co natknąć.

– Powiedz mi, że te ściany nie wyglądają, jakby ten korytarz wykopał bazyliszek.

– Och, nie ględź jak jakiś pieśniarz zguby. Pomyśl o tym jak o kolejnej przygodzie.

– Wcale mi nie pilno do awanturniczego życia – rzekł Loth zmęczonym głosem. – Wcale a wcale. Wolałbym siedzieć teraz we Wrzosowej Twierdzy z kubkiem grzańca w ręku, przygotowując się, by zaprowadzić moją królową do ołtarza.

– A ja wolałbym budzić się właśnie obok Kate Withy, lecz niestety, nie można mieć wszystkiego.

Loth się uśmiechnął.

– Cieszę się, że tu ze mną jesteś, Kit.

– No myślę – odparł przyjaciel, łyskając oczami.

To miejsce sprawiało, że Loth mimo woli myślał o Bezimiennym i o tym, jak musiał przebijać się przez ziemię, nim wyłonił się na powierzchnię. Matka często opowiadała mu o tym, gdy był mały, obdarzając każdą postać innym głosem, by przestraszyć go lub rozśmieszyć.

Zrobił kolejny krok. Grunt pod jego stopami zaburczał głucho, jakby stąpali po brzuchu jakiegoś olbrzyma.

Loth zamarł, mocniej zacisnąwszy palce na pochodni. Płomieniem szarpnął nagły poryw wiatru, który przetoczył się przez tunel.

– Co to, trzęsienie ziemi? – wymamrotał Kit. Gdy Loth nie odpowiedział, w jego głosie nabrzmiało zdenerwowanie. – Loth, co to było?

– Cicho. Nie wiem.

Kolejny pomruk, tym razem głośniejszy. Ziemia poruszyła się pod ich stopami. Zaczęła drżeć, gdy tylko Loth oparł się dłonią o ścianę. Z początku delikatnie, niczym przebiegający po kręgosłupie dreszcz strachu, potem coraz mocniej, agresywniej, aż zadygotały mu zęby.

– Trzęsienie ziemi! – krzyknął. – Biegnij, Kit, biegnij! Szybko!

Żelazna szkatuła obijała mu się o plecy. Pędzili, rozgarniając ciemność pochodnią i rozpaczliwie wypatrując choć śladu dziennego światła. Było tak, jakby przedśmiertne konwulsje targały trzewiami ziemi.

– Loth! – zawołał Kit głosem zniekształconym przez przerażenie. – Pochodnia! Pochodnia mi zgasła!

Loth obrócił się na pięcie, zziajany, i wyciągnął przed siebie pochodnię. Przyjaciel został daleko w tyle.

– Kit! – Pobiegł z powrotem. – Szybciej, człowieku! Idź za moim głosem!

Trzask. Jakby wszedł na cienki lód pokrywający zamarznięte jezioro. Drobne kamyczki, niczym żwir, posypały mu się na plecy, jakby ktoś obrzucił go pieprzem. Zasłonił głowę ramionami, gdy sufit zwalił się na niego.

Przez długi czas spodziewał się, że po prostu umrze. Rycerz Odwagi go opuścił i Loth pisnął jak małe dziecko. Ciemność go oślepiła. Wszędzie wokoło dudniły kamienie, pękało i trzaskało szkło. Rozkaszlał się, gdy do gardła wdarł mu się czarny pył.

I wtedy, ot tak, trzęsienie ustało.

– Kit! – zawołał. – Kit!

Dysząc, sięgnął po pochodnię – to cud, że nie zgasła – i pomachał nią w kierunku, z którego ostatnio słyszał głos przyjaciela. Przejście zawalone było wulkanicznym szkłem i skalnymi odłamkami.

– Kitston!

Nie może być martwy. Nie wolno mu! Loth z całych sił pchnął zawalisko, raz po raz napierał na nie ramieniem i bił pięściami, aż skała zabarwiła się krwią. Gdy rumowisko wreszcie ustąpiło, zanurzył ramiona w gruzie i zaczął odwalać skały gołymi rękami, łapiąc haustami gęste jak scukrzony miód powietrze…

Jego palce zacisnęły się na miękkiej dłoni. Mięśnie piekły jak oblane ukropem, gdy rozgarnął szkło.

Znalazł Kita, ale nie dostrzegł w jego oczach radosnego błysku, który nigdy nie opuszczał ich na długo, i nagle pojął, że usta przyjaciela nigdy już nie rozciągną się w uśmiechu. Na jego szyi wisiała tabliczka bliźniaczo podobna do tej, którą dał Lothowi na ich Ucztę Przyjaźni. Większość ciała przyjaciela niknęła pod skałą. Loth widział tylko wyciekającą spod niej strużkę krwi.

Z gardła wyrwał mu się rozpaczliwy szloch. Jego policzki były mokre od potu i łez, knykcie krwawiły z otwartych ran, w ustach czuł smak żelaza.

– Wybacz mi – wydusił zmienionym głosem. – Wybacz mi, Kitstonie Glade.

22
Zachód

Zaślubiny Sabran IX i Aubrechta II odbyły się w chwili, gdy lato przedzierzgnęło się w jesień. Tradycja nakazywała, by przysięgi wypowiedziane zostały o północy, gdy księżyc jest w nowiu, gdyż w tej najciemniejszej godzinie najbardziej potrzebowało się towarzysza.

A godzina rzeczywiście była ciemna. Nigdy jeszcze w historii Berethnetów ślub nie odbył się zaraz po pogrzebie.

Wielkie Sanktuarium Wrzosowej Twierdzy, jak większość świątyń, wzniesiono na planie koła i upodobniono do tarcz, jakie nosili pierwsi rycerze Inys. Po Żałobie Wieków, gdy zawalił się dach, Rosarian II nakazała upamiętnienie poległych czerwonymi witrażowymi oknami.

W ciągu stuleci przez podłogę przebiły się trzy drzewa, sięgnęły sufitu i splotły koronami nad korytarzem. Ich liście już płonęły złotem i umbrą. Sześćset ludzi zebrało się pod nimi, by wziąć udział w ceremonii, łącznie z członkami Przenajcnotliwszego Zakonu Świętarzy.

Gdy królowa Inys stanęła w drzwiach wychodzących na południe, w sanktuarium zapadła cisza. Gładko uczesane włosy władczyni sprawiałyby wrażenie wyrzeźbionych z połyskliwego hebanu, gdyby nie wplecione w nie białe kwiaty. Szyję Sabran otulał kratkowany partlet ozdobiony rubinami, które łapały światło wszystkich świec.

Chór zaczął śpiewać, rozbrzmiały wysokie, soczyste głosy. Sabran zrobiła krok naprzód i zatrzymała się.

Ead, z miejsca, gdzie stała wśród dzierżących świece, wpatrywała się w stojącą nieruchomo królową. Prowadząca ją do ołtarza Roslain ścisnęła jej ramię.

– Sab – wyszeptała.

Sabran zebrała się w sobie. W ciemności panującej w nowym sanktuarium mało kto zwróciłby uwagę na napiętą linię jej ramion, a jej drżenie wytłumaczyłby chłodem.

Chwilę później szła już dalej.

Seyton Combe obserwował jej nadejście z miejsca, gdzie stali wraz z rodzinami Książęta Ducha. Płomyki świec uwydatniały uśmieszek satysfakcji wykrzywiający kąciki jego ust.

By odbyła się ta ceremonia, wysłał Lotha na śmierć. Lotha, który powinien być teraz u boku Sabran. Inysycka tradycja stanowiła, by państwa młodych prowadzili do ołtarza najbliżsi przyjaciele.

Stojąca kawałek dalej Igrain Crest była jak posąg wykuty z kamienia. Ead sądziła, że małżeństwo Sabran jest zarówno jej zwycięstwem, jak i porażką. Chciała, by Sabran urodziła dziecko, ale by to dziecko miało innego ojca. Ślub z Aubrechtem stanowił też dowód na to, że królowa nie jest już zahukaną dziewczynką, która potrzebuje pytać o wszystko doradczyni.

Czerwony Książę wszedł do sanktuarium przeciwległymi drzwiami. Do ołtarza prowadziła go najstarsza siostra. Z jego ramion spływał płaszcz pasujący do sukni panny młodej, obszyty karmazynowym jedwabiem i futrem gronostaja. Pod nim Lievelyn nosił dublet ze złotymi zapinkami. Tak jak Sabran wdział rękawice z ostentacyjnie uwydatnionymi mankietami mającymi przyciągać wzrok. Królewski status znamionował złoty diadem na jego głowie.

Sabran szła w jego stronę z gracją i opanowaniem. Jej suknia była nie tyle strojem, ile odrębnym zjawiskiem. Barwa głębokiego karmazynu kojarzyła się z bogatym wiśniowym winem, a czarna część przednia pyszniła się złotem i perłami. Damy, łącznie z Ead, ubrane były odwrotnie, w czarne suknie skontrastowane czerwonymi przodzikami.

Państwo młodzi spotkali się w broszy sanktuarium, pod złoconym baldachimem wspartym na zdobionych kolumnach. Świadkowie ceremonii zgromadzili się wokoło. Sabran stała w poświacie bijącej od świec umiejscowionych dość blisko, by narzeczony widział ją w pełnej krasie. Książę przełknął ślinę.

Sabran ujęła Roslain za rękę, a Lievelyn splótł palce z najstarszą siostrą. Cała czwórka klęknęła na przygotowanych wcześniej poduszeczkach. Gdy Ead zdmuchnęła świecę, rozejrzała się po tłumie za Chassarem.

Arcyświętarz Inys miał długie, trupie palce i był tak blady, że na jego skroniach rysowały się niebieskie kreski żył. Na przedzie jego szaty widniał wyszyty srebrną nicią Prawdziwy Miecz.

– Przyjaciele – zadźwięczał w ciszy jego głos. – Zebraliśmy się dzisiejszej nocy w bezpiecznej przystani nękanego niepokojami świata, by stać się świadkami połączenia tych dwóch dusz świętym węzłem małżeńskim. Tak jak Dziewica i Święty, chcą one uczynić się nawzajem towarzyszami życia w celu zachowania Imperium Cnót ode złego. Małżeństwo jest wielką posługą, gdyż samo Inys wzniesione zostało na fundamencie miłości łączącej Galiana, króla Inysca, i Cleolind, heretyczki z Lasyi.

Już w trzecim zdaniu nazwał Matkę heretyczką. Ead wymieniła spojrzenia z Chassarem, którego wypatrzyła po drugiej stronie nawy.

Odchrząknąwszy, arcyświętarz otworzył oprawny w srebro modlitewnik i odczytał opowieść o Rycerce Przyjaźni, która stała się zalążkiem Przeświętego Zastępu. Ead słuchała jednym uchem. Wzrok skupiała na Sabran, która stała idealnie nieruchomo. Lievelyn patrzył na nią.

Gdy opowieść dobiegła końca, Roslain i Ermuna, złączywszy oblubieńców, wtopiły się w tłum. Roslain stanęła przy swoim towarzyszu, lordzie Calidorze Stillwaterze, który przyciągnął ją do siebie. Kobieta nie odrywała wzroku od Sabran, która patrzyła, jak jej przyjaciółka zostawia ją pod baldachimem z tym praktycznie obcym mężczyzną.

– Zaczynajmy. – Arcyświętarz skinął na Lievelyna. Wysoki książę zdjął rękawiczkę z lewej ręki i wyciągnął ją przed siebie. – Sabran IX z domu Berethnet, królowo Inys, twój oblubieniec wyciąga do siebie dłoń przyjaźni. Czy przyjmiesz ją i zostaniesz jego wierną towarzyszką, dopóki śmierć was nie rozdzieli?

Lievelyn rzucił Sabran uśmiech, który ledwie sięgnął jego oczu. Półcień uniemożliwiał stwierdzenie, czy Sabran go odwzajemniła, ale przyjęła od arcyświętarza pierścień sercosplotu.

– Przyjacielu, przyjmę i zostanę.

Zamilkła, drgnęły mięśnie na jej zaciśniętej szczęce. Ead zauważyła, jak nieznacznie unosi się pierś królowej.

– Aubrechcie Lievelynie – podjęła władczyni. – Biorę cię za towarzysza. – Wsunęła pierścień na jego palec wskazujący. Złoto, kruszec zarezerwowany dla monarchów. – Na przyjaciela, kochanka, partnera we wszystkich sprawach ziemskich i boskich. – Pauza. – Przyrzekam kochać cię całą mocą mojej duszy, bronić mym mieczem i nikogo innego nie obdarzać względami. To ci ślubuję.

Arcyświętarz znowu skinął głową. Teraz to Sabran zdjęła lewą rękawiczkę.

– Aubrechcie II z domu Lievelyn, wysoki książę Wolnego Państwa Mentendonu – wyrecytowała. – Twoja oblubienica wyciąga do ciebie dłoń przyjaźni. Czy przyjmiesz ją i zostaniesz moim wiernym towarzyszem, dopóki śmierć nas nie rozdzieli?

– Przyjaciółko – powiedział Lievelyn. – Przyjmuję i zostanę.

Gdy wziął pierścień Sabran od arcyświętarza, ledwie dostrzegalnie drgnęła jej ręka. To była jej ostatnia szansa, by wycofać się z małżeństwa, zanim się uprawomocni. Ead rzuciła okiem na Roslain, która poruszała nieznacznie wargami, jakby dopingowała swą podopieczną. Albo się modliła.

Władczyni podniosła wzrok na Lievelyna i, wreszcie, skinęła mu lekko głową. On przyjął jej lewą dłoń i delikatnie, jakby była motylem, nałożył na palec pierścień błyszczący w świetle świec.

– Sabran Berethnet – wygłosił. – Biorę cię za towarzyszkę, przyjaciółkę, kochankę, partnerkę we wszystkich sprawach ziemskich i boskich. – Pauza. – Przyrzekam kochać cię mocą całej mojej duszy, bronić mym mieczem i nikogo innego nie obdarzać względami. – Ścisnął jej dłoń. – To ci ślubuję.

Gdy ich spojrzenia się skrzyżowały, na krótki moment zapanowała cisza, a potem arcyświętarz rozpostarł ramiona, jakby chciał wziąć w objęcia wszystkich uczestników ceremonii.

– Ogłaszam: te dwie dusze złączył święty sakrament małżeństwa, który podoba się Świętemu i całemu Imperium Cnót.

W sanktuarium rozbrzmiały wiwaty. Zgromadzeni radowali się tak głośno, że Ead obawiała się, czy aby dach znowu się nie zawali. Klaskając, powiodła spojrzeniem do tych spośród Książąt Ducha, których miała w zasięgu wzroku. Nelda Stillwater i Lemand Fynch wydawali się ucieszeni. Crest stała, jakby była kolejną kolumną podtrzymującą strop, zaciskając usta w wąską kreskę, ale pukając palcem w wierzch dłoni, czym markowała aplauz. Za nimi stał rozpromieniony Nocny Jastrząb.

Świeżo poślubieni towarzysze życia zwykle składali na swoich ustach pocałunek, ale u monarchów uznawano taki wyraz miłości za niegodny. Sabran zamiast tego przyjęła więc ramię, które podsunął jej Lievelyn, i wspólnie zeszli z podwyższenia. Ead widziała, że choć twarz królowej Inys jest ściągnięta, to uśmiecha się do swoich poddanych.

Ead wymieniła spojrzenia z Margret, która wzięła pod rękę rozklejającą się Linorę. Odeszły we trzy, cicho jak duchy.

W królowieckiej sypialni przygotowały łoże i zajrzały w każdy kąt, by się upewnić, że królowej i księciu małżonkowi nie grozi żadne niebezpieczeństwo. Brązową figurę Rycerki Przyjaźni umieściły pod dekoracyjnym oknem z witrażem spojonym za pomocą ołowiu. Ead zapaliła świece na obramowaniu kominka, zaciągnęła zasłony i klęknęła, by rozpalić ogień. Arcyświętarz nalegał, by w komnacie było bardzo ciepło. Na szafce nocnej leżał modlitewnik otwarty na opowieści o Rycerce Przyjaźni. Na nim postawiono jabłko. Symbol płodności – jak stwierdziła Linora.

– To stara pogańska tradycja, ale Carnelian II lubiła ją tak bardzo, że poprosiła Zakon Świętarzy o jej zachowanie.

Ead otarła pot z czoła. Główny kapłan najwyraźniej chciał, by potomkini Sabran został upieczona jak chleb.

– Muszę przynieść im coś do picia. – Margret dotknęła ramienia Ead i wyszła. Linora wypełniła dwa termofory węglami i wsunęła je pod kołdrę, mrucząc przy tym jakąś melodię.

– Linoro – zwróciła się do niej Ead – idź świętować, skończę sama.

– Och, Ead, najmilsza przyjaciółko…

Gdy zatrzasnęły się za nią drzwi, Ead upewniła się, że okno witrażowe jest dobrze zamknięte. Sypialnia królowej była strzeżona cały dzień, a klucz miała tylko Roslain, ale Ead nie ufała nikomu na tym dworze.

Po długiej chwili, podczas której zastanawiała się, czy na pewno podjęła dobrą decyzję, wyjęła różę, którą ścięła tego popołudnia, i wsunęła ją pod poduszkę po prawej stronie łóżka. Tę, na której wyszyto broszę Berethnetów.

Niech przynajmniej ma dziś dobre sny.

Czujki zadzwoniły odgłosem kroków, który Ead rozpoznała. W korytarzu pojawił się cień. Roslain Crest przybyła dokonać inspekcji pomieszczenia.

Kosmyk włosów uciekł z jej koafiury w kształcie serca. Rozejrzała się po komnacie, jakby była jej obca i jakby nie spała tu u boku królowej niezliczoną ilość razy.

– Milady. – Ead dygnęła. – Czy wszystko w porządku?

– Tak. – Roslain odetchnęła przez nos. – Jej Wysokość cię woła, Ead.

To było niespodziewane.

– Z pewnością damy sypialniane pomogą jej się rozdziać…

– Jak już mówiłam – przerwała jej Roslain – chce widzieć ciebie. Wygląda na to, że tutaj zrobiłaś już, co miałaś do zrobienia. – Ostatni raz omiotła pomieszczenie wzrokiem, a potem wróciła na korytarz. Ead ruszyła za nią. – Jak wiesz, komnatance nie wolno dotykać królowej, ale dzisiaj przymknę na to oko. Tak dalece, jak okaże się do konieczne.

– Rozumiem.

Komnata, w której Sabran codziennie kąpano i ubierano, była najmniejszym pomieszczeniem w królowieckich apartamentach, kwadratowym pokoikiem o gipsowym suficie pokrytym skomplikowanymi malowidłami. Gdy Ead weszła do środka, odkryła, że kotary są zasłonięte.

Sabran stała boso przy ogniu. Wpatrzona w płomienie, zdejmowała kolczyki. Jej suknię złożono już pewnie w garderobie, bo miała na sobie jedynie szyft. Katryen zdejmowała jej fortugał.

Ead podeszła do królowej i odgarnęła jej włosy z karku, gdzie znajdowało się zapięcie naszyjnika.

– Ead – powiedziała Sabran. – Czy podobała ci się ceremonia?

– Tak, Wasza Wysokość. Wyglądałaś wspaniale.

– A teraz już nie wyglądam? – spytała, pozornie niefrasobliwie, ale Ead wyczuła zwątpienie w jej głosie.

– Zawsze jesteś olśniewająco piękna, pani. – Ead otworzyła zamek i zdjęła naszyjnik. – Ale w moich oczach… dzisiaj sięgnęłaś zenitu.

Sabran spojrzała na nią.

– Czy sądzisz, że książę Aubrecht też tak myśli?

– Jeśli nie, to jest albo szaleńcem, albo głupcem.

Odwróciły od siebie wzrok, gdy do pokoju weszła Roslain. Kobieta zbliżyła się do Sabran i zaczęła rozwiązywać jej gorset.

– Ead – powiedziała. – Koszula nocna.

– Tak, milady.

Podczas gdy Ead szukała patelni, by podgrzać ubranie, Sabran uniosła ramiona, a Roslain zdjęła jej szyft przez głowę.

Dwie sypialnianki zabrały królową do balii, gdzie umyły ją od stóp do głów. Ead, wygładzając koszulę nocną, odważyła się rzucić okiem.

Pozbawiona insygniów i strojnych szat, Sabran Berethnet nie wyglądała jak potomkini Świętego. Była zwykłą śmiertelniczką. Wciąż władczą i wdzięczną, ale jakby bardziej kruchą.

Jej ciało miało kształt idealnej klepsydry. Krągłe biodra, wąska talia, pełne piersi o drobnych, twardych sutkach. Długie, umięśnione od jazdy konnej nogi. Gdy Ead ujrzała ciemny trójkąt między nimi, przeszedł ją dreszcz.

Na powrót skupiła się na swoim zadaniu. Inysyci byli przeczuleni na punkcie nagości. Ead od lat nie widziała innego nagiego ciała niż swoje własne.

– Ros – spytała Sabran. – Czy to będzie bolało?

Roslain ostrożnie osuszyła jej ciało czystym lnem.

– Może trochę poboleć na początku – odpowiedziała – ale nie potrwa to długo. I nie, jeśli Jego Królewska Wysokość okaże się… troskliwy.

Sabran patrzyła przed siebie nieobecnym wzrokiem. Przekręciła pierścień sercosplotu na palcu.

– A co, jeśli nie zajdę w ciążę?

W ciszy, która nastała, byłoby słychać oddech myszy.

– Sabran, zajdziesz – zapewniła ją Katryen, ujmując jej ramię.

Ead milczała. Nawet jeśli nikt nie kazał jej wyjść, ta rozmowa toczyła się między najbardziej zaufanymi przybocznymi.

– Moja babcia nie zachodziła latami – mruknęła Sabran. – Po niebie latają zachodnice. Yscalin zdradził. Jeśli Fýredel i Sigoso najadą Inys, a ja szybko nie urodzę dziecka, to…

– Urodzisz dziecko. Królowa Jillian urodziła piękną córkę, twoją lady matkę. Ty też wkrótce zostaniesz matką. – Roslain oparła głowę o ramię Sabran. – Gdy już będzie po wszystkim, poleż chwilę spokojnie i pamiętaj, by spać na plecach.

Sabran pochyliła się do niej.

– Chciałabym, żeby był tu Loth – powiedziała. – Miał odprowadzić mnie do ołtarza. Obiecał mi to. – Teraz, gdy nie miała na twarzy pudru, sine plamy pod jej oczami wydały się Ead jeszcze ciemniejsze. – Tymczasem… zaginął. Ugrzązł gdzieś w Cárscaro. A ja nie mogę zrobić nic, by mu pomóc.

– Lothowi nic nie będzie. Wierzę, że wkrótce wróci do domu. – Roslain przytuliła ją. – I przyniesie dobre wieści o twoim lordzie ojcu.

– Kolejna nieobecna twarz. Loth, ojciec… i Bella też. Lojalna Bella, która służyła trzem królowym. – Sabran zamknęła oczy. – To źle wróży, że zmarła tuż przed moim zamążpójściem. W łożu, gdzie…

– Sabran – otrzeźwiła ją Roslain. – To twoja noc poślubna. Nie możesz poddawać się tym czarnym myślom, bo nasienie się nie przyjmie.

Ead położyła patelnię przy palenisku. Zastanawiała się, czy ci Inysyci w ogóle posiadają jakąś użyteczną wiedzę o zawiązaniu i przebiegu ciąży, czy też ich lekarze bawią się w zgaduj-zgadulę.

Gdy nadeszła godzina, królowa zrobiła się milcząca. Roslain szepnęła jej do ucha ostatnie rady, Katryen wyczesała z jej włosów ostatnie płatki kwiatów.

Ubrały ją w koszulę nocną i obszyty futrem szlafrok. Katryen wyciągnęła jej pukle zza kołnierza i rozpuściła je malowniczo na plecach.

– Ead – zwróciła się do niej Sabran, idąc w stronę drzwi – jak to się robi w Ersyrze?

Między jej brwiami pojawiła się zmarszczka, taka sama jak wtedy, gdy opowiadała jej swój koszmar. Ead zdała sobie sprawę, że chce ją wygładzić.

– Bardzo podobnie, pani.

Gdzieś z sykiem wzbił się w niebo fajerwerk. Miasto zaczynało świętować.

Wyprowadziły Sabran z komnaty. Królowa trzęsła się, ale głowę miała uniesioną.

Królowej nie wolno okazywać strachu.

Gdy w zasięgu wzroku pojawiły się drzwi do królowieckiej sypialni, Roslain i Katryen zwarły szereg i otoczyły Sabran ramionami. Sir Tharian Lintley i dwaj jego Rycerze Ciała, którzy pełnili straż, uklękli na jedno kolano.

– Wasza Wysokość – odezwał się Lintley – przez wzgląd na kurtuazję nie mogę dzisiaj, w twoją noc poślubną, strzec twych komnat. Powierzam to zadanie twojemu towarzyszowi życia i damom sypialnianym.

Dłoń Sabran spoczęła na jego czole.

– Mój dobry sir Tharianie, Rycerka Uprzejmości uśmiecha się do ciebie.

Wstał, a jego rycerze ukłonili się królowej. Gdy zniknęli w głębi korytarza, Katryen wzięła od Roslain klucz i otworzyła drzwi. W nogach łoża stał arcyświętarz z modlitewnikiem w ręce, zmawiając pod nosem modlitwę. Aubrecht Lievelyn czekał ze swoimi przybocznymi, Lordami Wewnętrznej Komnaty. Poły jego ozdobionej czarnym haftem koszuli nocnej rozchyliły się, odsłaniając wyraźnie zarysowane obojczyki.

– Wasza Wysokość – powiedział. W świetle świec jego oczy miały kolor smoły.

Sabran ledwie zauważalnie skinęła głową.

– Wasza Królewska Wysokość.

Arcyświętarz uczynił w powietrzu znak miecza.

– Niechaj Święty pobłogosławi to łoże. Niech zrodzi ono kolejny owoc jego nieśmiertelnego grona. – Zamknął modlitewnik. – Nadszedł czas, by przyjaciele usunęli się w cień, ażeby towarzysze mogli wstąpić w światłość Świętego. Niechaj obdarzy nas spokojną nocą, albowiem on jest tym, który trzyma nad nami pieczę w ciemnościach.

– Trzyma nad nami pieczę – zabrzmiało niczym echo. Ead milczała.

Damy dygnęły, lordowie skłonili się. Gdy Roslain się wyprostowała, Sabran wyszeptała z trwogą:

– Ros…

Przyboczna spojrzała jej w oczy. Zasłoniła ją tak, by nie widzieli jej mężczyźni, po czym ścisnęła jej rękę tak mocno, że obu kobietom zbladła skóra palców.

Katryen wyprowadziła Roslain na korytarz. Ead, wychodząc za nimi, ostatni raz obejrzała się na królową i ich spojrzenia się spotkały.

Po raz pierwszy ujrzała w Sabran osobę, która kryła się pod królowiecką maską: młodą i wrażliwą kobietę, dźwigającą na barkach tysiącletnie dziedzictwo. Monarchinię, której władza była absolutna tylko wówczas, gdy mogła urodzić dziecko. Jakaś część Ead chciała wziąć ją za rękę i wyprowadzić z tego pokoju, ale zabrakło jej odwagi. Porzuciła Sabran, tak jak reszta.

Margret i Linora czekały na Ead. Dołączyła do nich w ciemności korytarza.

– Czy wszystko z nią w porządku? – spytała dyskretnie Margret.

Roslain wygładziła dłońmi przód sukni.

– Nie wiem. – Chodziła od ściany do ściany. – Po raz pierwszy w życiu nie umiem ocenić.

– To naturalne, że się denerwuje – szepnęła Katryen. – A jak ty czułaś się z Calem?

– To co innego. Cal i ja byliśmy narzeczonymi od dziecka. Nie był mi obcy – odpowiedziała Roslain. – A los Imperium nie zależał od tego, czy spłodzimy potomstwo.

Trzymały straż, nadstawiając uszu i zastanawiając się, jak przebiegają sprawy w łożnicy. Gdy minął kwadrans, Katryen porzuciła pozory i bez skrępowania przyłożyła ucho do drzwi.

– Książę opowiada o Brygstad.

– Niech rozmawiają – rzekła Ead cicho. – Ledwie się przecież znają.

– Ale co zrobimy, jeśli nie dojdzie do konsumpcji?

– Sabran dopilnuje, by doszło. – Roslain wpatrywała się ślepo w drzwi sypialni. – Wie, że to jej królowiecki obowiązek.

Czekały w napięciu. Linora, która usiadła na podłodze, zdrzemnęła się oparta o ścianę. Wreszcie Roslain, która od jakiegoś czasu stała nieruchomo jak posąg, znowu zaczęła spacerować w kółko.

– A co, jeśli... – Zaczęła wykręcać palce. – Jeśli on jest jakimś zboczeńcem?

Katryen zrobiła krok w jej stronę.

– Ros...

– A wiesz, moja lady matka powiedziała mi, że Sabran VIII była wykorzystywana przez swojego towarzysza. Podobno pił, nachodził inne kobiety, a ją lżył niewyszukanymi słowy. Nigdy nikomu o tym nie powiedziała, nawet swoim damom. A potem, jednej nocy... – Jej dłoń powędrowała do ust. – Ten nikczemnik ją uderzył. Skruszył jej kość policzkową, a sam złamał nadgarstek.

– I został za to stracony. – Katryen przytuliła ją. – Posłuchaj mnie: Sab nie stanie się nic złego. Obserwowałam, jak Lievelyn traktuje swoje siostry. Ma gołębie serce.

– Może sprawiać takie wrażenie – odezwała się Ead – ale wilki często przywdziewają owcze skóry. Wiedzą, jak się maskować. – Spojrzała im kolejno w oczy. – Musimy jej strzec. Będziemy nasłuchiwać. Pamiętajcie, że oprócz klejnotów nosimy także sztylety.

Roslain wytrzymała jej spojrzenie. Powoli pokiwała głową. Chwilę później Katryen uczyniła to samo. Wówczas Ead wiedziała już na pewno, że zrobią dla Sabran wszystko. Że są gotowe odebrać życie temu, kto chciałby jej zagrozić, i oddać własne.

Po godzinie z sypialni dobiegł jakiś dźwięk. Linora ocknęła się i z rozmachem zakryła usta dłońmi.

Ead przysunęła się do drzwi. Choć były grube, słyszała dość, by się zorientować, co zachodzi w środku. Gdy miarowy odgłos ustał, skinęła głową do sypialnianek.

Sabran dopełniła obowiązku.

Rano Lievelyn opuścił sypialnię królowej zaraz po dziewiątej. Damy musiały czekać, aż zamkną się za nim drzwi, by móc wejść do środka.

Sabran leżała w łóżku z kołdrą podciągniętą pod brodę. Ona lub Lievelyn rozsunęli zasłony, ale niebo było chmurne i w komnacie panował półmrok.

Królowa spojrzała na swe przyboczne. Roslain przypadła do niej.

– Czy nic ci nie jest, Wysokości?

– Nie sądzę. – Sabran wydawała się zmęczona. – Nie sądzę, Ros.

Roslain przycisnęła usta do jej dłoni.

Gdy królowa wstała, Katryen natychmiast przyskoczyła do niej z opończą. Ead ruszyła w stronę łóżka z Margret i Linorą, a tymczasem dwie sypialnianki zaprowadziły Sabran do krzesła przy kominku.

– Dzisiejszy dzień spędzę w swoich apartamentach. – Sabran założyła lok za ucho. – Ależ mam chęć na owoce.

– Lady Linoro – powiedziała Katryen – przynieś Jej Wysokości czarne porzeczki i gruszki. I kubek winnej polewki, jeśli łaska.

Linora opuściła komnatę, wyraźnie niezadowolona. Gdy tylko trzasnęły drzwi, Roslain uklękła przed królową z takim impetem, że obfite poły jej sukni zafalowały.

– Och, Sab, jak ja się… – Pokręciła głową. – Czy z księciem wszystko poszło dobrze?

– Doskonale – odparła Sabran.

– Naprawdę?

– Naprawdę. Z początku czułam się dziwnie, ale Jego Królewska Wysokość okazał się… troskliwy. – Położyła dłoń na brzuchu. – Myślicie, że mogę już być w ciąży?

Ead wiedziała, że młoda kobieta rzadko zachodzi w ciążę od razu, ale wiedza Inysytów o kobiecym ciele była żałośnie ograniczona.

– O tym powie ci twój cykl – wyjaśniła wyrozumiale Roslain, wstając. – Jeśli nie pojawi się krew, będzie to znaczyć, że jesteś brzemienna.

– Niekoniecznie – odezwała się Ead. Gdy Sabran i obydwie sypialnianki posłały jej mordercze spojrzenie, dygnęła przepraszająco, mimo to podjęła: – Czasem ciało zwodzi kobietę, Wysokości. Nazywają to fałszywą ciążą. – Margret przyznała jej rację ruchem głowy. – Trudno mieć pewność, dopóki płód nie zacznie rosnąć.

– Lecz oczywiście – dopowiedziała Katryen – żywimy głęboką wiarę w to, że już wkrótce dziecko się pokaże.

Sabran zacisnęła palce na podłokietnikach.

– Będę więc musiała sypiać z Aubrechtem, dopóki nie nabiorę całkowitej pewności – powiedziała z zapałem.

– Dziecko pojawi się w swoim czasie. – Roslain złożyła na jej czole pocałunek. – Na razie skup się tylko na tym, jak zadbać, by małżeństwo było szczęśliwe. Może ty i książę wyjechalibyście na miesiąc miodowy? Zamek Glowan jest piękny o tej porze roku.

– Nie mogę opuścić stolicy – odparła Sabran. – Nie, gdy po niebie lata wielka zachodnica.

– Nie mówmy o tym. – Roslain przygładziła jej włosy. – Nie teraz.

Margret wyczuła nadarzającą się okazję.

– Skoro, jak widzę, szukamy nowego tematu do rozmowy – powiedziała zaczepnie, błyskając oczami – to może opowiesz nam o swojej nocy poślubnej, co, Ros?

Katryen zachichotała, a Roslain lekko się uśmiechnęła, gdy Sabran spojrzała na nią znacząco.

Podczas opowieści Roslain o związku z lordem Calidorem Stillwaterem wróciła Linora z owocami. Gdy zasłano łóżko, królowa i jej świta udały się do komnaty łaziebnej. Sabran usiadła na brzegu balii. Milczała, gdy Katryen wmasowywała pomagral w jej włosy i podawała jej wodę różaną do przepłukania ust. Na życzenie królowej Margret zasiadła przy wirginale i wydobyła zeń spokojną melodię.

– Pani Duryan – rzekła Katryen – pomóż Jej Wysokości spłukać włosy. Ja muszę się udać do lorda szambelana.

– Oczywiście.

Katryen wzięła wiklinowy kosz i wyszła. Tymczasem Ead dołączyła do Roslain przy balii.

Obmyła głowę królowej wodą z dzbana, spłukując z włosów pachnące słodko mydliny. Gdy sięgnęła po len, Sabran złapała ją za nadgarstek.

Ead zastygła w bezruchu. Zwykła komnatanka nie mogła dotknąć królowej, a tym razem Roslain nie obiecała, że przymknie na to oko.

– Róża pięknie pachniała, pani Duryan.

Sabran splotła palce z jej palcami. Myśląc, że królowa powie coś więcej, Ead pochyliła się bliżej – lecz zamiast mówić Sabran Berethnet pocałowała ją w policzek.

Jej usta były miękkie jak łabędzi puch. Gęsia skórka pokryła całe ciało Ead niczym szept, dziewczyna walczyła z palącą potrzebą, by wyrzucić z płuc całe powietrze.

– Dziękuję ci – powiedziała królowa. – Okazałaś hojność.

Ead rzuciła okiem na Roslain, która wydawała się zdumiona nad wyobrażenie.

– Cała przyjemność po mojej stronie, pani – odpowiedziała.

Twierdzę oplotła mgła. Deszcz spływał po zaparowanych szybach. Królowa rozsiadła się na krześle, jakby to był tron.

– Ros – powiedziała – gdy Kate wróci, każ jej iść z powrotem do lorda szambelana. Ma mu powiedzieć, że pani Ead Duryan została wyniesiona do funkcji damy sypialnianej.

II
Nie śmiem wyznać

Rozważ i przemyśl, jak odejść musiała,
Wyobraź sobie krwi złaknione sidła,
O sieci, co swemi palcami splatała,
Wiedziała? Czy nie wiedziała?
Marion Angus

23
Południe

Hak śniegowego kostura wbił się w śnieg. Lord Arteloth Beck pochylił głowę jak gotujący się do natarcia byk, biorąc się za bary z porywistym wiatrem, który dął od strony smukłych iglic Wrzecion. Okryte rękawicami palce Loth miał tak czerwone, jakby zanurzył je w barwniku z marzanny. Dźwigał na barkach truchło kozicy.

Łzy od kilku dni zamarzały mu na policzkach, ale dopiero teraz czuł, że mróz przedarł się do samych kości. Na szczęście nie mógł długo myśleć o Kicie, gdy każdy kolejny krok sprawiał mu agonalny ból. Łaska Świętego.

Zapadła noc. Wielkie płatki śniegu osiadały Lothowi na brodzie. Przekroczył strumyk lawy, który wypływał ze szczeliny w zboczu góry, po czym wpełzł do jaskini, gdzie ułożył się pod ścianą i zapadł w niespokojny sen. Gdy nabrał nieco sił, zmusił się, by ułożyć serce ogniska i przykryć je gałęziami. Skrobnął o siebie dwoma krzemieniami i zaczął rozdmuchiwać zalążek płomienia. Potem, zebrawszy się w sobie, jął oprawiać kozicę. Gdy trzeciej spędzonej w jaskini nocy skórował swoją pierwszą zwierzynę, zwymiotował i płakał aż do ochrypnięcia. Teraz jego ręce pracowały same.

Gdy skończył, zmajstrował rożen z gałęzi. Z początku obawiał się, że wyrmy spostrzegą ognisko i zlecą się jak ćmy do światła, ale tak się nie stało.

Umył ręce w zaspie u wylotu jaskini, a potem zasypał śniegiem plamę krwi, tłumiąc zapach. Schowawszy się z powrotem w jaskini, wgryzł się w udziec i zaniósł modlitwę do Rycerki Uprzejmości, by odwróciła wzrok. Gdy już się nasycił, oczyścił kości z wszystkich jadalnych resztek, które zamierzał zachować na później, po czym zakopał truchło i założył rękawice. Widok zaschniętej krwi pod paznokciami sprawiał, że brały go mdłości.

Wysypka już sięgnęła dołu jego pleców – a przynajmniej tak mu się wydawało. Nie miał jak się upewnić, czy rzeczywiście go swędzi, czy tylko mu się wydaje. Donmata Marosa nie powiedziała mu dokładnie, ile czasu mu zostało – zapewne po to, by nie liczył gorączkowo dni.

Przemarznięty wrócił do ogniska i oparł głowę o plecak. Odpocznie kilka godzin, a potem ruszy w dalszą drogę.

Leżąc owinięty płaszczem, spojrzał na kompas, który nosił na szyi na grubym rzemieniu. Marosa poinstruowała go, by szedł na południowy wschód, aż dotrze do pustyni. Po jej drugiej stronie jest ersyrska stolica – Rauca. Tam ma dołączyć do karawany zmierzającej do Rumelabaru, gdzie w wielkiej posiadłości mieszka Chassar uq-Ispad. Ead była jego wychowanką, to tam właśnie dorastała.

Loth wiedział, że nie będzie to łatwa podróż i że jeśli nie chce, by choroba zmogła go, nim dotrze do celu, musi się spieszyć. Donmata nie wyposażyła go w mapę, ale w plecaku znalazł sakwę pełną złotych i srebrnych słońc. Na każdej monecie wybita była podobizna Jantara Zachwycającego, króla Ersyru.

Loth wsunął kompas z powrotem za koszulę. Czoło miał rozpalone od gorączki. Odkąd jego dłonie pokryły się wysypką, zrywał się ze snu zlany potem. Śnił o Kicie pogrzebanym pod stertą zakrwawionego szkła, na zawsze uwięzionym między tym światem i kolejnym. Śnił o Sabran, która umierała, wydając na świat dziecię, i o własnej bezradności. Oraz, co dziwne, o donmacie Marosie tańczącej w Ascalonie, zanim ktoś zawlókł ją do jej wieży i uwięził na rozkaz jej ojca, bezwolnego narzędzia w szponach Fýredela.

Obudził się, słysząc jakiś szelest. Zastygł, nasłuchując.

Szpon drapnął o skałę. Ogień przygasł, w palenisku żarzyły się ostatnie węgle, ale światła było dość, by Loth przyjrzał się uważnie przycupniętej przed grotą potwornej istocie.

Pióra barwy kości i różowe nogi. Trzy palce na każdej stopie. Grzebień nad dziobem. Loth nigdy jeszcze nie widział czegoś tak odrażającego, tak nienaturalnego. Przywołał do siebie Rycerza Odwagi, ale znalazł tylko blady strach.

Kokatryks.

Z gardzieli potwora dobywał się chrapliwy klekot, korale przy dziobie wilżyła ślina. Oczy bestii były jak dwa nabiegłe krwią pęcherze. Nieruchomy, skryty w cieniu Loth wpatrywał się w jego poszarpane, zakrwawione skrzydło oraz brudne pióra. Zwierzę wylizywało rany lśniącym, ślimaczym jęzorem.

Zdjęty przerażeniem Loth przełożył szelkę plecaka ukośnie przez pierś i sięgnął po lodowy kostur. Zajęty opatrywaniem ran kokatryks nie zauważył, że mężczyzna sięgnął po miecz i zakradł się do wylotu jaskini, trzymając się blisko ściany.

Raptem stwór poderwał głowę. Krzyknął ogłuszająco i dźwignął się na nogi, rysując skałę pazurami. Loth puścił się biegiem, przeskoczył ogon potwora i pognał przed siebie, tak szybko, jak jeszcze nigdy. Zbiegł ze stoku, ślizgając się po lodzie i grzęznąc w śniegu. Oślepiony przerażeniem potknął się i potoczył w dół, trzymając kurczowo plecak, jakby to była wyciągnięta przez Świętego pomocna dłoń.

Cios padł z góry. Szpony wczepiły się w ramiona Lotha. Wrzasnął, gdy grunt umknął mu spod nóg. Wypuścił miecz z dłoni, ale kostur trzymał z całych sił, choć samymi czubkami palców.

Kokatryks machnął skrzydłami, nabierając wysokości. Przefrunął nad rozpadliną z cielskiem przechylonym na stronę rannego skrzydła. Loth kopał i się rzucał, aż w narastającej panice uświadomił sobie, że kokatryks jest wszystkim, co dzieli go od śmiertelnego upadku z wysokości. Sflaczał w szponach stwora, a ten zaskrzeczał triumfalnie.

Twardy grunt zbliżał się w zawrotnym tempie. Gdy tylko uścisk szponów się poluzował, Loth zwinął się w powietrzu. Upadek wstrząsnął wszystkimi kośćmi w jego ciele.

Bestia zabrała go na wierzchołek niskiej góry. Zdyszany, odepchnął się od gruntu i porwał kostur. Z Sabran często brał udział w polowaniach, ale zwierzyną nie był jeszcze nigdy.

Łuskowaty ogon ciężko trafił go w tors. Poleciał w górę i przywalił głową w skalny występ. Ścisnęło go w żołądku, ale broni nie wypuścił.

Jak zginie, to zginie, ale zabierze potwora ze sobą.

Skołowany po druzgocącym ciosie pchnął kosturem. Kokatryks drapnął ziemię, nastroszył pióra i natarł. Loth cisnął kosturem jak włócznią. Kokatryks przypadł płasko do ziemi, a jedyna broń Lotha poszybowała do wąwozu poniżej.

Loth prawie podzielił jej los, gdy ogon potwora chlasnął go w bok. Kokatryks nakrył go ciałem, z jego gardzieli dobyło się mokre kwokanie. Szpony zastukały na skale. Loth przyjął pozycję płodu i zacisnął zęby tak mocno, że aż rozbolała go szczęka. Od krocza po bryczesach rozlało się ciepło.

Ciężka stopa spadła na jego plecy, dziób rwał jego płaszcz na strzępy. Choć wstrząsnął nim szloch, desperacko próbował trzymać się nadziei. Przed oczami stanęło mu pierwsze zapamiętane wspomnienie – dzień narodzin Margret i to, jaka była śliczna z tymi swoimi wielkimi oczami i malutkimi rączkami. Przypomniał sobie swój taniec z Ead na każdej Uczcie Przyjaźni. Wspólne całodzienne polowania z Sabran. Wszystkie te chwile, gdy siedział z Kitem w pałacowej bibliotece, czytając na głos jego nowe wiersze.

Rozległ się jakiś nowy dźwięk i stopa zniknęła. Loth otworzył oczy i zobaczył, że monstrum niezdarnie skacze w kółko jak pijany gigant. Walczyło z jakąś inną bestią, pokrytą futrem w tych miejscach, gdzie kokatryks miał łuski. Wysiłki ptasiego potwora na nic się nie zdały – intruz rozorał mu gardło, chlusnęła krew. Kokatryks zagulgotał, zwiotczał i zwalił się na ziemię. Zwycięzca zaryczał i wrzucił truchło do kanionu.

Teraz Loth zobaczył stworzenie, które go uratowało. Przypominało mangustę i miało ogon obrośnięty futrem koloru olchy, które bladło aż do bieli w okolicach łap i pyska. Było olbrzymie, wielkie jak północny niedźwiedź. Jego łapy były ciemne od krwi.

Ichneumon. Naturalny arcywróg wyrmów. O ichneumonach traktowały liczne inysyckie legendy, ale Loth nie śnił nawet, że mogą wciąż istnieć.

Święty napotkał jedno z tych stworzeń po drodze z Lasyi do Inys. Niosło Dziewicę na grzbiecie, gdy była zbyt zmęczona, by iść dalej o własnych siłach.

Ichneumon oblizał do czysta zakrwawione zęby. Spojrzawszy na Lotha, znów je obnażył.

Miał okrągłe, bursztynowe oczy, którymi łyskał po wilczemu. Końcówka jego ogona była biała, a w chwili obecnej większą część pyska pokrywały mu krew i kępy pierza. Sunął w kierunku Lotha z niesamowitą, zważywszy na pokaźną masę, lekkością. Obwąchał jego płaszcz.

Loth z ociąganiem wyciągnął rękę. Trąciwszy nosem rękawicę, ichneumon zawarczał. Musiał wyczuć smoczą plagę, zapach swojego odwiecznego wroga. Loth siedział nieruchomo, gdy gorący oddech wilżył mu policzek. Po jakimś czasie ichneumon ugiął przednie nogi i szczeknął.

– O co chodzi, przyjacielu? – spytał Loth. – Co mam zrobić?

Mógłby przysiąc, że zwierzę westchnęło. A potem wcisnęło mu głowę pod ramię.

– Nie. Jestem chory – przestrzegł go wątłym głosem. – Nie podchodź.

Wówczas przypomniał sobie, że nigdy jeszcze nie słyszał, by plaga dotknęła jakieś zwierzę. Spod futra ichneumona biło ciepło – łagodne zwierzęce ciepło, które nie kojarzyło się wcale z żarem wyrmowego płomienia.

Odzyskawszy nieco sił, Loth poprawił plecak, wczepił się palcami w gęste futro i wgramolił się na grzbiet ichneumona.

– Chciałbym dotrzeć do Rauki – powiedział. – Czy pokażesz mi drogę?

Zwierzę zaszczekało i dało susa naprzód, a potem zbiegło po stoku. Gdy gnało naprzód, ścigając się z wiatrem, Loth szeptał modlitwę wdzięczności, kierując ją do Dziewicy i Świętego. Wiedział już, że pomogli mu wrócić na właściwy szlak, i miał zamiar podążyć nim aż do celu.

O świcie ichneumon zwolnił i zatrzymał się na wysokiej skale. Lothowi zakręcił w nosie zapach spieczonej słońcem ziemi i kwiatów. Przed nim otwierało się wynurzające się z tumanów pyłu przedgórze Wrzecion. A dalej rozlewała się aż po horyzont złota równina pustyni. Loth miał pewność, że to nie miraż.

Wbrew oczekiwaniom i przeciwnościom losu patrzył właśnie na Pustynię Niespokojnego Snu.

24
Zachód

Wczesna jesień zostawiała na języku słodko-gorzki posmak. Ead oczekiwała wiadomości od Chassara, który obiecał powiadomić ją o tym, czy nowa Przeorysza zezwoli jej zostać na Inys nieco dłużej, ale wiadomość nie nadchodziła.

Gdy zrywały się coraz zimniejsze wichry, a letnia moda ustępowała miejsca obszytym futrem tkaninom w barwach czerwieni i brązu, dwór stopniowo zakochiwał się po uszy w księciu małżonku. Ku powszechnemu zdziwieniu on i Sabran zaczęli wspólnie oglądać przedstawienia w sali tronowej. Nie była to niecodzienna rozrywka, lecz królowa nie oddawała się jej od wielu lat, a teraz coraz częściej zwoływała swoich błaznów, śmiała się z ich wygłupów i prosiła damy dworu, by dla niej tańczyły. Czasem łapała swojego towarzysza za rękę i wówczas wymieniali uśmiechy, jakby byli jedynymi ludźmi na świecie.

Ead obserwowała to z bliska. Teraz rzadko odstępowała królową na krok.

Niedługo po ślubie Sabran obudziła się i znalazła na pościeli ślady krwi. Wpadła w taki szał, że Roslain musiała wykręcić jej ręce, a reszta Wysokiego Dworu pochowała się po kątach. Nawet książę Aubrecht udał się tego dnia na polowanie do lasu Chesten.

Ead spodziewała się tego. Sabran była królową, którą od małego przyzwyczajano, że świat ma obowiązek natychmiast spełnić każde jej życzenie – mimo to nie mogła zmusić własnego łona do wydania owocu.

– Obudziłam się dzisiaj ze straszną ochotą na wiśnie – powiedziała królowa do Ead któregoś ranka. – Jak myślisz, co to oznacza?

– To nie sezon na wiśnie, pani. Może tęsknisz za letnimi owocami.

Sabran powstrzymała się, choć wyraźnie miała ochotę coś odpowiedzieć. Ead dalej szczotkowała jej płaszcz.

Nie będzie podsycać chwiejnych nadziei królowej. Katryen i Roslain mówiły jej, co ta chciała usłyszeć, ale Ead postanowiła ograniczyć się wyłącznie do tego, co powinna wiedzieć.

Sabran nigdy nie grzeszyła cierpliwością. Szybko zaczęła reagować niechętnie na ideę spędzania nocy ze swoim towarzyszem, grała do rana w karty ze swoimi damami, w ciągu dnia była więc zmęczona i kapryśna. Katryen zwierzyła się Roslain z obawy, że stan jej ducha odciśnie się na stanie łona władczyni i opóźni zawiązanie ciąży. Wówczas Ead nabrała ochoty, by przyłożyć głową w blat.

Nie tylko brak dziecka martwił królową. Obrona Mentendonu przed wyrmami, które napływały z Wrzecion, już okazała się o wiele większym wyzwaniem finansowym, niż szacowano. Lievelyn przywiózł znaczny posag, ale ten był już na wykończeniu.

Teraz dzielono się z Ead takimi informacjami – tymi poufnymi i tajnymi. Wiedziała o tym, że Sabran czasem leży w łóżku godzinami, trawiona dziedziczną melancholią Berethnetów. Wiedziała, że ma bliznę na lewym udzie, pamiątkę po upadku z drzewa w wieku dwunastu lat. I wiedziała, że choć marzy o ciąży, jednocześnie się jej boi.

Sabran mogłaby zwać Wrzosową Twierdzę domem, lecz teraz było to bardziej więzienie. W korytarzach huczało od plotek. Same ściany zdawały się wstrzymywać oddech.

Ead zdążyła się przyzwyczaić do plotkowania dworzan. Ludzie zachodzili w głowę, jakim sposobem nisko urodzona konwertytka dochrapała się rangi damy sypialnianej. Nawet ona sama nie bardzo rozumiała, dlaczego Sabran wybrała ją zamiast tych wszystkich szlachetnie urodzonych kobiet Wysokiego Dworu. Od ogłoszenia decyzji królowej Linora co rusz rzucała Ead gorzkie spojrzenia, ale Ead nie przejmowała się tym zanadto. Radziła sobie z tymi przygłupimi dworakami od ośmiu lat.

Pewnego ranka, gdy Sabran jeszcze smacznie spała, Ead włożyła jedną ze swoich jesiennych sukien i wyszła zaczerpnąć powietrza. W tych dniach, jeśli chciała mieć choć chwilę dla siebie, musiała wstawać o świcie. Spędzała z królową większość dnia, Sabran i wszystko, co z nią związane, pochłaniało teraz znaczną część jej życia.

Świt był świeży i chłodny, budynki klasztorne litościwie zaciszne. W rześkim powietrzu niosło się jedynie gruchanie leśnego gołębia. Ead zatopiła twarz w futrzanym kołnierzu płaszcza, mijając posąg Glorian III, królowej, która przeprowadziła Inys przez Żałobę Wieków. Figura przedstawiała ją konno i w pancerzu, w ciąży tak zaawansowanej, że zdawało się, iż dziecko lada moment wypryśnie z jej nabrzmiałego brzucha. We wzniesionej ręce trzymała miecz.

Glorian objęła tron w dniu, w którym Fýredel zabił jej rodziców. Wojna spadła na królowiectwo nieoczekiwanie, ale Glorian Sercowa Tarcza dzielnie stawiła jej czoło. Poślubiła księcia Córvugaru i wydała ich nienarodzone dziecko za Haynricka Vattena z Mentendonu, równocześnie dowodząc obroną Inys. Tego dnia, gdy urodziła córkę, wyruszyła wraz z nią na bitwę, by pokazać swoim żołnierzom, że nadzieja nie umarła. Ead nie umiała ocenić, czy to odwaga czy obłęd.

Takich historii opowiadało się w Inys na kopy. Opowieści o królowych, które zdobywały się dla królowiectwa na wielkie poświęcenie. O kobietach, których spuściznę dźwigała Sabran Berethnet.

Ead skręciła w korytarz po prawej i wyszła na wysypaną żwirem ścieżkę oflankowaną przez kasztanowce. Na jej końcu, za murami pałacowymi, rozpościerał się stary jak samo Inys las Chesten.

W pałacu znajdowała się oranżeria zbudowana z żeliwa i szkła. Rudzik wzbił się do lotu, gdy Ead weszła do środka, mając przy tym wrażenie, jakby zanurzała się w gorącym rosole.

W sadzawce pływały perlilie. Gdy znalazła jesienne krokusy, klęknęła i odczepiła nożyce od pasa. W Zakonie na wiele dni przed rozpoczęciem starań o ciążę kobiety regularnie spożywały szafran.

– Pani Duryan.

Podniosła wzrok, zaskoczona. Stał przy niej Aubrecht Lievelyn ubrany w rudobrunatny płaszcz.

– Wasza Królewska Wysokość. – Ead wstała i dygnęła, kryjąc kwiat pod płaszczem. – Wybacz, nie zauważyłam cię.

– Ależ to ja proszę o wybaczenie, że ośmielam się przeszkadzać. Nie myślałem, że ktoś jeszcze wstaje tak wcześnie.

– Nie zawsze, ale lubię światło dnia przez wschodem słońca.

– Ja z kolei lubię ciszę. Na dworze jest tak gwarno.

– Czy dwór w Brygstad jest inny?

– Chyba podobny. Na każdym dworze roi się od ludzi, ale tutejsze szepty brzmią… Ale cóż, nie będę narzekał. – Obdarzył ją życzliwym uśmiechem. – Czy wolno mi spytać, co tu robisz, pani?

Instynkt nakazał Ead zachować czujność wobec jego zainteresowania, ale Lievelyn zawsze wydawał się jej człowiekiem szczerym i życzliwym.

– Na pewno wiesz, panie, że Jej Wysokość cierpi na nocne lęki – odpowiedziała. – Szukałam nieco lawendy, by ją zmielić i podłożyć jej pod poduszkę.

– Lawendy?

– Pomaga zasnąć.

Kiwnął głową.

– Może powinnaś poszukać w ogrodzie zielnym – poradził. – Czy mogę ci towarzyszyć?

Zaskoczył ją tą propozycją, ale wiedziała, że absolutnie nie wypada odmówić.

– Oczywiście, Wasza Wysokość.

Opuścili oranżerię w chwili, gdy rąbek słońca sięgnął za horyzont. Ead zastanawiała się, czy nie powinna zabawić księcia rozmową, ale Lievelyn wydawał się ukontentowany ciszą. Idąc z nią ramię w ramię, podziwiał oszronione piękno pałacowych terenów. Gwardziści trzymali się kilka kroków za nim.

– Jej Wysokość rzeczywiście źle sypia – odezwał się pierwszy. – Nawał obowiązków mąci jej spokój.

– Twój z pewnością też, panie.

– Ach, ale ja mam łatwiej. To Sabran będzie musiała przez dziewięć miesięcy nosić naszą córkę pod sercem. I to ona będzie musiała wydać ją na świat. – Przywołując na twarz kolejny uśmiech, wskazał las Chesten. – Powiedz mi, czy to nie o tych lasach mówiło się, że mieszkała w nich kiedyś Leśna Pani?

Ead zmroziło.

– To bardzo stara legenda, Wysokości. Przyznaję, że jestem zaskoczona, że o niej słyszałeś.

– Jeden z moich nowych przybocznych jest Inysytą. Spytałem go, czy nie zechciałby mi opowiedzieć jakiejś legendy ze swojego kraju. Tak usłyszałem o Leśnej Pani. My w Mentendonie bajamy o leśnych elfach, krwawilkach i tym podobnych, ale legenda o wiedźmie mordującej dzieci wydaje się szczególnie krwawa.

– Inys niegdyś spływało krwią.

– W rzeczy samej. Świętemu dzięki, że to już przeszłość.

Ead powiodła wzrokiem po linii lasu.

– O ile mi wiadomo, Leśna Pani nigdy tu nie mieszkała. Jej dom znajduje się na północy, nieopodal Złotobrzozy, tam, gdzie narodził się Święty. Ludzie wędrują tam tylko wiosną, w czasach pielgrzymek.

– Cóż za ulga! – zachichotał. – Już niemal się bałem, że zobaczę ją wśród drzew, gdy pewnego dnia wyjdę rano na przechadzkę.

– Ręczę, że nie ma powodu do obaw, Wysokości.

Wkrótce znaleźli się w ogrodzie zielnym, wydzielonym spłachetku gruntu na dziedzińcu obok pałacowej kuchni, gdzie właśnie rozpalano piece.

– Czy pozwolisz, pani? – spytał Lievelyn.

Ead podała mu nożyce.

– Proszę.

– Dziękuję.

Uklękli przy krzewie lawendy, a Lievelyn zdjął rękawice. Jego usta wykrzywił chłopięcy uśmiech. Może przejął się tym, że oto zaraz wykona tak drobną czynność własnymi wypielęgnowanymi dłońmi? Lordowie Wewnętrznej Komnaty muszą wyręczać go we wszystkim, od podawania posiłków do mycia włosów.

– Wasza Królewska Wysokość – odezwała się Ead – wybacz mi ignorancję, lecz kto włada Mentendonem pod twoją nieobecność?

– Podczas mojego pobytu na Inys funkcję regentki pełni księżniczka Ermuna. Rzecz jasna, mam nadzieję, że z czasem wypracujemy z królową Sabran kompromis, który pozwoli mi spędzać w domu więcej czasu. Wówczas mógłbym być jednocześnie małżonkiem i monarchą. – Oczyścił łodygę, przesuwając ją między dwoma palcami. – Moja siostra to istny żywioł, ale lękam się o nią. Mentendon to kruche królestwo, a nasz dom jest młody.

Ead obserwowała jego twarz, gdy mówił. Patrzył na pierścień sercosplotu na swoim palcu.

– Inys również jest kruchym państwem, Wasza Wysokość – odrzekła.

– Tak, powoli zaczynam to rozumieć.

Ściął lawendę i podał jej. Ead wstała i otrzepała spódnicę, ale Lievelyn wcale się nie spieszył, by ruszyć w drogę powrotną.

– Rozumiem, że urodziłaś się w Ersyrze.

– Tak, książę. Jestem daleką krewną Chassara uq-Ispada, ambasadora króla Jantara i królowej Saiymy. Dorastałam pod jego okiem.

Było to kłamstwo, które opowiadała od ośmiu lat, przyszło jej więc z łatwością.

– Ach – powiedział Lievelyn. – Czyli pochodzisz z Rumelabaru.

– Zgadza się.

Lievelyn znów założył rękawice. Obejrzał się przez ramię na swoich gwardzistów. Czekali przy wejściu do ogrodu.

– Pani Duryan – powiedział nieco ciszej. – Cieszę się, że spotkałem cię dziś rano, gdyż potrzebuję twojej rady w pewnej osobistej sprawie. Czy zechcesz mi jej udzielić?

– O jaką dokładnie sprawę chodzi?

– Jesteś, pani, przyboczną królowej. – Odchrząknął. – Chciałbym zabrać Jej Wysokość do miasta, by rozdać biednym Ascalonu jałmużnę. Z tego co mi mówiono, królowa nigdy nie odbyła formalnej wizyty do żadnej ze swoich prowincji. Zanim przedstawię jej ów pomysł, chciałbym... spytać cię, dlaczego nigdy tego nie zrobiła.

Książę poprosił ją o radę. Jakże wszystko się zmienia.

– Jej Wysokość nie wyszła do swoich ludzi od czasu koronacji – odpowiedziała Ead. – Powodem jest to, co przydarzyło się królowej Rosarian.

Lievelyn zmarszczył brwi.

– Wiem, że królowa matka została zamordowana – powiedział – lecz przecież stało się to w pałacu, nie na ulicy.

Ead przyglądała się jego szczerej twarzy. W Lievelynie było coś takiego, że i ona chciała mówić z nim szczerze.

– W Ascalonie są ludzie o nieprawomyślnych poglądach, pijani tym samym złem, które splamiło Yscalin, wyglądający powrotu Bezimiennego. Ludzie gotowi doprowadzić dom Berethnet do upadku, by go przyspieszyć. Niektórzy z nich zdołali wedrzeć się do pałacu. Skrytobójcy.

Lievelyn milczał długo.

– O tym nie wiedziałem. – Na jego twarzy odznaczył się niepokój. Ead zastanawiała się, o czym też rozmawiają z Sabran. – Jak blisko udało im się podejść?

– Bardzo blisko. Ostatni zamach miał miejsce latem, ale nie mam wątpliwości, że mocodawca złoczyńców wciąż knuje przeciwko Koronie.

Zacisnął szczęki, aż zagrały mięśnie.

– Rozumiem – wyrzekł. – Oczywiście ani myślę narażać Jej Wysokości na niebezpieczeństwo. A mimo to... dla ludu Imperium jest przecież symbolem nadziei. Teraz, gdy powrócił Fýredel, powinna przypomnieć poddanym o swojej miłości i oddaniu. Zwłaszcza jeśli będzie musiała, dajmy na to, podnieść podatki, by zbudować nowe okręty wojenne i uzbroić żołnierzy.

On mówił poważnie.

– Wysokości, ośmielę się błagać: poczekaj, aż urodzi się twoja córka, a dopiero potem przedstaw ten pomysł Jej Wysokości. Samo pojawienie się księżniczki znacznie poprawi morale ludu.

– Jaka szkoda, że nie można powołać dzieci do istnienia samą siłą woli. Kto wie, ile czasu minie, nim doczekamy się potomstwa. – Lievelyn odetchnął przez nos. – Jako jej towarzysz powinienem znać ją najlepiej, ale w żyłach Jej Wysokości płynie krew Świętego. Czy któremukolwiek ze śmiertelnych będzie dane ją poznać?

– Tobie, panie. Nigdy jeszcze nie widziałam, by patrzyła na kogoś tak, jak patrzy na ciebie.

– Nawet na lorda Artelotha Becka?

To imię podziało na nią jak kubeł zimnej wody.

– Słucham?

– Słyszałem różne plotki. O rzekomym romansie – podjął Lievelyn po chwili wahania. – Oświadczyłem się królowej pomimo tego… lecz czasem nachodzi mnie myśl, czy aby… – Odchrząknął zawstydzony.

– Lord Arteloth jest Jej Wysokości bardzo drogi – zapewniła go Ead. – Są przyjaciółmi od dzieciństwa. Kochają się jak brat i siostra. To wszystko. – Nie odwróciła wzroku. – A plotki to tylko plotki.

Jego rysy złagodniały i znowu na usta wystąpił uśmiech.

– Masz rację. Nie powinienem wierzyć w plotki. Niewątpliwie krąży ich wiele również na mój temat. Lord Seyton mówił mi, że lord Arteloth jest teraz w Yscalinie. Musi być człowiekiem niezwykłej odwagi, skoro z własnej woli rzuca się w wir niebezpieczeństw.

– Tak, książę – odparła miękko. – To cały Loth.

Na moment zaległa między nimi cisza. W powietrzu brzmiał śpiew ptaków.

– Dziękuję za radę, pani Duryan. Postąpiłaś hojnie, udzielając mi jej. – Lievelyn dotknął broszy z symbolem swojego patrona, lustrzanym odbiciem symbolu na piersi Ead. – Teraz już wiem, czemu Jej Wysokość tak cię poważa.

Ead dygnęła.

– Jesteś zbyt uprzejmy, książę. Tak jak i Jej Wysokość.

Skłonił się dwornie i odszedł.

Aubrecht Lievelyn w niczym nie był podobny do susła. Był dość ambitny, by chcieć zmieniać ustalony porządek rzeczy, a ponadto miał to coś, co można by nazwać wrodzonym mentyjskim umiłowaniem niebezpieczeństwa. Ead modliła się, by wziął sobie jej radę do serca. Byłoby istnym szaleństwem pokazać się z Sabran publicznie w chwili, gdy grozi jej tak wielkie niebezpieczeństwo.

Wróciła do apartamentów królowej. Sabran była już na nogach i zwoływała drużynę na polowanie. Ead nie miała własnego konia, przydzielono jej więc rasowego ogiera z królowieckich stajni.

Truyde utt Zeedeur, która przejęła po Ead funkcję komnatanki, również znalazła się w drużynie łowieckiej. Gdy natknęły się na siebie i stanęły twarzą w twarz, Ead uniosła brwi. A dziewczyna odwróciła się bez słowa i dosiadła konia.

Musiała tracić wiarę w swojego kochanka. Gdyby Sulyard do niej pisał, nie wyglądałaby na taką przybitą.

Sabran nie chciała polować z psami. Wolała zabić ofiarę czysto lub nie zabijać jej wcale. Gdy drużyna wjechała do lasu Chesten, Ead doszła do wniosku, że właściwie to chętnie wyprawi się na to polowanie. Wiatr przeczesywał jej włosy. Dłonie garnęły się do łuku.

Ale musiała się pilnować. Zbyt wiele trafień i ludzie zaczną pytać, gdzie nauczyła się tak dobrze strzelać. Zwolniła trochę i zaczęła przyglądać się myśliwym.

Roslain, która, jak wieść niosła, miała smykałkę do sokolnictwa, strzelała z łuku, jakby miała dwie lewe ręce. Nie minęła godzina, a zaczęła się złościć, spudłowawszy o raz za dużo. Truyde upolowała słonkę. Margret strzelała najlepiej ze wszystkich dam – ona i Loth byli znakomitymi łowcami – ale nikt nie zdołał dorównać królowej. Naganiacze robili, co tylko mogli, by nie zostawiła ich w tyle, mknąc przez knieję jak rącza sarna. Do południa wystrzelała chyba całe stado królików.

Gdy Ead dostrzegła między drzewami dorodnego byka, prawie się zapomniała. Rozsądna przyboczna powinna pozwolić królowej ustrzelić grubego zwierza, ale może Ead udałoby się upolować jednego jelenia bez wzbudzania podejrzeń?

Strzała pofrunęła w kierunku celu. Byk upadł na ściółkę. Pierwsza dotarła do niego Margret na swoim wałachu.

– Sab! – zawołała.

Ead ruszyła za królową stępa aż na polanę. Strzała trafiła zwierzę w oko.

Czyli dokładnie tam, gdzie Ead celowała.

Truyde utt Zeedeur podjechała jako druga. Patrzyła na truchło, a na jej twarzy malowało się napięcie.

– Zdaje się, że dziś w nocy będziemy raczyć się jeleniną. – Policzki Sabran były zaróżowione od chłodu. – Wydawało mi się, Ead, że nieczęsto polujesz.

Kobieta przechyliła głowę.

– Niektórzy mają wrodzony talent, Wysokości.

Sabran uśmiechnęła się, a Ead zdała sobie sprawę, że również odpowiada uśmiechem.

– Przekonajmy się, czy masz jakieś inne wrodzone talenty. – Sabran okręciła konia. – Dalejże, drogie panie, ścigamy się do domu. Pełna sakiewka dla zwyciężczyni.

Wśród radosnych śmiechów kobiety popędziły wierzchowce ostrogami, powierzając stajennym zadanie zwiezienia łupów do twierdzy.

Wypadły z lasu i pognały przez łąkę. Kopyta młóciły ziemię. Wkrótce Ead szła z królową łeb w łeb. Śmiejąc się, ledwie łapały oddech. Żadna nie mogła wyprzedzić drugiej. Z rozwianymi włosami i roześmianymi oczami Sabran Berethnet wyglądała niemalże beztrosko, a Ead po raz pierwszy od lat poczuła, że opuszcza ją dźwigany nieustannie ciężar. Jak nasiona dmuchawca.

Sabran czuła się świetnie przez resztę dnia. Wieczorem pozwoliła wszystkim damom wrócić do własnych komnat, zamierzała bowiem zająć się sprawami państwowymi w bibliotece królowieckiej.

Ead przeniosła się do należącej dotąd do Arbelli Glenn dwuizbowej, bogato umeblowanej komnaty bliżej apartamentów władczyni. Jej kwatera składała się z dwóch połączonych ze sobą pokojów wyłożonych drewnianymi panelami i obwieszonych gobelinami. Była też wyposażona w wielkie łoże z baldachimem. Okna wychodziły na tereny pałacowe.

Służący już napalili w kominku. Ead zdjęła ubranie do jazdy konnej i otarła pot z czoła chustą.

O ósmej rozległo się pukanie do drzwi. Na zewnątrz stała Tallys, młodziutka i śliczniutka pomywaczka.

– Kolacja, pani Duryan. – Dziewczyna dygnęła. Ead od dawna kładła jej do głowy, że to zbyteczne, ale Tallys była nieugięta. – Chleb wyszedł świetnie, jeszcze ciepły. Mówią, że lada dzień nadejdą zimowe mrozy.

– Dziękuję, Tallys. – Ead przyjęła talerz. – Powiedz mi, dziecko, jak się miewają twoi rodzice?

– Moja mama... nie tak znowu dobrze – przyznała Tallys. – Złamała rękę i przez jakiś czas nie będzie mogła pracować, a właściciel stancji jest taki surowy. Wysyłam rodzicom wszystkie swoje pieniądze, ale... pomywaczka nie zarabia zbyt wiele. – Zaraz dodała pospiesznie: – Oczywiście wcale nie narzekam. Mam wielkie szczęście, że mogę tu pracować. Po prostu ten miesiąc jest ciężki, to wszystko.

Ead sięgnęła do torebki.

– Masz. – Wręczyła Tallys kilka monet. – To powinno wystarczyć na czynsz aż do zimy.

Tallys gapiła się na złote krążki w swojej drobnej dłoni.

– Ależ, pani Duryan, nie mogłabym...

– Och, daj spokój. Mam spore oszczędności i nic do kupienia. A poza tym czy nie uczy się nas hojności?

Tallys kiwnęła głową. Jej usta drżały.

– Dziękuję – wyszeptała.

Gdy zniknęła, Ead zjadła kolację przy swoim wielkim stole. Składały się na nią świeży chleb, ciepły, posmarowany masłem, i zawiesista zupa doprawiona świeżą szałwią.

Coś zapukało w okno.

Za szybą siedział piaskowy orzeł, skupiał na Ead swe żółte ślepia. Jego pióra miały barwę złota i migdałowego masła, przechodzącą w kasztanowy brąz na końcach skrzydeł.

Ead podbiegła do okna i otworzyła je.

– Sarsun.

Wskoczył do środka i przekrzywił główkę. Pogłaskała opuszkami jego zmierzwione pióra.

– Dawno się nie widzieliśmy, przyjacielu – powiedziała. – Widzę, że udało ci się nie natknąć na Nocnego Jastrzębia. – Ptak zaświergotał. – Sza. Bo skończysz w ptaszarni razem z tymi śmiesznymi gołębiami.

Wsunął głowę w jej dłoń. Ead uśmiechnęła się i przesunęła nią po jego skrzydłach, a ptak wysunął przed siebie nóżkę. Delikatnie zdjęła przymocowany do niej zwój. Sarsun zatrzepotał skrzydłami i wylądował na łóżku.

– Ależ proszę, nie krępuj się.

Zignorował ją, poświęcając całą uwagę czyszczeniu piór.

Pieczęć była nieprzełamana. Combe mógł przechwycić wszystkie wiadomości, które przychodziły do zamku w torbie listonosza konnego lub przywiązane do nogi gołębia, ale piaskowy orzeł przechytrzył Nocnego Jastrzębia. Ead przeczytała zaszyfrowaną wiadomość.

Przeorysza pozwala ci zostać w Inys, aż królowa urodzi córkę. Gdy dotrą do nas wieści o narodzinach, przyjadę po ciebie.

Bez dyskusji tym razem.

Chassarowi udało się przekonać Przeoryszę.

Znowu dopadło ją zmęczenie. Wrzuciła list do ognia. Gdy znalazła się już pod kołdrą, Sarsun umościł się w zgięciu jej ramienia jak w gnieździe. Ead głaskała go po głowie palcem.

Wiadomość od Chassara wypełniła jej serce smutkiem i szczęściem. Mogła wrócić do domu zaraz po rozmowie z nim, a jednak sama wybrała pozostanie na Inys, choć od lat marzyła o tym, by stąd uciec. Lecz z drugiej strony nie dopuściła do zmarnowania tych ośmiu lat spędzonych na dworze. Będzie teraz mogła opiekować się Sabran przez całą ciążę i poród.

Ostatecznie nie miało znaczenia, ile czasu jeszcze tu spędzi. Jej przeznaczeniem był czerwony płaszcz. Nic tego nie zmieni.

Pomyślała o chłodnym dotyku Sabran na swojej ręce. W nocy śniła o krwistoczerwonej róży dotykającej jej warg.

Ead zmierzała do królowieckich apartamentów, nim jeszcze wstało słońce. Dziś miała się odbyć Uczta Wczesnojesienna. Sarsun odleciał w nocy. Miał przed sobą długą drogę.

Minąwszy Rycerzy Ciała, weszła do komnaty królowej. Sabran już wstała. Była ubrana w suknię z kasztanowego jedwabiu z rękawami ze złotopłótna, a na jej głowie pyszniła się fryzura ze splecionych warkoczy przetkniętych topazami.

– Wysokości. – Ead dygnęła. – Nie wiedziałam, że już wstałaś.

– Obudził mnie śpiew ptaków. – Sabran odłożyła księgę. – Usiądź tu przy mnie.

Ead przycupnęła na szezlongu.

– Muszę powiedzieć ci coś w zaufaniu, zanim rozpocznie się uczta. – Zdradził ją uśmiech. – Jestem w ciąży.

Pierwszym odruchem Ead było powściągnięcie optymizmu.

– Czy jesteś pewna, pani?

– Bardziej niż pewna. Już dawno minął czas krwawienia.

Wreszcie.

– To wspaniale, królowo – powiedziała Ead z całą serdecznością. – Moje najszczersze gratulacje. Tak się cieszę, przez wzgląd na ciebie i księcia Aubrechta.

– Dziękuję.

Gdy Sabran spuściła wzrok na swój brzuch, uśmiech spłynął z jej warg. Ead dostrzegła znajomą zmarszczkę rysującą się między jej brwiami.

– Nie wolno ci nikomu powiedzieć – poinformowała ją królowa, odzyskując kontenans. – Nawet Aubrecht jeszcze nie wie. Powiedziałam tylko Meg, Książętom Ducha i sypialniankom. Doradcy są zgodni co do tego, że należy ogłosić to dopiero wtedy, gdy mój brzuch się zaokrągli.

– A kiedy powiesz Jego Królewskiej Wysokości?

– Wkrótce. Chcę zrobić mu niespodziankę.

– Upewnij się, by zrobić to gdzieś w okolicy fotela.

Sabran uśmiechnęła się na te słowa.

– Oczywiście. Powinnam z delikatnością traktować mojego susła.

Dziecko zabezpieczy pozycję Aubrechta na dworze. Gdy tylko się dowie, będzie najszczęśliwszym człowiekiem na świecie.

O dziesiątej Lievelyn spotkał się z królową u wrót Domu Biesiadnego. Przyszła odwilż i ziemia lśniła, mieniąc się odcieniami srebra. Książę małżonek miał na sobie ciężką opończę obszytą wilczym futrem, które czyniło go nieco szerszym w ramionach. Ukłonił się pięknie Sabran, a wówczas ona, na oczach ich wszystkich, złapała go za kark i pocałowała w usta.

Ead nagle zrobiło się zimno. Patrzyła, jak Lievelyn otacza Sabran ramieniem i, uśmiechnięty szeroko, składa pocałunek na jej czole.

– Dzień dobry Waszej Wysokości – powiedział i ruszyli przed siebie, ramię w ramię, Sabran wtulona w niego tak, że ich płaszcze zlały się ze sobą jak dwie plamy tuszu.

– Ead – usłyszała głos Margret. – Czy wszystko w porządku?

Potwierdziła skinieniem. Uczucie w jej piersi już się rozmyło, ale pozostawiło po sobie nienazwany cień.

Gdy Sabran i Lievelyn wstąpili do Domu Biesiadnego, natychmiast otoczył ich tłum dworzan. Królewska para podeszła do Wysokiego Stołu wraz z Książętami Ducha, podczas gdy damy dworu zajęły miejsca na długich ławach. Ead nigdy jeszcze nie widziała, by Książęta Ducha byli tak rozradowani, zwłaszcza zacierający ręce Seyton Combe, który zwykle samym swoim pojawieniem się przygaszał wszystkie świece w pomieszczeniu.

Uczta Wczesnojesienna była świętem ekstrawaganckim i długo wyczekiwanym. Czarne wino płynęło strumieniami, gęste, bogate i słodkie. Przed Lievelynem postawiono wielki, nasączony rumem tort owocowy – przysmak jego dzieciństwa – przyrządzony zgodnie ze słynną mentyjską recepturą.

Na pokrytych miedzią talerzach i półmiskach oraz w misach piętrzyły się łupy wydarte naturze o tej porze roku: biały paw o złoconym płatkami dziobie upieczony w miodzie i podany z sosem cebulowym, a później na powrót pokryty piórami, by stwarzał pozory życia. Śliwki moczone w wodzie różanej. Połówki jabłek w karmazynowej galarecie. Obsypane przyprawami ciasto porzeczkowe ze żłobkowaną skórką i drobniutkie babeczki z jeleniną. Ead i Margret pocieszały zbolałą Katryen, skarżącą się, że jej tajemniczy wielbiciel przestał do niej pisać.

– Czy Sabran podzieliła się z tobą nowiną? – spytała cichutko Katryen. – Chciała, byście obie wiedziały.

– Tak. Dzięki niech będą Dziewicy za wszystkie jej łaski – odetchnęła Margret. – Myślałam, że chyba mnie trafi, jak jeszcze jedna osoba zaćwierka do Jej Wysokości, jak pięknie ostatnio wygląda.

Ead rzuciła okiem przez ramię, by się upewnić, że nikt nie podsłuchuje.

– Katryen – mruknęła jej na ucho – czy jesteś pewna, że Sabran nie krwawiła w tym miesiącu?

– Tak. Nie frasuj się, Ead. – Katryen łyknęła jeżynowego wina. – Jej Wysokość będzie niebawem musiała wyszykować księżniczce osobny dwór.

– Święty… Będzie więcej puszenia się niż po śmierci biednej Arbelli – wycedziła Margret.

– Cały dwór, nie tylko komnatę? – Ead uniosła brwi. – Na co dziecku dwór?

– Cóż, królowa nie ma czasu na wychowywanie dziecka. No… – Katryen popadła w zadumę. – Co prawda Carnelian III nalegała, by pozwolono jej samodzielnie opiekować się córką, ale to nieczęsta praktyka. Królowa będzie potrzebowała mamek, guwernantek, korepetytorek i tak dalej.

– I ile osób będzie liczył ten dwór?

– Około dwustu.

Ead wydawało się to grubą przesadą. Z drugiej strony Inys lubowało się w przesadzie.

– Powiedz mi – podjęła wciąż zaciekawiona – co by się wydarzyło, gdyby królowa urodziła syna?

Katryen spojrzała na nią z ukosa.

– To chyba bez znaczenia – odrzekła, w zamyśleniu przeciągając sylaby – ale jeszcze nigdy nic takiego się nie wydarzyło. Nie licząc Świętego, historię Berethnetów pisały kobiety: babki, matki i córki. Wyraźnie pragnął, by jego wyspa była królowiectwem, a nie królestwem.

Gdy służba uprzątnęła opróżnione talerze i salę wypełnił gwar, herold zastukał kosturem w podłogę.

– Jej Wysokość królowa Sabran!

Lievelyn wstał i wyciągnął rękę do towarzyszki. Przyjęła ją i wstała, a wraz z nią cały dwór.

– Dworzanie – powiedziała – witamy was na Uczcie Wczesnojesiennej. Jesień, pora żniw, jest ukochaną porą roku Rycerza Hojności. Od dziś zaczynamy wyglądać zimy, która zaczyna stawiać pierwsze kroki w kierunku Inys. Jest to czas znienawidzony przez wyrmy, albowiem to gorąco podtrzymuje płonący w nich ogień.

Oklaski.

– Dzisiaj – podjęła Sabran – pragniemy też ogłosić kolejny powód do świętowania. W tym roku Uczta Hojności odbędzie się w Ascalonie.

Gwar strzelił pod dach. Seyton Combe zakrztusił się winem.

– Podczas tej wizyty – ciągnęła Sabran pewnie i stanowczo – będziemy się modlić w Sanktuarium Naszej Pani, wspierać biednych jałmużną i nieść pociechę tym, których domy i majątki zostały nadszarpnięte szponem Fýredela. Pokazując się ludziom, przypomnimy im, że stoimy zjednoczeni w blasku

Prawdziwego Miecza i że żadna wielka zachodnica nie złamie naszego ducha.

Ead spojrzała na Lievelyna. Książę unikał jej wzroku.

Najwidoczniej nie dotarło. Powinna była dobitniej wtłoczyć mu do tego zakutego łba, na jakie niebezpieczeństwo naraża Sabran.

Był głupcem, tak jak i ona. Para koronowanych głupców.

– To wszystko. – Królowa wróciła na miejsce. – A teraz, jak sądzę, zostało nam ostatnie danie.

Wiwaty wstrząsnęły Domem Biesiadnym. Służący natychmiast rozstawili czyste talerze i uwaga wszystkich skupiła się na uczcie.

Pomijając Ead, która nic już nie zjadła. Nie była wróżką, ale nie musiała nią być, by wiedzieć, że to się skończy rozlewem krwi.

25
Wschód

Droga do Ginury nie należała może do udanych, za to sam pobyt – jak najbardziej. Niclays Roos został honorowym gościem w domu doktora Moyaki i był z tego powodu nader rad. Do audiencji u wojwładcy mógł robić, co tylko chciał, dopóki mieli go na oku jego seiikinescy opiekunowie. Eizaru i Purumé z nie mniejszą radością przyjęli na siebie tę funkcję.

Trwał Festiwal Zmierzchu Lata, Ginura witała się z jesienią. Cała trójka wtopiła się w nieprzebrany tłum płynący ulicami miasta. Wielu Seiikinesów zjeżdżało do stolicy z okazji tego najbardziej widowiskowego spośród wszystkich czterech dorocznych świąt. Uliczni handlarze piekli na węglach ryby zwane ostrzycami, gotowali na wolnym ogniu dyniową polewkę i rozdawali grzane wino oraz gorącą herbatę, by odpędzić chłód. Ludzie przystrajali głowy złotymi liśćmi, a gdy opadły ostatnie, podziwiali pojawiające się na gałęziach czerwone jak świt pąki, którymi te obsypywały się w ciągu nocy.

Dla Niclaysa każdy dzień był jak pożyczka, którą zaciągał u reszty swego żywota na tym świecie. Przyjaciele zabierali go na spacery po plaży. Pokazali mu Płaczącą Sierotę, największą wulkaniczną górę Wschodu, jedyny ząb w ustach ginurskiej zatoki. Oglądali przez lunetę baraszkujące wśród fal morświny.

Powoli, choć wiedział, że to niebezpieczne, pozwalał sobie na snucie marzeń o zostaniu w Ginurze na stałe. Kto wie, może seiikineskie władze zapomną o jego istnieniu? Może, skoro tak dobrze się sprawował, nie zmuszą go do powrotu na Orisimę? Choć był to tylko strzęp nadziei, trzymał się go jak tonący marynarz dryfującego masztu.

Panaya wysłała mu z Orisimy jego książki. Załączyła wiadomość od Mustego, z której wyczytał, że jego przyjaciele z faktorii pozdrawiają go gorąco i liczą na jego rychły powrót. Niclays może byłby wzruszony, gdyby uważał któreś z nich za przyjaciela lub gdyby interesowały go ich pozdrowienia, gorące czy zimne. Teraz, gdy zasmakował wolności, myśl o powrocie na wyspę, do tych samych dwudziestu twarzy i tego samego układu ulic, była mu wstrętna jak woda w winie.

Mentyjski statek „Gadeltha", który przycumował przy punkcie rozładunkowym, przywiózł z domu stos listów. Niclays otrzymał dwa.

Pierwszy nosił pieczęć domu Lievelyn. Rozdarł kopertę i zaczął czytać równiutkie, starannie zapisane wersy.

Z: Brygstad w Wolnym Państwie Mentendonie
Przez: Zarząd Portu Ostendeur
Późna Wiosna 1005 CE

Szanowny Panie,
z dokumentów opatrzonych podpisem mego wujecznego dziadka wnioskuję, że przebywa Pan obecnie na wygnaniu w naszej placówce handlowej na wyspie Orisima oraz

że zwrócił się Pan do domu Lievelyn z prośbą o amnestię. Zbadawszy sprawę, czuję się w obowiązku oznajmić, iż niestety nie mogę wyrazić zgody na Pański powrót do Mentendonu. Pańskie postępowanie obraziło Sabran, królową Inys, a Pański powrót z pewnością spotkałby się z jej gwałtownym sprzeciwem.

Gdyby znalazł Pan sposób na załagodzenie gniewu królowej Sabran, będę szczęśliwy, mogąc wspomóc Pana w pańskich wysiłkach.

Pokorny sługa
Aubrecht II, wysoki książę Wolnego Państwa Mentendonu, arcyksiążę Brygstad, Obrońca Cnót, Protektor Suwerenności Mentendonu etc.

Niclays zgniótł list w rękach. Musiał być jakiś ważki polityczny powód, dla którego wysoki książę nie chciał prowokować Sabran. No cóż, przynajmniej odpisał uprzejmie i wyraził chęć powrotu do tematu, gdyby Niclays odkrył, w jaki sposób udobruchać Jej Pamiętliwość. Lub może samego Lievelyna. Bo on z pewnością także połasiłby się na tak łakomy kąsek, jak eliksir życia.

Otworzył drugą kopertę, czując, jak łomocze mu serce. Ten list napisano ponad rok temu.

Z: Ascalonu w Królowiectwie Inys
Przez: Urząd Celny Zeedeur
Wczesne Lato 1004 CE

Najdroższy Wuju Niclaysie,
wybacz, że tak długo nie pisałam. Cały mój dzień wypełniają obowiązki i rzadko pozwala mi się pójść

gdziekolwiek bez przyzwoitki. Inysycki dwór niesłychanie interesuje się prywatnym życiem dwórek. Modlę się, by niniejszy list dotarł do Ostendeur, zanim wyruszy kolejny statek na Wschód.

Pragnę zapytać, jak sobie radzisz na Orisimie. Ja cały swój wolny czas spędzam, zapamiętując treść ksiąg, które mi zostawiłeś, a które przetrzymywane są obecnie w sali jedwabnej. Sformułowałam teorię i jestem przekonana, że przeoczono niezwykle ważny aspekt pewnego przedmiotu. Napisz mi, proszę, wszystko, co wiesz o Tablicy z Rumelabaru. Czy rozwiązałeś jej zagadkę?

Pozdrawiam serdecznie
Truyde

(Do Urzędu Celnego Zeedeur: Będę zobowiązana, jeśli niniejszy list jak najszybciej trafi do Zarządu Portu w Ostendeur. Łączę wyrazy szacunku, markiza Zeedeur).

Niclays przeczytał jeszcze raz, z półuśmiechem i załzawionymi oczami.

Miał dostać ten list na długo przed przybyciem Sulyarda. Truyde mogła chcieć go powiadomić o wizycie chłopca, ale lord Seyton Combe, szpiegmistrz Inys, złamałby nawet najbardziej zawiły szyfr.

Niclays odpisał na jej wcześniejsze listy, ale spodziewał się, że zostały zniszczone, nim dotarły do adresatki. Wygnańcom nie pozwalano pisać do domu. A nawet gdyby mógł się skontaktować z Truyde, nie miał dla niej dobrych wieści.

Tego wieczoru Purumé i Eizaru zabrali go nad rzekę, by podziwiać latające nocą czaple. Nazajutrz Niclays postanowił nie opuszczać pokoju i obłożyć sobie kostkę lodem. Gdy leczył wywołany ekscytacją ból głowy, myśli zaniosły go do Sulyarda.

Powinien się wstydzić, że podczas gdy chłopak gnije za kratami, on używa życia w Ginurze. Zwłaszcza że Sulyard wierzył, iż Niclays pomaga mu w wykonaniu misji. Misji, która zrodziła się z nierozwiązanej zagadki i niebezpiecznej pasji Truyde, odziedziczonej po Jannarcie.

Tą pasją była prawda. Treść łamigłówki chodziła za Niclaysem cały dzień. Około południa poprosił służących o przybory do pisania i zapisał ją na kartce, by mieć całą przed oczami.

Co jest na dole, musi równoważyć to, co jest w górze,
W tym się zawiera dokładność wszechświata.
Ogień bije z ziemi, światło spada z nieba.
Każde w nadmiarze jest zgubą drugiego,
W tym się zawiera zagłada wszechświata.

Niclays spróbował przypomnieć sobie wszystko, czego o zagadce dowiedział się na uniwersytecie. Odkryto ją na Tablicy z Rumelabaru, znalezionej kilkaset lat temu w górach Sarras.

Ersyrscy górnicy natknęli się na podziemną świątynię, na której suficie wyrzeźbiono gwiazdy, a na podłodze płonące drzewa. W sercu budowli stał blok z niebiańskiego kamienia, a w nim wyryte były słowa w języku pierwszej cywilizacji Południa. Nad ich znaczeniem głowili się uczeni ze wszystkich stron świata.

Niclays podkreślił jeden wers.

Ogień bije z ziemi.

Może chodzi o wyrmy? Bezimienny i jego wyznawcy zrodzili się w Ognistym Łonie, w jądrze świata.

Podkreślił inny wers.

Światło spada z nieba.

Deszcz meteorów. Ten, który zakończył Żałobę Wieków, osłabił wyrmy i tchnął nowe siły w smoki Wschodu.

Każde w nadmiarze jest zgubą drugiego, w tym się zawiera zagłada wszechświata.

Ostrzeżenie przed zaburzeniem równowagi. Wedle tej teorii wszechświat mógł istnieć tylko wówczas, gdy kosmiczna waga pokazywała balans między ogniem a blaskiem gwiazd. Zbyt wiele jednego lub drugiego i równowaga mogła zostać zachwiana.

Zagłada wszechświata.

Najbliżej zniszczenia świat znalazł się wówczas, gdy nadszedł Bezimienny i jego poplecznicy. Czy przyczyną powstania ognistych bestii było właśnie zachwianie równowagi?

Słońce przypiekało go w tył czaszki. Nawet nie zauważył, kiedy zasnął. Gdy Eizaru go obudził, poderwał głowę i zorientował się, że kartka z zagadką przykleiła mu się do policzka. Czuł się ciężki jak wór prosa.

– Dobry wieczór, przyjacielu – zarechotał Eizaru. – Czyżbyś nad czymś pracował?

– Ach, to ty, Eizaru. – Niclays odkaszlnął w pięść i oderwał papier od twarzy. – Nie, nie robię nic ważnego.

– Rozumiem. No cóż, jeśli skończyłeś nicnierobienie, to może zechciałbyś skoczyć ze mną do miasta? Rybacy przywieźli ładunek srebrnych krabów z Bezkresnego Morza, które schodzą jak świeże bułeczki. Musisz ich koniecznie spróbować przed powrotem na Orisimę.

– Pielęgnuję nadzieję, że już nigdy nie wrócę na Orisimę.

Przyjaciel się zawahał. Niclays miał złe przeczucia.

– Eizaru, co się stało?

Gospodarz sięgnął pod szatę i wyjął zwój. Podał mu go z ustami zaciśniętymi w wąską kreskę. Pieczęć była przełamana, ale Niclays widział, że należy do wicekrólowej Orisimy.

– Przyszło dzisiejszą pocztą – powiedział Eizaru. – Po audiencji u wojwładcy masz wrócić na Orisimę. Przyślą po ciebie palankin.

Niclays mógłby przysiąc, że zwój jest ciężki jak głaz. Jego treść mogła być równoznaczna z wyrokiem śmierci.

– Nie rozpaczaj, przyjacielu – podjął Eizaru, kładąc mu rękę na ramieniu. – Czcigodna królowa Sabran w końcu ustąpi. Do tego czasu Purumé i ja będziemy się starać o pozwolenie, by móc odwiedzać cię na wyspie.

Niclays nadzwyczajnym wysiłkiem woli przełknął druzgocące rozczarowanie, które raniło mu gardło niczym pęk ciernistych pnączy.

– Byłoby wspaniale. – Rozciągnął usta w sztucznym uśmiechu. – Chodźmy więc. Lepiej, żebym nacieszył się Ginurą, póki jeszcze mogę.

Purumé była zajęta nastawianiem kości pacjentowi, udali się więc na targ sami. Od morza wiał gorący wiatr, od którego Niclaysowi zaparowały szkła okularów, a otrzymana od Eizaru wiadomość wprawiła go w parszywy nastrój, przez co wszyscy wokoło wydawali się zachowywać podejrzanie. Gdy minął sklep odzieżowy, sprzedawczyni zmierzyła go nienawistnym wzrokiem.

– Jeszcze wszystkich pozaraża… – warknęła.

Niclays był zbyt przybity, by chciało mu się reagować. Eizaru wwiercił się w nią wzrokiem znad szkieł okularów, a kobieta odwróciła się i zniknęła w budynku.

W chwili rozkojarzenia Niclays nadepnął na czyjąś obutą stopę. Usłyszał, jak ten ktoś zasysa z sykiem powietrze. Eizaru złapał go w porę, by się nie przewrócił, ale młoda kobieta, której nastąpił na odcisk, nie miała tyle szczęścia. Uderzyła łokciem w wazę, a ta roztrzaskała się o bruk.

Niech to szlag. Niclays czuł się jak olyfant w składzie herbacianym.

– Zechciej mi wybaczyć nieuwagę, czcigodna pani – powiedział, skłaniając się nisko. – Nie patrzyłem pod nogi.

Kupiec spoglądał posępnie na skorupy wazy. Kobieta obróciła się powoli, by spojrzeć na Niclaysa.

Czarne włosy miała związane w kok na czubku głowy. Nosiła plisowane spodnie, jedwabną tunikę barwy głębokiego błękitu i aksamitną opończę. U jej boku wisiał bardzo piękny i bardzo drogi miecz. Gdy Niclays zobaczył połysk na tunice, mimowolnie rozdziawił usta. Jeśli się nie mylił, to była mora, a nie jedwab. Błędnie zresztą kojarzona z jedwabiem, bo nie tkano jej z nici, ale z włosów. Z włosów ze smoczych grzyw. Nie nasiąkała wodą ani żadnym innym płynem.

Kobieta zrobiła krok w jego stronę. Miała kanciastą brązową twarz i spierzchnięte usta. Jej szyję zdobiły tańczące perły.

Ale elementem jej wyglądu, który odcisnął się jak piętno w pamięci Niclaysa w tej krótkiej chwili, gdy skrzyżowały się ich spojrzenia, była blizna. Ślad po ranie, która schodziła ukośnie przez policzek, a potem zakręcała w górę, w stronę zewnętrznego kącika oka.

Zupełnie jak haczyk na ryby.

– Cudzoziemiec – mruknęła.

Niclays uświadomił sobie, że ciżba naokoło zamilkła. Zaświerzbił go kark i na krótką chwilę nabrał przekonania, że popełnił ciężkie przestępstwo, a nie tylko zbił wazę.

– Czcigodny obywatelu, co ten człowiek robi w Ginurze? – uprzejmie spytała kobieta Eizaru. – Powinien być na Orisimie z resztą mentyjskich osadników.

– Czcigodna Miduchi. – Eizaru skłonił się. – Pokornie przepraszamy za zakłócenie twojego spokoju. Ten człowiek to doktor Roos, anatom z Mentendonu. Przybył tu na spotkanie z arcyczcigodnym wojwładcą.

Kobieta zerknęła przelotnie na Niclaysa. Miała zaczerwienione oczy, świadczące o niespokojnych nocach.

– Jak brzmi twoje imię? – indagowała kobieta.

– Moyaka Eizaru, czcigodna Miduchi.

– Nie spuszczaj tego człowieka z oczu, czcigodny Moyako. Powinien być pod eskortą.

– Rozumiem.

Rzuciła Niclaysowi ostatnie spojrzenie, a potem odeszła. Gdy się odwracała, dostrzegł złotego smoka na jej plecach.

Długie czarne włosy. Blizna w kształcie haczyka na policzku.

Na Świętego, to musiała być ona.

Eizaru zapłacił kupcowi za zbite naczynie i poprowadził Niclaysa brukowaną aleją.

– Kto to był? – spytał Niclays po mentyjsku.

– Czcigodna lady Tané z klanu Miduchi. Jeździec wielkiej Nayimathun z Głębokich Śniegów. – Eizaru osuszył szyję szmatką. – Powinienem był skłonić się niżej.

– Zwrócę ci za wazę. Hm, kiedyś.

– To ledwie garść monet, Niclaysie. A wiedza, którą podzieliłeś się ze mną na Orisimie, jest bezcenna.

Niclays doszedł do wniosku, że Eizaru jest tak bliski nieposiadania wad, jak tylko może być człek z krwi i kości.

Dotarli na targ rybny w parę chwil. Srebrne kraby wysypywały się z pszenicznych siatek, ich pancerze lśniły w słońcu jak małe zbroje. Niclays prawie zgubił Eizaru w tłumie walczących o smakołyki klientów, lecz przyjaciel w końcu wyłonił się z ciżby, zwycięski, choć z przekrzywionymi okularami.

Gdy wrócili do domu, już zmierzchało. Niclays udał ból głowy i poszedł odpocząć do swojego pokoju, gdzie usiadł przy lampie i pogrążył się w myślach.

Zawsze był dumny z mocy swojego umysłu, lecz ostatnimi czasy ten się lenił. Najwyższy czas zaprząc go do pracy.

To Tané Miduchi była kobietą, którą Sulyard spotkał na plaży – nie ma co do tego wątpliwości. Zdradziła ją blizna. Przemyciła cudzoziemca na Przylądek Hisan, a potem przekazała go tamtej artystce, która gniła teraz w więzieniu. Lub pozbawiona głowy.

Kot z przyciętym ogonem wskoczył Niclaysowi na kolana i zamruczał. Mężczyzna bezwiednie podrapał go między uszami.

Wielki Edykt stanowił, że mieszkańcy wyspy muszą bezzwłocznie informować o intruzach przedstawicieli władzy. Członkini klanu Miduchi powinna była to zrobić. W takim razie dlaczego poprosiła znajomą, by ukryła go w mentyjskiej faktorii?

Z jego ust wydarł się okrzyk, gdy wreszcie zrozumiał. Wystraszony kot uciekł gdzie pieprz rośnie.

Dzwony.

Następnego dnia dzwony obwieściły Dzień Powołania, w czasie którego dla kandydatów na strażników morskich otwierała się droga na smoczy grzbiet. Gdyby władze dowiedziały się o intruzie, port zostałby zamknięty, by się upewnić, że na przylądku nie rozprzestrzeni się smocza plaga. A więc Miduchi ukryła Sulyarda na Orisimie, dzielnicy odizolowanej od reszty miasta, aby jego pojawienie się nie zakłóciło ceremonii. Przedłożyła własną ambicję ponad prawo.

Niclays ważył swoje możliwości.

Sulyard obiecał, że powie śledczym o kobiecie z blizną w kształcie haczyka. Albo tego nie zrobił, albo zrobił, ale nikt mu nie uwierzył, albo też mu uwierzono, ale nikt nie wiedział, kim jest ta kobieta z blizną i gdzie jej szukać. Niclays zamyślił się. Wygnańca chronił sojusz między Seiiki i Mentendonem. Wcześniej uchronił go przed karą, może i teraz okaże się pomocny?

Wciąż może uratować Sulyarda. Jeśli zbierze całą swoją odwagę i ośmieli się przy świadkach oskarżyć członka klanu Miduchi podczas swojej rozmowy z wojwładcą, dom Nadama będzie musiał wszcząć dochodzenie lub zaryzykować zerwanie kontaktów handlowych z Mentendonem.

Niclays był całkiem pewien, że istnieje jakiś sposób, by obrócić to wszystko na swoją korzyść. Gdyby tylko go znał.

Purumé wróciła do domu o zmierzchu. Miała przekrwione oczy. Słudzy przygotowali srebrne kraby z siekanymi warzywami i ryżem ugotowanym na parze z dodatkiem orzechów. Mięso było sprężyste, wprost wyborne, ale myśli Niclaysa zaprzątało zbyt wiele spraw, by się nim delektował. Gdy skończyli posiłek, Purumé poszła do swojego pokoju, a Niclays został przy stole z Eizaru.

– Przyjacielu – zwrócił się do niego – wybacz mi, proszę, jeśli to głupie pytanie…

– Głupcy to ci, którzy pytań nie zadają.

Niclays odchrząknął.

– Ten jeździec smoków, którego dzisiaj spotkaliśmy, lady Tané… O ile mi wiadomo, jeźdźców czci się tutaj w tym samym stopniu co smoki, prawda?

Gospodarz namyślał się chwilę.

– Nie są bogami – odparł. – Nie ma kapliczek ku ich czci, ale rzeczywiście otacza się ich czcią. Jak sam wiesz, arcyczcigodny wojwładca jest potomkiem jeźdźca, który walczył za czasów Wielkiej Rozpaczy. Smoki uważają tych, co ich dosiadają, za równych sobie. Nie ma większego zaszczytu.

– Mając to na uwadze – podjął Niclays, starając się zabrzmieć swobodnie – gdybyś wiedział o tym, że jeden z nich dopuścił się przestępstwa, co byś zrobił?

– Gdybym wiedział ponad wszelką wątpliwość, że to prawda, doniósłbym o tym ich dowódcy, czcigodnemu morskiemu generałowi w Zamku Solnych Kwiatów. – Eizaru rzucił przyjacielowi spojrzenie z ukosa. – Czy uważasz, że ktoś z nich rzeczywiście popełnił przestępstwo? Dlaczego mnie o to pytasz?

Niclays uśmiechnął się pod nosem.

– Tak tylko. – Postanowił zmienić temat. – Słyszałem, że fosa dookoła Ginury jest pełna ryb o ciałach wyglądających, jakby zrobiono je ze szkła. I że gdy świecą w nocy, widać im kości. Powiedz, czy to prawda?

Niclays uwielbiał, gdy plan sam układał się w jego głowie.

Tané znalazła miejsce na stopę i podciągnęła się, sięgnąwszy ręką ponad nawis. Daleko w dole fale rozbijały się o stertę głazów.

Była w połowie drogi na szczyt wulkanicznej skały, która wyłaniała się z wody u wlotu do Zatoki Ginurskiej. Ludzie zwali ją Płaczącą Sierotą, bo stała samotnie niczym dziecko, którego rodzice zatonęli na morzu. Wymacała twardy kamień, a gdy się na nim oparła, poczuła, że druga dłoń ześlizguje się z kępki morskiego mchu.

Skręciło ją w żołądku. Przez krótką chwilę sądziła, że spadnie i połamie sobie wszystkie kości – zaraz jednak wdrapała się wyżej, złapała skalny nawis drugą ręką i uczepiła się go niczym pąkla. Ostatnim wymagającym nadzwyczajnego wysiłku zrywem wcisnęła się na skalną półkę i zaległa na niej, usiłując odzyskać oddech. Głupio postąpiła, wspinając się bez rękawic, ale chciała udowodnić samej sobie, że zdoła tego dokonać.

Ciągle wracała myślami do tamtego Mentyjczyka na ulicy, który obrzucił ją dziwnym wzrokiem. Jakby ją rozpoznał. Choć to przecież niemożliwe; ona na pewno nigdy wcześniej go nie widziała. A więc skąd ten wyraz zdumienia na jego twarzy?

Był postawnym mężczyzną, szerokim w ramionach i brzuchatym. Miał zmęczone oczy koloru goździków, toporną twarz i woskową cerę. Siwe włosy, w których wciąż pobłyskiwała miedź. Usta nawykłe do uśmiechu. Okrągłe okulary.

Roos.

Wreszcie sobie przypomniała.

Roos. To właśnie to nazwisko wyszeptała Susa, gdy Tané opuszczała Hisan. Tak cicho i ulotnie, że omal nie porwał go wiatr.

Oto człowiek, który udzielił schronienia intruzowi.

Z jakiego niby powodu znalazł się w Ginurze? Czy po to, by zeznawać w sprawie tamtej nocy? Ścisnęło ją w dołku na tę myśl, a gdy przypomniała sobie jego badawcze spojrzenie, wstrząsnął nią dreszcz.

Zaciskając zęby z całych sił, wyciągnęła rękę ku kolejnemu kamiennemu wybrzuszeniu. Cokolwiek wydawało się Roosowi, że wie o Susie i o Tané, nie miał żadnego dowodu. A intruz i tak już pewnie nie żyje.

Gdy dotarła na szczyt, wstała. Z jej poranionych dłoni sączyła się krew. Mora działała jak pióra – wystarczyło strzepać i była sucha.

Tané widziała ze szczytu całą Ginurę. Zamek Solnych Kwiatów lśnił w ostatnich promieniach słońca.

Smoczyca czekała na nią w naturalnym schronieniu. Jej prawdziwego imienia nie sposób było wymówić, więc nazywali ją Nayimathun. Wykluła się bardzo dawno temu w Jeziorze Głębokich Śniegów, a jej ciało znaczyły niezliczone blizny z czasów Wielkiej Rozpaczy. Każdej nocy Tané wdrapywała się tu i siedziała przy smoczycy do wschodu słońca. Wszystko było tak, jak sobie wymarzyła.

Z początku rozmowa przedstawiała problem. Nayimathun nie chciała słuchać gładkich, przesyconych nabożną czcią słów Tané, która zwracała się do niej jak do bogini. Powiedziała wówczas, że mają być siostrami. Jeśli będą kimś innym, nie będą mogły ze sobą latać. Smok i jeździec muszą dzielić jedno serce.

Tané nie wiedziała za bardzo, jak ma przestrzegać tej reguły. Całe życie zwracała się do starszych z szacunkiem, a teraz bogini chciała, by gadały ze sobą jak przyjaciółki. Stopniowo i niepewnie opowiedziała smoczycy o swoim dzieciństwie w Ampiki, o ogniu, który odebrał jej rodziców, o wieloletnim szkoleniu w Domu Południa. Nayimathun słuchała cierpliwie.

Ocean połknął już słońce; Tané podeszła boso do smoczycy, która złożyła głowę w zagięciu smukłej szyi. W tej pozycji przypominała Tané śpiącą kaczkę.

Uklękła przy Nayimathun i osadziła prawą dłoń płasko na jej łuskach. Smoki nie słyszały tak jak ludzie. Dotyk pomagał im wyczuć wibracje głosu.

– Dobry wieczór, Nayimathun.

– Tané – Nayimathun otworzyła oko do połowy. – Usiądź przy mnie.

Jej głos grzmiał jak wojenna koncha, jak pieśń wielorybów, jak pomruk odległego sztormu – wszystkie te dźwięki wypełniły szablon słów tak jak woda wypełnia dzban. Tané kręciło się w głowie od jej głosu.

Usiadła i oparła się o zawsze wilgotne łuski. Były cudownie chłodne.

Nayimathun wciągnęła powietrze nosem.

– Jesteś ranna.

Krew wciąż ciekła z dłoni. Tané zamknęła ją.

– Tylko trochę – odparła. – Wyszłam w pośpiechu i zapomniałam rękawic.

– Nie musisz się spieszyć, mała istoto. Noc narodziła się na nowo. – Przez smoczą gardziel przepłynął chrapliwy oddech. Tané poczuła go całym ciałem. – Pomyślałam, że moglibyśmy porozmawiać o gwiazdach.

Tané skierowała wzrok na niebo, z którego spoglądało na nią mrowie drobnych srebrnych oczu.

– O gwiazdach, Nayimathun?

– Tak. Czy mówią wam o gwiazdach w waszych Domach Nauki?

– Trochę. W Domu Południa nauczyciele uczyli nas nazw gwiazdozbiorów i mówili, jak odnajdywać drogę w oparciu o ich położenie. – Tané zawahała się. – W Ampiki, gdzie się urodziłam, mówili nam, że gwiazdy to duchy ludzi, którzy uciekli przed Bezimiennym. Wspięli się wysoko po drabinach i schowali w niebie. Czekają, aż ostatni ognioziej umrze w morzu.

– Prości ludzie bywają mądrzejsi od mędrców. – Nayimathun spojrzała na nią z góry. – Jesteś teraz moim jeźdźcem, Tané. Masz więc prawo do wiedzy mego ludu.

Ani jeden nauczyciel nie powiedział jej, że to się stanie.

– Przyjmę ją z honorem.

Nayimathun utkwiła spojrzenie w firmamencie. Jej oczy pojaśniały, wyglądały teraz jak dwa wielkie księżyce.

– Wszyscy zrodziliśmy się z blasku gwiazd – powiedziała. – Wszystkie smoki Wschodu przybyły z nieba.

Siedząc przy smoczycy, Tané syciła oczy jej jasnymi rogami, rzędami kolców pod żuchwą, koroną niebieską jak świeży siniec. To ten organ pozwalał jej latać.

Nayimathun zorientowała się, że dziewczyna ją obserwuje.

– Ta część mojego ciała znaczy miejsce, którym moi przodkowie, spadłszy z gwiazd, uderzyli o dno morza – powiedziała.

– Myślałam... – Tané zwilżyła wargi. – Nayimathun, wybacz mi, ale ja myślałam, że smoki wykluwają się z jaj.

Wiedziała, że tak jest. Jaja wyglądały jak utoczone z przydymionego szkła, gładkie, mokre, opalizujące. Mogły leżeć przez stulecia w wodzie, zanim wykluł się z nich mały, bezbronny, kruchy smok. Mimo to z drżeniem głosu zakwestionowała słowa bogini.

– Teraz tak – odparła Nayimathun – ale nie zawsze tak było. – Uniosła głowę i znowu spojrzała w gwiazdy. – Nasi przodkowie zrodzili się z komety, którą nazywacie Latarnią Kwirikiego, zanim jeszcze przyszły na świat dzieci ciała. Deszcz światła spadł do wody i z tej wody wyłonił się smoczy ród.

Tané wwiercała się w nią wzrokiem.

– Ale, Nayimathun, jak smok miałby narodzić się z komety?

– Dzięki pewnej substancji. Stopione światło gwiazd spada do mórz i jezior. Jak owa substancja przemieniła się w smoki, tej wiedzy nie posiadam. Kometa przybywa z niebiańskiej krainy, a ja jeszcze do niej nie trafiłam. Gdy warkocz komety rysuje się na niebie, jesteśmy w pełni sił. Składamy jaja, z nich wylęgają się młode, a my odzyskujemy wszystkie dary, które kiedyś utraciliśmy. Lecz niestety, nasza siła z czasem przemija. I musimy czekać na ponowne przyjście komety, by wstąpiła w nas na powrót.

– Czy nie ma innego sposobu na odzyskanie sił?

Nayimathun skierowała na nią spojrzenie swych przedwiecznych oczu. Tané czuła się pod nim bardzo, bardzo mała.

– Inne smoki może nie dzielą się tym ze swoimi jeźdźcami, Miduchi Tané – zagrzmiała – ale ja sprawię ci kolejny prezent.

– Dziękuję.

Zadrżała. Czy jest na świecie jeszcze ktoś, kogo uznano godnym mądrości bogini?

– Kometa położyła kres Wielkiej Rozpaczy, ale przybywała do tego świata już wiele razy. Kiedyś, wiele księżyców temu, zostawiła po sobie dwa niebiańskie klejnoty, każdy nasączony jej mocą. Zawarła w nich lwią część siebie samej. Za ich pomocą nasi przodkowie mogli kontrolować fale. Ich obecność pozwalała nam dłużej zachowywać siły. Ale prawie tysiąc lat temu owe klejnoty zaginęły.

Wyczuwszy, że smoczycę ogarnął smutek, Tané przesunęła czule dłonią po jej łuskach. Choć lśniły jak rybie, pokrywały je ślady po rogach i kłach.

– Jak doszło do tego, że tak cenne przedmioty zaginęły?

Nayimathun łagodnie wypuściła powietrze przez zęby.

– Niespełna tysiąc lat temu pewien człowiek wykorzystał je do tego, by zatopić Bezimiennego w morskich głębinach. Tak został on pokonany. Wówczas dwa klejnoty wymknęły się z toku historii, jakby nigdy nie istniały.

Tané potrząsnęła głową.

– Człowiek – powtórzyła. Pamiętała legendy Zachodu. – Czy nie nazywał się Berethnet?

– Nie. To była kobieta ze Wschodu.

Siedzieli w ciszy. Woda kapała ze skał nad ich głowami.

– Dysponowaliśmy kiedyś mnóstwem magicznych mocy, moja Tané. Potrafiliśmy zrzucać skórę jak węże. Przybierać rozmaite postacie. Słyszałaś seiikineskie legendy o Kwirikim i Dziewicy Kroczącej po Śniegu?

– Tak. – Opowiadano ją często w Domu Południa. Była to jedna z najstarszych seiikineskich legend.

Dawno temu, gdy smoki po raz pierwszy wynurzyły się z fal Morza Słonecznego Tańca, doszły między sobą do porozumienia, by zaprzyjaźnić się z dziećmi ciała, których ognie spostrzegły na pobliskiej plaży. Przyniosły im podarunki – złote ryby – aby okazać dobre intencje, lecz wyspiarze, podejrzliwi i przerażeni, poczęli ciskać w nie włóczniami, zaś one skryły się, zasmucone, w głębinach morza i nikt nie widział ich przez wiele lat.

Jednakże pewną młodą kobietę, która była świadkiem przybycia smoków, zasmuciła ich nieobecność. Każdego dnia wędrowała po wielkim lesie i śpiewała o tym, jakim smutkiem przejęły ją losy tych pięknych stworzeń, które na tak krótki czas pojawiły się na wyspie. W tej opowieści owa kobieta nie posiada imienia, jak zbyt wiele kobiet w starych legendach. Mówiono o niej tylko: Dziewica Krocząca po Śniegu.

Pewnego gorzkiego poranka owa kobieta natknęła się na rannego ptaka w strumieniu. Opatrzyła mu skrzydło i nakarmiła kropelkami mleka. Po roku opieki ptak wrócił do zdrowia, a ona zaniosła go nad urwisko, by pozwolić mu odlecieć.

Wówczas ptak przemienił się w Kwirikiego, Prastarca, który odniósł rany na morzu i przybrał ptasią formę, by uciec. Dziewicę Kroczącą po Śniegu przepełniło szczęście, tak jak i wielkiego Kwirikiego, albowiem wiedział już, że dzieci ciała noszą w sercach dobro.

By podziękować wybawicielce za to, że tak się o niego troszczyła, wielki Kwiriki wyrzezał jej tron ze swojego własnego rogu, który zwano odtąd Tęczowym Tronem, i z morskiej piany stworzył dla niej towarzysza – Księcia Tańczącego Nocą. Dziewica Krocząca po Śniegu została pierwszą cesarzową Seiiki. Przeleciała ponad wyspą wraz z wielkim Kwirikim, ucząc swój lud kochać smoki i nie krzywdzić ich więcej. Linia jej krwi władała Seiiki, aż przepadła w czasie Wielkiej Rozpaczy, gdy poprzysiągł ją pomścić Pierwszy Wojwładca.

– Ta historia jest prawdziwa. Kwiriki rzeczywiście przybrał postać ptaka. Z czasem nauczył się przybierać także wiele innych. Potrafiliśmy, droga Tané, zmieniać nasze rozmiary, snuć iluzje, zsyłać sny. Takie były nasze moce.

Lecz już nie są.

Tané słuchała szumu fal. Wyobraziła sobie siebie pod postacią muszli, noszącej ten grzmiący szum we własnym brzuchu. Gdy jej powieki zrobiły się ciężkie, Nayimathun spojrzała na nią.

– Coś cię gnębi.

Tané stężała.

– Nie. Po prostu myślę, jaka jestem szczęśliwa. Mam wszystko, czego kiedykolwiek pragnęłam.

Nayimathun zamruczała, para buchnęła jej z nozdrzy.

– Nie ma takiej rzeczy, której nie mogłabyś mi powiedzieć.

Tané nie mogła podnieść na nią wzroku. Każde włókno jej jestestwa zabraniało jej kłamać bogini, lecz przecież nie mogła wyznać jej prawdy o cudzoziemcu. Smoczyca odrzuciłaby ją za to.

A Tané prędzej zginie, niż do tego dopuści.

– Wiem – odrzekła tylko.

Źrenica smoczego oka stała się jamą wypełnioną przez ciemność. Tané widziała w niej swoje odbicie.

– Chciałam towarzyszyć ci w drodze do zamku – powiedziała – lecz muszę dziś w nocy odpocząć.

– Rozumiem.

Basowy pomruk przetoczył się przez ciało Nayimathun.

– On się budzi – powiedziała jakby do siebie. – Ciężki cień zaległ na Zachodzie.

– Kto się budzi?

Smoczyca zamknęła oczy i złożyła głowę w zgięciu szyi.

– Zostań ze mną do wschodu słońca, Tané.

– Oczywiście.

Dziewczyna ułożyła się na boku. Nayimathun przysunęła się bliżej i otoczyła ją ciałem.

– Śpij – wyrzekła. – Gwiazdy będą nas strzec.

Jej ciało osłaniało Tané przed wiatrem. Gdy dziewczyna zapadała w sen u boku smoczycy, tak jak zawsze o tym marzyła, kołysana przez bicie jej serca, nagle poczuła, jakby wróciła do matczynego łona.

I miała wrażenie, że coś się nad nią zamyka. Niczym rybacka sieć nad wijącą się rybą.

26
Zachód

Wieści o mającym rychło nastąpić powrocie królowej do pałacu błyskawicznie rozprzestrzeniły się po Inys, od Zatoki Słomianego Ognia do mglistych urwisk Wodogrzmotów. Po czternastu długich latach królowa Sabran wreszcie miała zamiar pokazać się mieszkańcom stolicy, a stolica już zaczęła się przygotowywać na jej godne powitanie. Ani się Ead obejrzała, a z dawna wyczekiwany dzień nadszedł.

Ubierając się, ukryła sztylety w strategicznych miejscach. Dwa pod spódnicami, kolejny przy gorsecie, czwarty w cholewie buta. Zdobiony sztylet noszony przez wszystkie damy dworu był jedynym, który mogła mieć na wierzchu.

O piątej dołączyła do Katryen w królowieckich apartamentach i razem poszły zbudzić Sabran i Roslain.

Z okazji pierwszego od koronacji publicznego wystąpienia damy musiały uczynić królową szczególnie piękną. Musiały sprawić, by jawiła się swoim poddanym jako zstępująca z wysokości bogini. Odziały więc władczynię w aksamit koloru nieba, pas z karneolami i etolę z bodminowego futra, dzięki czemu odznaczała się na tle satyny i brązowych futer, które nosili dworzanie o tej porze roku. W ten sposób Sabran chciała przywołać wspomnienie królowej Rosarian, która kochała ubierać się na niebiesko.

Z przodu gorsetu przypięto jej broszę w kształcie miecza. Tylko ona w całym Imperium Cnót mogła wziąć na patrona samego Świętego.

Roslain, która ustroiła włosy bursztynem i żurawinowym szkłem, zajęła się doborem biżuterii Sabran. Ead wybrała grzebień. Trzymając królową za ramię, czesała kaskadę jej czarnych włosów, aż wszystkie dotąd splątane loki sunęły gładko między jej palcami.

Sabran siedziała zupełnie nieruchomo. Oczy miała czerwone z niewyspania.

Ead zaczęła czesać delikatniej. Królowa wsunęła jej głowę pod dłoń. Z każdym kolejnym ruchem grzebienia jej ciało rozluźniało się, miękła zacięta linia żuchwy. Nie przestając czesać, Ead oparła czubki palców za uchem królowej, chcąc unieruchomić jej głowę.

– Wyglądasz dzisiaj bardzo pięknie, Ead – skomplementowała ją Sabran.

Były to pierwsze słowa, jakie wyrzekła od wstania z łóżka.

– Dziękuję, Wysokości. – Ead rozplątała uparty kołtun. – Pewnie nie możesz się już doczekać wizyty w mieście?

Sabran milczała jakiś czas. Ead czesała w równym, miarowym rytmie.

– Nie mogę się doczekać spotkania z moimi ludźmi – odpowiedziała wreszcie. – Ojciec zawsze zachęcał mnie do takich wizyt, ale ja… nie mogłam.

Na pewno myśli o swojej matce. To z jej powodu od czternastu lat nie widziała nic poza lśniącym wnętrzem swego pałacu.

– Bardzo chciałabym móc im powiedzieć, że jestem przy nadziei. – Dotknęła ozdobionego klejnotami gorsetu. – Ale mój lekarz powiedział, bym poczekała, aż ciąża będzie widoczna.

– Twój lud chce przede wszystkim ujrzeć ciebie, pani – zapewniła ją Ead. – Z brzuchem czy bez. – Zresztą za kilka tygodni będziesz mogła ogłosić radosną nowinę. Wyobraź sobie, jak będą się cieszyć.

Królowa wpatrzyła się w jej twarz. A potem, niespodziewanie, ujęła ją za rękę.

– Powiedz, Ead – wyrzekła – jak to jest, że ty zawsze wiesz, co powiedzieć, by poprawić mi nastrój?

Zanim zdołała odpowiedzieć, podeszła do nich Roslain. Ead zrobiła krok w tył i dłoń Sabran wyślizgnęła się z jej palców, ale wciąż czuła ślad jej dotyku. Smukłe paliczki i kostki odciśnięte w miękkim ciele.

Sabran pozwoliła damom odprowadzić się do toaletki. Katryen wzięła się do malowania jej ust, a Ead zaplotła jej sześć warkoczy, z których ułożyła misterną rozetę z tyłu głowy, pozwalając reszcie swobodnie opaść. Wtedy przyszedł czas na założenie korony.

Gdy królowa była gotowa, przejrzała się w zwierciadle. Roslain poprawiła insygnium zdobiące jej czoło.

– Koniec wieńczy dzieło – powiedziała i zapięła jej naszyjnik z ułożonych wedle wielkości szafirów i pereł oraz wisiorek w kształcie konika morskiego. – Pamiętasz?

– Oczywiście. – Sabran przesunęła palcami po wisiorku i zatopiła się we wspomnieniach. – Dała mi go matka.

Roslain dotknęła jej ramienia.

– Dziś czuwa nad tobą. I jest z ciebie dumna.

Królowa Inys nie odrywała wzroku od zwierciadła. Wreszcie zaczerpnęła powietrza, zrobiła wydech i skierowała się do drzwi.

– Moje damy – powiedziała z cieniem uśmiechu na ustach. – Jak wyglądam?

Katryen wsunęła jej kosmyk włosów pod koronę i kiwnęła z zadowoleniem głową.

– Jak krew z krwi Świętego, Wasza Wysokość.

Wybiła dziesiąta. Niebo oślepiało błękitem. Damy dworu odprowadziły Sabran do bram Wrzosowej Twierdzy, gdzie wraz z sześciorgiem Książąt Ducha czekał Aubrecht Lievelyn odziany w obszerny płaszcz. Seyton Combe jak zwykle miał przyczepiony do ust łagodny uśmiech. Ead zapragnęła go z nich zmazać.

Może i robił wrażenie zadowolonego z siebie, ale z całą pewnością jego przedsięwzięcie ze skrytobójcami stanęło w martwym punkcie. Ku frustracji Ead ona sama również nie mogła się pochwalić sukcesami w tym względzie. Choć chciała pilniej przyjrzeć się tej sprawie, prawie cały swój czas trawiła na wypełnianiu dworskich powinności.

Ale jeśli zabójcy mają zamiar uderzyć jeszcze raz, stanie się to dzisiaj.

Sabran podano dłoń, by pomóc jej wejść do karocy, a tymczasem Igrain Crest wyciągnęła rękę do swojej wnuczki.

– Roslain. – Uśmiechnęła się. – Jakże pięknie dziś wyglądasz, klejnocie mego świata.

– Och, babciu, jesteś zbyt uprzejma. – Roslain dygnęła i pocałowała ją w policzek. – Życzę ci miłego dnia.

– Możemy tylko żywić nadzieję, że będzie dobry, lady Roslain – wycedził lord Ritshard Eller. – Nie podoba mi się to, że królowa będzie bratać się z pospólstwem.

– Wszystko będzie dobrze – uspokoił go Combe. W słońcu lśnił bielą obfity kołnierz jego liberii. – Królowa i książę małżonek są pod dobrą opieką. Czyż nie tak, sir Tharianie?

– Jak jeszcze nigdy, książę – potwierdził Lintley, skłaniając się po żołniersku.

– Hm. – Eller nie wydawał się przekonany. – Bardzo dobrze, sir Tharianie.

Ead dzieliła powóz z Roslain i Katryen. Gdy oddaliły się od pałacu i wjechały w miasto, wyjrzała przez okno.

Ascalon był pierwszą i jedyną stolicą Inys. Jego kamienne budowle stanowiły dom tysięcy ludzi ze wszystkich stron Imperium, a nawet spoza jego granic. Zanim Galian wrócił na te wyspy, stanowiły one łataninę zwaśnionych plemion rządzonych przez różnych wodzów i władców. Galian zjednoczył je pod jedną koroną – swoją własną.

Wzniesiona przez niego stolica, którą nazwał imieniem swojego miecza, uważana była niegdyś za raj na ziemi. Teraz toczyła ją powszechna niegodziwość i nędza.

Większość budynków wzniesiono z kamienia. Po Żałobie Wieków, gdy na Inys szalały płomienie, wprowadzono prawo zakazujące krycia dachów strzechą. Zachowano jedynie garstkę drewnianych domów, zaprojektowanych zresztą przez Rosarian II, ze względu na ich niezwykłą urodę – bogato zdobione frontony z ciemnego drewna uderzająco kontrastowały z białym wystrojem wnętrz.

W stolicy mieszkali też bajecznie bogaci obywatele. Dzielnica w pobliżu pałacu, zwana Królowiecką, mieściła około pięćdziesięciu zakładów złotniczych i ponad dwa razy tyle srebrniczych. Ulica Rzemieślnicza stała warsztatami i manufakturami, gdzie wynalazcy opracowywali nową broń, która miała posłużyć do obrony Inys. Przez Wyspę Podzwonną biegła ulica Skoczna, dom poetów i aktorów. Na alei Mosiężnej stały jedne przy drugich księgarnie i antykwariaty. Na wielkim targu na placu Werald obracano innymi dobrami:

jasną lasyańską miedzią i wyrobami drewnianymi, mentyjskimi obrazami, intarsjami i ceramiką pokrytą solnym szkliwem, rzadkim szkłem żurawinowym ze starej Beztroskiej Republiki Carmentum i pachnidłami oraz niebiańskim kamieniem z Ersyru.

W biedniejszych dzielnicach, które miała dzisiaj objechać królewska para – jak na przykład Zaułek Bydlęcy i Nory – życie nie toczyło się tak kolorowo. Były to dzielnice biedoty zabudowane wspierającymi się jedna na drugiej ruderami, burdelami upozorowanymi na oberże, by nie zainteresował się nimi Zakon Świętarzy, oraz podłymi gospodami, gdzie miejscowe rzezimieszki liczyły skradzione pieniądze.

Dziesiątki tysięcy Inysytów wyszły na ulice, by zobaczyć królową. Ich widok wzbudził w Ead niepokój. Może i od chwili ślubu nie pokazał się żaden złoczyńca, ale była pewna, że zagrożenie jeszcze nie minęło.

Królewska procesja zatrzymała się przed Sanktuarium Naszej Pani, gdzie, jak wierzono, znajdował się grobowiec Cleolind. (Ead wiedziała, że to nieprawda). Był to najwyższy budynek na Inys, wyższy nawet od Alabastrowej Wieży, zbudowany w całości z białego kamienia.

Gdy Ead wyszła z powozu, opromieniło ją światło słońca. Minęły lata, odkąd chodziła ulicami Ascalonu, ale dobrze je pamiętała. Zanim Chassar oddał ją Sabran, spędziła miesiąc, ucząc się na pamięć wszystkich ulic, uliczek i zaułków, tak by w razie potrzeby znaleźć drogę ucieczki.

Spragniony uwagi suwerenki tłum zgromadził się przy schodach prowadzących do sanktuarium. Obywatele rozrzucili na bruku kwiaty koronki i perlilie. Czekając, aż dwórki wyjdą z powozów pod czujnym okiem Olivy Marchyn, Ead rozejrzała się bacznie po ciżbie.

– Nie widzę lady Truyde – powiedziała na ucho Katryen.

– Cierpi na migrenę. – Katryen zacisnęła usta. – Też porę sobie wybrała.

Margret stanęła obok nich.

– Co prawda spodziewałam się tłumów – powiedziała, wydmuchując obłoki pary – ale, na Świętego, przyszło chyba całe miasto. – Wskazała głową królewską karocę. – No, zaczyna się.

Ead zebrała się w sobie.

Gdy wysiadł Lievelyn, Inysyci wznieśli wiwat, jakby to wrócił sam Święty. Niespeszony książę małżonek uniósł dłoń w geście powitania, a następnie podał ją Sabran, która z godnością zeszła po schodkach karety.

Ryk tłumu spotężniał tak szybko i tak nagle, że Ead zdało się, że przestał być tylko dźwiękiem, a przybrał postać fizyczną. Wydusił jej powietrze z płuc i stłamsił wnętrzności niczym cios pięścią. Czuła, jak stojąca obok Katryen drży z ekscytacji, i patrzyła, jak Margret chłonie z niedowierzaniem widok klękającego przed królową tłumu. Ludzie zdejmowali kapelusze i ronili łzy. Ead czuła się tak, jakby wrzask miał zaraz wysadzić gmach świątyni z fundamentów. Sabran stała niczym rażona gromem. Ead widziała, jak chłonie całe to uwielbienie. Od koronacji kryła się za murami pałacu, zapomniała już, kim jest dla swoich ludzi: uosobieniem nadziei, ich tarczą i zbawieniem.

Szybko otrząsnęła się ze zdumienia. Choć nie pomachała poddanym wzorem księcia małżonka, opromieniła ich uśmiechem, po czym złączyła dłonie z Lievelynem. Jakiś czas stali blisko siebie i pozwolili się uwielbiać.

Kapitan Lintley ruszył pierwszy, opierając rękę na mieczu o pięknie zdobionym, osłaniającym dłoń jelcu. Rycerzy

Ciała oraz trzystu strażników rozstawionych wzdłuż wejścia do świątyni poinstruowano, by za wszelką cenę chronili królową oraz księcia małżonka w czasie wyprawy do miasta.

Idąc za Sabran, Ead lustrowała ciżbę, przenosząc wzrok z twarzy na twarz, z ręki na rękę. Wiedziała, że żaden szanujący się zabójca nie zmarnowałby takiej szansy.

Sanktuarium Naszej Pani okazało się tak wspaniałe w środku, jak na zewnątrz. Sklepiony żebrowo sufit wydawał się sięgać nieba. Obrośnięte trójlistnym ornamentem okna pięły się wysoko w górę, obsypując królewską parę i jej świtę iskrami purpurowego blasku. Gwardziści pełnili straż na zewnątrz.

Sabran i Lievelyn zmierzali w kierunku grobowca – okazałego marmurowego bloku wprawionego we wnękę za ołtarzem. Dziewica, jak wierzono, spoczywała niezakłóconym snem w znajdującej się poniżej zapieczętowanej krypcie. Miejsca jej wieczystego odpoczynku nie znaczył żaden posąg ani figura.

Monarchowie uklękli na poduszkach i pochylili głowy. Po krótkiej chwili Lievelyn cofnął się o kilka kroków, by pozwolić Sabran pomodlić się w samotności. Damy sypialniane uklękły wokół niej.

– Błogosławiona Dziewico – zaczęła Sabran. – Jam jest Sabran IX. Moja jest twoja korona i twoje królowiectwo, każdego dnia chcę przysparzać chwały domowi Berethnet. Pragnę zostać wypełniona twym współczuciem, odwagą i miłosierdziem.

Zamknęła oczy i ciągnęła głucho:

– Wyznaję, że nie jestem zbyt podobna do ciebie. Byłam niecierpliwa i arogancka. Przez zbyt długi czas zaniedbywałam obowiązki wobec mego kraju, odmawiając ludowi księżniczki, a zamiast tego krocząc błędną ścieżką ku samolubnemu celowi, jakim było przedłużenie własnego życia.

Ead zerknęła na nią. Królowa zdjęła obszytą futrem rękawiczkę, a jej dłoń spoczęła na zimnym marmurze.

Modliła się do pustego grobu.

– Zanoszę do ciebie tę prośbę jako twoja miłująca cię potomkini. Pozwól mi wydać na świat córkę. Niechaj będzie zdrowa na ciele i duszy. Pozwól mi dać ludowi Imperium Cnót nadzieję. Zrobię każdą rzecz, byle tego dokonać, poświęcę dla niej wszystko… tylko błagam, nie pozwól, by nasz ród skończył się na mnie.

Jej głos brzmiał pewnie, ale na twarzy malowało się wycieńczenie. Ead zastanawiała się chwilę, a potem wyciągnęła do niej rękę.

Sabran najpierw zesztywniała, a potem podała jej swoją i mocno złapała.

Żadna kobieta nie powinna żywić obawy, że nie jest wystarczająco dobra.

Gdy Sabran wstała, damy poszły w jej ślady. Ead zebrała się w sobie. Następny etap wyprawy był tym najniebezpieczniejszym. Sabran i Lievelyn mieli się spotkać z biednymi i wręczyć im sakiewki ze złotem. Gdy schodzili po schodach, królowa szła bardzo blisko męża.

Dalej mieli podążyć pieszo. Ruszyli przez miasto Milą Berethnetów w otoczeniu gwardzistów. W połowie drogi przecięli plac Maryan, gdzie jakiś druciarz krzyknął:

– Zrób jej dziecko albo wracaj do Mentu!

Lievelyn pozostał niewzruszony, ale Sabran zagryzła zęby. Gdy gwardziści odciągnęli mężczyznę, mocniej złapała męża za rękę.

Aby dotrzeć do Zaułka Bydlęcego, musieli przebyć dzielnicę zwaną Sylvan nad Rzeką, gdzie ulice tonęły w cieniu wiecznie zielonych drzew, a ponad straganami kupieckimi majaczył gmach Teatru Carnelian. Podekscytowany tłum wył, aż drżało powietrze.

Gdy Sabran przystanęła, by obejrzeć belę materiału na straganie, jakiś ruch kazał Ead zwrócić głowę w kierunku piekarni po drugiej stronie ulicy. Na balkonie dostrzegła przyczajoną postać z twarzą zakrytą szmatą. I ręką wędrującą w górę.

Pistolet błysnął w słońcu.

– Śmierć domowi Berethnet! – zakrzyknął zamaskowany napastnik.

Ead miała wrażenie, że czas zwolnił. Sabran poderwała głowę, ktoś wydał z siebie krzyk przerażenia, ale Ead już tam była. Rzuciła się na królową i otoczyła ją w talii ramieniem, a gdy upadały na bruk, pistolet wypalił z takim hukiem, jakby świat pękał na pół. Podniosły się krzyki, gdy jakiś starzec zwalił się na ziemię, trafiony pociskiem przeznaczonym dla Sabran.

Ead wylądowała ciężko na biodrze i nakryła ciałem królową, która wczepiła się w nią jak przerażone dziecko, jedną ręką przyciskając do brzucha. Ead podniosła ją na nogi i oddała Lievelynowi, który własnym ciałem odgrodził ją od napastnika.

– Królowa! – huknął kapitan Lintley. – Wszystkie miecze do królowej!

– Tam! – Ead wskazała palcem. – Zabić go!

Zamachowiec już przeskoczył na kolejny balkon. Lintley wymierzył do niego z kuszy, bełt spudłował o pół cala. Dowódca zaklął i nałożył drugi.

Ead stanęła przed Sabran, podczas gdy Lievelyn dobył pałasza i pilnował jej pleców. Pozostałe damy dworu otoczyły królową kordonem. Ead wpiła się wzrokiem w strzelca, który skakał teraz po dachach niczym antylopa. Czuła, jak jej serce zmienia się w sopel lodu. Spojrzała na drugą stronę ulicy.

Nie nosili wizardów jak skrytobójcy w pałacu. Zamiast tego zakrywali twarze maskami, którymi lekarze zalecali chronić drogi oddechowe przed plagą podczas Żałoby Wieków. Gdy pierwszy z nich wyskoczył z tłumu i wmieszał się w królowiecką świtę, Ead błyskawicznym ruchem cisnęła w niego noszonym przy pasie sztyletem dam dworu. Ostrze wbiło się w jego gardło aż po jelec.

Tłum zafalował, ludzie zaczęli uciekać i krzyczeć. Z chaosu wyłonił się kolejny zamachowiec.

– Na pohybel Berethnetom! Chwała Bezimiennemu! – wrzasnął, zaraz jednak wpadł na jednego z Rycerzy Ciała, kobietę, która powaliła go ciosem tarczy i przyszpiliła do podłoża mieczem.

– Bóg spod Góry! – padł odzew gdzieś blisko. – Jego królestwo nie przeminie!

Pieśniarze zguby. Lintley odrzucił kuszę i złapał za miecz. Rozrąbał najbliższego zamachowca od obojczyka po miednicę. Rycerz bez zmazy ni skazy zniknął, zastąpiony przez bezwzględnego wojownika, którego wybrano do doborowego oddziału, by bronił królowej Inys. Kolejny pieśniarz zatrzymał się, znad maski wyglądały oczy kobiety. Lintley ruszył na nią, a ona odwróciła się i chciała uciekać, ale pocisk z muszkietu rozsmarował jej wnętrzności na bruku.

Ead szukała wzrokiem Nocnego Jastrzębia, ale nie zdołała go wypatrzyć w ogarniętym paniką tłumie, który ślizgał się i potykał na zasłanej trupami ulicy. Sabran stała w miejscu, jakby zapuściła korzenie, wyprostowana, nieugięta, z zaciśniętymi pięściami.

Na Ead spłynął jakiś nieziemski spokój. Dobywszy dwóch sztyletów, zapomniała, że sypialnianek nie szkoli się do walki. Zrzuciła z siebie płaszcz, pod którym kryła się tyle lat. Wiedziała tylko, że jej obowiązkiem jest utrzymać Sabran przy życiu.

Uwiódł ją bitewny taniec. Tak jak wtedy, gdy pierwszy raz upolowała bazyliszka. Naparła na następną falę napastników niczym ogień niesiony wiatrem, zawirowała, rozsyłając celne ciosy sztyletami. Wszyscy padli jak muchy. Lintley, z twarzą pokrytą krwią, wodził za nią wzrokiem. Krzyk odwrócił jego uwagę. Linora. Kobieta zawodziła i zasłaniała się rękami, gdy dwóch pieśniarzy przewracało ją na ziemię. Ead i Lintley natychmiast ruszyli w jej stronę, ale nim dobiegli, napastnicy poderżnęli jej gardło.

Ead próbowała zdusić emocje, czuła jednak żółć na języku. Sabran gapiła się z otwartymi ustami na swoją umierającą damę. Rycerze Ciała zwarli szereg wokół królowej, ale sami byli otoczeni. Na królewską parę rzucił się kolejny zamaskowany zabójca, lecz wtedy Roslain, z taką zaciekłością, jakiej Ead nigdy u niej nie widziała, wraziła mu sztylet w udo. Spod maski dobył się krzyk.

– Bezimienny powstanie – powiedział zdyszany głos. – Jemu cześć i chwała. – Oczy zaszły mu mgłą. – Śmierć domowi Berethnet!

Roslain rzuciła mu się do gardła, ale mężczyzna wymierzył jej cios pięścią w głowę, z taką siłą, że ta odskoczyła do tyłu. Sabran wrzasnęła wściekle. Ead dopadła do niej w momencie, gdy Lievelyn zablokował mieczem sztylet kolejnego napastnika.

Szamotanina, która nastąpiła, była krótka i gwałtowna. Lievelyn okazał się silniejszy od rywala, w każdym jego ruchu widać było lata ćwiczeń. Wyprowadził potężne cięcie z boku i pieśniarz padł na ziemię bez ducha.

Sabran cofnęła się od zwłok. Jej towarzysz spojrzał na własny miecz i przełknął ślinę. Krew spływała na jelec.

– Wasze Wysokości, za mną. – Rycerz Ciała wyrwał się z tłumu. Jego pokryty miedzią pancerz zbryzgany był krwią. – Znam tu miejsce, gdzie możemy się schować. Kapitan rozkazał mi was tam zabrać. Musimy iść, teraz.

Ead przystawiła sztylet do szczeliny pod jego hełmem. Na zewnątrz hełmy nosiła większość Rycerzy i dobiegający spod niego głos był zniekształcony.

– Ani kroku – rzuciła. – Kim jesteś?

– Sir Grance Lambren.

– Zdejmij hełm.

– Pokój, pani Duryan. Poznaję jego głos – powiedział Lievelyn. – Jest zbyt niebezpiecznie, by sir Grance pozbawiał się pancerza.

– Ros... – Sabran próbowała dosięgnąć swojej Pierwszej Damy. – Aubrechcie, zanieś ją, proszę.

Ead rozejrzała się za Margret i Katryen, ale nigdzie ich nie było. Linora leżała w kałuży krwi z nieruchomymi, wpatrzonymi w niebo oczami.

Lievelyn wziął Roslain na ręce i ruszył za sir Grance'em. Bez skrępowania przeklinając Lievelyna za naiwność, Ead ruszyła za nimi. Pozostali Rycerze Ciała próbowali iść za królową, ale przeciwników było zbyt wielu.

Jak zdołali zorganizować tylu pieśniarzy zguby?

Dogoniła Sabran i Lievelyna w momencie, gdy Lambren zaprowadził ich za róg, skąd nie widzieli już Mili Berethnetów. Powiódł ich przez zarośnięty ogród przylegający do ściany kostnicy na alei Kołczanowej, prowadząc do zrujnowanego sanktuarium. Niczym troskliwy pasterz dopilnował, by królewska para weszła do środka, lecz gdy Ead chciała przestąpić próg, zastąpił jej drogę.

– Powinnaś pójść po pozostałe damy.

– Pójdę z królową – odpowiedziała – albo ty nie pójdziesz.

Lambren ani drgnął. Zacisnęła palce na rękojeściach sztyletów.

– Ead – usłyszała głos Sabran. – Ead, gdzie jesteś?

Rycerz stał na jej drodze jak posąg, ale zaraz odsunął się na bok. Gdy znalazła się w środku, wsunął miecz do pochwy i zabarykadował za nią drzwi. Zdjął hełm i zebrani zobaczyli rumianą twarz sir Grance'a Lambrena. Posłał Ead nienawistne spojrzenie.

Wnętrze świątyni było tak samo dzikie jak ogród. Chwasty przełaziły przez wybite okna. Roslain leżała na ołtarzu, Ead widziała, jak jej pierś unosi się i opada. Sabran, która przykryła ją własnym płaszczem, stanęła blisko przybocznej, opanowana i dumna, ściskając w palcach jej dłoń.

Lievelyn chodził w kółko ze ściągniętą twarzą.

– Ci biedni ludzie. Lady Linora... – Ead zobaczyła rozmazaną krew na jego policzkach. – Sabran, ja muszę tam wrócić i pomóc kapitanowi Lintleyowi. Ty zostań z sir Grance'em i panią Duryan.

Sabran w dwóch krokach znalazła się przy nim.

– Nie. – Złapała go za ramiona. – Rozkazuję ci zostać.

– Mój miecz jest tak samo dobry jak inne – spierał się. – Moi gwardziści...

– Moi Rycerze Ciała też tam są – weszła mu w zdanie Sabran – ale jeśli umrzemy, ich wysiłki okażą się próżne. Będą musieli bronić nie tylko siebie, ale i nas.

Lievelyn otoczył jej twarz dłońmi.

– Kochanie – powiedział. – Wszystko będzie dobrze.

Ead dopiero teraz uświadomiła sobie, jak wielką miłością Lievelyn darzy Sabran.

– Niech cię szlag, jesteś moim towarzyszem życia – syknęła na niego królowa. – Dzieliłeś ze mną łoże. Oddałam ci swoje ciało. Moje… serce. – Mówiła napiętym, drżącym głosem. – I nie zostawisz naszej córki bez ojca, Aubrechcie Lievelynie. Nie zostawisz nas obu, byśmy cię opłakiwały.

Przez jego twarz przemknęło wiele sprzecznych emocji. Ostatecznie zatriumfowała nadzieja.

– Czy to prawda?

Patrząc mu w oczy, Sabran ujęła jego rękę i położyła sobie na brzuchu.

– Tak – powiedziała bardzo cicho.

Lievelyn odetchnął, a jego wargi rozciągnęły się w uśmiechu. Pogłaskał kciukiem policzek żony.

– W takim razie jestem najszczęśliwszym ze wszystkich książąt małżonków – wyszeptał. – I przyrzekam ci, że nasza córka będzie najbardziej kochaną księżniczką, jaka kiedykolwiek żyła. – Nie starając się uspokoić drżącego oddechu, przygarnął Sabran do piersi. – Moja królowo. Moje błogosławieństwo. Będę kochał was obie tak długo, jak długo okażę się godny tego szczęścia.

– Już jesteś godny. – Sabran pocałowała go w szczękę. – Czyż nie nosisz mojego pierścienia sercosplotu?

Złożyła podbródek na jego ramieniu. Jej dłonie błądziły po jego plecach. Jej powieki zamknęły się, gdy dotknął ustami jej skroni. Zeszło z nich całe napięcie. Ich stykające się ciała zdusiły płomień, nim ten zdążył rozgorzeć.

Wtem ktoś załomotał do drzwi.

– Sabran – zawołał głos. – Wysokości, to ja, Kate! I Margret! Prosimy, wpuść nas.

– Kate, Meg… – Sabran natychmiast odskoczyła od księcia. – Wpuść ich – warknęła na Lambrena. – Szybciej, sir Grance.

Nim zdążył dobiec do wejścia, Ead zorientowała się, że to oszustwo. Ktokolwiek stał za progiem, na pewno nie była to Katryen Withy. Ktoś udawał jej głos.

– Nie! – powiedziała ostro. – Stój.

– Jak śmiesz podważać moje rozkazy? – Sabran wzięła ją na cel. – Kto dał ci prawo?

Ead ogarnął gniew, ale trzymała nerwy na wodzy.

– Wysokości, to nie Katryen…

– Wydaje mi się, że dość dobrze znam jej głos. – Sabran skinęła na Lambrena. – Wpuść moje damy. Natychmiast.

Był Rycerzem Ciała. Usłuchał.

Ead nie traciła czasu. Jeden sztylet już mknął w powietrzu, gdy Lambren otworzył drzwi i ktoś wpadł do sanktuarium. Intruz zrobił unik przed rozpędzonym ostrzem i z bliska strzelił z pistoletu prosto w twarz rycerza, a potem wycelował w Ead.

Lambren zwalił się na ziemię, pancerz zazgrzytał o kamienną podłogę. Między oczami Rycerza kwitła struga krwi.

– Ani drgnij, Ersyrko – powiedział kobiecy głos. Z lufy unosiła się siwa smuga. – Odłóż sztylet.

– Żebyś mogła zabić królową Inys? – Ead stała nieruchomo. – Wolę już, byś celowała w moje serce… ale podejrzewam, że miałaś tylko jedną kulę, bo w przeciwnym razie już dawno byś nas wszystkich pozabijała.

Napastniczka milczała.

– Kto cię przysłał? – Ead przybrała pozycję bojową. – Kto chce przerwać linię krwi Świętego?

– Podczaszy nie chce twojej krzywdy, Wasza Wysokość. Chyba że okażesz się głucha na głos rozsądku. Chyba że poprowadzisz Inys drogą, którą nie powinno podążyć.

Podczaszy.

– Drogą – ciągnęła kobieta – która zawiedzie Inys do grzechu.

Gdy wskazała bronią królewską parę, Ead rzuciła ostatnim sztyletem. Trafił napastniczkę prosto w serce w tej samej chwili, gdy pistolet wypalił.

Sabran wzdrygnęła się. Ead pokonała dzielącą je odległość i, chora z przerażenia, jęła szukać na jej ubraniu krwawej wilgoci, śladu po kuli – ale suknia była nietknięta.

Za ich plecami Aubrecht Lievelyn opadł na kolano z rękami przyciśniętymi do dubletu, na którym rosła ciemna plama.

– Sabran – wymamrotał.

Jego małżonka odwróciła się.

– Nie – wycharczała. – Aubrechcie…

Ead patrzyła, jakby z wielkiej odległości, jak królowa Inys dopada swego towarzysza, obejmuje go i kładzie na podłodze, raz po raz dysząc jego imię, niepomna na krew broczącą błękit jej sukni. Patrzyła, jak przyciska go do siebie i błaga, by jej nie opuszczał, choć on nie słyszy już jej słów. Jak nakrywa go ciałem, tuląc do piersi jego głowę.

I jak Lievelyn nieruchomieje w jej objęciach.

– Aubrecht… – Sabran podniosła wzrok, z jej oczu lały się łzy. – Ead, Ead, pomóż mu, proszę…

Ale ona nie miała czasu. Drzwi otworzyły się ponownie i do środka wpadł drugi zbir. Ead natychmiast odebrała miecz martwemu Lambrenowi i przycisnęła napastnika do ściany, tak by poczuł brzeszczot na krtani.

– Zdejmij maskę – wysyczała mu w twarz – albo przysięgam, że zedrę ją z twojej twarzy wraz ze skórą.

Urękawiczone dłonie odsłoniły blade oblicze młodej kobiety. Truyde utt Zeedeur patrzyła na martwego wysokiego księcia Mentendonu.

– Nie chciałam jego śmierci – wyszeptała. – Chciałam ci tylko pomóc, Wasza Wysokość. Chciałam, byś nas wysłuchała.

27
Wschód

Niclays Roos był wcieleniem przebiegłości. Jego plan był tak śmiały i niebezpieczny, że doktor aż się zastanawiał, jak to możliwe, że zrodził się w głowie tak zatraconego tchórza.

Sporządzi eliksir i z jego pomocą wkupi się w łaski Zachodu, choćby miała to być ostatnia rzecz, jaką zrobi. Możliwe zresztą, że tak właśnie będzie. By uciec z Orisimy raz na zawsze i by tchnąć nowe życie w zastały projekt, będzie musiał poważyć się na ryzyko. Potrzebował tego, czego odmawiało mu prawo Wschodu.

Potrzebował smoczej krwi, by się przekonać, jak bogowie odnawiają w nieskończoność swoje zużywające się ciała.

I nawet wiedział, od czego powinien zacząć.

Służące uwijały się w kuchni.

– Jak możemy pomóc, czcigodny doktorze Roosie? – spytała jedna z nich, gdy Niclays pojawił się w drzwiach.

– Muszę wysłać list. – Zanim zdążył zgubić gdzieś ten strzęp odwagi, który w sobie odnalazł, pokazał kopertę służącej. – Musi dotrzeć do czcigodnej lady Tané w Zamku

Solnych Kwiatów przed zapadnięciem zmroku. Czy przekażesz go listonoszowi konnemu?

– Tak, doktorze. Zrobię to natychmiast.

– Nie zdradzaj mu, kto go wysłał – dodał ciszej. Kobieta łypnęła na niego niepewnie, ale obiecała, że nie zdradzi. Dał jej dość pieniędzy, by mogła opłacić listonosza, a potem wyszła.

Teraz mógł tylko czekać.

Na szczęście chwila wolnego oznaczała, że mógł nieco poczytać. Podczas gdy Eizaru robił zakupy na targu, a Purumé przyjmowała pacjentów, on siedział w swoim pokoju i głaszcząc mruczącego kota, zagłębił się w swojej ulubionej alchemicznej księdze – *Cenie złota*. Będący jego własnością egzemplarz był już mocno wysłużony.

Gdy przewrócił stronę, chcąc zacząć nowy rozdział, spomiędzy kart wypadł skrawek delikatnego jedwabiu.

Niclaysowi zaparło dech w piersi. Podniósł fragment z podłogi i wygładził go, zanim zainteresował się nim kot. Minęły lata, odkąd ostatnim razem zdobył się na to, by spojrzeć na największą tajemnicę swojego życia.

Większość ksiąg i dokumentów w jego kolekcji należała kiedyś do Jannarta, który zapisał przyjacielowi połowę zasobów swej biblioteki, łącznie ze sferą armilarną, jeziorańskim zegarem świecowym i masą innych cennych drobiazgów. W zbiorach przyjaciela znalazło się mnóstwo pięknych okazów – bogato ilustrowanych manuskryptów, rarytetnych traktatów i miniaturowych modlitewników – ale nic nie fascynowało Niclaysa bardziej niż ten mały skrawek jedwabiu. Nie dlatego, że zapisano na nim słowa w języku, którego nie rozumiał, i nie dlatego, że był niezwykle stary, lecz ponieważ Jannart stracił życie, chcąc rozwikłać jego tajemnicę.

Aleidine, wdowa po nim, oddała go Truyde, która opłakiwała dziadka, przebierając w należących do niego rzeczach. Biedne dziecko przez rok przechowywało drobiazg w medalionie na szyi.

Na krótko przed wyjazdem Niclaysa na Inys Truyde odwiedziła go w jego domu w Brygstad. Miała na sobie suknię z kołnierzem, a jej włosy – tak samo kręcone jak włosy Jannarta – opadały jej na ramiona.

– Wuju Niclaysie – powiedziała ze śmiertelną powagą – wiem, że niebawem wyjeżdżasz. Mój lord dziadek w godzinie swojej śmierci trzymał w ręku ten kawałek jedwabiu. Próbowałam odczytać, co jest na nim zapisane, ale niewiele się nauczyłam w tej nędznej szkółce. – Podała mu przedmiot urękawiczoną dłonią. – Tata mówi, że jesteś bardzo mądry. Myślę, że zdołasz odczytać napis.

– To należy do ciebie, dziecko – odpowiedział wówczas, choć bardzo chciał przyjąć podarek. – Dała ci to twoja lady babcia.

– Wydaje mi się – odrzekła – że to miało trafić do ciebie. W każdym razie chcę, byś to miał. Tylko nie zapomnij napisać do mnie, gdy już odcyfrujesz napis.

Nigdy mu się to nie udało i nigdy nie napisał do niej w tej sprawie. Wnioskując z pisma i materiału, fragment pochodził ze starożytnego Wschodu, ale Jannart tylko tyle zdołał się domyślić przed śmiercią. Mijały lata, a Niclays wciąż nie wiedział, dlaczego jego ukochany ściskał ten drobiazg w dłoni w chwili śmierci.

Zwinął materiał i ostrożnie umieścił go w ozdobnym etui, które sprezentował mu Eizaru. Osuszył oczy, odetchnął głęboko i znów otworzył *Cenę złota*.

Tego wieczoru Niclays wieczerzał z Eizaru i Purumé, a następnie udał się na spoczynek pod pretekstem zmęczenia. Gdy zapadła noc, wykradł się z pokoju i włożył kapelusz należący do gospodarza. Następnie wyszedł z mieszkania i zatopił się w mrok ulic.

Pamiętał, jak dojść na plażę. Unikając strażników, minął pospiesznie nocny bazar i ruszył przed siebie z laską w dłoni, pochylając głowę, by nie zwracać na siebie uwagi.

Nie było tu żadnych latarni, które mogłyby oznajmić jego przyjście. Miejsce było opustoszałe – jeśli nie liczyć jej.

Tané Miduchi czekała przy skalnym stawie. Hełm rzucał cień na jej twarz. Niclays usiadł w odstępie od niej.

– Zaszczycasz mnie swoją obecnością, lady Tané.

Chwilę zwlekała z odpowiedzią.

– Mówisz po seiikinesku.

– Oczywiście.

– Czego chcesz?

– Byś wyświadczyła mi przysługę.

– Nie jestem ci winna żadnych przysług – odpowiedziała zimnym, cichym głosem. – Mogłabym cię zabić tu i teraz.

– Podejrzewałem, że możesz zacząć mi grozić, dlatego też zostawiłem doktorowi Moyace wiadomość z opisem zbrodni, której się dopuściłaś. – Kłamstwo, ale skąd miałaby o tym wiedzieć. – Jego dom pogrążony jest teraz we śnie, ale jeśli nie wrócę, by spalić wiadomość, jutro wszyscy będą wiedzieć, co zrobiłaś. Wątpię, by morski generał okazał pobłażliwość i pozwolił ci zachować miejsce wśród jeźdźców: tobie, która mogłaś się przyczynić do rozprzestrzenienia się na Seiiki smoczej plagi.

– Chyba nie zdajesz sobie sprawy, co jestem w stanie zrobić, by zachować to miejsce.

Niclays zachichotał.

– Pozwoliłaś niewinnemu chłopcu i dziewczynie zgnić w lochu we własnych szczynach i gównie, a wszystko po to, by mogła się odbyć ceremonia, na którą z taką niecierpliwością czekałaś – przypomniał jej. – Nie, lady Tané. Wiem dokładnie, do czego jesteś zdolna. Mam wręcz wrażenie, że znam cię całkiem dobrze.

Milczała. A potem spytała głucho:

– Dziewczynie?

Oczywiście, nie miała o tym pojęcia.

– Wątpię, by obchodził cię los biednego Sulyarda – podjął Niclays – ale twoja przyjaciółka z teatru również została aresztowana. Drżę na myśl o tym, co jej zrobili, by wyciągnąć z niej twoje imię.

– Kłamiesz.

Uwadze Niclaysa nie uszła wąska kreska jej zaciętych ust. To była jedyna część jej twarzy, jaką widział w ciemności.

– Proponuję uczciwy układ – rzekł. – Opuszczę to miejsce i nie pisnę nikomu słowem o tym, co łączy cię z Sulyardem. W zamian za moje milczenie dasz mi krew i łuskę swojego smoka.

Poruszyła się jak ptak wzbijający się do lotu. Niespodziewanie ostra klinga zadrapała Niclaysa w grdykę.

– Krew – szepnęła – i łuskę…

Ręka jej drżała. Instynkt Niclaysa krzyczał, każąc mu się odsunąć, lecz wiedział, że jest w potrzasku.

– Chcesz, bym okaleczyła smoka. Splugawiła ciało boga. – Widział teraz jej oczy i czuł, że ich spojrzenie tnie głębiej niż nóż. – Władze nie ograniczą się do ucięcia ci głowy. Zostaniesz spalony żywcem. Woda w tobie jest zbyt brudna, by dało się ją oczyścić.

– Zastanawiam się, czy za twoje zbrodnie nie spalą i ciebie. Udzieliłaś pomocy intruzowi. Złamałaś regułę odosobnienia. Naraziłaś całe Seiiki. – Niclays zacisnął zęby, gdy nóż naparł na jego gardło. – Sulyard potwierdzi moje słowa. Dobrze zapamiętał twoją twarz, zwłaszcza tę bliznę pod okiem. Oczywiście nikt nie chciał go słuchać, lecz gdy ja wzmocnię jego głos swoim…

Czuł, jak kobieta drży.

– A więc grozisz mi – powiedziała, chowając nóż. – Ale nie po to, by ratować Sulyarda. Wykorzystujesz cierpienie innych dla własnych celów. Jesteś sługą Bezimiennego.

– Och, moja droga, zapewniam, że nic podobnie ekscytującego. Jestem tylko samotnym starcem, próbującym uciec z tej wyspy, aby umrzeć na rodzimej ziemi. – Pot zawilgocił mu kołnierz. – Rozumiem, że możesz potrzebować nieco czasu, by zdobyć, czego mi trzeba. Będę przychodził na tę plażę po zmroku przez cztery dni. Jeśli cię tu nie spotkam, radzę jak najszybciej uciekać z Ginury.

Skłonił się głęboko i zostawił ją samą pod gwiazdami.

Słońce czerwieniało na niebie jak krew lejąca się z otwartej rany. Tané siedziała na urwisku, skąd rozciągał się widok na Zatokę Ginurską, patrząc na fale rozbijające się o skały w mrowie kryształowych drobinek.

Skaleczenie po ostrzu Turosy pulsowało bólem. Wypiła wino, które wzięła z kuchni. Ciepło rozlało się po jej ciele od podniebienia do piersi.

To były jej ostatnie godziny jako lady Tané z klanu Miduchi. Zostanie odarta z nowego imienia zaledwie kilka dni po jego otrzymaniu.

Przebiegła palcem bliznę na policzku, przez którą tak wyraźnie zapisała się w pamięci Sulyarda. Bliznę będącą pamiątką po uratowaniu Susy. Nie była to jej jedyna szrama – na boku miała jeszcze jedną, o wiele głębszą. Ale nie pamiętała, skąd się tam wzięła.

Pomyślała o Susie siedzącej w więzieniu. A potem o tym, czego zażądał od niej Roos. Jej żołądek podskoczył jak ryba wyrzucona z wody na piasek.

Już za zniszczenie wizerunku smoka groziła kara śmierci. Kradzież boskiej krwi i pancerza była czymś więcej niż tylko przestępstwem. Niektórzy piraci używali ognistej chmury do usypiania smoków, by następnie wciągnąć ich bezwładne ciała na ukradzione okręty i obedrzeć ze wszystkiego, co dało się sprzedać na czarnym rynku w Kawontay, od zębów po tłuszcz. Było to najpoważniejsze przestępstwo na całym Wschodzie, a poprzedni wojwładcy karali je ohydną publiczną egzekucją.

Tané nie chciała mieć nic wspólnego z podobnym okrucieństwem. Pomyślała o wszystkich bitwach, które Nayimathun musiała stoczyć za Wielkiej Rozpaczy, a także o cierpieniu, jakiego przysporzyły jej niezliczone rany znaczące jej ciało, i postanowiła, że prędzej szcześnie, niż dopuści się okaleczenia swojej smoczycy. Cokolwiek Roos chciał zrobić z jej świętą krwią, źle wróżyło to Seiiki.

A jednak nie wolno jej było kupczyć życiem Susy – przecież to Tané wciągnęła ją w tę kabałę.

Tané podrapała się po czubku głowy i pociągnęła za włosy, jak za młodych lat robiła to czasem w chwilach zamyślenia. Nauczyciele zawsze klepali ją wtedy po dłoniach, by przestała.

Nie. Nie zrobi tego, o co prosił ją Roos. Zamiast tego pójdzie do morskiego generała i przyzna się do swoich win. Ceną będzie Nayimathun i miejsce wśród jeźdźców – wszystko, na co pracowała całe życie. Jednak na to właśnie zasługiwała, nie wspominając już o tym, że uratuje w ten sposób życie przyjaciółce.

– Tané.

Podniosła wzrok.

Nayimathun unosiła się w powietrzu na krawędzi klifu. Jej korona pulsowała światłem.

– Wielka Nayimathun – pozdrowiła ją Tané chrapliwym głosem.

Smoczyca przekrzywiła głowę. Jej ciało unosiło się na falach wiatru, jakby nie była cięższa od opadłego na taflę wody jesiennego liścia. Tané ułożyła ręce przed sobą i przycisnęła czoło do ziemi.

– Nie pojawiłaś się dzisiaj na Płaczącej Sierocie – powiedziała Nayimathun.

– Wybacz mi. – Nie mogła dotknąć swej towarzyszki, więc mówiąc, jednocześnie wyraziła słowa językiem gestów. – Nie mogę już być razem z tobą. Przepraszam cię, naprawdę cię przepraszam, wielka Nayimathun. – Jej głos załamał się niczym zmurszałe drewno. – Muszę iść do czcigodnego morskiego generała. Muszę mu coś wyznać.

– Chciałabym polatać z tobą, Tané. Porozmawiamy o tym, co cię trapi.

– Ale w ten sposób okażę ci dyshonor.

– A czy odważysz się okazać mi nieposłuszeństwo, dziecię ciała?

Jej oczy były jaśniejącymi pierścieniami ognia, a pełna zębów paszcza sprawiła, że Tané nie znalazła siły, by się spierać. Strażniczka nie mogła okazać nieposłuszeństwa bogini. Jej ciało było naczyniem wypełnionym wodą, a smoki władały wodami.

Dosiadanie smoka na oklep było niebezpieczne, ale nie niemożliwe. Tané wstała i podeszła do skraju klifu. Zatrzęsła się, gdy Nayimathun pochyliła głowę, pozwalając jej złapać się za grzywę i postawić stopę na karku, a potem usiąść na nim okrakiem.

Smoczyca wzbiła się w powietrze i oddaliła od zamku…

A potem zanurkowała.

Drżenie zawładnęło ciałem Tané, gdy mknęły w kierunku wody. Radość i przerażenie wytłoczyły jej powietrze z płuc. Czuła się tak, jakby ktoś wyciągnął jej serce przez usta – jak wędkarz wyciąga z wody rybę na haczyku.

Pędziła im na spotkanie chropowata skała. Wiatr wył w uszach. Na ułamek sekundy przed przełamaniem tafli wody instynkt kazał Tané schować głowę w ramiona.

Impet niemal zrzucił ją z grzbietu. Woda wypełniła jej usta i nos. Jej uda rwały bólem, a palce ściskające kurczowo smocze rogi bolały z wysiłku. Nayimathun płynęła, machając ogonem i nogami, zwinnie jak ryba. Tané zmusiła się, by otworzyć oczy. Jej ramię płonęło uzdrawiającym ogniem, który mogło rozniecić jedynie morze.

Wokół płynęły pęcherzyki powietrza niczym konstelacje morskich gwiazd. Nayimathun przebiła powierzchnię i wzleciała w niebo, a Tané wraz z nią.

– W górę? – spytała smoczyca. – Czy w dół?

– W górę.

Łuski i mięśnie zagrały między udami Tané. Wpiła dłonie mocniej w gąszcz grzywy. Nayimathun dała nura w kierunku nieba i znalazła się wysoko nad zatoką, rosząc fale kropelkami wody.

Tané obejrzała się przez ramię na Ginurę, która już znalazła się tak daleko w dole, że z początku nie mogła tego pojąć. Miasto wyglądało jak malunek, jednocześnie prawdziwy i nieprawdziwy, świat unoszący się na krawędzi morza. Czuła, że żyje, że żyje naprawdę, jakby dopiero teraz odetchnęła po raz pierwszy. Tutaj, w niebie, nie była już lady Tané z klanu

Miduchi – w ogóle nie była nikim, jedynie tchnieniem wiatru ponad falami.

To właśnie poczuje w momencie śmierci. Perłowe żółwie przybędą, by odeskortować jej ducha do Pałacu Wielu Pereł, a jej ciało zostanie oddane falom. I nie pozostanie po niej nic, tylko morska piana.

A przynajmniej tak by było, gdyby nie dopuściła się zbrodni. Tylko jeźdźcy mogli spoczywać tam, gdzie ich smoki. Zamiast tego będzie po kres czasu nawiedzać ocean.

Wino zaczynało ciążyć jej w żyłach. Nayimathun wzniosła się wyżej i zaśpiewała w pradawnym języku. Oddechy ich obu – smoczycy i kobiety – uchodziły z ich nozdrzy pod postacią chmurek.

Morze było hen, w dole. Tané wtuliła się w grzywę Nayimathun, gdzie wiatr nie mógł jej dosięgnąć. Niezliczone gwiazdy migotały nad jej głową, kryształowo czyste, niezasnute całunem chmur. Oczy nienarodzonych smoków. Gdy zasnęła, śniła o nich, o armii spadającej z nieba, która odpędza cienie. Śniło jej się, że jest mała jak nasiono, a jej marzenia rozrastają się niczym konary wielkiego drzewa.

Poruszyła się. Czuła ciepło i spokój. I lekki ból w skroniach. Potrzebowała nieco czasu, by w pełni się rozbudzić, tak głęboko spała. Gdy przypomniała sobie wszystko, przeszedł ją zimny dreszcz i uświadomiła sobie, że leży na skale.

Przetoczyła się na biodro. W ciemności widziała tylko kształt smoka.

– Gdzie jesteśmy, Nayimathun?

Łuski zaszurały o kamień.

– Gdzieś – zadźwięczał smoczy głos. – Nigdzie.

Znalazły się w morskiej jaskini. Woda napływała do środka, widocznie była pora przypływu. Tam, gdzie rozbijała się o skały, rozbłyskiwały i gasły blade światełka. Jak drobniutkie mątwy, które czasem morze wyrzucało na plaże Przylądka Hisan.

– Powiedz mi – odezwała się Nayimathun – jak nas obraziłaś.

Tané otoczyła kolana jednym ramieniem. Jeśli zostało w niej trochę odwagi, to na pewno nie tyle, by dwukrotnie sprzeciwić się smokowi.

Mówiła cicho. Niczego nie zataiła. Opowiedziała o wszystkim, co się wydarzyło, odkąd cudzoziemiec wyszedł na brzeg. Nayimathun milczała przez całą opowieść. Skończywszy, Tané przyłożyła głowę do skały, czekając na wyrok.

– Powstań – rozkazała Nayimathun.

Tané usłuchała.

– To, co się wydarzyło, nie obraża mnie – powiedziała smoczyca. – Obraża świat.

Tané pochyliła głowę. Obiecała sobie, że nie będzie już płakać.

– Wiem, że to, co zrobiłam, nie może zostać wybaczone. – Skupiła wzrok na butach, ale usta jej drżały. – Pójdę do czcigodnego morskiego generała jutro rano. M-możesz wybrać sobie innego jeźdźca.

– Nie, dziecię ciała. Ty jesteś moim jeźdźcem, przyrzeczonym mi przed obliczem morza. I masz rację, nie powinnaś prosić o wybaczenie. Dlaczego miałabyś, skoro nie popełniłaś zbrodni?

Tané gwałtownie podniosła na nią wzrok.

– Ależ popełniłam – powiedziała roztrzęsionym głosem. – Złamałam regułę odosobnienia. Ukryłam cudzoziemca. Pogwałciłam Wielki Edykt.

– Nie. – Syk odbił się echem w jaskini. – Zachód, Wschód, Północ i Południe: dla ognia to bez znaczenia. Zagrożenie nadchodzi z dołu, nie z daleka. – Smoczyca leżała płasko na ziemi, jej oczy były tak blisko Tané, jak to tylko możliwe. – Ukryłaś chłopca. Oszczędziłaś mu miecza.

– Lecz nie zrobiłam tego z dobroci serca. Zrobiłam to, bo... – Skręciło ją w żołądku. – Bo chciałam, by moje życie gładko potoczyło się naprzód. Myślałam, że on mi to zepsuje.

– Tym mnie rozczarowałaś. I zhańbiłaś siebie. Ale nie do tego stopnia, by nie zasługiwać na wybaczenie. – Nayimathun przekrzywiła głowę. – Powiedz mi, malutka: dlaczego chłopiec z Inys przybył na Seiiki?

– Chciał się zobaczyć z arcyczcigodnym wojwładcą. – Tané zwilżyła wargi. – Był zdesperowany.

– A więc wojwładca musi się z nim spotkać. Cesarz Dwunastu Jezior także wysłucha tego, co ma do powiedzenia. – Uniosły się pióra na jej grzbiecie. – Ziemia zadrży pod falami. On się budzi.

Tané nie odważyła się spytać, o kogo jej chodzi.

– A co ja muszę zrobić, Nayimathun?

– Nie tak brzmi pytanie, które powinnaś zadać. Brzmi ono: co my musimy zrobić?

28
Południe

Rauca, stolica Ersyru, była największym istniejącym jeszcze miastem na Południu. W labiryncie jej wąskich uliczek Loth znalazł się na łasce swoich zmysłów. Góry tęczowych przypraw, kwietne ogrody, które zalewały ulice słodką wonią, wysokie wiatrołapy ozdobione kobaltowym szkłem – każda z tych rzeczy różniła się od wszystkiego, co znał.

Mieszkańcy z rzadka rzucali okiem na ichneumona idącego przy jego boku. Najwidoczniej stworzenia te nie były tak rzadkie w Ersyrze, jak dalej na północy. W odróżnieniu od ichneumonów z legend, ten chyba nie umiał mówić.

Loth przeciskał się przez zbity tłum. Pomimo spiekoty zakutał się w płaszcz aż po szyję, wciąż jednak ogarniała go panika, gdy ktoś zanadto się zbliżył.

Pałac Kości Słoniowej, siedziba domu Taumargam, wznosił się nad miastem niczym milczący bóg. Między jego wieżami latały gołębie pocztowe, dostarczające wiadomości mieszkańcom miasta. Wieńczące wieże kopuły lśniły złotem i brązem, jasne jak słońce, które się w nich przeglądało, a ściany były idealnie białe, gęsto wypełnione sklepionymi łukowo oknami, budzącymi skojarzenie z koronką.

Chassar uq-Ispad był ambasadorem z ramienia Taumargamów. Loth próbował iść w kierunku pałacu, ale ichneumon najwyraźniej miał inny pomysł. Zaprowadził go na zadaszony targ, gdzie powietrze było słodkie i gęste jak pudding.

– Naprawdę nie mam pojęcia, dokąd ty idziesz – wyrzekł Loth spierzchniętymi wargami. Był pewien, że zwierzę go rozumie. – Czy możemy łyknąć wody? Proszę, sirrah.

Było tak, jakby Loth w ogóle nic nie powiedział, i gdy minęli stragan ze szklanymi butelkami wypełnionymi krystalicznie czystą wodą, nie zdzierżył. Wyciągnął z torby sakiewkę z pieniędzmi. Ichneumon obejrzał się na niego i warknął.

– Błagam – rzekł wycieńczony Loth.

Ichneumon prychnął, ale usiadł na zadzie i czekał. Loth zwrócił się do sprzedawcy i wskazał najmniejszą butelkę z opalizującego szkła. Mężczyzna odpowiedział coś w swoim języku.

– Nie mówię po ersyrsku – odrzekł Loth żałośnie.

– Ach, pochodzisz z Inys. Przepraszam najmocniej. – Kupiec uśmiechnął się, w kącikach oczu pojawiły się zmarszczki. Jak większość Ersyrczyków miał złotą skórę i ciemne włosy. – To będzie osiem słońc.

Loth zawahał się. Był bogaty od dziecka, nie miał doświadczenia w targowaniu się ze sprzedawcami.

– To… chyba wygórowana kwota – wymamrotał, boleśnie świadomy, że usiłuje zbić cenę najtańszej rzeczy na straganie.

– Moja rodzina to najlepsi dmuchacze szkła w Rauce. Nie wolno mi splamić naszego honoru, oddając towar za bezcen.

– Dobrze. – Loth otarł pot z czoła. Było zbyt gorąco, by się sprzeczać. – Widziałem ludzi noszących chusty na twarzach. Gdzie mogę taką kupić?

– Przyszedłeś bez pargha... Masz szczęście, że nie oślepił cię piasek. – Sprzedawca cmoknął językiem i podał mu biały materiał. – Proszę. To mój prezent dla ciebie.

– Jesteś dla mnie zbyt dobry, panie.

Loth wyciągnął rękę po pargh. Tak się bał, że plaga przesączy się przez rękawicę, że prawie upuścił chustę. Gdy już zakrył twarz z wyjątkiem oczu, odliczył mężczyźnie osiem słońc.

– Świt opromienia cię, przyjacielu – pozdrowił go kupiec.

– I ciebie – odparł Loth, nie wiedząc tak naprawdę, co powinien odpowiedzieć. – Okazałeś już wielką hojność, lecz zastanawiam się, czy może nie pomógłbyś mi w jeszcze jednej sprawie. Otóż przybyłem do Ersyru, by znaleźć jego ekscelencję Chassara uq-Ispada, który jest ambasadorem króla Jantara i królowej Saiymy. Nie wiesz może, czy zastanę go w pałacu?

– Ha! Będziesz mógł mówić o szczęściu, jeśli go znajdziesz. Jego ekscelencja wiele podróżuje. – Mężczyzna zachichotał. – Ale jeśli jest gdzieś w kraju o tej porze roku, to na pewno w swojej posiadłości w Rumelabarze. – Podał Lothowi butelkę. – Karawany ruszają o świcie z placu Gołębiego.

– Czy mogę też wysłać stamtąd wiadomość?

– Oczywiście.

– Dziękuję. Miłego dnia.

Loth odszedł kilka kroków i trzema długimi łykami opróżnił butelkę. Otarł usta, łapczywie oddychając.

– Plac Gołębi – powtórzył ichneumonowi. – Jak to ładnie brzmi. Zabierzesz mnie tam, przyjacielu?

Stworzenie zaprowadziło go do miejsca, które musiało być głównym targowiskiem. Stragany uginały się tam pod ciężarem worków z suszonymi płatkami róż, pojemników z watą cukrową i kubków szafirowej herbaty świeżo nalanej z opasłych imbryków. Zanim przemierzyli plac, słońce zaszło i zaczęto zapalać witrażowe latarnie.

Plac Gołębi nie sposób było przeoczyć. Wyłożona różowymi płytkami przestrzeń była otoczona murem, który łączył cztery górujące nad nią, podobne do uli gołębniki. Loth szybko odgadł, że w najbliższym znajdują się ptaki, które po wypuszczeniu zaniosą wiadomość na Zachód. Wszedł do chłodnego pomieszczenia, wyglądającego, jakby jego ściany wyłożone były wielkimi plastrami miodu. W tysiącach dziupli siedziały tysiące białych gołębi.

Ostatniej nocy w Cárscaro napisał do Margret list. Wpadł też na pomysł, co zrobić, żeby nie przechwycił go Combe. Ptasznik przyjął wiadomość wraz z garścią monet i obiecał, że wyśle ją o wschodzie słońca.

Skrajnie wykończony Loth pozwolił ichneumonowi wyprowadzić się z gołębnika. Stworzenie trąciło go pyskiem i wskazało budynek o takich samych szczeblinowych oknach jak pałac. Choć ersyrska kobieta, którą zastał w środku, nie znała ani słowa po inysycku, jakimś sposobem zdołał za pomocą gorliwej gestykulacji i szerokich uśmiechów przekazać jej, że chciałby przenocować.

Ichneumon został na zewnątrz. Loth sięgnął, by podrapać go między uszami.

– Zaczekaj na mnie, przyjacielu – mruknął. – Na kolejnej pustyni byłbyś mi nieocenionym towarzyszem.

Odpowiedzią było krótkie szczeknięcie. Ichneumon trzepnął ogonem i zniknął za rogiem.

Stała tam kobieta oparta o słup, z ramionami zaplecionymi na piersi. Skrywała twarz za brązową maską. Miała na sobie rozszerzające się ku dołowi spodnie wciśnięte w buty z odkrytymi palcami i długi do połowy uda brokatowy płaszcz. Pod siłą jej spojrzenia Loth odwrócił się i udał z powrotem do zajazdu.

Otrzymał mały pokój z widokiem na dziedziniec, na którym znajdował się basen obsadzony drzewami cytrynowymi. Woń zakręciła mu w nosie i w głowie. Musnął wzrokiem obce łóżko z podgłówkiem zasłane kąkolowym jedwabiem. Niczego tak nie pragnął, jak się wyspać.

Lecz zamiast tego padł na kolana przy oknie i zapłakał za Kitstonem Glade'em.

Gdy Loth już nie miał siły dłużej płakać, Święty pobłogosławił go snem. Obudził się wcześnie rano z opuchniętymi oczami i pełnym pęcherzem. Gdy już sobie ulżył, wrócił po omacku do pokoju.

Na myśl o Kicie ściskało mu się serce. Żałoba była jak wir w jego sercu, który pochłaniał wszystkie dobre myśli.

Za oknem na żerdziach siedziały gołębie. Połyskliwe kopuły Pałacu Kości Słoniowej spijały światło i migotały jak świece. Ponad nimi na ciemnym niebie skrzyły się gwiazdy.

Nie był już na Zachodzie. Te ziemie stanowiły część Imperium, ale czczono tu fałszywego proroka. Ead wyznała mu kiedyś, że jako dziecko znajdowała wiele piękna w naukach Pieśniarza Świtu, ale Loth drżał na ich wspomnienie. Nie umiał sobie wyobrazić, jak by to było żyć bez pociechy i klarownych zasad Sześciu Cnót. Cieszył się, że przybywszy na Inys, przeszła na właściwą wiarę.

Wiatr przyjemnie chłodził skórę. Loth marzył o kąpieli, ale obawiał się, że jego choroba skazi wodę. Za parę godzin, gdy wstanie, spali pościel i zapłaci właścicielce za straty.

Plecy swędziały go i piekły. Dłonie już pokrywały się łuską, a im dłużej będzie nosił rękawice w tej spiekocie, tym większe zacznie wzbudzać podejrzenia. Modlił się, by Chassar uq-Ispad rzeczywiście miał lekarstwo.

Rycerka Przyjaźni wysłała mu ichneumona do pomocy. Na pewno czeka go inne przeznaczenie niż taka parszywa śmierć.

Zapadł w pozbawiony marzeń sen, a potem zbudził się, gdy jego ręce i nogi opanowało niekontrolowane drżenie. Ogarnęła go gorączka, a mimo to czuł, że to nie choroba wyrwała go ze snu. Poszukał po omacku miecza, lecz zaraz przypomniał sobie, że go stracił.

– Kto tu? – Czuł sól na wargach. – Ead?

Cień stanął przed nim w świetle księżyca. Brązowa maska zamajaczyła nad nim, a potem zapadła ciemność.

29
Wschód

W stolicy padał deszcz. Tané klęczała przy stole w swoim pokoju w Zamku Solnych Kwiatów.

Gdy wyznała swoje winy, smoczyca zabrała ją do domu. Obiecała, że wróci na Przylądek Hisan po Sulyarda. Gdy wstawi się za nim bogini, wojwładca z pewnością zechce go wysłuchać. Smoczyca zamierzała również rozkazać, by Susa została natychmiast wypuszczona z lochu. Mieli się spotkać na plaży o wschodzie słońca, a potem pójść razem do morskiego generała, by wszystko mu opowiedzieć.

Tané usiłowała zjeść kolację, ale trzęsły jej się ręce. Większość smoczych jeźdźców poleciała wspomóc Wysoką Straż Morską w nadbrzeżnej osadzie Situpi, która ucierpiała w wyniku ataku stu łupieżców z Floty Tygrysiego Oka.

Poprosiła, by przyniesiono jej herbatę. Do pokoju dostarczył ją jeden z jej osobistych służących, który zawsze trzymał się blisko, by być na każde jej zawołanie.

Jej sypialnia w wewnętrznej części budynku była piękniejsza, niż mogła się spodziewać. W miejsce sufitu wprawiono wielkie szczeblinowe okno, a podłogę wyłożono pachnącymi matami. Na ścianach złotą farbą wymalowano wymyślne, zawiłe wzory i nie było chyba na świecie pościeli miększej od tej, którą zasłano jej łoże.

Tylko cóż z tego, skoro siedząc wśród tych wszystkich wspaniałości, Tané nie mogła z nerwów ani jeść, ani spać.

Ręce wciąż jej się trzęsły, gdy dopijała herbatę. Gdyby tylko mogła zasnąć i obudzić się dopiero o świcie, gdy już Nayimathun przyleci z powrotem…

Zrobiła krok w stronę łóżka, gdy nagle podłoga zakołysała się pod jej stopami, a ciszę wieczoru rozdarł dochodzący spod ziemi grzmot. Impet trzęsienia ziemi zwalił ją z nóg, uderzyła o ścianę i runęła na maty.

Latarnia zakołysała się szaleńczo. Trzej służący wbiegli do komnaty; jeden klęknął przy Tané, a drugi ujął ją za łokcie i podniósł. Z sykiem wciągnęła powietrze, gdy przeniosła ciężar ciała na lewą nogę. Kostka. Służący zanieśli ją do łoża.

– Lady Tané, czy nic ci nie jest?

– Nie, to tylko zwichnięcie. Nic więcej.

– Przyniesiemy ci coś na ból – powiedział najmłodszy z nich. – Poczekaj tutaj, czcigodna Miduchi.

Wybiegli z pomieszczenia.

Zza okna dało się słyszeć odległe, niezrozumiałe krzyki. Trzęsienia ziemi zdarzały się na Seiiki, ale to było pierwsze od długiego czasu.

Słudzy wrócili z miską lodu. Tané zawinęła kilka kostek w len i przyłożyła do obolałej kostki. Upadek odnowił ból w ramieniu i w lewym boku, gdzie widniała stara blizna.

Gdy lód prawie się stopił, zdmuchnęła latarnię i położyła się, chcąc znaleźć najwygodniejszą pozycję. Żebra rwały ją, jakby spadła z końskiego grzbietu. Nawet zasypiając, czuła pulsowanie bólu, jakby pod pachą biło jej drugie serce.

Otrzeźwiło ją pukanie do drzwi. Przez moment myślała, że znowu jest w Domu Południa i zaspała na zajęcia.

– Lady Tané.

To nie był głos żadnego z jej służących.

Żebra wciąż nie dawały za wygraną, miała mroczki przed oczami. Wstała, bacząc, by nie nadwyrężyć kostki.

U drzwi czekało sześciu zamaskowanych szeregowców. Wszyscy nosili zielone tuniki piechoty.

– Lady Tané – powiedział jeden z nich, kłaniając się nisko – wybacz najście, lecz musisz niezwłocznie pójść z nami.

Piechocińcy rzadko wchodzili do Zamku Solnych Kwiatów.

– Jest środek nocy. – Tané siliła się na władczy ton. – Kto mnie wzywa, żołnierzu?

– Czcigodna gubernator Ginury.

Najpotężniejsza urzędniczka w całym regionie. Najwyższa sędzia pokoju Seiiki wymierzająca sprawiedliwość najwyżej postawionym możnym.

Tané raptem była świadoma każdej kropelki krwi w swoich żyłach. Czuła, jakby jej ciało oderwało się od ziemi, a umysł ścigał się w wymyślaniu coraz to okropniejszych wersji wydarzeń, które były powodem tego nagłego wezwania. Czyżby Roos już doniósł na nią władzom? Może lepiej rozegrać to polubownie i pójść grzecznie tam, gdzie chcą? Udawać niewiniątko? Jeśli teraz ucieknie, zostanie to uznane za przyznanie się do winy.

Nayimathun wkrótce wróci. Cokolwiek się stanie, gdziekolwiek ją zamkną – jej smoczyca zjawi się po nią.

– Doskonale.

Żołnierz widocznie odetchnął z ulgą.

– Dziękujemy, lady Tané. Przyślemy służbę, by pomogła ci się ubrać.

Służący przynieśli mundur i pomogli go jej założyć. Zawiesili opończę na ramionach i przewiązali ją w talii niebieską szarfą. Gdy była już gotowa, odwrócili się, by wyjść, a ona ukradkiem wyjęła spod poduszki sztylet i wsunęła do rękawa.

Piechocińcy poprowadzili ją korytarzem. Za każdym razem, gdy dotykała podłogi lewą stopą, ból przeszywał kostkę i promieniował aż na łydkę. Przemierzyła cały niemalże opuszczony zamek i wyszła w noc główną bramą.

Na zewnątrz czekał na nią palankin. Zatrzymała się. Instynkt krzyczał, by nie wsiadała do środka.

– Lady Tané – odezwał się wówczas jeden z żołnierzy – nie wolno ci zignorować wezwania czcigodnej gubernator.

Kątem oka dostrzegła jakiś ruch. Onren wracała do zamku z Kanperu. Spostrzegli Tané i ruszyli w jej kierunku.

– Jako członkini klanu Miduchi – odrzekła żołnierzowi, nieco bardziej hardo – wolno mi robić, co mi się podoba.

Błysnęły oczy widoczne zza żołnierskiej maski.

Onren i Kanperu stanęli przy niej.

– Czcigodna Tané – odezwał się ten drugi. – Czy coś się stało?

W jego chrapliwym głosie dźwięczała groźna nuta. Poluzował miecz w pochwie. Na widok kolejnych dwóch jeźdźców szeregowcy zaczęli przestępować z nogi na nogę.

– Ci żołnierze chcą zabrać mnie do Zamku Białej Rzeki, czcigodny Kanperu – odrzekła Tané. – Nie chcą mi jednak powiedzieć, dlaczego zostałam wezwana.

Kanperu utkwił wzrok w dowódcy i zmarszczył brwi. Był niemal o głowę wyższy od nich wszystkich.

– Jakim prawem wzywacie smoczego jeźdźca bez podania przyczyny? – dociekał. – Lady Tané jest wybranką bogów, a wy wyprowadzacie ją z zamku, który jest teraz jej domem, jakby była pospolitym złodziejem.

– Czcigodny morski generał został o tym poinformowany, lordzie Kanperu.

Onren uniosła brwi.

– Przekonamy się, gdy powróci do zamku i sama go o to zapytam.

Żołnierz nie odpowiedział. Obrzucając oddział surowym spojrzeniem, Onren odeszła z Tané na bok.

– Nie martw się – powiedziała cicho. – To pewnie jakiś drobiazg. Słyszałam, że czcigodna gubernator lubi przypominać innym, kto tu rządzi. Nawet klanowi Miduchi. – Zrobiła pauzę. – Dobrze się czujesz, przyjaciółko?

Tané przełknęła ślinę.

– Jeśli nie wrócę za godzinę – odrzekła – czy dasz znać wielkiej Nayimathun?

– Oczywiście. – Onren posłała jej uśmiech. – Na pewno sprawa wkrótce się wyjaśni. Do zobaczenia jutro.

Tané kiwnęła głową, ale nie udało jej się przekonująco odwzajemnić uśmiechu. Onren odprowadziła ją wzrokiem do palankinu i patrzyła, jak ten opuszcza teren pałacu.

Była smoczym jeźdźcem. Nie ma się czego bać.

Żołnierze ponieśli ją ulicami; minęli nocny bazar i przeszli pod szpalerem sezonowych drzew. Z okien zatłoczonych tawern i szynków wylewał się śmiech. Dopiero gdy minęli Teatr Cesarski Tané zorientowała się, że wcale nie zmierzają do Zamku Białej Rzeki, gdzie rezydowała czcigodna gubernator Ginury. Zamiast tego kierowali się ku południowemu skrajowi miasta.

Strach złapał ją za serce i ścisnął. Sięgnęła do drzwi. Zaryglowane od zewnątrz.

– Dokąd mnie zabieracie? – zawołała.

Brak odpowiedzi.

– Jestem z klanu Miduchi. Jestem jeźdźcem wielkiej Nayimathun z Głębokich Śniegów. – Głos jej się załamał. – Jak śmiecie traktować mnie w ten sposób?

Odpowiedzią był tylko odgłos kroków.

Gdy palankin wreszcie się zatrzymał i Tané zobaczyła, gdzie się znalazła, żołądek podszedł jej do gardła. Drzwi odryglowano i otworzono.

– Czcigodna Miduchi – powiedział jeden z żołnierzy. – Proszę ze mną.

– Jak śmiecie... – wyszeptała. – Jak śmiecie zabierać mnie do takiego miejsca?

Fetor zgnilizny zakręcił jej w nosie i wzmógł instynktowny strach, który brał ją we władanie. Powinna była uciec wcześniej, teraz nie miała już dokąd, wątpiła zresztą, by nawet smoczy jeździec mógł stawić czoła sześciu żołnierzom, w dodatku bez miecza i ze zwichniętą kostką. Wyszła z palankinu i ruszyła przed siebie z zadartą głową i zaciśniętymi pięściami, czując, jak z każdym krokiem odzywa się ból w boku.

Nie przynieśli jej tutaj, by ją zabić. Nie bez procesu. Nie bez Nayimathun. Była wybranką bogów, była uprzywilejowana i bezpieczna.

Gdy żołnierze prowadzili ją do ginurskiego lochu, bzyczenie owadów zmusiło ją do spojrzenia w górę. Z wysokości bramy patrzyły na nią trzy oblezione przez muchy, nabrzmiałe od rozkładu głowy.

Tané wlepiła wzrok w najświeższą z nich. Strzecha włosów zlepionych krwią, napuchnięty język. Jego rysy straciły na wyrazistości, ale go rozpoznała. Sulyard. Próbowała się trzymać, lecz czuła, że jej ciało sztywnieje, że jej żołądek boleśnie ściska się ze strachu, że w ustach ma sucho, jakby ktoś natarł je solą.

Słyszała, że daleko stąd, w Inys, skąd pochodził morski duch, ludzie przychodzili tłumnie, by podziwiać publiczne egzekucje. Na Seiiki nie było podobnego zwyczaju. Większość miasta nie miała pojęcia, że w podziemiach więzienia młoda, siedemnastoletnia kobieta klęczy nad rowem z wykręconymi rękami, przykuta do ściany, czekając na koniec. Z ogoloną głową.

Żołnierz zaprowadził Tané do więźnia. Urzędnik mówił coś, ale ona nie słyszała, jego słowa zagłuszał szum krwi w jej uszach. Na dźwięk kroków kobieta podniosła wzrok, a Tané żałowała, że to zrobiła, ponieważ rozpoznała tę kobietę.

– Nie – wydusiła. – Nie, rozkazuję wam przestać!

Susa patrzyła na nią. Nadzieja napłynęła jej do oczu, lecz zaraz zdusiła ją rozpacz.

– Jestem wybranką bogów! – wrzasnęła Tané do kata. – Ona jest pod moją opieką. Jeśli to zrobicie, wielka Nayimathun rozerwie was na strzępy! – Mężczyzna nie słuchał, jakby był wykuty z kamienia. – To nie ona. To ja to zrobiłam. To moja wina, moja zbrodnia…

Susa potrząsnęła głową, jej usta drżały. Łzy perliły się na jej rzęsach.

– Tané – wychrypiała. – Nie patrz.

– Susa…

Szloch wezbrał w jej gardle. To była pomyłka. Przestańcie… Czyjeś palce zacisnęły się na jej ramionach, gdy zaczęła się szamotać, gdy straciła nad sobą panowanie. Kolejne ręce łapały ją za ręce i nogi, przytrzymując w miejscu. Przestańcie.

Nie widziała nic poza Susą, gdy ta była małą dziewczynką z głową nakrytą koroną płatków śniegu. I poza jej uśmiechem, gdy Tané przyjęła jej dłoń.

Kat uniósł miecz. Gdy głowa potoczyła się do rowu, Tané opadła na kolana.

Znajdź mnie, Suso. A ja cię ochronię.

Gdy Miduchi nie pojawiła się na plaży w ustalonym terminie, Niclays w przypływie wspaniałomyślności uznał, że coś ją zatrzymało. I ta myśl sprawiła, że zaczął się denerwować. Przyniósł ze sobą sakwę zawierającą niektóre z jego książek i zwojów, łącznie z fragmentem otrzymanym od Truyde. Czytał je teraz przy świetle żelaznej latarni.

Obok niego leżał otwarty kieszonkowy zegarek – nowoczesny artefakt Rycerza Umiarkowania. Symbol porządku, rytmu i powściągliwości. Umiarkowanie było cnotą nudziarzy, ale też uczonych i filozofów, którzy wierzyli, że uczy samokrytyki i namysłu. Z pewnością była to cnota najbliższa idei racjonalności.

Jego patronem powinien być więc Rycerz Umiarkowania. Lecz zamiast niego Niclays wybrał Rycerza Odwagi.

Jego brosza rdzewiała teraz gdzieś w Brygstad. Zdjął ją tego dnia, gdy został wygnany.

Minęła godzina, potem kolejna. Prawda jawiła mu się jasno – lady Tané przejrzała jego blef.

Horyzont jaśniał obietnicą świtu. Niclays zatrzasnął zegarek. Jego szansa na powrót do Ostendeur ze świeżo wydestylowanym eliksirem życia poszła się wietrzyć.

Purumé i Eizaru pewnie padliby na zawał, gdyby powiedział im, o co poprosił jeźdźca. To czyniło go nie lepszym od pirata, lecz stworzenie tego przeklętego eliksiru było jedynym sposobem na powrót do domu, jedynym asem, który mógł się pojawić w jego rękawie i posłużyć za kartę przetargową w negocjacjach z władcami krainy za Czeluścią.

Westchnął. By uratować Sulyarda, musiał donieść wojwładcy na Tané Miduchi i wyjawić, jakiej zbrodni dopuściła się przeciw Seiiki. Zrobiłby to od razu, gdyby nie był takim parszywym człowiekiem.

Wracając z plaży, nagle przystanął. Przez chwilę wydawało mu się, że coś przyćmiło gwiazdy. Gdy wytężył wzrok, ujrzał błysk światła i zamarł.

Coś spadało z nieba.

Coś wielkiego.

Poruszało się tak, jakby właśnie tonęło. Wstęga pokreślonej bliznami opalizującej zieloności. Z głową, na której jaśniał wydłużony organ. Takie samo światło biło spod łusek.

Jeziorański smok. Niclays chłonął łapczywym wzrokiem bestię z ptasią gracją lądującą na plaży.

Nieopodal wyrastał z podłoża zwalisty kamień, obły jak ramię zanurzonej w piasku olbrzymki. Skrył się za nim, nie przestając wpatrywać się w smoka. Sądząc po tym, jak kręcił głową, czegoś szukał.

Niclays wcisnął się w skałę i zdmuchnął płomień latarni. Obserwował, jak stworzenie idzie w kierunku brzegu, jak jego długie ciało faluje niby meandrująca rzeka.

– Tané – przemówił smok.

Jego potężne przednie nogi brodziły w wodzie. Niclays był tak blisko, że mógł niemal dotknąć lśniących łusek. Klucz do eliksiru życia w zasięgu jego ręki! Tkwił przykucnięty za skałą, wyciągając szyję jak żuraw, by lepiej widzieć. Oczy smoka budziły skojarzenie z kołami młyńskimi.

– Tané, chłopiec nie żyje – powiedziało stworzenie po seiikinesku. – Twoja przyjaciółka także. – Obnażyło zęby. – Tané, gdzie jesteś?

A więc to jej smok.

Stworzenie zaczęło węszyć, poruszając chrapami.

Wtedy ostrze schłodziło gardło Niclaysowi, a dłoń zakryła mu usta. Mężczyzna wydał z siebie zduszony krzyk.

Smok obrócił głowę w kierunku skały.

Niclays zadrżał. Nie czuł swojego ciała, nie słyszał bicia serca ani oddechu; cała jego świadomość skupiła się na mieczu przy gardle. Niemal widział go w całym bogactwie detali – zakrzywiona klinga, ostrze tak ostre, że można by nim operować na otwartym sercu.

Z ciemności dobiegł go syk. Potem kolejny.

I następny.

Smok warknął przeciągle, jego szpon zadzwonił w zetknięciu ze skałą. Dźwięk kojarzył się ze szczękiem stali o stal.

Plażę zasnuł czarny dym. Drażniący zapach wdarł się Niclaysowi do nozdrzy, cuchnęło płonącymi włosami i siarką. I prochem strzelniczym. Ognista chmura! Ktoś poderwał Niclaysa na nogi, a potem pchnął, samemu przedzierając się po omacku przez kłęby dymu, krztusząc się i kaszląc. Na ramieniu Niclaysa zamknęły się czyjeś stalowe palce, poczuł szarpnięcie. Przez czarną mgłę widział okryte szatami postacie. Piach przemykał pod jego stopami, zmuszając do pośpiechu.

– Czekaj – wydyszał do porywacza. – Czekaj, cholera…

Z dymu wystrzelił ogon i trafił go prosto w brzuch. Niclays zaległ na piasku, oszołomiony i pozbawiony tchu, z okularami wiszącymi na jednym uchu.

Zaczął tracić przytomność, pijany czarną chmurą, która nie chciała opuścić płuc.

Raptem powietrze rozdarł żałobny krzyk, jak wołanie umierającego wieloryba, a potem coś grzmotnęło o ziemię, aż zatrzęsła się cała wyspa. Zobaczył Jannarta idącego boso przez plażę z lekkim uśmiechem na ustach.

– Jan – wydyszał, ale przyjaciel zniknął.

A przed jego oczami pojawiły się dwa skórzane buciory.

– Daj mi powód – powiedział głos po seiikinesku – a może nie wypatroszę cię jak wieprza. – Uchwycił wzrokiem błysk sztyletu o kościanej rękojeści. – Czy masz coś, co mógłbyś zaoferować Flocie Tygrysiego Oka?

Próbował przemówić, ale język nabrzmiał mu w ustach, jakby użądliła go pszczoła. Jestem alchemikiem – usiłował wydusić. – Alchemikiem. Łaski.

Ktoś podniósł jego sakwę. Czas rozwarstwił mu się przed oczami, gdy sękate łapy zaczęły szperać w księgach i zwojach. Wtedy dostał w skroń kościaną rękojeścią i ciemność zatopiła wszystkie jego troski.

30
Zachód

Truyde utt Zeedeur była uwięziona w Wieży Dearn. Pod groźbą chłosty przyznała się do wielu zbrodni.

Po ogłoszeniu wizyty królewskiej pary w mieście skontaktowała się z grupą aktorów zwącą się Sługami Prawdy, tak zwaną bezpańską trupą, pozbawioną patronatu bogatego szlachcica i traktowaną przez władze na równi z włóczęgami. Truyde obiecała, że zostanie ich patronką i obdarzy ich rodziny pieniędzmi w zamian za pomoc.

Zainscenizowany atak miał przekonać Sabran, że jest w śmiertelnym niebezpieczeństwie, które grozi jej ze strony Yscalinu i Bezimiennego. Truyde miała nadzieję, że wystraszona władczyni chętniej zgodzi się negocjować ze Wschodem.

Nie trzeba było się długo zastanawiać, by dodać dwa do dwóch i domyślić się, co się stało później. Ci, którzy rzeczywiście nienawidzili domu Berethnet, dołączyli do przedstawienia. Jedna z tych osób, Bess Weald, której dom, jak się okazało, po dach wypełniony był pamfletami rozpuszczanymi przez pieśniarzy zguby, zabiła Lievelyna. W zamieszkach zginęło kilku niewinnych członków Sług Prawdy, jak również pewna liczba strażników miejskich, dwaj Rycerze Ciała i Linora Payling, po której ciało już zgłosili się jej zalani łzami rodzice.

Truyde może i nie chciała nikogo zabić, lecz jej dobre intencje przyniosły tragiczne skutki.

Ead napisała już do Chassara, co się stało. Przeorysza nie będzie zadowolona, że Sabran i jej nienarodzone dziecko otarli się o śmierć.

Na czas żałoby Wrzosową Twierdzę przystrojono w szary jedwab. Sabran zamknęła się w swoich komnatach. Ciało Lievelyna spoczywało w Sanktuarium Naszej Pani, dopóki nie przypłynął okręt, który zabrał je do Mentendonu. Najstarsza z sióstr zmarłego, Ermuna, miała zostać koronowana na władczynię Wolnego Państwa, a pierwsza w kolejce do tronu była teraz księżniczka Bedona.

Kilka dni po zwróceniu ciała Lievelyna Ead poszła do królowieckich apartamentów. Zwykle wczesne poranki były spokojne, mimo to nie mogła pozbyć się zdenerwowania.

Tharian Lintley widział, jak w potyczce zabiła cztery osoby. Na pewno się zorientował, że uczyła się walki. Wątpiła, by ktoś jeszcze przyuważył ją w czasie potyczki, a Lintley najwidoczniej nie powiedział nikomu o tym, jak sprawnie posługiwała się sztyletami, mimo to Ead czuła, że przez jakiś czas nie powinna się wychylać.

Łatwo powiedzieć, gdy jest się damą sypialnianą. Zwłaszcza gdy sama królowa widziała, jak odbierasz życie.

– Ead.

Obróciła się i zobaczyła zdyszaną Margret, która złapała ją za ramię.

– Loth… – wyszeptała. – Loth wysłał mi list.

– Co?

– Chodź ze mną, szybko.

Serce Ead biło jak szalone. Wraz z Margret schowały się w pokoju, do którego nikt nigdy nie zaglądał.

– Jakim cudem nie przejął go Combe?

– Bo Loth wysłał go do dramatopisarza, którego wspiera nasza mama. A ten zdołał przekazać mi go w czasie wizyty w Ascalonie. – Margret wyłowiła pognieciony arkusik z koszuli. – Czytaj.

Ead od razu rozpoznała charakter pisma. Serce urosło jej w piersi na ten widok.

Najdroższa M, nie mogę wyrazić słowami, jak się boję, że ten list zostanie przechwycony. Sprawy w Cárscaro mają się inaczej, niż wydaje się na pierwszy rzut oka. Kit nie żyje i obawiam się, że Śniegowi grozi niebezpieczeństwo. Strzeżcie się Podczaszego.

– Lord Kitston nie żyje? – wybąkała Ead. – Ale jak to?

Margret przełknęła ślinę.

– Modlę się, by Loth się mylił, ale... Kit zrobiłby wszystko dla mojego brata. – Dotknęła pieczęci. – Ead, to wysłano z placu Gołębiego.

– Rauca. – Ead osłupiała. – On opuścił Cárscaro.

– Albo uciekł. Może to wtedy Kit... – Przyjaciółka wskazała ostatnią linijkę. – Spójrz na to. Czy nie powiedziałaś, że kobieta, która zastrzeliła Lievelyna, wspomniała o jakimś Podczaszym?

– Tak. – Ead raz jeszcze przeczytała list. – Śnieg? Zakładam, że chodzi o Sabran?

– Tak. Gdy byliśmy mali, Loth nazywał ją Śniegową Księżniczką, ale za nic nie mogę pojąć, o co chodzi w tej całej intrydze. Królowa nie ma żadnego oficjalnego podczaszego.

– Loth został wysłany, by znaleźć księcia Wilstana. Wilstan badał okoliczności śmierci królowej Rosarian – mruknęła Ead pod nosem. – Może jedno ma związek z drugim.

– Może – potwierdziła Margret. Jej czoło znaczyły kropelki potu. – Och, Ead, tak bardzo chcę powiedzieć Sab, że on żyje, ale wtedy Combe dowie się, jak weszłam w posiadanie listu. Boję się zamykać dla Lotha te drzwi.

– Ona opłakuje teraz Lievelyna. Nie dawaj jej fałszywej nadziei, że powróci jej przyjaciel. – Ścisnęła jej dłoń. – A tego Podczaszego zostaw mnie. Już ja się nim zajmę.

Margret wzięła głęboki wdech i kiwnęła głową.

– Dostałam też kolejny list od taty. Mama mówi, że coraz częściej bywa wzburzony. Twierdzi, że ma do powiedzenia dziedzicowi Złotobrzozy coś niesłychanie ważnego. Jeśli Loth nie wróci…

– Myślisz, że zapadł na zaćmienie umysłu?

– Możliwe. Mama mówi, żeby go nie zachęcać. Niebawem pojadę do domu, ale jeszcze nie teraz. – Margret wsunęła list pod spódnicę. – Muszę już iść. Spotkajmy się na kolacji.

– Dobrze.

Rozdzieliły się.

Loth bardzo zaryzykował, wysyłając ten list, więc Ead miała zamiar wziąć go sobie do serca. W mieście Sabran o mało nie zginęła – to się już nie powtórzy.

Nie na jej warcie.

Sabran cierpiała na potworne mdłości. Roslain wstawała przed wschodem słońca, by podtrzymać jej włosy, gdy wymiotowała do nocnika. Niekiedy Katryen spała obok niej na wysuwanym łóżku.

Wciąż jednak tylko garstka osób wiedziała o ciąży. Pierwsze dni żałoby to nie był dobry czas na takie ogłoszenia.

Co rano królowa opuszczała łożnicę, gdzie spędziła swą noc poślubną, i z dnia na dzień wyglądała na coraz bardziej strapioną. Cienie pod jej oczami pogłębiały się, a gdy otwierała usta, by coś powiedzieć, była lakoniczna i szorstka.

Gdy więc pewnego dnia odezwała się sama, bez zachęty ze strony strapionych dam, Katryen prawie upuściła robótkę ręczną.

– Ead, śpisz dzisiaj ze mną.

O dziewiątej wieczorem damy sypialniane rozdziały królową z szat, ale po raz pierwszy Ead również założyła koszulę nocną. Roslain wzięła ją na bok.

– Przez całą noc w sypialni musi palić się światło – powiedziała. – Sabran wystraszy się, jeśli obudzi się w ciemności. Z mojego doświadczenia wynika, że najlepiej postawić na szafce nocnej świecę.

– Zadbam o to. – Ead skinęła głową.

– Dobrze.

Roslain chyba chciała powiedzieć coś jeszcze, ale zrezygnowała. Gdy sypialnię królowej obszukano i obstawiono strażą, wyprowadziła pozostałe damy i zamknęła drzwi.

Sabran leżała już w łóżku. Ead wdrapała się na miejsce obok niej i nakryła się kołdrą.

Milczały długo. Katryen umiała poprawić królowej nastrój, a Roslain zawsze służyła jej dobrą radą. Ead zastanawiała się, co ona powinna robić. Chyba po prostu słuchać.

Albo mówić prawdę. Może właśnie to Sabran ceniła najbardziej.

Minęły lata, odkąd spała tak blisko drugiej osoby. Obecność Sabran atakowała jej zmysły. Wbrew woli łapała wzrokiem ruch czarnych rzęs, gdy mrugała, oraz podnoszenie się i opadanie jej piersi w rytm oddechu. Grzało ją ciepło jej ciała.

– Ostatnio śni mi się więcej koszmarów niż zwykle. – Głos królowej zabrzmiał w ciszy jak krzyk. – Twój lek pomógł, ale doktor Bourn mówi, że póki jestem w ciąży, nie powinnam niczego brać na noc. Nawet sennej wody.

– Nie śmiem spierać się z doktorem Bournem, ale może mogłabyś, pani, używać wody różanej jak maści. Przyniesie ulgę skórze i może również odpędzi koszmary.

Sabran kiwnęła głową i położyła sobie rękę na brzuchu.

– Poproszę o nią jutro. A dzisiaj, cóż, może twoja obecność odpędzi złe sny, nawet jeśli róże zawodzą.

Włosy miała rozpuszczone, rozrzucone na poduszce i ramionach, tu i ówdzie rozsunięte jak zasłony, ukazujące nagie ciało.

– Nie podziękowałam ci jeszcze. Za wszystko, co zrobiłaś na Kołczanowej – powiedziała po chwili. – Choć cierpiałam, nie umknęło mojej uwadze, jak walczyłaś w mojej obronie. – Uniosła podbródek. – Czy to ty zabiłaś pozostałych skrytobójców? Czy to ty czuwasz nade mną w nocy?

Wyraz jej twarzy był nieprzenikniony. Ead chciała postąpić zgodnie ze swoim postanowieniem – powiedzieć prawdę – ale ryzyko było zbyt wielkie. Jeśli dowie się o tym Combe, wyrzucą ją z dworu.

– Nie, pani. Może ta osoba umiałaby obronić księcia Aubrechta. Mnie się to nie udało.

– Obrona księcia nie należała do twoich obowiązków – odpowiedziała Sabran. Połowę jej twarzy dobywało z mroku światło świecy, drugą skrywał cień. – To moja wina, że Aubrecht umarł. Powiedziałaś mi przecież, bym nie otwierała tamtych drzwi.

– Złoczyńcy znaleźliby sposób, by go dopaść, tego czy innego dnia. Ktoś zapłacił Bess Weald majątek, by się upewnić, że książę Aubrecht zginie. Jego los był przypieczętowany.

– Może to i prawda, ale powinnam była cię posłuchać. Nigdy mnie nie oszukałaś, nigdy nie okłamałaś. Nie mogę już prosić Aubrechta o wybaczenie, ale... proszę o twoje, Ead Duryan.

Wytrzymanie jej spojrzenia wymagało wysiłku. Władczyni nie miała bladego pojęcia, jak bardzo Ead ją okłamała.

– Wybaczam.

Sabran wypuściła powietrze z płuc. Po raz pierwszy od ośmiu lat Ead naszło poczucie winy.

– Truyde utt Zeedeur musi zapłacić za zdradę, wiek nie ma tu nic do rzeczy – oznajmiła Sabran. – Zgodnie z prawem powinnam się domagać, by wysoka księżniczka Ermuna skazała ją na śmierć. A może wolałabyś, bym okazała łaskę? Skoro tak lubisz jej smak?

– Musisz postąpić z nią tak, jak mówisz.

Tak naprawdę Ead nie chciała śmierci dziewczyny. Truyde była po prostu niebezpiecznie głupia, a jej głupota przyczyniła się do tego, że kilka niewinnych osób straciło życie, ale miała tylko siedemnaście lat. Miała mnóstwo czasu, by odpokutować za swoje winy.

Jakiś czas trwała cisza, a potem królowa znowu obróciła się do swej damy sypialnianej. Z tak bliska Ead wyraźnie widziała czarne obwódki tęczówek kontrastujące z ich bezlitosną zielenią.

– Ead, nie mogę porozmawiać o tym z Ros i Kate, ale chcę z tobą. Mam nadzieję, że nie będziesz dla mnie surowa. Że... że mnie zrozumiesz.

Ead splotła dłoń z jej dłonią.

– Zawsze możesz być ze mną szczera, Wysokości.

Sabran przysunęła się bliżej. Miała chłodne i delikatne palce, nagie, pozbawione pierścieni. Pierścień sercosplotu pogrzebała w Zatopionych Ogrodach, gdzie miał niebawem stanąć pomnik ku pamięci księcia małżonka.

– Spytałaś mnie wcześniej, zanim wyszłam za Aubrechta, czy w ogóle chcę wstąpić w związek małżeński – wyrzekła na granicy słyszalności. – Wyznaję teraz, tylko tobie, że nie chciałam. I… wciąż nie chcę.

Te słowa zawisły między nimi. Niebezpieczne słowa. W czasach zagrożenia inwazją Książęta Ducha niedługo zaczną szukać nowego księcia małżonka, nawet jeśli dziedziczka tronu już rosła w łonie Sabran.

– Nigdy nie myślałam, że powiem to na głos. – Jej szept zbliżał się do śmiechu. – Wiem, że Inys grozi wojna. Wiem, że smocze potwory budzą się ze snu. Wiem, że małżeństwo wzmocni nasze sojusze i że pozostałe państwa wrosły w Imperium Cnót właśnie za sprawą świętej instytucji małżeństwa.

Ead pokiwała głową.

– Ale?

– Boję się zamążpójścia.

– Dlaczego?

Sabran jakiś czas leżała nieruchomo. Jedna jej dłoń spoczywała na brzuchu, drugą ściskała Ead.

– Aubrecht był dla mnie dobry – odpowiedziała władczyni cichym i miękkim tonem. – Czuły i życzliwy. Ale gdy był we mnie, nawet gdy czerpałam z tego przyjemność, miałam wrażenie… – Zamknęła oczy. – Że moje ciało nie jest całkowicie moje. I… wciąż się tak czuję.

Jej spojrzenie przeniosło się na okryte jedwabną koszulą nocną, ledwie widoczne wybrzuszenie na wysokości talii.

– Sojusze od zawsze zawiązuje się i wzmacnia drogą małżeństwa – ciągnęła. – Inys dysponuje najlepszą marynarką wojenną na Zachodzie, jednak nie mamy wyćwiczonej piechoty. Populacja Inys jest niewielka. Jeśli ktoś nas najedzie, będziemy potrzebowali pomocy, i to tyle, ile tylko zdołamy sobie zapewnić… ale każdy ze sprzymierzonych krajów będzie w pierwszej kolejności bronił swoich własnych granic. Dlatego właśnie tak ważne jest małżeństwo: wraz z jego zawiązaniem wchodzą w moc inne prawa. Jest gwarancją militarnego wsparcia w wypadku wojny.

Ead milczała.

– Idea małżeństwa nigdy nie wydawała mi się interesująca, Ead. Nie tylko takiego, które muszą zawierać koronowane głowy: zrodzonego nie z miłości, lecz z poczucia zagrożenia. A jednak jeśli uchylę się od tego obowiązku, świat mnie za to osądzi. Uzna za zbyt dumną, by związać mój kraj z innym. Za zbyt samolubną, by dać mojej córce kochającego ojca, który zadba o nią na wypadek mej śmierci. Tak będę postrzegana. Kto stanie w obronie takiej władczyni?

– Ci, którzy nazywają ją Sabran Wspaniałą. Którzy widzieli, jak stawiłaś czoło Fýredelowi.

– Wkrótce o tym zapomną, gdy wraża flota zacznie ciemnieć na horyzoncie. Moja krew nie rozpędzi armii Yscalinu. – Jej powieki robiły się ciężkie. – Nie szukam u ciebie pocieszenia, Ead. Wystarczy mi, że wysłuchałaś tego, co ciążyło mi na duszy, nawet jeśli moje obawy są rezultatem egoizmu. Dziewica pobłogosławiła mnie dzieckiem, które u niej wybłagałam, a ja nie robię nic innego, tylko… się boję.

Choć ogień trzaskał w kominku, jej ciało pokryło się gęsią skórką.

– Tam, skąd pochodzę – odezwała się Ead – twojego zachowania nie nazwalibyśmy samolubnym.

Sabran spojrzała na nią.

– Dopiero co straciłaś towarzysza. Nosisz pod sercem jego dziecko. Oczywiście, że czujesz się słaba. – Ead ścisnęła jej palce. – Macierzyństwo nie zawsze są łatwe. Wydaje mi się, że to najpilniej strzeżona tajemnica na świecie. Mówi się o tym, jakby nie istniało nic przyjemniejszego, ale prawda jest trochę bardziej skomplikowana. Nikt nie mówi otwarcie, jakie to trudne, jakie niewygodne i niepewne. Ty, królowo, powoli oswajasz się teraz z tym faktem. Uważasz, że jesteś sama ze swoimi troskami. I sama obarczyłaś się winą.

Słysząc to, Sabran przełknęła ślinę.

– Twoje obawy są najzupełniej normalne. – Ead patrzyła jej w oczy. – Nie wierz nikomu, kto ci powie, że to nieprawda.

Po raz pierwszy od zabójstwa Lievelyna twarz królowej Inys rozpogodził uśmiech.

– Ead – powiedziała – nie mam pojęcia, jak radziłam sobie bez ciebie.

31
Wschód

Zamek Białej Rzeki nazwano tak nie ze względu na rzekę, a fosę wypełnioną muszlami, która go otaczała. Za jego gmachem znajdował się starożytny Las Rannego Ptaka, a za nim ponura i nieprzyjazna góra Tego. Na rok przed Dniem Powołania wszyscy uczniowie otrzymali zadanie – mieli wspiąć się na sam jej szczyt, gdzie, jak wierzono, zstępuje duch wielkiego Kwirikiego, by pobłogosławić tych, którzy okażą się godni tego zaszczytu.

Ze wszystkich uczniów i uczennic Domu Południa udało się to tylko Tané. Na wpół zamarznięta, toczona chorobą górską, sprostała ostremu podejściu, charcząc krwią.

W tej ostatniej godzinie nie była człowiekiem, lecz papierowym lampionem, cienkim, targanym wiatrem, uczepionym gasnących strzępów duszy. Ale gdy nie miała już po czym się wspinać, gdy spojrzała w górę i zobaczyła jedynie niebo, znalazła w sobie siłę, by dźwignąć się na nogi. I wiedziała wówczas, że wielki Kwiriki jest z nią, że jest w niej.

To uczucie nigdy nie wydawało jej się bardziej odległe niż teraz. Znowu była porwaną papierową latarnią. Żyjącą chyba tylko siłą rozpędu.

Nie wiedziała, jak długo trzymali ją w lochu. Czas stał się bezdenną studnią. Leżała, zakrywając uszy przykurczonymi dłońmi, by nie słyszeć nic poza szumem morza.

A potem inne dłonie wrzuciły ją do palankinu. Teraz prowadzono ją drogą biegnącą obok wartowni do pomieszczenia o wysokim sklepieniu i ścianach pokrytych malunkami przedstawiającymi Wielką Rozpacz. Stamtąd została zabrana na zadaszony balkon.

Gubernator Ginury pozwoliła żołnierzom odejść. Stała wyprostowana i mierzyła Tané chłodnym, zniesmaczonym wzrokiem.

– Lady Tané – wymówiła lodowatym głosem.

Tané skłoniła się i uklękła na matach. Tytuł już brzmiał jak wspomnienie minionego życia.

Na zewnątrz ćwierkał żałobnik. Jego „hy-hy-hy" kojarzyło się z odgłosem wydawanym przez mające się rozpłakać dziecko. Mówiło się, że to ten dźwięk doprowadził cesarzową do szaleństwa. Ead zastanawiała się, czy i ona oszaleje, jeśli zacznie się wsłuchiwać.

A może już oszalała.

– Kilka dni temu – zwróciła się do niej gubernator – pewien więzień złożył obciążające cię zeznania. Według niego byłaś winna najcięższej ze wszystkich zbrodni. Ów więzień został przemycony na Seiiki z Mentendonu. Zgodnie z Wielkim Edyktem skazano go na śmierć.

Głowa na bramie. Włosy zlepione krwią.

– Więzień powiedział władzom Przylądka Hisan, że gdy tu przybył, na plaży znalazła go kobieta. Opisał ją dokładnie. Miała bliznę pod okiem.

Tané przycisnęła spocone dłonie do ud.

– Powiedz mi – ciągnęła gubernator – dlaczego uczennica o nieposzlakowanej opinii, która nie mając nic, otrzymała szansę zostania strażniczką morską, której ofiarowano niesłychanie rzadką sposobność na zostanie wybranką bogów, zaryzykowała wszystko, łącznie ze zdrowiem i życiem każdego mieszkańca tej wyspy, i zrobiła coś takiego?

Tané długo szukała swojego głosu. Zostawiła go w krwawym rowie.

– Mówiło się... że kto złamie regułę odosobnienia, ten otrzyma nagrodę. Choć raz chciałam być nieustraszona. Poważyć się na ryzyko. – To nie był jej głos. – On... wyszedł z morza.

– Dlaczego nie powiadomiłaś o tym władz?

– Bo myślałam, że wówczas ceremonia się nie odbędzie. Myślałam, że zamkną port i nie wpuszczą do niego bogów. Że nigdy nie dosiądę smoka.

To brzmiało jak wymówki tchórza. Jak gadanina skrajnej egoistki, jak majaki idioty. Gdy wyjaśniła to Nayimathun, smoczyca zrozumiała, ale gdy teraz słuchała własnych słów, miażdżył ją wstyd.

– Myślałam, że to znak od bogów. Że wysłali go, bym go spotkała. – Ledwie poruszała ustami. – Zaznałam zbyt wielkiego szczęścia. Całe moje życie wielki Kwiriki był dla mnie dobry. Każdego dnia obawiałam się, że w końcu odwróci się ode mnie, że przestanie darzyć mnie specjalnymi względami. Gdy przybył obcy, wiedziałam, że to nastąpiło. Ale nie byłam gotowa. Musiałam... odciąć się od niego. Ukryć go, dopóki nie dostanę tego, czego pragnęłam.

Wpatrywała się w swoje dłonie o paznokciach obgryzionych do krwi.

– Wielki Kwiriki obdarzył cię łaską, lady Tané – w głosie gubernator dało się niemalże wyczuć litość. – Gdybyś tamtej nocy dokonała innego wyboru, wciąż cieszyłabyś się tą łaską.

Ptak za oknem śpiewał: „Hy-hy-hy". Jak dziecko w nieutulonym żalu.

– Susa była niewinna, czcigodna gubernator. Zmusiłam ją, by mi pomogła.

– Nie. Przesłuchaliśmy strażnika, którego przekonała, by wpuścił ją na Orisimę. Dopuściła się przestępstwa świadomie i z własnej woli. Przedłożyła lojalność wobec ciebie ponad lojalność wobec Seiiki. – Gubernator zacisnęła usta. – Wiem, że smoczyca wstawiła się za nią. Niestety, ta wiadomość dotarła do mnie zbyt późno.

– Nayimathun – wyszeptała Tané. – Gdzie ona jest?

– To kolejna kwestia, którą chciałam poruszyć. Jeszcze poważniejsza. Krótko przed świtem w Zatoce Ginura wylądował oddział łowców.

– Łowców?

– Z Floty Tygrysiego Oka. Wielka Nayimathun z Głębokich Śniegów została… pojmana.

Ciało Tané było jak zawieszone w próżni. Jej dłonie zacisnęły się w pięści.

– Wysoka Straż Morska zrobi, co tylko w jej mocy, by ją oswobodzić, lecz rzadko się zdarza, by nasi schwytani bogowie uniknęli jatek czekających na nich w Kawontay. – Gubernator na krótką chwilę zacisnęła szczęki. – Przychodzi mi to z trudem, lecz trzeba powiedzieć jasno: najprawdopodobniej wielka Nayimathun jest już poza naszym zasięgiem.

Tané zaczęła się trząść. Po jej ciele strach rozprzestrzenił się jak trucizna. Próbowała nie wyobrażać sobie cierpienia

Nayimathun. Myśl o nim była tak nieznośna, że oczy zasnuła jej mgła, a usta drżały.

Była zgubiona i zupełnie sama, nie miała już nic do stracenia. Może ostatnią dobrą rzeczą, jakiej uda jej się dokonać, będzie uwolnienie Seiiki od tego przeklętego Roosa.

– W sprawę zaplątana jest jeszcze jedna osoba – powiedziała cicho. – Niclays Roos. Chirurg z Orisimy. Próbował mnie szantażować. Kazał mi przynieść sobie smocze łuski i krew do badań. Nie ma w nim nic dobrego, ten człowiek to moralna próżnia. – Żar zakłuł ją w oczy. – Na pewno pomógł piratom złapać wielką Nayimathun. Niech nie skrzywdzi już żadnego smoka. Niech stanie przed obliczem sprawiedliwości.

Gubernator przyglądała jej się przez jakiś czas.

– Roos został uznany za zaginionego – powiedziała ostatecznie. Tané wlepiła w nią wzrok. – Minionej nocy poszedł na plażę, tak zeznali jego przyjaciele. Uważamy, że mógł uciec z wyspy.

Jeśli Roos był z Flotą Tygrysiego Oka, to już nie żył. Człowiek jego pokroju prędzej czy później narazi się nieodpowiedniej osobie, to tylko kwestia czasu.

Ale ta myśl nie przyniosła Tané ukojenia. Jej wróg przepadł, lecz jej smoczyca także. I przyjaciółka. Oraz marzenie, na którego ziszczenie nie zasłużyła.

– Popełniłam błąd. – Tylko tyle miała już do powiedzenia. – Straszny błąd.

– To prawda.

Na moment przedzieliła je ziejąca otchłań ciszy.

– Zgodnie z prawem powinnaś zostać stracona – dobiła ją gubernator. – Twoja zachłanność i egoizm mogły zniszczyć Seiiki. Ale przez wzgląd na wielką Nayimathun i na to, kim mogłaś się stać, okażę ci dzisiaj łaskę. Resztę życia spędzisz na Skrzydle. Może tam przysłużysz się jeszcze wielkiemu Kwirikiemu.

Tané wstała i się skłoniła. Żołnierze odprowadzili ją do palankinu. Sądziła, że zacznie błagać, płakać, domagać się przebaczenia, lecz gdy dotarło do niej, co powiedziała gubernator, nie czuła już zupełnie nic.

32
Południe

Słońce przeglądało się w wodzie, która sprawiła, że na suficie rozsypały się odpryski światła. Powietrze było chłodne, ale nie tak chłodne, by wywołać gęsią skórkę. Loth uświadomił to sobie wkrótce po tym, jak dotarło do niego, że jest nagi.

Leżał na plecionym dywanie. Po jego prawej znajdował się czworokątny basen, po lewej – wgłębienie w skalnym podłożu, gdzie świeciła lampa oliwna.

Nagły ból wspiął mu się po plecach. Loth obrócił się na brzuch i zwymiotował, a potem się zaczęło.

Ukropnica.

Na Inys była jedynie koszmarem, przerażającym, lecz odległym – opowieścią przy ognisku w ciemne noce. Teraz wiedział już, czemu świat musiał stawić czoła w czasie Żałoby Wieków. Dlaczego Wschód zatrzasnął światu przed nosem wszystkie drzwi.

Jego własna krew była jak wrzący olej. Wrzasnął w ciemność swojego kotła, a ciemność odpowiedziała echem. Gdzieś w jego wnętrzu wybuchł ul, rozsierdzone pszczoły, które zatopiły żądła w jego wnętrznościach, te zaś stanęły w ogniu. A gdy jego kości trzaskały z gorąca, a łzy wytopiły się z oczu i spłynęły po policzkach, nie pragnął już na tym świecie niczego, tylko śmierci.

Błysk, wspomnienie. Zza karmazynowej mgły dotarła do jego świadomości myśl, że powinien dotrzeć do basenu i zgasić ogień, który go ogarnął. Zaczął wstawać, poruszając się, jakby leżał na łożu z rozżarzonych węgli, ale wówczas czyjaś chłodna dłoń spłynęła na jego czoło niczym błogosławieństwo.

– Nie, błagam…

– Kim jesteś? – przemówił głos jak promyk słońca.

Jego usta płonęły żywym ogniem.

– Lord Arteloth Beck – powiedział. – Proszę, nie zbliżaj się. Zachorowałem na…

– Skąd masz żelazną szkatułę?

– Od donmaty Marosy. – Dygotał. – Błagam…

Strach wycisnął mu szloch z gardła. Ktoś podszedł do niego i podsunął mu dzban do ust. Pił.

Gdy się obudził, leżał w łóżku, choć wciąż całkowicie nagi, w tej samej podziemnej komnacie co poprzednio.

Minęło wiele czasu, nim odważył się poruszyć. Nie czuł już bólu, a czerwona wysypka zniknęła z jego dłoni.

Wykonał na piersi znak miecza. Święty w swej niezmierzonej łasce postanowił go ocalić.

Leżał nieruchomo, nasłuchując kroków i głosów. Wreszcie stanął na drżących nogach, tak słaby, że zakręciło mu się w głowie. Sińce po spotkaniu z kokatryksem posmarowano mu maścią. Samo wspomnienie ukropnicowej agonii było wycieńczające, ale jakaś dobra dusza opatrzyła go i ofiarowała gościnność, a on miał zamiar jakoś wyglądać, gdy się z nią spotka.

Zanurzył się w basenie. Gładka podłoga okazała się wybawieniem dla styranych stóp.

Nie pamiętał nic z tego, co wydarzyło się po jego przybyciu do Rauki. Wróciło do niego zamazane wspomnienie targu, straganu z wodą, wrażenie ruchu, potem cztery ściany małego pokoju. A później nic, pustka.

Broda rozrosła mu się nazbyt bujnie, ale nigdzie w pobliżu nie widział brzytwy. Gdy się odświeżył, wstał i narzucił na siebie koszulę nocną, którą zostawiono mu na szafce.

Widok obcej postaci zaskoczył go. Oto stała przed nim kobieta w zielonym płaszczu i z lampą w dłoni, o skórze koloru głębokiego brązu. Jej oczy i włosy okalające twarz miały tę samą głęboką barwę.

– Musisz pójść ze mną.

Mówiła po inysycku z lasyańskim akcentem. Loth otrząsnął się ze zdumienia.

– Kim jesteś, pani?

– Chassar uq-Ispad zaprasza cię do swego stołu.

A więc jakimś sposobem odnalazł go ambasador. Na usta Lotha cisnęło się więcej pytań, ale nie miał śmiałości, by sprzeciwić się tej kobiecie, która mierzyła go chłodnym spojrzeniem.

Przemierzał wraz z nią niezliczone korytarze pozbawione okien, wykute w różanym kamieniu i oświetlone lampami oliwnymi. Musiała to być rezydencja ambasadora, choć nie przypominała pałacu, który opisywała mu Ead. Żadnych otwartych przejść ani zapierających dech w piersiach widoków na góry Sarras. Tylko wnęki i nisze, a w nich brązowe statuetki kobiety trzymającej miecz i kulę.

Jego przewodniczka zatrzymała się przed przejściem sklepionym łukiem i zasłoniętym przeźroczystą kotarą.

– Tędy – wskazała.

Odeszła, zabierając ze sobą lampę.

Komnata za zasłoną była mała i miała niski sufit. Przy stole siedział Ersyrczyk z głową owiniętą srebrnym materiałem.

Na widok Lotha podniósł wzrok.

Chassar uq-Ispad.

– Lord Arteloth. – Ambasador wskazał mu krzesło. – Usiądź, proszę. Pewnie padasz z nóg.

Stół wręcz uginał się pod ciężarem owoców. Loth siadł na krześle naprzeciwko.

– Ambasador uq-Ispad – powiedział ochryple. – Czy to tobie powinienem dziękować za ocalenie mi życia?

– Wstawiłem się za tobą – padła odpowiedź – lecz to nie mnie powinieneś dziękować. To nie mój dom, a podany ci lek również nie należał do mnie. Ale pozostając w duchu ersyrskiej gościnności, mów mi Chassar.

Loth inaczej zapamiętał jego głos. Chassar uq-Ispad, którego widział na dworze, był człowiekiem jowialnym i radosnym, a na pewno nie emanował tak złowróżbnym spokojem.

– Masz wielkie szczęście, że siedzisz przy tym stole – poinformował go ambasador. – Niewielu ludzi znajduje Zakon i zachowuje życie.

Ktoś nalał Lothowi bladego wina.

– Zakon, ekscelencjo? – spytał skołowany Loth.

– Jesteś w Zakonie Drzewa Pomarańczy, lordzie Artelocie. W Lasyi.

Lasya? Bzdura!

– Ależ ja byłem w Rauce – powiedział, wciąż nic nie rozumiejąc. – Jak to możliwe?

– Ichneumon – wyjaśnił Chassar, nalewając sobie od serca. – Ichneumony to starzy sprzymierzeńcy Zakonu.

Loth wciąż nie był ani krztynę mądrzejszy.

– Aralaq znalazł cię w górach. – Ambasador łyknął sążnie i odstawił kubek. – Przywołał po ciebie jedną z sióstr.

Zakon. Siostry.

– Aralaq – powtórzył Loth.

– Tak, ichneumon, który ci towarzyszył.

Chassar zaspokoił pierwsze pragnienie, bo teraz już tylko niespiesznie sączył wino. Loth dopiero teraz zauważył piaskowego orła, który siedział na drążku nieopodal i wpatrywał się w niego, przekrzywiwszy głowę. Ead nie mogła się nachwalić tych bystrych drapieżników.

– Robisz wrażenie zmieszanego, mój lordzie – rzucił niefrasobliwie ambasador. – Już spieszę z wyjaśnieniami. Lecz by to zrobić, muszę najpierw opowiedzieć ci pewną historię.

To było najdziwniejsze powitanie w życiu Lotha.

– Znasz oczywiście opowieść o Dziewicy i Świętym. Wiesz, jak dzielny rycerz uratował księżniczkę ze smoczej paszczy i zabrał ją do królestwa po drugiej stronie morza. Wiesz, że założyli wielkie miasto, w którym żyli szczęśliwie po kres swoich dni. – Uśmiech. – To wszystko nieprawda.

W pokoju było tak cicho, że Loth słyszał, jak orzeł czyści sobie pióra.

– Jesteś, ekscelencjo, wyznawcą Pieśniarza Świtu – powiedział wreszcie. – Lecz proszę cię, byś nie bluźnił w mojej obecności.

– To Berethnetowie są bluźniercami. To oni są kłamcami.

Loth był tak osłupiały, że nie mógł dobyć słowa. Wiedział, że Chassar jest niewiernym, ale nie wiedział, że do tego stopnia.

– Gdy Bezimienny przybył na Południe, do miasta zwanego Yikala – podjął ambasador – wysoki władca Selinu, chcąc go udobruchać, zorganizował loterię życia i śmierci. Nawet dzieci były składane w ofierze, jeśli na nie padło. Jego jedyna córka, księżniczka Cleolind, zarzekała się przed ojcem, że może pokonać bestię, lecz Selinu jej zabronił. Cleolind zmuszono, by patrzyła na cierpienie swego ludu. Jednak pewnego dnia to ona została wybrana na ofiarę.

– Świętarze mówią to samo – wtrącił Loth.

– Milcz i słuchaj. Naucz się czegoś. – Chassar wybrał sobie z misy purpurowy owoc. – Tego dnia, gdy miała zostać zabita, przez miasto przejechał zachodni król. Nosił przy boku miecz zwany Ascalonem.

– Dokładnie jak w…

– Cisza albo urżnę ci język.

Loth kłapnął ustami.

– Tenże właśnie rycerz bez zmazy ni skazy – mówił dalej Chassar głosem ociekającym szyderstwem – obiecał jej, że zabije Bezimiennego swoim czarodziejskim mieczem. Ale postawił dwa warunki. Po pierwsze Cleolind miała zostać jego żoną i powrócić z nim na Inyscę jako jego królowa małżonka. Po drugie jej lud miał się nawrócić na Sześć Cnót: uhonorować kodeks rycerski, który postanowił przemienić w religię. Sam mianował się bogiem. Wymyślona wiara.

Tego już było za wiele. Ten człowiek robił ze Świętego jakiegoś szaleńca. Wymyślona wiara? Sześć Cnót stanowiło treść rycerskiego kodeksu, któremu w tamtych czasach wierni byli wszyscy inysyccy rycerze. Loth otworzył usta, lecz w porę przypomniał sobie ostrzeżenie Chassara i zaraz je zamknął.

– Lasyanie bali się potwora, lecz wcale nie chcieli przechodzić na tę nową wiarę. Cleolind to właśnie powiedziała rycerzowi i odrzuciła obydwa warunki. Ale Galianem do tego stopnia owładnęły chciwość i żądza, że nawet pomimo tego rzucił wyzwanie Bezimiennemu.

Loth nieomal zakrztusił się winem.

– W jego sercu nie było chuci. Jego miłość do księżniczki Cleolind była czysta i piękna.

– Proszę, milordzie, postaraj się nie być irytujący. Galian Kłamca był złaknionym władzy, samolubnym chamem. Dla niego Lasya nie była niczym więcej jak tylko polem gotowym na żniwa, gdzie miał zamiar zdobyć dla siebie oblubienicę z królewskiego rodu i nowych wiernych religii, którą sobie wymyślił dla osobistych korzyści. Chciał uczynić się bogiem i zjednoczyć Inyscę pod jarzmem swej korony. – Chassar nalał sobie wina. Loth usychał z pragnienia. – Ma się rozumieć, twój ukochany Święty niemal natychmiast został zadrapany i poszczał się w portki. Wówczas Cleolind, kobieta odważna i silna, podniosła z ziemi jego miecz. Podążyła za Bezimiennym w głąb Zalewiska Lasyańskiego, gdzie ten uwił sobie leże. Niewielu odważyło się wejść w głąb lasu, albowiem jego połacie były rozległe i niezbadane. Cleolind tropiła bestię, aż znalazła się w wielkiej dolinie. Jaśniało tam nieopisanie piękne i nieprawdopodobnie wysokie drzewo pomarańczy. Bezimienny owinął się wokół niego jak wąż. Stoczyli walkę w dolinie i choć Cleolind była potężną wojowniczką, bestia spaliła ją. Cierpiąc męki, księżniczka wspięła się na drzewo. Bezimienny zaskrzeczał triumfalnie, pewien swego zwycięstwa, i rozwarł paszczę, by raz jeszcze plunąć ogniem. Lecz dopóki Cleolind kryła się w konarach drzewa, ogień się jej nie imał. Gdy sama dziwowała się temu cudowi, drzewo ofiarowało jej owoc. Wgryzła się weń, a wtedy, ozdrowiała: zasklepiły się jej rany, a ona sama uległa przemianie. Zaczęła słyszeć szepty ziemi. Taniec wiatru. Odrodziła się jako żywy płomień. Raz jeszcze stanęła do walki z bestią i wbiła Ascalon w szczelinę pod jedną z jej łusek. Odniósłszy śmiertelną ranę, Bezimienny uciekł. Cleolind wróciła do Yikali w glorii i chwale. Wygnała sir Galiana Berethneta ze swojego kraju, oddawszy mu miecz, by nigdy nie zechciał po niego wrócić. On zaś uciekł na wyspy Inysca, gdzie rozpowszechnił swoją kłamliwą wersję wydarzeń, a jego lud nałożył mu koronę na głowę i obwołał go królem…

Loth grzmotnął pięścią w stół. Piaskowy orzeł zaskrzeczał w proteście.

– Nie będę siedział przy twoim stole i bezczynnie słuchał, jak obrażasz moją wiarę – powiedział cicho Loth. – Cleolind wróciła z sir Galianem na Inys, a królowe z rodu Berethnet są ich potomkiniami.

– Cleolind odrzuciła swoje bogactwa – ciągnął Chassar, jakby Loth w ogóle się nie odezwał – i wróciła do Zalewiska Lasyańskiego wraz ze swymi przybocznymi. Tam stworzyła Zakon Drzewa Pomarańczy, dom dla kobiet pobłogosławionych świętym płomieniem. Dom czarodziejek, lordzie Artelocie.

Czarnoksięstwo.

– Zakon powstał, by zabijać wyrmy i chronić Południe przed smoczą potęgą. Jego naczelniczką jest Przeorysza: najukochańsza spośród dzieci Matki. Obawiam się, lordzie Artelocie, że ta wielka pani sądzi, że mogłeś zamordować jedną z jej córek. – Gdy Loth posłał mu nierozumiejące spojrzenie, Chassar pochylił się ponad stołem w jego stronę. – A to dlatego, że byłeś w posiadaniu żelaznej szkatuły, którą wcześniej trzymała w rękach kobieta imieniem Jondu.

– Nie jestem mordercą. Jondu została schwytana przez Yscalińczyków – wyrzekł z naciskiem Loth. – Zanim umarła, powierzyła szkatułę donmacie Yscalinu, która przekazała ją mnie. – Złapał za podłokietnik i wstał. – Błagała, bym ci ją przyniósł. Teraz ją masz – powiedział zrozpaczony. – A ja mam zamiar stąd odejść.

– A więc Jondu nie żyje. Usiądź, lordzie Artelocie. – Słowa Chassara wisiały w powietrzu jak lodowe sople. – Nigdzie się nie wybierasz.

– Mam więc słuchać, jak dalej obrażasz moją wiarę?

– Ktokolwiek odnajdzie Zakon, nie może go już opuścić.

Loth zamarł.

– Niełatwo mi to powiedzieć. Jestem w bliskich stosunkach z twoją matką i z bólem serca konstatuję, że nigdy już nie ujrzy syna... ale nie możesz stąd odejść. Żaden obcy nie może. Istnieje zbyt wielkie ryzyko, że powiesz komuś o Zakonie.

– Ty... – Loth pokręcił głową. – Nie możesz mnie tu... To jakieś wariactwo!

– To wygodne życie, lordzie Artelocie. Nie tak wygodne jak twoje dotychczasowe życie w Inys – przyznał Chassar – ale będziesz tu bezpieczny, z dala od ciekawskich oczu tego świata.

– Jestem dziedzicem Złotobrzozy. Przyjacielem królowej Sabran IX. Nie pozwolę kpić z siebie! – Dotknął plecami ściany. – Ead zawsze mówiła, że żarty się ciebie trzymają. Jeśli to jakiś dowcip, ekscelencjo, ośmielam się twierdzić, że niezbyt śmieszny.

– Ach – Chassar westchnął – Eadaz. Opowiadała mi o łączącej was przyjaźni.

W sercu Lotha coś się przesunęło, jakby kawałek układanki trafił na właściwe miejsce. I wówczas zaczął rozumieć.

Nie Ead, lecz Eadaz. Uczucie promieni słońca na skórze. Jej sekrety. Jej tajemnicze dzieciństwo. Ale nie, to nie mogła być prawda... Ead przeszła na Sześć Cnót. Modliła się w Sanktuarium dwa razy dziennie. Nie mogła, po prostu nie mogła być heretyczką praktykującą zakazaną sztukę.

– Kobieta, którą znałeś jako Ead Duryan, to kłamstwo, Artelocie. To ja stworzyłem jej tę tożsamość. Jej prawdziwe imię brzmi Eadaz du Zāla uq-Nāra i jest ona siostrą Zakonu. Umieściłem ją na Inys na rozkaz poprzedniej Przeoryszy, by chroniła Sabran IX.

– Nie.

Ead, z którą pił wino i która tańczyła z nim na każdej Uczcie Przyjaźni, odkąd skończył dwadzieścia dwa lata. Ead, kobieta, którą ojciec radził mu poślubić.

Ead Duryan.

– Jest czarodziejką. Jedną z najbardziej utalentowanych – powiedział Chassar. – Wróci tutaj, gdy tylko Sabran urodzi dziecko.

Każde kolejne słowo głębiej wpychało nóż zdrady w jego ciało. Nie wytrzyma dłużej. Wypadł z pokoju, odsuwając zasłonę, i puścił się naprzód labiryntem korytarzy tylko po to, by stanąć twarzą w twarz z kobietą w zieleni. I dopiero teraz zobaczył, że wcale nie trzyma w ręku lampy.

Tylko ogień.

– Matka z tobą, Artelocie. – Uśmiechnęła się do niego. – Śpij.

33
Wschód

Umościli się w najwyżej położonej komnacie pałacu Brygstad, gdzie często zakradali się nocą, gdy wysoki książę opuszczał swoją rezydencję. Ze ścian zwieszały się gobeliny, a okna były zaparowane, jako że w kominku rozpalono ogień. Tutaj właśnie rodziły księżne, pod sklepieniem gwiazd.

Czasem umykali do Starej Dzielnicy, do pokoju Jannarta w gospodzie Słońce i Chwała, słynącej z dyskrecji i stanowiącej schronienie dla kochanków, którzy odstąpili od reguł Rycerki Przyjaźni. Niektórzy, jak na przykład Jannart, czuli się uwięzieni w małżeństwie, którego nie chcieli. Inni w ogóle nie byli w związku małżeńskim. Jeszcze inni zakochali się w osobach, z którymi nie mogli być ze względu na różnicę pozycji. Za nieprawomyślną miłość płaciło się w Imperium Cnót wysoką cenę.

Tego dnia Edvart wyjechał wraz z połową dworu, swoją córką i bratankiem do letniej rezydencji w lesie Młodożeniec. Jannart obiecał Edvartowi, że dołączy do niego wkrótce i razem zapolują na mitycznego krwawego wilkora, który nawiedzał północne rubieże Mentendonu.

Niclays nie umiał stwierdzić, czy Edvart zna prawdę o jego relacji z Jannartem. Może po prostu przymykał na nią oko. Gdyby sprawa wyszła na jaw, wysoki książę nie miałby wyjścia – musiałby wygnać Jannarta, swojego najbliższego przyjaciela, za złamanie przysięgi danej Rycerce Przyjaźni.

W kominku przełamał się płonący sąg drewna. Siedzący obok Jannart głowił się nad swoimi rękopisami, rozścielonymi na dywanie niczym wachlarz.

Od kilku lat coraz mniej czasu poświęcał swojej sztuce, w zamian oddając się badaniom historycznym. Od zawsze frasowały go katastrofalne straty, jakie poniosła nauka w czasie Żałoby Wieków, gdy palono biblioteki i archiwa oraz rujnowano perły starożytnej architektury. Teraz, gdy jego syn Oscarde odciążył go nieco, biorąc na siebie część obowiązków związanych z zarządzaniem księstwem, Jannart mógł wreszcie poświęcić się łataniu dziur historii.

Niclays leżał nagi w łożu, patrząc na wymalowane na sklepieniu gwiazdy. Ktoś zadał sobie sporo trudu, by idealnie odwzorować konstelacje nocnego nieboskłonu.

– Nad czym tak dumasz?

Jannart nie musiał nawet odrywać wzroku od manuskryptu, by wiedzieć, że coś jest nie tak. Niclays wyrzucił powietrze z płuc.

– Obecność wiwerny na przedmieściach stolicy powinna zmartwić chyba nawet ciebie.

Trzy dni temu dwaj Mentyjczycy zapuścili się do pewnej jaskini na zachód od Brygstad i natknęli się na śpiącą wiwernę. Każdy wiedział, że po Żałobie Wieków smocze stwory rozpierzchły się po całym świecie, by zapaść w sen w grotach, wąwozach i podziemnych jamach oraz że jeśli ktoś ich szukał, prędzej czy później znajdował.

Mentyjskie prawo stanowiło, że należy je wówczas zostawić w spokoju, a karą za budzenie ich była śmierć. Istniało przeświadczenie, że gdy zbudzi się jeden potwór, zaraz zbudzą się inne. Ci dwaj śmiałkowie najwyraźniej mieli prawo w wysokim poważaniu. Pijani marzeniami o rycerstwie dobyli mieczy i rzucili się na bestię. Rozjuszona tak nagłą pobudką wiwerna pożarła napastników i wygrzebała się z jaskini. Zbyt skołowana po wieloletnim śnie, by zionąć ogniem, poważnie poturbowała mieszkańców pobliskiego miasteczka, zanim jakaś bohaterska dusza przeszyła jej serce strzałą.

– Clay – powiedział Jannart – wcale by się nie obudziła, gdyby nie ci dwaj aroganccy chłopcy. Ed dopilnuje, by to się już nie powtórzyło.

– Może książęta są zbyt naiwni, by sobie uświadomić, że aroganckich głupców jest pełno jak świat długi i szeroki. – Niclays nalał sobie szklankę czarnego wina. – Niedaleko Rozentunu znajduje się opuszczona kopalnia. Okoliczne dzieci plotkowały o kokatryksie, który przed zapadnięciem w sen złożył tam złote jaja. Dziewczynka, którą znałem, złamała sobie kręgosłup, próbując je zdobyć. Inny chłopiec zgubił się w ciemności i już nigdy więcej go nie widziano. To właśnie ci aroganccy głupcy, o których wspomniałem.

– Zdumiewa mnie, że po tych wszystkich latach wciąż dowiaduję się nowych rzeczy o twoim dzieciństwie. – Jannart uniósł znacząco brew, a jego usta porwały się do uśmiechu. – A czy ty szukałeś kiedyś złotych jaj?

– Proszę cię – prychnął Niclays. – Och, oczywiście, że raz czy dwa zakradłem się do wejścia, ale miłość twego żywota od dziecka jest zatraconym tchórzem. Zanadto lękam się śmierci, by wychodzić jej na spotkanie.

– No cóż, mogę tylko być wdzięczny losowi za twój brak kręgosłupa. Wyznaję, że sam również wolałbym, byś nie znalazł jej przede mną.

– Pragnę przypomnieć, że jesteś ode mnie dwa lata starszy, więc rachunek prawdopodobieństwa jest dla ciebie niekorzystny.

Jannart się uśmiechnął.

– Nie mówmy o śmierci, gdy tyle jeszcze życia przed nami.

Wstał. Niclays chłonął wzrokiem mocny zarys jego ciała rzeźbionego latami szermierki. W wieku pięćdziesięciu lat Jannart był tak samo olśniewający jak tego dnia, gdy spotkali się po raz pierwszy. Jego włosy sięgały talii, czas przyciemnił je do pysznej barwy granatu i posiał srebro u nasady. Niclays wciąż nie rozumiał, jakim cudem ten mężczyzna jest z nim od tylu lat.

– Już niebawem wyprawię cię do Mlecznej Laguny, gdzie będziemy wieść życie bez imion i tytułów. – Jannart wspiął się na łóżko, oparł dłonie po obu stronach Niclaysa i go pocałował. – A poza tym, mój panie, jeśli będziesz tyle pił, najprawdopodobniej jednak uświerkniesz przede mną. Może powinienem zacząć cię gonić… – powiedział, sięgając po szklankę.

– Ty masz swoje zakurzone księgi, a ja wino. – Chichocząc, Niclays odsunął ją poza jego zasięg. – Uzgodniliśmy to, pamiętasz?

– Ach, uzgodniliśmy. – Jannart raz jeszcze sięgnął po szklankę, drocząc się z Niclaysem. – A kiedyż to, jeśli wolno spytać?

– Dzisiaj. Chyba spałeś, gdy o tym rozmawialiśmy.

Jannart zrezygnował i przetoczył się na bok. Niclays usiłował ignorować poczucie winy.

Spierali się o jego słabość do wina wiele razy. Utemperował swoje picie do tego stopnia, by nie dziurawić sobie pamięci wielogodzinnymi przerwami, jak to często bywało za młodych lat, ale gdy długo nie pociągał z kielicha, trzęsły mu się ręce. Jannart wydawał się zanadto znużony tym tematem, by wciąż do niego wracać. Niclays cierpiał, wiedząc, że sprawia zawód jedynej osobie na świecie, która go kocha.

Czarne wino było jego wytchnieniem. Głęboka słodycz wypełniała pustkę, która rozziewała się w jego sercu, ilekroć spoglądał na swój palec, którego nigdy nie przyozdobi pierścień sercosplotu. Wino uśmierzało ból, który niosło ze sobą życie w kłamstwie.

– Naprawdę myślisz, że Mleczna Laguna istnieje? – wymruczał.

Senna kraina spokoju, bezpieczna przystań kochanków.

Jannart obwiódł palcem jego pępek.

– Tak. A przynajmniej istniała przed nastaniem Żałoby Wieków. Zgromadzone przeze mnie materiały to potwierdzają. Ed słyszał, że pozostali przy życiu potomkowie rodu Nerafriss wiedzą, gdzie się znajduje, ale dzielą się tą wiedzą jedynie z tymi, którzy okażą się godni.

– Czyli mnie pewnie nie wpuszczą. Chyba musisz pojechać sam.

– Tak łatwo się mnie nie pozbędziesz, Niclaysie Roosie. – Jannart przysunął się bliżej, aż zetknęły się ich nosy. – Nawet jeśli nigdy nie znajdziemy Mlecznej Laguny, będziemy mogli zamieszkać gdzie indziej.

– Na przykład gdzie?

– Może w jakimś innym miejscu na Południu. Gdziekolwiek nie dosięgnie nas Rycerka Przyjaźni. Za Wrotami Ungulusa leżą niezbadane krainy. Może całe kontynenty?

– Nie jestem odkrywcą.

– Mógłbyś nim zostać, Clay. Mógłbyś być, kimkolwiek zechcesz, i nigdy nie powinieneś myśleć inaczej. – Jannart przesunął kciukiem po kości policzkowej Niclaysa. – Gdybym nie przekonał samego siebie, że nie jestem grzesznikiem, nigdy nie pocałowałbym ust, które pragnę całować. Ust mężczyzny o różanozłotych włosach, którego niskie urodzenie czyni go, zdaniem jakiejś nieżyjącej od lat rycerki, niegodnym mojej miłości.

Niclays próbował nie gapić się jak głupiec w jego szare oczy Vattenów. Nawet teraz, po tak wielu latach, widok tego mężczyzny zapierał mu dech w piersi.

– A co z Aleidine? – spytał.

Usiłował nadać swemu głosowi ton ciekawości, który zagłuszyłby pobrzmiewającą w nim gorycz. Związek Niclaysa z Jannartem, który od dziesięcioleci krążył między swoją towarzyszką życia a kochankiem, stanowił wielkie ryzyko dla jego pozycji na dworze. Niclays nie miał podobnego zmartwienia. Nigdy się nie ożenił i nikt nie próbował go zmuszać do ożenku.

– Ally sobie poradzi – zapewnił go Jannart, choć drgnęła mu powieka. – Zostanie księżną wdową Zeedeur, będzie cieszyć się bogactwem i wpływami.

Jannart troszczył się o Aleidine. Nawet jeśli nigdy nie kochał jej tak, jak winni się kochać towarzysze życia, łączyła ich głęboka przyjaźń, zrodzona w ciągu trzydziestu lat małżeństwa. Znosiła jego romanse, urodziła mu dziecko, wraz z nim władała księstwem Zeedeur i przez cały ten czas darzyła go bezinteresowną miłością.

Niclays wiedział, że gdy uciekną, Jannart będzie tęsknił za nią i za rodziną, którą wspólnie stworzyli, lecz wiedział też, że Jannart uważa, iż skoro poświęcił jej młodość, ma prawo spędzić starość z mężczyzną, którego prawdziwie pokochał.

Niclays sięgnął do jego ręki, tej, na której palcu widniał srebrny pierścień sercosplotu.

– Wyjedźmy prędko – rzucił niefrasobliwie, by odciągnąć jego myśli od małżonki. – To całe ukrywanie się sprawia, że szybciej się starzeję.

– Do twarzy ci ze starością, mój złoty lisie. – Jannart go pocałował. – Wyjedziemy, obiecuję ci to.

– Kiedy?

– Chcę spędzić z Truyde jeszcze kilka lat. By miała choć garść wspomnień związanych ze swym dziadkiem.

Mała liczyła sobie zaledwie pięć lat i już kartkowała tłuściutkimi paluszkami dowolną podsuniętą przez Jannarta księgę, wysuwając dolną wargę w grymasie całkowitego skupienia. I miała jego włosy.

– Kłamczuch – skwitował Niclays. – Chcesz się upewnić, że będzie malować jak ty, skoro Oscarde przejawia zerowe zdolności w tym kierunku.

Jannart roześmiał się perliście.

– Może, może.

Leżeli chwilę ze splecionymi palcami. Słońce zalało komnatę złotą poświatą.

Niedługo będą już tylko we dwóch. Niclays powtarzał sobie, że z pewnością tak właśnie się stanie, jak robił to rok po roku od lat. Jeszcze nie teraz, jeszcze tylko rok, góra dwa.

Kiedy Truyde trochę podrośnie. Wtedy na zawsze opuszczą Imperium.

Gdy Niclays zwrócił się, by popatrzeć na ukochanego, ten uśmiechnął się tym łotrowskim uśmieszkiem, który czaił się w kąciku jego ust. Teraz, gdy Jannart był starszy, ten uśmiech marszczył mu policzek, co tylko podkreślało jego urodę. Niclays uniósł głowę, wychodząc naprzeciw pocałunkowi, a Jannart otulił jego twarz dłońmi, jakby oprawiał jeden ze swoich portretów. Niclays namalował pionową linię na białym płótnie jego brzucha, a on przywarł do niego w odpowiedzi. Choć już dawno nauczyli się siebie na pamięć, siła ich objęć za każdym razem przejmowała ich wrażeniem, jakby ich ciała zetknęły się po raz pierwszy.

Nim zapadł zmrok, leżeli wtuleni w siebie przed kominkiem, śliscy od potu i z ciążącymi coraz bardziej powiekami. Jannart dłonią przeczesywał Niclaysowi włosy.

– Clay – wymruczał. – Będę musiał niebawem wyjechać.

– Co? – Niclays podniósł na niego wzrok.

– Mówiłeś, że ciekawi cię, czym się zajmuję, przesiadując całymi dniami w gabinecie. Otóż kilka tygodni temu odziedziczyłem pewien fragment tekstu po mojej ciotce, która przez czterdzieści lat była wicekrólową Orisimy.

Niclays westchnął. Gdy Jannart zwęszył jakąś tajemnicę, był jak sęp, któremu instynkt kazał obdziobać do czysta znalezione truchło. Niclays kochał alchemię i wino, Jannart kochał odkrywać zapomnianą wiedzę.

– Powiedz coś więcej – poprosił Roos z taką dozą śmiałości, na jaką było go stać.

– Fragment ma co najmniej kilkaset lat. Niemal boję się go dotykać, żeby nie rozkruszył mi się w rękach. Zgodnie z tym, co ciotka zapisała w dzienniku, otrzymała go od człowieka, który poprosił ją, by zabrała go z ziem Wschodu i dopilnowała, by już nigdy tam nie wrócił.

– Tajemnicza sprawa. – Niclays oparł głowę na jego ramieniu. – A jaki to ma związek z twoim porzuceniem mnie?

– Nie mogę odczytać tego tekstu. Muszę więc pojechać na Uniwersytet Ostendeurski, by sprawdzić, czy ktoś rozpozna ten język. Wydaje mi się, że to jakaś prastara odmiana seiikineskiego, ale znaki mają w sobie coś dziwnego. Niektóre są większe, inne mniejsze, dzielą je niezrozumiałe dla mnie odstępy. – Patrzył gdzieś w dal, choć dzieliło go od Niclaysa kilka cali. – To może być zaszyfrowana wiadomość. Intuicja podpowiada mi, że to jakiś niesłychanie ważny kawałek historii. Być może najważniejsza rzecz, jaką kiedykolwiek studiowałem. Muszę zrozumieć, co tam jest napisane. Udało mi się zlokalizować pewną bibliotekę, która może mi w tym pomóc.

– Gdzie się znajduje? Czy stanowi część uniwersytetu?

– Nie. To... raczej ustronne miejsce. Leży kilka mil od Wilgastrōmu.

– Wilgastrōm, powiadasz. Pasjonujące. – Było to senne miasteczko nad rzeką Lint. Wolne od wiwern. – No cóż, postaraj się szybko wrócić. Gdy tylko wyjedziesz, Ed będzie próbował zabrać mnie na polowanie lub namówić na grę w wolanta, co zmusi mnie do rozmawiania z dworzanami.

Jannart przysunął się do niego.

– Jakoś to przeżyjesz. – Jego uśmiech rozmył się i przez krótką chwilę jego oczy ziały ciemnością. – Nigdy nie opuściłbym cię bez przyczyny, Clay. Klnę się na moją przysięgę.

– Trzymam cię za słowo, Zeedeur.

Istniała kraina pomiędzy snem i jawą. Właśnie tam Niclays był uwięziony. Gdy przewrócił się na bok, łza spłynęła z kącika jego oka.

Deszcz omywał mu twarz. Znajdował się w jakiejś łodzi wiosłowej czy może szalupie. Fale bujały go jak dziecko w kołysce. Widział nad sobą jakieś postacie przerzucające się niezrozumiałymi słowami. Dręczyło go palące pragnienie.

Z tyłu jego umysłu kłębiły się mętne wspomnienia. Szarpiące go ręce, jedzenie wpychane do ust aż do zakrztuszenia. Materiał zakrywający nos i usta.

Wymacał burtę, przechylił się przez nią i zwymiotował. Wszędzie wokoło wznosiły się i opadały zielone fale, przeźroczyste jak leśne szkło.

– O Święty… – skrzeknął po seiikinesku. – Wody, błagam.

Nikt nie odpowiedział.

Zapadał zmierzch. Lub może wstawał świt. Niebo znaczyły sińce chmur, ale między nimi widniała pozostawiona przez słońce miodowa smuga. Niclays przetarł oczy rękawem, chcąc pozbyć się z nich deszczu, i ujrzał kołyszące się ponad łodzią ognistopomarańczowe żagle oświetlone światłem latarni. Okręt widmo obleczony w morską mgłę. Jeden z porywaczy trzepnął go w głowę i wyszczekał coś po jeziorańsku.

– Dobra, dobra – mruknął Niclays.

Podnieśli go na nogi za linę pętającą mu nadgarstki i dźgając w plecy czubkiem noża, zaprowadzili do drabiny. Widok statku otrzeźwił Niclaysa i sprawił, że usta same otworzyły mu się na pełną szerokość.

Dziewięciomasztowy galeon o kadłubie okutym żelazem był przynajmniej dwukrotnie dłuższy od wielkiej zachodnicy. Niclays nigdy jeszcze nie widział tak kolosalnej jednostki, nawet w Inys. Położył stopę na drewnianym szczeblu i zaczął się wspinać, poganiany krzykami i groźbami.

Niewątpliwie znalazł się wśród piratów, a po jadeitowozielonej barwie wody poznał, że płyną przez Morze Słonecznego Tańca, które krwawiło wprost w paszczę Czeluści – mrocznego oceanu oddzielającego Zachód od Północy i Południa. To właśnie to morze przebył, gdy lata temu płynął na Seiiki.

I to właśnie na tym morzu zginie. Piraci nie byli znani z miłosierdzia ani kurtuazji wobec jeńców.

I tak mam szczęście – pomyślał – że jestem jeszcze w jednym kawałku.

Gdy wspiął się na pokład, zaciągnięto go do drugiej burty, przy której stali inni jeńcy, mężczyźni i kobiety o wschodnich rysach oraz rozproszona pośród tłumu garstka południowców. Kilku piratów rzuciło Niclaysowi podejrzliwe spojrzenie. Wielu z nich nosiło na czołach tatuaże, wypisane po seiikinesku słowa odpowiadające poszczególnym przewinieniom: morderca, złodziej, podpalacz, bluźnierca.

Niclaysa przywiązano do jednego z masztów i wówczas zaczął się zastanawiać nad swoim rozpaczliwym położeniem. To musiał być największy okręt na świecie, co oznaczało, że Niclays trafił w łapy Floty Tygrysiego Oka – pirackiej bandy specjalizującej się przede wszystkim w handlowaniu smoczymi częściami ciała, choć, jak to piraci mieli w zwyczaju, działającej również na innych polach.

Zabrali mu wszystko, co miał przy sobie, łącznie z fragmentem dzieła, za który zginął Jannart – przedmiotem, który nigdy nie powinien był wrócić na Wschód. Była to ostatnia pamiątka po Jannarcie i Niclays właśnie ją stracił. Niech będzie przeklęty. Ta myśl nieomal doprowadziła go do łez, ale musiał, po prostu musiał przekonać tych piratów, że go potrzebują. A szlochanie z przerażenia mu w tym nie pomoże.

Miał wrażenie, że nim wreszcie ktoś do niego podszedł, minęły lata. Słońce zdążyło zanurzyć się w morzu i wyłonić się z drugiej strony.

Stanęła przed nim Jezioranka o pociemniałych ustach. Postrzępione włosy wystawały spod cudacznego nakrycia głowy, złotego i ciężkiego, pokrytego ostrymi jak brzytwa zdobieniami, z których każde było małym dziełem sztuki. Jej pas obciążał również wykonany ze złota i pewnie ze dwa razy ostrzejszy miecz. Zmarszczki na brązowej skórze kobiety świadczyły o latach spędzonych pod palącym słońcem.

Otaczało ją sześciu piratów, a wśród nich wąsaty olbrzym, Sepulczyk, którego nagi tors pokryty był tatuażami tak gęsto, że nie sposób było znaleźć skrawka dziewiczej skóry. Na płótnie jego piersi wielkie tygrysy rozrywały smoki na strzępy, masywne ramiona pokrywała krew wraz z morską pianą. Nad sercem miał wisiorek z perłą.

Dowódczyni – bo była nią niewątpliwie – nosiła długi płaszcz z czarnej mory. Miast prawej ręki z barku – a w zasadzie z dopasowanej metalowej klatki przytwierdzonej do ciała skórzanymi pasami – wyrastał jej rzeźbiony drewniany substytut wyposażony w łokieć i palce. Niclays wątpił, by zdawał się na wiele w bitwie, ale była to w rzeczy samej zmyślna innowacja, o której zachodni rzemieślnicy pewnie nawet nie pomyśleli.

Kobieta zlustrowała jeńca od stóp do głów, a potem odeszła, a tłum piratów się przed nią rozstąpił. Dryblas rozwiązał Niclaysa i zaprowadził go do jej kabiny udekorowanej mieczami i zakrwawionymi szmatami bander.

W rogu stało dwoje ludzi: krępa piegowata kobieta o brązowej skórze i bruzdach wokół ust oraz kościsty chudzielec, wysoki i blady, znacznie starszy od Niclaysa. Poszarpana tunika z czerwonego jedwabiu sięgała mu za kolana.

Piratka rozsiadła się na tronie i przyjęła od starca drewnianą fajkę z okuciami z brązu. Zaciągnęła się głęboko tym, co się w niej paliło, i przyjrzała się Niclaysowi raz jeszcze, przez wypuszczoną z ust błękitnawą mgłę. A potem przemówiła głębokim, miarowym tonem.

– Moi piraci zwykle nie biorą jeńców – przetłumaczyła piegowata kobieta na seiikineski – chyba że akurat brakuje nam majtków. – Spojrzała znacząco na Niclaysa, a jej brew powędrowała na czoło. – Ale ty nie jesteś byle kim.

Wiedział, że nie powinien odzywać się niepytany, skłonił się więc tylko. Tłumaczka czekała na ciąg dalszy.

– Znaleźliśmy cię na plaży w Ginurze, miałeś przy sobie pewne dokumenty. Jeden z nich stanowi część starożytnego manuskryptu. Jak wszedłeś w jego posiadanie?

Niclays skłonił się głębiej.

– Czcigodna pani kapitan – zwrócił się do Jezioranki – otrzymałem go w prezencie od mojego drogiego przyjaciela. Przekazano mi go po jego śmierci. Wziąłem ów fragment tekstu ze sobą na Seiiki, gdy wyruszałem z Wolnego Państwa Mentendonu. Miałem nadzieję, że uda mi się go rozszyfrować.

Tłumaczka zrelacjonowała jego wypowiedź Jeziorance.

– Czy ci się udało? – padło pytanie.

– Jeszcze nie.

Jej oczy były jak odłamki wulkanicznego szkła.

– Miałeś ten przedmiot przez, jak mniemam, dobrych dziesięć lat i nosiłeś przy sobie niczym talizman, ale mówisz, że nic o nim nie wiesz. To ciekawe – powiedziała głosem tłumaczki. – Może chłosta zainspiruje cię do prawdomówności. Jak człowiek rzyga krwią, wraz z nią często opuszczają jego usta sekrety i tajemnice.

Pot przesiąknął przez jego opiętą na plecach koszulę.

– Proszę – powiedział – mówię prawdę. Litości.

Roześmiała się dźwięcznie.

– Nie zostałam władczynią wszystkich piratów, okazując łaskę złodziejom i kłamcom.

Władczynią wszystkich piratów?

To nie była pierwsza lepsza kapitan. Stał przed budzącą postrach tyranką, która trzymała w garści Morze Słonecznego Tańca, zdobywczynią tysięcy okrętów, królową chaosu dowodzącą armią czterdziestu tysięcy zbójów. Oto miał przed sobą Złotą Cesarzową, wroga wszelkiego ładu, która wydostała się z nędzy i stworzyła swoje własne państwo na morzu – nację, która nie musiała kłaniać się smokom.

– Arcyczcigodna Złota Cesarzowo. – Niclays padł przed nią plackiem. – Wybacz, że nie okazałem ci należnego szacunku. Nie miałem pojęcia, z kim mam do czynienia. – Jego kolana rwały bólem, mimo to przyciskał czoło do podłogi. – Wciel mnie do swojej załogi. Oferuję ci swoje zdolności anatoma, całą swoją wiedzę i dozgonną lojalność. Zrobię, co tylko zechcesz, ale ocal moje życie.

Złota Cesarzowa pyknęła fajkę.

– Gdybyś okazał krztynę godności, spytałabym o twoje imię, lecz od dzisiaj zwać się będziesz Morski Księżyc.

Piraci u drzwi ryknęli śmiechem. Niclays wzdrygnął się. Morski Księżyc, seiikineskie określenie na tchórza, pozbawionego kręgosłupa padalca, płynącego bezwolnie z prądem.

– Mówisz, że jesteś anatomem – ciągnęła tłumaczka, przerywając co rusz, by wysłuchać kapitan. – Tak się składa, że potrzeba mi na tym okręcie chirurga. Moja ostatnia lekarka okazała się przebiegłą suką, która w akcie zemsty za złupienie jej zasranej wioseczki wrzuciła mi do wina złotego jedwabnika. – Złota Cesarzowa zaciągnęła się dymem. – Pokazałam jej, że morska woda jest równie zabójcza. – Niclays z wysiłkiem przełknął ślinę. – Nie lubię marnować tego, co mogę wykorzystać. Dowiedź mi swoich umiejętności, a kto wie, może znowu sobie pogawędzimy.

– Dziękuję. – Głos mu się załamał. – Dziękuję, arcyczcigodna kapitan, za twą wspaniałomyślność.

– To nie wspaniałomyślność, Morski Księżycu. To interesy. – Rozparła się na krześle. – Bądź wobec mnie lojalny. Flota Tygrysiego Oka nie daje drugiej szansy.

– Rozumiem. – Niclays zebrał się w sobie. – Czcigodna Złota Cesarzowo, mam pytanie, jeśli wolno. – Patrzyła na niego wyczekująco. – Gdzie jest smok, którego zabrałaś z plaży?

– Pod pokładem. – Jej przenikliwe spojrzenie przeszywało go na wylot. – Wrócimy do tej rozmowy, Morski Księżycu. Teraz zajmij się pacjentem.

34
Zachód

Gdy oficjalnie ogłoszono, że królowa Sabran jest w ciąży, lud Inys zakończył żałobę i ulice Ascalonu zaroiły się od świętującego tłumu. Książę Aubrecht nie żył, ale dał im nową władczynię Imperium, osłonił ich od szponów Bezimiennego kolejnym pokoleniem Berethnetów.

Choć Sabran zwykle rezydowała we Wrzosowej Twierdzy przez pół roku, nikt nie marudził, gdy rozkazała zwinąć dwór i wrócić do stolicy na ostatni etap ciąży. W każdym kącie zimowej rezydencji roiło się od wspomnień o księciu małżonku. Zapanowała powszechna zgoda co do tego, że Sabran lepiej będzie w Ascalonie.

Uszyto nowe suknie, pasujące do jej błogosławionego stanu. Po raz pierwszy od dziesięcioleci przewietrzono komnatę rekreacyjną, zwaną potocznie komnatą leniwą. Pałac zaczął przypominać wiejski dom wypełniony trzepotem motylich skrzydeł. Przy każdym posiłku pito do dna zdrowie królowej. Brzmiały donośne śmiechy i radosne wiwaty.

Dworzanie nie widzieli bowiem tego, co widziały na co dzień damy sypialniane. Ciągłego wycieńczenia królowej, nieustannych mdłości znamionujących niełatwe przystosowywanie się ciała do nowych warunków, a także tego, jak leży w łożu, nie mogąc zmrużyć oka przez większą część nocy.

Roslain powiedziała damom dworu, że teraz rozpoczyna się najniebezpieczniejszy etap ciąży. Sabran nie wolno było się przemęczać. Nie wolno jej było ani polować, ani nawet zbyt szybko chodzić, ani też zaprzątać sobie głowy wisielczymi myślami. Wszystkie sypialnianki musiały wspólnie się trudzić, by królowa donosiła ciążę w spokoju i dobrym humorze.

Życie dziecka było teraz ważniejsze od życia matki, gdyż nie istniał precedens świadczący o tym, że kobiety z rodu Berethnetów są zdolne do powtórnego zajścia w ciążę. Nic dziwnego, że ostatnimi czasy Sabran unikała ludzi. Połóg był jedyną sytuacją, w której nie mógł jej ochronić jej boski autorytet, a każdy dzień przybliżał ją do rozwiązania.

Zupełnie jak gdyby nie zdawała sobie sprawy z otaczających ją zagrożeń, Książęta Ducha przypominali jej o tym codziennie.

– Jest rzeczą najwyższej wagi, byśmy podjęli decyzję o dalszym toku działania. Yscalin w każdej chwili może wypowiedzieć nam wojnę – powiedziała jej pewnego ranka Igrain Crest. – Nasze nadbrzeżne fortyfikacje zostały wzmocnione po tym, jak w Ascalonie pojawił się Fýredel, zgodnie z twoimi rozkazami, Wysokości, lecz wymagają umocnienia. Otrzymaliśmy też wieści, że ścierwokról buduje nową flotę w Zatoce Meduz. Jego flota powiększyła się już o dobre pięćdziesiąt jednostek.

– Gotuje się do inwazji – skonkludowała królowa. Pod jej oczami widniały czarne podkowy.

– Na to wygląda, Wasza Wysokość – powiedziała grzeczniej Crest. – Lord admirał jest tego samego zdania.

Księżna Sprawiedliwości pojawiła się w komnacie, gdy Sabran jadła śniadanie. Stanęła w słupie światła, które podkreśliło blaskiem broszę jej patrona.

– Natychmiast rozpoczniemy negocjacje z Hróth – oznajmiła. – Wilcze płaszcze wzbudzą strach ścierwokróla Sigosa. By zwiększyć nasze szanse na otrzymanie posiłków, będziemy musieli rzecz jasna wysłać do Hróth zgodę Waszej Wysokości na małżeństwo z wysokim wodzem Askrdalu. Gdy król Raunus usłyszy…

– Nie będzie żadnego małżeństwa – ucięła Sabran. – Król Raunus jest władcą państwa zrzeszonego z Imperium oraz moim dalekim krewnym. Zobaczmy, ile żołnierzy nam zaoferuje, zanim sami wyślemy podobną ofertę.

Katryen powoli nabrała powietrza do płuc. To niepodobne do Sabran przerywać Igrain Crest. Ona sama również wyglądała na zaskoczoną. Mimo to przystroiła wargi uśmiechem.

– Wysokości – zaczęła – rozumiem, że to musi być dla ciebie bardzo trudne. Książę Aubrecht umarł tak niedawno. Lecz ufam, iż pamiętasz, co powiedziałam ci przed twoją koronacją. Przyjaźń trzeba pielęgnować jak delikatny kwiat. To prawda, że jesteś spokrewniona z Raunusem, lecz nie ma innego wyjścia. Musisz ponownie wyjść za mąż.

Sabran wyjrzała przez okno.

– Nie widzę teraz takiej potrzeby.

Tym razem Crest pozwoliła, by uśmiech spełzł z jej warg. Strzeliła wzrokiem najpierw do Katryen, potem do Ead.

– Wasza Wysokość – powiedziała rozsądnym tonem – może porozmawiamy o tym na osobności?

– Dlaczego, Igrain? – spytała beznamiętnie Sabran.

– Bo to delikatna kwestia natury dyplomatycznej. – Po taktownej pauzie dodała: – Wybaczcie nam, lady Katryen, pani Duryan. Chciałybyśmy porozmawiać z królową w cztery oczy.

Ead dygnęła i ruszyła do wyjścia, a Katryen za nią.

– Nie – rozległ się głos Sabran. – Ead, Kate, zostańcie, gdzie jesteście.

Po chwili obie wróciły na miejsca. Sabran podniosła się na krześle i oparła ręce na podłokietnikach.

– Wasza Książęca Mość – wyrzekła do Crest – cokolwiek chcesz powiedzieć na ten temat, możesz powiedzieć przy moich damach. Nie byłoby ich teraz w tej komnacie, gdybym nie darzyła ich całkowitym zaufaniem.

Ead i Katryen wymieniły spojrzenia. Crest ponownie ułożyła usta w uśmiech.

– Co się tyczy króla Raunusa – podjęła – musimy uzyskać potwierdzenie, że Jego Wysokość wspomoże obronę Inys. Natychmiast wyślę ambasadora Sterbeina do Elding, ale pisemne przyjęcie tych tak dawno już wysuniętych oświadczyn wzmocniłoby jego pozycję w negocjacjach.

Sabran złożyła dłoń na mocno zaokrąglonym brzuchu.

– Igrain – wymówiła bardzo cicho – długo tłumaczyłaś mi, jak ważne jest, by na świecie pojawiła się moja córka. Przekonywałaś, że jest moim królowieckim obowiązkiem wydać na świat dziedziczkę. By uhonorować ten obowiązek, nie wyjdę ponownie za mąż, nie będę nawet o tym myśleć, dopóki noszę dziecko w łonie, aby napięcie związane z tą decyzją nie wyrządziło krzywdy mej córce. Zaoferuj Raunusowi coś innego. Zobaczymy wówczas, co zaproponuje w zamian.

Sens tych słów był jasny: Crest nie mogła naciskać, bo wyglądałoby to tak, jakby nie obchodził jej los maleństwa.

– Wysokości – wyrzekła z twarzą wyrażającą uprzejme rozczarowanie. – Mogę ci tylko doradzać. Wybór, jak również konsekwencje będą tylko twoje.

Dygnęła i wyszła. Sabran odprowadziła ją do drzwi obojętnym spojrzeniem.

– Niepotrzebnie drąży temat – powiedziała miękko, gdy drzwi się zamknęły. – Kiedy byłam młodsza, nie zauważałam, jaka jest nieustępliwa. I za bardzo ją szanowałam, by widzieć, jak bardzo nie znosi sprzeciwu.

– Jej Książęca Mość po prostu wierzy, że wie lepiej – usprawiedliwiła przyboczną Katryen. – I Święty obdarzył ją silną wolą, która może iść w szranki tylko z twoją.

– Moja wola nie zawsze była tak silna, jak teraz. Byłam niegdyś jak płynne szkło, któremu dopiero należało nadać kształt. Wydaje mi się, że ów kształt nie przypadł do gustu lady Igrain.

– Nie bądź niemądra. – Katryen przysiadła na podłokietniku jej tronu. – Niech księżna przez kilka dni sączy swoje cierpkie wino. Z czasem dojdzie do siebie, tak jak doszła, gdy wybrałaś księcia Aubrechta. – Najdelikatniej, jak to tylko możliwe, dotknęła brzucha Sabran. – Myśl teraz tylko o tym.

Dwa dni później w Gnieździe zapalono światło ostrzegawcze. Władze miasta informowały o zbliżającym się do wybrzeża niebezpieczeństwie. Sabran przyjęła w swoich komnatach kuzyna, lorda Lemanda Fyncha, nie przejmując się tym, że była jeszcze w nocnej koszuli.

– Wysokości, z wielką przykrością informuję, że tego ranka zauważono w Cieśninie Łabędziej okręt „Anbaura". Choć nie przystąpił do ataku, możemy z dużą dozą prawdopodobieństwa wnioskować, że dom Vetalda bada nasze nadmorskie fortyfikacje. Jako twój lord admirał rozkazałem twojej marynarce wojennej trzymać kolejne jednostki wywiadowcze na dystans, ale błagam cię, kuzynko, byś poprosiła króla Raunusa o wsparcie. Jego okręty bardzo by nam się przydały do obrony wschodniego wybrzeża.

– Ambasador Sterbein już wyruszył do Elding. Poprosiłam też wysoką księżniczkę Ermunę o przysłanie piekielników w zamian za wzmocnienie obrony na granicy z Yscalinem. Jeśli ścierwokról znowu zwróci wzrok w kierunku naszych fortyfikacji, proszę, byś przypomniał mu w moim imieniu, dlaczego inysycka marynarka wojenna jest znana jako najlepsza na świecie.

– Tak jest, Wysokości.

– Wyślij najemników do Zatoki Meduz. Wybierz tych najlepszych i najbardziej oddanych Inys. – Jej spojrzenie było twarde jak diament. – Chcę ujrzeć jego flotę w płomieniach.

Kuzyn rozważył jej słowa.

– Zbrojny wypad na smocze terytorium może spotkać się ze zbrojną odpowiedzią.

– Rycerz Odwagi każe nam bez wahania stawać do walki w obronie Imperium Cnót, Wasza Książęca Mość. Nie widzę powodu, dla którego miałabym czekać z obroną mojego królowiectwa, aż wróg przeleje pierwszą krew. Wyślijmy Sigosowi klarowną i przejrzystą wiadomość. Jeśli chce tańczyć z ogniem, niech liczy się z tym, że może się sparzyć.

– Tak jest, Wasza Wysokość. – Fynch skłonił się i wymaszerował z komnaty. Dwaj Rycerze Ciała zamknęli za nim drzwi.

– Jeżeli Yscalin wypowie nam wojnę, odpowiem z całą surowością, ale musimy być gotowi – mruknęła Sabran pod nosem. – Jeśli Raunus nie okaże hojności, być może nie będę miała innego wyjścia, jak tylko wyjść za wodza Askrdalu. Dla Inys.

Sabran mówiła o małżeństwie z mężczyzną, który mógłby być jej dziadkiem. Nawet Katryen, wzór wszelkiej kurtuazji, zmarszczyła nos. Sabran skrzyżowała ramiona na brzuchu.

– Chodźmy. – Ead położyła jej rękę na ramieniu. – Zaczerpnijmy świeżego powietrza, póki śnieg jest świeży.

– O tak! – Katryen z ulgą poparła tę myśl. – Mogłybyśmy zebrać trochę śliwek i czarnej porzeczki. A wiesz, Sabran, Meg powiedziała mi, że kilka dni temu widziała przesłodkie dzikie prosiątko. Może pomożemy służącym odgonić je od ognisk.

Sabran kiwnęła na tak, ale jej twarz pozostała nieruchomą maską. Ead nie miała wątpliwości: królowa czuła się tak, jakby sama znalazła się zbyt blisko ogniska i tylko czekała, aż niewidzialna ręka roznieci płomień.

Ead siedziała w komnacie królowej, przyozdabiając dziecięcy czepek haftowanymi różami. Skoro zapach tych kwiatów odpędzał koszmary, Sabran chciała, by przystroiły ich wzorem wszystkie ubranka, które dziecko będzie nosiło w pierwszych dniach życia.

Królowa leżała na sofie w swojej ciążowej koszuli nocnej. Zgubiła nieco ciała po wydarzeniach w mieście, co mocno uwydatniło jej brzuch.

– Nic nie czuję – powiedziała. – Dlaczego się nie rusza?

– To normalne, Wysokości. – Roslain obszywała bok kocyka. Katryen pracowała nad drugim. – Może maleństwo śpi.

Sabran nie przestawała wodzić badawczo palcami po brzuchu.

– Wydaje mi się – powiedziała – że mam imię dla mojej córki.

Pierwsza dama podniosła głowę tak gwałtownie, że o mało nie skręciła karku. Ona i Katryen porzuciły kocyki i przypadły do królowej. Tylko Ead została na miejscu.

– Wspaniałe wieści, Sab. – Uśmiechając się, Katryen nakryła jej dłoń swoją. – Jakie imię wybrałaś?

Z sześciu historycznych imion nadawanych władczyniom Inys najpopularniejsze były Sabran i Jillian.

– Nazwę ją Sylvan. Od Sylvan nad Rzeką, gdzie zmarł jej ojciec.

To imię do nich nie należało.

Roslain i Katryen popatrzyły po sobie, wyraźnie zmartwione.

– Sabran – powiedziała Roslain – to wbrew tradycji. Takie imię chyba nie spodoba się ludziom.

– Czyż wybór imienia nie należy do królowej?

– Przesądy nie słuchają władców.

Sabran skierowała lodowaty wzrok za okno.

– Kate?

– Zgadzam się z Roslain, Wysokości. Nie skazuj dziecka na życie w cieniu śmierci.

– A co ty myślisz, Ead?

Ead chciała ją wesprzeć. Powinna mieć prawo nazwać własne dziecko, jak chce. Ale Inysyci nie lubili zmian.

– Zgadzam się z damami. – Przebiła materiał igłą. – Sylvan to piękne imię, ale może przysporzyć twojej córce skłonności do melancholii. Lepiej nadać jej imię po którejś ze sławnych przodkiń.

Sabran wyglądała na pokonaną. Obróciła się na bok i przycisnęła policzek do poduszki.

– A więc Glorian.

Wspaniałe imię. Od śmierci Glorian Sercowej Tarczy nie otrzymała go żadna księżniczka.

Katryen i Roslain pokiwały z aprobatą głowami.

– Jej Królewska Wysokość księżniczka Glorian – wygłosiła Katryen głosem herolda. – Pasuje jak ulał. Ileż nadziei i odwagi tchnie to imię w serca twoich poddanych.

Roslain pokiwała głową z mądrą miną.

– Najwyższy czas, by wskrzesić tak znakomite imię.

Sabran wlepiła oczy w sufit, jakby ziała w nim bezdenna otchłań.

W ciągu kilku dni wiadomość wyciekła do stolicy. Na dzień urodzin księżniczki zaplanowano huczne obchody, a Zakon Świętarzy przepowiedział, że na królowiecką córkę spłynie potęga Glorian IV i że poprowadzi ona Inys w Złoty Wiek.

Ead obserwowała to wszystko z dystansu. Wkrótce Przeorysza każe jej wrócić do domu. Jakaś jej część chciała już znaleźć się wśród sióstr, zjednoczyć się z nimi w chwale Matki. Ale ta druga pragnęła zostać na dworze.

Musiała ją zmiażdżyć.

Było coś, co Ead chciała zrobić przed opuszczeniem Inys. Pewnego wieczoru, gdy pozostałe damy były zajęte, a Sabran odpoczywała w sypialni, skierowała swe kroki do Wieży Dearn, gdzie tkwiła w lochu Truyde utt Zeedeur.

Strażnicy byli czujni, ale ona nie potrzebowała sidenu, by dotrzeć do zakazanych zakątków pałacu. Gdy zegar wybił jedenastą, wspięła się po schodach na najwyższe piętro.

Obleczona jedynie w zaplamioną tunikę markiza Zeedeur stanowiła cień dawnej piękności. Jej loki były splątane i ciężkie od łoju, skóra twarzy opięła wydatne kości policzkowe. Od jej kostki biegł do ściany ciężki łańcuch.

– Pani Duryan. – Jej spojrzenie zachowało dawną przenikliwość. – Przyszłaś szydzić ze mnie?

Wtedy w mieście dziewczyna zapłakała, widząc martwego księcia na podłodze sanktuarium. Najwidoczniej jej żałoba już się rozwiała.

– To nie byłoby uprzejme – odparła Ead. – Tylko Rycerz Sprawiedliwości ma prawo cię sądzić.

– Co ty wiesz o Świętym, heretyczko?

– Paradne, zdrajczyni. – Ead ogarnęła wzrokiem przemoczoną szczynami słomę. – Nie widzę w tobie strachu.

– Czego miałabym się bać?

– Jesteś współwinna śmierci księcia małżonka. To zdrada stanu.

– Wkrótce się przekonasz, że jako obywatelka Mentendonu cieszę się tutaj specjalnymi względami. Wysoka księżniczka osądzi mnie w Brygstad, ale wiem, że nie zostanę stracona. W końcu jestem taka młoda.

Miała spierzchnięte wargi. Ead wyjęła bukłak z ale. Truyde piła dłuższą chwilę.

– Przyszłam zadać ci pytanie. Co chciałaś w ten sposób osiągnąć?

Truyde przełknęła piwo.

– Wiesz przecież. – Otarła usta. – Nie będę się powtarzać.

– Chciałaś, by Sabran zaczęła lękać się o swoje życie. Chciałaś, by poczuła, że czeka ją zbyt wiele bitew, by stawiać im czoło samotnie. Wyobrażałaś sobie, że to skłoni ją do szukania pomocy na Wschodzie. Czy to ty wpuściłaś do pałacu zabójców?

– Jakich znowu zabójców?

Dwórkom nie mówiono o takich rzeczach.

– Czy ktoś usiłował ją wcześniej zabić? – naciskała Truyde.

Ead potwierdziła skinieniem.

– Czy znasz tożsamość tego Podczaszego, o którym wspominała Bess?

– Nie. Powiedziałam to już zresztą Nocnemu Jastrzębiowi. – Truyde uciekła wzrokiem. – Ale on mówi, że i tak wydobędzie ze mnie imię. W ten czy inny sposób.

Ead zdała sobie sprawę, że wierzy Truyde. Choć dwórka zbłądziła, najwidoczniej rzeczywiście miała na uwadze dobro Inys.

– Bezimienny się przebudzi. Jego słudzy już chodzą po świecie – podjęła dwórka. – Czy na tronie Inys zasiada królowa, czy na niebie świeci słońce, on powróci. – Ead zauważyła, że metalowa obręcz obtarła jej kostkę do krwi. – Jesteś czarownicą. Heretyczką. Czy naprawdę wierzysz, że dom Berethnet chroni nas przed Bezimiennym?

Ead zatkała bukłak i usiadła.

– Nie jestem czarownicą. Jestem czarodziejką. Praktykuję to, co wy nazywacie magią.

– Magia to bajki dla grzecznych dzieci.

– Bynajmniej. Jej imię brzmi: siden. Skorzystałam z niego, by obronić Sabran przed Fýredelem. Może to cię przekona, że jesteśmy po tej samej stronie, nawet jeśli nasze metody się różnią. Nawet jeśli jesteś niebezpieczną fanatyczką, przez której głupotę zginął książę.

– Nigdy nie chciałam, by zginął. To miała być tylko inscenizacja. Zabił go kto inny. – Truyde przerwała, bo dostała ataku kaszlu. – Ale śmierć Aubrechta otwiera nowe możliwości dla zawarcia porozumienia ze Wschodem. Sabran mogłaby poślubić któregoś ze wschodnich władców. Na przykład Imperatora Dwunastu Jezior. W zamian za swoją rękę zyska armię, która zabije każdego wyrma.

Ead parsknęła śmiechem.

– Prędzej wypije truciznę, niż wpuści do łoża wyznawcę wyrmów.

– Poczekaj, aż Bezimienny pokaże się w Inys. Poczekaj, aż jej poddani przekonają się, że dom Berethnet został zbudowany na kłamstwie. Niektórzy już w to pewnie uwierzyli. – Truyde uniosła brwi. – Widzieli przecież wielką zachodnicę. Wiedzą, że Yscalin poczyna sobie coraz śmielej. Sigoso też zna prawdę.

Ead znowu podała jej bukłak.

– Zaryzykowałaś wiele dla... swoich przekonań – powiedziała, gdy Truyde znowu upiła parę łyków. – Muszą wyrastać z czegoś więcej niż tylko z podejrzeń. Powiedz mi, jak doszło do zasiania tego ziarna.

Truyde zamilkła, a Ead długo myślała, że nie doczeka się odpowiedzi.

– Powiem ci – zdecydowała się w końcu. – Powiem tylko dlatego, że wiem, że nikt nie będzie słuchał zdrajczyni. Może owo ziarno wykiełkuje także w twoim sercu. – Otoczyła kolana ramionami. – Pochodzisz z Rumelabaru. Słyszałaś chyba o starożytnej tablicy z niebiańskiego kamienia, którą znaleziono w tamtejszej kopalni.

– Słyszałam. Interesują się nią alchemicy.

– Po raz pierwszy przeczytałam o niej w jednej z ksiąg z biblioteki Niclaysa Roosa, najdroższego przyjaciela mojego dziadka. Gdy został wypędzony, większość tych ksiąg powierzył mnie. Tablica z Rumelabaru mówi o równowadze między ogniem i blaskiem gwiazd. Nikt nigdy nie zdołał jej rozszyfrować. Alchemicy i uczeni wysnuli teorię, że chodzi o symboliczny balans między tym, co materialne, i tym, co duchowe. Między gniewem i umiarkowaniem, tym, co ludzkie, i tym, co boskie. Lecz ja uważam, że jej treść należy rozumieć dosłownie.

– Uważasz. – Ead uśmiechnęła się. – A więc sądzisz też, że jesteś mądrzejsza od wszystkich alchemików, którzy głowili się nad nią przez dziesięciolecia?

– Może nie – przyznała Truyde – choć księgi historyczne są pełne wzmianek o tak zwanych naukowcach, którzy nie wnieśli niczego do będącej ich specjalnością dziedziny. Nie, nie jestem mądrzejsza... Tylko mniej się boję ryzyka.

– I na jakież to ryzyko się poważyłaś?

– Poszłam do Gulthagi.

Miasto leżące niegdyś w cieniu Góry Trwogi, teraz pogrzebane pod popiołami.

– Mój dziadek powiedział nam, że jedzie do Wilgastrōmu – ciągnęła Truyde – ale zmarł na smoczą plagę. Zaraził się w Gulthadze. Ojciec powiedział mi prawdę, gdy miałam piętnaście lat. Wówczas sama poszłam do Pogrzebanego Miasta. By zobaczyć, co popchnęło tam dziadka.

Świat wierzył, że nieboszczyk książę Zeedeur zmarł na ospę. Niewątpliwie rodzinie nakazano kultywować kłamstwo, by nie wzbudzać paniki.

– Gulthaga nigdy nie została odkopana, ale przez zwały tufu wulkanicznego wiedzie droga do ukrytych pod spodem ruin. Niektóre z przechowywanych tam tekstów przetrwały. Znalazłam te, które studiował mój dziadek.

– Poszłaś do Gulthagi, wiedząc, że szaleje tam smocza plaga. Jesteś szalona, dziecko.

– Dlatego też wysłano mnie na Inys: bym nauczyła się umiarkowania. Ale jak widzisz, pani Duryan, to nie Rycerz Umiarkowania jest moim patronem. – Truyde uśmiechnęła się. – Tylko Rycerz Odwagi.

Ead czekała.

– Wśród moich przodków jest wicekrólowa Orisimy. Z jej zapisków dowiedziałam się, że kometa, która zakończyła Żałobę Wieków, która rozjaśniła niebo w godzinie, gdy zaczęły padać wyrmy, dodała również siły smokom Wschodu. – Jej oczy rozpalił blask. – Mój dziadek w bardzo niewielkim stopniu poznał pradawny język Gulthagi, ale udało mu się przetłumaczyć fragmenty tekstów traktujących o astronomii.

Objaśniły mu one, że ta kometa, Długowłosa Gwiazda, zrzuca na ziemię deszcz gwiazd za każdym razem, gdy przecina niebo.

– Ale co to ma wspólnego z czymkolwiek, lady Truyde?

– Myślę, że to ma bardzo wiele wspólnego z Tablicą z Rumelabaru. Myślę, że zadaniem komety jest utrzymać w ryzach ogień w głębinach świata. Ten podziemny ogień rośnie, wówczas schładza go deszcz gwiazd. Zanim spotężnieje ponad miarę.

– Lecz teraz właśnie potężnieje ponad miarę, a komety ani widu, ani słychu.

– To właśnie jest problem. Wierzę, że w którymś momencie w historii coś zaburzyło cykl. W wyniku tego zaburzenia ogień rośnie za szybko, staje się zbyt silny. Roznieca się ponad miarę, zanim zdąży go schłodzić kometa.

– Znowu: wierzysz – frustrowała się Ead.

– Tak jak inni wierzą w bogów. Często nie mając zbyt wielu dowodów – zauważyła Truyde. – Poszczęściło nam się w czasie Żałoby Wieków. Nadejście Długowłosej Gwiazdy zbiegło się w czasie z powstaniem Smoczej Armii. Ona nas wtedy ocaliła, lecz nim nadejdzie znowu, Fýredel podbije świat. – Złapała Ead za nadgarstek, jej oczy lśniły. – Ogień powstanie, tak jak powstał wtedy, gdy Bezimienny narodził się na tym świecie. I pochłonie nas wszystkich.

Jej twarz wyrażała niezachwianą pewność, zwarte szczęki przydały jej twarzy twardych rysów.

– Dlatego – zakończyła triumfalnie – wierzę, że on powróci. I dlatego myślę, że dom Berethnet nie ma z tym nic wspólnego.

Długo krzyżowały się ich spojrzenia. Potem Ead wyswobodziła się z jej uścisku.

– Chciałabym się nad tobą ulitować, dziecko – powiedziała – lecz moje serce jest zimne. Zanurzyłaś się w mętnych wodach historii i z odprysków prawdy ułożyłaś obraz, który nadaje śmierci twego dziadka jakieś znaczenie. Ale twoja determinacja nie uczyni tego obrazu prawdziwym.

– To jest moja prawda.

– Wielu ludzi zginęło przez tę twoją prawdę, lady Truyde. Mam nadzieję, że będziesz mogła z tym żyć.

Przez okienko strzelnicze wdarł się do środka chłodny powiew. Truyde odwróciła się do ściany, rozcierając zziębnięte ramiona.

– Idź do królowej Sabran, Ead. Zostaw mnie z moimi przekonaniami, a ja zostawię cię z twoimi. Wkrótce się przekonamy, czyja prawda jest prawdziwsza.

Wróciwszy do Wieży Królowej, Ead odszukała w pamięci dokładną treść rumelabarskiej tablicy. Pierwsze dwie linijki wyleciały jej z głowy, ale przypomniała sobie resztę.

...Ogień bije z ziemi, światło spada z nieba.
Każde w nadmiarze jest zgubą drugiego,
W tym się zawiera zagłada wszechświata.

Zagadka. Jedna z wielu bzdur, nad którą ślęczą alchemicy, nie mając nic lepszego do roboty. Biedna dziewczyna znudzona życiem uprzywilejowanej szlachcianeczki przydała słowom swoje własne znaczenie.

A jednak Ead odkryła, że się nad nimi głowi. W końcu ogień rzeczywiście spadł z nieba – pod postacią wyrmów i drzewa pomarańczy. Magowie jedli jego owoce, stając się naczyniami dla boskiego płomienia.

Czyżby starożytni południowcy znali jakieś prawdy zagubione w toku historii?

Do jej serca wkradła się niepewność. Jeśli rzeczywiście istniało jakieś połączenie między drzewem, kometą i Bezimiennym, z pewnością Zakon by o nim wiedział. Z drugiej strony tyle wiedzy bezpowrotnie przepadło na przestrzeni wieków, tyle zapisków uległo zniszczeniu…

Ead odrzuciła tę myśl, wchodząc do królowieckich apartamentów. Szkoda czasu na majaki szalonego dziecka.

Królowa siedziała prosto w swoim łożu, ściskając w dłoniach kubek mleka migdałowego. Gdy Ead usiadła przy ogniu i zaczęła rozplatać swój warkocz, wzrok Sabran uwierał ją jak ostrze noża.

– Stanęłaś po ich stronie.

Ead zamarła.

– Pani?

– Zgodziłaś się z Ros i Kate. W sprawie imienia.

Od tej rozmowy minęło kilka dni. Musiało ją to gryźć cały ten czas.

– Chciałam dać memu dziecku część jego ojca – wyrzekła królowa z goryczą. – Może to i ponure imię, lecz w tym właśnie miejscu po raz ostatni byliśmy razem. To tam się dowiedział, że będzie miał córkę, i przyrzekł, że będzie ją kochał.

Ead ogarnęło poczucie winy.

– Chciałam cię wesprzeć, lecz uznałam, że lady Roslain ma rację, mówiąc, że nie warto zrywać z tradycją. I wciąż tak myślę. – Zawiązała warkocz. – Wybacz mi, Wysokości.

Sabran westchnęła i poklepała puste miejsce na łóżku.

– Chodźmy spać. Noc jest chłodna.

Ead wstała, skinąwszy głową. Pałacowe ściany nie trzymały ciepła tak dobrze, jak mury Wrzosowej Twierdzy. Zdmuchnęła wszystkie świece poza dwoma, a potem weszła pod kołdrę.

– Nie jesteś ostatnio sobą – zauważyła Sabran. – Co cię trapi?

Dziewczyna z łbem pełnym niebezpiecznych pomysłów.

– Jedynie plotki o inwazji – odparła Ead. – Żyjemy w bardzo niepewnych czasach.

– I zdradliwych. Sigoso zdradził nie tylko Świętego, lecz także cały rodzaj ludzki. – Sabran poluzowała uścisk na kubku. – Inys przetrwało Żałobę Wieków, ale ledwo. Niezliczone wioski zrównano z ziemią, spłonęły niezliczone miasta. Zdziesiątkowano naszą populację i nawet pomimo upływu wieków cała armia, którą zdołam postawić pod bronią, nie będzie tak liczna, jak ta, którą dysponowaliśmy wówczas. – Odstawiła kubek. – Nie mogę teraz o tym myśleć. Muszę... urodzić Glorian. Nawet jeśli trzy wielkie zachodnice skupią wszystkie swoje siły na ataku na moje królowiectwo, Bezimienny nie wesprze ich w boju.

Zadarła koszulę nocną, by odsłonić brzuch, jakby chciała ułatwić córce oddychanie. Po jego bokach uwidoczniły się niebieskie żyły.

– Modliłam się do Dziewicy, by zechciała wypełnić moje łono. – Z jej gardła wydobyło się umęczone westchnienie. – Nie umiem być dobrą królową. Ani matką. Dzisiaj po raz pierwszy... prawie ją znienawidziłam.

– Dziewicę?

– Nigdy. Dziewica robi to, co musi robić. – Blada dłoń spoczęła na brzuchu. – Nienawidzę... mojego nienarodzonego dziecka. Niewiniątka – wydusiła z mozołem. – Ludzie już garną się do niej jak do nowej królowej. Mówią o tym, jaka jest piękna, jaka wspaniała. Ja się tego nie spodziewałam. To takie nagłe. Gdy tylko urodzę córkę, nie będę już nikomu do niczego potrzebna.

– Pani – powiedziała z wyczuciem Ead – to przecież nieprawda.

– Tak sądzisz? – Sabran zatoczyła dłonią krąg na swoim zaokrąglonym brzuchu. – Nie minie wiele czasu, a Glorian dorośnie, a po mnie ludzie zaczną się spodziewać rychłej abdykacji. Gdy tylko świat uzna, że jestem już za stara, by rządzić.

– Nie wszystkie królowe z rodu Berethnetów abdykowały. Tron będzie twój tak długo, jak zechcesz.

– Trzymanie się go zbyt długo jest uważane za przejaw chciwości. Nawet Glorian Sercowa Tarcza abdykowała, choć cieszyła się wśród poddanych niezwykłą estymą.

– Może nim twoje dziecko dorośnie, poczujesz się gotowa, by opuścić tron. I zacząć prowadzić spokojniejsze życie.

– Może. A może nie. Niezależnie od tego, czy przeżyję poród, zostanę wyrzucona do śmieci jak skorupka jajka.

– Sabran.

Zanim zorientowała się, co robi, dotknęła dłonią jej policzka. Królowa skupiła na niej spojrzenie.

– Głupcy i pochlebcy odstąpią od ciebie, by płaszczyć się przed niemowlęciem – powiedziała z przekonaniem Ead. – Pozwól im na to. Pozwól, by sami się zdemaskowali. – Nie pozwoliła królowej uciec wzrokiem. – Powiedziałam ci, że strach jest rzeczą naturalną, lecz nie możesz pozwolić mu się pożreć. Nie, gdy tyle od ciebie zależy.

Ciało pod jej palcami było chłodne i miękkie jak płatki kwiatów. Ciepły oddech pieścił jej nadgarstek.

– Bądź przy mnie w czasie porodu. I później – wymruczała Sabran. – Musisz zawsze trwać u mojego boku, Ead Duryan.

Chassar wróci po nią za pół roku.

– Zostanę z tobą tak długo, jak tylko będę mogła – odparła Ead. Tylko tyle mogła obiecać.

Skinąwszy głową, Sabran przysunęła się do niej i oparła głowę na jej ramieniu. Ead znieruchomiała, dając sobie czas, by oswoić się z jej bliskością, z kształtem jej ciała.

Jej skóra była zimna. Czuła mleczną słodycz pomagralu w jej włosach i nabrzmiały kształt jej brzucha. Żeby nie szturchnąć dziecka przypadkiem przez sen, ułożyła się za plecami władczyni i do nich przywarła. Gdy Sabran sięgnęła po jej rękę i ułożyła ją sobie na brzuchu, nakryła je obie kołdrą. Królowa wkrótce zasnęła.

Jej dotyk był delikatny, lecz Ead mimo to czuła jej puls pod palcami. Co by powiedziała Przeorysza, gdyby je teraz zobaczyła? Z pewnością by jej się to nie spodobało. Przeznaczeniem siostry Zakonu było zabijać wyrmy, a ona leżała w łóżku, pocieszając smutną Sabran Berethnet.

Zachodziła w niej jakaś zmiana. Uczucie, drobne jak pąk kwiatu, powoli rozwijało płatki.

Nigdy nie zamierzała obdarzyć tej kobiety czymś więcej niż tylko obojętnością. A jednak teraz wiedziała, że gdy Chassar wróci, trudno jej będzie ją porzucić. Roslain i Katryen będą miały z dzieckiem pełne ręce roboty, miesiącami będą mówić wyłącznie o kocykach, kołyskach i mamkach. Sabran źle zniesie ten czas. Będzie jednocześnie słońcem swego dworu i cieniem swego dziecka.

Ead zasnęła z policzkiem wtulonym w czarne włosy królowej. Gdy się obudziła, zobaczyła, że Sabran nie śpi, ale leży obok niej bez słowa.

W jej głowie grzmiał rytm bębnów. Jej siden był uśpiony, lecz instynkty zbudziły się do życia.

Coś było nie tak.

Świece prawie już się dopaliły. Ead wstała, by przyciąć knoty.

– Nie – wydyszała Sabran. – Krew.

Z umęczonego wyrazu jej twarzy Ead wyczytała, że królowa miała sen. Wyglądało na to, że przyśniła jej się Leśna Pani.

Kalyba nie była zwykłą czarodziejką. Ead pamiętała na jej temat niewiele, ale wiedziała, że posiadła ona dary nieznane Zakonowi, łącznie z darem nieśmiertelności. Może zsyłanie snów było kolejną jej umiejętnością. Ale dlaczego Kalyba miałaby torturować królową Inys?

Wróciła do Sabran i położyła jej rękę na czole. Było całe mokre. Koszula nocna władczyni przylegała do ciała, strąki włosów lepiły się do czoła. Czując ucisk w piersi, Ead sprawdziła, czy Sabran nie ma gorączki, ale jej skóra okazała się lodowata. Roniła z ust niezrozumiałe słowa.

– Cicho. – Przyboczna sięgnęła po kielich i przystawiła jej do ust. – Pij, Sabran.

Królowa pociągnęła łyk mleka i opadła na poduszki, wijąc się jak kocię złapane za kark. Jakby próbowała uciec od swojego koszmaru. Ead siedziała przy niej i głaskała ją po wilgotnych włosach.

Może to przez chłód bijący od królowej natychmiast zauważyła, że jej własne ciało zaczęło wydzielać wzmożone ciepło.

Zbliżał się smoczy potwór.

Ead zmusiła się do zachowania spokoju. Gdy Sabran znieruchomiała, gąbką otarła pot z jej ciała i podciągnęła pierzynę tak, by wystawała jej tylko twarz. Nie mogła nikogo powiadomić, bo wtedy zdradziłaby się ze swoimi zdolnościami.

Pozostało jej czekanie.

Pierwszym ostrzeżeniem były krzyki dobiegające z pałacowych murów. Ead zerwała się na nogi.

– Sabran, szybko. – Otoczyła królową ramieniem. – Musisz iść ze mną.

– Ead? – Sabran wybałuszyła na nią oczy. – Co się dzieje?

Ead pomogła jej włożyć pantofle i nocną szatę wierzchnią.

– Musimy natychmiast iść do piwnic.

Ktoś przekręcił klucz w zamku. W drzwiach stanął kapitan Lintley z kuszą w ręku.

– Wysokości – powiedział, skłaniając się krótko. – Gromada smoczych stworów zbliża się do pałacu. Dowodzi nimi wielka zachodnica. Nasza armia jest gotowa do walki, ale musisz iść prędko z nami, zanim wróg przedostanie się przez mury.

– Gromada – powtórzyła Sabran.

– Tak.

Ead widziała, że królowej wstrętna jest myśl o ucieczce. To była kobieta, która wyszła na spotkanie Fýredelowi.

Uciekanie nie leżało w jej naturze.

– Wasza Wysokość – nalegał Lintley. – Proszę. Twoje bezpieczeństwo jest sprawą najwyższej wagi.

Sabran kiwnęła głową.

– Dobrze więc.

Ead zarzuciła jej na ramiona grubą narzutę. Do komnaty wpadła Roslain. Blask świecy powlókł cieniem rysy jej twarzy, czyniąc z niej upiorną maskę przerażenia.

– Sabran – powiedziała – szybciej, musisz się pospieszyć…

Rzuciwszy Ead ostatnie, nieodgadnione spojrzenie, Sabran wyszła z komnaty w eskorcie Lintleya i sir Gulesa Heatha, którego dłoń spoczęła krzepiąco na jej plecach. Ead czekała, aż się oddalą, a potem puściła się biegiem do swoich komnat.

Przebrała się i założyła płaszcz z kapturem, a potem złapała za łuk. Będzie musiała dobrze celować. Istniało tylko kilka miejsc na ciele zachodnicy, które mogła przebić strzała.

A dokładniej wielkie strzały wykonane w Zakonie w tym właśnie celu. Wzięła je, a potem zapięła na lewym przedramieniu skórzaną bransoletę. Minęło dwanaście lat, odkąd walczyła z wyrmem bez użycia sidenu, ale ze wszystkich ludzi w tym mieście to właśnie ona miała największą szansę na odpędzenie wielkiej zachodnicy.

Potrzebowała dogodnego miejsca do oddania strzału. Dom Carnelian, gdzie mieściły się kwatery wielu dworzan, miał odpowiednie położenie.

Pobiegła schodami Florel, które na trzecim piętrze łączyły się z główną klatką schodową Wieży Królowej. Słyszała kroki i chrzęst pancerzy Rycerzy Ciała.

Przyspieszyła kroku. Schody biegły w dół po spirali. Wkrótce wybiegła w kąśliwy chłód nocy i puściła się naprzód, niezauważona przez strażników, po czym przemknęła skrajem Ogrodu Zegara Słonecznego. Wybiła się mocno i wskoczyła na wypukły ornament w kształcie łuku zdobiący północną ścianę domu Carnelian. Mnogość wypukłych zdobień ułatwiła Ead wspinaczkę.

Zajadły wiatr mierzwił jej włosy. Nie była już tak sprawna jak w Lasyi i od miesięcy nie sprawdzała siły swoich mięśni. Gdy wdrapała się na dach, czuła się obolała i ciężko dyszała.

Rycerze Ciała i damy dworu wybiegli z Wieży Królowej i otoczyli Sabran ochronnym kordonem, następnie opuścili westybul i przecięli Ogród Zegara Słonecznego.

Gdy byli w połowie, oczom Ead ukazał się obraz, który jeszcze rok temu był nie do pomyślenia.

W kierunku pałacu ascalońskiego leciały wiwerny, krzycząc i skrzecząc jak kruki, które zwietrzyły truchło.

Nigdy w życiu nie widziała niczego podobnego. To nie były już ospałe stwory o zamglonych oczach, podkradające chłopom trzodę. To był pełnoprawny oddział smoczej armii, sunący na wroga. Deklaracja wojny. Wiwerny nie tylko miały dość odwagi, by pokazać się w stolicy, ale również zgromadziły się w stado. Gdy Ead już niemal poddała się przerażeniu, wróciła myślami do lekcji, na które uczęszczała w Zakonie.

Jeżeli leciały w tak licznej gromadzie, to znaczyło, że przewodzi im wielka zachodnica. A więc jeśli zabije dowódcę, oddział pierzchnie.

Oddech uchodził z niej chmurkami pary. Zachodnica jeszcze się nie pokazała, ale wiatr przyniósł ze sobą jej ohydny zapach, jak opary z trzewi ognistej góry. Ead wyjęła strzałę z kołczana.

Obmyśliła je Matka. Były dość długie, by przebić gruby smoczy pancerz, wykonano je z metalu z Góry Trwogi i zamarzały w zetknięciu z lodem lub śniegiem.

Świerzbiły ją palce. Fetor siarki wypełnił dziedziniec, śnieg wokół butów topniał.

Przybycie bestii obwieściła upiorna kadencja, grzmiący rytm skrzydeł niby kroki giganta.

Każde trzepnięcie potężnych błon wprawiało ziemię w drżenie. Narastający łomot przywodził na myśl bębny zagłady.

Wielka zachodnica rozdarła noc. Niemal tak wielka, jak Fýredel, błyskała w świetle księżyca łuskami bladymi jak kość. Wylądowała z hukiem obok wieży zegarowej i chlasnęła potężnym ogonem, posyłając oddział gwardii pałacowej na drugą stronę dziedzińca. Kolejni wojownicy rzucili się na nią z mieczami i partyzanami. Potwór zagrodził Lintleyowi i Rycerzom Ciała drogę do piwnic.

Po wizycie Fýredela działa na pałacowych fortyfikacjach zaopatrzono w mechanizmy obrotowe, znacznie zwiększając ich zasięg. Grzmotnęły armaty, dwie kule trafiły zachodnicę w bok, kolejna w udo – dość mocno, by strzaskać kość wiwerny, lecz wyrma tylko rozjuszyły. Ogon potwora zgarnął z blanek żołnierzy usiłujących wsunąć harpun do dymiącej jeszcze lufy. Ich krzyki ucichły tak szybko, jak rozbrzmiały.

Ead przesunęła strzałę po śniegu, zamrażając ją, po czym osadziła ją na cięciwie. Widziała, jak Jondu zabiła wiwernę jednym celnym strzałem, lecz to była wielka zachodnica, a ramię Ead nie było już dość silne, by naciągnąć łuk do końca. Lata wyszywania pozbawiły ją sił. Bez nich i bez sidenu jej szanse na trafienie były mikre.

Wyrzuciła powietrze z płuc. Zwolniona cięciwa zagrała sprężyście, a strzała pomknęła w kierunku wyrma. Stwór poruszył się w ostatnim momencie i pocisk chybił celu. Ead w północno-zachodnim kącie ogrodu spostrzegła Lintleya zapędzającego kobiety do Galerii Marmurowej.

Powrót do wieży tylko wystawi Sabran na atak wyrma. Byli w potrzasku. Gdyby Ead udało się odwrócić uwagę bestii i gdyby wycofali się szybko i sprawnie, może zdołaliby przemknąć niepostrzeżenie i dostać się do piwnic,

W jej ręce znalazła się kolejna strzała. Osadziła ją na cięciwie, napięła łuk. Tym razem wycelowała w miękką część pyska. Strzała odbiła się od łuskowatej powieki.

Szczelina chrap rozdęła się. Wielka zachodnica zwróciła łeb w stronę Ead. Teraz miała pełną uwagę bestii.

Zamroziła trzecią strzałę.

Streszczaj się, Lintley.

– Wyrmie! – zawołała po selinyjsku. – Jestem Eadaz du Zāla uq-Nāra, służebnica Cleolind. Noszę w sobie święty płomień. Opuść to miasto lub padnij od moich strzał.

Rycerze Ciała dotarli do końca galerii. Wyrm wpatrywał się w nią oczyma zielonymi jak wierzbowe liście. Nigdy jeszcze nie widziała takich ślepi u smoczej bestii.

– Czarodziejko – odpowiedział w tym samym języku – twój płomień zgasł. Nadchodzi Bóg spod Góry – wyrzekł głosem jak kamień młyński ciągnięty po bruku. Ead nie drgnęła nawet powieka.

– Fýredela spytaj, czy zgasł.

Wyrm zasyczał.

Większość smoczych potworów łatwo było rozproszyć. Ale nie tego. Zerknął w kierunku Rycerzy Ciała. Jego wzrok przykuł ogień odbijający się w ich pokrytych miedzią pancerzach.

– Sabran.

Ead zmroziło do szpiku kości. Wyrm wypowiedział to imię miękko, jakby witał się ze starą znajomą.

Ale ta miękkość wkrótce uleciała z jego głosu. Monstrum obnażyło zęby i odchyliło głowę, a potem przemówiło w smoczym języku. Gdy z gardeł wiwern wystrzeliły kule ognia, Rycerze Ciała rozpierzchli się w przerażeniu i część z nich zawróciła do Galerii Marmurowej, podczas gdy reszta pobiegła w stronę Domu Biesiadnego. Lintley był wśród tych drugich. Margret również. I nieustraszony Heath także. Ead widziała, jak wznosi tarczę, tuląc do siebie Sabran drugą ręką, w której trzymał miecz. Królowa ściskała brzuch ramionami, jakby musiała go nieść, pochylona nad kryjącym się wewnątrz dzieckiem.

Wyrm rozwarł szczęki. Mur galerii stopił się pod jego ognistym oddechem. Rycerze, którzy usiłowali się tam schronić, upiekli się żywcem w zbrojach.

Ead strzeliła. A strzała niesiona mocą jej słusznego gniewu przemknęła łukiem nad dziedzińcem.

I sięgnęła celu.

Ogłuszający, agonalny ryk. Grot zagłębił się w miejscu, które pokazała jej Jondu, w miękkim pancerzu pod skrzydłem. Krew chlusnęła i zabulgotała wokół sterczącego z rany lodowego promienia strzały.

Jedno zielone oko piorunowało Ead a ona poczuła, że sama wypala się w źrenicy potwora niczym piętno naniesione gorącym żelazem, że jej jestestwo wnika w jego pamięć.

I wtedy to się stało. Wzbijający się do lotu bryzgający krwią potwór machnął wściekle kolczastym ogonem, a westybul Wieży Dearn, której fundamenty zostały już ukruszone przez Fýredela, zwalił się na dziedziniec wraz ze statuami Wielkich Władczyń, które stały na jego dachu. Ead spojrzała w dół, akurat by zobaczyć, jak Heatha uderza w głowę bryła kamienia, a Sabran pada na ziemię, po czym oboje nikną w chmurze pyłu.

Cisza była jak wstrzymany oddech. Dźwięczała tajemnicą, której nie wolno było wypowiedzieć.

Ead opadła z dachu jak cień i popędziła w stronę rumowiska tak prędko, jak jeszcze nigdy.

Sabran.

Królowa leżała skulona jak pióro wydarte z ptasiego skrzydła, obok martwego sir Gulesa Heatha. Jej oczy były zamknięte. Wciąż oddychała. Tylko oddech, nic więcej. Ead otoczyła królową Inys ramionami i przygarnęła ją do siebie, a ciemność płynąca spomiędzy jej ud rozlała się po jej koszuli nocnej.

Kamienna głowa Glorian Sercowej Tarczy patrzyła beznamiętnie na uchodzącą z królowej krew.

35
Wschód

Zważywszy na okoliczności, pierwsza operacja Niclaysa na pokładzie „Pogoni" – okrętu flagowego Floty Tygrysiego Oka – poszła lepiej, niż się spodziewał. Na jego stół trafił Jezioranin ukąszony przez falbaniastą, świecącą meduzę, prawdziwą rzadkość w tych wodach. Nieszczęśnik wył z bólu, gdy jego noga coraz bardziej zaczynała przypominać tłumok z niewyprawionej skóry.

Szczęśliwie się złożyło, że Eizaru wyjawił mu kiedyś, jak złagodzić ból po takim użądleniu. Niclays zmieszał kilka odczynników i patrzcie państwo, ból minął jak ręką odjął. Starczy parę dni, a pacjent wróci do łupienia i mordowania.

Otrzymawszy wiadomość, że mieszkańcy Seiiki wysłali po pojmanego smoka Wysoką Straż Morską, Złota Cesarzowa nakazała swej flocie rozproszyć się po morzu. „Pogoń" miała okrążyć Czeluść, a potem popłynąć na Bezsenne Morze i wyładować zakazany ładunek w Kawontay. Wschodnie smoki lękały się Czeluści i niechętnie się zapuszczały na zalewające ją wody.

Tej nocy Niclays bezskutecznie próbował zasnąć na deszczu, skuliwszy się na przydzielonym mu trzystopowym odcinku pokładu. Kilkoro piratów, przechodząc, skopało go po piszczelach. Zastanawiał się, czy jakiś człowiek czuł się kiedyś gorzej niż on w tej parszywej chwili.

To było teraz jego życie. Och, jakże tęsknił za swoim małym domkiem na Orisimie, za paleniskiem i wiszącym nad nim hakiem na kocioł, za pościelą, którą co rano wietrzył na słońcu, za ciemnymi ścianami i plecionymi matami pod stopami. Kwatera nie należała do niego i nigdy prawdziwie się tam nie zadomowił, ale przynajmniej deszcz nie kapał mu na głowę.

Otworzywszy oczy, zobaczył przed sobą dwa ciężkie buciory. Skulił się, spodziewając się kolejnego kopniaka.

– Bogowie łzy ronią... Spójrz tylko na siebie.

Tłumaczka stała nad nim z ręką opartą na biodrze. Tym razem miała na sobie chustę i rękawice, na widok których zapałał zazdrością. Chmura ciemnych, przyprószonych siwizną włosów otaczała jej twarz drobnymi sprężynkami. Jedwabna bandana nie pozwalała im opaść na oczy.

– Widzę, że twoje nogi jeszcze nie przywykły do kołysania, Czerwony Starcze – powiedziała kobieta.

Niclays zamrugał. Doskonale władała jego językiem, choć nikt poza Mentyjczykami nie mówił po mentyjsku.

– Nie sądzę, byś miał ochotę na kolację, ale i tak przyniosłam. – Wręczyła mu miskę, uśmiechając się szeroko. – Złota Cesarzowa kazała ci przekazać, że zostałeś jej głównym chirurgiem. Masz być gotów, by o każdej porze dnia i nocy łatać jej zbirów.

– Czyli ukąszenie przez meduzę było tylko sprawdzianem – domyślił się.

– Obawiam się, że owszem. – Schyliła się, by ucałować go w czoło. – Laya Yidagé. Witaj na pokładzie „Pogoni".

– Niclays Roos. Żałuję, że nie mogę powitać cię godniej, droga pani. – Zmrużył nieufnie oczy, spoglądając do miski. Ryż i bryłki różowego mięsa. – Na litość Świętego. Czy to surowy węgorz?

– Ciesz się, że przynajmniej zabity. Ostatni zakładnik musiał odgryźć żywemu głowę. Chwilę później stracił własną, ma się rozumieć. – Laya wcisnęła się obok niego. – Wylecz jeszcze kilku piratów, a może dadzą ci gotowanego. I lepszy kawałek pokładu do spania.

– Chyba zdajesz sobie sprawę, że prędzej któregoś zabiję. Skończyłem anatomię, ale daleko mi do poziomu kogoś zasłużenie mianowanego głównym chirurgiem.

– Sugeruję, byś udawał, że wcale ci nie daleko. – Podzieliła się z nim płaszczem. – Masz, ogrzej się trochę.

– Dziękuję. – Owinął się szczelnie i posłał jej znużony uśmiech. – Proszę, odwróć moją uwagę od tej żałosnej imitacji posiłku. Opowiedz mi, jak trafiłaś do załogi osławionej Złotej Cesarzowej.

Zaczęła snuć opowieść, a tymczasem Niclays wydzielał czyste ziarenka z brył zakrwawionego ryżu.

Laya urodziła się w pięknym mieście Kumenga, słynącym z uczelni, słonecznego wina i czystych wód. Jako dziecko zapragnęła poznać świat, a jej pasję podsycił ojciec, odkrywca, który nauczył ją kilku języków.

– Pewnego dnia popłynął na Wschód. Chciał zostać pierwszym południowcem od stuleci, który postawi stopę na tamtejszej ziemi. Oczywiście nigdy nie wrócił. Bo czy ktoś stamtąd wraca? Lata później zapłaciłam piratom z Morza Carmentumskiego, by zabrali mnie na drugi brzeg Czeluści. Chciałam go poszukać. – Deszcz spływał po jej policzkach. – Ostrzelał nas okręt należący do tej floty. Piraci zabili wszystkich, ale ja zaczęłam błagać o litość po jeziorańsku, co zaskoczyło kapitana. Zabrał mnie przed oblicze Złotej Cesarzowej i tak zostałam jej tłumaczką. Miałam do wyboru to albo miecz.

– Długo już dla niej pracujesz?

– Zbyt długo – westchnęła.

– Musisz marzyć o powrocie na Południe.

– Pewnie, że marzę. Ale byłabym głupcem, próbując uciekać. Nie jestem nawigatorem, Czerwony Starcze, a Czeluść jest rozległa.

Trudno było odmówić jej racji.

– Czy sądzisz, pani Yidagé...

– Mówi mi Laya.

– A więc, Layo, czy sądzisz, że Złota Cesarzowa pozwoliłaby mi obejrzeć smoka, którego trzyma pod pokładem?

Laya uniosła brwi.

– A zdradzisz mi, dlaczego chciałbyś go obejrzeć?

Niclays zawahał się.

Wiedział, że lepiej nie mówić – w końcu wielu ludzi bało się lub kpiło z alchemii i alchemików – ale uznał, że Laya, spędziwszy lata na pokładzie okrętu pirackiego, nie da się łatwo zaskoczyć lub wystraszyć.

– Jestem alchemikiem – szepnął jej na ucho. – Niezbyt dobrym, właściwie amatorem, ale od dziesięciu lat staram się sporządzić eliksir nieśmiertelności. – Jej brwi wspięły się aż na czoło. – Jak dotąd mi się nie udało, w głównej mierze ze względu na utrudniony dostęp do właściwych odczynników. Zważywszy na długowieczność smoków, miałem nadzieję... zbadać tego pod nami. Zanim dotrzemy do Kawontay.

– Gdzie pójdzie na części. – Laya pokiwała głową. – W normalnej sytuacji radziłabym ci nikomu o tym nie wspominać.

– Ale?

– Otóż Złotej Cesarzowej marzy się nieśmiertelność. Twoje alchemiczne zdolności mogą sprawić, że spojrzy na ciebie łaskawszym okiem. – Pochyliła się bliżej. Para ulatująca z ich ust formowała pojedynczy obłoczek. – Ten okręt nie nazywa się „Pogoń" bez powodu. Słyszałeś kiedyś opowieść o drzewie morwy?

Niclays zmarszczył brwi.

– O jakimś konkretnym drzewie morwy?

– To mało znana wschodnia legenda. Raczej mit niż opowieść mająca w sobie ziarno prawdy. – Laya oparła się o burtę. – Wieki temu wyspą Komoridu władała pewna czarodziejka. Zlatywały się do niej czarne gołębie i białe kruki, była bowiem matką wyrzutków. Historia opowiedziana jest z punktu widzenia bezimiennej kobiety, która spotyka się z niechęcią w rodzimej Ginurze. Pewnego dnia słyszy, jak ktoś szepcze o Komoridu, gdzie każdy jest mile widziany, i postanawia za wszelką cenę tam dotrzeć. Gdy wreszcie jej się to udaje, idzie się spotkać ze słynną czarodziejką, która czerpie moc z drzewa morwy. Źródła wiecznego życia.

Serce waliło Niclaysowi jak młotem.

– Choć legenda dotrwała do naszych czasów – podjęła Laya – nikt nigdy nie odnalazł wyspy Komoridu. Przez całe wieki zwój zawierający tę opowieść przetrzymywany był na Skrzydle. A potem ktoś wykradł go stamtąd i dał Złotej Cesarzowej… Jednak szybko się okazało, że zwój jest niekompletny. Że brakuje pewnego niezwykle ważnego fragmentu.

Niclays czuł się tak, jakby trafił go piorun.

„Według dziennika ciotka otrzymała go od człowieka, który poprosił ją, by zabrała go z ziem Wschodu i dopilnowała, by już nigdy tam nie wrócił".

– Zgadza się. Ty go jej przyniosłeś. – Uśmiechnęła się, widząc jego zdumioną minę. – Ostatni kawałek układanki.

Układanka.

Jannart.

Przez trzewia statku przetoczył się grzmot. „Pogonią" rzuciło na bok, Niclays wpadł na Layę.

– Co to, burza? – spytał głosem o pół tonu bardziej piskliwym niż zwykle.

– Sza!

Kolejny huk był echem poprzedniego. Laya skrzywiła się i wstała. Niclays roztarł zdrętwiałe kolana i zrobił to samo. Na tylnym pokładzie pojawiła się Złota Cesarzowa.

Znaleźli się na zrębie Czeluści, miejsca, którego bały się nawet smoki, gdzie woda przechodziła z zieleni w czerń i gładkiej tafli nie marszczyła nawet jedna fala.

W tym niemożliwym morzu odbijała się każda gwiazda, każda konstelacja, wszystkie zagięcia i spirale kosmosu. Jakby istniały nie jeden, lecz dwa firmamenty, a „Pogoń" była widmowym okrętem żeglującym pomiędzy światami. Morze zmieniło się w szkło, w którym mogły przejrzeć się niebiosa.

– Widziałaś kiedyś coś podobnego? – mruknął Niclays.

Laya zaprzeczyła ruchem głowy.

– To nie jest naturalne, Niclaysie.

Plusk wody ustał zupełnie. Wszystkie okręty zatrzymały się, jakby wpłynęły na stały ląd. Załoga „Pogoni" stała w nerwowej ciszy, ale Niclays Roos był spokojny, całkowicie oczarowany widokiem podwójnego kosmosu. Świata w stanie równowagi, jak ten, który opisano na Tablicy z Rumelabaru.

Co jest na dole, musi równoważyć to, co jest w górze,
W tym się zawiera dokładność wszechświata.

Słowa, których nie rozumiał nikt z żyjących. Słowa, które skłoniły Truyde do wysłania swojego kochanka za morze z prośbą o pomoc, którego nikt nie miał zamiaru wysłuchać. I który już pewnie nie żyje.

Rozległ się krzyk wielu głosów w wielu językach. Niclays zatoczył się, gdy zbryzgała go gorąca woda. Moment spokoju rozpuścił się w panice, która ogarnęła cały pokład.

Woda wokół kadłuba aż się zagotowała. Laya złapała Niclaysa za rękę, pociągnęła za sobą do najbliższego masztu i złapała się lin.

– Layo! – przekrzyczał zgiełk. – Co się dzieje?

– Nie wiem. Trzymaj się!

Morska woda podrażniła mu oczy. Zamrugał, z trudem łapiąc powietrze. Wrzasnął, gdy fale wdarły się na pokład. Jedna szalupa poszła w drzazgi, kilku piratów wylądowało za burtą. Ich krzyki zagłuszył dźwięk, który Niclays z początku wziął za grom.

I wtedy, gdy kolejna fala naparła z mocą na okręt, pojawiła się ona. Olbrzymka pokryta gorącą czerwoną łuską. Niclays gapił się, nie wierząc własnym oczom, na ogon najeżony ostrymi kolcami, na skrzydła, które rozpostarte spięłyby niczym most rzekę Bugen. Pośród huku fal i wycia wiatru wielka zachodnica przeleciała po łuku nad flotą i wrzasnęła triumfalnie:

– MÓJ KRÓLU! WKRÓTCE, JUŻ WKRÓTCE.

36
Zachód

Słowiki zapomniały, jak się śpiewa. Ead leżała na boku na wysuwanym łóżku, wsłuchując się w oddech Sabran.

Od ataku wyrma wydarzenia tamtego dnia często nawiedzały ją w snach. Śniła o tym, jak niesie Sabran do komnaty królowieckiego medyka. O odrażającym kolcu, który ten wyciągnął z jej ciała. O kałużach krwi. O owiniętej w len małej postaci, którą zabrali, nie pokazując Sabran. O królowej leżącej nieruchomo na łóżku jak na katafalku.

Do sypialni wdarł się podmuch. Ead przewróciła się na drugi bok.

Choć osobiście pilnowała, by doktor Bourn i jego pomocnicy wygotowywali każdy przedmiot, którym dotykali Sabran, zdało się to na nic – gorączka rozprzestrzeniła się po całym jej ciele. Była rozpalona, całymi dniami balansowała, nieprzytomna, na granicy życia i śmierci – ale walczyła. Walczyła o życie tak jak Glorian Sercowa Tarcza.

Ostatecznie wygrzebała się z grobu, wycieńczona fizycznie i psychicznie. Gdy gorączka spadła, doktor Bourn orzekł, że kolec wydobyty z jej głowy musiał pochodzić z ciała wielkiej zachodnicy. W obawie, że Sabran zaraziła się plagą, posłał po mentyjską ekspertkę w dziedzinie smoczej anatomii. Ta, zbadawszy władczynię, postawiła diagnozę, którą nie sposób było powtórzyć na głos.

Królowa Inys nie zaraziła się plagą, ale nigdy już nie zajdzie w ciążę.

Kolejny powiew wiatru wdarł się do komnaty. Ead wstała z łóżka i zamknęła okno.

Ciemne niebo pstrzyły gwiazdy. Poniżej Ascalon migotał pochodniami. Niektórzy jego mieszkańcy pewnie wciąż jeszcze nie śpią, modląc się o ochronę przed stworem, którego nazwano białym wyrmem.

Nie wiedzieli tego, co było wiadome Książętom Ducha i damom sypialnianym. Poza królowieckim lekarzem tylko oni znali najniebezpieczniejszy sekret świata.

Sabran IX była ostatnią z rodu Berethnetów.

Ead przycięła knot świecy i zapaliła ją ponownie. Od ataku białego wyrma Sabran jeszcze bardziej bała się ciemności.

Strzępy wiedzy historycznej ocalałe z Żałoby Wieków były zgodne co do tego, że istniało tylko pięć wielkich zachodnic. Ich podobizny można było znaleźć w jaskiniach Mentendonu i bestiariuszach pochodzących z czasów pokoju.

I zgodnie z zachowanymi informacjami nie istniała żadna zachodnica o zielonych oczach.

– Ead.

Obejrzała się przez ramię. Widziała cień Sabran na przeźroczystych zasłonach rozpiętych wokół łóżka.

– Wysokości?

– Otwórz to okno.

Przyboczna postawiła świecę na półce nad kominkiem.

– Przeziębisz się, królowo.

– Może i jestem bezpłodna – wycedziła – ale dopóki ostatni dech nie opuści moich ust, jestem twoją królową i będziesz robić, co ci każę.

– Wciąż nie wróciłaś do zdrowia. Jeśli zgubi cię zimno, główny sekretarz każe ściąć mi głowę.

– Niech cię szlag, ty uparta suko, sama urwę ci łeb, jeśli nie zrobisz, jak mówię.

– Jak już utnie mi go sekretarz, nie będzie potrzeby go urywać.

Twarz Sabran wykrzywił wściekły grymas.

– Zabiję cię. – Ścięgna na jej szyi napięły się jak postronki. – Gardzę wami wszystkimi, wy wyniosłe harpie. Myślicie tylko o tym, jak mnie oskubać. A to z pieniędzy, a to z posiadłości, nawet z mojej córki… – Głos jej się załamał. – Bądźcie przeklęte… Prędzej rzucę się z Alabastrowej Wieży, niż przełknę kolejny łyk waszej litości.

– Dość – warknęła Ead. – Nie jesteś dzieckiem. Przestań się mazać.

– Otwórz okno.

– Sama otwórz.

Sabran prychnęła złowróżbnym śmiechem.

– Mogłabym cię spalić za tę bezczelność.

– Jeśli dzięki temu wstaniesz z tego łóżka, to nawet zatańczę na stosie.

Zegar na wieży wybił pierwszą. Sabran z drżeniem opadła na poduszki.

– Moim przeznaczeniem było umrzeć w połogu – wyszeptała. – Miałam dać życie Glorian za cenę własnego.

Mleko wyciekało z jej piersi jeszcze kilka dni po poronieniu, a jej brzuch wciąż był zaokrąglony. Próbowała wrócić do zdrowia, ale jej własne ciało rozdrapywało rany.

Ead zapaliła jeszcze dwie świece. Tak bardzo współczuła Sabran, że czasem nachodziło ją wrażenie, że serce rozsadzi jej żebra, ale nie wolno jej było dać się sprowokować podczas napadów złości. Władczynie z rodu Berethnet miały tendencje do popadania w desperację bez wyraźnej przyczyny. Carnelian V nazywano Żałobną Gołębicą i po dworze krążyły plotki, że targnęła się na własne życie, rzucając się do rzeki. Combe nałożył na sypialnianki obowiązek strzeżenia Sabran i pilnowania, by nie podzieliła jej losu.

Ach, gdyby tak być dziś w nocy ćmą obijającą się o okna Komnaty Rady. Niektórzy Książęta Ducha byli zdania, że prawda nigdy nie powinna wyjść na jaw. Że należy wypychać suknie Sabran poduszkami i znaleźć jej jakąś sierotę o czarnych włosach i jadeitowych oczach. Ale Ead wiedziała, że choć członkowie Rady mogą rozważać taki tok działania, większość z nich nigdy nie pokłoni się królowej, w której żyłach nie płynie krew Berethnetów.

– Byłam pewna… – Sabran zatopiła palce we własnych włosach i zacisnęła pięści. – Byłam pewna, że jestem wybranką Świętego. Odpędziłam przecież Fýredela. Dlaczego mnie teraz opuścił?

Ead zdławiła poczucie winy. Jej magiczna osłona ocaliła Sabran życie, ale utwierdziła ją w kłamstwie.

– Pani – powiedziała – nie wolno ci tracić wiary. Nie warto rozpamiętywać…

Z jej ust znów dobył się śmiech wyprany z wesołości.

– Brzmisz jak Ros. Niepotrzebna mi kolejna Ros. – Kostki jej palców zbielały. – Może powinnam pomyśleć o czymś weselszym. To by mi doradziła Ros. O czym mam sobie pomyśleć, Ead? O moim zabitym towarzyszu, jałowym łonie czy o rychłym nadejściu Bezimiennego?

Ead zmusiła się, by klęknąć i poprawić przepalone drwa w kominku.

Sabran przez wiele dni mówiła mało, a jeśli już się odzywała, to tylko po to, by pluć jadem. Warczała na Roslain, że jest zbyt cicho. Szydziła z dam przynoszących jej posiłki. Kazała młodziutkiej pomocniczce iść precz. Biedna dziewczynka o mało nie wypłakała oczu.

– Jestem ostatnią z Berethnetów. Niszczycielką mojego rodu. – Zacisnęła dłonie na pościeli. – To moja wina. To kara za to, że tak długo uchylałam się od królowieckiego obowiązku. Za uniki i wymówki.

Głowa opadła jej na piersi.

Ead podeszła do królowej Inys. Odsunęła zasłonę i usiadła na rogu łóżka. Sabran, półsiedząc, pochyliła się nad swoim posiniaczonym brzuchem.

– Byłam samolubna. Chciałam... – Odetchnęła przez nos. – Chciałam, by Niclays Roos sporządził dla mnie eliksir, coś, co pozwoli mi zachować młodość, abym nigdy nie musiała zachodzić w ciążę. A gdy okazało się, że nie potrafi – wyszeptała – wygnałam go na Wschód.

– Sabran...

– Odwróciłam się plecami do Rycerza Hojności za wszystko, co mi dał. Nie chciałam mu się odwdzięczyć.

– Przestań to sobie robić – powiedziała Ead z naciskiem. – To wielki ciężar, a ty dźwigałaś go dzielnie i niestrudzenie.

– To boskie powołanie. – Jej twarz lśniła od potu. – Jeden ród rządził Inys przez tysiąc lat. Trzydzieści sześć kobiet z domu Berethnet rodziło córki na chwałę Inys. Dlaczego ja nie mogłam? – Przycisnęła rękę do brzucha. – Dlaczego to musiało się wydarzyć?

Wówczas Ead ujęła delikatnie jej podbródek.

– To nie jest twoja wina – rzekła. – Zapamiętaj to sobie, Sabran. Nic z tego nie jest twoją winą.

Sabran odsunęła głowę.

– Rada Cnót będzie chwytać się teraz brzytwy, ale moi ludzie nie są głupcami – powiedziała. – Prawda wyjdzie na jaw, pozbawione fundamentów Imperium Cnót upadnie. Wiara Świętego rozwieje się na wietrze jak ptasi puch. Sanktuaria opustoszeją i popadną w ruinę.

Jej przepowiednia była niebezpiecznie bliska prawdy. Nawet Ead wiedziała, że upadek Imperium rozpocznie rządy chaosu. To dlatego ją tu wysłano – by pomogła utrzymać porządek.

A ona zawiodła.

– Nie ma dla mnie miejsca na niebiańskim dworze – ciągnęła Sabran. – Gdy już pójdę do piachu, Książęta Ducha, krew z krwi Przeświętego Zastępu, zaczną walczyć o tron. – Oddech, który opuścił jej usta, był cieniem śmiechu. – Kto wie, może nie zaczekają nawet do mojej śmierci. Wierzyli, że nie dopuszczę do tego, by Bezimienny zerwał się z łańcucha, lecz ta wiara umrze wraz ze mną.

– A więc w ich najlepszym interesie jest dbać o twoje bezpieczeństwo. – Ead próbowała ją pocieszyć. – Kupić nieco czasu i przygotować się na jego przyjście.

– O bezpieczeństwo może, ale niekoniecznie o to, bym dalej zasiadała na tronie. Niektórzy pewnie już zadają sobie pytanie, czy nie powinni działać szybko. Wybrać nową władczynię, nim Fýredel wróci, by nas zniszczyć. – Jej głos brzmiał pusto jak dzwon pozbawiony serca. – Zastanawiają się, czy w opowieści o mojej świętości jest choć ziarno prawdy. I ja zadaję sobie to samo pytanie. – Jej dłoń znowu spłynęła na brzuch. – Pokazałam przecież, że jestem tylko ciałem, że nie ma we mnie ducha.

Ead pokręciła głową.

– Będą naciskać, bym mianowała któreś z nich następcą. A gdy to zrobię, pozostali zaczną zgłaszać pretensje. Szlachta podniesie sztandary, podzieli się, stając murem za poszczególnymi pretendentami. W Inys dokona się rozłam. A gdy będzie wystawione na atak, atak nadejdzie: wróci Smocza Armia. I wesprze ją zbrojnie Yscalin. – Zamknęła oczy. – Nie mogę patrzeć, jak moje królowiectwo chyli się ku upadkowi.

Od początku musiała się obawiać takiego obrotu spraw.

– Glorian… była taka delikatna – wycharczała Sabran. – Jak żyłki na powierzchni liścia. – Utkwiła wzrok w pustce. – Próbowali ją przede mną schować, ale ją widziałam.

Inna dama powiedziałaby jej pewnie, że jej maleństwo jest teraz bezpieczne w niebiańskim królestwie. Roslain odmalowałaby przed nią sielankowy obrazek czarnowłosej dziewczynki w ramionach Galiana Berethneta, uśmiechniętej i bezpiecznej w niebiańskiej twierdzy.

Ale nie Ead. Taka wizja nie przyniesie Sabran pocieszenia. Jeszcze nie teraz.

Zamknęła jej lodowatą dłoń w swoich dłoniach. W ogromnym łożu Sabran sama wyglądała jak bezbronne dziecko.

– Ead – zwróciła się do przybocznej – w kufrze jest sakwa ze złotem. – Wskazała głową skrzynię, w której trzymała biżuterię. – Idź do miasta. Na rynek cieni. Sprzedają tam truciznę zwaną wdowicą.

Ead zaparło dech w piersi.

– Nie bądź głupia – szepnęła.

– Ośmielasz się nazywać głupcem krew z krwi Berethnetów?

– Oczywiście, jeśli głupio gada.

– Proszę cię o to nie jako twoja królowa, ale jako pokutnica. – Twarz miała napiętą, drżały jej usta. – Nie mogę dłużej żyć, wiedząc, że moi ludzie skazani są na śmierć w szponach Bezimiennego lub na wojnę domową. Nie wytrzymam tego. – Wyswobodziła dłoń z uścisku. – Myślałam, że zrozumiesz. Że mi pomożesz.

– Rozumiem więcej, niż ci się wydaje. – Ead ujęła jej twarz w dłonie. – Próbowałaś zmienić się w kamień. Nie bój się przyznać, że nie jesteś z kamienia. Możesz być królową, lecz jesteś też człowiekiem z krwi i kości.

Sabran uśmiechnęła się tak, że Ead niemal pękło serce.

– Królowa tym właśnie musi być: kamieniem, posągiem o twarzy skrytej za nieprzeniknioną maską. Ciało i królowiectwo to jedno i to samo.

– Nie można więc zabić ciała, by ocalić królestwo. – Ead zmagała się z jej spojrzeniem. – Dlatego moja odpowiedź brzmi: nie, Sabran Berethnet. Nie przyniosę ci trucizny. Ani teraz, ani nigdy.

Słowa wydostały się z miejsca, w którym próbowała je zamknąć. Miejsca, w którym rosła róża.

Sabran patrzyła na nią z wyrazem twarzy, którego Ead nigdy jeszcze nie widziała. Spłynęła z niej cała melancholia, została tylko ciekawość i jakaś intencja. Ead widziała każdą drzazgę zieleni w jej tęczówce, każdą rzęsę, płomyki świec uwięzione w źrenicach. Światło bijące z kominka zatańczyło na jej odsłoniętym ramieniu. Gdy Ead sięgnęła po nie palcami, Sabran wtuliła się w jej dłoń.

– Ead – powiedziała – zostań ze mną.

Powiedziała to tak cicho, że Ead prawie nie usłyszała, ale odczuła każde słowo swoim ciałem.

Ich usta dzielił tylko oddech. Ead nie odważyła się poruszyć, bo bała się, że zniszczy tę chwilę. Jej skóra zrobiła się dziwnie wrażliwa, niemal bolała, stykając się z ciałem Sabran, która otoczyła jej twarz dłońmi. W jej spojrzeniu było pytanie i zarazem strach przed odpowiedzią.

Gdy czarne włosy musnęły jej obojczyk, przed oczami Ead stanęły Przeorysza i drzewo pomarańczy. Co by powiedział Chassar, gdyby wiedział, że jej krew śpiewa dla niby-królowej, która modli się do pustego grobowca Matki? Dla spadkobierczyni Galiana Kłamcy? Sabran przyciągnęła ją blisko, a Ead pocałowała królową Inys tak, jak całuje się kochanka.

Jej ciało było jak kwiat, który rozchylił płatki na przyjęcie świata. Gdy Sabran cofnęła usta, Ead zrozumiała – tak nagle, że wydarło jej to oddech z płuc – że od miesięcy pragnęła właśnie tego. Marzyła o tym, leżąc u boku Sabran, słuchając jej sekretów. I wsuwając jej różę pod poduszkę. Gdy to do niej dotarło, poczuła się tak, jakby od stóp do głów przeszył ją grom.

Siedziały nieruchomo. Ich stykające się usta odwlekały rozstanie.

Jej serce biło zbyt szybko, przepełnione nowym uczuciem. Początkowo nie ośmieliła się odetchnąć, bo nawet najlżejszy ruch mógł strzaskać tę cenną chwilę, lecz wtedy Sabran objęła ją, łamiąc głos na jej imieniu. Ead poczuła trzepot jej serca zaraz przy swoim. Cichy i szybki jak ruch skrzydeł motyla.

Była zagubiona, odnaleziona i szukająca – wszystko naraz. Na granicy snu, choć nigdy jeszcze nie czuła się tak rozbudzona, jak teraz. Palcami malowała obraz Sabran rozciągnięty na swoim własnym ciele. Poruszała się instynktownie, bez udziału myśli. Powiodła palcami po bliźnie na jej udzie, zanurzyła je w czarnych włosach, przesunęła po obwodzie nabrzmiałych piersi.

Sabran odchyliła się, by na nią spojrzeć. Ead pochwyciła wzrokiem rąbek jej twarzy w świetle świec – gładka linia brwi, ciemne i rezolutne oczy – zanim ich wargi złączyły się znowu. Pocałunek promieniował gorącem, był czymś zupełnie nowym, siłą nadającą kształt powstającemu światu, rozbłysł w półmroku jak rodząca się gwiazda. Ead i Sabran zdawały się niczym oblegające się nawzajem twierdze, pełne sekretnych przejść i tajnych komnat, kruchych jak płatki kwiatów i zawiłych jak rysunek gałęzi na tle nieba. Ead zadrżała, gdy jej nagie ciało musnął nocny podmuch.

Poczuła, jak Sabran obsypuje się gęsią skórką. Nocna koszula zsunęła się z jej ramion i zatrzymała na biodrach. Ead mogła przebyć palcami szlak jej kręgosłupa i złożyć ręce w łuku pleców. Pocałowała ją w kark i odsłonięte miejsce za uchem, a Sabran wypowiedziała jej imię samym oddechem, odchylając głowę do tyłu i odsłaniając szyję. Księżyc powlekł jej łuk mlecznym światłem.

W sypialni zaległa dojmująca cisza, nieprzenikniona jak noc ustrojona we wszystkie swoje gwiazdy. Ead słyszała każdy szelest jedwabiu, każde zetknięcie dłoni z kołdrą i poduszką. Oddychały cicho, nasłuchując pukania do drzwi i przekręcanego w zamku klucza, wypatrując światła pochodni, które obnaży je nagie w skotłowanej pościeli. Skandal, który by wówczas wybuchł, spaliłby je obie.

Ale ogień był przyjacielem Ead, a ona wskoczyłaby w płomienie za Sabran Berethnet, za jeszcze jedną noc u jej boku. Niech przyjdą z mieczami i żagwiami.

Niech przyjdą.

Leżały w świetle czerwonego księżyca. Po raz pierwszy od wielu lat królowa Inys spała przy zgaszonych świecach.

Ead patrzyła w sufit. Wiedziała teraz jedną rzecz, która przysłoniła wszystko inne.

Cokolwiek rozkaże jej Przeorysza, Ead nie będzie mogła opuścić Sabran.

Gdy królowa poruszyła się przez sen, Ead odetchnęła jej zapachem. Pomagral i lilie zmieszane z wonią goździków z jej kulek zapachowych. Wyobraziła sobie, że porywa ją do Mlecznej Laguny, krainy z baśni, gdzie nikt ich nie znajdzie po kres dni.

To się nigdy nie wydarzy.

Ukośny snop światła zajaśniał w sypialni. Ead stopniowo wracało czucie w całym ciele – i świadomość obecności Sabran. Czarne włosy rozrzucone po poduszce. Skóra na skórze. Choć światło słońca jeszcze nie dotknęło łoża, było jej tak ciepło, jakby leżały w pełnym blasku.

Niczego nie żałowała. Czuła się skołowana, prawda, a w jej brzuchu trzepotały motyle, ale wcale nie chciała cofnąć czasu.

Rozległo się pukanie do drzwi i było tak, jakby chmura przysłoniła słońce.

– Wasza Wysokość?

Katryen.

Sabran uniosła głowę. Spojrzała najpierw na Ead, mrużąc zaspane oczy, a potem na drzwi.

– Co się dzieje, Kate? – spytała mrukliwie, jak zbudzony kot.

– Zastanawiałam się, czy może nie chciałabyś się wykąpać. Noc była taka zimna.

Od dwóch dni usiłowała namówić królową na kąpiel.

– Nalej wody – poleciła Sabran. – Ead zapuka, jak będę gotowa.

– Tak, pani.

Kroki umilkły. Sabran odwróciła się, a Ead napotkała jej niepewne spojrzenie. Teraz, gdy wstało słońce, patrzyły na siebie, jakby widziały się po raz pierwszy w życiu.

– Ead – powiedziała z wyczuciem Sabran – nie musisz już czuć się zobligowana do dzielenia ze mną łoża. – Powoli dźwignęła się na rękach i usiadła. – To, co wydarzyło się w nocy, nie mieści się w obowiązkach sypialnianki.

Ead uniosła brwi.

– Myślisz, że zrobiłam to z poczucia obowiązku?

Sabran przyciągnęła kolana pod brodę i uciekła wzrokiem. Skwaszona Ead wyszła z łoża.

– Mylisz się – powiedziała. – Wasza Wysokość. – Nałożyła koszulę nocną i wzięła szlafrok z oparcia krzesła. – Powinnaś już wstawać. Kate czeka.

Sabran zapatrzyła się w okno. Jej rozjaśnione słońcem oczy miały kolor seledynowy.

– Królowa nigdy nie wie, co kto robi z szacunku, a co z serca. – Odnalazła ją wzrokiem. – Powiedz mi prawdę, Ead. Czy minionej nocy spałaś ze mną, bo chciałaś, czy dlatego, że nie mogłaś odmówić królowej?

Jej włosy splątały się na wysokości ramion. Ead zmiękła.

– Głupia – rzuciła. – Każdemu mogę odmówić. Czy kiedyś cię okłamałam?

Sabran uśmiechnęła się, słysząc te słowa.

– Nie, a mogłabyś czasem zdobyć się na jakieś słodkie kłamstwo – odparła. – Ty jedna zawsze mówisz prawdę.

Ead pochyliła się, chcąc pocałować ją w skroń, lecz zanim jej się to udało, Sabran złapała jej twarz i przycisnęła rozwarte usta do jej warg. Gdy wreszcie się rozłączyły, twarz królowej rozpogodził szczery uśmiech, rzadki jak pustynna róża.

– Chodź. – Narzuciła jej opończę na ramiona. – Mam zamiar zobaczyć cię dzisiaj w słońcu.

Tego ranka życie nabrało tempa. Sabran wezwała do swoich komnat Książęta Ducha, by im pokazać, że choć rany na jej ciele i duszy jeszcze się nie zabliźniły, to żyje i nie ma zamiaru umierać. Poleciła wcielić do armii nowych rekrutów, opłacić najemników i zwiększyć wydatki na wynalazców opracowujących nowe rodzaje broni. Gdy wielka zachodnica wróci, Inys będzie gotowe.

O ile Ead umiała ocenić, Książęta Ducha nie poruszyli jeszcze między sobą tematu następczyni – lub następcy – ale wiedziała, że to tylko kwestia czasu. W tej chwili koncentrują siły na nadchodzącej wojnie z Yscalinem i dwóch wielkich zachodnicach, które z pewnością niebawem się zbudzą i zjednoczą Smoczą Armię. Inys straciło nie tylko potomkinię, ale też szansę na pojawienie się kolejnej. Bezimienny się zbliżał.

Ead wróciła do swoich codziennych obowiązków. Ale jej noce należały do Sabran. Ich sekret działał na nią jak wino. Gdy zasuwały zasłony wokół łoża, zapominały o całym świecie.

Sabran grała na wirginale. Była zbyt słaba, by robić cokolwiek innego, a nie miała czym wypełnić długich godzin aż do wieczora. Doktor Bourn orzekł, że na polowanie wybierze się najwcześniej za rok.

Ead usiadła blisko i wsłuchała się w melodię. Roslain i Katryen przycupnęły na sofie i całą uwagę poświęciły wyszywaniu. Robiły chustki z królowieckimi inicjałami, które zamierzały rozdawać poddanym, by dodać im otuchy.

– Wysokości.

Wszystkie głowy obróciły się w stronę sir Marke'a Birchena, jednego z Rycerzy Ciała, który stanął w drzwiach w swoim pokrytym miedzią pancerzu.

– Dobry wieczór, sir Marke'u – przywitała się Sabran.

– Księżna Odwagi prosi o audiencję. Przynosi ważne dokumenty do podpisania.

– Oczywiście.

Sabran wstała. Zachwiała się niebezpiecznie i oparła o wirginał.

– Wasza... – Sir Marke ruszył w jej stronę, ale siedząca najbliżej Ead przyglądała się jej od dłuższej chwili i była przy niej szybciej. Roslain i Katryen przypadły do nich.

– Sabran, źle się czujesz? – Roslain zmierzyła jej temperaturę wierzchem dłoni. – Poczekaj, zaraz sprowadzę doktora Bourna.

– Pokój. – Sabran przyłożyła rękę do piersi i zrobiła głęboki wdech. – Moje panie, pozwólcie, że podpiszę dokumenty Jej Książęcej Mości. Ale wróćcie o jedenastej, by pomóc mi się rozebrać.

Roslain cmoknęła ustami.

– Przyjdę wtedy razem z doktorem – powiedziała. – Niech tylko cię obejrzy, Sabran. Proszę.

Królowa skinęła głową w geście przyzwolenia. Gdy damy wyszły, Ead obejrzała się na nią i ich spojrzenia się spotkały.

Zwykle sala tronowa pękała w szwach, dworzanie z licznymi petycjami czekali na pojawienie się Sabran, ale odkąd królowa skryła się w swoich komnatach, panowała tam martwa cisza. Roslain udała się z wizytą do babki, a Katryen wróciła do swoich komnat na kolację. Ead nie była jeszcze głodna, a nie mając do roboty nic, czym mogłaby odwrócić swoją uwagę od słabowitej Sabran, poszła do biblioteki i usiadła przy stole.

Zaczęło się ściemniać, gdy postanowiła – po raz pierwszy od kilku dni – zastanowić się nad tym, co właściwie powinna zrobić.

Musiała powiedzieć Chassarowi prawdę. Jeśli przewidywania Sabran okażą się słuszne, Ead powinna zostać tu, by jej bronić, i musiała wytłumaczyć to Chassarowi osobiście. Po rozważeniu za i przeciw zapaliła świece, zamoczyła pióro i napisała:

Z: Ascalonu w Królowiectwie Inys
Przez: Urząd Celny Zeedeur
Późna Jesień, 1005 EP

Wasza Ekscelencjo,
minęło zbyt wiele czasu od naszej ostatniej korespondencji. Z pewnością jesteś pochłonięty sumienną pracą na chwałę króla Jantara i królowej Saiymy. Czy zawitasz niebawem w Inys?

Twoja dozgonna przyjaciółka i pokorna wychowanka
Ead Duryan

Zaadresowała wiadomość do ambasadora uq-Ispada. Niewinny liścik od przybranej córki.

Biuro mistrza pocztowego przylegało do gmachu biblioteki. Ead odkryła, że jest puste. Wsunęła list do pudełka sortowniczego wraz z garścią monet, by opłacić ptaka, który zaniesie wiadomość do adresata. Jeśli Combe uzna, że nie ma w nim podejrzanych słów, jutro rano pierwszy ptak dostarczy list do Zeedeur, potem kolejny do biura pocztowego w Brygstad, stamtąd jeszcze jeden na plac Gołębi w Rauce, a później list przemierzy pustynię wraz z karawaną.

Chassar otrzyma wezwanie w środku zimy. Przeorysza nie będzie zadowolona, gdy się dowie, o co prosi Ead, ale gdy zrozumie ciążące nad Sabran zagrożenie, przystanie na jej prośbę.

Gdy Ead opuszczała bibliotekę, było już zupełnie ciemno. W drzwiach minęła się z sir Tharianem Lintleyem.

– Pani Duryan. – Skłonił się jej po żołniersku. – Dobry wieczór. Miałem nadzieję, że cię tu znajdę.

– Kapitanie. – Ead odwzajemniła uprzejmość. – Jak ci się wiedzie?

– Nie najgorzej – odparł, choć grymas na jego twarzy kazał sądzić, że coś go trapi. – Wybacz, że przeszkadzam, Ead, lecz lord Seyton Combe prosi, byś go odwiedziła.

– Lord Seyton. – Jej serce zbudziło się do biegu. – Jej Wysokość kazała mi wrócić do jej komnat przed jedenastą.

– Jej Wysokość już śpi. Zalecenie doktora Bourna. – Lintley posmutniał. – A poza tym… no cóż, to chyba nie tyle prośba, co rozkaz.

Oczywiście. Nocny Jastrząb o nic nie prosi.

– Dobrze – zgodziła się Ead z wymuszonym uśmiechem. – Prowadź, milordzie.

37
Zachód

Uporządkowany gabinet głównego sekretarza mieścił się pod komnatą Rady. Niektórzy zwali go jamą, choć pokój był tak przyziemny i zwyczajny, że aż rozczarowujący. Zapewne miał się nijak do przepychu rodowej siedziby Combe'a w zamku Strathurn.

Korytarz wiodący do gabinetu był obstawiony przez zauszników Nocnego Jastrzębia. Wszyscy nosili brosze Rycerki Uprzejmości wzbogacone o skrzydła, które świadczyły o tym, że są sługami jej bezpośrednich potomków.

– Wasza Książęca Mość. – Lintley się skłonił. – Pani Ead Duryan, dama sypialniana.

Ead dygnęła.

– Dziękuję, sir Tharianie. – Combe pisał coś przy biurku. – To wszystko.

Lintley zamknął za sobą drzwi. Combe podniósł wzrok na gościa i zdjął okulary.

Cisza ciągnęła się przez długie minuty, dopóki w kominku nie pękł z trzaskiem sąg drewna.

– Pani Duryan, z wielką przykrością informuję cię, że królowa Sabran zwalnia cię z pozycji damy sypialnianej. Lord szambelan dokonał już formalnego wyłączenia cię z Wysokiego Dworu i pozbawił związanych z tym przywilejów.

Zaświerzbił ją kark.

– Wasza Książęca Mość – odrzekła – nie miałam pojęcia, że obraziłam czymś Jej Wysokość.

Na usta Combe'a wypłynął śliski uśmiech.

– Ależ, pani Duryan. Na cóż te puste uprzejmości. Wiem, że nie jesteś głupia. Wiem, że mną gardzisz. Doskonale wiesz, czemu tu jesteś. – Gdy stało się jasne, że Ead nie ma zamiaru nic powiedzieć, podjął: – Dzisiejszego popołudnia otrzymałem raport. Podobno minionej nocy, będąc w sypialni królowej, znalazłaś się w… daleko posuniętym negliżu. Tak jak i Jej Wysokość.

Krew odpłynęła jej z twarzy, ale jej mina była jak wykuta z marmuru.

– Kto złożył taki raport? – spytała.

– Mam oczy i uszy w każdej komnacie. Nawet w królowieckiej. Jeden z Rycerzy Ciała, choć oddany naszej królowej, składa raporty również mnie.

Ead zamknęła oczy. Była tak pochłonięta Sabran, że zaniedbała ostrożność.

– Powiedz mi, Combe – rzekła po chwili – co cię obchodzi, co się dzieje w jej łożu?

– Ma to ścisły związek ze stabilnością królowiectwa. Lub zaburzeniem tejże. Jej łoże, pani Duryan, jest wszystkim, co chroni Inys przed osunięciem się w chaos.

Ead gapiła się na niego.

– Jej Wysokość musi ponownie wyjść za mąż. Musi sprawiać wrażenie, że usiłuje spłodzić kolejną królową Inys. Dziedziczka mogłaby znacząco wydłużyć jej panowanie. Nie może więc wybierać sobie kochanek spośród swoich dam sypialnianych.

– Coś mi się widzi, że przede mną podobne zaproszenie wysłałeś też lordowi Artelothowi. W środku nocy, gdy królowa spała.

– Nie osobiście. Widzisz, milady, mam wielkie szczęście do służących. Moi pomocnicy są tak lojalni, że czasem pozwalam im działać w moim imieniu. Niestety – dodał cierpko – na dworze kwitną plotki o nocnych odwiedzinach w moim gabinecie. Mam świadomość swojej reputacji.

– Nie wzięła się znikąd.

Ognień w kominku oświetlał prawą część jego twarzy, lewa skrywała się w cieniu.

– Odkąd objąłem stanowisko głównego sekretarza, usunąłem już z dworu kilka kłopotliwych osób. Mój poprzednik przekupywał tych, których chciał się pozbyć. Ja nie jestem takim marnotrawcą. Wolę robić użytek z wygnanych przez siebie ludzi. Stają się moimi agentami, a jeśli dostarczają mi tego, czego pragnę, czasem zapraszam ich z powrotem. Na mocy umów przynoszących obopólne korzyści. – Combe złożył dłonie o grubych knykciach. – I tak oto małe pająćzki, rozsypane po przestworze mojej pajęczyny, szepczą do mnie, gdy je o to poproszę.

– Twoim pajączkom zdarzało się już mijać z prawdą. Ja sypiam z królową. Loth nigdy tego nie zrobił.

Jej usta mówiły, ale umysł już opracowywał drogę ucieczki. Musiała dotrzeć do Sabran.

– Sprawa lorda Artelotha rzeczywiście była nieco inna – przyznał Combe. – To cnotliwy młodzieniec, lojalny wobec królowej. Po raz pierwszy robiłem, co było do zrobienia, z prawdziwym bólem serca.

– Wybacz, jeśli nie otrę ci łez, Combe.

– Och, wcale nie spodziewam się współczucia, pani Duryan. My, którzy jesteśmy ukrytym zbrojnym ramieniem korony, mistrzami łańcuchów, sztyletów i obcęgów – szczurołapami, szpiegami i katami – zwykle nie możemy na nią liczyć.

– A jednak jesteś potomkiem Rycerki Uprzejmości. Jak ma się jedno do drugiego, tego nigdy nie pojmę.

– Ależ to bardzo proste. To właśnie dzięki pracy, której oddaję się pośród cieni, za dnia mogę pokazywać na dworze uśmiechniętą twarz. – Combe przyglądał się jej przez dłuższą chwilę. – Na tańcach mówiłem szczerze. Miałaś we mnie przyjaciela. Podziwiałem to, jak pięłaś się w hierarchii, nie idąc po trupach, imponowało mi, jak ważysz słowa i stronisz do dworskich gierek… Ale przekroczyłaś nieprzekraczalną linię. Tę, której nie wolno naruszyć w relacji z Sabran. – Skrzywił się w grymasie współczucia. – Żałuję, że nie mogę postąpić inaczej.

– Jeśli mnie z nią rozdzielisz, dowie się. I znajdzie sposób, by się ciebie pozbyć.

– Mam nadzieję, że się mylisz, pani Duryan. Przez wzgląd na naszą królową. Obawiam się, że nie dostrzegasz, jak chwiejna jest jej władza, odkąd utraciliśmy szansę na potomkinię. – Combe nie odwrócił wzroku od Ead ani na chwilę. – Teraz potrzebuje mnie bardziej niż kiedykolwiek. Jestem wierny Sabran ze względu na ogrom zalet, które posiada jako władczyni, a także świętą krew płynącą w jej żyłach, lecz są pośród Książąt Ducha tacy, którzy nie mogą ścierpieć jej na tronie. Zawiodła w swojej najważniejszej misji: wydania na świat kolejnej królowej z rodu Berethnet.

Twarz Ead nie wyrażała żadnych emocji, ale w jej piersi dudnił wojenny bęben.

– Kto?

– Och, mam oczywiście pewne podejrzenia co do tego, kto pierwszy przystąpi do działania. Zamierzam być jej tarczą w nadchodzących dniach. Niestety na ciebie nie ma miejsca w moich planach. Powiedziałbym wręcz, że je krzyżujesz.

„Może nie zaczekają nawet do mojej śmierci".

– Falden – powiedział Combe głośniej – wejdź, proszę. – Drzwi otworzyły się i do pokoju wkroczył jeden z jego totumfackich. – Bądź tak dobry i odprowadź panią Duryan do powozu.

– Tak, Wasza Książęca Mość.

Mężczyzna złapał Ead za ramię. Gdy pociągnął ją w kierunku drzwi, Combe odezwał się znowu.

– Poczekaj, Falden. Zmieniłem zdanie – rzekł beznamiętnie. – Po prostu ją zabij.

Ead zesztywniała. Mężczyzna natychmiast złapał ją za włosy i szarpnął, przystawiając do gardła ostrze.

Ogarnęło ją gorąco. Wykręciła trzymające ją ramię, zawirowała i grzmotnęła Faldenem o podłogę. Mężczyzna wrzasnął z bólu, gdy jego łokieć wyskoczył ze stawu.

– Otóż i proszę – rzekł spokojnie Combe.

Mężczyzna dyszał, tuląc ramię do piersi. Ead spojrzała na swoje dłonie. W obliczu zagrożenia ostatki jej sidenu, resztka zapasu, jakim dysponowała, wypłynęły na powierzchnię.

– Lady Truyde jakiś czas temu rozsiewała plotki, jakobyś parała się czarnoksięstwem – Combe przyjrzał się bacznie blaskowi, który ogarnął jej palce. – Ma się rozumieć, nie dawałem im posłuchu. Zazdrość dwórki, nic więcej. A potem doniesiono mi o… pokazie nadzwyczajnej sprawności w walce sztyletami, którą wykazałaś się podczas zamachu.

– Uczyłam się walki sama, by lepiej bronić królowej – powiedziała Ead z pozornym spokojem, choć jej serce biło jak oszalałe.

– Widzę, widzę. – Combe odetchnął przez nos. – To ty jesteś jej nocnym opiekunem.

Odkrył jej prawdziwą naturę. Teraz wszystko stracone.

– Ja nie wierzę w czary, pani Duryan. Nie wiem, czy to lśnienie twoich rąk to jakaś alchemiczna sztuczka. Wiem za to, że nie przybyłaś na dwór z intencją służenia królowej Sabran, jak twierdziłaś. Raczej ambasador uq-Ispad umieścił cię tutaj w charakterze szpiega. To jeszcze istotniejszy powód, dla którego powinienem jak najszybciej usunąć cię z dworu.

Ead zrobiła krok w jego stronę. Nocny Jastrząb nie poruszył się, nawet nie drgnął.

– Zastanawiałam się – powiedziała Ead bardzo, bardzo cicho – czy to nie ty jesteś Podczaszym. Czy aby sam nie nasyłałeś na Sabran skrytobójców… by ze strachu poślubiła Lievelyna. Czy to nie dlatego chciałeś pozbyć się mnie, która jej broniłam. W końcu kimże jest podczaszy, jeśli nie zaufanym sługą korony, który w każdej chwili może podsunąć władczyni zatrute wino?

Combe posłał jej zmęczony uśmiech.

– Jakże łatwo byłoby zrzucić całą winę na mnie – mruknął. – Ale w jednej sprawie masz słuszność, pani Duryan. Podczaszy jest blisko królowej. Nie mam co do tego wątpliwości. Lecz ja jestem tylko Nocnym Jastrzębiem. – Odchylił się na krześle. – Powóz czeka u pałacowych wrót.

– I dokąd mnie zabierze?

– Gdzieś, gdzie będę mógł mieć cię na oku. Dopóki nie zobaczę, jak ułoży się układanka. Znasz największy sekret Imperium Cnót. Jedno nieprzemyślane słowo może rzucić Inys na kolana.

– Więc zamkniesz mi usta, wtrącając mnie do lochu – powiedziała i zamilkła. – Czy może chcesz się mnie pozbyć w sposób permanentny?

Kącik jego ust drgnął w parodii uśmiechu.

– Ranisz mnie, milady. Morderstwo nie jest szczególnie uprzejme.

Zamknie ją gdzieś, gdzie ani Sabran, ani Zakon jej nie znajdą. Jeśli wejdzie do tego powozu, nigdy już nie zobaczy światła dnia.

Tym razem złapało ją mrowie rąk. Światło na jej palcach przygasło. Wyprowadzili ją z gabinetu.

Nie pozwoli Combe'owi się uwięzić. Nie da sobie wbić sztyletu w plecy. Gdy opuścili Alabastrową Wieżę, wsunęła dłoń pod płaszcz i rozwiązała rękawy. Służba Combe'a prowadziła ją w kierunku pałacowych wrót.

Wyzwoliła się z szaty w okamgnieniu. Zanim zbiry zdołały ją pochwycić, przesadziła najbliższy mur i znalazła się w królowieckich ogrodach. Rozległy się zdziwione okrzyki.

Serce waliło jej jak szalone. Znalazła nad swoją głową otwarte okno. Wieża Królowej miała gładkie ściany, po których nie sposób było się wspiąć, lecz oplatał ją drzewobluszcz. Roślina była na tyle gruba, że powinna utrzymać jej ciężar. Ead osadziła stopę na węźle utworzonym przez pnącza.

Gdy zaczęła się wspinać, wiatr rzucił jej włosy na twarz. Drzewobluszcz skrzypiał złowróżbnie. Cienkie pnącze pękło jej w ręku i poczuła skurcz w żołądku, lecz w porę złapała się innego i wznowiła wspinaczkę. Wreszcie weszła do budynku przez okno, miękko i bezgłośnie lądując na nogach.

Puściła się pędem przez niezliczone korytarze, pomknęła schodami w górę, do królowieckich apartamentów. U wrót pogrążonej w cieniu sali tronowej stał szereg uzbrojonych lokajów w czarnych liberiach. Na wszystkich wyszyto bliźniacze kielichy Księżnej Sprawiedliwości.

– Chcę zobaczyć się z królową. – Wydyszała. – Natychmiast.

– Jej Wysokość już śpi, pani Duryan – odparła strażniczka. – Zaczęła się nocna warta.

– A więc z lady Roslain.

– Drzwi królowieckiej sypialni są zamknięte – padła lakoniczna odpowiedź – i pozostaną zamknięte do rana.

– Muszę zobaczyć się z królową – syknęła sfrustrowana Ead. – To sprawa życia i śmierci.

Wartownicy popatrzyli po sobie. Wreszcie jeden z nich, widocznie poirytowany, wziął świecę i ruszył w ciemność.

Całe ciało Ead drgało w rytm potężnych uderzeń jej serca. Z trudem odzyskała oddech. Nie wiedziała, co właściwie powie Sabran, ale musiała jej donieść o poczynaniach Combe'a.

Pojawiła się zaspana Roslain w nocnej koszuli. Pojedyncze kosmyki wydostały się z jej sfatygowanego warkocza.

– Ead – powiedziała głosem nabrzmiałym zniecierpliwieniem. – Co się dzieje, na litość Świętego?

– Muszę zobaczyć się z Sabran.

Roslain odprowadziła ją na bok z zaciśniętymi ustami.

– Jej Wysokość ma gorączkę. – Posłała jej ponure spojrzenie. – Doktor Bourn mówi, że pomoże jej odpoczynek, ale moja babka postawiła przed jej sypialnią swoich własnych lokajów w ramach dodatkowej ochrony. Będę jej doglądać.

– Więc ty jej powiedz. – Ead ucapiła ją za ramię. – Roslain, Combe chce mnie wygnać. Musisz…

– Pani Duryan!

Roslain wzdrygnęła się. Na końcu korytarza stali dwaj lokaje ze skrzydlatymi księgami na liberiach, a wraz z nimi dwaj Rycerze Ciała.

– Brać ją! – krzyknął sir Marke Birchen. – Ead Duryan, jesteś aresztowana. Natychmiast stój!

Ead przeszła przez najbliższe drzwi i wybiegła w noc.

– Ead! – wołała za nią przerażona i zdezorientowana Roslain. – Sir Marke'u, co to ma znaczyć?

Rzędem balkonów Ead dotarła do kolejnych otwartych drzwi. Biegła, błądząc w mroku, mrocznymi korytarzami, aż wpadła do pałacowej kuchni, gdzie pomywaczka Tallys jadła w kącie ciastko z kremem. Na widok Ead zachłysnęła się powietrzem.

– Pani Duryan. – Wydawała się wystraszona. – Ja tylko...

Ead uniosła palec do ust.

– Tallys, czy jest stąd jakieś wyjście?

Pomywaczka skwapliwie pokiwała głową. Wzięła Ead za rękę i powiodła ją do małych drzwi ukrytych za kotarą.

– Tędy. Schody dla służby – wyszeptała. – Czy odchodzisz na zawsze?

– Tylko na trochę.

– Czemu?

– Nie mogę powiedzieć, dziecko. – Ead spojrzała jej głęboko w oczy. – Nie mów nikomu, że mnie widziałaś. Przysięgnij na honor damy, Tallys.

Tallys przełknęła ślinę.

– Przysięgam.

Odgłos kroków. Ead przestąpiła przez próg, a Tallys pomknęła za nią.

Wypadła na schody i pobiegła w dół. Jeśli ma uciec z pałacu, musi znaleźć konia i przebranie. Istniała jeszcze tylko jedna osoba, którą mogła poprosić o pomoc.

Margret Beck siedziała w swojej komnacie, ubrana w koszulę nocną. Podniosła wzrok, wyraźnie zaskoczona.

– Co to ma... – Wstała. – Ead?

Ead zamknęła za sobą drzwi.

– Meg, nie mam czasu, muszę...

Gdy tylko zaczęła mówić, rozległ się metaliczny chrzęst pukającej do drzwi stalowej rękawicy.

– Lady Margret. – Znowu pukanie. – Lady Margret, z tej strony dama Joan Dale, Rycerka Ciała. Milady, przybywam w ważnej sprawie. Otwórz.

Margret wskazała Ead niezasłane łóżko. Ead wlazła pod nie i zasłoniła się zwisającą kołdrą. Kroki Margret rozbrzmiewały na kamiennej posadzce.

– Zechciej mi wybaczyć, już spałam – wychrypiała ospale. – Czy coś się stało?

– Lady Margret, główny sekretarz rozkazał aresztować panią Duryan. Czy ją widziałaś?

– Ead? – Margret siadła na łóżku, markując osłupienie. – Nie może być. Pod jakim zarzutem?

Była wytrawną aktorką. Jej głos drżał, przechodząc z zaskoczenia w niedowierzanie.

– Nie wolno mi tego wyjawić, milady. – Ead widziała jej opancerzone nogi, gdy przemieszczała się po komnacie. – Jeśli zobaczysz panią Duryan, natychmiast podnieś alarm.

– Tak jest, oczywiście.

Rycerka Ciała wyszła i zatrzasnęła drzwi. Margret podbiegła do nich i zasłoniła kotary, po czym wyciągnęła Ead spod łóżka.

– Coś ty narobiła, u licha?

– Zanadto zbliżyłam się do Sabran. Tak jak Loth.

– Nie. – Margret wlepiła w nią osłupiałe spojrzenie. – A taka byłaś ostrożna...

– Wiem. Wybacz. – Zgasiła świece i rzuciła okiem zza zasłony. Wokół pałacu roiło się od strażników i uzbrojonych giermków. – Meg, musisz mi pomóc. Muszę wrócić do Ersyru, inaczej Combe mnie zabije.

– Nie ośmieli się.

– Wie, że nie może pozwolić mi opuścić pałacu. A to dlatego, że wiem... – Ead posłała jej przenikliwe spojrzenie. – Usłyszysz rzeczy na mój temat, które nadwątlą twoją wiarę we mnie, ale musisz pamiętać, że kocham królową. I że jest w śmiertelnym niebezpieczeństwie.

– Podczaszy?

– I sprzymierzeni z nim Książęta Ducha. Myślę, że spróbują wykonać przeciw królowej jakiś ruch. Combe macza w tym palce, to pewne. Musisz strzec Sabran, Meg. Trzymaj się blisko niej.

– Do twojego powrotu? – Szukała wzrokiem odpowiedzi na jej twarzy. Ead odwzajemniła jej spojrzenie. Wiedziała, że nie może zagwarantować, iż spełni przysięgę, którą złoży zaraz Margret.

– Do mojego powrotu – potwierdziła z wysiłkiem.

To dodało przyjaciółce otuchy. Zacisnęła zęby, poszła do swojej garderoby i rzuciła jej wełniany płaszcz, koronkową koszulę oraz spódnicę.

– Nie uciekniesz daleko w tej sukni – powiedziała. – Całe szczęście, że jesteśmy podobnego wzrostu.

Ead zrzuciła ubranie, zostawiając tylko szyft, i włożyła to otrzymane od przyjaciółki, serdecznie dziękując Matce za Margret Beck. Gdy zapięła płaszcz i podniosła kaptur, Meg zaprowadziła ją do drzwi.

– Zejdź po schodach. Na dole znajdziesz portret lady Brildy Glade. Za nim są kolejne schody prowadzące do wartowni. Obejdź Ogród Królowej i wejdź do stajni. Weź Bohatera.

Ten koń był jej dumą i radością.

– Meg – powiedziała Ead, łapiąc ją za rękę. – Będą wiedzieli, że mi pomogłaś.

– Trudno. – Zacisnęła wargi. – Masz. To dosyć, by zapłacić za przejazd do Zeedeur.

– Nie zapomnę ci tego, Margret.

Przyjaciółka uściskała ją tak mocno, że Ead nie mogła oddychać.

– Wiem, że to mało prawdopodobne, ale… – powiedziała zmienionym głosem – ale jeśli spotkasz tam gdzieś Lotha…

– Wiem.

– Kocham cię jak siostrę, Ead Duryan. Spotkamy się jeszcze, na pewno. – Pocałowała ją mocno w policzek. – Święty z tobą.

– Nie wyznaję Świętego – odpowiedziała szczerze Ead, a potem dodała, widząc zmieszanie na twarzy przyjaciółki: – Ale przyjmuję twoje błogosławieństwo, Meg.

Opuściła komnatę i pobiegła korytarzem, unikając strażników. Odsunąwszy portret, zeszła po schodach i znalazła się w przejściu, na którego końcu widniało okno. Przelazła przez nie i wniknęła w ciemność nocy.

W stajniach panował mrok. Bohatera podarował Margret ojciec na dwudzieste urodziny. Zazdrościł go jej każdy jeździec na dworze. Wysoki na osiemnaście dłoni krwawogniady koń wypełniał cały boks. Ead dotknęła jego boku dłonią w rękawicy. Bohater prychnął, gdy go osiodłała. Jeśli wierzyć plotkom, potrafił przegonić nawet rumaki Sabran.

Ead wsunęła buty w strzemiona, dosiadła go i strzeliła cuglami. Bohater natychmiast wyszedł z boksu i pogalopował naprzód przez otwarte drzwi. Gdy Ead usłyszała wołanie straży, już dawno minęli wrota Ascalonu. Teraz pogoń już jej nie doścignie. W ślad za nią sypały się na drogę strzały. Bohater zarżał, lecz Ead, szepcząc po selinyjsku, popędziła go do galopu.

Gdy strzelcy dali za wygraną, Ead obejrzała się na pałac, który był jej więzieniem i domem przez osiem lat. Miejscem, w którym poznała Lotha i Margret, dwoje ludzi, których nigdy nie spodziewała się nazwać przyjaciółmi. Miejscem, w którym zapałała miłością do dziedziczki Kłamcy.

Strażnicy puścili się za nią w pościg. Gonili ducha, bo Ead Duryan przestała istnieć.

Jechała co koń wyskoczy przez sześć dni i nocy. Dzielnie znosiła deszcz ze śniegiem i zatrzymywała się tylko po to, by Bohater mógł chwilę odpocząć. Musiała jechać szybciej niż heroldowie z wieściami o jej ucieczce. Combe już pewnie zrobił wszystko, by postawić na nogi cały kraj.

Nie pojechała głównym traktem wiodącym na południe. Sunęła przez bezdroża, okazjonalnie nadganiając wiejskimi ścieżkami, przejeżdżając na przełaj przez pola. Czwartego dnia zaczął zacinać śnieg. Bohater zaniósł ją na Wzgórza, gdzie we Dworze Dulcet zasiadali lord i lady Miodowego Ruczaju, a potem do miasteczka o nazwie Starodrzew Kruczy. Napoiła rumaka i napełniła bukłak winem, a potem, gdy zaszło słońce, ruszyła w dalszą drogę.

Odpędzała myśli o Sabran, ale nawet dzikie tempo, jakie sobie narzuciła, nie odegnało wspomnień. Teraz, gdy królowa chorowała, była jeszcze bardziej bezbronna.

Lawirując na swoim wałachu między zagrodami, Ead przeklinała własną głupotę. Dworskie luksusy rzeczywiście zmiękczyły jej serce.

Nie wolno jej powiedzieć Przeoryszy, jak to było z Sabran. Nawet Chassar może nie okazać zrozumienia. Sama ledwie pojmowała, co się wydarzyło. Wiedziała tylko tyle, że nie może zostawić jej na pastwę Książąt Ducha.

Gdy siódmego dnia wstało słońce, ujrzała w dali ścięty obłą linią widnokręgu poziomy siniec morza. Niewyćwiczonemu oku mogłoby się wydać, że grunt opada gładko w kierunku brzegu. Pospiesznie spojrzenie nie pozwalało dostrzec, że między jeźdźcem a wodą znajduje się jeszcze miasto.

Ale dzisiaj jego istnienie obwieścił dym. Niebo plamiła czarna chmura.

Ead patrzyła długą chwilę. To nie był dym z kominów. Podjechała nad skraj klifów i przyjrzała się widocznym w dole dachom.

– Idziemy, Bohater – mruknęła i zsiadła. Poprowadziła zwierzę do miejsca, gdzie zaczynały się schody.

Gniazdo wyglądało, jakby stoczono tu bitwę. Bruk zbryzgany był krwią, zwęglone kości i stopione mięso przesycały powietrze oleistą wonią. Ocalali płakali nad szczątkami bliskich lub stali jak strachy na wróble z dezorientacją malującą się na twarzach. Nikt nie zwracał uwagi na Ead.

Przed zrujnowaną piekarnią siedziała ciemnowłosa kobieta.

– Ty tam – zwróciła się do niej Ead. – Co tu się wydarzyło?

Kobieta się trzęsła.

– Przyleciały w nocy – wyszeptała. – Sługi wielkich zachodnic. – W końcu odpędziły je machiny bojowe, ale przedtem zdążyły... – Łza spłynęła jej po policzku. – Zanim skończy się rok, nastanie nowa Żałoba Wieków.

– Po moim trupie – powiedziała Ead, zbyt cicho, by ocalała mogła usłyszeć.

Sprowadziła Bohatera schodami na plażę. Katapulty i inne machiny leżały zniszczone na piasku. Dymiące trupy – zarówno zwłoki żołnierzy, jak i truchła wyrmów – zaścielały okolicę, zastygłe w nieruchomym boju, od którego, zdawałoby się, nie wyzwoliła ich nawet śmierć. Martwe kokatryksy i bazyliszki zaległy wśród wydm w groteskowych pozach, z rozdziawionymi paszczami, wystającymi językami, oczami wydziobywanymi przez morskie ptactwo. Ead ruszyła wzdłuż zagrody.

– Cicho – rzuciła do konia, gdy zarżał, czując zapach bitwy. – Cicho, Bohater. Martwi nie zrobią nam krzywdy.

Wyglądało na to, że wszystkie smocze stwory, które brały udział w bitwie, zostały pokonane, za pomocą albo maszyn, albo broni konwencjonalnej. Sabran wkrótce się o tym przekona. Całe szczęście, że jej flota stacjonowała we wszystkich portach Inys, bo gdyby skupiona w jednej gromadzie natrafiła na stado wyrmów, pewnie przez lata morze wyrzucałoby na brzeg nadpalone deski i trupy.

Ead przecięła plażę. Wiatr dmuchał jej do kaptura, chłodząc pokryte potem czoło i kark. Przy pomostach roiło się od spalonych statków. Te niezatopione będą wymagały gruntownego remontu, nim wypłyną na morze. Tylko szalupa wyglądała na nietkniętą.

– Zgubiłaś się?

Zanim się zorientowała, już miała sztylet w ręku. Okręciła się, gotowa do rzutu. Kobieta uniosła ręce w pojednawczym geście.

– Spokojnie. – Miała na głowie kapelusz o szerokim rondzie. – Tylko spokojnie.

– Kim jesteś, Yscalinko?

– Zwę się Estina Melaugo. Jestem bosmanem na „Wieczystej Róży". – Kobieta uniosła brew. – Spóźniłaś się, jeśli chciałaś stąd wypłynąć.

– Na to wygląda. Ta łódź jest twoja, nie mylę się?

– Nie mylisz się.

– Weźmiesz mnie ze sobą? – Ead schowała nóż. – Muszę płynąć do Zeedeur.

Melaugo otaksowała ją wzrokiem.

– Jak cię zwać?

– Meg.

– Meg. – Uśmiech wyjawił Ead, że nieznajoma domyśliła się kłamstwa. – Po brudnym płaszczu wnioskuję, że ostatnie dni spędziłaś w siodle. A po oczach, że mało spałaś.

– Też byś nie zmrużyła oka, gdyby Nocny Jastrząb chciał twojej głowy.

Melaugo wyszczerzyła zęby w uśmiechu. Między dwoma przednimi Ead dostrzegła szparę.

– Kolejny wróg Nocnego Jastrzębia. Powinien zacząć nam płacić.

– Co takiego?

– Nic, nic. – Melaugo wskazała horyzont. – Okręt jest tam. Zwykle poprosiłabym o pieniądze z góry, ale tyle straszydeł lata po niebie, że aż się człowiekowi zbiera na życzliwość.

– Co z ciebie za piratka?

– Piractwo to raczej konieczność niż wybór, koleżanko. – Melaugo zmierzyła wzrokiem Bohatera. – Nie możesz zabrać konia.

– Koń idzie tam, gdzie ja.

– Nie każ mi zostawiać cię tutaj, Meg. – Gdy Ead wymownym gestem położyła koniowi rękę na szyi, Melaugo skrzyżowała ramiona i westchnęła. – Będziemy musieli podprowadzić tu okręt. Kapitan każe sobie za niego zapłacić, nawet jeśli tobie nie policzy za rejs.

Ead rzuciła jej sakiewkę. Inysyckie monety i tak byłyby bezwartościowe na Południu.

– Nie proszę o jałmużnę – powiedziała Ead.

Podróż do Mentendonu nie powinna zająć długo. Ead leżała na koi, próbując zasnąć. Gdy jej się to udało, nawiedziły ją niespokojne sny o Sabran i pozbawionym twarzy Podczaszym. Przebudziwszy się, wychodziła na pokład i patrzyła na wiszące ponad masztami kryształowe gwiazdy. Widok ją uspokajał.

Kapitan, mężczyzna imieniem Gian Harlowe, wyszedł z kabiny z zapaloną fajką. Był to ten mężczyzna, który kochał się w królowej matce, a przynajmniej tak głosiła plotka. Ciemne oczy, ponure usta, ślady po ospie na czole i policzkach. Wyglądał, jakby wyrzeźbiły go morskie wichry.

Ich spojrzenia się spotkały. Harlowe skinął jej na powitanie, a Ead odwzajemniła uprzejmość.

O świcie niebo przypominało popielną smugę, a na horyzoncie widać już było Zeedeur, miasto, w którym dzieciństwo spędziła Truyde i gdzie zrodziły się jej niebezpieczne pomysły. To tam została zapisana w gwiazdach śmierć Aubrechta Lievelyna.

Estina Melaugo dołączyła do niej przy burcie.

– Ostrożnie tam – zagadnęła. – Niełatwo dojechać stąd do Ersyru, a w górach grasują wyrmy.

– Nie boję się wyrmów. – Ead skinęła jej głową. – Dziękuję, Melaugo. Bywaj zdrowa.

– Bywaj zdrowa, Meg. – Melaugo uchyliła rąbka kapelusza i odwróciła się. – Bezpiecznej podróży.

Oflankowany wężowym cielskiem rzeki Hundert port Zeedeur miał kształt grotu. Kanały przecinały północną dzielnicę, gdzie stały eleganckie domy i rosły wiązy. Ead była tu tylko raz, gdy płynęła z Chassarem na Inys. Tutejsze budynki nosiły znamiona stylu mentyjskiego. Ead zawiesiła wzrok na parawanowych dzwonnicach z czerwonej cegły. Widziała w sercu miasta sterczące ponad dachami zdobione żabami iglice Morskiego Sanktuarium.

Długo nie zobaczy kolejnego.

Dosiadła Bohatera i popędziła go naprzód, minęła straganny i ulicznych sprzedawców ksiąg, aż wjechała na solną drogę wiodącą do stolicy. Za kilka dni znajdzie się w Brygstad, a potem ruszy do Ersyru – byle dalej od dworu, który zwodziła tak długo. Byle dalej od Zachodu.

I od Sabran.

Spis treści

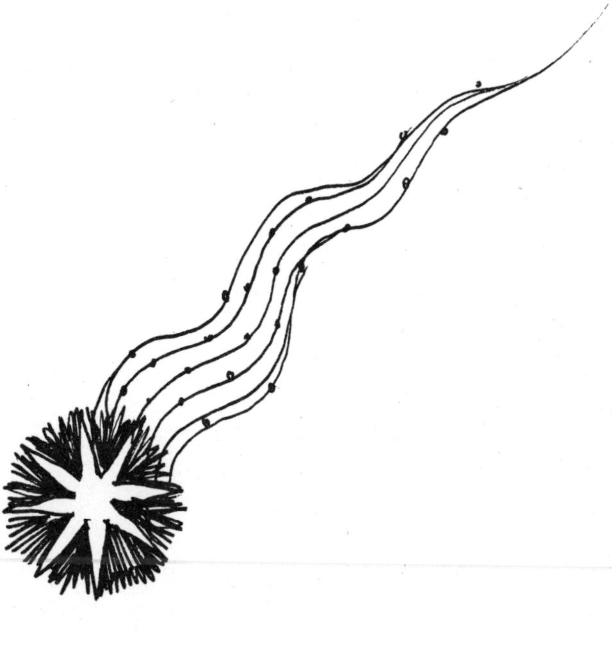

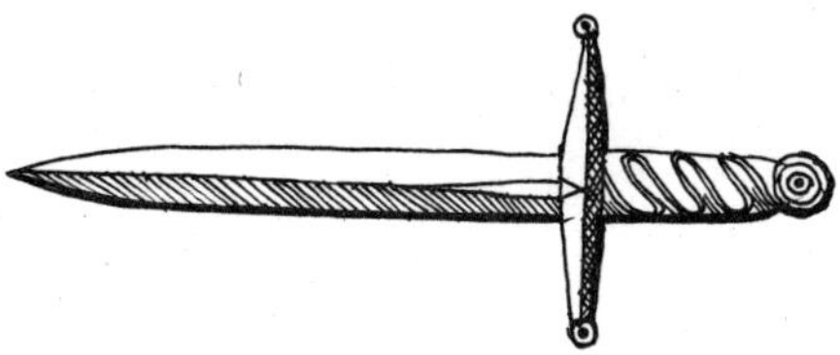

Oficjalna księgarnia
Wydawnictwa SQN
POP, MUZYKA, FANTASTYKA, BOOKBOXY,
PAKIETY I WYJĄTKOWE
SQN ORIGINALS – TYLKO U NAS!
SQN STORE
www.SQNSTORE.pl
Jakuba Różalskiego
Inne Światy
HARDA HORDA
ANTOLOGIA OPOWIADAŃ
LAINI TAYLOR
MUZA KOSZMARÓW
STRANGE THE DREAMER
osobliwe i cudowne przypadki avy lavender
LESLYE WALTON
www.WSQN.pl
instagram.com/wydawnictwosqn
facebook.com/WydawnictwoSQN